Erasmus Schöfer

Ein Frühling irrer Hoffnung

Die Kinder des Sisyfos

Zeitroman

Dittrich Verlag

Dieses Buch entstand mit
finanzieller Unterstützung der

**STIFTUNG
KUNST UND KULTUR
DES LANDES NRW**

Ich danke dem Deutschen Literaturfonds für die
materielle Unterstützung dieses Werks und meinen
Freundinnen und Freunden für vielerlei Hilfe in
allen Fasen seiner Entstehung.

Die Sprachschreibung in diesem Buch folgt im
Zweifel lieber dem Sprachgefühl des Autors als dem
kommissarischen Rechtschreibkanon.
Erasmus Schöfer

2. Auflage, 2002
CIP-Einheitsaufnahme: Schöfer, Erasmus
Ein Frühling irrer Hoffnung
Köln: Dittrich, 2001

ISBN 3-920862-68-6

Umschlaggestaltung: Guido Klütsch
Illustration: Barbara Manns
Druck und Bindung:
Freiburger Graphische Betriebe

www.dittrich-verlag.de

Erasmus Schöfer
Ein Frühling irrer Hoffnung

Inhalt

Ich bin also gezwungen, die Irrtümer zu schildern, ohne, wie ich glaube, sagen zu dürfen, ich hielte sie für Irrtümer; schlimm genug für mich, wenn der Leser glaubt, ich hielte sie für die Wahrheit.

(Marcel Proust an Jacques Rivière, 7.2.1914)

Sisyfos Frühling Morgen

Es rauscht

Kein Wind kein Wasser
Das Signal ist im Ohr
Unwiderstehlich

Dann
die ersten Töne aus Grau
Farben Dämmer
Schlaf verweht
Der Berg ahnt Sonne
Langsam ergrünt der Fels
Kirschblüten Gelichter weiß rot

Geweckte Hände und Füße
Die Lust streckt sich zum Gipfel
Das Herz schlägt Flammen
Entzündet das Land

Bleibt der Brocken wieder nicht oben
schleifen wir diesmal den Berg

BRIEF AUS DER ZUKUNFT

Dezember 1989

Hey Joan,
ich will dir einen brief schreiben, damit du weisst, woran
du mit mir bist. Dazu gehört, dass ich auf deutsch schrei-
be. Du musst also, wenn du deine tochter verstehen
willst, deine jugendsprache noch einmal benutzen.
    Ich bin jetzt vier wochen in Europa, davon eine in
Paris, drei ziemlich erschuetternde in deiner alten hei-
mat, vor allem in Duesseldorf bei dem mann, den du
nicht deinen vater nennst, obwohl er mein grossvater ist.
Ich habe ihn gesehn, ja. Er sieht wirklich nicht aus wie
ich mir meinen grossvater gewuenscht habe nach dem
foto von dir als baby mit deinen eltern. Was ich dir vor-
werfe ist nicht, dass du kein bild von ihm besitzt wie er
heute aussieht, sondern dass du nie hier warst um dir
selbst eines von ihm zu machen. Das hat der mann nicht
verdient, so verlassen und miserabel zu sein.
    Als ich das erste mal in den keller runtergestiegen bin
wo draussen Dr. Bliss dransteht, klopfe, hoere eine ganz
sympathische stimme Herein die tuer ist offen, da brann-
te nur eine kleine schreibtischlampe und sein gesicht war
im schatten, ich habe ihn nur undeutlich gesehn wie er
mir die hand entgegenstreckte Hallo, ich bin Viktor Bliss
- bist du Ann? Da war es ein schreck in slow motion als
meine augen sich gewoehnten und ich sah wie er aus-
sieht. Wenn ich sage: wie ein freak aus einem horror

movie, wirst du nur nicken, weil du das ja geahnt hast und deshalb nicht mehr nach Deutschland gegangen bist. Ich habe inzwischen begriffen, dass du angst gehabt hast, dich um deinen vater kuemmern zu muessen. Das haette in dein leisure and pleasure programm nicht gepasst. Aber er liebt dich trotzdem noch, glaube ich. Also die Johanna von damals, nicht die Joan von heute. Ein phantom, nicht wahr? Die geschichte von der verlorenen tochter. Jona hat er dich genannt als kind - erinnerst du dich? Das muss sehr zaertlich geklungen haben.

Er hat mir erzaehlt, dass er dreimal operiert worden ist, hauttransplantationen, in Berlin. In einem krankenhaus, das Charité heisst. Sie haetten einen Zombie aus ihm gemacht. Geld, unterstuetzung hat er von niemand bekommen, nicht vom Griechischen staat und vom Deutschen auch nicht. Deshalb sitzt er in diesem dreck und haelt sich am leben mit korrekturlesen. Fuer verlage die wissenschaftliche spezialwerke publizieren. Eine vollkommen sinnlose arbeit für einen menschen, der selber forschen und andern erkenntnisse vermitteln wollte. Aber eine arbeit bei der ihn niemand sehen muss. Draußen traegt er eine dunkle brille. Neugierig ist er noch. Ich musste ihm erzaehlen wie ich lebe, von meiner commune, wohngemeinschaft heisst das hier, vom campus in Berkeley, wie und warum ich germanistik studiere, von meinen leuten in der Grove Av. Auch von dir und Ron, von San Francisco, alles. Kaum vorstellbar, dass er nie in den Staaten war, vor seiner katastrophe in Athen. Wie ein maulwurf lebt er jetzt. Gestern war ich mit ihm shopping, ich glaube er wollte mir vorfuehren wie die leute erschrecken, wie sie wegsehn und doch heimlich hinsehn muessen, fasziniert. Es ist grausam. Er haette noch ein paar freunde, trifft sie aber selten. Dass er kein telefon hat, wusste ich ja. Aber auch kein tv! Nur ein kleines radio, das ist seine ganze verbindung zur *welt. Paar zeitungen liegen herum, also muss ihn doch interessieren, was draussen passiert.*

Gestern, da war ich zum dritten mal bei ihm, hat er verlangt, ich soll ihn Vik nennen und aufhoeren mit dem grossvaterquatsch, er koennte nicht ueber nacht grossvater einer zwanzigjaehrigen werden. Na schoen, hab ich gesagt, wenn du mich mal bei dir putzen laesst. Da hat er gelacht und gesagt: eh du mir wieder davonfliegst - Also ich glaube er mag mich schon leiden. Oder ist froh, dass ich zu ihm gekommen und nicht gleich entsetzt weggelaufen bin.

Eimerweise haben wir den abfall auf den hof in die tonnen gebracht, dosen, flaschen, plastikzeug, es nahm kein ende. Ich bin ja von meiner commune einiges gewohnt, aber das. Wie im slum. Wo die leute ohne zukunft leben. Er hat mitgearbeitet, er wurde richtig froehlich dabei, ich glaube weil jemand ihm geholfen hat. Es war wohl eine art befreiung für ihn. Uebrigens ein slum auf hoechstem intellektuellem niveau, buecher bis unter die decke. Spinnen sind seine haustiere, sagt er, denen durfte ich nichts tun. Gab aber noch einige weniger appetitliche sorten von bugs, die sind jetzt erstmal vertrieben. War frueher eine waschkueche, wo die leute aus dem haus ihre waesche gewaschen haben. Das wc ist auf der treppe zum ersten stock. Ein waschbecken hat er sich einbauen lassen, da muss er auch sein geschirr drin spuelen. Wenn er duschen will, sagt er, geht er in die badeanstalt.

Das alles wird deine vorurteile gegen deinen vater bestaetigen, aber ich sag dir: so lebt ein mensch, den die gesellschaft verlassen hat. Und zu der gesellschaft gehoerst besonders du, Joan.

Ich werde jedenfalls erstmal hier in Duesseldorf bleiben, mir ein zimmer suchen und mich an der universitaet einschreiben. Ist mir egal, wie ihr das findet. Ich bin gewohnt, dass ihr missbilligt was ich tue. Zehn jahre training. Da wird eine selbstaendig. Dieser mann ist so gottverdammt allein, wie ich mich oft gefuehlt habe bei euch, bis ich die commune gefunden hatte.

Okay Joan, I know. Interessiert dich nicht und hat dich nie interessiert seit du bei Ron lebst und seine socken waeschst. Ein Antityp für dich, dein vater. Nicht nur ein linker utopist, sondern ein runtergekommener, ein widerlegter utopist. In ein brennendes haus zu laufen um menschen zu retten, das ist in deinen augen eine unverzeihliche dummheit. Gerechtigkeit für die underdogs zu erstreben ist blindheit für die eignen interessen, nicht wahr? Handgreiflicher beweis für seine niederlage, dass jetzt die Berliner mauer in stuecken an die amerikanischen souvenirhunter verkauft wird. Er sagt es selbst, dass seine hoffnung gescheitert ist. Das kapital hat gesiegt, die sozialisten haben verloren. Er sagt: weil sie unehrlich geworden sind. Versteh ich zwar nicht, ich fange aber an, einiges klarer zu sehen, seit ich zehntausend meilen von zu hause entfernt bin. Vor allem dich, Joan, die mich mal geboren hat.

Es gibt eine parallele, da ist mir die luft weggeblieben als ich die bemerkt habe, Joan. Ich war fuenf, da hast du mit mir meinen vater verlassen, hast ihn in Manitoba im urwald sitzen lassen und hast gewusst: er kann uns nicht folgen in die Staaten, weil sie ihn sofort ins gefaengnis geworfen haetten, als indianermischling erst recht. Du hast behauptet: weil ich in die schule gehen sollte - obwohl ich in der wildnis den schoensten teil meines lebens hatte, mit meinem vater und mit dir und meinen tieren. In wirklichkeit wolltest du nur zurueck in eine existenz mit spuelmaschine und chevvie und einem ordentlichen husband der dir das finanziert, wolltest eine unauffaellige angepasste Amerikanerin werden. Deshalb habt ihr mich in diesen verdammten amerikanischen wohlstandskaefig gesperrt, mir zehn jahre lang die fluegel gestutzt, du und dieser mann, mein stiefvater. Aber von Mike meinem vater, der mich geliebt hat, durfte nie mehr die rede sein in eurem haus. Du hast ihn mir umgebracht.

War es nicht genau so mit dir, Joan, als deine mutter mit der kleinen Johanna und dem Army officer nach Richmond gezogen ist? Und damit deinem vater Viktor Bliss seine tochter Jona entfuehrt wurde? Viele jahre, sagt er, hat er dir briefe geschrieben und manchmal haettest du auch geantwortet, als du groesser warst. Bis du mit Mike durchgebrannt bist nach Canada, wegen seinem draft nach Vietnam. Zu der zeit haette ich dich gern gekannt! Da hast du was gewagt! What the hell has become of you Mom!

Dann ist der kontakt zwischen euch voellig abgerissen, sagt er, seine briefe wurden zurückgeschickt. Warum hast du das gemacht? Deinem vater ist es noch heute ein raetsel. Als er im krankenhaus lag auf tod oder leben hat Lena ueber deine mutter deine adresse rausgefunden, aber du bist nicht zu ihm geflogen, hattest geld genug dafuer. Dein smarter real estate manager war dir kostbarer. Oder, anders gesagt: meinen vater Mike hast du in der wildnis verkommen lassen, meinen grossvater Viktor in seinem unverschuldeten elend.

Da ich jetzt bei den wahrheiten und unsrer vergangenheit bin, will ich dir auch sagen, dass ich vor zwei jahren statt in das summercamp in Minnesota nach Manitoba getrampt bin, weil ich dachte ich finde ihn dort. Meinen vater. Ich glaubte wirklich, mein tochterinstinkt wird mich leiten, irgendwie. Einen veteran von den War Resisters hab ich noch aufgetrieben, der erinnerte sich an einen grossen indianer mit einem frechen maedchen. Naughty gal, hat er gesagt. Er wusste nicht mehr als dass die in den wald gegangen waren, für eine timber company. Vielleicht in einem blizzard erfroren und im fruehjahr von den grizzlies beerdigt, so einer wuerde ewig verschollen bleiben, meinte der.

An seiner stelle habe ich jetzt einen grossvater gefunden, stark beschaedigt zwar, innen und aussen, den ich auch nicht so nennen soll, egal, auf jeden fall werde ich einiges über meine deutsche vorgeschichte von ihm erfahren. Ueber die du mich so hartnaeckig im dunkeln gehalten hast. Du siehst: es hat nichts genutzt, im gegenteil. Ich werde auch die briefe lesen, die du geschrieben hast, als du noch die frau warst, zu der ich mutter sagen durfte. Bis zu deiner bekehrung zum American way of life. Er hat sie aufgehoben, wir muessen sie nur noch finden.

Du hast alle briefe und fotos (bis auf das eine) weggeworfen, als waeren es deine alten kleider und nicht dein eigenes leben. Wie die deutsche juedin, die dem Holocaust entkommen ist, hast du dir die sprache deiner kindheit ausgerissen, nicht wahr. Diesem mann zuliebe. Für mich ist es die muttersprache geblieben, in der ich mich wohlfuehle, als ob ich in ihr meine verlorenen kindjahre oder meine gekidnapte identitaet wiederfinde. Ob das auch auf dieses land und seine deutschsprechenden bewohner zutreffen wird, weiss ich noch nicht. Vieles, zu vieles ist amerikanisiert. Vielleicht muss eine noch weiter reisen, um dem zu entkommen. Oder in ein kloster, wie mein grossvater.

Das einzige was mir zu deinen gunsten einfaellt ist, dass du deutsch mit mir gesprochen hast. Bis der grundstuecksmakler in dein leben getreten ist. Und was diesen Ron Temple deinen mann angeht, diesen konservativen redneck und negerfresser, will ich sagen, dass er eine brauchbare eigenschaft hat, naemlich dass er kein geizhals ist und mir dieses jahr in Deutschland finanziert hat. Kannst ihm sagen, dass ich ihm dafuer dankbar bin.

14

Wahrscheinlich wollte er auch nur dieses naughty gal Ann weghaben aus eurer naehe, egal, es ist meine freiheit. Ich hoffe, es geht euch besser jetzt, wo ich euch nicht mehr stoeren kann.

Nach dieser abrechnung werde ich keine weiteren briefe schreiben und erwarte auch keine von dir. Leb wohl.

Ann

Kapitel I

Osterleuchten

Barbara Bartel öffnete ihm die Tür in ihrem weißen Silvesterkleid.

Barbara das ist eine Provokation der Erinnerung.

Alles hab ich vergessen. Silvester. Thüringer Wald.
Holzhaus. Schneemond. Mein hüpfendes Herz im
Bauch. Vergessen vertrunken, verdrückt und verdrängt.
Zu lang her. Eine TetOffensive lang von Hué bis Saigon.
Eine SpringerKampagne lang von Hamburg bis Mün-
chen. Und in Berlin im Februarschnee einen Viet-
namKongress lang, da schwirrten in Kreuzberg die
Flocken weiß in den LandwehrKanal am grauen Mor-
gen ins schwarze Wasser zur BILDZeitung, die Über-
schrift ein halbes Jahrhundert nach der Enthauptung der
Revolution frisch aufgelegt: *Bürger macht Schluß mit
dem Spuk*, ich seh vom Geländer seh ich die vergessne
Leiche treiben zum Moabiter Wehr, hing im Rechen verwest, fünf Monate unterwegs unterwasser die ersäufte
Delfinin, im Friedrichsfelde wusstestdudas in roten Tränen in Erde versenkt, aber der Kurfürstendamm hatte
sie hundertfach wiederbelebt gegenwärtig: Rosa und
Karl und den ziegenbärtigen Vietnamesen und Che.
Immer brauchen wir solche Helden vor uns über uns
wir sind merkwürdige Herdentiere – jeder müsste sein
eignes Foto über den Kopf halten, weils um unsre persönliche Befreiung geht, wie?

Ohnesorg und sein unreifer Traum liegt jetzt auch beerdigt – wo? In Charlottenburg? In Teheran? In seinem Totschläger Kurras? Ah nein – in unsern Köpfen, wie Guevara Lumumba Sandino Zapata. Also nicht begraben hoffentlich, sondern – sondern – ausgesät! Als einer an der Oper auf den Turmkran hat das rote Tuch bis an die Spitze des Auslegers ist der geklettert und alle Köpfe nach oben wie das im Wind auch die schwarzen Tschakos himmelhohes Atemanhalten war wohl ein Bergsteiger Gipfelstürmer unbekannter Soldat, Dutschke hat ihn gegrüßt vom Kateder im Audimax der TU mir aus dem Herzen: die Stimmung im Saal! Studenten Dozenten Profs paar Arbeiter auch, aber nicht nur Männer: viele Frauen! Und keine grauen Mäuse: Mariannen, bei denen du siehst die gehn mit in der ersten Reihe ohne dass einer sie bittet. Barbara, wenn Rudi gefordert hätte Eine Internationale Brigade für den Befreiungskampf des Vietnamesischen Volkes! wär eine Kompanie Studenten gleich losmarschiert – da lachst du in deinem weißen Kleid und siehst aus wie Silvester.

Wie sah ich aus zu Silvester?

Na schön Mensch! Schneeprinzessinnenhaft. Für wen hast du das heut angezogen?

Für den Frühling, für dich, für mich – wer will das entscheiden. Nicht für eure zauberhafte Revolution. Du hängst immer noch in der Politik und verschenkst dein Leben für Träume.

Ist ja dasselbe Barbara. Das macht mich krank.

Bist verrannt Vik. Angesteckt. Es ist eine Epidemie, irgendein Virus. Leb mal selbst statt für übermorgen. Hol Luft. Lass den Ostermarsch allein marschieren. Wir fahrn nach Montenegro mit unserm Team, drehn einen Wildwestfilm. Komm einfach mit. Ich kurier dich.

Hast du dafür das Buch?

Für die Kostüme.

Ach für die Kostüme. Leggings Mokassins die bunten Gesichter. Folklore. Ich les was andres dadrin Barbara, hörmal: Extra-Ausgabe der Bismarck-Tribune, sechster Juli 1876, Der erste Bericht vom Custer-Massaker. General Custer und 261 Mann die Opfer. Keine Überlebenden. Der Sonderkorrespondent der Bismark-Tribune darunter. Indianersquaws verstümmeln und berauben tote Soldaten. Opfer lebendig gefangen, in teuflischer Weise gefoltert. Was wird der Kongress unternehmen. Die letzte Nachricht unsres Korrespondenten: Morgen verlassen wir Rosebud, und wenn ihr diese Nachricht bekommt, werden wir die roten Teufel gefunden und angegriffen haben. Am Morgen des zweiundzwanzigsten Juni setzte sich General Custer auf die Spur der Indianer, um in gemeinsamer Aktion mit General Terry die endgültige Säuberung durchzuführen. Undsoweiter Barbara, schon mal gehört? Aber Crazy Horse und Sitting Bull wollten sich nicht wegsäubern lassen, waren einmal in der Übermacht, Custer hatte auch die Maschinengewehre vergessen, da gingen sie ein in die amerikanische Geschichte die Häuptlinge der Oglalas und Cheyennen, Tashunka Witko am Big Horn, sechsundzwanzig Jahre alt, Adlerfeder im blauschwarzen Haar, erzähl die Story mal deinem Regisseur.

Erzähls ihm selber Vik. Komm mit.

Wenn du mich nimmst mit meinen Träumen. Und mit Lena. Die gehört zu mir.

Barbara Bartel nahm Viktor Bliss in dieser Nacht April mit ihrer Freundin Lena und mit seinen Träumen, die Liebe war so frei, so lässig, so tanzbar, gab ihn lächelnd wieder los, keine Liebe doch wohl nicht, Geschmack von Lust, winkte mit geküssten Brüsten aus der Tür, ins Schneegestöber auf sein Fahrrad, von Schwabing durch den Isarpark ins Lehel, da kroch er ins geheizte Bett mit kaltgefrornen Händen, schreckte Lena wach um zwei He Lena dein Mann ist wieder da der Eisbär eine schöne Wärme hast du hier drin entwickelt! Und du? Wie wars? Habt ihr euch geliebt? Sie legte die Hand um sein Geschlecht, fühlte den vertrauten Wicht das lappige Fleisch.

Dich lieb ich Lena. Schlaf weiter, ich erzähl dir ein Schlaflied, ein ganz neues von Tashunka Witko genannt Crazy Horse dem Häuptling der Oglalas, hat eine Cheyenne geheiratet, in seinen Wigwam geführt, dort hat er sie umarmt auf einem weißen Bärenfell, auf dem Grizzly, den hat er mit seinem langen Messer erlegt, sie hat die Narben gefühlt auf seinem Rücken, die weiße Lilie – nein das passt nicht zu Wildes Pferd, sie hieß, wart mal, Kühles Morgenrot, etwas muss ich mir ausdenken, nicht alles ist aktenkundig in der Geschichte, Kühles Morgenrot, eine Häuptlingstochter der Cheyenne, das haben sie auch gekannt, Allianz durch Heirat, beide vom großen Volk der Sioux, Siux hab ich früher gesagt, und lebten im nördlichen Mittelwesten, Dakota, Minnesota, tausend Seen, endlose Wälder, Weideland, Büffel, die Northern Pacific wurde gebaut, jetzt wohnt meine Tochter dort, meine einzige Tochter Johanna, und ich hab sie verloren, das schöne begabte Kind, ist in die Wilden Staaten aufgebrochen mit ihrer Mutter und einfach weggeblieben, hat sich einen Mann gesucht mit einem Dutzend IndianerGenen, man siehts auf dem Bild, die Nase, die Backenknochen, ich hab nichts gegen den Kerl, aber sie ist zu jung viel zu jung für die Liebe gehört auf die Schulbank, Kind wo nehm ich armes Schwein tausend Dollar her?

Hallo Daddy ich würd ja gern aufn Sprung vorbeischaun wenn uns jemand das Ticket vermacht, ich geh schon jede Nacht kellnern, aber jetzt, wo Mike die Einberufung bekommen hat, denkst Du da würde ich ihn allein lassen? Wir wissen überhaupt noch nicht was wir

machen sollen. Nach Vietnam geht er auf keinen Fall.
Als Verweigerer würde er auch nicht anerkannt, so kräf-
tige Männer da sind die scharf drauf. Bis zur kanadi-
schen Grenze

ist es nicht weit ich weiß. Inmut-too-ya-latlat heißt
Rollender Donner, reitet General Miles entgegen, am stillen Morgen des 5. Oktober achtzehn siebenundsiebzig,
den Lauf des Gewehrs zu Boden gerichtet

Weißer Häuptling, wir sind müde zu kämpfen. Dies sind die Bärentatzenberge, das
Land unsrer Väter. Ein Tagesritt nach Kanada
zu den Franzosen, aber wir lassen unsere
kranken Frauen und Kinder nicht zurück,
denn noch kein Indianer ist in den Händen
der weißen Männer gesund geworden. Wir
sind es müde zu kämpfen. Unsere Häuptlinge
sind tot. Viele Krieger sind tot. Die Kinder
erfrieren. Niemand hilft uns. Hört mich,
weiße Häuptlinge – wenn die Sonne im Westen steht werde ich nicht mehr kämpfen.

Johannas Mike will nicht kämpfen gegen die schmächti-
gen gelben Indianer mit den schmalen Augen, das ist
richtig, er wird zu meiner Tochter sagen, ich lass mich
nicht wegschicken über das große Wasser, ich schieße
nicht auf Indianer, Kanada ist ein freieres Land, was
sagst du fahrn wir dorthin sagt er zu meinem Kind, lass
deine Schule Schule sein komm mit ins Leben, mein
Kind hat die Augen geschlossen und Sommersprossen
auf der Nase, er legt ihr die Hand auf die Brust Wo dein
Leib hingeht will auch mein Leib antwortet mein Kind
Ich bin nicht eifersüchtig nein, aber *Paß Du auf daß Dir*
nicht dasselbe passiert wie Deinem Vater aus blendender
Jugendliebe, nimm die neue Verhütungspille oder was -

ein Kind ist ein Berg auf Deinem Leben den schiebst Du
nie weg und kommst nicht drumrum, die Mutter noch
weniger als der Vater. Gut gut, auf den wirst du nicht
hören, das paßt nicht zu deiner Jugend auf Ältre zu
hören weiß ich. Ach Kind wann werde ich dich

Wann werde ich euch wiedersehn ihr Berge
und Täler Wallowa in Oregon, zwanzig Jahre
hat das Versprechen gebraucht – lasst mich
und mein Volk frei sein, Präsident, frei zu
leben zu arbeiten wo wir wollen, frei zu reden
und zu handeln für uns selbst wie euer General Miles es versprach, lasst uns frei aus der
Verbannung dass wir zurückkehren in die
Täler des Roten Mannes nach Wallowa

sagte der rote Häuptling Rollender Donner zum Grossen Weißen Vater Hayes in Washington, zwanzig Jahre
will ich nicht warten auf dich, *Du solltest es Dir überle-*
gen Johanna mit Deinem Freund, wohin Du gehst, von
dort führt kein gerader Weg zurück, Crazy Horse
wurde ermordet in Fort Robinson, nichts hat ihm das
lange GrizzlyMesser genutzt gegen dieses Raubtier, sein
Körper ist verschollen im Dschungel, Rollender Donner
sah seine Heimat nicht wieder, Sitting Bull war der
größte der indianischen Freiheitskämpfer wurde von
den Soldaten verscharrt wie Che Guevara. Nein, ver-
packt wird Mike der Indianer in einem Zinksarg, eingewickelt in einen Fetzen mit Sternen und Streifen, aber
in Kanada begräbt Euch vermutlich der arktische Ur-
wald, kriegst ein GrizzlyFell geschossen von Deinem
Holzfäller für Euer Lager im Blockhaus wie Ana Hareo
und Archie Belaney, und langsam erfriert Euch die kalte
Einsamkeit alles die Liebe die Hoffnung das Leben. Das
sind Eure Aussichten Kind, warum ich das schreib weiß

ich auch nicht, der Egoismus eines verlassenen Vaters? *ich studier die Geschichte Deiner neuen Heimat damit ich die Gegenwart Vietnams verstehe, die Wurzeln der Gewalt - die Sheriffs mit der Bombe im Halfter. Viele Ähnlichkeiten, erstaunliche Analogien. Aber in München ist der Teufel los und hier an der Universität versuchen die Studenten den Aufstand fordern Drittelparität im HochschulSenat, die Assistenten und wissenschaftlichen Hilfskräfte haben mehr Muffe als die Studiker, das schlägt mir die Tage über dem Kopf zusammen und morgen mein Auftritt für die Kampagne im Schwabinger Bräu!*

schrieb Bliss seiner amerikanischen Tochter im neuen gläsernen Lesesaal der Staatsbibliotek, der Blick schweifend zwischen dem Papier den Fernen den knospenden Bäumen, sah die Frau im weißen SilvesterKleid: Lenas Kollegin Freundin Barbara. Diesmal in Jeans aber und Pullover, die offnen Blondhaare um das Gesicht über Bildbänden, lesende Schwänin von Schwabing. Er legte ihr die Hand in den Nacken, die sie erwartet hatte irgendwie, nicht groß erschrak

Viktor (geflüstert) was machst du hier?

Das frag ich dich, ich bin hier eher zu Haus.

Barbara zeigte die Etnologie der nordamerikanischen Indianer, für die Kostüme des Films, die Waffen die Möbel den Schmuck, die StaBi ist eine Oase in diesem halbtollen Viertel, ob das noch Universität heißt oder schon Irrenhaus?

Die Kinder der Wohlstandsbürger spielen ihren Eltern zum Tanz auf, danse funèbre des Wirtschaftswunders, zitierte Bliss aus der Süddeutschen, findest du das nicht hoffnungsvoll?

Fand Barbara Faulheit bloß und Überdruss, rechnete die verlorenen Stunden auf Straßen und Plätzen, aber die Tischnachbarn zischten um Ruhe, erlaubten nur Kämpfe in lautlosen Köpfen. Vor dem Lesesaal, auf dem Säulengang über der Freitreppe, wollte Bliss ihr erklären wie lange dieser Aufstand gegen den Muff und Gehorsam an den Universitäten überfällig war und endlich – aber Barbara hielt ihm die schmale Hand auf den Mund, küsste auf ihren Handrücken, Augen in Augen, den zog er am Ärmel dann weg und aus dem vollendeten Kuss lachte sie gleich und fragte nach Lena. Bliss nickte: Alles in Ordnung, arbeitet für die Kostüme vom VietnamDiskurs im Werkraum, das WeissStück das sie in Frankfurt bei Buckwitz grade, also schon wieder Vietnam, ihr Tema hieß Indianer in Montenegro und plötzlich aus welchem Himmel fiel ihr die Idee, dass Viktor mit seinen IndianerKenntnissen als Berater ihres Regisseurs vielleicht, ganz offiziell, sie könnte das vorschlagen, Geld genug hätten die, wenn nur er wollte, und Zeit wär dann sicher auch genug, ein zwei Frühlingswochen lang, ihr die Universitätsreform und die Notstandsgesetze zu erklären? Große treuherzige Augen, grün. Karfreitag fahren wir los.

Bliss war verwirrt. Das wär doch wohl schon von andrer Bedeutung für Lena. Seine Termine in der Kampagne, in der Uni, beim KommaKlub. Sein Aufsatz fürs Kursbuch. Wie soll er das auf die Reihe kriegen. War aber erneut beeindruckt von ihrer Nähe, das Kribbeln im Bauch und im Kopf wieder und die sakrische Lust nach einem ganz andren Abenteuer als den etwas verstaubten Freuden der solidarischen Ehe, obwohl, oder aber, wenn vielleicht, ob sie nicht das genauer, zum Beispiel bei einem Kaffee, statt jetzt den Staub der Folianten zu schlucken, bei ihr zu Haus, Spaziergang zehn Minuten durch die Luft die Frühlingssonne

Barbara Spott in den Augenwinkeln unterbrach ihn: Warum sagst du nicht gleich dass du mit mir schlafen möchtest? brachte Bliss zum Hüsteln Stottern, Ich ehm ich wollte na ja weißte, lachte dann: Mensch Barbar du imponierst mir. Ich glaube ich bin zu altmodisch für die neue Freiheit.

Barbara nahm seine Hand, zog ihn zurück in den Lesesaal, sie packten ihre Bücher in die Schließfächer, schlenderten als absichtslose Spaziergänger ums Siegestor an den Läden der Leopoldstraße vorbei. Die sanfte Spannung der Vorfreude auf das schon einmal erfahrene nahe Erlebnis, das ihre Körper in der leichten Berührung der Hände der Flanken der fliegenden Haare sich versprachen. Bliss spürte den Impuls wie ein Kind zu hüpfen, so federte ihn die Leichtigkeit ihres Einverständnisses, beschwingte ihn das Wissen einfach und direkt begehrt zu sein. Weggeschluckt von einer Zauberin die Hemmungen, die körperliche Lust in seinem Leben oft zugestellt hatten. Einmal nicht nur in der von erotischen Texten oder Bildern erregten Fantasie frei sein, sondern hier und jetzt und gleich, in dieser Schwabinger Wirklichkeit: dank Barbara Bartel und ihrem unumschweifigen Begehren.

Dem zu gehorchen schien auch die Mittagssonne, die aus ihrem schon höheren südlichen Stand in die breite Allee sich hingoss und auf die Bürgersteige Gänger und Sitzer, Esser und Trinker, Leser und Schauer gelockt hatte. Die Außentische der paar Cafés bis zur Martiusstraße waren von Genussmenschen besetzt, friedliche Bilder, die Bliss in dem Zustand flimmernder Erwartung besser ertragen konnte als in seinem sonst immer in dieser arbeitsfreien Enklave genannt Schwabing hochschwappenden Widerwillen gegen die pissreichen PorscheFreaks und BavariaGammler.

An einer LitfassSäule entdeckte er das Plakat ihrer OstermarschVeranstaltung, VOM PROTEST ZUR AKTION, aber sie fand das eher öde als einladend, viel zu viel Schrift, bierernst, kein Design, keine Farbe, wer will

denn da anbeißen. Seinen Namen in der Liste der Mit-
wirkenden sah sie nicht.

In ihrer Dachwohnung, die viel Sonne durch die
schrägen Großfenster einfing, war Barbara Bartel nicht
umständlich, schob die Bücher und Kissen von der flachen Couch auf den Dielenboden und konnte das
schon allein, das Ausziehn, ließ die Tür zum Klo offen
stehn, er hörte das heitere Klingeln Vertröpfeln ihrer
Abwässer, das Rauschen der Spülung, während er
bedächtig oder zögernd Windjacke Pullover und
Hemd, auch seine Hosen auszog, die Klamotten halbwegs ordentlich auf dem einzigen freien Stuhl ablegte,
blass im weißen Unterzeug, unschlüssig, unsicher
plötzlich. Barbara schob sich den letzten Fetzen Stoff
auf die Knie, tänzelte ihn bis zu den Knöcheln, stieg
mit dem linken Fuß raus und schüttelte schmiss ihn
vom rechten locker irgendwo hin, nackt im Schmuck
ihrer rotblond in der Sonne schimmernden Haare ihrer
kärglichen Brüste ihres keckspöttischen Lächelns wie
sie sich auf die Couch breitete mit ausgestrecktem Arm
Na – kommstu? und Bliss langsam näher trat, verwirrt,
da das Prickeln und Spannen in seiner Unterhose ver-
loschen war, verflüchtigt wohin warum wodurch, sie
muss das sehn, er streifte das Unterhemd über
den Kopf, ließ es fallen, aufrecht neben der Couch,
hoffte sie würde ihn berühren streicheln die Hose ausziehn, aber sie flachste nur Und die Hose junger
Freund? Keine falsche Scham, Sie sind hier bei Ihrer
Hautärztin!

Da musste er lachen Ja wenn das so ist, schob die
Hose runter: Schaun Sie Frau Doktor – er ist ein Deser-
tör, von allen guten Geistern verlassen –

Dafür bin ich zuständig, spielte Barbara weiter, lagern
Sie ihn getrost auf meinen Bauch!

Das soll wirken?

Als ihre elektrischen häute sich berührten rieben, er ihr haar gesicht lippen brüste küsste, ermannte sich auch der schlappe wieder zum kerl und fand seinen weg in ihre weiche erwartung, steigerte schnell ihre sanften wohllaute zu seufzern und entzücken, er aber wollte noch diese lust der bewegung in ihr sich verlängern ver- ewigen, kecke neckereien, bis barbara mit den finger- spitzen seinen hodensack berührte und so eine ihm unbekannte steigerung seines gefühls hervorrief, in sei- nen bauch einschoss, der er mit einer beschleunigung seiner bewegungen antworten musste, unaufhaltsam bis zum letzten überfluss und dem rückfall in die gegen- wart

Er lag auf ihr, schwer atmend, bewegungslos, er- schöpft – sie trug ihn noch bis er die Augen öffnete, lächelte aus den Augenwinkeln, leise: Na, zufrieden? Vik seufzte. Mensch Barbar. Was hast du mit mir ge- macht.

Er rutschte neben sie, sie verschwand im Bad, wusch sich plätschernd, erschien wieder in ihrem Spitzenslip, kochte den verabredeten Kaffee und Bliss verglich die- ses Kleidungsstückchen mit Lenas Unterhosen, rustika- le zweckmäßige Leibwäsche, die ihren Inhalt gut und warm verpackte – Ist dein Atelier eine sexuell befreite Zone? fragte er.

Sie stellte das Messingtablett mit dem Kaffeegeschirr neben der Couch auf den Teppich: Du meinst ob ich die Pille nehme?

Bliss wusste nicht ob er das gemeint hatte, aber das vielleicht auch.

Barbara setzte sich neben ihn, schlürfte mit gespitzten Lippen einen Schluck. Ein Fleck Sonne auf ihrem spros- senbetupften Gesicht. Seltsam, nicht? Dies kleine Ding, wie uns das befreit. Ganz ohne Angst konntich jetzt mit dir zusammen sein und uns genießen. Ich geh mit dir auf eine Reise, einen Ausflug – und entdecke mich selbst. Schaute ihn an, lächelnd: Muss mich nicht fragen, ob du der Mann meines Leben sein könntest.

Bliss schwieg, streichelte ihren Rücken, spielte seinen Zeigefinger über ihre Wirbelknochen als zählte er sie.

Ich glaub das ist die Revolution bei der niemand verliert Vik.

Auch nicht die Männer?

Es ist eine Chance für euch. Ihr müsst uns nicht mehr die Helden vormachen.

Ich wollt nie einer werden Barbar.

Überrascht blickte sie ihn an, kniff die Augen zusammen. Nickte. Und wo hast du das Streicheln gelernt?

Bei meiner Katze vielleicht?

Da hielt sie ihm lachend die zweite Tasse vor die Brust: Jetzt trink mal! Sonst vergess ich noch meinen Termin bei der Bavaria!

Als sie sich anzogen, lud er sie ein ins Schwabinger Bräu zu der Auftaktveranstaltung, paar dicke Namen, Rolf Boysen, Christa Berndl, viel Musik, Kabarett, ganz andrer Stil als aus dem Plakat zu vermuten, einfach bunt, er hat auch ne Nummer in dem Programm, Information mal Unterhaltung, APOmix, in seinem Text hat er versucht, literarische Form und politischen Inhalt als ästetische Einheit sichtbar zu machen – Gelegenheit zu prüfen wie das funktioniert.

Sie wusste noch nicht genau ob, kannst ja vorher hier vorbeikommen mich überreden. Wenn du Zeit hast.

Bliss kehrte zurück in die Staatsbibliotek zu seinem Brief an die verlorene Tochter zu den roten Indianern, mit dem neuen Körper im Kopf, der schönen was denn – Gefahr? Verlockung? Abwechslung? Revolte? und Tashunka Witko bedeutet Crazy Horse, sein Pate ein Wildpferd, das bei seiner Geburt durch das Dorf galoppierte, das verrückte durchgehende Pferd, war das größte militärische Genie der SiouxFöderation nach dem Sezessionskrieg, ein Oglala, auf dem Kriegspfad aus Verzweiflung, das Gold in den heiligen Black Mountains, sie brachen ein ins IndianerReservat die Squatters die Prospektoren mit dem calvinistischen Recht der Bleichgesichter, macht euch die Erde untertan Leute! wozu Reservate für Büffel und räudige Heiden – ich sollte in Barbaras Film vielleicht wird das keine Wildwestschnulze mal historische Wahrheit wennich dem Regisseur paar Fakten Vergleiche mit Vietnam nicht wegen Barbar oder doch wegen Barbar auch wegen Barbar sgehtabernich weilich – ach Lena

Die hatte gleich drei überraschende Nachrichten für ihren Mann in der Küche bereit zum Tee mit Gebäck, weil da nachmittags die Sonne auf dem Tisch lag und darauf aber zuerst der Brief vom Hauswirt: zwei Monate Mietrückstand mit freundlichen Grüßen, dazu nun passend das Geschenk des Himmels nämlich des Regisseurs Peter Stein an den Dr. Viktor Bliss: der Vorschlag

31

für den VietnamDiskurs als historischer Berater tätig zu werden, mit Zweimonatsvertrag Vik! Ist das nicht toll? Wir arbeiten zusammen an den Kammerspielen und können die Miete bezahlen!

Sein Echo auf ihre Begeisterung blieb reserviert, er ahnte dass sie irgendwie bei dem jungen Regisseur für ihn wer weiß wie, obwohl dieses Stück schon auf der Linie seiner wissenschaftlichen Interessen, ja natürlich der politischen auch, praktische Anwendung Vermittlung über die berühmte Bühne, wenn auch nur im Werkraum, aber ein Einstieg zum Teater jedenfalls. Sie vergaß wieder total dass er zur Universität, Forschung und Lehre, nicht bürgerliche Komödie – also Begeisterung? Woher denn? Schreiben muss er, publizieren – Aufsätze Rezensionen Beiträge, je mehr je besser für eine akademische Laufbahn.

Aber wenn ihr Gehalt doch nicht reicht für beide und Miete, noch nicht, nur erstmal durch durchs erste Jahr und bis er den Lehrauftrag kriegt. Und überhaupt! Bürgerliche Komödie! Von wegen! Da spielen nicht Mimen irgendwas für den Regisseur sondern die wollen dasselbe wie du, haben aber nicht dein Wissen, die brauchen dich nämlich genau wie die Leute vom Ostermarsch, für die du deine Zeit massenhaft hergibst als ob sie nichts kostet! Bei uns könntsdu schon mal die Miete verdienen oder noch mehr. Also sprich wenigstens mit dem Stein, wie steh ich sonst da.

Aha, darum gehts. Warum hast du mich nicht vorher gefragt.

Nein darum gehts nicht. Warf ihm brüsk den Brief seiner Tochter auf den Teller, wollte weg.

Schon wieder einer? Woher? Tatsache, kanadische Briefmarke. Mensch Lena. Tschuldige. Komm bleib sitzen, du hast mich so überrumpelt mit deiner Idee. Riss den Umschlag auf, hör mal:

32

Daddy wir sind drüben! Es war verdammt ein kleines Abenteuer. Wir mussten den Wagen stehn lassen, für lumpige zweihundert Dollar verkaufen, die Straßen werden alle kontrolliert. Es sind so viele rüber. Über die Grüne Grenze wärs fast funny gewesen, ein bisschen kam ich mir vor wie eine Indianersquaw auf dem Kriegspfad, wenn wir nicht so viel Gepäck zu schleppen gehabt hätten. Da hätt ich mein altes Fahrrad brauchen können, good old Europe. Mutter hat mir viele Verwünschungen nachgerufen und die Haare gerauft, ich hoffe Du reagierst abgeklärter.

Na ja, jetzt sitzen wir in Winnipeg, Manitoba. Klingt ganz schön, nicht? Aber das gelobte Land muss anders aussehn. Wenigstens haben wir eine Kolonie von soll ich sagen Leidensgefährten? vorgefunden, hätte man sich denken können. Ganz abenteuerliche Leute dabei. Und die von der War Resisters League versuchen uns zu helfen. Mike soll als Taxifahrer unterkommen, erstmal. Ich werde Kindermädchen spielen, babysitter, sowas brauchen sie überall. Du übrigens, ich weiß ja, ihr habts nicht dick, aber wenn du gelegentlich ein paar Knöpfe abzweigen kannst - das wär eine tolle Hilfe. So zur Überbrückung. Jedenfalls erreichst du uns über die League, Rainy River Street 10. Und mach dir keine Sorgen, wir lieben uns, das hilft viel, und ich schreib Dir bald wieder. Mike mein roter Grizzlybär nennt mich Joan. Mike and Joan on the road for Manitoba - Filmtitel, was?

Tschüs Alterchen.

Grüß meine schöne Stiefmutter. Ich bleib Deine Jona.

Dieser Brief. Bliss war von ihm überhaupt nicht froh. Abgeklärt! Die Schule hat sie hingeschmissen, die Knospe, ein Jahr vor Schluss! Ist sie wohl doof geworden, da drüben? Meine Tochter!

Anders die schöne Stiefmutter, die jetzt, als Ausweg aus der Klemme, daran dachte einen Kredit auf ihr

Gehalt bei der Gewerkschaftsbank aufzunehmen, wozu zahlt sie die Beiträge in der ÖTV, so mutig die beiden, fünfhundert Mark erstmal für seine Johanna und Mike, das würde denen über den Anfang helfen und er könnte einen Brief an den Hauswirt schreiben, mit seinen Formulierungskünsten ihre augenblicklich vorübergehend schwierige Lage schildern, vier Wochen Aufschub für die Miete – oder doch lieber einen Gehaltsvorschuss beantragen? Obwohl das einen schlechten Eindruck machen würde im Betriebsbüro, im Probejahr, dann doch besser die neutrale Bank

Bliss fand sich durch ihr Nachgeben Nachdenken im Interesse seiner Tochter noch stärker unter Druck gesetzt, in seiner Entscheidungsfreiheit beschränkt, sagte aus geschlossnen Zähnen Das wär alles in Marburg kein Problem gewesen, wusste ihre Antwort voraus die abgekämpfte Diskussion. Er verdrückte sich wortlos in sein Arbeitszimmer, schleppte sie doch mit, führte sie lautlos allein, wurde den vertrackten Kopfkoller nicht mehr los. Für ihre einmalige Chance als Gewandmeisterin an den Kammerspielen hat er seinen Professor und die Assistentenstelle verlassen, das jahrlang geknüpfte Netz der Freunde, das nagt im Untergrund ihrer LiebesEhe, fluppt lästig durch die selbstgebaute Beschwichtigung, dass München, das südliche, kunstvolle, bewegte München einen LebensVersuch wert ist, verglichen mit Marburg, wo es außer der Universität nur Provinz gibt und außer Abendroth und Hofmann nur konservative Pfauen. Sie hats ja angeboten: Bleib erstmal bei deinen Freunden Vik, wir besuchen uns an den Wochenenden, kein Problem heutzutage mit Geld, das schaffen wir schon, nein das schaffen wir nicht Lena, das ist illusorisch, bringt vierhundert Kilometer Trennung Entfremdung zwischen uns, und Johanna die kluge Johanna hat im Telefon gesungen Mensch Daddy München! Das kommt in den Staaten gleich nach Heidelberg! Da ging ich lieber gestern als morgen studieren! Jetzt hockt sie in Winnipeg im Pisspott und ich bin blank und liege meiner Frau auf der Tasche. Kredit, zehn Prozent Zinsen, Wahnsinn! Oder acht, egal. Was brauchen wir gleich zwei Zimmer und Atelier! So kopflos auch unterschätzt die Schwierigkeit, mit dem AbendrothGeruch an der Maximilians-Universität Fuß zu fassen das schnuppern die gleich, ich habs nicht gelernt mich verstellen mit Weihrauch wedeln, und jetzt haben die Ordinarien den Widerstand entdeckt, verteidigen ihre Machtprivilegien mit der sechzigprozentigen Staatswucht der CSU im Rücken, beißen um sich gegen die paar kritischen Go-Ins von Studenten, die erstmal nichts wollen als mitbestimmen über die Inhalte ihrer Bildung fürs eigne Leben.

Die Uni ist genauso verstockt wie Lenas Teater! erklärt er der Katze auf dem Schreibtisch, ihr Schnurren hervorkraulend. Erlöst werden muss die ganze vermiefte Gesellschaft, also ist es egal wo wir zuerst die Zöpfe schlachten. Hauptsache wir tuns.

Murkelkatz, was soll ich machen fragt er die grünen Augen: Teater oder Film oder Hochschule?

Die weiße Schwanzspitze vor den Vorderpfoten begann zu zucken als er versuchte, der Katze den angeklebten Grind aus den Augen zu wischen, setzte den ganzen Schwanz in heftig kreisende Bewegungen, ehe sie auch mit krallengezückter Pfote seine Hand abwehrte, so dass er von der Körperpflege ablassen musste, wieder den kleinen schwarzbuschigen Kopf kraulte. Langsam beruhigte sich das erregte Kurven und Schlagen bis nur noch die Spitze zuckte in nachwirkender Nervosität. Willst du Filmstar werden? Der Tiger von Montenegro? Hauskatzen hatten die Indianer wohl nicht, in ihren Wigwams.

Als das Telefon klingelte, war die Kodderschnauze von Karsunke dran, freundlich aber, fragte ob alles klar sei mit seinem Text für morgen, und nicht länger bitte als fünf sechs Minuten, übervoll das Programm, und möglichst eine halbe Stunde vor Beginn, Mikrofonprobe, alles noch ziemlich kaotisch bis jetzt, Tüte Mücken ist leichter zu organisiern als Künstler ohne Honorar, also bis morgen um sieben vor der Bühne.

Spät abends hatte Bliss seinen Groll verdaut, probte den Text laut vor Lena, mit Stoppuhr. Kämpferisch, fand sie, der überzeugt bestimmt. Er war nicht so sicher. Doch Vik. Nur gib nicht zu viel Patos, der wirkt allein. Du bist kein Schauspieler. Man merkt dass du hinter stehst, hinter den Worten.

Er umarmte sie. Fremd an ihrem Mund.

Der Freitagmorgen war schwarz mit der Nachricht aus
Memphis: der fromme Negerpastor abgeknallt auf einem
Balkon. Memphis wie Dallas, Gewehr mit Zielfernrohr,
in den schwarzen Hals die weiße Kugel, erschossen der
Traum vom brüderlichen Amerika, eine Stunde Leben
noch Hoffnung, dann war Carmichael dran und Black
Power: BROTHERS GET YOUR GUNS REVENGE! die
schwarzen Indianer Amerikas stolpern über das Kriegs-
beil, vor die Füße geschmissen, da nimms, da liegt es,
Henry-Stutzen, da, Colt, da, Winchester, Hotchkiss,
Remington, da, Famous Guns that Won the West, Na-
palm, Kugelbomben, Orange B, Kalziumzyanamid, be-
rühmte Waffen die den Osten, aller Segen kommt von,
achtzehnvierundsechzig Sand Creek Colorado, Colonel
Chivington gibt seinen Männern Order SQUAWS HECKEN
NEUE ROTHÄUTE, TÖTET UND SKALPIERT SIE ALLE GROSSE
UND KLEINE, NISSEN WERDEN LÄUSE, die dritte Colorado
Kavallerie Brigade hat dreihundert Cheyennen und Ara-
paho hingemacht mit zwei Haubitzen, WIR BOMBEN SIE
IN DIE STEINZEIT ZURÜCK, Black Kettle hat über dem
Dorf ein weißes Tuch und den Union Jack wehen lassen,
wozu, nach Denver führte der Colonel ein rundes Hundert Skalps an den Sätteln, zwei Frauen fünf Kinder
lebendige Trophäen für das Indianermuseum, Chivington ein wahrer Held ein wahrer Jubel befreit friedliche

Siedler Colorados von der roten Geißel, General West-moreland fünf Sterne am eisernen Hut schickt fünfhundert Zinkkisten die Woche nach Arlington mit Grüßen an LBJ vom barfüßigen Vietcong, die Schilfhüte hissen keine weiße Fahne halten nicht still beim mörderischen Befrieden, Brüder jetzt bekommt ihr Verbündete im Bauch des feuerspuckenden Drachen, die Schwarzhäute werden den Herrn der Kanonen Feuer unter die Ärsche legen und wir entwickeln uns auch zu Stacheln im Fleisch der Gewalthaber, ich bin verdammt doch ein ruhiger Typ der inner Bibliothek zum Fenster rausgucken will. Auf Bäume! Nicht auf diese Schlachtfeste!

Viktor Bliss zog los in den Spätnachmittag wie ers angemessen dachte in düsterer Zeit: schwarze Cordhosen weißes Hemd Kragen offen schwarzes Jackett, keine Farben. Wegen der Mikroprobe so früh (als Lena sich wunderte). Sie spuckte ihm dreimal über die Schulter, war sehr gespannt.

Er radelte isarabwärts unterm niedrig verhängten Himmel, durch den Englischen Garten mit Tempo querrüber nach Schwabing, kein Auge für Krokusse und Narzissen am Weg. Halbsieben als er bei Barbara Bartel klingelte, leicht verschwitzt.

Ihre Stimme von innen: Vik bist dus? und stand lachend barfuß im Bademantel, zog ihn rein an der Hand, Tschuldigung Vik bin grade beim Duschen, Augenblick noch setz dich, er umarmte sie aber, küsste ihr nasses Gesicht und dass sie nackt war unter dem Tuch blitzte ihm heiß in den Kopf.

Er versuchte seinen Text zu memorieren, halblaut in das Rauschen aus dem Bad, wollte die ersten Zeilen sprechen ohne Blatt: *Etwas geht um in diesem Deutschland Ich wollte sagen: Es geht etwas um - dreht euch nicht rum der Kurras geht um* und fand nicht weiter, scheiße, las aus dem Manuskript *Und das ist wahr die kalte Wahrheit: der Kurras geht um in unserm Rücken aber* – das Rauschen hörte nicht auf, er steckte die Blätter zurück in die Jackentasche, öffnete die angelehnte Tür.

Barbar die Nixe im Wasserfall geschlossne Augen dampfender Genuss sagte – Vik kannst du mir den Rücken einseifen – Wenn du nicht so spritzt – Zieh deine Jacke aus und dein Hemd – Aber wir müssen gleich los, war schon dabei, und die Schuhe die Hosen, stieg neben sie in die Duschtasse erschrak von der hitze aber umarmte sie legte seine hände um ihre brüste küsste wasserschlabbernd ihren nacken schubberte den bauch an ihrem hintern sie schob ihm ein stück seife in die rechte und als er sinnlos unterm strömenden wasser ihren rücken einrieb fasste sie nach hinten zu seinem steilen schwanz – mein gott vik – so wolltest du doch nicht ins schwabinger bräu! und spielte und koste ihn mit ihren fingerspitzen und er seifte und seifte damit sie nicht aufhörte mit ihrem spiel und drehte sich um doch und er besoffen küsste an ihren brüsten bauch möse herum luftschnappend wasserleckend die liebe der fische bis sie seinen kopf sich hochholte und ihm das gesicht ableckte ihre zunge schlank in den mund steckte komm jetzt komm rein mit dem freier geht denn das hier drin klar geht das pass auf und bog sich zurück an die kachelwand und es war kein problem er sah die wasserstrahlen zerspritzen auf ihrem blanken bauch und sein ding den kolben verschwinden zurückkommen verschwinden reinrausreinraus mit der irren lust die seufzte und stöhnte und lachte sie ihm auch in die ohren ihre fingernägel in seinem hintern der schmerz der wahnsinn die lust das leben das wahnsinnig verrückte wahnsinnig schöne leben barbar und das wasser strömte weiter über die warme gemeinsame haut der zwillinge im uterus der duschkabine

Auch das Abtrocknen dann, gegenseitig, hatte noch wortlose, nachschwingende Zärtlichkeit, wie allmählich der wirkliche Münchner Tag zurückdrängte in die Schwabinger Wohnung die Insel unter dem himmeloffenen Dach. Bliss fand nur langsam härteren Boden unter den Füßen im Umgang mit seinen Kleidern, mit denen er zögernd widerwillig unbeholfen das ekstatische Lebewesen seinen Körper wegpackte in die Täglichkeit, die Unterhose auf rechts drehte, die Hemdärmel nach außen zog, die Socken entknäulte. Eigentlich müssten wir nackt jetzt rübergehn ins Bräuhaus. Aber nicht mit den nassen Haaren Vik. Barbara rubbelte ihm heftig den Kopf, ihre Mädchenbrüste vor seiner Nase. Kommst du nicht mit? Geh schon vor großer Häuptling, sonst versäumst du deine Revolution, ist gleich halbacht.

Oh Scheiße! Die Uhrzeit nicht ihr Spott schreckte ihn aus seinem verträumten Zustand.

Wann bist du dran?

Er wusste es nicht, das Durcheinander im Komitee, vielleicht hatten sie ihn gestrichen inzwischen weil er so schlampert, einfach nicht zur Mikrofonprobe, rechneten nicht mehr mit ihm, immerhin sein erster öffentlicher Auftritt in München.

In fünf Minuten bist du drüben, denk jetzt nicht es tut dir leid, sonst nehm ich dich nicht mit nach Montenegro, zweitausend will die Bavaria dir zahlen für vierzehn Tage Produktionsberatung.

Barbar du bist Mensch das ist Bestechung, Bestechung in Tateinheit mit Verführung!

Ihr sprühendes Lachen ging ihm nicht aus dem Ohr auf dem kurzen Weg und nicht die zweitausend Mark für vierzehn Tage mit dieser Lust. Am Eingang drängelte ein Pulk von Menschen, er hörte aus dem Saal eine Lautsprecherstimme, schob sich dringend an den beiden Kartenabreißern vorbei: Muss zur Bühne! An den langen Tischreihen Gesichter Gesichter, wortlos durch, der Saal voll Gerede noch, Spätkommer, Platzsucher, Kellnerinnen mit Biertöpfen, Begrüßungen, bayerische Hallos, über der Bühne das Transparent VOM PROTEST ZUR AKTION neben der OstermarschRune, darunter Lautsprecherboxen Stühle, am Pult Hitzer natürlich Hitzer, dreiteiliger Anzug Krawatte, seriös bis in die Schnurrhaarspitzen, offenbar bei der Einleitung, Martin Luther King hörte er und von Aufständen in den schwarzen Gettos, Stotz am Bühnentreppchen streckte ihm die Hand entgegen, lächelte ohne Vorwurf Na prima Viktor! Die andern sind hinter der Bühne, durch die Tür rechts, meld dich gleich beim Yaak dass du da bist, jetzt sind wir vollzählig.

Kaum begreiflich: keiner von denen merkte ihm was an oder fragte wo er geblieben war und warum er zu spät obwohl er noch immer das Gefühl hatte in durchsichtigen Kleidern oder sonst an verräterischen Zeichen erkennbar zu sein als einer der eben noch völlig unpolitisch und lustversessen rumgebumst hatte. Während die Mitstreiter sich vorbereiteten, für die kämpfenden Vietnamesen, die entrechteten Schwarzen, die eingekerkerten Demokraten in Griechenland Freunde und Helfer zu gewinnen.

In den Räumen hinter der Bühne wenig Platz, Schminktische, Stühle, Garderobenständer, Waschbecken, gut zwanzig dreißig Leute, wenige kannte er näher, vom Teater Rolf Boysen, Christa Berndl, die Liedermacher Brannasky und Erwin Jedamus, begrüßte einige mit Kopfnicken Handschlag im Vorbeigehn, meldete sich bei Karsunke, der zeigte ihm das hektografierte Programm Du bist erst nach der Pause dran, gegen Schluss, keine Eile.

Ist das eine Zurücksetzung? Vielleicht sind bis dahin die meisten gegangen, wer will den unbekannten Bliss noch hören nach den Stars? Aber mein Text ist die letzte Nummer vor dem EnsembleAuftritt mit dem Solidaritätslied. Sieht eigentlich mehr nach Höhepunkt aus. Die vom Komitee kannten seinen Text, hatten ihn ohne Änderungsvorschläge gutgeheißen, wohl nur geschaut ob er politisch *astrein* war, aber einen Vortrag von ihm, vor großem Publikum, hatte noch keiner gehört – ungewiss wie das laufen würde, diese unausprobierte Form von rytmischer Beweisführung mit Fakten; AgitpropGedichte zu politischen Anlässen verfertigten viele jetzt, nicht nur Fried, Karsunke, Herms, seitenweise jeden Monat in *Konkret* und den Studentenblättern, eine Schwemme schnell erzeugter, schnell verschlissner Zwitter für den Tagesgebrauch, in Verszeilen gebrachte kunstlose Schmiedereien, brauchbar alles irgendwie in dieser Aufbruchzeit wie Wachsmatritzen BettTücher Handlautsprecher

Er hörte aus dem Saal sehr fern von seinem Bewusstsein die unverständlichen Worte, die Lieder, den aufrauschenden Beifall, und die zurückkamen von ihrem Auftritt redeten heiter, gelöst, begeistert manche, großartig sei die Stimmung – ein Fest ein Heimspiel. Bliss saß in einer Ecke halb verkrochen mit seinen zwei Blättern, sie respektierten das, redeten ihn nicht an, er konnte trotzdem den Text nicht konzentriert lesen hinter dem Barbara sich vorschob und Lena die draußen irgendwo wohl an den Tischen vielleicht zusammen die beiden, wie kann er ihnen begegnen am Ende, verschwinden am besten gleich verschwinden nach dem Auftritt, aber das Lied das gemeinsame war der Schluss – es wird keine Flucht geben, Lena wird ahnen was passiert ist mit ihrem Instinkt. Halblaut las er die Zeilen um seine Konzentration zu erzwingen, die Worte blieben leer raschelten ohne Sinn wie Chinesisch, bis er von draußen die Stimme hörte die ihn aufstöberte, herausriss – Wer singt da? Christiane Bruhn. Auch die andern drückten sich durch den Saalausgang, lauschten seitlich von der Bühne im Haufen, auf der nur Jedamus mit der Gitarre, Fuß auf dem Stuhl, und am Standmikrofon die kräftige kleine Frau im schmucklosen geschlossenen Kleid sang Griechenland, sang die Freiheit *Mitten in deinem Herz Athen haben wir Lieder angestimmt*, Theodorakis war das, auf einer Platte hatte er das Lied gehört mit der Stimme Maria Faranduris, aber jetzt auf deutsch *Ich bin die Front ich rufe zum Kampf, Freiheitskämpfer schließt euch an* - unwiderlegbar schien die schnörkellose Klarheit dieser Stimme, ein Sonnenaufgang über griechischen Bergen *Keiner kann uns je die Erde nehmen - bald werden wir im Land die Glocken läuten - die ganze Erde uns und kein Stück den Tyrannen* - Schauer liefen ihm über den Rücken, er fühlte sich hochgehoben, irgendwie schlugen diese Stimme das Lied der verbannte Komponist ein Stück Zukunft eine Hoffnung auf, zugleich drängte ihm Wasser mühsam unterdrückt in die Augen, eine Ergriffenheit, die auch über dem Saal lag einige Sekunden lang bis der Applaus losbrach, viele aufstanden von den Bänken und die Schauspielerin neben dem Mikrofon verharrte, unbewegt, wie geblendet, ernst, als hörte sie noch den Tönen und Worten nach, die eben aus ihrem Körper ihrem Gesicht ihrem Mund geströmt waren wie etwas andres weit her Gereistes aber Vertrautes, dem hatte sie als WahrSängerin gedient.

Jedamus verbeugte sich schief, linkisch lächelnd, zog ab mit seiner Gitarre durch die Gasse. Die Bruhn erschrak, als sie sich umschaute, sich allein auf der Bühne fand, wies mit einer gelernten Handbewegung hinter ihrem Begleiter her, ging ab, unbeholfen plötzlich und verlegen, und erst allmählich verebbte das Klatschen.

In der Pause blieb Bliss auf seinem Hocker hinter der Bühne. Die andern fanden Gesprächsstoff in ihren Auftritten, den Reaktionen der Leute unten, oder sie holten sich bei Bekannten im Publikum Zuspruch. Bliss fühlte sich als Außenseiter unter den Bühnenprofis, scheute das Gespräch mit ihnen, auch weil er Komplimente nicht über die Lippen brachte wie sie erwartet wurden, und bei den Prominenten von den Kammerspielen wollte er sich nicht anbiedern. Als Ehemann einer dort Beschäftigten kannte er sie aus vielen ihrer Erzählungen, während er ihnen gegenüber ein weißes Blatt, eine Null war, ein Prinzgemahl allenfalls, wäre denn Lena Bliss eine Teaterkönigin gewesen und nicht nur Zulieferantin, ein Talent aus der hessischen Provinz, das seine Fähigkeiten erst noch beweisen musste.

Als er die Bruhn allein an einem Schminktisch sitzen sah, überwand er seine Hemmung, sagte ihr dass er noch nie selbst in Griechenland gewesen war, aber bei diesem Lied, wie sie das sang, hat er gemeint, die Sonne über den Bergen des Peleponnes aufgehn zu sehn, dort wo Theodorakis jetzt in Zatuna in der Verbannung lebt, oder bei Jannis Ritsos auf der KazetInsel über dem Meer. Da staunte sie doch woher er so genau Bescheid wusste und freute sich, dass er verstanden hatte was sie ausdrücken wollte: die Zuversicht die in dem Lied der Gefangenen lag, der Mut auch, die Gewissheit. Sie gestand ihm, dass sie sich gefürchtet hatte mit dieser wunderbaren Sängerin Faranduri in Konkurrenz zu treten, als unbekannte Schauspielerin, aber der Mord an King hat sie herausgefordert ihre Skrupel zu verdrängen. Ja, sagte er, Sie haben es gesungen dass es direkt in die Herzen und Köpfe ging. Aber wer sind Sie, fragte sie lächelnd, werden Sie noch auftreten? Er entschuldigte sich, Viktor Bliss, der Mann von Lena Bliss, der Gewandmeisterin, Historiker, kein Künstler. Er hätte einen politischen Text für die OstermarschKampagne geschrieben, ein Versuch wär das, Art Mutprobe für einen Wissenschaftler. Ach ja, sagte sie, nahm den Programmzettel vom Tisch, nickte, da bin ich jetzt gespannt, den werd ich mir von unten anhören. Die Lena ist eine gute Kraft. Bisschen Mut brauchen wir Teaterleute übrigens auch, ich meine, hier mitzumachen. Wir sind alle politische Hasen. Streckte ihm die Hand hin: viel Glück dann, ich drück Ihnen die Daumen.

Bliss fand sich komisch, weil ihn der Händedruck und die paar Worte der jungen Schauspielerin so versicherten – vielleicht weil sie ihm ihre eigne Furcht vor dem Auftritt eingestand? Eigentlich hatte er keine Angst, vor Studentengruppen hat er manchmal gesprochen, als Assistent im Hörsaal, bei Fakultätsversammlungen, beim SHB und SDS, allerdings meist spontan, aus dem Anstoß des Augenblicks.

Als Johann Stotz, der KabarettProfi, sich nach seiner Nummer zu ihm setzte und fragte, wie er sich fühle, konnte er lachen: Ungefähr wie der Bogen wenn ihm der Pfeil schon aufgelegt ist.

Und wer schießt? wollte Stotz wissen.

Tja wer – kennst du *Herriegel, Zen in der Kunst des Bogenschießens*? Kannte der nicht. Die japanischen Meister sagen: das Zen. ES schießt. Wenn man das Ziel vergisst, und seinen Willen, es zu treffen.

Stotz sah ihn skeptisch von der Seite an: Das soll funktionieren?

Bliss lachte unsicher. Na ja, mal probiern. Ich les einfach den Text vor.

Dein Text ist gut Vik. Wenn der dein Pfeil ist - Stotz war ein Marxist in der Kampagne, der gern lachte, sympatisch, bescheiden. Der hörte fremden Gedanken zu und musste sie nicht gleich widerlegen. Hatte ihm schon manchmal zu verstehn gegeben, dass er andrer Ansicht war und trotzdem erstmal Aha gesagt. Sein Lachen hatte die Qualität eines Arguments, war unwidersprechlich, ein warmes Bad.

Seine besorgte Nachfrage aber und der Glückwunsch der Teaterfrau brachten Bliss erst in den Gedanken, dass auf einer Bühne völlig allein gegen die Übermacht von tausend Leuten zu sprechen doch wirklich eine furchterregende, eine ziemlich tollkühne Unternehmung war.

Plötzlich, bei dieser Überlegung, ging sein Herz los als hätte er ihm die Sporen gegeben. Der Muskel der eben noch unmerklich in seiner Brust pulsierte tobte los, wollte ihm zum Hals raus. Seine Handinnenhaut wurde feucht, die Finger kalt. Er rollte die Manuskriptseiten zusammen, strich sie wieder glatt auf den Knien. In seinen Därmen rumorte es, auch die Blase meldete sich mit starkem Druck. Er verzog sich auf die Bühnentoilette, aber das plätschernde Ergebnis im Pissbecken stand in keinem Verhältnis zur erzeugten Nötigung. Immerhin ließ der Druck im Unterleib nach. Vor dem Spiegel kämmte er sich, aber wuschelte die Haare doch gleich wieder durcheinander. Er zeigte sich die Zähne, kniff und schürzte die Lippen, trillerte die Zunge, räusperte hustete den Frosch aus dem Hals, höhnte laut zu seinem Gesicht Hallo ihr Rothäute hier spricht der Häuptling Hasenfuß und erzählt euch was vom großen Manitu! konnte jetzt grinsen, entdeckte grade noch im Rausgehn den offnen Hosenschlitz, lief Karsunke fast in die Arme He Viktor – du bist gleich dran! Alles klar?

Aye aye Sir.

Brauchte den gönnerhaften Schulterschlag überhaupt nicht.

Die vom Satierschutzverein drängten herein, angeheitert, zufrieden, ihren Beifall im Schlepp. Er hörte hinter dem Rundhorizont der Bühne Johann den Geschichtswissenschaftler Viktor Bliss ankündigen, der von Wolfgang Abendroth aus Marburg nach München gekommen ist und uns seinen für den Ostermarsch geschriebenen Kampftext vortragen wird, trat durch den Vorhangspalt auf die Bühne, ins blendende Licht der Scheinwerfer, Johann noch neben dem Pult am Standmikrofon, streckte den Arm zu ihm aus, lächelnd, ganz Optimismus, nickte ihm zu als sie aneinander vorbeigingen, und dann hinterm Pult, er strich seine Seiten glatt, bog sich das Mikrofon runter, schaute in den fast dunklen fast lautlosen aufgerissnen HaifischRachen mit den fahl schimmernden Zähnen, sagte, hörte sich sagen, laut, langsam, sehr klar, jedes Wort einzeln

E t w a s   g e h t   u m

Der Ton war voll da. Er legte seine Hände um die Pultkanten, atmete durch, hatte aufgehört sich zu fühlen, blickte auf das Blatt, hob den Kopf, schaute voll in die Herausforderung, ruhig, konzentriert

Etwas geht um in diesem Deutschland
Es geht etwas um – dreht euch nicht rum
der Kurras geht um!
Aber die Wahrheit ist halb:
Es geht etwas um in unserem Deutschland
wenn ich das sehe das höre dann kommt
     mir das Lachen
über dem Zorn ein Lachen der Hoffnung:
das was da umgeht seid ihr
Ihr die man heut noch verschreit und prügelt
in Polizeigriffen und Fotokarteien erfasst
für unsern Fassungsschutz
Morgen wird man aus diesen Karteien zitieren
wenn sich erinnert wird dass in den sechziger
     Jahren
Kurras umging
aber auch eine Jugend
die den Verwaltern der Notstände ihre
     Kostüme

bis auf die braune Haut durchgeschaut hat
erst durchschaut und dann durchgerissen
dass unter den Fräcken Talaren und Uniformen
die Wolfs- und Eselshäute offenbar werden
und hinter dem Spießergeschrei der Faschismus

Selten hob er die Stimme. Er musste nicht schreien, nichts
ausrufen, die Sätze, die Rytmen trugen ihn wie er einig war
mit ihrem Sinn

Wir setzen Analyse gegen Betrug
Wir setzen die gezielte Aktion der Studenten
        Arbeiter Schüler
gegen die konzertierte Aktion der biederen
        Gauner
Die besten Chancen hat dieses Land sich
        unlängst vertan
Vor zwanzig Jahren hatten wir unsre Nasen
        doch voll
von Konzernen und Größengerassel und
        Machtansprüchen
Da hätte ein besonnener Staat uns mancherlei
        Menschliches
vormachen können mit unserm schnellen Geld
Eine Aufrüstung unsres Schulsystems etwa
Eine Bundeswehr gegen Dummheit und Hunger

Er spürte dass er an dieser Stelle Beifall bewirken könnte
wenn er ihm durch eine Pause Raum gäbe, er wollte aber
seine Grundgedanken nicht auseinanderreißen lassen, leitete sofort über in seine Beschreibung der Gegenwart

Doch die Rattenfänger haben uns was andres
        verschafft
Wieder suchen sie ihr Siegheil

in unserm schon zweimal erwiesenen Unheil
Drohen statt Denken
Stolz statt Bescheidenheit
Antikommunismus statt sozialer Gerechtigkeit
Dreißigtausend im Monat für die Herrn mit
    den Nadelstreifen
wofür so ein Blaukittel seine geschlagnen drei
    Jahre schuftet
und sitzt am Ende doch noch im Pisspott
Zehntausend Millionäre zu fünfhunderttausend
    Arbeitslosen
Die Flaute wirkt ja belebend auf den Gewinn
verknappt die Jobs
steigert die Schaffensfreude
Die liebste Form von Rationalisierung
wenn der Arbeiter seine Angina statt im Bett
im gesunden Betriebsklima ausheilt

Die Lust am eignen Wort an der eignen Erfindung ver-
setzten ihn in einen leichten Rauschzustand, fast traum-
haft wusste er jede Zeile mit einem kaum wahrnehmba-
ren Blick aufs Papier, sprach sie auswendig wie in dieser
Sekunde aus seinem Kopf geboren

Jetzt wundern sich die Scheinheiligen
die Heiligen der großen Scheine und
    Schweizer Reserven
dass die Metaller mit neunzig Prozent
    für den Streik stimmen
Die habens gerochen – was denn
den Notstandsbraten und Partnerschaftspudding
gerochen trotz des betäubenden Wohlstands-
    parfüms
das gebraut ist aus dem billigen Schweiß
der Dritten Welt und den Rüstungsexporten

So wechseln die Zeiten
marxseidank
so hartnäckig ist die Not nach Gerechtigkeit

Keine Gesten, der Inhalt war Ausdruck genug, keine
Polsterwatte, er hieb Wort für Wort das DenkMal, kom-
paktes Gebilde aus Schall und Bedeutung, die Hände an
den Kanten des Pults, mal als Akzent ein Strich über die
Stirn, mal ein Wechsel des Standbeins unmerklich

Doch da sind die Spuren von Wachtmeister
    Kurras
die weltweiten Spuren des großen L.B. Kurras
    aus Texas
Der hat sein Räuberzivil lang abgeworfen
Sein Polizistenherz schlägt in den klirrenden
    Worten:
Wir haben eine Welt zu bewachen -
schlägt ein auf die so schrecklich beschützte
    Welt
mit 350 Milliarden im Jahre der Herren neun
    zehnachtundsechzig
mit einer Million Soldaten außer denen in
    Vietnam
So teuer ist ihnen nicht die Unterdrückung
    des Hungers sondern
die Unterdrückung der Revolte für ein Ende
    des Hungers

Er hätte eine Stunde so weitersprechen können, etwas
trug ihn, die da unten das Meer, er schwamm auf ihm in
gelassener Konzentration, es war eine Freude eine inten-
sive Erfahrung von Kraft, ein berauschendes Erlebnis
seines körperlosen Selbst das aus ihm herausströmte
und den Saal erfüllte

Aber nicht zu den Bewachenden -
zu den Erwachenden zählen wir uns
Die grüßen wir mit unsrer Freundschaft
    und Hilfe
in Vietnam und in beiden Amerikas
in Spanien und Persien und Griechenland

Mit ihnen werden wir sein:
Steine des Anstoßes
Stacheln im Fleisch der Gewalthändler
der Sand in den Terrormaschinen
Wir haben die Regeln der herrschenden
    Ordnung erkannt
als die Regeln der herrschenden Ordner
Die werden wir denunzieren übertreten und
    ändern
damit unser Leben gerecht wird und friedlich
    und frei
Die Zeit dafür ist reif -
wir müssen sie ernten!

Er tat dann nichts. Blieb nur grade stehn, schaute über
die Menge der Köpfe hinweg wie in die Zukunft des
Lebens, von dem er eben gesprochen hatte. Er sah aus
als nähme er den Beifall nicht wahr, der den Bräuhaus-
Saal und die Bühne überschwemmte, als hätte er nichts
damit zu tun, dankte auch nicht, wandte sich ohne
Akzent übergangslos zum Gehen: ein Bote, der ein
Paket seinen Auftrag abgeliefert hat, der Beifall die
Empfangsbestätigung, eine Formalie. Zögerte, als er
jetzt die andern in der Gasse erblickte, winkte sie heraus. Stotz und Karsunke vorweg, zogen die Liedermacher die Schauspieler die Kabarettisten in Reihe hinter
sich her über die volle Breite der Bühne, der Applaus
verstärkte sich wieder, galt nun dem Ensemble, bis Stotz

an das Standmikro in der Mitte trat und mit seiner hellen durchdringenden Stimme die erste Strophe sang, die den Lärm niederrang *Auf ihr Völker dieser Erde, einigt euch in diesem Sinn, dass sie jetzt die eure werde und die große Nährerin. Vorwärts und nicht vergessen* – Bliss wusste knapp den Refrain mitzusingen, auch die Schauspieler kannten das Lied nicht (keiner hatte daran gedacht den Text vorher zu hektografieren), fühlte sich wie ein Fisch an Land, nach Luft den halb bekannten halb ratbaren Worten schnappend, beim dritten Refrain wurde erst ein Chor aus dem Chor – *worin unsre Stärke besteht – beim Hungern und beim Essen - vorwärts und nie vergessen* und aus dem Saal dann schmetternd das Echo DIE SOLIDARITÄT fünf Silben fünf Ausrufezeichen, ein Schlachtruf oder ein Halleluja. Bliss mitgerissen und abgestoßen zugleich von dem massiven Gefühlsschwall der die Halle erfüllte, an dessen Erregung er eben noch mitgewirkt hatte. Die Erinnerung HOFBRÄUHAUS blitzte ihm ein Schreck durch den Kopf als der Beifall in den letzten Refrain losbrach ein verstandbetäubender Rausch. Er wollte abgehn, sie mussten den Taumel beenden, aber die andern rührten sich nicht vom Fleck als das Licht im Saal aufgeblendet wurde, einige aus dem Ensemble fingen ebenfalls an zu klatschen, unten waren viele aufgestanden, helle begeisterte Gesichter bis hinten, konnten sich nicht lösen aus dem Gefühl von Gemeinsamkeit und Stärke, auch Lena sah er jetzt stehend klatschend neben dem mächtigen lachenden Mann ziemlich vorn, Ferri Melchinger, und, tatsächlich, gegenüber am Tisch: Barbara.

Bliss stahl sich aus der Reihe, trat nach hinten weg, einige folgten ihm zögernd unschlüssig. Die Künstler verharrten noch sich verbeugend, tankten den Applaus.

Am Tisch, bei den andern, wurde Bliss hochachtungsvoll angeschaut, Lena hatte so was wie leuchtende

Augen. Ferri mit seiner Ringerbrust und dem runden haararmen Schädel nahm seine Rechte zwischen die Pranken, ein breites Lachen im Gesicht: Großartig! Dein Text hat politisch alles zusammengefasst! Du entwickelst dich Viktor! Sagte das wie einer der bevollmächtigt war: Urteile abzugeben über die Welt und die Menschen.

Bliss schüttelte noch einige klatschwarme Hände rings um den Tisch, zögerte aber bei Barbara vor der Heuchelei einer Begrüßung. Die befreite ihn aus seiner Unsicherheit, umarmte ihn, küsste ihn beherzt rechts und links, verkündete, dass der junge Mann aus Marburg ihre letzten Zweifel am Sinn des Ostermarsches zerstreut habe. Vik hörte den ironischen Unterton aus ihren Worten, freute sich jedoch tischöffentlich, wenn er geholfen hätte die Sache ein Stück voranzubringen, dann, na ja, kippte die von Melchinger spendierte Maß lange in den Mund – fast schon ein Bayer! lobte der dröhnend – und setzte sich neben Lena.

Satt wohnte er in seinem Erfolgsgefühl. Das war aber doch madig von der Sorge, ob Lena was ahnte von der Begegnung mit Barbara. Oder vielleicht hatten die Frauen sich sogar verständigt, kannten sich Jahre länger ja als er sie, Gießener Kolleginnen, hatten werweißwas gemeinsam erlebt, wie gelassen hat Lena gefragt in der ersten Nacht ob er mit Barbar und dass die sich so einfach zu Lena an den Tisch jetzt war Keckheit oder geheimes Einverständnis oder konnte die so perfekt sich verstellen? Über seine flippenden Gedanken fragte er ob denn alles, rein akustisch und die Argumente, dochdoch, Lena legte ihre Rechte auf seinen Handrücken, streichelte vorsichtig, richtig stolz sei sie gewesen und ängstlich erst auch, aber als das dann so gut lief hat sie gedacht: das ist mein Mann der da oben ganz allein, mucksmäuschenstill der Saal, sogar die Kellnerinnen haben zugehört, so war das nur vorher bei dem griechischen Lied von der Bruhn, da ist uns auch die Luft weggeblieben.

Bliss mit leerem Magen, das starke Bier schickte seinen Alkohol ungehindert ins Blut, lockerte seine Gefühle, wickelte seine Sorge in einen vagen Schleier, Lena wusste wohl doch nichts, irgendwie dankbar küsste er sie, dankbar jetzt nichts erklären rechtfertigen zu müssen, und Barbara lächelte zustimmend über die Krüge. Melchinger nahm das Gespräch auch gleich an sich, fand dass die Amerikaner nichts unversucht ließen, den Ostermarsch in Schwung zu bringen, man müsste sich eigentlich bei diesem Rassisten bedanken, der sichtbar gemacht hätte dass das weiße Amerika mit Minderheiten nur redet in der Sprache der Gewalt –

als ob es dafür noch Beweise braucht nach Vietnam –

na doch: die Symbolkraft des Märtyrers wird die Menschen ganz anders mobilisieren als die Bombenteppiche auf anonyme Opfer -

aber zynisch ist eine solche teilnahmslose Betrachtungsweise, die nur den politischen Nutzen eines Todes annimmt wo Trauer und persönliche Betroffenheit, sagte der bärtige Mann gegenüber, vorsichtige Mißbilligung.

Ah geh, so rechnen Kleinbürger, Gfühle schlagen die Kapitalisten dir übern Schädel Kollege, im Klassenkampf musst Skrupel vergessn kenna, revolutionäre Moral fragt Wer wen? oder auf deutsch Wem nützts?

Bliss wollte da nicht mithalten, ich hab meine Zwerge gern, zwar nicht im Garten, aber im Oberstübchen sitzen ein paar doch in den Ecken herum und putzen mein moralisches Tafelsilber, ein Protektorat sozusagen für eine marode aber sympatische Species, ein bissel Biedermeier

Ferri Melchinger lachte ihm ins Wort: Prost Viktor! Leit wie di stellns net an dWand. Fünf Jahr Landsberg, mehr net!

An die Wand? Wer! Warum! fragte Lena erschrocken.

Fünfzig Jahr alte Geschichten Lena – die Arbeiter, die revolutionären, in der Räterepublik. Wurden erschossen von den Freikorps. Die Festung für den Dichter Ernst Toller. Den meinter.

Oha hörts eich den Mann aus Marburg o! Is gescheiter als dBayern selber. Ferri Melchinger klopfte ihm großspurig zwischen die Schultern. A wenner no Gartenzwerg im Kopf hat.

Die du am liebsten auch erschießen lassen würdest, wie? warf der Bärtige rüber, aber Melchinger fing das auf mit seinem heftigen Lachen. Die würdma in Kindergarten schickn, zum Umerziehn so wie die fehlgleiteten Bürscherl in Frankfurt, die dKaufheiser ansteckn. Und lassn se a no dabei dawischn die Deppen!

Der ermordete Negerführer blieb weiter Gast an dem mit Seideln Bierfilzen Aschern Laugenbrezeln Flugblättern bedeckten Tisch. Allmählich leerte sich der Saal, Aufbrüche zu den Spätnachrichten an den häuslichen Bildermaschinen. Faszinierte Neugier auf die Ereignisse in den USA war an diesem Abend stärker als das Bedürfnis nach Kneipendebatten.

Bliss und Lena begleiteten Barbara bis Ecke Martiusstraße, schoben die Räder rechts und links von ihr, kalt wieder, zugig, kaum Fußgänger auf der Leopoldstraße. Barbara erzählte von ihrer Reise nach Montenegro mit dem Bavaria-Team, leuchtende Farben, Frühlingsdüfte, Mostar Dubrovnik, das stellte Lena sich gleich entusiastisch vor, tolle Chance, wie lange denn?

Vierzehn Tage, so etwa.

Achgott Barbar du hastn Glück Mensch! Sowas kann nur Freiberuflern passieren.

Jeder darf so arbeiten wie ich Lena.

Ich brauch ne Sicherheit im Rücken. Werd das Kriegskind nicht los, mein Schicksal. Und wann fliegst du?

Karfreitag oder Samstag, erfahr ich noch.

Vik war mal da unten, als Student, mitm Freund, hat er erzählt von, stimmts Vik.

Ewig ist das her. Zweiundsechzig.

AhaBlick von Barbara. Ganz schön raffiniert gegen ihre Freundin, wie sie das eingefädelt hat. Vielleicht sollte man sowas Verschwörung nennen. Da steckt er drin jetzt. Sagte kein Wort von der zweitausendmarkstarken Verführung.

DIE LAGE IST NICHT FEIERLICH SONDERN GEMISCHT

Auf dem Heimweg übern Odeonsplatz Hofgarten mussten sie meist hintereinander fahren. Zu Hause haute ihnen die ARD aus ihrem Kofferfernseher den Kopf voll mit brennenden Häusern aus Städten, die trugen diesmal keine exotischen Namen wie My-Lai Dong-Hoi Quang-Tri sondern nahbekannte: Washington Chicago Baltimore Oakland. Die gleichen Uniformen aber, die gleichen Helme Gewehre Jeeps in den Straßen, und eine Erregung erfüllte die Frau und den Mann auf dem Sofa, die so oft in den letzten Jahren bei den aufwühlenden Bildern aus Südostasien zeitsparend gevespert hatten, die ließen ihre späten Brote angebissen auf den Holzbrettchen, den Kräutertee in den Tassen erkalten, als so der Aufruhr der Krieg eindrang in die Zentren der amerikanischen Macht, bürgerkriegsähnliche Zustände sagte der Moderator, einen Kilometer vom Weißen Haus Bundestruppen mit aufgepflanzten Bajonetten, Bliss presste Lenas Arm, geplünderte brennende Supermärkte, tanzende warenschleppende rennende Steine werfende am Boden liegende gefesselte blutende tote Schwarze, kniende behelmte das Gewehr anschlagende in dichten Reihen marschierende knüppelschwingende hetzende Polizisten Soldaten, von Maschinengewehren geschützte Amtsgebäude – die flimmernden Bilder redeten von Gewalt nicht Sieg, aber beide spürten sie Genugtuung, eine verstohlene dankbare böse Freude, ein Gefühl wie vor zwei Monaten erlebt, als der zehnmal geschlagene zusammengebombte niedergebrannte Vietcong plötzlich aus den Untergründen stärker als je hervorbrach zur TetOffensive und den Koloss zum Rückzug zwang, Hué die alte Kaiserstadt eroberte, die amerikanische Botschaftsfestung besetzte mitten in Saigon, den Flugstützpunkt Da-Nang angriff. Das seltene Gefühl einmal mit den Gerechten unterwegs zu sein zum Sieg. Der Kommentator sah den Trauerflor an der Freiheitsstatue nach den Schüssen von Memphis ausgewachsen zur völligen Denkmalsverhüllung und warnte die deutschen Betrachter der Tragödie Schadenfreude zu empfinden beim Anblick des fiebergeschüttelten Freundes Amerika. Hört sich an, sagte Lena, als hätten sie Angst um uns, und wie bestellt dazu der Nachrichtensprecher kühl mit der Mitteilung, dass Präsident Johnson der nordvietnamesischen Regierung Genf als Ort für zweiseitige Gespräche vorgeschlagen hat, mein Gott es ist nicht zu fassen Lena sie wollen wirklich verhandeln! Müssen wir das feiern?

Wenns wahr ist müssen wir das, fand Lena. Und deine Premiere auch.

Premiere? Meinst du ich hätt Teater gespielt?

Sie schaute ihn an von der Seite, leicht beunruhigt, ob er in ihre Auseinandersetzung vom vorigen Nachmittag zurückfallen wollte, aber es war kein Angriff, eher Sorge in seinem Gesicht. Nein nein, nicht als Teater hat sie seinen Vortrag verstanden, aber wars nicht zum erstenmal, dass er einen so persönlichen Text vor einem unbekannten Publikum vorgestellt hat? Und mit der Zustimmung! Insofern eine Premiere. Eine und wie! gelungene. Bliss dachte nach. Vielleicht ist wirklich alles Teater was wir hier aufführen, die Studenten, die Intellektuellen. Bisschen Revolutionsteater auf den Straßen, Räuber und Gendarm, kostet nichts. Die Kommune Eins spielt das

Bürgerschreckstück, in den Unis akademische Komödien mit tattrigen alten Herrn als Prügelknaben – alles symbolisch, nichts real und gefährlich. Der Mönch auf dem Markt in Saigon hat sich angezündet. Die Vietcong im Dschungel werden vom Napalm verbrannt. Luther King hat gewusst dass er umgebracht werden wird. Wir wagen Worte.

Ohnesorg ist nicht wiederauferstanden Vik. Den Mann der wie Dutschke aussah hätten sie in Berlin neulich beinah gelyncht. Den hat nur die Polizei gerettet.

Wenn wir ihnen wirklich an die Macht gingen würden sie zurückschlagen Lena.

Vielleicht hättste sowas noch in deine Rede bringen sollen?

Ja, hättich wohl. Obwohl – zu viel Realismus macht die Leute kopfscheu, fürcht ich.

Da geht keiner mit meinst du.

Wer verträgt schon die ganze Wahrheit Lena.

Der Wetterbericht versprach Schauertätigkeit bei allmählichem Anstieg der Temperaturen zum Sonntag. Lena schaltete die Kiste aus. Die Katze entstieg dem Sofa.

Feiern wir nun oder nicht? Ich glaube, du hast doch keine Lust mehr, wie?

Bliss gab zu, dass er verdammt müde sei und irgendwie leer, verausgabt, wollte auch noch was Tagebuch schreiben, sie sollte schon mal vorgehn, ins Bett, und als er die Enttäuschung merkte auf ihrem Gesicht sagte er, wie froh er war dass sie diesen Abend dabei und hat seine Sache gut gefunden, nein wirklich, das war ihm noch wichtiger als der Beifall der andern.

Wollte aber, schwieg er, jetzt an ihrem vielleicht erwartungsvollen Körper nicht liegen in dieser Unklarheit seiner Gefühle, floh davor in den begrenzten Lichtschein der Schreibtischlampe, in dem er sie wiederfand, seine junge Frau, auf ihrer ersten gemeinsamen Reise am spanischen Strand, das noch offene braune Haar mit der leuchtend roten Kamelie darin, ihn anlachend aus den verschatteten aber freundlichen Augen und dem zu ihm ausgestreckten Arm. Daneben das Kindheitsbild Jonas, schlafend, die ihn immer wieder ergreifende frühe Schönheit des stillen Mädchengesichts, das gerahmte schon verblasste Schwarzweißfoto seiner Mutter auf dem Reitpferd, eine stolze Frau, wie er sie nie selbst erlebt hatte als Kind. Handbeschriebene Manuskriptblätter. Der Apparat seiner IndianerStudien und der Haufen Zeitungsausschnitte, die er für die Ostermarschrede benutzt hatte. Der Brief Johannas. Der Weihnachtskaktus. Das Telefon. Kugelschreiber, Bleistifte. Der Brieföffner. Katzenhaare. Der Staub.

Er holte das Tagebuch aus der untersten Schublade, las sich fest an der Eintragung die er aufgeschlagen hatte.

Wieder mit Ferri Melchinger und Andreas in den Haaren gehabt, zum Verzweifeln. Könnt wetten jetzt: sie sind nicht zänkisch, sie selbst, sondern was sie denken ist so vertrackt. Sind sie Sklaven ihres eignen Denkschemas? Marxisten wollen sie sein. Müssen die so aussehn? Intelligente Männer aber doch. Warum können sie keine Fehlerdiskussion ertragen! Chruschtschow hats ihnen vorexerziert! Neinneinnein, das schadet, das lenkt ab von den Verbrechen des Imperialismus.

Fehler? Menschen sind damals umgebracht worden, Tausende offenbar! Kommunisten von Kommunisten, Art sozialistischer Kannibalismus. Aber wir, Anna und ich, waren plötzlich die Reaktionäre, weil wir kommunistische Verbrechen nicht verdrängen wollten. Stalin: der Befreier vom Faschismus, Punkt. Was, Ferri Melchinger, hättst du mit mir Skeptiker als machthabender Sowjet-Funktionär angestellt? Ab in die Produktion? Kopf ab zum Gebet?

Er stützte die Stirn in die Hände, geschlossene Augen, Innenblick, die Situation nach der Lesung von Karsunke und Fried im *KommaKlub*, Ferri und Andreas beim Bier, ganz unerwartet die Frage, ob er nicht mit Anna im Vorstand des Klubs mitarbeiten, wie ne Ordensverleihung, Initiation. Er war neugierig woher das Geld kam und wer hinter dem Klub stünde, der Münchner Kulturdezernent doch wohl nicht, irgendwie kitzlige Frage schiens für die beiden, und plötzlich mittendrin im Streit über Sozialismus und die ČSSR und Ferris bayerische Jovialität verflogen. Wie vorhin am Tisch. Haarscharf vorbeigeschrammt an einem neuen Zusammenstoß mit ihm. Der Mann provoziert.

Er schrak zusammen als die Katze plötzlich aus der Nacht auf den Schreibtisch sprang, durch die Papiere tapste, stracks zielbewusst in die Wärmestrahlung der Glühbirne, sich hinkringelte, Kopf auf Vorderpfoten, gleich die Augen schloss. Hier rühr ich mich nicht mehr weg, verstand er. Bliss sah die winzigen Atembewegungen des rosa Näschens, lächelte gerührt. Umstandslos schlief sie ein, ließ zufriedene Schnarcher hören.

Er las weiter, die letzte Eintragung, Wochen später:

Günter Eich im Komma-Klub und nachher bei uns, bis nach Mitternacht mit dem 65er Riesling in der Küche. So viel Freundlichkeit in den Augen, in den Falten. Schmerz auch. Der Graubart. Keine Allüren. Nichts von einem ruhmreichen Dichter, eher unscheinbar. Redet zu mir, als wär ich von der Zunft. Der Altersunterschied - nicht vorhanden, Luft. Gibt zu, daß er Lampenfieber hat, wenn er vor Leuten auftreten soll. Muß sich Mut antrinken! Auf die Idee käm ich nicht. Aber sonst: eine frappierende und irgendwie beruhigende Übereinstimmung unsrer Arbeitsweisen. Er schreibt wenig und nur vormittags; kann nicht arbeiten, wenn er nicht eine lange störungsfreie Strecke vor sich weiß; muß sich animieren mit Tabletten;

hat Konzentrationsschwierigkeiten; entscheidet sich nur wenns überhaupt nicht mehr zu vermeiden ist; kann nicht verschiedene Themen gleichzeitig arbeiten.

Ich hätte nicht so nackt über meine Macken gesprochen, nicht mal vor Lena. Erst recht nicht vor einem Nobody.

Verblüffend, daß es so wenig Unterschied zwischen wissenschaftlicher und literarischer Textproduktion gibt. Er läßt die Aichinger seine Manuskripte kritisieren, sie hätte Gespür für faule Stellen. Sogar das kennt er: Findet toll, was er tagsüber aufs Papier gebracht hat, und wenn dann abends seine Frau wunschgemäß kritisiert, ist er sauer. Schon witzig.

Also Eich kam paßgenau in meine Kopfhängerei. An der Uni alles zu. Schlimmer: Gummiwände, hinhaltende Verteidigung, keiner redet Klartext. Was nutzt einem die Summa, wenn es das falsche Thema ist. Voegelin und Maier hätten hier so was nicht mal zugelassen zur Promotion. Warum hab ichs den Marburgern nicht geglaubt. In Bayern will niemand was wissen vom antifaschistischen Widerstand wie in Hessen. Kein Thema. Hier hätte ich die Rolle der Freikorps bei der Niederschlagung der Räterepublik erforschen dürfen! Obwohl Voegelin vor den Nazis emigrieren mußte, paradox. Stillschweigende Übereinkunft der Ablehnung. Wirst zur Ameise, winzig, austauschbar, überflüssig. Eich sagt, er hat das auch erlebt, so ähnlich. Man kanns demnach überstehen.

Einzige Hoffnung bleibt noch der Österreicher Kindermann. Daß er durchgesetzt hat, das Institut nach den Geschwistern Scholl zu benennen, ist erstaunlich. War vielleicht seine Bedingung den Ruf nach München anzunehmen. Toller Speech zur Einweihung, im Wintersemester. Dabei müßte ich ihn packen. Indianergeschichte und Vietnam ist auch Internationale Politik.

Wenn er nicht seine Assistenten gleich mitgebracht hätte!
Ich hab meinen Beruf verratzt, wenn es mir nicht gelingt, Gehör zu finden.

Doch, schrieb Bliss jetzt, Datum fünfter April 1968, Gehör habe ich heute gefunden für meinen Kampftext bei der Kampagne. Echo. Vielleicht ist dies ein besserer Weg, Denkstoff aus den Schlafzimmern meiner Wissenschaft rauszuschmuggeln, unter die Leute zu bringen. Auf die Straßen und Plätze, in die Biersäle. Es waren Malocher da, mit ihren Frauen. Zugehört haben die. Aber ob das bei ihnen was bewegt hat? Ich hab sie nicht gefragt. Fühl mich blöd, wenn ich mit ihnen reden soll. Als ob ich einen Dolmetscher brauch.

Bleibt die Frage der Wahrheit. Klar: Wahrheit ist nicht die sondern eine, eine historische. War das meine Wahrheit, dieser Text? Wo hab ich darin meine Zweifel versteckt? Mein Leben? Meine Liebe zu Lena? Die Lust mit Barbara? Meine Angst vor Gewalt und Schmerz?

Meine Wahrheit intressiert niemand. Was gilt sie mir? Bin ich bereit sie unterzuordnen? Und wem? Dem Zweck der Geschichte.

Zwei Uhr. Die schwarzen Löcher des Doppelfensters, Ausgänge zu den Sternen.

Obn Spitzel vom Institut dabei war, im Bräuhaus? Kannich mir abschminken, ne Assistenz. Habilitation, haha. Mein Name auf dem Poster, an allen Plakatwänden. Schickt der Maier n Doktoranden der Steno kann.

Hirngespinste! Mach dich nicht selbst verrückt. Die Universität is keine Bundeswehr.

Der Tag hat kein Ende mit seiner Nacht. Er dehnt sich. Immer noch hellklar im Kopf. Bliss will sich nicht vorstellen ihn abzuscheiden, ihn umzubringen mit Schlaf. Die Zeit hat sich verflüchtigt. Unbeeindruckt tickt die Wanduhr dagegen, schwingt ihr Pendel, aufsässig, eigensinnig. Bliss öffnet das schwarze Gehäuse,

streckt seinen Zeigefinger in die Schwungbahn des Pen-
dels, einzweimal tupft es an die Fingerkuppe und stirbt.
Die Stille ist völlig, vermischt sich mit der erstarrten
Zeit.

Es geht aber doch weiter, so lang in der Brust das
Pumpwerk die Bilder antreibt. Bliss, unbewegt auf dem
Bürostuhl vor seinem Schreibtisch, rast herum in der
Welt ohne Gestern und Morgen, in einer unendlichen
Allgegenwart, in der nichts feststellbar ist, nur Übergän-
ge Zusammenhänge Verflechtungen, Einflüsse Ausflüs-
se, und nichts unerreichbar nichts verschlossen. Er
besitzt in dieser Stunde den allmächtigen Passepartout.
Berauschende Freiheit des vagabundierenden Schwei-
fens, irgend wannwowie steigen Nebel auf verzehren
schwammig das Bewusstsein

Als Lena im Nachthemd lautlos fast sein Kopf auf der
Tischplatte sie stupst die Lampe aus, benommen folgt er
ihrer Hand zum Schlafzimmer, lässt seine Kleider fallen
zum Boden die Schuhe zieht sie ihm von den Füßen. Er
spürt von fern noch die Entspannung beim Ausstrecken
im leibwarmen Bett.

Er erwachte davon, dass wer ihn ins Ohr biss. Wer schnurrte auch. Stupste einen felligen Schädel ihm an die Backe, tapste ihm vierpfotig auf der Brust rum. Er streichelte den samtigen Pelz, sehr angenehm in der Hand das innengeheizte Wesen, verstärkte das Schnurren zu melodischen Behagensäußerungen, die Katze kringelte zwei Runden um sich selbst, kam neben seinem Gesicht zu liegen, er umarmte ihren weichwarmen Körper, dämmerte weg in Halbschlaf.

Nur kurz aber, das Tier knabberte ihn wieder wach, sprang vom Bett, lief zur Tür, blickte sich um nach ihm ob er nun folgte, maunzte herausfordernd, kam widerwillig zurück. Kurz vor zehn zeigte der Wecker, Regentropfen an den Fensterscheiben, Lena also längst weg ins Teater. Der letzte Traum eben – auf einer Bühne – kurz vor Öffnung des Vorhangs – eingesprungen für den erkrankten Hamlet – aus den Gassen schaute das Ensemble – die ahnten wohl dass er nur noch Toborornot-tobe vom Englischunterricht auswendig wusste – nichts als diesen Monolog dem Regisseur vorgesprochen – die warteten auf die Blamage – und mit dem dritten Klingeln – der Vorhang öffnete sich – allein – kein Entrinnen in die grinsenden Gesichter vor den Fluchtwegen – er in den Soufflierkasten die Rettung ein Hechtsprung – ins Gesicht der Katze die lachte auch mit gefletschten Zähnen – Lena hat mir also den Wecker gestellt – aber wer hat ihn ausgeschaltet nach dem dritten Klingeln? Der Inspizient wahrscheinlich.

Die Graupelschauer sprachen für Liegenbleiben. Nicht so die Katze. Sie gab keinen Frieden bis er der hoch erhobenen Leuchtspitze ihres Schwanzes in die Küche folgte und sich von ihr den Teller auf dem Küchenschrank zeigen ließ. Unter heftigem Schnurren hapste sie die Futterbrocken ein, als sei ihr Tag in fünf Minuten vorüber. Sogar Tee hatte die berufstätige Frau für ihn in der Termoskanne auf den Küchentisch gestellt und aha einen Zettel: *Liebster Vikkel, es ist nix mehr zum Essen im Haus – fährst du noch eben zur Hofpfisterei für ein Sonnenblumenbrot? Und Butter Eier Käse brauchen wir auch. Ich besorg auf dem Weg noch Gemüse, komm sicher nicht vor Ladenschluß aus der Werkstatt. Kuß in Eile! Lena.*

Bei dem Wetter! Die Spüle voll schmutzigem Geschirr hat sie nicht erwähnt. Die redet selbst. Murkelkatz wenn du ein anständiger Hund wärst würdest du mir jetzt die Süddeutsche raufholen.

Beim Duschen leistete die Katze ihm Gesellschaft, schiss heftig stinkend in ihre Kiste, er war tropfnass und am Ersticken und durchs Klofenster schlugen die Graupel rein. Der Samstag begann vielversprechend.

Bliss schloss sein Fahrrad ab an einem der gusseisernen KandelaberMaste, mit denen die Stadt ihren Lenbachplatz bayerlich schmückte. Der Wittelsbacher Brunnen plätscherte vielstimmig. Der Wind blies Wasserschleier herüber, kein Aufenthalt am Beckenrand. Die fetzigen Wolken verhießen Nordmeerwasser von oben. Er trug die alte Windjacke, schauderte. Verrückte Idee, bei dem Wetter. Keiner wird stehnbleiben, das Portmonnee rausklauben. Vielleicht erst einen Espresso trinken, im Künstlerhaus? Nee mein Lieber, komm mir nicht so.

Gestern groß getönt, heute Kaffeetrinken weils Wasser regnet. Die friern sich da drüben die Zehen ab.

Die von der Vietnam-Initiative hatten immerhin eine Plane über ihrem Tapeziertisch aufgespannt, standen halbwegs im Trocknen, diskutierten mit Leuten. Einer mit ner Büchse klapperte die Passanten an. Heilsarmee. Armes Häufchen. Also beim nächsten Grün!

Bliss ließ noch eine spritzende Meute vorbei, durchquerte die Abgaswolke mit angehaltenem Atem. An dem Stand flatterten heftig die Plakate, eingerissen schon, mit Tesa geflickt, von Wäscheklammern gehalten, B 52 über Bambushütten, zwischen GIs vor der Napalmwolke fliehende nackte Kinder, die Tigerkäfige mit den durchs Gitter raufschauenden asiatischen Gesichtern. InfoblätterStapel, mit Steinen beschwert. Schachteln voller Buttons und Sticker. Zwei junge Männer eine Frau hinterm Tisch, erläuterten denen auf der andern Seite ihr Infomaterial, argumentierten gelassen, fast heiter. Er fragte nach Franzl und einer Büchse.

Sie wolln sammeln?

Mal versuchen. Habs noch nie gemacht.

Na wunderbar, müssen Sie hier Ihren Sammelausweis ausfülln.

So einfach geht das? Wo darf ich denn?

Im ganzen Stadtgebiet. Brauch noch Ihren Namen, Adresse, Ausweisnummer für die Büchsenliste, reine Formalie.

Viktor Bliss, Adelgundenstr.11, Moment – E 13746 Strich 64.

Hee – sagte der neben ihm, fast überschwänglich: ich hab dich gestern gehört im Schwabinger Bräu!

So – und?

Klasse, ehrlich. Saugutes Programm. Hätt nicht gedacht, dass wir so viel dufte Leute haben beim Ostermarsch. Und du willst jetzt mit der Büchse rumlaufen?

Bin ich ungeeignet, fragte Bliss misstrauisch, da lachte der: Kann jeder! Reinspringen – losschwimmen, fertig ist der Kapitän.

Scherzbold, dachte Bliss, nahm aber gern noch den heißen Punsch für ne Mark aus dem Kessel, eine leere Büchse, eine Schachtel gemischte Papierblumen, einen Packen Informationsblätter, die nicht für jeden, sondern nur für wers genau wissen will warum und wofür, verstehste?

Bliss zog los, der Regen blieb noch in den Wolken, konnte mit der leeren Büchse nicht klappern. Er leerte das Münzfach seiner Brieftasche, paar Groschen, Pfennige, Fünfziger, das schepperte auch nur spärlich, noch die Markstücke dazu, egal, einmal ist immer Anfang, wollte zur Neuhauser Kaufinger rüber, langer Samstag, da muss was los sein, also die da, sehen vertrauenerweckend aus, schmiss die halbe Zigarette weg, räusperte sich, hörte sich Ach verzeihen Sie – möchten Sie vielleicht eine kleine Spende – Was ist? aufgestört der Mann, und die Frau: eine Spende und er: für Vietnam. Der Mann blieb stehn, grabbelte in der Manteltasche. Eine Spende, na meinetwegen. Drückte zwei Groschen durch den hingehaltenen Schlitz. Und eine Blume? Sicher das. Zur Frau: eine Blaue, was?

Isdoch egal.

Nee, blau ist richtig.

Danke.

Ich danke auch. Zwanzig Pfennig, ein Anfang. Verzeihen Sie, dürft ich Sie bitten um eine Spende? Für Vietnam? Für Kindergärten – recht vielen Dank. Auch eine Blume? Wie Sie mögen.

Fünfzig. Geht ja.

Zwei Frauen. Entschuldigen Sie, ob Sie wohl eine kleine Spende?

Wofür ist denn das? die eine.

Für Vietnam, für Kindergärten die da gebaut werden sollen.

Für Kindergärten könn wir ruhig was geben, die andre.

Beide öffneten ihre Handtaschen – ich habs schon, lass nur. Na die wolln ja garnicht rein.

Bliss nahm ihr die Groschen ab, drückte sie durch den Schlitz. Klack. Klack.

Und eine Blume gibts auch?

Bitte schön – freie Auswahl.

Das Kleingeld scheint immer noch locker zu sitzen. Ein christliches Volk, die Münchner.

Verzeihen Sie, dürft ich Sie bitten um eine Spende für Kindergärten, in Vietnam?

Du gib ihm mal was.

Wofür soll das denn sein? Immer diese Sammlungen. Für Vietnam? Wie komm ich denn dazu? Solln doch sehn wie sie zurechtkommen mit ihrem Krieg. Uns hat auch keiner geholfen als wir am Boden lagen.

Die Frau, achselzuckend: Pech gehabt.

Kann man wohl sagen. Spende klingt auch blöd. Wie damals. Winterhilfswerk.

Verzeihung, dürft ich Sie bitten um eine kleine Hilfe für Kindergärten –

Mich nicht!

Dann eben nicht.

Quatsch Kindergärten, was erzähl ich denen. Verletzte Kinder – die Bombenopfer! Am besten wahrscheinlich, wenn ich sie am Schaufenster anspreche, könn sie nich weglaufen.

Er stand an einem der Schaukästen unter den Arkaden, das Licht auf seinem Gesicht gemischt aus Tagesgrau und gelber Beleuchtung, sah zur Neuhauser Straße, der Endbogen der Passage schnitt daraus ein Bild: stetige Unruhe, eine stabile Bewegung, aber ungeordnet durcheinander, wirrer Fluss der Körper. MenschenLeben.

Ein Mann und eine Frau, untergehakt, lösten sich aus der Menge, trödelten in die Passage, er ging zwei Schritte ihnen entgegen, hob die Büchse – die Frau sah in die Vitrinen zwischen den Säulen, blieb an einer stehen, zog den Mann ans Glas, zeigte und sprach. Der Mann antwortete.

Zwei Frauen von hinten, stöckelten an ihm vorbei, er folgte ihnen einige Schritte schnell, dann langsamer, hielt an hinter dem Paar. Handtaschen Geldbörsen Gürtel in der Vitrine, mit gelben Wollküken versetzt. Er trat neben die Frau, sprach in den Zwischenraum zwischen ihr und der Scheibe Verzeihen Sie wenn ich störe – Die Frau drehte sich halb um, erstauntes junges Gesicht, gab auch dem Mann den Blick frei zu Bliss. Möchten Sie vielleicht etwas geben für die Bombenopfer in Vietnam? Hob ihnen die Büchse entgegen. Die Frau sah den Mann an: willstu? Der stellte sein Paket aufs Pflaster, kramte unter dem Mantel nach dem Portmonnee, sie sahen zu dritt auf die Büchse, wie der Mann die Münze in den Schlitz steckte. Die klemmte wieder. Die Feder, sagte Bliss, die geht zu stramm, man muss drücken. Unterstützte mit dem Rücken seiner Rechten den Boden bis der Mann drei Stücke durch den Schlitz gebracht hatte. Es ist schlimm was in Vietnam geschieht. Man kann so wenig machen. Bliss nickte. Und hier sind die Blumen. Der Mann wählte eine Gelbe, steckte sie der Frau hinter die Brosche am Mantelaufschlag, trug keinen Ehering. Sie lächelte ihn an, lächelte auch zu Bliss: Dankeschön. Bliss fühlte sich wärmer.

Mehrere Personen zugleich von beiden Seiten durch die Arkade, ein angegrautes Paar, zwei junge Frauen die lachten, ein Herr, Typ Oberhofrat. Als die Frauen vor ihm standen trat er einen Schritt auf sie zu, öffnete den

Mund, schloss ihn wieder, die Frauen blickten fasziniert in das gegenüberliegende Schaufenster. Vorbei auch der Herr und das Paar.

Er stellte Büchse und Schachtel auf einen Schaltkasten der Post, holte die Packung Rothand aus der Hosentasche, versuchte eine Zigarette rauszuziehen, seine Finger zitterten, das Papier riss ab. Er klopfte mit der Handkante gegen den Boden der Packung, fasste die eingerissne Zigarette, steckte sie zwischen die Zähne. Schob die Packung in die Manteltasche, suchte darin, griff rüber zur linken Manteltasche, klopfte gegen die Hosentasche und fischte mühsam nach dem Feuerzeug. Dabei rutschten unter dem linken Arm Blätter raus, flatterten runter.

Mist! fluchte er halblaut, bückte sich, griff eins, noch eins, noch eins, verknickte sie, zwei falteten sich auf im Wind, rutschten weiter, eins hielt er mit dem Schuh, war dann versaut von der nassen Sohle, eins trieb durch die Säulen in eine Pfütze.

Ein Kind blieb stehen, hielt seinen Vater fest, sie sahen ihm zu. Auch andre beobachteten im Vorbeigehn, wie er die Papiere aufhob.

Er ordnete sie auf den Stapel, glättete sie, zerknüllte eins, das warf er in den Rinnstein, klemmte den Packen wieder unter den Arm. Einige Blumen flogen aus der offnen Schachtel, verstreuten sich, Sauböen immer! er bückte sich nach ihnen. Wohl lustig wie? sagte er bitter zu dem Mann. Der zog wortlos das Kind mit sich fort. Er entdeckte das Feuerzeug in seiner Hand und die durchgeweichte Zigarette im Mund, schmiss sie weg. Hab ich eigentlich was gegen neugierige Kinder? Zwei Uhr vorbei. Sein Magen meldete Hunger. Vielleicht ist Lena schon zu Haus, kocht was. Aber die Büchse ist verdammt leer noch.

Bliss entschloss sich, ging vor zum Ende der Arkade, in das Geräusch der schlurfenden Schuhe, ein Schurren und Schaben doch eher, als würde die Straße mit Sandpapier geschliffen, und darüber das Lauten der vielen Stimmen, verschmolzen zu einem Geraune einem Geräusch das über dem Schleifen der Schritte lag. Das Kläffen eines kleinen Hundes hüpfte hell aus dem Tonbrei. Motoren waren hier nicht zu vernehmen. Nur mal eine Straßenbahn, mit hektischem Gebimmel.

Er stand am Rand, der Straße, der Bewegung. Das strömt. Wirr, aber auch stark. Das Leben halt. Keiner befiehlt. Oder vielleicht das Geld, hinter allem. Zigarette? Zigarette. Mit dem Rücken lehnte er gegen die Hausmauer, ließ sich den würzigen Rauch in die Nase spielen, betrachtete die vorbeigetragenen Gesichter, las Hast, Anstrengung, Verkniffenheit, wenig lockere Heiterkeit – die sehn mir wohl ähnlich? Wollte aber so nicht sein.

Er stieß sich ab mit der Schulter, drückte sich hinein in den Strom mit seiner Blumenschachtel und der Büchse, stieß an die bauchige Plastiktüte einer Frau, Tschuldigung, lief vor ein Paar, auch mit Paketen in allen Händen, wich zur Seite, gegen ein Mädchen, Na! sagte die und er Hoppla! versperrte den Eiligen die Wege, musste ausweichen, wurde geschoben, stand wieder, hob vor einem uniformierten Straßenbahner die Büchse: Hätten Sie vielleicht – der sah an ihm vorbei, bog aus mit leicht beschleunigten Schritten, zögernd vor ein junges Paar, beide von den Hosen bis zu den kecken Mützen in Jeansblau: Würden Sie wohl eine – mit dem durch das Kopfschütteln des Mannes abgerissnen Satzende und dem Sinken der Büchse, es ist vollkommen idiotisch und zwecklos hier die Leute anzuquatschen in dem Gedrängel das ist die Masse die Mehrheit die schweigende kaufende Mehrheit die kann man nur einsperren und mit der Pistole abkassieren oder die Wahrheit sagen im Schwabinger Bräu einschließen anschrein bis sie kapiern warum kapiern sie nicht in welcher parfümierten Scheiße sie schwimmen es stinkt doch zum

Bliss wurde aus seinem Frust gerempelt von einem bayerischen Bierbauch Passens auf gfälligst! und schnauzte zurück: Ich sammel hier für die amerikanischen Kriegsopfer in Vietnam, wenn Sie gefälligst mithelfen würden, klapper klapper -

Woas! Den Kriag wollts unterstützn! Die da hergehn und alles zerschlagn obs Bauern san oder Kinder oder Kommunisten?

Bliss, verblüfft: Nein nein, für die Opfer davon! Pflegestätten für die Waisen und die Verletzten – das ist gegen den Krieg.

Der Dicke stand wie ein Pfeiler im Strom. Des habns aber erst net gsagt Sie. Da geb i was. Wissens, i bin net für die Kommunisten und dera Ideologie, aber Menschen sans allweil. Zwoa Markl. I geb euch was, weil da in Vietnam, da hams nämlich recht unds is a Viecherei dass mir des mitzahln müessen, für d Amerikaner. Des is einfach nimmer human. Na des wissns ja selber. Sagte Grüß Gott noch und setzte sich in Bewegung. Bliss, als er verschwunden war zwischen den andern, murmelte: Tschuldigung.

Es begann zu regnen. Er drückte sich zum Rand der Kaufinger, unter die Arkaden der Augustinerstraße. Traf einen andern Sammler mit ProletMütze und OstermarschButton, eben frisch von der Büchsenausgabe, wollte praktischen Rat – klappern und dazu Milde Gabe für den Vietcong? Bliss griente: Wenn Sie provozieren wollen, statt Geld zu sammeln – riet ihm ab von der Einkaufsstraße, wahrscheinlich einfacher ne Schafherde zu kassieren, haben auch alle die Hände voll mit Taschen.

Man muss sie einzeln schnappen, wenn sie nicht ausweichen können.

Heißer Job, wie? vermutete der andre. Vorstufe zum Bankdirektor, so begann schon manche steile Karriere.

Eher Bettelorden im Atomzeitalter, fiel Bliss ein. Musstn verdammt dickes Fell anziehn.

In der DDR sollen sies gleich vom Lohn abhalten, bei den Funktionären. Da kommt schnell was zusammen.

Fand Bliss ganz schön konsequent. Als eine ältere Frau mit Haarknoten sie fragte, wofür sie sammeln, betete er wieder seinen Spruch von den Kinderheimen und bekam was zurück von Idealismus am falschen Platz, Heime in Vietnam! Bei den vielen Schlüsselkindern in deutschen Großstädten, sie kannte das Elend in den Familien, sah die Wohnungen von innen, als Sozialpflegerin. Bliss musste ihr Recht geben, obwohl das in Vietnam doch wohl noch was andres, würde er denken. Irgendwie konnte sie die Jugend auch verstehn, die da auf den Straßen demonstriert für ein fernes Land, das sei schon ein hoffnungsvolles Zeichen und sie wollte es anerkennen mit zwei Fünfzigern in seine Büchse. Na siehste, läuft ja, lachte der andre Sammler, tippte an die Mütze, dann man los ins Vergnügen.

Bei Vergnügen fiel ihm Barbar ein und ihre Dusche, wie sie ihn verführt hatte – so kurz vor dem Auftritt! Doch bestimmt kein Zufall, dass sie da nackt in dem Augenblick, genau geteimt wahrscheinlich, ganz schön raffiniert die Frau. Schön und raffiniert. Was heißt raffiniert. Weiß was sie will. Salopp, offene Revolution. Unverkniffen. Schneid dir was von ab Junge. Montenegro. Wenn ich Lena bitte, wo sie so begeistert gleich war. Und das doppelte Geld ist auchn Argument, oder.

Über den Marienplatz trottete er aufhaltsam Richtung Frauenkirche, wechselte öfter die schwerer gewordne Büchse von einer Hand in die andre, der Donisl brachte ihn auf den Gedanken, sich die Finger an einer Bockwurst zu wärmen und überhaupt hatte er sich eine Verschnaufpause verdient, nichts macht so müde wie dies Rumlatschen auf Asfalt.

Hinter dem Türvorhang überschwappte ihn eine Dunstwoge, Bier Schweiß Sauerkraut roch er aus der lebenssatten Mischung, schummrig verräuchertes Licht um die reichlich besetzten Tische und ein unentwirrbares Gebräu von Sprachlauten Gelächter Besteckklappern Stühlescharren. Er suchte nach einem freien Tisch, vergeblich, zögerte zwischen Lust und einer unbestimmten Scheu vor den mit ihrem Essen und Trinken beschäftigten Menschen, fühlte sich als FremdKörper unter diesen Leutseligen.

Ein bauchiger Kellner hatte seine Unschlüssigkeit bemerkt, trat vor ihn: Sie – was wollns mit dera Büchsn? Gsammelt werd net do herin, da gehns gfälligst auf dStraß naus. Wenns an Platz suchn da hob i oan. Als Bliss ergeben seine Zustimmung nickte, führte der ihn an einen Tisch mit einem älteren Paar, er erwiderte das freundliche Grüaß Gott mit einem Guten Tag, und während er seinen Mantel über die Stuhllehne hängte überlegte er, ob er die Büchse zwischen die Knie klemmen sollte, stellte sie aber doch vor sich auf die Bierfilze, neben die Blumenschachtel, verlangte einen Tee mit Zitrone und eine Bockwurst mit Kartoffelsalat.

Mir ham Weißwürscht, mein Herr, wenns die wolln? Danke, dann eine Bulette.

Er moant a Fleischpflanzl, übersetzte der Tischnachbar amüsiert dem Kellner und Bliss bestätigte dankbar: Ja, ein Fleischpflanzerl.

Die beiden waren gut bürgerlich gekleidet, offenbar eingekehrt nach einem erfolgreichen Einkaufsbummel, der Mann säbelte ungeniert große Bissen von seiner schon halb geplünderten Kalbshaxe, auch die Frau schien ihr Wiener Schnitzel zu lieben. Bliss zählte mit noch klammen Fingern die Blumen in der Schachtel, achtzehn, von fünfzig, hauptsächlich weiße. Also mindestens zweiunddreißig Mal den Tausch Spende gegen Papierblume bewirkt. Plus schätzungsweise zwanzig Gaben ohne Gegenleistung. Oder dreißig. Na ja, gewaltig ist das nicht, bei drei Stunden Sammeln. Als Buchwerber mit dem SchülerLexikon wars noch besser gelaufen, obwohl er sich jetzt erinnerte, an das Gefühl von damals: etwas in sich zu verletzen, zu verstümmeln, wenn er den Kindern mit seinen geschickten Worten Lust machte, ihren Eltern den Bestellschein zur Unterschrift vorzulegen. Bis zu dem Tag, wo er dem Bezirkswerber den Bettel vor die Füße geschmissen hatte, halb krank schon mit Magengeschwüren und Nie wieder! geschworen hatte. Und der hat cool gesagt Habs immer gewusst dass du kein Werber bist Bliss.

Wer oder was, welche perverse Instanz, hat ihn überredet, jetzt wieder so seinen Empfindungen in den Rücken zu fallen?

Er bat den Kellner, ihm ein zweites Päckchen Zucker für den Tee zu bringen. Mürrisch raunzte der Warum hams des net glei gsagt? aber wie soll er dem verständlich machen, dass ihm sein Bedürfnis nach starker Süße erst beim Blick auf das Zitronenschnitz bewusst geworden ist?

In nur leichtem Dialekt fragte ihn die Frau, ob er für das Rote Kreuz sammle? Er drehte die Büchse um, so dass sie die Aufschrift lesen konnte: SCHLUSS MIT DEM BOMBENKRIEG *Hilfsaktion Vietnam.* Vielleicht wollen Sie auch etwas spenden?

Du Egon, sagte die Frau, hast des jetz glesn für was der sammelt?

Der Mann setzte die Brille auf die schweißglänzende Nase, las. Sein zufriedenes Gesicht verkniff sich, böse

Augen fixierten Bliss: Wer san denn Sie? Wos nehma Sie sich raus! Hockt sich so harmlos an unsern Tisch, sogt nix und agitiert fürn Osten! Hot di der Ulbricht hergschickt dass di so verstelln muast als harmloser Turist?

Ehe Bliss eine Antwort einfiel schob der Kellner die Blumenschachtel weg, stellte die Frikadellenplatte auf den Tisch, Serviette, Besteck dazu und das Stück Zucker, wortlos.

Sie Herr Ober, fauchte der Mann, derfn do herinn Pankows Agenten harmlose Gäst anbetteln?!

Woas? schnaubte der Kellner, hater Eahne blästigt? I hab eam ausdrücklich verboten dass er sammelt da herin!

Ich habe weder gesammelt noch jemanden belästigt, sagte Bliss, unterdrückte Wut, ersuchen Sie den Herrn bei der Wahrheit zu bleiben. Er schob sich eine Gabel Kartoffelsalat in den Mund, kaute heftig.

Woas sagns? I soll bei da Wahrheit bleim? Hams jetza die ausgschamte Frechheit von dem Mensch ghört? Ich hab an Zeugn! Hater gsammelt Olga oder net?

Ob mir was spendn dadn für gegen den Bombenkrieg in Vietnam hater gfragt. Des schwör i Eahne.

Hier! Er griff sich die Büchse, schüttelte sie hoch über dem Tisch für die umsitzenden Gäste – des hat der Bazi harmlose Menschen aus da Taschn gsaugt – i moan des ghört bschlagnahmt von da Polizei! Era des Geld in dOstzone schicka ko!

Verlassens augenblicklich des Lokal! drohte der Kellner. Ein zweiter war neben ihn getreten. Aber zerst zahln! Sechsfünfzig. Sie hams gessen!

Bliss, bleich vor Empörung, fingerte zittrig einen Zehnmarkschein aus der Brieftasche, sprang auf, griff nach der Büchse, die der Mann wegzog, er musste sich über den Tisch recken um seinen Arm zu erreichen, der hielt aber stark fest, Bliss versuchte ihn runterzuzerren, ein kurzes lächerliches Hinundher, da schrie eine ihm selbst fremde Stimme aus seinem Mund Die Büchse her! dass der erschrocken tatsächlich losließ.

Halb bewusst registrierte er, wie an mehreren Tischen Leute aufstanden, rüberschauten. Er streckte dem Kellner die offne Hand hin: Dreifünfzig! steckte die Münzen weg, griff seinen Mantel, die Bulette, vergaß die Blumenschachtel, drängte sich durch die Blicke an den Bäuchen der beiden Kellner vorbei zum Ausgang. Niemand packte ihn an.

Draußen schaute er verständnislos auf den Fleischklops in seiner Hand, ließ ihn aufs Pflaster fallen, hob den Fuß, trat drauf, langsam und fast genussvoll quetschte er ihn breit.

Scheiß auf die Blumen. Solln sie sich an den Hut stecken! In den Arsch!

Hinter der Wohnungstür wartete vorwurfsvoll maun-
zend die Katze. Er trug sie durch die Zimmer das Atelier die Küche, fand keine frische Spur von Lena, kein
Zettel, kein Essen, nichts. Er hatte volles Verständnis für
die Beschwerden der Katze, so lang allein gelassen. Es
gab keinen Grund, weshalb Lena am Samstag nachmittags im Teater bleiben sollte. Vielleicht ist ihr eingefallen, ihn am Stand der Initiative abzuholen, wartet dort.
Oder, erklärte er der Katze, sie macht allein einen Einkaufsbummel. Das wäre auch nicht gutzuheißen. Und
bei dem Wetter. Die Katze zeigte ihm unmissverständ-
lich den Kühlschrank. Er stellte das Dosenfutter auf das
Küchenspind, vertröstete sie: Muss erst anwärmen,
weißte doch.

Da kein Gemüse im Haus war, Spagetti auch nicht,
konnte er nichts kochen. Aber der Hunger. Bratkartof-
feln mit Spiegelei wär ein Ausweg. Er setzte einen Topf
Kartoffeln aufs Gas. Als das Telefon klingelte war es
sechs. Na endlich. In der Leitung war aber Anklam.

Manfred Anklam aus Köln bei Berlin. Sowas. Ruft
der tatsächlich an. Nach wieviel? Zwei Monaten.
Stimmt, ich hab mich auch nicht gemeldet. War einfach
zu viel los hier. Pure Hektik. Obwohl ichs fest vorhatte,
wie das so geht. Und was treibst du? Betriebsrat? Mein

lieber Mann. Glückwunsch, habs grad bis zum freien Texter für die Kampagne für Abrüstung gebracht. Und zum Büchsenschwinger für den Vietcong am langen Samstag. Nee, Sammelbüchsen. Bin grad zurück, kannste was erleben, Stadt mit Herz. Bisschen andres Klima als auf unserm Kongress. Aber nicht freigestellt, wie? Ach so, stundenweise. Na immerhin. Die werden sich freuen bei Ford. Ostern? Wart mal – doch, wir sind hier, schon wegen dem Ostermarsch. Klar, nicht nur ne Liege, auchn Bett. Lena ist bestimmt einverstanden, hab ihr von dir erzählt. Freuen wird sie sich! Na ich erst recht, dass wir noch mal über die Tage quatschen können, war ja in Berlin kaum Zeit für. Kommst du mit Auto oder wie? Auch gut, wenn du mir den Zug sagst, hol ich dich ab. Vormittags erreichst du mich hier am Schreibtisch, fast immer.

Als er auflegte stand Lena in der Tür, noch im Mantel, die Katze um die Beine. Der Manfred Anklam aus Köln hat angerufen! Strahlte: will uns Ostern besuchen! Den ich auf dem Vietnam-Kongress kennengelernt hab in Berlin, den Werkzeugmacher von Ford! Der die tolle Rede gehalten hat, weißtu?

Dann erst fiel ihm ein dass er sauer war.

Lena hatte aber auch Grund zur Klage, halbe Stunde im Regen an der Maxburg und keiner wusste, ob und wann er zurückkäme mit der Büchse oder wo sie ihn suchen könnte. Das nach der stundenlangen Besprechung mit dem Regisseur und dem ganzen Produktionsteam. Sollte ne Überraschung sein. Irgendwo was essen zusammen, wir zwei, statt kochen. Da tat sie ihm leid und er pflückte ihr mit den Lippen die Regentropfen aus dem Gesicht, nahm ihr den durchnässten Mantel ab, empfahl ihr eine heiße Dusche und packte die Einkaufstasche in der Küche aus. Möhren, Rapunzeln, Sellerie, Petersilie, Tomaten, lauter Gesundheit. Aufgeregt stieg die Katze auf dem Tisch zwischen den Tüten herum, heftig schnurrend und schnuppernd, Mensch Murkel du nervst mich! fand dann den Grund ihrer Aufregung am Boden der Tasche, ein Päckchen mit Leber, schnitt ihr um sie loszuwerden das Fleisch zurecht, eh er die Möhren schrappen und aufsetzen konnte. Lena kam im Morgenmantel dazu, frisch duftend und feucht. Gedankenbrücke zu Barbara in der Dusche als er Lena die Brüste küsste, die sind schon eindeutig üppiger als die Mädchenbuckel Barbars, und bat sie die Petersilie zu wiegen, während er den Tisch deckte, die Kartoffeln fluchend und in die Finger pustend pellte, die zerkleinerten Möhren im Topf mit Butter und den Petersilienflocken schwenkte.

Beim Essen saßen zwei Berichterstatter zusammen. Viks Hunger gab Lena die Chance, ihre Tageserlebnisse ungestört von Fragen und Kartoffelstücken herzuzählen. Noch nicht erlebt nämlich hatte sie in ihrer achtjährigen Teaterpraxis, dass alle an der Produktion Beteiligten, auch die Schauspieler und Techniker, wenn sie wollen, sich von Anfang an in die Arbeit einbringen können Stein hat natürlich bei der Besetzung schon die Kollegen ausgesucht, die ein gewisses politisches Bewusstsein, aber es steht auch jedem frei auszusteigen wenn ihn die Konzeption nicht, also jeder soll sich identifizieren mit der Aufklärungsabsicht des Stückes und die meisten scheinen wirklich begeistert, dass sie mal rauskommen aus der bloßen Schauspielerei, sich einbringen können nicht nur als Künstler, selbst die Gewandmeisterin, obwohls für mich, meint Stein, wahrscheinlich nicht viel zu tun gibt kostümmäßig – aber willste nichdoch mal eh alles kalt wird – ja lecker Vik, ein Spiegelei dazu wär nicht schlecht gewesen – stimmt wolltich auch erst eh du kamst habs vergessen – egal schmeckt auch so – also wird von jedem erwartet dass er den ganzen Text von Peter Weiss liest, obwohl sie erheblich gestrichen haben, es ist noch nicht raus ob wir mehr den historischen Teil zeigen, die ganze Geschichte des vietnamesischen Volkes oder doch eher die jüngste Vergangenheit so ab Zweiten Weltkrieg oder Dien Bien Phu – he du sprichst als ob du das Stück schon gelesen – nee der Stein kann aber so anschaulich erzählen, trotzdem wolln sie noch einen Sachverständigen dazu -

Bliss knipste sich von dem Wort Barbaras Einladung an: Montenegro – Manfred – die Zusage an Manfred – da ist schon entschieden über Barbars Verführung, hat mich verdammt mein Unterbewusstsein diese Schussligkeit oder mein blödes Überich ich kann Manfred doch nicht mehr absagen – dochdoch ich hör dir zu Lena, die besteht also weiter die Absicht von deinem Regisseur eventuell einen Historiker einzubeziehn in die Arbeit?

Jaja klar! An Kipphardt haben sie schon gedacht, weil der mit seinen dokumentarischen Stücken, Joel Brand und Oppenheimer, beide an der Kammer gespielt, Peter Weiss selbst natürlich zuerst, aber der macht eine Reise nach Vietnam, sag mal heißt das du hast es dir anders überlegt? Bin noch dabei. Denke wozu war ich bei dem Vietnam-Kongress und studier die Geschichte der Gewalt in USA. Vielleicht kann ich tatsächlich bei euch einbringen was ich weiß, und das Geld wär auch nicht schlecht. Obwohl ichs deshalb allein, darum gehts eigentlich nicht

Lena verließ ihren unabgegessnen Teller, sagte rutsch mal, schob sich auf seine Schenkel legte den Arm um seine Schulter Ach toll Vik, saftiger Schmatz auf den Mund, lachte freute sich wahnsinnig, das find ich so toll dass du dich entschlossen hast! Und ich hab gedacht – na ist jetzt egal was ich gedacht hab, stell dir vor da können das heißt könnten wir endlich mal zusammen an einer Sache statt immer nur nebeneinander her aber hast du denn deinen Hunger total vergessen?

ach Kerl ich bin so froh so froh

Unter seinen Händen ihr warmer Körper durch den seidenen Kimono, er fühlte sich leichter irgendwie, angesteckt von ihrer Freude, küsste ihr den Hals die Augen die Lippen, komm wolln wir nicht aufs Bett rüber Vik

hob sie einverstanden auf seine Arme sie öffnete ihnen die Türen mit der freien Hand hinüber ins Schlafzimmer, das war kalt und das Bett ein Schreck ein Schauder. Als er seine Hemden auszog zerrte sie schon seine hosen runter bis zu den schuhen, nackt stand er vor dem bett mit dem wust an den füßen, musste erst die schnürsenkel öffnen den loszuwerden, unter der decke aber aneinandergeschmiegt vergaß sich die kälte und er war überrascht wie leicht und einfach er den schlupf ganz ohne handhilfe zu ihr fand und gleich mit den ersten bewegungen das gefühl sich einstellte wie eingetaucht in ein warmes leise seufzendes bad eine heilende alle spannungen lösende vulkanische quelle in der er sich herumtrieb der gleitsame körper der atmende springende delfin der auftauchte eintauchte in einem tanz mit den wellen das sollte nicht enden nie enden bis an den horizont

bis zum wilden tosenden unaufhaltsamen ende in der sich überschlagenden brandung Ach mein Liebster flüsterte Lena Ich bin jetzt schiffbrüchig und ertrunken in deinem Meer wusste er noch eh er eindämmerte auf ihrem beruhigter atmenden Körper.

Sekunden vielleicht nur bis er zurückfand aus verwischten Traumbildern in das dämmernde Halblicht des frühen Abends, zu dem haarigen Kopf, der dicken Nase unter dem Auge auf der Stirn, mit einer leichten Anstrengung stellte er seine Sicht scharf und das Auge rutschte auseinander in zwei neben der Nase, er probierte es noch einmal das Loslassen seiner Augenmuskeln und wieder verschmolzen ihre Augen zu einem einzigen Mittelauge über der grotesken Nasenknolle, jetzt weiß ich wann ein Grieche die Kyklopen erfunden hat Lena, es war keine Fantasie, er hat es wirklich gesehn wie ich jetzt das eine Auge mitten auf deiner Stirn ein Augapfel eine Braue eine Wimper – schwupp wieder zurück, und noch mal, eben konnte ich das aber jetzt mit dem Sprechen funktioniert es nicht mehr.

Verrückt. Hast du das öfter?

Nur in der Situation, manchmal.

Sie schaffte es nicht. Du verkohlst mich.

Es ist eine Art Selbstvergessenheit, wie soll ich das beschreiben – musst einfach glotzen, stieren, ohne Absicht. Nichts machen, nichts müssen, vergessen was zu wollen. Es passiert von allein. Picasso hat das erfunden, mit seinen surrealistischen Köpfen. Alle haben gedacht solche Köpfe gibt es nicht, aber für ihn warens realistische Bilder, Liebesbilder, was meinst du. Dein ganzes Gesicht rutscht durcheinander, wenn ich es von so nah anschau und nichts denke dabei.

Lena fiel ein, dass damals, in der prüden Zeit im Kaiserreich, die Leute sich nur im Dunkeln geliebt haben, deshalb vielleicht.

Picasso war einfach ein neugieriger Ficker, hats Licht angelassen, klar, war radikal neugierig, wollte wissen wie ein Mensch in der Situation aussehen kann, hat sich getraut das zu entdecken und zu malen.

Gehst du mal runter Vik, ich krieg keine Luft mehr.

Als er sich neben sie gelegt hatte, sprang die Katze aufs Kopfkissen, drehte sich tapsig an Lenas Gesicht, heftig schnurrend, zu einem warmen zufriedenen Knäuel, ließ sich den Kopf kraulen.

Sie will dazugehören wenn wir uns lieben sagte Lena.

Ein feste Burg ist unser Bett, nichts von der ganzen kalten Scheiße draußen kommt rein.

Eine Höhle eher.

Nur das Schnurren der Katze, das Ticken des Weckers. Mattes Licht der Straßenlaternen, der wolkenbauschige Himmel im Fensterausschnitt, gelbdunkel im Widerschein der großstädtischen Lichter. Angenehm immer noch das schmiegige Gefühl der anderen Glieder, Haut an Haut. Nur das noch, friedlich, beruhigt, warm.

Aber schlafen können wir doch jetzt noch nicht, sagte Lena plötzlich in die Stille, sehr deutlich. Bliss griff nach dem Wecker, die Leuchtziffern zeigten halbneun. Stimmt, halbneun. Komische Zeit zum Aufstehn. Schaltete die Bettlampe ein.

Lena wollte das nun aber feiern, obwohl noch nichts endgültig beraten und abgemacht war, bisschen begießen, so häufig sind die Anlässe nicht mehr, den gestern haben wir schon verpasst, brachte zwei Bierflaschen und Gläser in sein Arbeitszimmer, schaltete den Gasofen ein, war fasziniert von seiner Erzählung über die Menschen, die er beim Sammeln erlebt hatte, überlegte, ob sie ihn morgen nicht begleiten sollte, oder auch allein, vielleicht dass eine Frau dabei ganz andre Erfahrungen, ob sie überhaupt den Mut hätte einfach wildfremde Leute auf der Straße, als Selbsterfahrung gewissermaßen, und er meinte, er risse sich nicht darum noch einmal, Arbeit genug liegt auf dem Schreibtisch.

Ein diffuser Schmerz. Eigentlich kein Schmerz: eine Verstimmung ein Unwohlsein in der Brust der Magengrube, etwas Bedrückendes, dessen Ursache ihm unklar war. Vielleicht Übermüdung, Stress? Die Tasse Kaffee nach dem dämpfenden Bier, unter Lenas kritischen Blicken, war die der Fehler? Er wollte nicht ins Bett, der Kopf gestopft mit den Bildern des Tags, wie gestern, die er nicht in Schlaf begraben konnte. Auch die halbe Stunde Vergessenheit mit Lena, so selbstverständlich gelungen die Wiederbegegnung ihrer Körper, halb animalisch zu dritt mit der Katze – er wollte alles wachhalten und klären was es bedeutete. Lena konnte dieses Bedürfnis nicht verstehen, wäre mit ihm eingeschlafen in müder Umarmung. Er hätte ihr ein Fenster öffnen müssen in seinen Kopf damit sie verstünde, aber das hätte sie erschreckt, bestürzt, verwirrt, das eben erlangte Einverständnis zerstört; so viel Vertrauen war zwischen ihnen nicht gebaut; die Liebe damit sie besteht braucht einen Grund von Nichtwissen; nicht erträglich ist die bodenlose Wahrheit eines Menschen für einen andern; wahrscheinlich ist jeder ein Abgrund nur weiß das nicht jeder von sich. Lena gehört nicht zu denen die sich wissen wollen. Das ist ihre Stärke, deshalb steht sie so robust im Leben und deshalb vielleicht braucht er sie und nennt das Liebe.

Wieder mischte die Katze sich ein, getrieben von ihrem nächtlichen Jagdinstinkt, stieg vor ihm auf dem

Schreibtisch zwischen den Stiften und Papieren herum auf langen vorsichtigen Beinen, wischte ihm den erhobenen Schwanz durchs Gesicht, spielte mit der weißen Pfote die kleine rotblaue Ansteckfahne mit dem gelben Stern vom Vietnam-Kongress zum Tischrand und zu Boden, blickte runter wie verblüfft über die Wirkung der Schwerkraft, sprang hinterher, spielte dort weiter, verlor die Lust, strich ihm auffordernd um die Beine. Er war nicht in der Stimmung ihr zu antworten.

Vielleicht das Sonnengeflecht. Er erinnerte sich an einen dumpfen Schmerz in der Magengrube, mit der Mutter im Ruderboot, als er ihr beweisen wollte wie schnell und ausdauernd er sie über den See fahren konnte, was leichtes Spiel gewesen war, bis Wind aufkam der ihnen die Wellen entgegentrieb, er nicht aufgeben wollte. Wenige genaue Bilder jenes Tages, ihre Sorge, als der Arzt keine plausible Erklärung wusste. Der Muskelkater in den Armen setzte erst am folgenden Tag ein und der Magenschmerz verging dann unauffällig. Er meinte zu erinnern, dass immer eine körperliche Überanstrengung im Zusammenhang mit der seltsamen Reaktion seines Bauches gestanden hatte, eine solche lag aber jetzt eindeutig nicht vor. Der Auftritt im Schwabinger Bräu, die Sammlung, bisschen Radfahren, lächerlich. Und die Beischläfe? Quatsch. Eine Art von Erschöpfung aber schon, fysisch, verursacht womöglich durch Überlastung des Nervenapparats, der Kopfkapazität. Zu viel Welt. Eine Woche nur, angefangen mit Barbara im Silvesterkleid und Johanna in Manitoba am Little Big Horn die Leggings der Sioux im Schwabinger Dachatelier dem Lesesaal und mit Friedenstauben kämpfen sie hier gegen die strategischen Geschwader von Guam mit heißen Worten heißer Luft bei Fassbier und Laugenbrezeln wie King auf den Straßen von Memphis Den trafen die Kugeln Auf Bliss hat keiner geschossen im Bräuhaus nicht und nicht auf der Kaufinger Straße Der Hauswirt heißt Dornbichel droht mit geschriebenen Worten dass sein Mieter nicht fliehen kann ins friedliche Schwarze Gebirge friedlichen südlichen Frühling freundliche Lust dank Manfred Anklams Münchner OsterFreizeit Der hat vom Rednerpult auf Che gezeigt oder auf Bliss der unter dem Bild stand seit Stunden gezeigt auf Es ist die Pflicht jedes Revolutionärs die Revolution zu machen den überlebensgroßen Spruch an der Wand Sieg der vietnamesischen Revolution Der schwarze Mann Lederjacke Haarschopf Augen Schnäuzer schwarz hat mit leicht singender Stimme gesprochen von seinem amerikanischen Betrieb in Köln dessen Profit die Kriegsmaschine der Aggressoren schmiert mit dreihundert Millionen im Jahr und die Hirne der Arbeiterklasse mit Jahreswagen und Antikommunismus Dort kämpfen sie an der Basis am Fundament der Herrschaft die den Berliner Studenten mit Tschakos und Knüppeln und auch Pistolenschüssen wenn der persische Schah zum Tanz in Deutschland lädt Aber so lange die Belegschaften von ihren Gewerkschaftsführern und Betriebsratfürsten kirre gehalten werden dass sie nicht mal die Bildzeitungshändler vom Betriebstor schassen sind die Massen von der Umwälzung der Produktionsverhältnisse noch teuflisch weit entfernt deshalb müssen die geschätzten Revolutionäre in die Fabriken sich mal die Hände dreckig machen wie Wallraff Da haben die angesprochenen dreitausend Revolutionäre geklatscht und getrampelt und auf dem Podium sind sie aufgestanden und Dutschke in seinem karierten Hemd hat sich durchgedrängelt zum Rednerpult Anklam den schnauzbärtigen FordArbeiter umarmt Ho Ho Ho Tchi Minh Ho Ho Ho Tchi Minh Hochzeit von Arbeiterklasse und Intelligenz Hallelujas auf die Trauzeugen Che und Ho und Rosa kaum Spuren von Marx und Lenin auf den Postern unterwegs zur Oper und die roten Fahnen und die vietnamesischen und im Laufschritt untergehakt *Wir sind eine kleine radikale Minderheit* von den Flüstertüten vorgeschrien nachgeschrien *Bürger runter vom Balkon unterstützt den Vietcong* dass die Scheiben zitterten Zwanzigtausend überbrüllten die amerikanischen Polizeihubschrauber im schneegrauen Himmel Berlins vom Olivaer Platz zur OhnesorgOper und der ihm den tollkühnen Kletterer zeigte auf dem Auslegerkran mit der roten Fahne *Hoffentlich hat dern Fallschirm!* war derselbe Fordarbeiter aus dem Audimax der TU Gemeinsam staunten sie klatschten und lachten und schrien *Brecht dem Schütz die Gräten alle Macht den Räten* in den ungestörten Triumf über Polizei und Senat und die FrontstadtKläffer von Springer Die mussten schweigen an diesem Tag in knirschender Wut

Das waren zwei gewaltige Tage Manfred, von siegreich kann man nicht reden. Du bist jetzt einer von denen, revolutionärer Betriebsrat oder ArbeiterBourgeoisie, wird sich zeigen, und ich hab gesammelt für harmlose Kindergärten in Vietnam für die Opfer braver Tropf nicht für die Kämpfer der Befreiungsfront, wir müssen mal plaudern Manfred über unsre Sonnengeflechte, du bist doch der Mann der Faust, mit original Ritterschlag vom roten Chefideologen, was bin denn ich, ein akademischer Doktor. Straßenpilger. Redenschwinger. Gibts eine Arbeitsteilung zwischen uns oder bin ich nur feige, drei Jahre oder wie lang seh ich die Bilder hör die Nachrichten les Berichte von Bodycount brennenden Kindern und Mönchen und latsche friedlich durch friedliche Straßen die unser Massenmedium sind laut Peter Weiss und glaube an die Viren Aufklärung und Vernunft aber Springer hat noch am Samstagmorgen in seinem Massenmedium BILD uns mit dem Hammer empfangen STOPPT DEN TERROR DER JUNGROTEN JETZT. Der wollte uns zu Kämpfern provozieren und die APO aufmischen mit Neubauers Bereitschaftsbullen. Da war mal die Justiz nicht Magd der herrschenden Klasse und hats ihm verboten. Der Jubel als einer den Gerichtsbeschluss mitten in Erich Frieds Rede reinschmiss und der hinkende Dichter die Unterbrechung die schönste seines Lebens nannte

Bliss griff die Flasche Black and White vom Fensterbrett, setzte sie an den Mund, siebte den brennenden Schluck durch die Zähne eh er ihn ablaufen ließ.

Der Mann mit dem schmerzhaften Händedruck wollte nicht konnte nicht mitfahren in die Kreuzberger Kneipe zu Jonny dem dichtenden Seefahrer und Natalja der schwarzäugigen Malerin in die Hinterhauswohnung aufs Matrazenlager ohne Laken zwischen den verrücktschönen Bildern, gern einen Dichter, gern erst recht eine Malerin die aussieht wie eine indianische Mexikanerin Kollege, aber der FordArbeiter ist kein Student, muss um sieben die Stechkarte stempeln auch als Betriebsrat, also im Nachtzug sich zweimal von den volkseignen Zöllnern aus dem Schlaf raunzen lassen, so ist das Leben des Proleten. Eine Tafel Fresöni bitter konnte er allerdings gut brauchen, als Reiseproviant.

Im Reichsbahnhof Zoo gabs die erfreuliche Bockwurst vom VEB Fleischkombinat Eberswalde mit Kartoffelsalat und Wernersgrüner aus Pappe, in West zu bezahlen, aber klar billig. Heiße Stimmung in der Schlange, wenn die DDR so saftig wär wie diese Würstchen brauchte sie keine Mauer, viele vom Kongress auf dem Rückweg Richtung Hannover Frankfurt. Auch FrontstadtBerliner dazwischen, die wünschten Ulbricht in seine Würstchen, dann würden sie ihnen noch besser schmecken hahaha. Keiner hatte da Lust für den Spitzbart Händel anzufangen. Beinah hätten sie in dem Trubel vergessen sich ihre Adressen zu geben, aus dem Zugfenster hat der noch gegrinst Besuch mich zum Karneval, da marschieren die andern Jecken – ich führ dich ein bei den Mädchen vom Rhein! Und er: Die Einführung besorg ich lieber allein.

Vor zwei Monaten das vage Gefühl der Mann könnte ein Freund sein. Ohne Begründung, nur so aus dem Bauch. Hat sich aber wieder verflüchtigt, mangels wirksamer Verstärkung. Wie denn auch, bei der Entfernung. Jetzt kommt der zu Ostern nach München. Meldet sich einfach an zum Schlafen. Passt irgendwie zu ihm.

Er reckte sich das Rückgrat aus, zog einen zweiten Schluck Whisky aus der Flasche, schaltete den Ofen ab. Vor dem lag die Katze rücklings auf der BerberBrücke, die Beine lässig in die Luft gehampelt, blinzelte ihm zu aber hörte sich seine Vorwürfe über ihre Schamlosigkeit ungerührt an, lockte ihn neben sich auf die Knie. Er musste ihren heißen Bauch streicheln, das dünne rosaweiße Bauchfell mit den spürbaren Zitzen darin. Plötzlich begann sie lustvoll mit den Hintertatzen gegen seine Hand zu treten, klammerte sie fest auch mit den vorderen Krallenpfoten und den spitzen Zähnen, er konnte nur stillhalten um schlimmere Kratzer zu verhüten. Lass los Bestie! aber sie gab ihn nicht frei bis er bestätigte, dass sie eine der gefahrlichsten Tigerinnen Münchens sei. Und ihr mit der Linken den Nacken kraulte. Zwei saftige Schmisse. Bliss leckte die feinen Blutspuren ab. Wenn ich dich mal so kratzen würde wär die Freundschaft dahin.

Halbeins. Die Nachteinsamkeit, die Stille, nichts als das vergessbare Ticken der Uhr und die fast unhörbare Anwesenheit des Felltiers. Er holte sich den Brockhaus aus dem Regal seiner Handbibliotek neben dem Schreibtisch, fand unter *Sonnengeflecht* den Verweis auf das Stichwort *Nervensystem* und dort eine ausführliche Beschreibung mit bizarren bunten Zeichnungen und völlig unbekannten Fremdwörtern, verwirrend und kompliziert, der Text wie die Sache. Ein medizinisches Wunder, dass diese verzwickte Innerei so störungsfrei funktioniert, meistens, aber über das Ganglion *plexus solaris* scheinen sie selbst nichts Genaues zu wissen. Zuständig für alle Bauchorgane, was heißt das schon. Jedenfalls kein Muskel und insofern merkwürdig, dass das Teil sich damals beim Rudern so ungebührlich aufgelehnt hat, aber jetzt ganz lexikonhörig mit ihm über den Psychostress dieser Woche hadert. Kein Grund jedenfalls zur Beunruhigung. Geht alles vorüber. Schluck Whisky.

Er hatte keine Lust mehr über die Sammelerlebnisse noch ins Tagebuch zu schreiben, was Konzentriertes zu denken. Las zerstreut in dem Buch, das aufgeschlagen zuoberst auf dem Stapel lag

> Custer folgte dem Indianerpfad, der zum Little Big Horn führte. Als er die ersten Indianer sah, entschied er sich zum Angriff. Seine Entscheidung beruhte auf der fatalen Fehleinschätzung der Anzahl feindlicher Krieger. Es gab keine weißen Überlebenden. Das berühmte Custer-Massaker. Hätte er die beiden Maschinengewehre nicht zurückgelassen, wäre das nicht passiert. So gab es keine weißen Überlebenden.

Hat keine Hubschrauber gehabt und kein Napalm, der blonde Freiheitskämpfer Custer der den Dschungel von den Indianern befreien wollte. Da hat es ihn erwischt, den Richtigen, mal den Richtigen. Vielversprechender junger Offizier, erste Sporen im Sezessionskrieg, Held von Gettysburg. Crazy Horse und Sitting Bull, die tapferen Krieger der Sioux, haben nicht stillgehalten, ihn fertiggemacht, mit Pfeil und Bogen über Berg und Tal und den guten alten Henry-Stutzen, Friede eurer Asche und meinen Gedanken, alle Indianer lachen gern, sie tra-

gen lange Haare wie der Herr Jesus und die Rolling Sto-
nes und der Opa Marx, darin liegt etwas Sanftes,
Fließendes, der Wunsch nach Harmonie. Die Generäle
schätzen messerscharfe Scheitel und Bürstenhaar-
schnitt, Haare die strammstehn in Habtacht, aber Indianer sind auch grausam wenn sie kämpfen, sind wie
Katzen mit Krallen in den Samtpfoten, spielen mit
ihrem Opfer am Marterpfahl, Katze sanftes Lebewesen
du bist wild gefährlich wenn es sein muss komm jetzt
mit ins Bett mit deinem Fell dein Fell ist ein Geschenk
der Natur an meine Haut weicher als Frauenhaar du
bist nur auf die Welt gekommen für unsre Hände damit
die sich erholen können vom Anfassen der harten kranken Dinge

das ist potsdam der mann dort auf der straße das bin ich
was sucht icher es fahren keine esbahnen der ich muss
nach zehlendorf wo gibt es hier fahrzeuge öffentliche
fahrzeuge
aber menschen viele menschen strömen auf den straßen
an den haltestellen warten auf busse mein bus nach zeh-
lendorf wo hält er
hier suche ich hab ich gelebt gewohnt südwestkorso die
eisdiele platanen immer schon haushoch die eiswaffel
fünf pfennig oder zehn die dicke alles bekannt vertraut
die busse haben keine schnauzen keine augen abrasiert
wo bleibt der TBus immer kam der an meine haltestelle
geschnauft ließ mich einsteigen der schaffner drückte das
knöpfchen und ab dafür
der ich sucht nach der haltestelle wer weiß bitte wo
die platten busse fahren in den seitenstraßen ohne
schnauze weichen mir aus wo ist meine echte haltestelle

der hausflur steht offen die tür
die frau da ist DIE FRAU *die* MUTTER *meineseine mutter*

wieso hier wieso lebendig
steigt die treppe runter gesund ist rüstig kein gerippe
nicht gestorben nicht verwest verloren
Blitzklarheit
ihr tod die beerdigung vorgetäuscht Betrug
befreiung vom Kind dem eignen kind von mir

ja sagt sie heiter gelassen ich musste noch studieren weißt
du mein kleiner strolch

ganz ruhig ist sie bei der höllenschwarzen botschaft
der kleine ich an ihrem sarg der leer war oder eine frem-
de leiche seinemeine tränen für einen leeren sarg und leer
und leer die jahre lang für nichts ins leere schwarz
geweint
Warum *hast du mir das getan meine meine mutter*
du bist doch meine liebe in ewigkeit
warum der betrug an deinem eignen sohn
du musstest das todesspiel nicht mir vorspielen und so
leben unter falschem namen versteckt in meiner nähe
allein
ich hätte doch alles dir erlaubt
außer sterben für immer
so ohne trost bist du für mich meinen schmerz keine
verwunderung also hast du ihn gewusst jahrlang und
nicht gestillt bist nicht zurückgekehrt wie jetzt so spät zu
spät mich heimzuholen aus der täuschung zu dir
das wäre nicht nötig gewesen dieser betrug
der weint da schluchzt verwundet seinmein gesicht in
ihre hand versteckt in diesem fremden flur die fremde
liebste mutter endlich

Bliss wachte halb auf, benommen, fasste nach seinen
Augen die eben hemmungslos übergeflossen waren,
trocken aber, kaum zu glauben das, so real die Erschüt-

terung in seiner Brust. Verirrt, erschöpft, wie vernichtet von seinem Traum. Warum hat sie mich so maßlos getäuscht – die Frage wich nur langsam der Tageswahrheit, dass doch ihr Tod die lange Wirklichkeit war, die unumstößliche unvergängliche, und der Traum die tückische nächtliche Verschmelzung von Wunsch und Verhängnis. Was geht in diesem vertrackten unzugänglichen Unbewusstsein vor sich, das mit mir spielt und mich in Tränenströme stürzt wie ich sie nie geweint habe bei Licht?

Lena war trotz Sonntag aus dem Bett verschwunden, ihr Kopfkissen schon kalt. In der Küche Kaffee in der Termoskanne und ihr Zettel Liebster ich mach einen Seitensprung mit der Büchse – drück mir die Daumen im Schlaf!

Er konnte nicht lachen nicht essen, nur was Kaffee, die Verstörung aus der Nacht verschattete den Vormittag, trotz der Blauflecken zwischen den hastigen Wolken. Während er noch einmal die Süddeutsche durchblätterte, auf der Suche nach einem Bericht über die Veranstaltung im Schwabinger Bräu, blendeten sich die Traumbilder wieder und wieder zwischen die Fotos aus den brennenden Gettos der amerikanischen Städte, einer der seltenen Träume die ihre Bilder ins Wachsein eindrücken, die mächtigen Platanen am Südwestkorso, die er aus Lebenserinnerung noch wusste, aber auch der dunkle fremde Hausflur aus dem die Frauengestalt trat, die er so blitzartig erkannt hatte. Deren Hand er vor sein von Tränen überflossenes Gesicht gepresst hatte in Scham, so wehrlos von seinen Emotionen seiner Enttäuschung überwältigt zu sein. Natürlich suchte er vergeblich nach dem Bericht, frühestens Montag konnte die FreitagVeranstaltung im Blatt sein. Wenn überhaupt.

Die Mutterträume, die ihm erst nur ihre Rückkehr von einer weiten Reise vorgegaukelt hatten, die Freude darüber mit dem unausweichlichen Absturz aus der Illusion beim Erwachen, fanden anscheinend immer noch neue Auswege aus der Unwiderruflichkeit des Todes. Der letzte, im vergangenen Sommer in Marburg, hatte die Erfahrung der wiederholten Enttäuschungen offenbar so verarbeitet, dass er, träumend, statt in ihre Arme zu stürzen, der Mutter misstrauisch entgegenhielt, ihre Rückkehr sei gewiss wieder nur ein Traum und sie ihm beteuerte, nein, diesmal wirklich nicht. Noch größer die Bitterkeit bei der Erkenntnis, dass seine vorsichtige Freude da doppelt genarrt worden war. Nun die Erfindung mit dem vorgetäuschten Begräbnis, die ihn ahnen ließ, wie existenziell verletzt seine Seele durch ihren frühen Fortgang war.

An dem sie doch keine Schuld trug, versicherte sein Bewusstsein.

Hätte sie aber ein paar Jahre gewartet, hätte er erwachsener ihren Lebensschmerz verstehen, sie trösten, zurückgewinnen können, für sich. Hätten sie schon Penicillin zur Verfügung gehabt in dem Potsdamer Krankenhaus, wäre sie nicht an der Lungenentzündung gestorben. Hätte sie ihren Sohn mehr geliebt als ihren Schmerz, wäre sie mit der Krankheit allein fertig geworden. Wie viele überlebten schon damals eine Lungenentzündung. Sie hatte geweint, laut geschluchzt, nachts im Bett, bis in seine Schlafkammer zu hören, er war zu ihr gekrochen in ihre Wärme mit dem Schreck über dieses Unbekannte in seiner Mutter, sie hatte ihn an ihre weiche Brust umarmt, die Schluchzer unterdrückt, aber nichts ihm erklären können. Das geschah wenige Monate vor ihrem abschiedslosen Tod. Alles offen, endlos.

Jahre später hat ihm ihre Schwester entdeckt, dass es ein Brief seines Erzeugers gewesen sein muss, der diese Verzweiflung auslöste, da sie ihn noch einmal, in den letzten Kriegsjahren, wegen des ArierNachweises vergeblich um Anerkennung seiner Vaterschaft gebeten hatte. Nie hatte sie Geld von dem Industriekaufmann gewollt. Auch bei dem zweiten Brief war es nur um ein Foto gegangen. Zu oft hat der Sohn danach gefragt, um sich ein Bild seines toten Vaters machen zu können. Und dieser Mann war inzwischen Bürgermeister von Luckenwalde, hatte das Parteibuch skrupellos gewechselt und ebenso skrupellos weiter behauptet, seine Mutter hätte Umgang mit mehreren Männern gehabt, in der Reisegruppe in Anatolien. Das Gesetz erlaubte dem Erzeuger mit dem Hinweis auf die bloße Möglichkeit anderer Mittäter, sich der Vaterschaftspflicht zu entziehen. Er konnte sich den Horror seiner Mutter vorstellen, etwa beweisen zu sollen, dass sie keinen Verkehr mit andern Männern gehabt hatte. Das alles erfuhr er erst nach ihrem Tod von seiner Tante und die Frage, weshalb seine Mutter ihm so wenig vertraut hatte, nächtigte unstillbar in seiner beleidigten Seele. Alles Wühlen und Suchen nach irgendwelchen Zeugnissen, in ihrem Schreibtisch, ihren Fotos und Briefen, war vergeblich geblieben – sie hatte alle Spuren des Mannes aus ihrem Leben getilgt, den sie eine kurze Zeit lang wohl geliebt hatte. Er wollte dieser Verbitterung, vielleicht war es Hass, seiner Mutter nicht in den Rücken fallen, er brauchte keinen Vater, aber er hätte doch wissen wollen, wer dieser Erzeuger war, statt dass sie ihn so lange mit der Lüge abgefunden hatte, er sei tot.

Oder verfolgten ihn die Träume von ihrer Heimkehr als Erynnien, seine Mitschuld am Muttertod zu rächen, da er ihr Leben durch sein Einnisten in ihren Bauch, durch seinen Ausbruch aus dieser Kapsel, aus der Bahn gestoßen hatte, so selbst zum Todesengel seiner Mutter werdend?

Zwei Frauen zeigen dem Helden überraschend
wie mit ihnen zu rechnen ist.

Als Lena heimkam mit der frischen Aprilluft in den
Kleidern, stopfte er seine aufgerissnen Gefühle zurück
in den Untergrund. Sie legte ihm ihre kalten Finger an
den Hals, schaute ihm in die Augen mit einem Gesicht
voller Erlebnisse: Mein lieber Mann! Da kannst du allerdings die Menschheit erleben! Und drückte ihm die
Büchse in die Hände.

Donnerwetter Lena!

Nach dem Klo und kurzem KatzeKnubbeln spru-
delte sie gleich los, wie sie erst geprobt hatte auf der
Maximilianstraße, da wars noch fast menschenleer, an
einzelnen Frauen, auch mit Nordvietnam und Befreiungsfront, ganz bewusst die Reizwörter, nicht bloß
harmlose Kindergärten, wo du gesagt hast am Freitag:
Argumentation gegen Verschleierung Analyse gegen
Betrug, das war mir noch groß im Kopf, ich wollte mich
nicht verstecken, aber zuerst hab ich nur Frauen gefragt
und Paare, das lief sehr gut, die waren freundlich, was
heißt freundlich: helfen wollten sie, ich hab gemerkt wie
das Attentat auf King sie aufgeregt hat und die Aufstände
jetzt von den Schwarzen, ich hätte dauernd stehen bleiben und diskutieren können – war das bei dir auch so?

Selten. Vielleicht warst du den Leuten sympatischer?

Unsinn Vik. Kann sein weil Sonntag ist und sie mehr
Zeit hatten als gestern beim Einkaufen, eine alte Frau

fing an ihre Lebensgeschichte zu erzählen, zwei Söhne
im Krieg verloren, der dritte für fünfundzwanzig Jahre
in der Ostzone nach Sibirien, verschollen. Warum, hat
sie nicht gesagt.

Vielleicht Spionage.

Sie hat trotzdem was für die Büchse gegeben, das versteh wer will.

Weil du ihr zugehört hast.

Ich bin vor die TheatinerKirche, dachte die mildtäti-
gen Christen, da gings aber los, dass die Familienväter
sich aufgespielt haben vor ihren Kindern und Gattinnen,
von wegen Kommunistin und Ab nach drüben, einer
wollte seinen Fünfziger partu zurückhaben als er merkte dass die Sammlung nicht für amerikanische Kriegs-
verletzte ist, also GIs, sondern für deren Opfer. Musst
du dir vorstelln! Hat rumgeschrien, obwohl ich doch
kein Geld wieder rausholen konnte aus der verplombten
Büchse und hatte mein Portmonnee vergessen, na aber
ein Mönch der auch in die Kirche wollte hat ihm den
Fuffziger gegeben, da war er natürlich blamiert der Typ.

Aber dann du! Kam einer der war garantiert CSU
oder NPD, also ein echter, in der Wolle gefärbt und mit
Hirschhornknöpfen, wollte mir das Sammeln vor der
Kirche verbieten, Rotfront vor dem christlichen Gottes-
haus – ein Gezeter! Polizei holen und so. Hat mir die
Flugblätter aus dem Arm gerissen, dass ich mich bücken
musste vor ihm und die Leute drumrum, du hast ja
gesagt ich soll auf keinen Fall frech werden aber da war
bei mir der Ofen aus, das wirst du verstehn, hab ihn
angeblafft er hätt sich wohl in der Adresse geirrt, die
Feldherrnhalle wär gegenüber, und hab gesagt wenn ich
eine Kommunistin bin dann ist der Papst auch einer weil
der auch gegen den Krieg in Vietnam ist und ich würd
jetzt in die Kirche reingehn und für Ho Tschi Minh
beten

Bliss lachte. Und? Biste rein?

Lena, stolz: Aber hallo. Hab mich ganz bräsig in die Kirchbank gesetzt und auf seine Polizei gewartet. Ohne Hinknien allerdings. Den Gefallen haben die ihm aber nicht getan und sind da reingeplatzt. Auf die Weise hab ich mal ne katolische Predigt gehört, nach dem ganzen Gebimmel um den Altar und der Räucherei. Gar nicht so dumm der Priester, über Gandhi und King und Jesus, als Vertreter des gewaltlosen Kampfs, die Kraft der Schwäche

Jesuit, vermutete Bliss dazwischen

und nach dem Gottesdienst hab ich noch mal vor der Kirche geklappert und du wirst lachen – da hab ich in zehn Minuten mehr gekriegt als in der Stunde vorher! Trotz Klingelbeutel

Weil sie dich als Kirchgängerin drin gesehn haben. Guter Tipp für die Kampagne.

Von seinem Traumerlebnis berichtete er nichts. Beim Mittagessen fiel ihm auf, dass der Schmerzdruck in der Magengrube erinnerungslos verschwunden war. Lena überlegte, ob sie einen Kuchen backen sollte, zur Belohnung. Aber was für einen. Oder doch lieber erst Ostern, wenn dein Freund da ist. Manfred. Der bayerische Rundfunk brachte einen LiveBericht seines Korrespondenten aus Washington. Der Journalist stotterte, offenbar fassungslos, dass in der Hauptstadt der USA die Nationalgarde aufmarschieren musste zum Schutz der Regierungsgebäude.

Barbara Bartel, am Telefon, schien kaum überrascht, als Bliss ihr mitteilte, aus Montenegro könne leider doch nichts werden für ihn, und obwohl sie nicht nach dem Grund fragte erklärte er, dass ein Kölner Freund dazwischengekommen sei mit seinem Besuch und er sich auch nicht drücken könne vor dem Ostermarsch, das sei ihm jetzt sehr deutlich geworden – nach seiner Rede würden das viele seiner Bekannten als ne Art Fahnenflucht auffassen, wenn er sich einfach in den sonnigen Süden, und drittens gab es noch einen Grund, nämlich dies Angebot von den Kammerspielen, Peter Stein, den Vietnam-Diskurs zu beraten, das wär für ihn eine Riesenchance, einfach unabweisbar, er würde ihr das gern noch genauer erläutern, vielleicht Dienstagabend, weil mit Lustfeindlichkeit hättes nichts zu tun, das würde er ihr gern beweisen

Barbara lachte. Sie lachte einfach. Undefinierbar. Na dann komm mal vorbei Vik. Ich werd zu Haus sein.

Originell, dass sie nicht gefragt, nicht protestiert hat. Er hatte mit großem Erklärungsdruck gerechnet. Vielleicht wars für sie nur ein Test? Bin ich durchgefalln bei den Vorproben? Oder hat sie Angst vor meinen Argumenten, dass ich ihre Filmleute nerve? Einen Maulkorb hätt mir kein Regisseur umgehängt, auch nicht fürs doppelte Honorar.

Barbara mit ihrer undurchdringlichen Ironie gegenüber allem, was die linken Männer ranschafften sie zu überzeugen. Ein Stachel schon Silvester auf der Hütte, ein aufregender. Ferri und Johann umständlich, betulich: Pass auf Mädchen, jetzt erklären wir dir das mal in aller Ruhe, und Barbar nach dem Referat einfach: Glaubt ihr denn, dass das die echte Wahrheit ist? Sie nicht. Sie glaubts einfach nicht. Mach was. Er hat versucht bei ihrer persönlichen Erfahrung anzuknüpfen, Informationen damit zu verbinden, die man jeden zweiten Tag in der Süddeutschen, im Fernsehen bekam. Vergeblich. War ebenso gescheitert, an ihrem politischen Flegma, ihrer Skepsis. Manchmal stimmte sie zu, aber wenn er dann, aufbauend auf der erzielten Übereinstimmung, folgerichtig weiter argumentierte, war sie inzwischen zu ihrem Ausgangszweifel zurückgeflattert wie ein Kanarienvogel in seinen Käfig. Zum Austicken. Bei dem Versuch diese Frau zu überzeugen landete er auf Positionen – nie hätte er die gegenüber Ferri Melchinger vertreten! Im Gegenteil – bei den Marxisten war er der Zweifler und Nörgler der die andern nervte mit seinen Widerreden.

Derselbe Mensch, mal so mal so. Heißt das Opportunismus? Die Dinge, die Sachverhalte zeigen ichsagsdoch verschiedene Ansichten von sich, je nachdem mit welchen individuellen Scheinwerfern einer sie beleuchtet.

Schwer zu ertragen für einen Historiker, dem es nicht um Jahreszahlen geht, der die objektiven Hintergründe des gesellschaftlichen Geschiebes, die wirklichen historischen Vorgänge hinter den persönlichen Erfahrungen der Menschen erkennen will – immer stehen nur diese unscharfen, subjektiv getönten Berichte als Quellen zur Verfügung. Und als Forscher? Gefangner meiner mich ständig verändernden Auffassungsfähigkeit. Zählbare Einzelteile, Fabriken, Schiffe, Menschenleben, Dollars lassen sich eindeutig erfassen. Selbst da sind Vergleiche mit elenden Ungenauigkeiten verschmutzt, bleiben relativ. Was in den Naturwissenschaften durch die Wiederholbarkeit eines Experiments als objektiver Sachverhalt praktisch erwiesen werden kann, ist in den Gesellschaftswissenschaften als Beweisführung ausgeschlossen. Da lässt sich nichts exakt wiederholen, ist alles im Fluss. Grüß Gott Heraklit. Trotzdem wollen wir die Wahrheit ergründen. Und verkünden.

Lenin hat das ganze WahrheitsTheater des Abendlands weggeputzt mit der Frage Wer wen? Wem nützt was, Ferri Melchingers Amen vor und nach jeder seiner Ansprachen.

Dann aber gäbs keine Lügen. Nur nützliche und schädliche Feststellungen.

Der alte Herr aus Trier sagt: die Praxis die ist der Beweis. Nur durch sie kriegt der Mensch raus was stimmt. Jeweils. Von Fall zu Fall. Wenn was funktioniert ist es wahr, weils mit den objektiven Gesetzen der Natur übereinstimmt. Und ich? Keine Natur? Bei Barbar in der Dusche bin ich Natur und im Schwabinger Bräu auf dem Podium freies denkendes Subjekt? Quatsch, ich geh völlig durcheinander mit meiner fysikalischen Grundlage, Hirn Herz Bauch Schwanz Hypofyse und Sonnengeflecht, ich denke mich dauernd weiter und dass ich doch irgendwie derselbe bin weiß ich auch nur aus Gewohnheit. Vielleicht weil draußen seit 35 Jahren Viktor Bliss dransteht. Wenn ich Natur bin dann ist auch mein Denken und meine Erkenntnis Natur hehe, mein Subjekt ist objektiv, und da haben wir den gemischten Salat. Den sie dann Dialektik nennen, um irgendeinen Begriff unter die Füße zu kriegen.

Also wenn die Praxis klärt ob ich richtig gedacht habe, und das soll nicht nur heißen: es funktioniert, dann muss noch was andres dazukommen, ein Maßstab. Wertmaßstab. Die Atombombe funktioniert nämlich hervorragend beim Abbau des Bevölkerungsüberschusses. Als Maßstab hat der Profet das Klasseninteresse erfunden. Passpartu für alle Zweifellagen.

Wie aber komm ich aus meinem verfaulten bürgerlichen raus, das mir stinkt wie ein Furunkel auf der Lippe? Doch nicht mit ein paar aufgeregten Sätzen und gesammelten Groschen. Ich hab diese Haut auf den Knochen, ich bin nicht schwarz und nicht braun und nicht gelb, ich bin weiß, jahrhundertelang weiß, nur die Hände rot, ich hab alles gefressen verdaut und ausgeschissen, euern Schweiß und euern Reis, euer Blut und eure Bananen, eure Büffel, euer Gold, euer Öl, davon bin ich fett geworden und weltumspannend, da habt ihr eure Reservate verlassen, weißer Mann wir wehren uns es gibt einen Kriegstanz wir holen unser Land zurück was willst du hier, wir jagen unser Wild denn wir haben

Hunger denn es ist unser Land seit immer denn – hör zu Crazy Horse, am 1. Januar 1876 haben alle wandernden Indianergruppen innerhalb der Grenzen ihrer Reservationen zu sein. Wer sich dieser Anordnung widersetzt, wird als feindlich angesehen und entsprechend behandelt, sage ich

NEIN ICH NICHT!

sagte das Kriegsdepartement in Washington. Das ist die historische Wahrheit. Ohne Dialektik. Und mit Dialektik war ich dabei, bin ich immer dabei. Du auch Ferri, mit deinem proletarischen BMW. Zweieinhalb Monate später, 17. März 1876: Colonel Reynolds zerstört ohne weitere Warnung das Dorf der Oglalas, verbrennt hundertfünf Hütten, raubt die Mustang-Herde.

Sagt Barbara Bartel am Dienstag duftend zu den Heldentaten der Kavallerie: Vik das ist hundert Jahre bekannt und gegessen! Aber wie hieß die Frau von deinem Häuptling? Hat er Kinder gehabt? Wo sind die zur Schule gegangen? Hatten sie Kriegsspielzeug? Das will die Frau im roten Hosenanzug ernsthaft wissen, die da blondumweht ihr erinnertes Parfüm aussendet an die Sensoren eines Mannes der im Niemandsland haust.

Vielleicht hast du recht Barbar und die Geschichte ist zu lesen in amerikanischen Schulbüchern, ich werde das rauskriegen. Vor vier Wochen der First Lieutenant William Calley, hat das Dorf My Lai mit seiner Kompagnie GIs angezündet, mit Flammenwerfern in die Hütten. Alles was nicht verbrennen wollte, Frauen Kinder alte Männer, niedergeschossen. Körperzählung anschließend. Rund 500 Stück erlegte Terroristen war die Strecke. Neun Zeugen haben unter den Leichenhaufen überlebt. Der Mann hat die Story von Colonel Reynolds in seinem Schulbuch gelesen. Oder eine der andern. Aufmerksamer Schüler!

Viktor du bist unerträglich. Ich wollt wissen wie die Frauen der Indianer gelebt haben, damits nicht wieder ein MännerFilm wird.

Unerträglich ist die Wahrheit Barbar. Die Frauen haben ihre Kinder geliebt und bei den Marterfeiern mitgefoltert. Erst aufgepäppelt und gesund gepflegt, die gefangenen Feinde, dann beim Umbringen am Marterpfahl geholfen. Die waren nicht besser als wir, nur weniger. Dann sind sie verhungert. Ohne Pferde, ohne Rinder. Zehntausend Büffel haben wir strategisch abgeknallt, dann wars vorbei mit der IndianerHerrlichkeit. Wir entlauben ihren Dschungel, wir zerstören ihre Deiche, wir amputieren ihre Erbanlagen, die Gooks sollen in die Steinzeit verreisen.

Da, trink was. Barbara schob ihm das Rotweinglas zu. Ich dachte hier kommt ein Strahler ins Haus. Was heißt überhaupt: Wir. Ich glaube bei dir geht einiges durcheinander. Und was sind Guks?

Sowas wie Japse auf GI-Amerikanisch. Leg mal ne Musik auf. Bitte. Hendrix.

Kannst du haben. Wenn du versprichst dich zivilisiert zu benehmen.

Okayokay, ganz zivil. Sag mal, ist da noch jemand in deiner Küche?

Barbara, geheimnisvoll: Eine Überraschung! Mein neuer Leibkoch. Spezialist für provençalische Küche.

Da war Bliss doch einigermaßen verblüfft. Wird das heut eine Party?

Das wollte Barbara nicht grade behaupten. Der Regisseur nur. Freddi kocht richtig gern.

Wie, wollt ihr mich jetzt gemeinsam rumkriegen? Mit einem guten Essen? Und beteuerte gleich: Barbar, ich kann wirklich nicht mitkommen.

Barbara lächelte ihm freundlich ins Gesicht: Das weiß ich doch Vik. Du bist ein treuer Ehemann. Echt alte

Schule. Aber vielleicht möchtest du ihn trotzdem kennenlernen?

Da plötzlich begriff Bliss, weshalb sie am Sonntag seine Absage so fraglos hingenommen hatte. Er setzte das Glas hart auf den Tisch. Stand auf. Mein Besuch heißt übrigens Manfred, falls du daran Zweifel hattest.

Schade, sagte Barbara, immer noch lächelnd, dass du schon gehen willst. Freddi ist wirklich ein ganz offener Typ.

Klar doch, sagte Bliss, ein aufgeschlossner Leibkoch. Der bringt mehr als ein Kopfturner. Kalt: Du hast mein vollstes Verständnis Barbara.

Grüß Lena von mir, rief sie ihm noch nach aus der Wohnungstür.

KAPITEL II

BLUTSBRÜDER

Der unbekannte Freund aus Köln führt Schweinebraten und Kulturrevolution im Mund

Die breiten Schultern in der abgeschabten schwarzledernen Jacke, der sauber ausrasierte Nacken unterm welligen schwarzen Haar – Bliss erkannte den Mann vor dem Orientierungsplan der Stadt aus zehn Schritten Entfernung. Der schaute sich nicht um. Bliss, dicht hinter ihm, sagte: Hoffentlich hast du deinen Fallschirm dabei -

Breites zufriedenes Grinsen um die Kohlaugen, Handschlag: Mensch! Ich dacht schon ich muss mich allein durchfranzen zu dir.

Und? Gute Fahrt gehabt? Karneval gesund überstanden?

An Leib und Seele gestärkt! lachte Anklam, aber der Zug – was zum Teufel wolln die Leute alle zu Ostern in München? Gibts hier was umsonst? Und weil kein Durchkommen gewesen war zum Speisewagen, hatte er vor allem Hunger mitgebracht, ob Viktor dafür Abhilfe wüsste?

Wusste der. Kleine Wirtschaft, gleich bei ihm um die Ecke, vielfach persönlich getesteter Spezialist für Schweinebraten mit Knödel und Blaukraut, auch Gründonnerstag einsatzbereit. Anklam leckte die Lippen: nehmen wir ein Taxi? Vor dem Bahnhof erwischten sie besser gleich die Eins, die fährt noch direkt durchs Zentrum, und als Anklam am Marienplatz kaum zum Rathaus aus dem Fenster sah, merkte Bliss schon, dass der Mann kein Neuling war in der bayerischen Hauptstadt. Bemerkenswert schienen dem nur die UBahnBaustellen, durch die die Tram aufhaltsam zockelte. Bliss zeigte ihm, wo er vor ein paar Tagen mit Sammelbüchse überprüft hatte, ob die Münchner reif seien für die neue Gesellschaft. Oder zumindest für die Solidarität mit Vietnam.

Wird ihnen ein tiefes Bedürfnis gewesen sein, vermutete Anklam. Bei der Tradition. Hats denn gereicht für ne Schiffsladung Raketen?

Das VietnamKomitee denkt eher an Mullbinden, musste Bliss zugeben, da lachte Anklam mit strahlenden Zähnen unter dem Schnurrbart, dass es den Mitfahrern die Köpfe rumriss.

Am Isartor schlug Anklam unbedingt ein Kaffeetrinken im Valentin Musäum vor, spätestens Samstag, und sie steuerten umweglos den Schweinebraten in der Thierschstraße an, zur flüssigen Einleitung eine halbe Maß Pschorr. Anklams Durst war seinem Hunger an Dramatik noch überlegen, mit funkelnden Augen begrüßte er das Glas, bestellte sogleich einen Nachfolger und tunkte seinen Schnauz in den Schaum. In Köln trinken sie verdünntes Bier aus einer Art von Reagenzgläsern, teilte er mit, auftauchend aus seinem Versteck hinter dem Biertopf, du hast schon gewusst warum du an der Isar abgestiegen bist.

Die verschluckte Kohlensäure brach ihm lautstark aus dem Hals, Tschuldigung, sie waren die einzigen Gäste an den wenigen Tischen und das ältere Dirndl hinter dem Tresen nickte wohlwollend zu ihnen herüber.

Etwas leiser, die Borsten beidseitig mit dem Handrücken ausputzend: Der Überbau ist bei euren Kellnerinnen viel stärker entwickelt und ich sag dir – das lässt sich eindeutig materialistisch erklären aus dem Gewicht der Maßkrüge die sie schleppen müssen. Die Kölschträgerinnen sind flink aber flach.

Bliss konnte die Information weder bestätigen noch dementieren, da er sich unter Biertrinkern selten heimisch fühlte.

Hockst ewig an der Uni, wie? Bei deinen Studenten. Am Schreibtisch. Aber wir können auch schreiben Doktor! Er zog einen zusammengefalteten Briefbogen aus der Jackentasche, Betriebsrat der FordWerke Köln AG, an die Betriebs-Gewerkschaftsleitung der Lenin-Werke Pilsen – das ist Škoda, verstehst du? so ziemlich die größte Metallbude in der Tschechoslowakei – hier, lies selbst, aber laut Viktor, ich wills hören, reichte den Bogen über das zweite Bier, nachdrücklich, so dass Bliss überrascht aber doch neugierig tatsächlich nun tischlaut vorlas

Liebe Kolleginnen und Kollegen, mit großer Spannung und Anteilnahme verfolgen wir Metaller der Kölner Fordwerke die gegenwärtigen Vorgänge in Eurem Heimatland. Wir arbeiten in einem US-amerikanischen Großkonzern und kämpfen hier für mehr Mitbestimmung auf allen Ebenen der Produktion und um die Durchsetzung unserer berechtigten materiellen Interessen. Ihr habt erkannt, dass der Kampf der Arbeiter nicht beendet ist mit der Verstaatlichung der Produktionsmittel, von der wir in unserm Land wieder weiter entfernt sind als vor 25 Jahren nach der Befreiung von den Hitler-Faschisten.

Wir erklären uns solidarisch mit eurem gegenwärtigen Kampf um den Abbau autoritärer Strukturen in Betrieb und Gesellschaft, um die Stärkung demokratischer Selbstverwaltung, um die Verwirklichung eines Sozialismus mit menschlichem Antlitz, in dem die Reste stalinistischer Willkür mit ihren unverbesserlichen Sachwaltern beseitigt sind.

*Da Solidarität sich auch materiell ausdrücken will,
übersenden wir Euch 2300 Demark, die eine Sammlung
unter den Betriebsräten und gewerkschaftlichen Ver-
trauensleuten der Fordwerke zur Unterstützung des
Demokratisierungsprozesses in der ČSSR erbracht hat.*

Bliss legte das Blatt neben seinen Teller.

Und? fragte Anklam, das Gesicht voll Erwartung und
Stolz.

Hast du geschrieben, wie?

Is doch egal, nickte Anklam, heiße Diskussion wars.
Ich hab noch Arbeiterräte vorgeschlagen, Arbeiterräte
sollten sie einsetzen, aber die Sozialdemokraten bei uns
wollten sich nicht so konkret einmischen bei den Kollegen mit Vorschlägen. Keiner wusste genau wie die Stimmung in Pilsen war. Deshalb haben sie mich hinge-
schickt, mit dem Geld. Lokalerkundung. Drei Tage in
Prag und Pilsen. Da knisterts du!

Die Kellnerin baute die Teller mit dem geschnittenen
Braten, die Krautschüssel, die Knödelschüssel vor ihnen
auf, Anklam schaute begeistert zwischen ihr und den Spei-
sen hin und her, hielt Messer und Gabel aufrecht in den
Fäusten, während Bliss, kaum weniger begierig, ihnen
Knödel und Kraut auf die Teller packte. A guete wünschte
die Kellnerin, mütterlich zufrieden mit dem Essglück der
Männer. Bliss hätte seit dem VietnamKongress buchstäb-
lich keinen richtig freien Tag gehabt, wunderte sich mit
vollem Mund wie Anklam das schaffte: so oft freizukom-
men von seinem Betrieb. Dem hatte na sowas! die Geschäftsleitung drei Tage bezahlten Urlaub bewilligt als
Botschafter der FordBelegschaft, Anklam zog mit dem
kleinen Finger das rechte Unterlid runter – die Herren
dürften sich verrechnen, die Schwejks wollen ihre Kapitalisten nicht zurückhaben. Nur ihr Streikrecht.

Bliss kaute und schwieg, überlegte, fragte dann: Du
glaubst schon auch, dass die einiges dransetzen werden,

ihre böhmischen Nachbarn samt Fabriken heim ins Reich zu holen?

Grundsätzlich traute ihnen Anklam alles und noch Schlimmeres zu, ABER

Aber was? Du meinst das nicken die Sowjets nicht ab?

Anklam legte sein Besteck auf den Tisch, langte mit der Hand nach Viktors Arm, sagte feierlich: Du warst nicht dabei mein Freund. In Prag in der Fučik-Halle, am 20. März, haben so fünfzehntausend Menschen sieben Stunden lang mit Politikern, mit Professoren, mit Schriftstellern diskutiert, life, und alles direkt vom Radio übertragen, die Slanski-Prozesse, die Zensur, die Bürokratie, der alte Stiefel Novotny – der dann am nächsten Tag zurücktreten musste – eine Stimmung wie im Februar in der TU! Nur dass wir in Berlin unter uns waren nicht wahr, kein Systemvertreter hat mit uns diskutiert wie wir die Unterstützung der Befreiungsfront organisieren und den Schütz und den Neubauer absägen. Die Reformer in Prag, darfst du nicht vergessen, sind alle Kommunisten, früher verurteilte, kaltgestellte, jetzt rehabilitiert, Dubček, Smrkovsky, aber die müssen das Misstrauen ihrer Landsleute erst mal widerlegen. Mir ist das Herz gesprungen Viktor – endlich ein Sozialismus der die freie Rede erlaubt, und die Mitbestimmung von unten, Kritik an den Leitungen, statt der Alleinherrschaft vonner Kaste von Funktionären! Ich hatte einen Kollegen von Škoda dabei, der mich zum Flugplatz bringen sollte, der hat mir übersetzt was lief, es war einfach fantastisch – wir haben den Abflug verpasst! Auch diese Entschlossenheit bei allen dass das Ding Sozialismus heißen soll

Wie denn sonst Manfred!

Eh – die Kalkhirne in Moskau unken Konterrevolution. Weil in Prag beim Schriftstellerkongress mal von permanenter Revolution die Rede war und von Kafka und Kulturrevolution. Die Jungs entdecken doch tatsächlich Trotzki wieder, wird den Sowjets aufstoßen, klar, aber Chruschtschow hat mit Stalin aufgeräumt – warum soll Breschnew nicht Trotzki rehabilitiern? Also jedenfalls – die sowjetischen Führer können nur froh sein, wenn in der kleinen ČSSR jetzt sowas wien sozialistisches Musterländle entsteht, findst du nich?

Könnte uns helfen, den Linken in Westeuropa, bestätigte Bliss.

Und Anklam, profetisch: Da bricht der Antikommunismus doch hier zusammen wien – also wien Luftballon! Paff!

Zur Einstimmung les ich schon mal die hier – klaubte zwei Bücher aus seiner Reisetasche, reichte sie über den Tisch, da – *Das Schloß*. Das andre ist Hašek, *Die Abenteuer des braven Soldaten Schwejk*. Beachte bitte, dass es sich um die deutsche Erstausgabe aus den zwanziger Jahren handelt. Hat mir mein Pilsener Dolmetscher geschenkt!

Packte sich auf die Gabel eine bunte Mischung von Schwein Kloß und Kraut, schob die Fuhre abschließend in die Mundhöhle. Alles kalt geworden. Schaise. (So flucht der Tscheche!)

Hast du mal irgendwann irgendwo Abitur gemacht? fragte Bliss hochachtungsvoll, und der: brauchich das? Bliss lachte Einverständnis, sah Anklams Rede in Berlin, der gleiche Entusiasmus, das ansteckende Strahlen auf dem Gesicht. Auch die Hochstimmung des ganzen Kongresses, die sich in den Tagen danach allerdings wieder verflüchtigt hatte, und im Schwabinger Bräu erneut der Gefühlstaumel der Menschenmenge im Saal, der ihn auch mitriss, den er aber am übernächsten Tag bei der Straßensammlung schon nicht mehr nutzen, kaum noch erinnern konnte. Sind das richtige Erregungen, die uns vorwärts bringen? Oder eher irreführende, den Verstand benebelnde, mehr oder weniger einleuchtend drapiert mit revolutionären Fahnen? Bliss wollte den noch halbfremden Besucher nicht mit seinen Untergedanken behelligen. Doch der Antikommunismus, Manfred, ist verdammt alt in Deutschland – die Furcht vor den Gleichmachern haben die Gründerväter schon vornem knappen Jahrhundert mit dem Manifest in die Welt gesetzt. Da bist du Schwarzauge einfach bisschen blauäugig wollnwemasagn.

Als er den zweiten Knödel restlos verinnerlicht hatte erschien jedoch eine völlig andere, unvorbereitete Frage in der Gegenrichtung: Sag mal Manfred – warum bist du eigentlich jetzt nach München gekommen?

Anklam sah ihn an, offen, krauste die Stirn: Ja weißte. Gute Frage. Nicht einfach zu beantworten. Ich hatt überlegt was ich Ostern anstell. Meine undankbare Freundin macht Urlaub auf Mallorca. Von Düsseldorf nach Köln latschen und fromme Lieder gegen die Bombe singen liegt mir nicht. Fiel mir ne verflossene Flamme ein, in Gräfelfing, ob die sich noch mal anzünden lässt. Hatn Kind jetzt, die Frau. Mit Mann. Chemiker bei der Wacker-Chemie. Muss ja nichts heißen nicht wahr.

Bliss nickte. Mhmh.

Aber eigentlich – Anklam sah zu der Kellnerin als wollte er ihr das Problem erklären – na ja, eigentlich wollt ich meinen Bekannten von der Berliner Schah-Oper näher beschnuppern. Wer der ist. Obs den wirklich gibt. Mit oder ohne Fallschirm.

Bliss schnaufte amüsiert durch die Nase. Begrüßenswerte Initiative! Lass uns das gemeinsam überprüfen.

Wie – du weißt es selbst nicht?

Wer weiß das schon von sich. Du?

Ach Gott, der Doktor Faust! Ein Filosof! Ich habs geahnt!

Anklam spielte seinen Schreck so gekonnt, dass auch Bliss schallend lachen musste.

In einer Tonne jedenfalls wohnen wir nicht, versprach er. Du kriegst eine eigne Liege, vom Chef selbst bezogne Betten.

Bed and Breakfast? Mit Early Morning Tea von der Wirtin?

Die Wirtin allerdings konnte Bliss nicht garantieren, Teaterleute pflegen länger zu schlafen als Historiker und Metallarbeiter. Dann wollte Anklam unter Umständen den Part des Butlers übernehmen, beim Tee würde er sowieso am liebsten seinen eignen Fingerspitzen vertraun. Er brauchte dazu nur Briefwaage und Stoppuhr. Und guten First Flush Darjeeling natürlich.

Den besorgten sie noch auf dem Umweg über die Zweibrückenstraße, bummelten zwischen den IsarArmen zur Praterinsel. Anklam hatte seinen Bericht aus Pilsen noch nicht beendet als sie die gewundene Holztreppe in der Adelgundenstraße hinaufstiegen.

EIN FORSCHUNGSVORHABEN MIT DREI VERSUCHS-
MENSCHEN WIRD AUSGELÖST

Bliss dachte, dass dieser Mann vielleicht doch bloß nach München gekommen war, um einen verständigen Spiegel für seine Erlebnisse bei den tschechischen Nachbarn zu finden. Als die Katze seine Schuhe und Hosenbeine beschnupperte, bückte er sich nicht, studierte die Poster im Flur, der OstermarschAufruf, der freundliche Onkel Ho, der Che mit Locken und rotem Stern an der Mütze, hallo hallo! Das leuchtend rote Plakat vom SDS bestaunte er grinsend, kannte nur das Original der Bundesbahn, *Alle reden vom Wetter - Wir nicht*, aber das kommunistische Dreigestirn, das sich hier metereologisch desinteressiert erklärte, wünschte Anklam sich doch lieber ergänzt, nicht um Stalin natürlich, jedoch Mao und Trotzki schon, und Guevara für die Dritte Welt – dann aber auch Lumumba für Afrika und Ho für den kämpfenden Südosten beziehungsweise Fidel für das siegreiche Kuba – also es würde ein Wimmelbild Manfred, deshalb besser nur MarxEngels als theoretische GroßVäter und Lenin als RevolutionsManager, das ist eine klare Sache.

Anklam erklärte sein Einverständnis unter der Bedingung, dass er ein solches oder dieses Plakat mitnehmen könne für sein Büro im Betrieb, um die Kollegen ein bisschen aus der Reserve zu locken. Bliss glaubte nicht, dass es heute schon möglich sei, dieses SDS Poster in

irgendeinem deutschen Betrieb, West oder Ost, auf-
zuhängen

Ihr Studiker! lachte Anklam ihm ins Wort, keine Ahnung was möglich ist mit nem starken Metaller Vertrauenskörper! Unser Problem ist nicht die Geschäftsleitung
sondern die konservative Mischpoke im Betriebsrat. Die
immer nach oben schaut wie ne Herde Flundern. Haben
Angst, die Studenten wolln ihnen die Bildzeitung vom
Frühstücksbrot nehmen. Zweifrontenkrieg, verstehst du?
Na ich seh schon – hier isne Extraschicht Aufklärungsar-
beit gefordert.

Im Arbeitszimmer blickte er länger an den Bücherregalen rum, zog einzelne Bände heraus, blätterte sie an
wie in einer Buchhandlung. Kommentierte mit Ahas,
Sosos, Hmhms.

Bliss, vom Fenster, wartend: An sich verkaufen wir
nichts -

Anklam hielt einen der roten Leinenbände der Ostberliner BrechtAusgabe in den Händen, die würde er
ihm tatsächlich sofort abkaufen oder ob er wüsste wo
man die, leider nur in der DDR, brauchst du einen
Gewährsmann vor Ort, weil die nur einzeln erscheinen und immer gleich vergriffen sind, schau mal was
hinter dem Titelblatt steht, und Anklam las Ausgabe
für die Deutsche Demokratische Republik mit Ge-
nehmigung des Suhrkamp Verlages. Der Vertrieb ist
in Westdeutschland und im Ausland nicht gestattet,
pfiff durch die Zähne: Clever. Der Dichter gibt die
Buchrechte lieber nem kultivierten Kapitalisten, traut
seinen regierenden Genossen nicht über den Weg.
Obwohl sie ihm ein Teater geschenkt haben. Dialektik, was? Schau dir das an – die Heartfields haben die
Ausgabe gestaltet – steht hier: Ausstattung Brüder
Heartfield Herzfelde! Da besitzt du ein sozialistisches
Kleinod Viktor!

Der staunte allerdings wieder mehr über Anklams literarisches Interesse oder was das war: Kenntnisse? Hast du nicht gesagt: Werkzeugmacher?

Werkzeugmachende Leseratte, erfuhr er, Species aus der Frühzeit der Arbeiterbewegung, in bestimmten Industrie-Reservaten noch vereinzelt anzutreffen, und Manfred sollte nun aber bittesehr auch zur Kenntnis nehmen, dass er in Berlin drei Jahre lang als Ungelernter in einer ApparatebauKlitsche Brötchen angeschafft hatte, nicht freiwillig zwar und nicht als Gewerkschaftsmitglied, aber ehrlich mit Sechs Uhr Aufstehn sechsmal die Woche für Dreimarkachtzig die Stunde.

Bliss sagte das unstolz verknüpft mit dem Vorschlag, die Tage versuchsweise ohne Vorurteile auszukommen, also eher neugierig auf unbekanntes MenschenGelände -

Anklam das Forschungsprojekt, nickte der in den Brecht, gutgut, bin ich dabei. Blickte ihn an, ganz aufmerksam, prüfend: Aber auf Gegenseitigkeit, nicht wahr.

Da kommt sie, sagte Bliss als die Katze plötzlich aus dem Zimmer galoppierte.

Die Maus?

Lena.

Ein Schlüssel öffnete hörbar die Tür, Maunzen und weibliche Koselaute in Tönen der Babysprache, Lena trug die Katze auf den Armen herein, große lächelnde Augen wie sie Bliss auf den Mund küsste und, ohne Katze, Anklam den Arm entgegenstreckte: Ich bin Lena, willkommen in München, ich freu mich!

Anklam funkelte: Na hoffentlich werd ich keine Enttäuschung Lena. Die Leute behaupten, ich sei ein schwieriger Mensch.

Die sind meist die interessantesten, verkündete sie, und Bliss, fix: Deshalb liebt sie mich.

Sie schaute ihn an, von der Seite, als ob sie das prüfen müsste, fand: Naja Vik, stimmt, manchmal schon.

Aha, sagte Anklam, Vik heißt er. Auch unter Freunden?

Von Jugend auf, Manfred. Kein Urheberschutz.

Lena hatte in der Teaterkantine gegessen, war froh von den Schweineknödeln zu hören, zeigte Anklam die schmale Gästekammer, fast eine Zelle mit der hohen Fensterluke, eben nur zum Schlafen, das Bad, frisches Handtuch, noch was?

Beim Kaffee in der Küche fragte Anklam nach Lenas Arbeit am Teater, da konnte sie ihn wortreich und anschaulich zum Zuhören bringen, er machte neugierige Augen zu der fremden Arbeitswelt, auch politisch war einiges in Bewegung an den Kammerspielen, der Personalrat zwar konservativ bis zum Gehtnichtmehr, aber unter den Schauspielern gäbs Gruppen die in der Kantine diskutierten, unzufrieden mit der neutralen Enthaltsamkeit der Teaterleitung, die Giehse, Kirchlechner, Bruno Ganz, Heinz Schubert, die Bruhn, wollten einen Abend veranstalten mit Antikriegsgedichten, wegen Vietnam, und Everding – unser Intendant – muss man sich mal vorstellen! – weigerte sich, gab keine Bühne dafür frei, auch nicht als Matinee, nur die Giehse durfte BrechtGedichte lesen, er hat den VietnamDiskurs von Weiss als Entschuldigung angeführt – den immerhin bringen wir raus – mit Vik als historischem Berater! – nur im Werkraum natürlich, nicht im Großen Haus. Der Werkraum ist die Experimentierbühne, da dürfen die Schmuddelkinder für die ungezogenen Studenten Hokuspokus machen – vielleicht wenn Sie so interessiert sind am Teater sollten wir heut Abend in die Vorstellung gehn? Was meinst du Vik? Es ist sicher nicht ausverkauft jetzt vor Ostern, ich könnte anrufen wegen Steuerkarten. Oder habt ihr was vor?

Die Männer erklärten sich grundsätzlich noch völlig frei hinsichtlich gemeinsamer Pläne, aber was steht auf dem Spielplan?

Das fand Lena eigentlich egal, jede Inszenierung an den Kammerspielen sei gute Kunst. Brecht, *Dickicht der Städte* und von Frisch *Biographie*. Zum Beispiel. Hochaktuelle Stücke, jedes auf seine Weise. Gehn Sie öfter ins Teater in Köln?

Ich lese. Teater hab ich genug im Betrieb. Aber wenn Sie mir Ihre Bühne ans Herz legen – Muss ich eigentlich Sie sagen zu deiner Frau Vik?

Warum fragst du mich das?

Lena strich sich die Haare aus dem Gesicht. Herr Anklam hätte ich sowieso nicht über die Lippen gebracht, Manfred. Wir am Teater duzen uns alle.

Wie, staunte Bliss, du – Everding?

Er mich.

Kehliges Gelächter.

Ich hab ja nicht mit ihm geschlafen.

Ach so, sagte Bliss.

Dein Kuchen ist exzellent! schmeckte Anklam, ich bin Kenner. Krieg ich noch ein Stück? Und griff gleich zu. Wenn alle Formalitäten geklärt sind würde ich gern ein Stündchen an eurer Isar rummarschiern – hab sie vorhin beim Quatschen total übersehn.

Allein?

Wenns erlaubt ist. Ich geh nicht verloren.

Bliss wunderte das, als Lena auf ihrer Couch die Füße hochgelegt hatte. Ob er vielleicht ungestört vonner Telefonzelle anrufen wollte, Verabredungen treffen, schlug sie vor, möglich, aber seine alte Freundin hätter auch von unserm Apparat anrufen können oder. Und wie fandstn überhaupt? Ganz passabel, bisschen sehr direkt vielleicht. Wien richtjer Arbeiter wirkter nich. Sondern? Ja, wie? Würd sagen: wie jemand der immer gern da is wo er is. Verstehstu? Also der fühlt sich grundsätzlich wohl in seiner Haut, würdich sagen

Der Revolutionär Dutschke hinterlässt seine Schuhe und Zehntausenden passen sie

An diesem elften april neunzehnhundert
ES WAR NACHMITTAG ICH PLAUDERTE MIT DEM
achtundsechzig befinde ich mich auf dem
HAUSVERWALTER BEI GOLLWITZERS WO WIR
kurfürstendamm fünfzig meter vom sds zen-
GRADE WOHNTEN RUDI WAR IN DIE STADT GERA-
trum auf meinem fahrrad ich warte dass die
DELT UM NASENTROPFEN FÜR HOSEA ZU KAUFEN
apotheke öffnet wo ich nasentropfen für
STATT EINE NAHEGELEGNE APOTHEKE AUFZUSU-
meinen sohn hosea kaufen soll ich stehe mit
CHEN FUHR ER ZU DER APOTHEKE AM SDS HAUS
einem fuß auf dem gehweg mit dem andern
WEIL ER MATERIAL ÜBER PRAG BESORGEN MUSSTE
auf der pedale am mittelstreifen parkt ein
WÄHRENDDESSEN TAUCHTE STEFAN AUST BEI MIR
auto ein ein mann setzt sich in richtung zu
AUF ER WOLLTE RUDIS ARTIKEL ÜBER DIE LAGE IN
mir in bewegung er kommt mir immer näher
DER ČSSR ABHOLEN DER ABER NICHT FERTIG WAR
er überquert die straße auf den gehweg er
PLÖTZLICH SPÜRTE ICH EINEN STECHENDEN
steht zwei meter von mir entfernt fragt mich
SCHMERZ IM UNTERLEIB ES TAT SO WEH DASS ICH
sind sie rudi dutschke ich sage ja er überlegt

DIE UNTERHALTUNG MIT STEFAN ABBRECHEN
nicht reißt eine pistole aus seiner jackenta-
MUSSTE KURZ DANACH KAM EIN ANRUF EIN
sche schießt mir in den kopf ich stürze zu
UNBEKANNTER MANN FRAGTE MICH OB RUDI ZU
boden er schießt mir noch eine kugel in den
HAUSE SEI ICH SAGTE NEIN UND ER MURMELTE
kopf läuft weg ich stehe auf rufe mutter
DASS JEMAND VOR DEM SDS HAUS AM KURFÜR-
mutter laufe bewusstlos zu unserm zentrum
STENDAMM NIEDERGESCHOSSEN WORDEN SEI
ich breche auf der bank vor der tür zusam-
VIELLEICHT RUDI ER HÖRTE MEINEN SCHRECK
men menschen sammeln sich um mich einer
SAGTE NEIN NEIN ES TUT MIR LEID ICH WUSSTE
sagt das ist doch der dutschke sie betten
NICHT DASS VIELLEICHT WAR ES GAR NICHT RUDI
mich auf die bank es dauert dauert dauert
ICH WOLLTE NUR WISSEN OB ER DORT WAR ICH
bis die polizei der krankenwagen kommt
NAHM HOSEA AUF DEN ARM ALS OB ER DEN
aus meinem kopf rinnt mein blut auf das
SCHRECKEN HÄTTE BANNEN KÖNNEN ICH ZIT-
pflaster der arzt verbindet meinen kopf sie
TERTE AM GANZEN LEIB ICH WUSSTE WAS PASSIERT
tragen mich zum krankenwagen meine schu-
WAR ALS ES KLINGELTE WAR GASTON AN DER TÜR
he liegen bei meinem fahrrad auf der straße
ABER ER HATTE NICHTS GEHÖRT UND SAGTE DAS
sie fahren mich mit sirene blaulicht zum
WAR EIN VERRÜCKTER KURZ DANACH NOCHMAL
westend krankenhaus die ärzte schwestern
DERSELBE ANRUFER GASTON SPRACH MIT IHM
stehen um mich herum sie verbinden mich
UND RIEF GLEICH DIE POLIZEI AN ALS ER SICH ZU
mit apparaten sie sägen ein stück von mei-
MIR UMDREHTE WAREN SEINE AUGEN WILD AUF-

GERISSEN UND VOLLER ANGST ICH DACHTE ER IST
ner schädeldecke heraus sie suchen in mei-
TOT ICH SCHRIE ES FÜHLTE SICH AN ALS OB MEINE
nem gehirn nach den kugeln mit silbernen
EINGEWEIDE SICH IN MIR HERUMDREHTEN
werkzeugen sie reden leise wissen wer ich
GASTON SAGTE JEMAND HAT AUF IHN GESCHOS-
bin ich bin rudi dutschke ihre hände arbei-
SEN RUDI LEBT ER IST INS WESTEND KRANKEN-
ten ruhig um mein leben in meinem kopf ich
HAUS EINGELIEFERT WORDEN ALLE ANGST DER
habe gretchen meine frau und einen sohn
LETZTEN WOCHEN BRACH IN MIR ZU EINEM
hosea che mein leben
DUMPFEN NICHTS ZUSAMMEN.

Bliss, an seinem Schreibtisch, nickte aus dem Fenster, fand Lenas Eindruck scharfsichtig, obwohl zwischen ihrer Einschätzung und dem richtigen Arbeiter (gibts den?) nicht notwendig ein Widerspruch bestehen müsste, die meisten die wir kennen sind ja zufrieden, vielleicht manipuliert, abgelenkt von ihrer entfremdeten Arbeit, aber doch zufrieden mit ihrem falschen Leben wies ihnen bewilligt wird, sonst müssten wir sie nicht wachrütteln.

Lena genoss das Gefühl der Entspannung, das sich in ihrem angestrengten Körper verbreitete, keine Müdigkeit im Kopf, aber die Beine eben noch zwei Säulen unter dem Bauch vom Stehn, eine Massage wär gut jetzt, das Hinlegen Liegen ist auch eine Wohltat, mal das Gewicht der Glieder schwer auf dem Grund mit Bewusstsein empfinden, irgendwie in der Haut und den Zellen liegen so liiiegen Ob das stimmt dass der sich so wohl fühlt in seiner Haut is nich ausgemacht mussn

Hat Lena das gegen mich gemeint als Kritik? Der Einfall entwickelte sich zum Stachel, zum Verdacht, dass Barbaras Leibkoch und Lenas Urteil über Manfred das Gleiche bedeuteten: einen Angriff auf seine notwendige und berechtigte Unzufriedenheit. Und Manfreds fysische Existenz (wenn sie denn ist wie sie scheint!) gehört dazu, könnte sich als Widerlegung als Kritik seiner eignen herausstellen? Einer der sich wohlfühlt in seiner Haut und trotzdem nicht stillhält sondern die Schnauze aufreißt. Und das anscheinend nicht nur vor Freunden. Bliss griff sich das Schriftposter, das Anklam ihm auf den Schreibtisch gelegt hatte: *Peter Schneider: Rede an die deutschen Leser und ihre Schriftsteller,* las den angestrichenen Absatz

kultivieren wir die fähigkeit der arbeiter, schüler und studenten, unterdrückungen nicht ertragen zu können und

mal fragen Vleicht isser nur verkappt als Arbeiter nLebemann getarnter Playboy Seine Augen stecken voll Neugier oder was das is Lebenslust Riecht nicht wie einer aus der Fabrik jedenfalls Bestimmt is Vik jetz sauer dassich das mittem Teater Musser aber nich wennich nachher mich gleich verdrück könn die allein quatschen nachm Teater die Männer Mussichm bloß vorher sagen eher sich aufregt wieder Murkel was hastu lass mich infrieden hat sich keiner um dich gekümmert komm leg dich daher wir schlafen zusammen

Als Lena zurückkehrte von ihrem kurzen Schlafausflug lag die Katze zwischem ihrem Körper und dem Wandteppich, lang ausgestreckt, gleich schnurrend, dehnte sich noch länger unter der streichelnden Hand bis in die Pfotenspitzen, rollte sich zusammen, biss Lena in die Finger, lustvoll zärtlich, auch die Krallen musste sie bei diesen Anwand-

sie schon von weitem zu riechen. die künstler*, falls es sich da um leute handelt, die ihre phantasie vom kapital noch nicht haben zerrütten lassen, haben dabei die aufgabe, den arbeitern, schülern, studenten bei der artikulation ihrer wünsche zu helfen (und ihnen den weg zu ihrer politischen organisation zu zeigen). /*wissenschaftler

Die Klammer war mit einem Rotstift in den Text geschrieben und die *Künstler* mit demselben Stift durchgestrichen und durch *Wissenschaftler* ersetzt.

Bliss las noch einmal. Klar doch. Warum sagt er mir das. Könnte von mir geschrieben sein Manfred. Lies mal meinen Text für die Kampagne, da stehts drin.

Bliss war sich nicht schlüssig, wie er die Idee mit dem Teater finden sollte. Warum war sie vorgeprescht mit dem Vorschlag, ohne ihn erstmal zu fragen. Er wollte

lungen einsetzen, gefährliches Liebesspiel, das schmerzhafte Kratzer und Beißlöcher auf das mitwirkende fellfreie Körperteil tätowierte und jetzt auch endete mit einem empörten Aufschrei Lenas und einem Katzensprung von der Couch. Biest!

Ist dieser Mann ein Schauspieler? Lena fand Ähnlichkeiten mit gewissen Mimen die sich ständig inszenieren müssen, ständig ihre Bühne mit sich führn.

Ein schwieriger Mensch. Wer ist das nicht? Kein Mensch ist einfach. Obwohl – dass einer gleich im ersten Satz vor sich warnt is ungewöhnlich. Koketterie? Kam jedenfalls ganz spontan. Der hats nicht nötig sich intressant zu machen. Das weißer. Hoffentlich werd ich keine Enttäuschung. Heißt ja er setzt hohe Erwartungen voraus bei uns. Wieso eigentlich? Weil Vik mir von ihm erzählt hat? Klar, die Rede in Berlin. Betriebsrat bei Ford, da mit Anklam reden, politische Betriebsarbeit, Gewerkschaftsunterstützung für die Hochschulreform, Danzig, Prag, Black Power. Statt stumm im Parkett zu sitzen. Und hinterher hat Lena die feurige Lippe, kippt Manfred voll mit ihren Teateraufregungen und der kann nicht zugeben, dass ihn Teater einen Scheiß intressiert. Und sie findet ihn toll, weil er ihr zuhört mit seinen schwarzen Augen. Weil sie alle gut findet, die sie reden lassen. Viktor Bliss aber ist der unfrohe Muffel, wenn er seine eigenen Temen anschneidet. Aussichtslose Situation. Der Kölner scheint auch gern zu lachen. Wenn er überhaupt einer ist, hört sich nicht so an. Wahrscheinlich war der Einfall mit dem Teaterbesuch nicht so spontan wie er rauskam, Lenas weibliche Logik dahinter.

denkter das wird uns imponieren und dann kommt der banale Alltagstyp zum Vorschein. Wie die Leute ihre Bühnenschauspieler mit der Wirklichkeit verwechseln. Kann mir doch nich passiern.

Vleicht haters mehr für Vik gesagt. Vik braucht einen Freund wahrscheinlich. Kollegen und Genossen hater genug. Der Arbeiter spürt Viks Hang zur Romantik. Denkich mal. Ist einfach nur neugierig auf uns beide. Wieer mich angeguckt hat als ich erzählt hab vom Teater.

Ach Vik. Wie gespannt du mir damals zugehört hast, bei der Premierenfeier. Bist gleich am nächsten Tag in die Aufführung gegangen. Um meine Arbeit zu sehn, hastu gesagt. Ich war so stolz. Wie lang ist das her. Drei Jahre? Oder vier. Fünfundsechzig haben wir geheiratet. Also vier. Ewigkeit.

Anklam wendelte sich die knarrende Holztreppe langsam runter, nahm sich Zeit für die bunten bleiverglasten JugendstilFenster und die geschmiedeten Gitterranken unter dem hölzernen Handlauf. Schönes Haus. Gibts auch in Köln nochn paar. Nicht für Fordarbeiter. Nicht für Junggesellen. Viermal umgezogen in fünf Jahren, Freiwild Untermieter.

Er suchte sich durch zur Thierschstraße, hatte aber keine Lust die Gabi in Gräfelfing anzurufen. War so angenehm offen noch dies Ostern. Ein Anruf bei ihr könnte eine Entscheidung verlangen, die nächsten Tage gleich in einen Bahnhof bringen statt mal was passieren zu lassen. Drauflos.

Viktor Bliss, der Doktor. Andre Welt, die Universität. Die Versammlung an der Kölner Uni, Lück hat gesprochen – weiß Gott, der Weg von FordKöln nach Detroit ist näher als nach Lindenthal. Die Frau ist schon auch intressant. Lena. Temperament hat die. Passt eigentlich nicht zu dem Mann. Gegensätze ziehen sich an, wahrscheinlich. Sie hat nicht mit dem Intendanten geschlafen sagt sie als ob da sonst jeder mit jeder. War ihm irgendwie nicht recht dass sie das gesagt hat, wegen mir sicher. Mal fragen wie die beiden zusammengekommen sind.

Anklam grinste vor sich hin. In der Schweinebraten-Wirtschaft bestellte er sich ein Bier, aber die Kellnerin hatte Pause bis sechs. Der Tresen verwaist wie am Mittag.

Sie hams des ghert, sagte der Zapfer, den Oberschreier hams daschossn in Berlin!

Was? Wen? Anklam hatte nicht verstanden.

An Dutschke! Mi wundats net, des is ja in der Luft glegn. Wenn oana so dLeit aufhetzn tuat, derf er sich net beklagn wenns eam des hoamzahln tuan.

Der Wirt schob das Glas übers Tropfblech. Anklam, mit einer Handbewegung, schmiss es um, sagte Arschloch!

drehte sich rum, war mit drei Schritten am Türvorhang, hörte noch Sie! Des Bier miassns zahln! war draußen.

Die Straßenbahn hielt direkt vor ihm, er sprang auf, die Türen klappten zu und ab. Nächste Haltestelle raus, Mariannenplatz, er rannte querrüber durch die Autos, die zwei Straßen, die Treppen rauf, klingelte massiv. Keuchend.

Was ist los Manfred – brennts wo?

Schalt mal das Radio an! Dutschke ist erschossen worden!

Bliss: Was! Das ist nicht wahr! (Als ob ers wegschreien wollte).

Anklam, noch atemlos, mit einem schrecklichen Ernst: Zweifelst du, dass es wahr ist – nach allem was passiert ist?

Bliss rief durch den Flur Lena! und ihr ins erschrockene Gesicht Manfred sagt Dutschke ist erschossen worden!

Nein! brachte sie nur raus, mein Gott! Stand in der Ateliertür wie verdonnert.

Anklam schaute auf seine Armbanduhr. Es ist sechs, lasst uns die Nachrichten hören.

Sie setzten sich um den Küchentisch, das Kaffeegeschirr war noch nicht abgeräumt, das gelbliche Licht der Hängelampe ließ ihre Gesichter im Halbschatten. Vom Küchenfenster graue Dämmerung. Sie schwiegen als Bliss auf dem Kofferradio Bayern 2 wählte, dann die Sprecherstimme, erregungslos nüchtern die Spitzenmeldung:

Heute Nachmittag gegen 16 Uhr 30 wurde vor dem Berliner SDS-Zentrum am Kurfürstendamm Rudi Dutschke, der Anführer der radikalen Studentenbewegung in Berlin, von einem jungen Mann mit drei Schüssen in den Kopf lebensgefährlich verletzt. Dutschke wird gegenwärtig im Berliner Westend-Krankenhaus operiert. Es gibt bisher kein ärztliches Kommuniqué über seine Aussichten, das Attentat zu überleben. Wie soeben bekannt wird, ist der Attentäter nach einem Feuergefecht mit der Polizei festgenommen worden. Er wurde bei dem Schusswechsel verletzt. Der Regierende Bürgermeister von West-Berlin, Schütz, appellierte dringend an die Bewohner der Stadt, insbesondere die Sympathisanten des Studentenführers, sich nicht zu neuen Gewalttaten hinreißen zu lassen. UNO-Generalsekretär U Thant hat sich für die rasche Aufnahme von Friedensverhandlungen – Bliss schaltete aus.

Anklam fand ein paar Worte.

Gottverdammte Scheiße. Das alte Spiel. Wir müssen was tun.

Mehr war nicht zu sagen.

Meint ihr er wird es überleben? fragte Lena in die hilflose Stille und Bliss, bitter: Jetzt werden alle Riesentränen weinen die seinen Tod verschuldet haben. Springer zuerst. Alle Krokodile.

Drei Kugeln in den Kopf – das überlebt keiner. Und wenn, dann als Hirnkrüppel Lena. Das kann man ihm kaum wünschen.

Gott Manfred das sagen Sie – das sagst du wie ein Arzt! Dutschke hat eine Frau – ein Baby! Der ist jünger als wir! Das ist doch einfach nur furchtbar! Unfasslich!

Ja, furchtbar ist es. Aber furchtbar ist es schon lange. Wo du hinschaust. Und wer dagegen was unternimmt, sich wehrt, kann dabei umkommen.

Lena, in ihrem ratlosen Zorn, fing an das Geschirr abzuräumen, in die Spüle, ließ Wasser in den Speicher. Stumm gemacht sahen die Männer ihren Verrichtungen zu, bewegungslos. Da fiel ihr ein, übergangslos im Geklapper und Gerausch des Vorspülens: Rudi Dutschke jedenfalls hatte keine Angst ein Kind in die Welt zu setzen.

Keiner von beiden wagte den Satz zu kommentieren. Glaubst du die Gewerkschaften gehn jetzt auf die Barrikaden? fragte Bliss schließlich über den Tisch. Anklam lachte höhnisch. Die Backen werden sie aufblasen! Wenns hochkommt! Wegen einem Studenten. Der Wirt in deinem SchweinebratenStadl hat gesagt, der Dutschke ist selber schuld, wenner die Leute aufhetzt. Hab ihm sein Bier vor die Füße gekippt.

Das Telefon, sagte Lena.

Bliss verschwand ins Arbeitszimmer.

Lena, beim Spülen: die Sorte Münchner hab ich am Sonntag erlebt, beim Sammeln für Vietnam. Vor der Theatinerkirche. Arbeiter warn die nicht. Spießbürger.

Soll ich abtrocknen? fragte Anklam.

Kannst du das? Da hängt das Handtuch.

Der Unterschied zwischen Spießbürgern und Arbeitern ist nicht mehr erheblich. Unsre Gewerkschaften haben das Kämpfen verlernt. Könntich dir Haufen Beispiele erzähln aus dem Alltag eines Betriebsrats. Jetzt erst recht, seit die SPD in der Regierung sitzt. Was meinst du weshalb die ihren SDS rausgeschmissen haben aus der Partei. Für den Arbeiteradel sind die Studenten Ausgeflippte, die ihre kostbaren Steuergroschen auf der Straße verjubeln. Am KuDamm auf einem Baugerüst, nur mal als Beispiel, haben sie uns mit dem Spruch begrüßt Lasst Bauarbeiter ruhig schaffen – kein Geld für langbehaarte Affen!

Arbeiterdichtung, sagte Lena. Aber findest du die langen Haare von Teufel und Langhans klug? Und die Orgasmusschwierigkeiten von Kunzelmann?

Bliss platzte dazwischen: Lena die Linke geht auf die Straße! Einer vom SDS Zentrum hat angerufen, Treffen vor Hertie in Schwabing, dann wahrscheinlich zur BILD-Redaktion. Buchgewerbehaus.

Anklam war sofort einverstanden. Lena wusste nicht, ob sie sich wirklich so unvermittelt in eine sicher laute wütende Aktion stürzen wollte, dem Opfer wär damit überhaupt nicht zu helfen, obwohl sie auch so schnell keine Idee hatte wie man ihm helfen könne und ob überhaupt.

Willst du beten fragte Bliss ungeduldig und sie, schärfer: Etwas nachdenken kann ja wohl nicht schaden.

Anklam agitierte, dass jeder verbale Protest jetzt zahnlos wäre, das sei nun wirklich der richtige Moment klarzumachen, durch eine Aktion an Ort und Stelle, wo in Deutschland einer der Hauptschuldigen an der Gewalt sitze, Springer und BILD seien nicht nur Hetzer, Verleumder jeder fortschrittlichen Regung im Land, sondern skrupellos genug, damit auch noch massig Geld zu verdienen und sich ein immer stärkeres Meinungsmonopol zusammenzukaufen. An dem Punkt seien auch die Gewerkschaften unmittelbar betroffen und zumindest die IG Metall und die DruPa würden sicher die Kampagne für eine Enteignung des MedienKonzerns unterstützen.

Lenas Zögern hatte keine Chance bei den Männern.

Sie verschluckten hastig ein paar Brote, das ZDF um sieben brachte erste Bilder von der Stelle, wo die Polizei Kreidekreise auf dem Pflaster um Dutschkes Halbschuhe gemalt hatte. Die lagen noch unberührt dort wie eine Hinterlassenschaft, wie eine Aufforderung des niedergeschossnen Trägers an die Zuschauer auf dem KuDamm und die Zuschauer vor den Bildschirmen, in seine Schuhe zu treten und den Marsch der Befreiung fortzuführen, auf den Straßen und durch die Institutionen, wie er es gefordert hatte. Tiefsinnig schwenkte die Kamera auf den Eingang des SDS-Zentrums, Fokus auf den steinernen Reichsadler über der Tür, dem der Kopf abgeschlagen war.

Bliss beschrieb Lena genau die Lage des Druckhauses zwischen der Barer und der Türkenstraße, falls sie nachkommen wollte. Sie war besorgt wegen ihres neuen Fahrrads, kein Misstrauen gegen Manfred, aber in dem Durcheinander einer Demo, obwohl, natürlich, ich weiß schon was ihr jetzt denkt, die einen setzen ihr Leben aufs Spiel – also hier ist der Schlüssel, schließ es gut ab. Ich kann mir kein andres kaufen. Und treibts nicht so wild – ich will morgen für euch kochen!

Anklam fragte gleich neugierig, was?

Lass dich überraschen.

BLISS UND ANKLAM BESUCHEN UNANGEMELDET DAS ARSENAL DES ZAREN

Es war schon wieder saukalt an den Händen, zu Ostern war Ausflugswetter angesagt, keine Spur davon in der Luft. Wenn sie nebeneinander fahren konnten, diskutierten sie über die Folgen des Anschlags und über die Hintergründe, der Mord an Benno Ohnesorg vor knapp einem Jahr hatte die politische Landschaft in der Bundesrepublik verändert, Oder doch nur die an den Universitäten, ein Zufallsschuss wars, der Schütze Kurras so beliebig wie sein Opfer, das jetzt aber ein gezielter politischer Mord an einem Führer der radikaldemokratischen Bewegung, unleugbare Ähnlichkeiten mit den Morden an Luxemburg und Liebknecht, Oder grade nicht, der verlorne Krieg, die NovemberRevolution, die wurde ja dadurch enthauptet – wir haben keine revolutionäre Situation höchstens in der ČSSR Vik, Vielleicht bringt aber der tote Dutschke eher als der lebendige die versteinerten Verhältnisse zum Tanzen? Eher die Steine als die Verhältnisse, wollte Manfred wetten. Ohne Arbeiter. Die werden mal wieder wählen, statt zu marschieren.

Auf dem Feilitzsch Platz vor Hertie hatte sich schon ein lockerer Haufen gesammelt, APOLeute, Studenten vom SDS und vom Liberalen Hochschulbund, Bliss hatte viele Hände zu schütteln, ernste bittere Gesichter zu schauen, stellte oft den Kollegen Betriebsrat von Ford aus Köln vor, noch war nichts klar außer der Wut,

Bachmann hieß der Pistolenschütze, ein junger Mann, wer immer: die Hand und den Kopf hat Springer geführt, die SchreibtischTäter sitzen in den BILDRedaktionen, hektografierte Flugblätter tauchten auf, stapelweise, da hatten welche schnell gehandelt: *BILD hat mitgeschossen! Verhindern wir die Auslieferung der Dreckschleuder! Aktionskomitee Enteignet Springer.* Gut gebrüllt, aber nicht mit zweihundert Leuten oder dreihundert! Erstmal die Taktik diskutieren, nicht blindlings reinstolpern in die Polizei, TeachIn, Leute sammeln! Im Gegenteil: spontan! Wann wollt ihr endlich mal den Rasen eurer Väter betreten! Ja wie die Schafe wohl nicht! Jeden kanns treffen, wenn wir jetzt nicht die Gegenwehr massenhaft -

Die KommuneLeute hatten die Flüstertüte, setzten sich durch für Aufbruch und unterwegs Flugblätter verteilen, Sympatisanten sammeln.

Langsam franste der Menschenhaufen aus in die Schwabinger Passanten, welche wollten mit der Straßenbahn, vier Stationen bis Theresienstraße, KurzReden an die Fahrgäste, Bliss und Anklam schoben ihre Fahrräder auf dem Bürgersteig der nächtlich belebten Leopoldstraße, neben ihnen die aufwallenden HupArien der Autofahrer in die kleine LatschDemo, sie nötigten die Flugblätter in die Hände uninteressierter Lustsucher mit rausgestoßnen Hinweisen auf das Attentat und die ideellen Totschläger, auch in die Cafés und Bars drang Anklam ein, paar Müßigsitzer vielleicht vom Hintern zu scheuchen. Bliss wartete mit den Rädern vor den Schaufenstern, sah Manfred von Tisch zu Tisch, freundlich ernst, Hausierer ohne Bauchladen in Sachen Empörung, hinterließ sichtbar Unruhe Irritation an den Tischen, tatsächlich gerieten einige junge Leute in Bewegung, winkten der Kellnerin Zahlen! schoben sich durch zum Ausgang an Bliss vorbei Richtung Siegestor.

Da sind doch viele ganz schön angeschlagen, berichtete Anklam, erst der Mord an King, jetzt Dutschke, und was sie so gesehn haben von Vietnam, monatelang in der Tagesschau, ich glaube sie haben ein dumpfes Gefühl dass die Gewalt ihnen langsam wieder auf die Pelle rückt, dass sich was ändert in der Welt über ihre Köpfe weg, das regt die allmählich auf – die wollen was gegen tun und wissen nicht wie.

Vor dem Haupteingang des Buchgewerbehauses in der Schellingstraße hatten sich kaum mehr Menschen versammelt als vor Hertie in Schwabing. Die Straßenlaternen gaben mattes Licht in die diesig kalte Nachtluft. Sie schlossen ihre Räder an einen Kandelaber. Das mächtige Gebäude mit den regelmäßigen Fensterreihen ragte ins Dunkel, sah aus wie geräumt oder schlafend, wenige Lampen warfen einen fahlen Schein über den Hof. Durch das Rollgitter neben dem Pförtnerhaus sahen sie die Reihen aufgestellter Lieferwagen mit dem gut verhassten rotweißen BILDViereck. Ein Pförtner war hinter den Scheiben zu erkennen, einsam, lesend, so schien es. Unglaubhaft, dass der die Menge vor der Einfahrt nicht bemerkt haben wollte. Spielte Gelassenheit. Eine halbe Stunde vor Mitternacht zeigte die Normaluhr an der Wand hinter ihm.

Ralf Pohle kapierte als Erster: Leute – die Bude ist leer, die drucken heut nicht wegen Karfreitag!

Es war unausgesprochener Konsens, die Auslieferung des RevolverBlattes demonstrativ zu verhindern. Aber keiner der Versammelten las die Bildzeitung je anders als zum Zweck der Wiederbelebung der eignen Empörung, den meisten war auch der Karfreitag nicht als besonders heiligenswert und zeitungsfrei im Bewusstsein. So hatte niemand erwartet vor ein leeres Druckhaus zu geraten. Die Rächer sind da und Springer hat seinen freien Tag! kommentierte Anklam böse.

Die Polizei nahm sie offenbar auch nicht ernst. Undenkbar dass die keinen Wind bekommen hatten von der spontanen Versammlung in Schwabing und dem Zug zu Springer, undenkbar dass sie nach den Schüssen am Kurfürstendamm nicht mit Reaktionen des SDS rechneten. Aber nirgendwo in der überschaubaren Menge war ein Ziviler mit Sprechfunkgerät entdeckt worden.

Johann Stotz erinnerte an die weiche Münchner Linie des Polizeipräsidenten Schreiber, die galt wahrscheinlich unverändert seit den Schwabinger Krawallen oder, überlegte Elvira Hagmann, sympatisiert unsre Polizei, also mindestens die Offiziere die mal bisschen nachdenken, sympatisiert die insgeheim mit den Studenten, will den Berlinern vorführn dass es auch ohne diese dauernden Knüppelorgien geht, die wie gesagt erst die Gegengewalt provozieren. Was Bliss durchaus für möglich hielt sogar ohne Sympatie für die APO, einfach aus Rivalität zwischen den Führungsspitzen in den Großstädten. Ferri Melchinger lachte sie aus: Nie und nimmer san die so deppert wieds ia euch denkts! A ganz a raffinierte Provokation is des, dass mir uns vergreifen tuan am Springer seim Eigentum und dann aber is der Deifi – da schaugts, sgeht schon los! Des is der Kunzelmann und Konsorten!

Melchinger schritt nachdrücklich rüber zum Pförtnerhaus, wo die Kommunarden vom FußgängerEingang an die Scheiben klopften und forderten, mit Worten und Gesten, der Nachtwächter solle die Gittertür des Durchgangs öffnen.

Der, tatsächlich, schlurfte heraus, hinkend, ein älterer Mann mit dicker Brille und Dienstmütze, Kriegskrüppel vielleicht, fragte durch das Gitter, was die Herrschaften wollten?

Kunzelmann, durch die Tröte, damit alle Bescheid wussten, blies den Alten an: Kollege, in Berlin ist heute unser Genosse Dutschke erschossen worden – dein Chef Springer ist der Schuldige, wie wir alle wissen. Wir wollen ihn zur Rede stellen – solidarisier dich mit uns Kollege und lass uns mit deinem Chef sprechen! Öffne das Tor!

Bliss und Anklam hörten ihn, zittrig, aufgeregt: Nein nein meine Herrn, habe eben die Nachrichten gehört, der Herr Dutschke lebt! Und der Attentäter ist ein junger Mann aus Westdeutschland, schon verhaftet, ein Neonazi, haben sie gesagt. Ich darf sie nicht reinlassen.

Er wartete nicht auf weitere Argumente der Demonstranten, schlurfte zurück in seine Bude, telefonierte.

Die Unsicherheit stieg wie die Erregung. Es gab keine Demonstrationsleitung. Opfermann und Kunzelmann hatten mit dem Megafon die Lautstärke, Melchinger fluchte dass keiner von der Kampagne eins mitgebracht hatte, um notfalls dagegenzuhalten. Auf den Balkons der Wohnhäuser, hinter den Fenstern waren kaum Zuschauer zu erkennen und die Kommunarden schienen diesmal keinen Bock zu haben, die Bürger um Mitternacht lautstark runter vom Balkon zu zitieren. Eigentlich war allen klar: wenn keiner rauskommt von den Tätern mit denen man sich messen kann, dann muss man zu ihnen vordringen, sie an den Schreibtischen stellen, von denen sie ihre Angriffe schreiben. Nur hielt sich offenbar tatsächlich keiner von denen im Haus auf. Welche schlugen vor: Morgen! Wenn die Samstagsausgabe ausgeliefert wird! aber die Meisten brannte die ungeheilte Wut, verlangte nach anderem als wieder nur Protestgeschrei, frisch vorbildlich leuchteten in den Köpfen die Brände der amerikanischen Gettos, allerdings eingeprägt nah genug in vielen Gedächtnissen auch die brennenden deutschen Städte vor fünfundvierzig, wirksam gegen solche feurige Militanz.

Weiterhin fehlte die Polizei. Die Macht nahm den friedlichen Haufen nicht ernst, beobachtete ihn incognito.

Die Nachricht kam von der Barer Straße: Der Eingang ist offen!

Wer hat den geöffnet, aufgebrochen, die Schwelle übertreten?

Bliss verlor Anklam aus den Augen, beim Lauf zur Barer Straße, den Bretterzaun entlang, wo steckt der Kerl, wahrscheinlich schon drin, außer Atem erreichten sie den Gebäudeeingang, und gleich rein, am Pförtnerhaus vorbei, die Durchfahrt zu den hinteren Höfen, Johann, Elvira und Jörg Hagmann, Ferri, Unbekannte, von oben aus dem Treppenhaus hallten Rufe herunter, Bliss dachte Ein Stoßtrupp abgesetzt im Hinterland des Feindes, so muss das sein, die weiche ungeschützte Flanke. Der Haufe teilte sich, sie liefen durch zum Hof, die doppelflüglige hohe Eisentür, zwei Schilder, ein Flammensymbol und ein stilisierter Kopf mit Ohrwärmern, kein Lärm aber drang aus diesem Raum, Dutzend Leute plötzlich angehalten, schnaufend, Johann Stotz drückte auf die Klinke, zögernd, schaute sie an mit einem zweifelnden Ausdruck, Na? fragte Ferri, da öffnete er langsam die schwere Tür. Dahinter Licht. Er zog den Türflügel vollends auf, sagte als ob ers nicht glaubte: Die Maschinenhalle.

Sie traten ein, einer nach dem andern, verharrten gleich am Eingang, atmeten kaum in der gewaltigen Geräuschlosigkeit um das zweistöckige schwarzsilberne Monstrum. Von der oberen Wartungsbühne sah ein Mann zu ihnen herab, erstaunt, beunruhigt, und Ferri, hochdeutsch fast: Eine Zweifarb Hochdruck Rotation. MAN. Mei Liaber. Die Maschine schafft dir hunderttausend BILD die Stunde!

Wie eine Dampflok im Wohnzimmer, dachte Bliss, was machen wir jetzt.

Und nun? drängte Jörg Hagmann.

Was wollts ihr da herinnen? fragte der Blaumann von

oben, da fand Johann seinen Witz wieder: Das ist eine Betriebsbesichtigung der APO! Lachte entwaffnend.

Der Arbeiter stieg rückwärts die Eisenleiter runter.

Fässer und Plastikkanister in verschiedenen Farben, die mannhohen Papierrollen, halbzylindrische DruckformPlatten, ein gelber Gabelstapler. Die Transportbänder eine BergundTalBahn.

Was wollt ihr, fragte der nochmal, dicht vor ihnen stehend, schmale misstrauische Augen.

Der hat Angst, dachte Bliss, der ist allein hier. Die Zeile aus seinem Kampftext fiel ihm ins Bewusstsein *Mit ihnen werden wir sein der Sand in den Terrormaschinen.* Das hier ist eine Terrormaschine. Der ölt sie. Wo ist jetzt unser Sand?

Jeder hat das Recht seine Meinung in Wort und Schrift zu verbreiten, zitierte Elvira, irgendwie andächtig.

Wir wollen Springer enteignen, damit nicht nur dem seine Meinung in der Zeitung steht, sagte Johann und der Arbeiter, ohne Aggression, kopfschüttelnd, wie zu sich nur: Spinner.

Ferri versuchte den Brückenschlag: I bin aa a Drucker, Kollege, streckte ihm die Hand entgegen, Flachoffset, mir drucken Plakate.

Der nahm die Hand reflexhaft. Dann woaßt ja dass hier höchste Brandgefahr geben is.

Gehma halt, sagte Ferri, wenn die lauft am Tag vastehst dein eignes Wort net. Kummts! Schließ die Tür ab hinter uns, Kollege.

Morgen wird er wieder drucken was der Boenisch geschmiert hat, sagte Bliss im Treppenhaus zur Redaktion, bitter.

Schlafen wird er, kicherte Elvira, wo er heut Nachtschicht fährt.

Morgen Vik gehts erst richtig los, verkündete Johann. Wir sind zu wenige. Morgen werden zehntausend vorm

Tor stehn dass keine BILD rausgeht. Darauf kommts an.

Im zweiten Stock trafen sie Anklam. Der wollte mit Springer in Hamburg telefoniert haben, jedenfalls mit jemand von der Geschäftsleitung, hätte eine Bombenwarnung durchgegeben, mit Grüßen von einem unbekannten DutschkeFreund – ist doch glaubhaft, oder? Grinste siegesgewiss. Und ihr?

Keiner konnte sich vorstellen, dass sie darauf reinfallen und das Hamburger Druckhaus räumen, das gibts nicht in der Bundesrepublik.

Wo warst du plötzlich verschwunden, fragte Bliss.

Aus dem Flur Stimmen, wütende. Anklam nickte hinter sich, in das Geschrei. Bei den Wilden. Die reagieren sich ab.

Aus einer der geöffneten Türen flogen Aktenordner und Zeitungen auf den Gang. Eine Schreibmaschine. In den Zimmern krachten schwere Gegenstände zu Boden.

Von unten rief jemand ins Treppenhaus: Polizei ist am Haupteingang Schellingstraße!

Durchs Treppenfenster flickerten BlauBlitze über die weißen Wände.

He hat wer Lust auf Ostern in Stadelheim, fragte Hagmann und Elvira (als Witz): Wir sind Sonntag in Starnberg verabredet, das könnwe nich absagen.

Schneller die Treppen runter wie rauf, im Gedrängel. Anklam zu Bliss, der noch zögerte zwischen Reingehn und Abhaun: Komm Vik, wir sind keine Tupamaros, hakte ihn unter, zog ihn zur Treppe. Bliss machte sich frei, paar Schritte zurück in den Flur, schrie mit seiner lautesten Stimme Polizei kommt! dann folgten sie den andern, rennend.

Am Pförtnerhaus trabten die ersten Polizisten an ihnen vorbei, beachteten sie nicht. Auf der Straße ein Gerätewagen der Feuerwehr, doppelt Blaulicht sprühend, ankommende PolizeiPeKaWes und Mannschaftswagen, aus denen weitere Polizisten kletterten, von ihren Offizieren wortlos zum Eingang gewunken. Sie schienen weder besonders eilig noch aufgeregt. Keine Sirenen. Stadtpolizisten in Mänteln und offenbar auch Bereitschaft, aus einer Kaserne rangekarrt, in grünen Anzügen und schmalen Schirmmützen, junge Kerls.

Sie beobachteten die Vorgänge von der andern Straßenseite. Als die ersten Verhafteten rausgeführt, in einen Mannschaftswagen geschubst wurden, es war ein Uhr, holten sie ihre Fahrräder aus der Schellingstraße, ziemlich sprachlos.

Wie im Rausch warn die nachdem einer die erste Schreibmaschine runtergeschmissen hatte. Der ganze Frust über die SpringerMafia ist rausgebrochen. Da war die Gewalt mal greifbar. Versteh die so gut.

Weißt du ob der Erste nicht vom Verfassungsschutz war? rief Bliss zurück. Agents provocateurs, altes Mittel der Staatsmacht. Nicht erst seit dem Haymarket in Chicago.

Weiß man nie. Trotzdem. Irgendwie wars auch ein Fest.

An der halbdunklen kahlen Säulenhalle stieg Bliss ab, als Anklam nicht wusste, was genau die *Feldherrnhalle* bedeutete, gab ihm ein paar Stichworte, November dreiundzwanzig, Hitler und Ludendorff mit dreitausend SA-Leuten, auf derselben Straße wie wir jetzt, auf den Tag genau fünf Jahre nach der Novemberrevolution in Berlin. Die bayerische Landespolizei hat sie aufgehalten, sechzehn tote Nazis, drei Polizisten. Nacht vorher im Bürgerbräukeller, Hitler erklärt sich zum Reichskanzler, Görings Stoßtrupps verwüsten die Zeitung der Sozialdemokraten, verhaften die halbe bayerische Regierung.

In Bayern hat die Hitlerscheiße angefangen, wie?
Gab auch die rote Räterepublik, paar Tage lang.
Die Weißblauen sind zu allem fähig Vik.

Bliss lachte: Bist du deshalb so schnell weg als die Bullen kamen? Hast du Angst vor der bayerischen Staatsmacht?

Vor mir Vik. Vor mir. Ich kann Gewalt an mir nicht vertragen. Verstehstu? Ich bin kein Dulder. Ich schlag zurück. Komm jetzt weiter, mir ist kalt.

Kein Dulder, das klingt gut. Man muss sich wehren und koste es das Leben. Tashunka Witko in Fort Robinson kam als freier Mann allein, freies Geleit dem Häuptling der Oglalas, ließ sich nicht fesseln, kämpfte mit dem GrizzlyMesser um sein ein Messer und fünf Bajonette um seinen letzten Schrei

Rudi hat nicht an Tod gedacht angstlos nur Gretchen schrie minutenlang

Coretta King hat lautlos geschrien und Jacqueline im offnen Cadillac in Dallas neben John They kill us all

wer hat Frau Ohnesorg gehört das Kind in ihrem Leib

wer war bei Kühles Morgenrot

Tamara als sie Che erschossen war sie schon tot und Lorca in Granada im Morgengrauen MorgenGrauen vor der Guardia Civil

Thälmann im freien Flug zweitausend Meter über Afrika in der Nacht in Buchenwald Lumumba

wer hat Rosas letzten Schrei an uns gehört und Trotzkis unter Stalins Eispickel Eispickel Eispickel

WIE DER DRÜCKER BLISS IN MARBURG AUF DEN WOLF KAM UND DER BETRIEBSRAT ANKLAM ZUR KÖLNER INTELLIGENZ

Sie hatten schon alles zum Frühstück fertig gedeckt, die Eier im Wasser, den Abend besprochen hin und zurück, aber von Anklam noch keine Post aus der Kammer. Bliss schaltete das Radio ein. Zehn Uhr, da kommen Nachrichten. Der Sprecher berichtete von brennenden Lieferwagen am SpringerHochhaus in Berlin, von der verwüsteten BILDRedaktion in München, von Verhaftungen und wilden Prügeleien auch in Hamburg und Frankfurt. Sie nickten hochachtungsvoll. Und das Telegramm des Bundeskanzlers an die arme junge Frau des Studentenführers.

Bah, machte Bliss, Kotzbrocken.

Das Karfreitagsgeläut scholl heftig aus der Mariannenkirche herüber.

Bliss wollte jetzt doch mal rein fragen, ob er ein hartes oder ein weiches wünschte, der Herr Betriebsrat, vielleicht ans Bett?

Lena bestimmte ihn schlafen zu lassen, wer so fest schläft hats nötig Vik!

Bliss blätterte die Zeitung durch – nicht mal ein frisches Exemplar! Aber bimmeln! Wenn er davon nicht aufwacht ist es böser Wille. Oder er wartet tatsächlich auf die Wirtin mit dem Morgentee.

Meinstu? Soll ich ihm einen Becher bringen?

Noch schöner. Bliss pochte an die Wand. Es klopfte zurück.

Na bitte. Er lebt. Ich ess maln Brot, dann kommt er bestimmt.

Es wurden zwei, eh Anklam aus dem Bad in einer edelherben Duftaura frisch rasiert an den allerdings üppigen Frühstückstisch trat. Mööönsch – staunte er mit aufgerissnen Augen – die Pracht hätt ich beinah

Wir haben schon mal angefangen, sagte Bliss, mehr Vorwurf als Entschuldigung, und Lena, ihm Tee eingießend, wohlwollend: Jetzt bist du sicher gut ausgeschlafen. Vik hat kein Talent zum Warten.

Anklam setzte sich auf den freien Stuhl, da schrie sie, im Augenblick des Hinsetzens, HALT!

Sein Hintern war bereits satt auf dem Kissen niedergegangen und es hatte leise aber deutlich vernehmbar gekracht.

Oh scheiße – dein Ei! fluchte Bliss mit der Bitterkeit dessen, der ein Fest gewollt, doch das Malheur verschuldet hat. Anklam war hochgeschreckt, hob das Kissen, beschaute resigniert das matschige Trümmerfeld. Pflaumenweich. Genau. So hätt ichs mir gewünscht.

Ne Mine wars zum Glück nicht, ich koch dir ein Neues. Sind noch neun im Kühlschrank.

Isja vleicht nich das Hauptproblem, raunzte Bliss mit dem verschmierten Kissen in der Hand, schmiss es in die Spüle und begann mit dem Spüllappen die gelbweißen Reste auf dem Sitz zusammenzuwischen, in den Mülleimer, säuberte den Lappen unterm laufenden Wasser, putzte nach und trocknete die Sitzfläche mit einem Küchenhandtuch.

Vielversprechender Osteranfang, behauptete er, aber Lena, mit einem Ersatzei am Herd, bestritt, dass Karfreitag bereits echtes Ostern sei. Na los ihr Helden, platziert euch, sonst wird der Tee auch noch kalt.

Probier schon mal die Erdbeermarmelade. Hat Lena noch in Marburg eigenhändig eingekocht, ein Traum!

Marburg? Wieso Marburg?

Bliss schickte viel Luft durch die Nase und wieder raus: Meine Jahre in Berliner Fabriken, vor dem Studium und in den Semesterferien, immer war ich Außenseiter, mittendrin, aber ohne Verbindung zum Leben der Proleten – intressierte mich nicht. Unsichtbar eingezäunt von meiner bürgerlichen Herkunft und Zukunft. Und nach der Arbeitszeit inner andern Welt als die Kollegen, kein Berliner Kindl in der Eckkneipe, kein Sechstagerennen im Sportpalast. Erst in Marburg isses passiert, quasi meine Erweckung: bin zufällig inne Vorlesung vom Wolf Abendroth geraten.

Die Marmelade, Vik!

Er sah auf sein Brot, die überlaufenen Finger, leckte sie ab, lachte: Bisschen flüssig ist sie schon. Hab nicht schlecht verdient, damals, späte fünfziger Jahre, mit dieser Reisevertretung für Schulbücher. War ich reingerutscht am Schluss meiner verkrachten Studentenzeit. Aber immer der Stachel, dassich meiner Tochter und ihrer Mutter aussah wie einer, ders nicht geschafft hat was Respektables zu werden. Der Frau, Hilde, wär ich vielleicht noch recht gewesen als gut verdienender Vertreter, aber Johanna, die sollte doch mal stolz sein auf einen gescheiten nicht bloß einen zahlungskräftigen Vater. Das war für mich in Berlin, wenn ihr versteht was ich meine, einfach nicht erfüllbar. Was die mir an der FU erzählen und beibringen wollten war so abgehoben, so akademisch und eingewickelt – hat sich alles in mir gegen gesträubt. Und jetzt dieser Mann auf dem Kateder, ordentlicher Professor ja auch, schlohweiße Mähne, das krasse Gegenteil! War irgendwie klar: Was der weitergibt, hat er nicht gelesen sondern erlebt. Hat sich das er-lebt. Kaum runter vom Pult, hat er sich ne Zigarette angesteckt und gleich n Haufen Studenten vorn, hat mit denen diskutiert, überhaupt kein professoraler Abstand, die durften ihm widersprechen – an der Freien Universität, wenn du da mal ne Lippe riskiert hast, war gleich dein Leistungsschein, dein Stipendium auf der Kippe, hab ich selbst erfahren als ich dachte, ganz naiv, die Universität ist der Ort wo sich die Geister streiten. Bei Abendroth war das selbstverständlich, der hat jedesmal nach der Vorlesung mit den älteren Semestern in seinem Direktorenzimmer die politische Lage diskutiert, oder was so anstand, was einer mitgebracht hat, der war immer offen und neugierig. Der Wolf. Wir warn alle sein Beraterstab, seine Informanten, aber nicht so wie bei vielen Professoren, die sich die Arbeit ihrer Studenten einfach unter den Nagel reißen, unter ihrem eignen Namen veröffentlichen, überhaupt nicht. Gleichberechtigt! Eher warn wir seine Verbündeten, weil er ja auch in der Fakultät so ein weißer Rabe war, der rote Hund, immer unter Druck der konservativen ProfessorenKamarilla. Wir Älteren haben ihn geduzt, und wer im SDS war sowieso, weil der SDS war später so was wie seine Hausmacht, aber erst, Anfang sechzig, war der nochn kleines Häufchen an den Unis und die SPD, wisst ihr ja, hat ihn nach *Godesberg* aus der Partei gefeuert, erst den SDS, und dann Abendroth selbst, weil er einen Unterstützerkreis für den Studentenbund gegründet hat. Mit sozialistisch wollten die Sozialdemokraten um Wehner nichts mehr zu tun haben.

Wusstich zwar nicht, sagte Lena, aber

Der Wolf, müsst ihr euch vorstellen, hat offen und ungeniert von Marxismus gesprochen, nicht nur historisch, dass es den mal gab zu Anfang des Jahrhunderts, wie vieles, Biedermeier, Kaiser Wilhelm, weiß ich, sondern angewandt, als Rezept, Metode. Der Marxismus steckte bei ihm überall drin, egal ob Geschichte der

Arbeiterbewegung oder Staatsrecht oder Internationale Politik. Das war zu der Zeit verdammt mutig, obwohl er als ordentlicher Professor den Schutz hatte, unkündbar, wie ein Richter. Aber er hat eben auch gekämpft für uns, wenns um Assistentenstellen ging und Forschungsaufträge oder Stipendien.

Wie komm ich jetzt auf Wolf Abendroth? unterbrach Bliss sich selbst.

Von wegen Erdbeermarmelade, sagte Anklam.

Marburg, genau. Aber eigentlich wollt ich erklären, dass ich durch diesen Mann einen Lehrer gefunden habe, durch den ich meine eigne Krankheit, meinen Mangel erst mal kapiert hab oder wie ich das nennen soll. Diese partielle Wirklichkeitsblindheit. Meine Scheuklappen. Bin durch die Fabrik getappt wie ein Kutschgaul den sie nicht rechts und links ausgucken lassen, damit er nicht über die Stränge schlägt.

Das versteh ich, sagte Anklam, dass dir der alte Abendroth die abgenommen hat, die Scheuklappen. Aber Krankheit? Mit dieser Blindheit warn wir damals alle verseucht. Mehr oder weniger.

Ist das nicht krank, wenn du abends in deiner billigen Pension sitzt und zählst deine sechs oder sechzehn Bestellzettel und rechnest dir deinen Tagesverdienst aus und steigst zufrieden in die Falle, wenns mehr als hundert Mark war? Diese egoistische Unempfindlichkeit gegen das was wirklich vorgeht um dich rum, bei den nächsten Nachbarn, den Franzosen damals, wie sie in Algerien unter unsern Augen die aufständischen Araber unterdrückten, und der große Teppich über den unfasslichen Verbrechen unsrer schweigenden Eltern, mit deren verdrängter Schuld du lebst, überall hängen die Schatten rum, stolperst drüber, hier ein Russenfriedhof, da ne ausgebrannte Synagoge, da ein KaZet, und du arbeitest trotzdem einfach drüber weg und zählst deine

Scheine – ist das keine Krankheit? Partielles Koma?

Und jetzt? Bist du jetzt von der geheilt?

Mal sagen, bin auf dem Weg der Besserung. Findest du nicht? Bliss sah ihn an, es war ihm keine retorische Frage, aber Anklam wollte sich nicht festlegen: Musst du deine Frau fragen, ich kenn dich seit gestern.

Lena wusste seine frühen Jahre nur blass, in Marburg dagegen hat sie ihn als einen umgetriebnen Menschen erlebt, dauernd war der in irgendwas verwickelt, in der Universität, bei der Gewerkschaft, im SDS – eine ganz neue Sprache, also neue Vokabeln, hat sie von ihm gelernt, Gewerkschaft zum Beispiel war ihr vorher ein böhmisches Dorf. Bin ihm zuliebe in die ÖTV eingetreten, lachte sie.

Darüber musste Anklam sich wundern und Bliss behauptete, Lena habe ganz gut kapiert, weshalb für den einzelnen Lohnabhängigen die Gewerkschaft überlebenswichtig ist, von wegen: ihm zuliebe. Du hast mir doch zugeredet, Lena, nach der Promotion, den Arbeitskreis mit den Metallern hochzuziehn, der mich einen Haufen Zeit und Vorbereitung gekostet hat – wir haben einen Grundkurs in Marxismus für Gewerkschafter eingerichtet, beim DGB Ortskartell, hauptsächlich Metaller, weil Abendroth den direkten Draht zu euerm großen Vorsitzenden Brenner hat. Insofern bist du nicht der erste von der Sippe, der an unserm Küchentisch sitzt.

Das hab ich vorausgesetzt, mein Lieber. Aber ich beneid dich, weisstu, dass du den Abendroth so nah erlebt hast. Musst mir mehr von ihm erzählen. Vielleicht hab ich dich deshalb aus den Zehntausend vor der Oper mir ausgeguckt, weil der dein Vorarbeiter war.

Sie stritten was über die Frage, wer denn wen im Februar zuerst angepeilt hatte; Lena erinnerte Vik daran, wie perplex er von Manfreds Besuchsankündigung gewesen war, wodurch doch wohl geklärt sei, wer hier mit größerer Neugier den andern – ach is doch wursch Lena, Hauptsache er ist da.

Um aber nun doch als Informant sich zu bewähren musste Anklam berichten von ihren Kölner Versuchen, zwischen dem Vertrauenskörper bei Ford und linken Studenten der Universität eine Art Zusammenarbeit herzustellen – also so ähnlich wie ihr in Marburg – öfter hatten sie sich in einer Niehler Kneipe getroffen und daraus war sogar eine SolidaritätsKundgebung entstanden, vor dem Betriebstor, als sie drin Warnstreiks angezettelt hatten gegen die von der Geschäftsleitung verhängte Kurzarbeit. Das Schärfste war dann allerdings die gemeinsame Veranstaltung der Vertrauenskörper-Leitung und des AStA im Hörsaal Eins der Kölner Uni, wegen der Kurzarbeit, wo von uns Tolusch und Lück gesprochen haben, eine so aufgeheizte Atmosfäre, dass die Studenten beinah drei Zivilbullen vom 14. K. aus dem Saal geprügelt hätten, weil sie nicht freiwillig verschwinden wollten! Eine RiesenEmpörung über die Bespitzelung einer legalen Versammlung, könnt ihr euch denken, und das nicht irgendwo draußen, sondern auf dem Gelände der Universität, diese Frechheit, wo ja wohl nur der Rektor das Recht hat Polizei zu rufen. Der hieß natürlich Hase, keine Ahnung von nichts, angeblich. Verprügelt worden sind die Bullen zwar nicht, aber gerempelt und geschubst schon, und der Bernd und der Steffen und noch einer vom AStA sollen jetzt Strafverfahren angehängt kriegen, Nötigung der Staatsgewalt, solche Angst hat die Bande davor, dass Proleten und Studiker ausnahmsweise gemeinsam auf die Kacke hauen. Und die Gewerkschaft aber auch, um mal ein bisschen an euerm Optimismus zu kratzen. Ein Brief von einem unsrer Arbeitsdirektoren im Aufsichtsrat, nicht von Ford, von Klöckner, Montanbetrieb, hat

gereicht, um Wallraffs FabrikReportagen in der *Metall*
zu kippen. Und unser hochheiliger Otto Brenner hats
zugelassen. Oder sogar beschlossen. Is leider wahr. Die
Konzertierte Aktion ist der Maulkorb, den unsre
Führungen sich haben aufschwatzen lassen, denken
swärn Präsentkorb, haha.

Bliss meinte, wenn an der Basis genügend Druck entwickelt würde, könnte auch ein Brenner sich solche
Umfaller nicht mehr leisten, und dass die Situation sich
in der Richtung verändert, das musste Manfred doch
sehn, oder. Lena hattes auch gespürt, als sie für die Vietnamesen auf der Straße gesammelt hat und besonders
aber bei der OstermarschVeranstaltung vorletzte Woche, wo Vik diesen tollen Text vorgetragen hat – die
Begeisterung! Tausend Leute waren da bestimmt, zu
schade dass Manfred den Abend nicht erlebt hat, eine
Art Gedicht, aber durch und durch politisch, da hätter
gestaunt wie sie selbst, dass Vik eben kein vermuffelter
Historiker, eine ganz neue Fähigkeit hat sie an ihm entdeckt sich bildhaft auszudrücken, und überzeugend.
Vielleicht weckt diese Aufbruchzeit in uns wirklich
neue Fähigkeiten, und Fantasie. Mut auch. Hätt mir vor
zwei Jahren jemand gesagt, ich würde mit ner Sammelbüchse auf die Straße gehn, für den Vietcong, ich hätt
bloß dumm geguckt.

Bliss war dieses Bekenntnis seiner Frau was peinlich,
obwohl er sich stolz freute, dass sie so begeistert von
seinem Versuch sprach. Natürlich konnte Manfred den
Schrieb lesen, wenn er wollte. Ja gut, er könnte ihn auch
noch mal vorlesen. Aber die Atmosfäre des Abends, die
Spannung, die lässt sich nicht wiederholen, die musst du
dir schon vorstellen dabei.

Die Helden wollen endlich im Regen stehn

Sie merkten an diesem Gespräch, wie grün und unklar ihr Verhältnis war, das tatsächlich nicht mehr als diesen neutralsten aller möglichen Namen sich verdient hatte in dem knappen Tag ihrer gemeinsamen Erlebnisse. Eine Beziehung war hergestellt, deutlich spürbar, aber die doch noch weitgehend leer: ein Geschöpf, das wie ein Kind mit Erfahrung sich füllen will. Einig waren sich Bliss und Anklam in der (nicht untersuchten, nicht ausgesprochenen) Absicht, der Leere entgegenzuwirken. Lena wurde diesen ForschungsAbsichten irgendwie zugeordnet, sie durfte, da sie zugegen war, mitspielen als hilfreiches und angenehmes weibliches Wesen, auf der Grundlage einer dreiseitigen Sympatie.

Anklam war aber auch einer, der eine solche Ehefrau nicht als unausweichliches Anhängsel, sondern als lebendigen Reiz für seine Sinne empfand. Für ihn war es eine naturgegebene Tatsache, dass eine Frau, eine gut aussehende und intelligente erst recht, eine erotische Ausstrahlung hat, auf die nicht zu reagieren für einen Mann stumpf und unhöflich wäre. Lena besaß dazu das Flair der Exotin: Wie für Bliss vor wenigen Jahren in Marburg, so war für Anklam die Person, die hinter den Kulissen eines Teaters arbeitete, eine aufzuschließende Quelle von Information aus einem allenfalls von außen, an seinen Endprodukten, wahrgenommenen Arbeitsplatz menschlicher Spielfreude, der für den Teaterbesucher so unzugänglich ist wie für den Autokäufer die Fabrik mit den Fließbandarbeitern, den Monteuren und Ingenieuren. Die Enttäuschungen, Anstrengungen, Hoffnungen, die die Herstellung begleiten, sind weder dem gefahrenen Auto noch dem besuchten Teaterstück anzumerken.

Anklam meldete, dass er, nach dem verpassten Besuch in den Kammerspielen, nun doch begierig sei, mehr von Lenas Arbeit zu erfahren. Dazu müsste er sich allerdings, sagte Lena, in ihr kleines bescheidenes Atelier bequemen, denn ihre Arbeit ist mehr was für Augen.

Bliss klarte inzwischen bereitwillig die Küche auf. Als das Telefon klingelte wunderte Elvira Hagmann sich erheblich aus der Schellingstraße, dass er nicht längst Bescheid wusste, nicht selbst dabei war: Beim TeachIn in der Universität hats knallharte Auseinandersetzungen gegeben!

Wer ahnt denn dass heut die Uni offen ist überhaupt?

Die Aktionsgemeinschaft Demokratische Universität hats durchgesetzt gegen den AStA, überfüllter Saal, alles um die Frage ob SpringerBlockade oder mal wieder ne zahnlose Demonstration, bloß nix Ungesetzliches! aber die Mehrheit war eindeutig für Sitzstreik vorm Druckhaus, übrigens offenbar nicht nur in München, welche wussten dass auch in Hamburg in Frankfurt, Berlin sowieso, die Auslieferung um jeden Preis verhindert werden soll – nein nicht um jeden, natürlich nicht, also sehn wir uns um sieben in der Schellingstraße?

Bliss sagte Klar doch, was mich angeht.

Anklam wusste nichts Besseres um den Karfreitag zu heiligen. Lena aber auch, wär ja noch schöner! Auch bei Regen.

Eher war allerdings mit Polizeiwasser zu rechnen. Die unförmigen Tankfahrzeuge mit den Kanonen auf den Dächern der Fahrergehäuse hatten sie in den letzten zwei

Jahren öfter auf der Mattscheibe gesehn, im Hintergrund meist, als unversteckte Drohung, und bei der Berliner VietnamDemonstration hatte Bliss einem verstohlen mit dem Knöchel an das Tankblech geklopft, ohne Resonanz, satt voll. Anklam konnte berichten, aus gut informierter Quelle, dass der Strahl einen Mann glatt umhaut, wenn er voll erwischt wird. Bliss hatte im SDS von Kommunarden mit Erfahrung bei der Berliner SchahDemo gehört, dass das Wasser sofort durch alle Kleidung bis auf die Haut dringt, dass aber Gummiklamotten, also Südwester, Friesennerze, eine Weile Schutz böten.

Sie saßen erneut um den Küchentisch, Lena hatte eine Kerze entzündet und sagte, Kaffee einschenkend, selbst wenn man solche Sachen in München irgendwo auftreiben könnte, am Karfreitag garantiert nicht. Bliss besaß, fiel ihm ein, einen alten Regenmantel aus der Vorzeit der DDR, Polyvinyl oder sowas, der müsste sich finden lassen, und Anklam schwor auf seine Lederjacke als eine bei manchem BundesligaSpiel in Regengüssen geprüfte Schutzhaut. Aber Lena?

Der Poncho von dem DritteWeltBasar! Ein peruanischer Poncho, den die Hirten bei jedem Wetter, nie getragen wegen der naturechten Distelstacheln, aber Schafwolle, Schafe sind bestimmt wasserdicht.

Kommt aufne Probe an Lena, kann ich noch ein Stück?

Iss bis du platzt. Du auch Vik, wir müssen uns stärken. Und festes Schuhwerk ist wichtig, in dieser Jahreszeit, trockne Füße. Vielleicht Gummistiefel, zwei Paar haben wir.

Bliss hatte eher an leichte Turnschuhe gedacht, beweglich musst du sein, laufen können!

Einleuchtend, fand Anklam. Wenn die nämlich anfangen zu knüppeln, die Burschen.

Knüppeln? Glaubst du? Ihr habt erzählt es war alles ganz friedlich bei euch!

Da mussten sie doch lächeln, so viel Naivität, der reinste Kinderglaube.

Lena liest so gut wie nie Zeitung, erklärte Bliss, Anklams Anteilnahme heischend, sie ernährt sich von der Tagesschau. Und zu seiner Frau: Gestern verstehstu warn sie unvorbereitet, aber heute? Zweimal lassen die sich nicht überraschen.

Ich mein, wenn wir friedlich bleiben, uns nur hinsetzen, die Ausfahrt sperren. Irgendwie isdas doch hier nochne Demokratie. Im übrigen brauch ich keine Zeitung und hab auch keine Zeit dafür, weil im Teater schon genug rumgeredet wird. Und politisiert.

Bliss konnte sich nicht verkneifen seine Erfahrung mitzuteilen, dass die Teaterleute sich immer noch für den Nabel der Welt hielten und deshalb die Welt selbst sprich die Gesellschaft gar nicht mehr zur Kenntnis nähmen, Lena sei schon eine rühmliche Ausnahme, wer denn sonst aus den Kammerspielen hätte gesammelt für den Vietcong und dass sie aber immer noch die Polizei für eine so rechtstreue Einrichtung halte, nach den Notstandsübungen in Berlin beim Schahbesuch, vor aller Augen, dann die konzertierte Verschleierung und Reinwaschung der Schuldigen an Ohnesorgs Tod bis zum Freispruch von Kurras, Polizei Justiz Senat und die FrontstadtPresse, das ganze Machtkartell, mit Händen war das zu greifen oder etwa nicht.

Lena dankte für die Unterweisung, behauptete aber, daran hätte sich schon viel geändert, nur zum Beispiel dass sie ein so politisches Stück wie den VietnamDiskurs an Münchens Kammerspielen und den Viktor Bliss zur Mitarbeit eingeladen, einen Teaterfremden. Deshalb bin ich nämlich auf Vik geflogen, damals in Marburg, erklärte sie Anklam, weil der mir alles so wunderbar beleuchten konnte. Politik hab ich nie gelernt – deshalb bist du meine Zeitung Vik.

Ach so, sagte der, du hast ne Zeitung geheiratet. Praktisch.

Mensch Vik, sagte Anklam, das war ne Liebeserklärung. Hat mir noch keine Freundin gesagt. Meine Frauen sind ehrlich immer noch auf dem Niveau von Gitte – ich willn Cowboy als Mann.

Da lachte Bliss, aber Lena kriegte ihre Missbilligungsfalte über die Nase: Das bist du vielleicht selber schuld, wie?

Ach Gott ja Lena, wahrscheinlich. Immer wenn ich mit der Aufklärung anfange laufen sie mir weg.

Und sie, wieder lächelnd: Das mit der Liebeserklärung hast du jedenfalls nett gesagt.

Bliss gab ihnen Zettel mit den Telefonnummern von zwei APO Anwälten, für den Fall der Verhaftung, jeder Verhaftete hat nämlich das Recht seinen Anwalt anzurufen. Anklam ließ sich einen Kugelschreiber reichen, schrieb die Nummern innen aufs Handgelenk, Bliss zog die Augenbrauen hoch: Gute Idee! machte es ihm nach, reichte Lena den Kugelschreiber. Die brauchte den nicht, ich bleib in eurer Nähe, ihr werdet mich schon beschützen! Steckte immerhin den Zettel in ihr Portmonee auf dem Küchenregal.

Sie rauchten noch in dieser von Spannung knisternden Atmosfäre, die sich von ihrem friedlich häuslichen Kaffeetrinken nicht verdrängen nicht überspielen ließ. Das Land schien im Zustand eines Infizierten, dessen Krankheit kurz vor dem Ausbruch steht, die Fieberschauer teilten sich ihnen mit, schwappten in den Nachrichten und Telefonanrufen in die Münchner Wohnung, wilde Wünsche sprossen, auch Befürchtungen, Versammlungen fanden offenbar nicht nur in den Universitäten statt (Bliss hatte in Marburg bei den Freunden nachgefragt), Hektik musste auch in den Polizeistäben herrschen, in den Agenturen, in den Redaktionen die die

Samstagsausgaben vorbereiteten, in den Rumpfkabinetten in Bonn und den Landeshauptstädten: brennende Laster hatte dieser Staat noch nie gesehen, außer dreiundfünfzig als Zuschauer des ostdeutschen Aufstands. Die Mutmaßungen der Kommentatoren über die Absichten der aufgebrachten Studenten, die Appelle der im Osterurlaub aufgeschreckten Politiker, trotz berechtigter Empörung nicht in neue Gewaltakte zu verfallen, verstärkten eher den Eindruck, es gäbe in den Kabinetten der Regierungen reale Besorgnis vor unkontrollierbaren Entwicklungen. Das beruhigte aber die brausenden Köpfe nicht, war eher Ansporn zum Handeln: den von vielen verstandenen, mitempfundenen Zorn über die Amoralität der in ihren Riten festgefahrenen Demokratie nun auch ohne Zögern in die entstandene Bresche zu stemmen, Erhards *formierte Gesellschaft* noch vor ihrer Zementierung durch Notstandsgesetze in Bewegung zu stacheln und die Große Koalition von CDU und SPD auseinanderzuscheuchen, ehe sie ihre Absichten im Bundestag verwirklichen konnte. Durch die Schüsse auf Dutschke war sichtbar geworden, wie stark das unkontrollierte Pressemonopol des Hamburger Zaren den demokratisch verfassten Staat gefährdete, indem es jene zu Gesellschaftsfeinden aufbaute, die sie weiterzuentwickeln, sie aus ihrem Halbschlaf aufzurütteln trachteten. Zum Watschenmann werden die Studenten hingeschminkt, wusste Anklam, weil dem Stammtisch der Jude abhanden gekommen ist und die KoexistenzPolitik der Großmächte die *Sowjetische Gefahr* den Europäern vom Horizont geputzt hat. So geschickt hat die Massage der Hirne gearbeitet, dass es ihr gelungen ist, zumindest in der Frontstadt Berlin, aber ausstrahlend doch auch in die Bonner Provinzen, die sich dem staatstragenden Konsumrausch Verweigernden zu Faulenzern, zu StipendienSchmarotzern der ArbeiterSteuern zu stempeln und derart den aufkeimenden Unmut über das wankende Wirtschaftswunder wegzulenken von jenen unauffälligen grauen Eminenzen in den Leitzentralen der Konzerne, die in Wirklichkeit den Fleiß der arbeitenden Menschen auf ihren Konten privatisieren.

Ziemlich einverständig erörterten Bliss und Anklam die Chancen der eingetretenen Situation, der bevorstehenden Nacht und versicherten Lena, dass es darauf ankäme, den sichtbar gewordenen Riss im Beton der Gesellschaft umsichtig zu erweitern, nicht in fauchender Wut und mit Rachegeschrei; so trafen sie ihre Vorbereitungen und stopften willig Lenas Doppelstullen sich in die Taschen, verwarfen Anklams Überlegung, die Schultern mit Zeitungspapier gegen mögliche Knüppelschläge zu polstern, zu umständlich; so machten sie sich mit dem VauWe auf den Weg zum Druckhaus und parkten den Wagen nahbei in der Theresienstraße. Kein Mangel an Parkplätzen, halb München suchte feiersüchtig Osterwetter im Grünen.

Wie drei Freunde durch Hinsetzen aufstehen

Lena hakte sich bei den Männern ein. Alle Menschen in dieser Straße bewegten sich in die gleiche Richtung, lockere Gruppen noch, Paare, einzelne, aber erkennbar keine Spaziergänger, sie trugen Mäntel Anoraks Leder, ENTEIGNET SPRINGERPlaketten, manche mit selbstgemalten Schildern an Holzstangen BILD HAT MITGESCHOSSEN HEUTE DUTSCHKE MORGEN WIR, wenige rote Fahnen und schwarzweiße mit der OstermarschRune, kaum Gespräche, Schaut mal, sagte Lena, Helme! Wo kriegt man die her?

Motorradhelme wahrscheinlich, dachte Bliss.

Anklam glaubte: Vom Bau!

Arbeiter?

Eher geklaut. Kann man allerdings auch kaufen, im Fachhandel.

Teuer?

Keine Ahnung. Bei uns stellt sie die Firma, für die Monteure.

In der Türkenstraße parkten in Reihe grüne Mannschaftswagen, leer bis auf die Fahrer, sechs zählte Lena. Sie begriffen dass sie erwartet wurden. Lena gestand Herzklopfen.

Ist das deine Erste, wollte Anklam wissen.

Sie schaute zu ihm hoch, lachte ein bisschen schräg: glaubste wohl nich wie? Is aber so.

TürkenEckeSchelling Straße lief ein andrer Film.

Hunderte von Demonstranten vor der Ausfahrt des Druckhauses, unübersichtliche Bewegungen, eine ruhig brodelnde zivile KörperMenge unter hochgehaltnen Schildern, die Zulauf erhielt aus ihrer Richtung aber am Ort blieb. Motorradpolizisten auf der Kreuzung ließen Privatwagen nicht mehr durch, nur Fußgänger, unwillkürlich wurden ihre Schritte kürzer als sie durch die PeKaWes und Polizeifahrzeuge, an zwei Wasserwerfern vorbei, auf die Belagerer zusteuerten, die von einer lockeren Kette Uniformierter vom Pförtnerhaus und der Einfahrt getrennt wurden. Auf den Balkonen der Häuser gegenüber dem Buchgewerbehaus, hinter den Fenstern, bemerkten sie in der Dämmerung Köpfe. Sie hielten sich auf dem Fahrdamm zwischen den geparkten Autos. Noch wirkten die eingeschalteten Lampen über der Straßenmitte blass. Aus den Gesichtern der Demonstranten sprach eher Gelassenheit, eher heitere Ruhe als Empörung. Bliss winkte einigen jungen Leuten, Studikern, die er von UniVersammlungen namenlos kannte Halloo – seid ihr auch da – alles frisch – hier isja was gefällig! aber von der Kampagne Vertraute konnte er nicht entdecken.

Das Gemisch der vielen gedämpften Stimmen erzeugte einen Eindruck von Stille, voller Erwartung. Es fehlten auch die stadtüblichen Motorengeräusche. Im Hof hinterm Zaun seien mindestens zwei Hundertschaften massiert, die sollen, egal wie, eine neue Besetzung verhindern. Sehen konnten sie wenig über die gedrängten Köpfe hinweg, hell erleuchtet diesmal die Fensterreihen des Druckhauses.

Plötzlich hob sich der Schlagbaum, die Polizeikette öffnete sich, ein ElKaWe mit aufgeblendeten Scheinwerfern schob sich langsam gegen die Menschenmenge vor. Aus einem Lautsprecher hörten sie Hinsetzen! Alles hinsetzen! Unterhaken! und tatsächlich: wie eingeübt verschwanden von vorn nach hinten sich fortsetzend die Köpfe, bis die Straße von Sitzenden völlig blockiert war. Der Polizeioffizier auf dem Trittbrett des gestoppten Lieferwagens setzte seinen Handlautsprecher an den Mund, eine ruhige, väterliche Stimme: *Bitte geben Sie die Fahrbahn frei! Hier spricht die Polizei - bitte machen Sie eine Gasse frei für diesen Lastwagen!* Es klang fast beschwörend, werbend. Alle Gesichter waren zu ihm gerichtet, neugierig, aufmerksam. Jemand rief was hinten Unverständliches. Die Körper rührten sich kaum. Von der Seite wieder der stärkere Lautsprecher der Studenten: *Hier spricht der SDS - wir appellieren an die Münchner Polizei - dies ist eine friedliche Sitzblockade gegen die Zeitung der Dutschke Mörder - machen Sie sich nicht gemein mit den Volksverhetzern - schützen Sie uns vor den Schreibtischtätern und ihren Revolverblättern.*

Beifall, Klatschen.

Der Polizist wollte antworten, räusperte sich ins schon eingeschaltete Megafon, kleiner Hustenanfall, der sich wie ein Gebell über die Straße blähte, klang komisch, einer sprang hoch, rief Blockmalz! und um sich herum Hat keiner Hustenbonbons für den armen Kerl? der Fahrer des ElKaWes trat aufs Gas, im Leerlauf, hupte, provozierte ein Pfeifkonzert, da redete der Offizier durchs Seitenfenster auf ihn ein.

Über die Sitzenden hinweg, auf dem Bürgersteig hinter ihnen, hatten sie beste Sicht auf die Szene. Anklam zeigte Bliss das schwere amerikanische Kabrio, aus dem die SDS Agitation herüberscholl.

Mensch Vik guck guck! Lena packte ihn am Arm, hochgerutschte Stimme: Er fährt zurück!

Tatsächlich rollte der Laster rückwärts in den Hof, der Schlagbaum senkte und die Polizistenkette schloss sich erneut.

Jubel Juchzer Johlen. Sie wollten es nicht glauben, dass es so einfach war – ein bisschen Entschlossenheit, verständliche Argumente und schon – vielleicht ist die Münchner Polizei wirklich einsichtiger als die Berliner? Hat aus den Schwabinger Prügeleien gelernt? Anklam unkte sie würden sich was andres ausdenken, neue Schlachtordnung, das war nur ein Test. Lena wollte wissen, ob sie hier an diesem Tor gestern ins Haus, nein, in der Barer, komm, schaun wir mal rüber.

In dem weißen Straßenkreuzer, Fürstenfeldbrucker Kennzeichen, aus dem die Durchsagen gekommen waren, saßen ein paar gut behaarte junge Männer und eine rotschopfige Frau.

Ein Chevvie, staunte Anklam. Mit Pappas Zwölfzylinder zur Demo. Auch ne Art Kulturrevolution, wie?

Bliss informierte ihn, dass diese Blechlauben für Spottgeld von amerikanischen Besatzungssoldaten verhökert werden, am Ende ihrer Dienstzeit, schlucken dir locker zwanzig Liter auf hundert, will keiner haben.

Na immerhin, sagte Anklam, wenn die da drin mit uns fraternisieren wollen – mich kriegten keine zehn Pferde in so was.

Was fährst du? wollte Lena wissen.

Na was schon. Was die Kollegen gebaut haben, Taunus, unverwüstlich.

In der Barer zwei weitere Wasserwerfer. Die Grünmützen standen als kaum bewegte Körperhaufen dicht aneinandergedrängt in einem Fluss lockerer DemonstrantenGruppen, der sie umspülte wie Inseln – manche hielten merklich Abstand wie von einer nicht einschätzbaren Gefahr, andere hatten wohl solche Zusammenballung von staatlicher Exekutive noch nie so handnah gesehn, blieben vor den jungen Männern stehn, als wollten sie ihre Echtheit prüfen, richteten Worte an sie – ob die sprechen können? wenige antworteten mit einem

halben pflichtvergessenen Lächeln, einem Kopfschütteln, andre sahen aus wie abgeschlossen, verängstigt
womöglich, die dürfen nichts sagen! Bliss vermutete
dass es vielleicht ihr erster Ernstfall außerhalb der
Polizeikasernen sei. Alle Anfänger wie wir. Sie trugen
Gummiknüppel an den Koppeln aber keine sichtbaren
Pistolen. Die Demonstranten waren längst in der trü-
gerischen Übermacht. Lena – Hach ich versuchs einfach
mal! – mit ihrem schönsten Charmierlächeln, auf Arm-
länge vor den Uniformierten: Wir sind nämlich gar
keine Studenten – ich arbeite zum Beispiel am Teater
und dieser Schnauzbart ist Betriebsrat bei Ford – wir
sind ganz friedliche Leute, würden auch lieber Ostern in
die Berge fahren als in München auf der Straße rumzu-
laufen.

Zwei, immerhin, sahen sie offen an, die andern schauten weg oder auf den Boden.

Komm Lena, ist zwecklos. Die sind imprägniert. Bliss
zog sie weiter.

Immerhin haben sie mir zugehört und denken vielleicht darüber nach.

Na ja, du hast ihre Vorurteile bestätigt, dass die Studenten die bösen Buben sind.

Ich? Wieso!

Wenn du sagst dass wir keine Studenten sondern
harmlose Bürger

Der weiße Chevrolet schob sich langsam an ihnen vorbei, verkündete in aufreizendem Stakkato *HEUTE
DUTSCHKE - MORGEN WIR! HEUTE DUTSCHKE
- MORGEN WIR!* versuchte einen Sprechchor in Gang
zu bringen, mit mäßigem Erfolg.

Vor dem Ausgang Barer Straße saßen oder hockten
einhundert zweihundert Menschen auf der Straße. Wo
sind die Zehntausend, die Johann Stotz letzte Nacht
versprochen hat? Die meisten drückten sich auf den

Fußwegen herum, eher Zuschauer als Aktivisten, auch hier die dünne Polizistenkette vor der Ausfahrt und im Hofinnern allerdings sichtbar die massierte Schutztruppe des Staates für den bedrohten Verleger. Die Anfeuerungen aus dem SDS Auto wurden hier aufgenommen, brandeten gegen die vielfenstrige Wand des Buchgewerbehauses, kein neugieriger Kopf aber ließ sich sehen zwischen den Fensterkreuzen: Belagerungszustand. Einzelne schleppten von irgendwoher Bohlen und kleinere Balken, von einer Kanalbaustelle offenbar, schmissen sie, polizeilich ungehindert, auf die Straße zwischen den Sitzenden und der Einfahrt, Applaus, Jubel, HoHoHo-TschiMinh! Mülltonnen wurden gebracht, Pflastersteine, Kleinpflaster, aus dem lichtlosen Park gegenüber eine gusseiserne Bank, als Kern einer Barrikade. Keine wirkliche Barrikade, wie Bliss sie von den achtundvierziger und neunzehner Bildern kannte, eine Farce von einer Barrikade, keine DruckpapierRollen, keine Sandsäcke oder Teerfässer, woher denn auch! Autos vor den Eingang zu rollen, umzustürzen, Reifen anzuzünden, das dachte keiner. Beirut in München, so weit sind wir nicht – obwohl in Berlin heut nacht die brennenden Lieferwagen, das sah schon aus nach Aufruhr und Anarchie. Das Wort allein: *Barrikade*, hat den Geschmack von Volkszorn Tyrannensturz Sturm auf die Bastille, und doch schien das hier eher ein Spiel, eine Probe, nicht die Plebejer – die Studenten proben den Aufstand, oder heißen die jetzt Plebejer, akademische Habenichtse, vielleicht ist aus dem Hunger nach Brot Hunger nach Wahrheit geworden als Treibkraft radikaler Veränderung, Manfred was denkst du – wird heute das Subjekt der Veränderung statt in den Fabriken in den Universitäten erzogen?

Anklam konnte nicht mehr antworten, da die gespannte Ruhe plötzlich umschlug in Alarm mit der

Stimme aus dem Lautsprecherwagen *Hier spricht die Polizei - Sie werden aufgefordert binnen fünf Minuten die Ausfahrt freizugeben!*

Langsam, im ersten Gang, näherte sich der Wagen von der Schellingstraße, wie geschoben von den beiden Wasserwerfern, dahinter das Peloton der Hundertschaften quer über den Fahrdamm. Pfiffe Pfuirufe gellten auf, aus dem Chevrolet die leisere jüngere Stimme *Ruhig bleiben! Sitzen bleiben! Wir verteidigen hier unser Demonstrationsrecht! Zusammenrücken!*

Kommt sagte Lena aufgeregt, wir müssen uns dazusetzen! Kommt alle mit! zu den Unschlüssigen Zuschauenden auf dem Bürgersteig, von denen einige zögernd mit hinübergingen, sich mit ihnen an den äußeren Rand des Blockiererhaufens hockten. Von der Polizeimacht vorwärts genötigt stießen noch viele zu ihnen, setzten sich oder verharrten auf dem Gehweg, in Kürze befanden sie sich mitten zwischen denen am Boden. Bliss merkte wie Lena seine Hand presste, aber sie lachte sich Mut, sah zu Manfred, der den Schnurrbart zwirbelte, etwa nervös? und ein kleines Lächeln darüber. Lena küsste warum? beide auf die Backen, na ja, die Aufregung, und Bliss: Hättstu nich gedacht der Zirkus der dich in München erwartet, statt nem Osterspaziergang in Köln wie? Er nickte, wortlos zustimmend. Aus dem Polizeilautsprecher ein hoher in die Ohren schneidender Pfeifton, der die Worte aus dem Chevvie vor ihnen zudeckte. Dann wieder die große straßenfüllende OrakelStimme: *Dies ist die zweite Aufforderung - räumen Sie nunmehr umgehend die Straße! Wir appellieren an Ihre Vernunft - geben Sie den Eingang frei!*

Die sanfte Münchner Polizei. Immer höflich.

Der Lautsprecherwagen kam vor dem quergestellten Kommunewagen zum Stehen. Mut haben die, musste Anklam anerkennen, ich hätte da Angst um mein Auto.

Bliss entdeckte unter einem weißen Helm in gelber Öljacke Ferri, am Rand der Sitzer stehend, heftig redend, auch Johann und ein paar andre von der Kampagne, winkte hinüber, aber sie sahen ihn nicht.

Und wieder der Gott aus dem Megafon: *Dies ist die letzte Warnung der Polizei. Beenden Sie Ihre ungesetzliche Blockade und begeben Sie sich in Richtung Theresienstraße! Zwingen Sie uns nicht zu Zwangsmaßnahmen!*

Vorn sprangen einige auf, reckten rytmisch die Fäuste hoch, skandierten HoHoHoTschiMinh, tanzten auf der Stelle. Während der grüne PeKaWe mit dem aufmontierten Lautsprecher langsam zurücksetzte, tönten die SDSler ihm hinterher: *Wir grüßen die demokratischen Münchner Polizisten - wir fordern euch auf: verweigert eurer faschistischen Einsatzleitung den Gehorsam! Geht nach Hause, feiert Ostern. Dies ist eine friedliche Demonstration. Schützt nicht das Kapital sondern die Bürger!* Wieder der Pfeifton.

Bisschen übertrieben, fand Anklam, faschistische Einsatzleitung. Einer kam auf dem Bürgersteig gerannt, schrie: In der Schellingstraße räumen sie schon! Wutgeheul, Pfiffe als Antwort.

Es geht los, sagte Anklam kalt.

Die beiden Wasserwerfer zogen vor, bedrohlich laut die schweren Motoren, nebeneinander, keine fünfzig Meter Entfernung, stoppten vor dem weißen Kabrio. Die Polizisten im Hof waren, fast unbemerkt, bis an den Schlagbaum vorgerückt. Mehrere Scheinwerfer leuchteten auf, vom Hof, von den Wasserwerfern, grelle Helligkeit plötzlich über den paar hundert am Boden, sie sahen deutlich ihre Gesichter, gespannte verkniffne ängstliche trotzige ausdruckslose Gesichter, ein braunhaariges Mädchen sah aus wie Johanna – Kind Jona ob je wir einmal zusammen bei einer solchen – wollte sie Lena zeigen, da zischten ohne Übergang die Wasserstrahle aus den vier Kanonen gleichzeitig los, in das weiße Auto auf die Sitzenden auf die am SpringerZaun Stehenden. Sie trafen die Rücken, kaum die weggeduckten Köpfe, Bliss, als er hochschaute, erwischte ein zersprühter Strahl am Hinterkopf, hieb ihm das Kinn auf die Brust, kurzer Schmerz, im nächsten Augenblick spürte er das Wasser kalt an Nacken und Rücken runterrinnen, nur einen Moment hatte es ihn voll getroffen, das reichte für die Empfindung klatschnass zu sein und aber zugleich für ein absurd zustimmendes Glücksgefühl, das ihn von der Kopfhaut bis in die Fingerspitzen kribbelnd durchrauschte, ein Empfinden von Erleichterung, Genugtuung. Beseitigt in diesem Augenblick die Zweifel wohin und zu wem er gehört, weggespritzt die Trennkurven zwischen den kaum noch erkennbaren Fronten der Herrschenden und Beherrschten, immer die Last des Verstehens der Argumente beider Seiten, das Abwägen, das schmerzhafte Entscheiden Für oder Gegen in Alternativen die der Lebenswelt übergestülpt aufgezwungen schienen: mit Wasser klärte die Polizei nun seine Zugehörigkeit zu den Machtlosen, dafür war er besinnungslos dankbar.

Lena, mit tropfendem Haar, fröhlich: Seid ihr nass geworden? Bis zum Gürtel. Anklam wars kaum, die Jacke hält, fast verwundert. Da kam der Strahl schon zurück, Münchner Wasserspiele, wenns doch Bier wär! Hin und her schwenkten sie, prasselten gegen die geparkten Autos hinter denen welche Schutz suchten, auf den Bürgersteigen begann die Fluchtbewegung, der Chevrolet hielt noch Stand, hinderte die Werfer vorzudringen, volles Rohr spritzten sie auf die Sitze, der Fahrer kriegte das Verdeck nicht zu gegen den Wasserdruck, sie soffen ab, die am polizeinächsten Rand wurden mit vollen Strahlen umgeworfen weggetrieben, Reihe nach

Reihe, das Wasser floss in Rinnsalen zwischen den Schuhen durch, alle waren aufgestanden, manche hielten sich noch an den Händen, andre begannen zu gehen zu laufen, der Haufen verkleinerte sich jetzt schnell, da, schlagartig, versiegten die Strahle. Sie sahen wie die SDSler triefend ihre Badewanne wegschoben, ungehindert, die Uniformierten rückten lautlos an den Werfern vorbei und aus dem Tor, griffen sich die Nächsten auf den Bürgersteigen, wahllos, zerrten sie weg, Gerangel entstanden, erste Schreie, eine weiße Polizeimütze flog durch die Luft, hochgeworfen wieder und wieder, gleichzeitig ein neues Geräusch, klatschende Aufschläge auf Metall, das waren Steine! Steine gegen die Wasserwerfer! Klirren von splitternden Scheiben. Wo kommen die Steine her! Bliss und Anklam packten Lena an den Armen, sie liefen mit andern, zwanzig dreißig Meter bis in die Masse der Demonstranten die die Straße versperrten bis an den Rand des dunklen Parks. Von dort sahen sie dass immer noch Wurfgeschosse flogen, auch Kracher Kanonenschläge explodierten, zwischen die Polizisten und über die Mauer vor dem Druckhaus, einer ging getroffen zu Boden, wurde weggezogen, andre hielten die Arme über ihre Mützen, suchten Deckung hinter den Tanks, ein junger Mann mit weißen Turnschuhen rannte nach vorn, eine Fackel in den Händen, schleuderte sie in den sich schon auflösenden Pulk, rannte zurück, tauchte unter in der Menge.

Die Polizisten wichen, eine zögernde Flucht, setzten sich ab hinter die Tanks und zurück in den Hof.

Einzelne BravoRufe gingen über in Jubelgejohle als klar wurde, dass die Macht zum Rückzug gezwungen war.

Auf dem freien Platz vor dem Eingang spiegelnde Wasserpfützen, Steine, handgroße kantige Steine vom BürgersteigPflaster, die Reste der Barrikade, Niemandsland, ein Schlachtfeld, auf das, von hinten geschoben, die Demonstranten langsam vordrangen. Plötzlich dröhnte der Polizeilautsprecher: *Wir haben einen Vermittler gefunden - stoppt die Steinwürfe - wir ziehen die Wasserwerfer ab.*

Die Menge drängte weiter nach vorn, die hinter den geparkten PeKaWes sich weggeduckt hatten verstärkten sie, besetzten erneut den Platz vor dem Eingang, begannen zu tanzen, Musik aus einem Kofferradio, ist das der Sieg? Oder schaffen sie BILD auf Schleichwegen raus, suchen deshalb Verhandlungen? Auf einem Balkon waren OB Vogel und der Polizeipräsident gesehen worden. Gerüchte. Vermutungen. Hoffnungen.

Plötzlich zischten ohne Warnung die Kanonen vom Dach des größeren Wasserwerfers los, schlugen voll zwischen die ungeschützten Menschen, Wutgeheul war die Antwort, ein Kaos entstand als die Vordersten zurückweichen wollten gegen die von hinten Schiebenden, keine Koordination mehr, viele stürzten zu Boden, Angst griff um sich, wieder flogen von hinten Steine, Lena stolperte über einen Liegenden, Anklam und Bliss rissen sie hoch, Geschrei, sie kamen nicht weiter, waren eingekeilt, Bliss sah jetzt auch Polizisten Steine aufheben und zurückschleudern, mein Gott ist das schon Bürgerkrieg, da stürzte Anklam, sackte weg, brach zusammen, sie bückten sich zu ihm, Bliss fasste seinen Kopf, zog ihn hoch, seine Augen waren geschlossen, Lena schrie gellend Hört auf! Hört auf! ein kleiner Raum bildete sich um sie, Bliss spürte warme Feuchtigkeit an seiner Hand, Blut! Er blutet! und da Lena neben seinem Kopf kniete sah er blitzlang das Bild des erschossenen Ohnesorg auf dem Pflaster. Sanitäter! schrie er, gibt es keinen Sanitäter! Er ist getroffen! Ein Mann rief Weiter hinten steht ein Krankenwagen – tragt ihn zurück! er drängte sich zu ihnen, Los – fasst an! Bliss, der Mann und zwei andre packten den schweren leblosen Körper, Lena hielt Anklams blutenden Kopf, wortlos vor Entsetzen. Platz! Lasst uns durch! Ein Verletzter! Da erst erkannte Bliss die Stimme von Johann Stotz, der ein Bein gepackt hatte, mit dem freien Arm ihnen eine Gasse bahnte, durch die sie sich schoben bis dorthin wo die Menge schütterer wurde. Sie versuchten zu laufen, Lena rutschte der Kopf aus den Händen Langsam! schrie sie, langsam! erwischte ihn wieder, im Schritt erreichten sie den gelben Wagen des Samariter Bundes, die zwei Sanitäter kümmerten sich um einen schluchzenden völlig durchnässten Mann, versuchten den zu beruhigen, Bliss herrschte sie an Ein Stein! Am Kopf! Schnell! Nass sind wir alle! Die Sanis ließen den Mann stehn, Kommt! zogen eine Trage aus dem Wagen und als sie Anklam darauf betteten, stöhnte er plötzlich, schlug die Augen auf. Oh mein Gott er lebt! Lenas tiefer Seufzer. Bliss strich ihr übers Haar mit der blutfeuchten Hand, Natürlich lebt er Lena. Er muss ins Krankenhaus, sagte der Sanitäter, Verdacht auf Schädelbruch, wir können ihn nur provisorisch verbinden. Sie schoben die Trage in das hell erleuchtete Wageninnere. Ihr fahrt am besten mit, sagte Stotz, Ja klar, danke Johann. So ein Scheiß.

An der Seite nebeneinander sitzend beobachteten Lena und Bliss, wie der graubärtige Mann die noch immer blutende Wunde an der Schläfe verband, die anscheinend bis in die verklebten Haare hineinreichte. Mit Blaulicht und Sirene bahnte sich der Wagen, langsam erst, einen Weg. Anklams offene Augen waren starr zur Decke gerichtet, manchmal stöhnte er leise aus der Brust, mit geschlossenem Mund. Ob er bei Bewusstsein ist? flüsterte Lena. Der Sanitäter fühlte ihm den Puls, nickte bedächtig, Kommt schon wieder. Türke, wie?

Bliss zog die Brauen zusammen, schüttelte den Kopf. Manfred – hörst du uns? fragte Lena, da klappte er zweimal mit den Augenlidern, sagte aber nichts.

Die Kälte in den nassen Kleidern, Lena schauderte. Bliss legte den Arm um sie. Leise, dicht an ihrem Ohr, als wärs ein Trost: Gehirnerschütterung wahrscheinlich auch. Das Blut sickerte schon wieder durch den Verband. Wir sind gleich da, beruhigte der Sanitäter, Klinikum rechts der Isar, fünf Minuten. Ist nicht der Erste heute.

Im Krankenhaus hoben die Sanitäter Anklam von der Trage auf eine Fahrliege, wenige Worte mit einer Schwester, Er wird direkt in den OP gebracht, gehn Sie bitte in die Aufnahme. In der Toilette können Sie sich waschen. Sie schob ihn durch eine Schwingtür. Als wäre er ihnen abgerissen, geraubt. Lena wollte ihr nach, aber jetzt keine Verzögerung der Behandlung durch Protest, Sei vernünftig Lena!

Die Toilette war überheizt, angenehm, wie Sauna. Klinische Helle und Sauberkeit. Halbelf erst. Die Wäsche klebt am Leib, laufeucht, ekelhaft. Ausziehn am liebsten.

Endlich Pissen, endlos.

An den Händen das Blut. Manfreds Blut. Blutbesudelte Hände. Blutbefleckte? Nein doch. Blutgeadelte. Auch nicht.

Winnetou und Old Shatterhand haben Blutsbrüderschaft geschlossen. Gabs das wirklich bei den Indianern? Nirgends von gelesen, sonst. Von geträumt manchmal, ein Blutsbruder. Kinderträume. Bliss leckte an seiner Hand. Bitter oder wie. Eisen. Ein Schluck Spucke, in die Verdauung. Eigentlich muss das Blut der Freunde gemischt werden, sagt Karl May. Sind wir denn Freunde? Genossen? Verbündete?

Er rieb seine Hände im warmen Wasserstrahl. Himbeerwasser lief ins Becken.

Er schaute in den Spiegel. Ein Schreck. Tätowierungen auf der Stirn, neben der Nase. Deshalb hat sie uns zum Waschen geschickt!

Kriegsbemalung. Starker Kontrast, das verschmierte Rot zum doppelten Augenblau, dem angeklatschten braunen Haar.

Mein Gesicht. Kaum zu glauben, dies Blau. Wie kommt das da hin. Die Knolle. Muttererbe. Auch die Brauenwülste. Lippen zum Küssen. Das Kinn? Wenig markant, eher weiblich. Zwei Falten zur Nase, angedeutet. Missmutig? Die Stirn ist in Ordnung, glatt, hoch genug.

Die Tür wurde geöffnet. Wo bleibst du Vik?

Ich seh aus wien Indianer auf dem Kriegspfad, sagte er zum Spiegel. Bückte sich zum Wasser, rubbelte die Blutspuren ab, trocknete Gesicht und Hände am Rollhandtuch.

Ich krieg ne Erkältung, wetten, sagte Lena.

Kein Wunder. Springers Rache.

Die Aufnahmeschwester sah sie misstrauisch an.

Die Wasserwerfer, sagte Bliss.

Anklams Geburtsdatum wussten sie nicht. Krankenkasse auch nicht, AOK wahrscheinlich.

Wir sind Freunde, erklärte Lena. Er hat einen Stein oder was an den Kopf bekommen.

Die Frau schüttelte den Kopf, hatte die Nachrichten gehört, das musste doch nicht sein. Schon der Dritte!

Er hat seinen Ausweis sicher in der Brieftasche, in der Jacke die er anhat, fiel Lena ein. Seine Papiere. Wie erfahren wir, was ihm passiert ist? Man sah ja nur die Kopfwunde.

Rufen Sie morgen Vormittag an. Und nehmen Sie ein heißes Bad zu Hause. Ihr Freund ist bei uns in guten Händen. Bleiben Sie am Eingang, ich bestell Ihnen ein Taxi.

Resolut, die Mutter.

Die Idee mit dem Bad könnte von mir sein, nickte Lena.

Während sie warteten hinter der Glastür fuhr ein Polizei PeKaWe vor, mit Blaulicht, einer der drei Grünen, barköpfig, presste ein Verbandskissen gegen die Stirn, konnte aber laufen. Sie sahen ihm nach.

Im Taxi saßen sie aneinander im Fond, die kurze Fahrt, redeten nicht. Bliss hielt Lenas Hände. Ich komm mit in die Wanne.

Lena ließ gleich Wasser ein, schmiss die Kleider zu Boden, kriegte die durchweichten Stiefel nicht von den Beinen. Bliss half ihr. Sie lächelte zu ihm, dankbar. Sie sah ziemlich verwegen aus, in Strumpfhose und den hohen engen Stiefeln, nackte Brust.

Es war eng zu zweit, aber die Wärme des Wassers wie sie eindrang die Glieder durchflutete eine unvergleichliche Wohltat. Die Schlacht in der Barer Straße: unwirklich. Weit.

Und heiß ohne Umweg ins Bett, der Tag hatte genug. Die Katze die Unschuld eingerollt am Fußende auf der Wolldecke, ließ den Schnurrmotor an.

Der arme Manfred, sagte Lena leise, schon im Dunkel. Bliss suchte ihren Mund. Es hätte uns genauso erwischen können, Lena. Wir fahren gleich morgen früh hin. Sie rutschte dicht an seinen Körper. Umarmt schliefen sie weg.

Bliss besichtigt am Karsamstag die Folgen

Fleckenloser Himmel.

Blaßblaues Milchglas. Ungeheuer dick. Unendlich dick.

Eingesperrt, wir sind eingesperrt. Kommen wir nie raus. Nur als Engel.

Tack tack tack tack meine Schritte gehen mit mir. Erinnern mich an was. An was? Tack tack tack hier geht Viktor Bliss durch die Maximilianstraße. Aha, der geht hier. Und warum? Tack tack tack tack das sagen wir nicht, muss er selber wissen.

Er hat einen Schatten. Einen langen blassen Schatten. Wandert vor ihm her. Zeigt den Weg. Richtung Residenz.

Wem gehört der Schatten? Tack. Ich bleib stehn er bleibt stehn. Meiner also.

Und da hinten überm Maximilianeum, die gelbe Sonnenblume? Angenommen es käme jetzt aus dem Nirgends eine Wolke angerudert, längs der Isar, stünd ich nackt da. Schattenlos. Dann könnt ich ihn nicht mehr werfen. Es scheint vielmehr so, dass sie es wirft, die Sonne das Licht, um mich rum an mir vorbei. Mein Schatten ist ihre Abwesenheit. Die Abwesenheit gehört mir. Na großartig. Was nichts ist, das seh ich. Und was was ist, das Licht, das seh ich nicht. Immer verrückter. Das ganze Sehen eine Mangelerscheinung. Mangelnde Erscheinung. Ich seh was fehlt. Das ist eine Erleuchtung!

Sehr verehrte Sonne Sie haben einen Stich, einen echten Sonnenstich! Sie stellen alles auf den Kopf! So geht das nicht, mein Schatten gehört mir! Ich bleibe jetzt an dieser Haltestelle stehn und warte auf die Vier. Eine Station oder zwei, egal.

Vorgestern Nacht hab ich hier Manfred Lenas Kammerspiele gezeigt. Jetzt liegt er im Krankenhaus und die Sonne scheint und beide haben so was wien Stich.

Also Stich kann man nicht sagen. Einen Schlag. Steinschlag Hirnschlag.

Die Zwanzig, auch gut.

Zwei Stationen Kurzstrecke bis Perusastraße. Fährt nur für mich. Wo sind die Leute? Heiliger Samstagmorgen.

Der Tabakladen in der Theatiner hatte die Osterausgaben der Münchner Zeitungen schon im Fenster hängen, mit Fotos von brennenden Lieferwagen und verwüsteten Redaktionsräumen. Aus Deutschland. Berlin, München. Bliss nahm die Süddeutsche und BILD.

Können Sie froh sein dass die Bildzeitung schon da ist, sagte der Verkäufer, was da los war am Druckhaus heut Nacht!

Na was denn.

Haben Sies nicht gehört, dass die APO die Auslieferung von BILD verhindern wollte, wegen ihrem Chefkrakeeler Dutschke? Barrikaden, Autos angezündet! Richtige Straßenkämpfe warn das, Krieg mit der Polizei, jede Menge Verletzte. Und inzwischen haben die SpringerLeute die Zeitungen auf Schleichwegen über die Höfe zur Türkenstraße gebracht, keiner von den Brüdern hats gemerkt! Ruck zuck ging das.

War der stolz. Solidarität der Wadenbeißer. Bliss zahlte die fünfundsiebzig Pfennig mit einem Hundertmarkschein, nein ich habs nicht kleiner, für dich nicht, erbittert dass er gezwungen war, von diesem Menschen seine

175

Informationen zu kaufen. Verließ den Laden ohne Widerwort.

Beunruhigt aber doch. Er hat kein brennendes Auto erlebt. Was ist nach halbelf noch geschehn?

Er fand ihren Wagen unbeschädigt am erwarteten Ort. Im zweiten Gang fuhr er um das Häuserkarree, sah einzelne zerbrochene Fensterscheiben an Wohnhäusern der Barer Straße gegenüber dem Park, mit Zeitungen schon hinterklebt. Der Park ein harmloses Gehölz, lichtdurchflutet die kahlen schwärzlichen Zweige, kein Rest Nacht. Zwischen dem halbhohen Gebüsch ein paar hell lohende Forsyziensträucher. Steine lagen noch rum, unter den parkenden Autos, zwischen ihnen. Beachtliche Dellen in den Blechen, einige zerkrackelte SekuritScheiben, aber keine ausgebrannten Wracks. Lügen. SpringerEnten. Wenn man genau wüsste welcher Stein es war könnte man ihn mitnehmen, vergolden lassen. Dem unbekannten Krieger der Schlacht am Springer Fort.

Viele Fenster des Buchgewerbehauses zerspellt durch zackige Löcher, aus denen der dunkle Inhalt des Hauses herausquoll, das Gift, das dort drin gebraut wurde und durch die Steinwürfe nicht beschädigt sondern erst richtig freigesetzt worden war. Bliss hob die Bildzeitung vom Sitz neben sich, der Balken neben den Fotos: KEIN TERROR WIRD UNS BEUGEN

Also Terroristen heißt das jetzt. Rote Teufel. Anarchisten. Gesocks. Gooks. Immer neue Namen. Wer hat auf Dutschke geschossen? Nicht Bundeskanzler Kiesinger, nicht Berlins Regierender Bürgermeister Schütz und auch nicht Springer. Der fanatische Linksradikale Dutschke wurde Opfer eines halbirren Rechtsradikalen. Nicht diese Gesellschaft säte Hass und Gewalt, sondern Dutschke. Nicht das Volk schrie: Wir brauchen viele Vietnams, sondern Dutschke. BILD appelliert an die

Politiker und Richter dieses Landes: Stoppt den Terror, eh es zu spät ist. Einer der größten Industriestaaten der Welt darf kein Hottentottenland werden. Neuer Vorschlag, Hottentotten. Herr Richter, ich bin ein Hottentotte. Ein Buschneger. Zu Hause esse ich nur Missionare und Betschwestern, am Spieß gebraten oder im Kessel gekocht.

SchrittTempo. Die Barrikadentrümmer zur Seite geräumt, die Armada abgezogen, bis auf ein paar Restposten vor der Einfahrt. Sie haben Vertrauen in unsre Erschöpfung. Schellingstraße, das gleiche Bild. Über die Hofmauer ragte allerdings der Geschützturm eines Wasserwerfers.

Unglaublich die Entfernung zwischen den Bildern der Nacht und diesem durchsonnten friedlichen Frühlingsmorgen. Ein paar Hundeführer und Brötchenholer auf den Gehwegen. Einer befestigt Skier auf dem Wagendach, die junge Mutter packt Taschen ins Innere, zwei zappelige Kinder drumrum. Nach uns die Feiertage. Was macht Manfred?

Bliss schaltete hoch, fuhr nach Hause, fast denselben Weg, klingelte lang-lang-kurz-kurz-kurz, ihr Zeichen, Ho-Ho-Hotschiminh, wartete in einem Fleck Sonne, der durch die Mariannenstraße von der Isar zwischen die Häuser fiel. Die Luft wie geputzt und beruhigt, nach den Nordwinden der letzten Tage. Verdammt österlich. Man könnte gelassen werden. Undefinierbare Temperatur. Fröstlig noch, im Gedanken an die Nacht. Schon warm, in Erwartung des Sonnentags. Der Himmel voll Bayerischblau.

Da bin ich, sagte Lena neben ihm. Hee sagte Bliss, du glaubst an den Frühling, lass dich anschaun! Das blaue Kleid, Goldkette im Ausschnitt, die weiße Strickjacke,

Haare offen, leichtes LippenRot. Zufrieden der Herr? Er küsste sie, lachte: Eigentlich ist morgen erst Ostern. Komm.

Er fuhr über die Maximilianbrücke zur Ismaninger, kaum Zeit zu erzählen, was er gesehn hat, eigentlich hätten wir zu Fuß gehn können durch den Isarpark, ja wirklich. Und, steht was drin über uns? Alles voll, hab nur die Überschriften gelesen. Herr Boenisch hat uns zu Hottentotten ernannt. Glaubst du sie lassen uns rein so früh? Mir wird schon was einfalln.

Das Krankenhaus war bereits lebhaft mit sich beschäftigt. Bei der Pförtnerin wurde Anklam - Manfred An-klam, letzte Nacht eingeliefert, mit Kopfverletzung – in der Allgemeinmedizinischen gefunden, Zimmer 211, aber Besuchszeit ist erst von 14 bis 16 Uhr. Zerberus mit steifem Häubchen. Wir sind seine nächsten Verwandten, wir bringen den Krankenschein! Den freilich durften sie in der Aufnahme abgeben, gleich vorn rechts.

Das hat geklappt. Auf dem Stationsflur viel weiße Bewegung, Schwestern, ein Ärztepulk wechselte von einem Zimmer zum nächsten, keine Patienten. Chefvisite anscheinend. An der gläsernen Eingangstür überlegten sie, ob erst einen Arzt ausfragen oder erst zu Manfred. Wenn die uns aber auch wegschicken wolln? Ihr Zivil verriet sie sofort. Sie wünschen? fragte die junge Schwester, breit wie der Flur.

Ja em, der Herr Anklam, der letzte Nacht eingeliefert wurde, wir wollen ihm seine Zahnbürste bringen.

Ausgeschlossen. Der Professor macht Visite. Sie können mir die Zahnbürste geben. Wie heißt er?

Anklam. 211 liegt er, Kopfverletzung, wir sind nämlich seine nächsten Verwandten.

Der mit dem schwarzen Schnauz?

Genau! Der! Wie geht es ihm?

Die Schwester lächelte sich hübsch: Ach der. Dem muss es schon wieder ziemlich gutgehn, hat sich über unser Frühstück beschwert.

Wirklich? Sieht ihm ähnlich, wie zu Hause! Und? Was hat er?

Warten Sie bis der Chef weg ist, dann können Sie den Stationsarzt fragen. Setzen Sie sich hier rein, ich schick ihn her.

Mensch das klingt ja gut, seufzte Bliss erleichtert. Lena nickte strahlend: Er muss ne Ochsennatur haben. Hast du gut gemacht Vik.

Eher Manfred. Der kann scheints schon wieder charmant sein. Vielleicht sah es schlimmer aus als es war, überlegte er. Na hör mal, rügte Lena, das viele Blut!

Im Schwesternzimmer. Paar weibliche Indizien zwischen der Hygiene der Schränke, ein Tulpenstrauß auf dem Resopaltisch, eine Kaffeemaschine, südliche Ansichtskarten mit Tesastreifen an der geölten Wand befestigt.

Blick auf den besonnten Hof, kurvige Wege zwischen Blumenrabatten, Tulpen, Narzissen, Osterglocken. Da möcht man arbeiten. Statt in unsern aussichtslosen Hinterzimmern im Teater.

Das Ehepaar Dr. Bliss, vermutete der Arzt gleich, jovial. Dr. Wackermann. Ihr em Freund – sind Sie nun eigentlich Freunde oder Verwandte?

Geistesverwandte. Geistesverwandte Freunde, genau gesagt.

Aha. Soso. Also Ihr geistesverwandter Freund hat mir schon Ihre Telefonnummer gegeben. Muss ja wieder was los gewesen sein heut Nacht in Schwabing, wenn man die Zeitung liest. Wie unser Chef gesagt hat: Ihr habts a Gaudi, mir ham die Last. Aber Sie können beruhigt sein. Die Platzwunde wurde gleich genäht. Leichte bis mittelschwere Gehirnerschütterung, paar Tage Bettruhe. Das

Röntgenbild war o.B., hat er Glück gehabt, keine Fraktur. Wenn er vernünftig ist und nicht gleich wieder auf die Straße rennt wo Steine fliegen, können Sie ihn mitnehmen.

Wirklich?!

Hat ne gute Konstitution, ihr Freund. Aber bekommen Sie keinen Schreck wenn Sie ihn sehn! Ist alles nur Aufmachung.

Und wir haben nichmaln Blumenstrauß, fiel Lena vor der Zimmertür ein. Bliss klopfte: Geh du vor.

Drei Gesichter erwartungsvoll zu ihnen. Das am Fenster, weißer Turban über viel schwarzen Stoppeln und noch schwärzerem Schnurrbart, grinste schief. Halloo ihr zwei! Seid ihr geflogen?

Sie gingen durch, schüttelten Hände. Kerl Manfred, so was! Dazu kommt einer nach München.

Und? Hab ich keinen Kuss verdient?

Von dir wohl nicht Vik.

Lena beugte sich über ihn, suchte eine bartfreie Stelle, mmh! (Teaterkuss) Zufrieden?

Wir haben deine Zahnbürste gebracht Manfred. Völlig umsonst die Schlepperei!

Nehmt ihr mich denn mit dem Kopfschmuck? fragte Anklam, etwas kleinlauter, ich soll ruhig liegen.

Das isne Frage! Lena schüttelte den Kopf. Wie gehts dir? Hast du Kopfschmerzen? Oder was? Kannst du zum Auto laufen?

Er setzte sich auf im Bett, ziemlich vorsichtig, hielt den Hals steif, hängte die Beine raus, Bliss stützte ihn hoch am Arm, aus dem Schrank seine Kleider, schon getrocknet, er hielt sich mit geschlossnen Augen am Fensterbrett. Brummt doch verdammt, der Schädel. Wie findet ihr mich als Engel der städtischen Krankenanstalten? Flieg nur nicht aus dem Fenster, sagte Lena, reichte ihm seine Unterhose. Auf der Bettkante sitzend zog er sie an, beim Nachthemd und den Oberhemden mussten sie ihm helfen, über den Verband. Und die Schuhe – bücken kann ich mich nicht. Bliss band sie ihm zu. Seine Schritte waren vorsichtig, sie stützten ihn von beiden Seiten. Auf dem Flur aber allein, fast Fuß vor Fuß. Öfter hob er die Hand an die Stirn, den Verband.

Sie erledigten die Formalitäten. Der Arzt gab Lena ein paar Pflegeanweisungen, sogar Verbandsmaterial, Desinfektionstinktur. Vor dem Krankenhaus eine Atem-Pause, Anklam an Lenas Arm, schluckte Luft wie ein Auftauchender. Sehr sehr schön bei euch, ehrlich. Bliss fuhr mit dem Wagen vor. Sie redeten kaum, alles doch anstrengend. Die Treppen besonders. Es war ihm peinlich dass er alle paar Stufen einhalten musste.

Lauf schon vor Lena, richt ihm mein Bett. In der Kammer kann er nicht liegen.

Oben seufzte Anklam. Scheiße Vik, was? Tut mir leid.

Diesmal ließ er sich bereitwillig helfen beim Aus-ziehn, der muskulöse braune Körper im knappen weißen Unterzeug sah eher kraftvoll als pflegebedürftig aus. Er legte sich langsam zurück, ließ sich zudecken. Dankbare Augen. Ich schlaf nbisschen, ja? Könnt ihr die Fenster weit öffnen?

Der Historiker muss sich mit dem Staub der Welt auseinandersetzen und findet eine Gedächtnislücke

Sie mussten jetzt den Tag planen, alles neu, drei Personen drei Tage. Kein Gedanke an Essengehn mit dem Invaliden. Und Putzen, längst überfällig, mindestens mal die Wohnung durchsaugen. Die Katze verteilte ihr Winterfell gleichmäßig überall. Ich geh einkaufen und du fängst schon mit dem Staubsauger an, entschied Lena, einverstanden? Irgendwelche besonderen Wünsche? Bliss bestellte ein paar anständige Steaks, für den Rekonvaleszenten. Und bring ihm ne Tafel schwarze Schokolade mit, ich glaube er steht auf Schokolade. Mir die *Abendzeitung*.

Johann Stotz rief an, was mit dem Verletzten geworden wäre. Es hätte noch viele gegeben, schwer und leicht. Wut auf beiden Seiten, durch die idiotischen Steinwürfe, die natürlich durch die Wasserwerfer provoziert worden sind. Vorher war ja alles friedlich, die Sitzblockade. Verhaftungen en masse, wahllos. Elvira und der Xaver haben die Ettstraße von innen gesehn, sind aber heut früh entlassen worden. Johann vermutete, dass die Gewalt die wir jahrelang in den Bildern aus Vietnam inhaliert haben wie ein Infekt der Gesellschaft wirkt, mit langer Inkubationszeit, der plötzlich durch Anlässe wie die Schüsse auf King und Dutschke ausbricht. Hier in Westdeutschland scheinen DieOben jedenfalls ganz schön verunsichert.

Bliss schaute bei Manfred ins Zimmer, der war eingeschlafen, schloss vorsichtig die Tür, begann in seinem Arbeitszimmer mit der Saugerei. Zum ersten Mal seit Tagen war es hell im Raum, die Sonne entlarvte die beschämend verdreckten Fenster. Unübersehbar und leicht wegzuschlucken die Flusenbausche auf dem Parkett, in den Zimmerecken, unter den Regalen, hinterm Schreibtisch. Die Katzenhaare auf dem Teppich, dem kleinen Sofa, den Sesseln leisteten Widerstand gegen ihr Verschwinden, mehrfach musste er mit den Fingern die Bürste freizupfen und die Gespinste in das Saugrohr füttern, auch lange braune Haare dazwischen, Lenas, in die Borsten verwickelt, fast so unappetitlich wie im Ausfluss der Badewanne in dieser Verfremdung. Als er im schrägen Sonnenlicht sah wie dicht der durch die Maschine gewirbelte Staub die Luft durchschwebte, meinte er ganz flach atmen zu müssen, öffnete ein Fenster; die wenigen freien Flächen auf der Schreibtischplatte Sammelplätze von Krümeln unklarer Abstammung, von Asche Haaren Staubflocken, mit der Schlauchschnauze wollte er sie wegputzen, aber der scharfe Luftstrom riss sofort einzelne Büroklammern in sich, mit kleinen Knallen erwischte er Notizzettel, Zeitungsausschnitte, die die Mündung verschlossen, den Motor in eine höhere Tonlage zwangen bis er sie abpflückte. Aussichtslos. Und die Bücherregale? Die glatten schwarzen Holzflächen vor den Buchrücken magnetische Sammelplätze für die Ausscheidungen der Münchner Stadtluft, das Telefon die Schreibtischlampe das Radio, Staub Staub Staub, Stunden würde es dauern den umzuschichten in den Papiersack des Saugers. Bliss entschied, sich nicht länger dem ständigen Geschrei der ungelesenen Zeitungsartikel auf dem Küchentisch zu verweigern, kleine Teepause, parkte die Maschine kurzfristig am nächsten Einsatzort.

Lena mit vollen Taschen und einem Tulpenstrauß in den Händen wäre im dunklen Flur fast über den Staub-saugerRüssel gestürzt, schimpfte als hätte sie den kranken Manfred im Schlafzimmer vergessen, ein Uhr schon! Bliss versuchte sie mit dem extra für sie gebrühten frischen Tee zu entschärfen, nahm ihr die Taschen ab, freute sich über die Frühlingsblumen, behauptete dass er im Anzeigenteil eben nach einer Putzhilfe für eine General-reinigung der Wohnung gesucht habe, weil anders einfach kein Grund mehr in den Sumpf zu kriegen wäre.

Ob er unerwartet ein Honorar bekommen hätte, erkundigte sie sich bissig, wenigstens der Flur müsse hier und heute gesaugt werden, wenn Besuch kommt.

Aber wenn Manfred aufwacht davon? (Er war mitten in der SZ-Reportage über das Attentat und die Verfolgung Bachmanns von ihrem Auftritt überrascht worden) Der braucht jetzt seinen Genesungsschlaf!

Lena schnaubte durch die Nase, weißte keine bessre Ausrede? Er wird sich freuen dass er bei uns ruhig im Bett liegen kann, statt im Krankenhaus.

Im Flur war das Saugen weniger entnervend, der Dreck im elektrischen Licht weniger auffällig, hauptsächlich glatte Flächen, so dass er sich entschloss, auch Lenas Atelier noch kursorisch zu behandeln, obwohl dort der Kampf mit ihren langen Haaren und Stoffresten eskalierte.

Als er zur Küche zurückkehrte, in der Hoffnung auf den Tee und endlich zwanzig Minuten friedliche Lektüre, war die Schlafzimmertür angelehnt, Anklam saß schwarzweißbraun still lächelnd auf der Bank, sah Lena durch den Blumenstrauß beim Gemüseputzen zu. Siehste schnappte Bliss zu Lena, jetzt hab ich ihn aus dem Bett gesaugt!

Schon okay Vik, mir tuts gut bisschen zu sitzen.

Bliss holte seinen Bademantel, barsch: da, zieh den an, sonst kriegste ne Lungenentzündung als Zugabe.

Anklam gehorchte ohne Widerrede. Ihr scheint euch gut zu ergänzen, ihr zwei, richtig eingespielte Ehe, wie? Och ja, stimmts Lena?

Sie blickte hoch, ihrem Mann prüfend in die Augen, zögerte einen Augenblick mit ihrer Antwort. Möchte sagen: meistens. Frauen sind ja auf Geduld getrimmt.

Drückte ihm die Schüssel mit Kartoffeln und das Schälmesser in die Hände, schnitt diese Erforschung ihrer Intimverhältnisse ab: Ich koch uns ne kräftige Gemüsesuppe mit Markknochen.

Anklam kapierte. Er staunte wie Bliss die Kartoffeln mit dem Stahl enthüllte – ich kann nur Pellkartoffeln und Tee.

Hab ich nicht gehört Feinmechaniker?

Werkzeugmacher, Lena. Spiegeleier kannich übrings auch.

Na so was! lachte Lena. Aus dir muss noch was werden.

Kartoffeln schälen musstich schon inner Kinderlandverschickung im Warthegau. Eimerweise. Fürne extra Schmalzstulle. Teilte Bliss sein frühes Leid mit.

Anklam wollte wissen, was in der Nacht noch passiert war, sein letztes Bild vor dem Aufwachen im Krankenhaus war der große Wasserwerfer, als der plötzlich wieder losspritzte.

Lena konnte kaum glauben, dass er die dramatischsten Augenblicke vergessen hatte: Wie wir zurück sind, ihr mich noch hochgerissen habt als ich gestolpert bin in dem Durcheinander, das weißtu nicht mehr?

Nee.

Und das Steinschmeißen wieder anfing?

Nee, nichts.

Amnäsie, sagte Bliss, Gedächtnislücke, das ist typisch.

Also rekonstruierten sie Anklam die Geschehnisse so gut sie selbst sich erinnerten aus der nächtlichen Verwirrung und Zitterei, es hätte alles wohl noch viel schlimmer kommen können. Das viele Blut hat sie entsetzt, sagte Lena, ganz außer sich sei sie zuerst gewesen vor Angst als sie sein blutendes Haupt in den Händen trug, sie hielt inne beim Schnippeln der Möhren, ja Haupt hat sie tatsächlich gedacht, Haupt voll Blut und Wunden, die Zeile aus dem Konfirmandenunterricht, eine Schlagader hätte verletzt sein können, so sah es aus, zum Glück haben die Männer kühlen Kopf bewahrt, die Sanitäter vom Arbeiter Samariterbund.

Bliss beschäftigte die Frage, ob es ein sozusagen volkseigner Stein war, aus dem Park geworfen, der ihn getroffen hatte, oder ob er sich vielleicht umgeguckt hatte wie er selbst, hin zu den angreifenden Polizisten, denn das hatte er ganz deutlich gesehn, im Bruchteil eines Augenblicks, wie dieser lange Bereitschaftsbulle sich nach einem Stein runterbückte und ihn in ihre Richtung schleuderte. Sicher war er nicht der Einzige der so reagierte. Die müssen auch Wut gehabt haben.

Lena fand es ziemlich egal wer den Stein geworfen hatte, ein Eigentor zählt schließlich auch.

Anklam hörte schweigend zu, ließ sich dann bereitwillig wieder ins Bett schicken, freute sich erstaunt über Lenas mitgebrachte HerrenSchokolade. Genau die! Woher sie das wusste?

Bliss las Lena beim Kochen endlich aus der Süddeutschen vor, den ausführlichen Bericht im Lokalteil über die Besetzung am Donnerstag und die Belagerung am Karfreitag. Es war zu merken, dass die liberalen Journalisten des Blattes auf einem windigen Grat schrieben, Verständnis für die Empörung der Studenten, klar, Verteidiger aber auch der heiligen Pressefreiheit, jaja! und zugleich mit kaum verhohlener Abneigung gegen den RevolverJournalismus des Springer Konzerns.

Eine Schüssel dampfende Suppe brachte Lena auf einem Tablett ins Schlafzimmer. Sie setzten sich auf die

Seitenkanten des Doppelbetts, leisteten dem Patienten, ihre Teller freihändig balancierend, schlürfende Gesellschaft. Dem schmeckte es auch schon wieder, und zwar hervorragend! Großes Lob für die Künstlerin! Etwas Leichtes, erklärte Lena, aber kräftig. Die Steaks gibts morgen.

Dass man bei diesem Bilderbuchwetter nicht raus konnte, mal den Kopf und alles auslüften, fand sie einen Jammer. Anklam protestierte sofort, behauptete erschöpft und sterbensmüde zu sein, sie sollten ihn nur bittesehr in Ruhe lassen, und sie könnten vielleicht, irgendwo unterwegs, ihm den Kölner Stadtanzeiger, wer weiß was die zu Hause womöglich angestellt haben, ohne ihn.

Lena Bliss hat weibliche Wünsche
Die Stadtindianer verbrüdern sich

Also fuhren sie am Hauptbahnhof vorbei, Lena wartete im Wagen während er die Zeitung für Manfred besorgte. Es war angenehm mit offnen Fenstern durch die entleerten Straßen, spielerisch, genießerisch, außer roten Ampeln keine Hindernisse, so war die Fortbewegung im Auto einfach nur schön, das Vorübergleiten der wirklichen Bilder, dabeisein beim Leben, in leichter unverbindlicher Entfernung, im Wissen jederzeit halten zu können und teilzunehmen oder auch nicht. Die Freiheit von der die ADAC Leute prahlen.

Unter anderen Umständen wären wir jetzt vielleicht an den Ammersee gefahren, schwärmte Lena, hätten inner hübschen Pension übernachtet, bisschen durch den Frühling gewandert, gut gegessen, hach – wann leisten wir uns sowas mal wieder Vik?

Bliss dachte an den Frühling in Montenegro, sagte, ja Lena aber ich hab keine Honorarzahlung bekommen. Da zog sie ihre Hand von seinem Knie zurück, typische Viktor Bliss Antwort, statt dass er sich mal einließe auf Wünsche, auf gemeinsame Träume, was man sich nicht wünscht kann nie in Erfüllung gehn. Oder du bist ganz woanders mit deinen Gedanken, denkst an was du erleben wolltest mit Barbara wahrscheinlich. Ist sie nun eigentlich abgefahren nach Jugoslawien?

Vermutlich, er wusste es nicht. Aber das mit der Honorarzahlung hast du gesagt, wenn du dich noch erinnerst.

Ja ja, eine Returkutsche, wusstich dass die kommt. Ich habs aus dem Augenblick gesagt als ich da reinkam und du hast Zeitung gelesen am Küchentisch und ich hab die Taschen geschleppt vom Viktualienmarkt bis zu uns die Treppen rauf und

Hättste dochs Fahrrad genommen, schnappte Bliss zurück und schaltete hoch.

Ja natürlich, wie dumm die Frauen doch sind.

Er bog ab zur Prinzregentenstraße: Ich fahr nach Hause. Hab keine Lust mehr auf Englischen Garten.

Sie schwiegen. Schauten gradeaus, aneinander vorbei. Schwiegen noch im Treppenhaus.

Vor der Wohnungstür, er hielt den Schlüssel in der Hand. Na schließ schon auf!

Er ließ das Schlüsselbund fallen, Lena hob es auf, wollte aufschließen, da drehte er sie brüsk zu sich, umarmte sie, sagte in ihr Haar Tut mir leid Lena. Sie streichelte seinen Kopf mit beiden Händen, Schafskopp, zog seine Lippen auf ihren Mund, lächelte ihn an.

Die Küche war hell von Nachmittagssonne. Lena öffnete die Tür zum Balkon.

Ich liebe es so wenn du lächelst, sagte Bliss.

Schau wie schön jetzt auch die Tulpen sind, in der Sonne, antwortete Lena.

Anklam schien noch zu schlafen, er legte ihm die Zeitung auf die Bettdecke. Suchte seinen Schreibtisch auf. Die Insel. Die Oase. Setzte sich. Ein tiefer Atemzug, ein durch die Nase, aus durch die Lippen, hörbar. Schob beim Staubsaugen verrutschte Papierstapel zurecht, pustete Krümel weg. Kratzte die Fingernägel mit dem Brieföffner sauber. Schaute auf die besonnte Hauswand unterm Azurblau. Immer noch keine Wolke. Eine dicke schwarze Winterfliege saß auf der Scheibe, putzte sich mit den Vorderbeinen hinter den Ohren. Wie heißt du? Statt einer Antwort brummte sie schwerfällig los paar Kurven durchs Zimmer, bumste gegen das Fenster, saß benommen still. Ursa vermutlich. Wo hat sie überwintert. Es war ruhig, alles ruhig, bis auf das Klappern aus der Küche manchmal, durch die angelehnte Flurtür, klang auch friedlich, störte nicht.

Obwohl alles was ihn bewegte aufregte antrieb auf diesem Tisch versammelt war, in geschriebenen Worten gedruckten Bildern, schien es gestillt, abwesend anwesend, verfügbar aber nicht herausfordernd. Der Wohnort in der Wohnung im Wohnhaus in der Wohnstadt. Refugium. Sanatorium. Heilhöhle.

Ohne Manfred hättich mich nich entschuldigt. Lena hat die bessren Nerven. Warum habich mich entschuldigt? Sie reibt mir unter die Nase dass ich kein Geld verdien, im Augenblick, aber will inner Pension am Ammersee übernachten! Isdoch absurd. Illusionär. Oder nur ein Test, auf meine Wünsche. Hat mich erwischt ja. Spukt mir verdammt rum noch im Bauch, der Körper. Barbar wär aber nie mit zur

Das Telefon schrillte ihn aus seinen Wanderungen.

Ach Ferri! Doch, sgeht gut. Auch dem Freund. Verhältnismäßig. Schläft sich heil.

Ob er vorbeikommen könnt, mit Andreas und Johann, aufn Sprung. Nur paar Fragen.

Eigentlich braucht Manfred Ruhe, aber meinetwegen. Wegen der Rechtshilfe.

Also gut Ferri.

Doch keine Ruhe. Das Telefon ist der Infektionsweg. Bliss öffnete das Fenster, schickte die Fliege in den Frühling.

Lena, die Katze auf dem Arm: Kommst du Kaffeetrinken?

Da fanden sie nun eine stark, eine überraschend verwandelte Küche. Anklam im Bademantel mit Viks Schlappen an den nackten Füßen, Bliss im hellblauen Oberhemd, aufgekrempelte Ärmel: staunten mit großen Augen und Worten, wie Lena den Alltagsraum mit Hilfe von Nachmittagssonne, Balkon und Kaffeetafel ins Österlich-Festliche umgezaubert hatte, wer wollte konnte draußen sitzen, Manfred drinnen den Kopf im Schatten, nur die behaarten Beine am Tisch vorbei für eine Kostprobe ins üppig vergossne wärmende Licht. Kaum zu glauben auch, dass der Mann mit dem weißen Turban sich schon wieder so frisch fühlte, keine zwanzig – ach was, achtzehn! Stunden nach dem Augenblick, wo sie im Ernst um sein Leben gebangt hatten.

Anklam sagte es mit einer Spur lächelnder Ironie, dass er gerührt sei über ihre Fürsorge, wie alte Freunde bemutterten sie ihn, das sei wohl mehr als christliche Nächstenliebe für einen armen Sünder.

Er war bewegt offenbar, aber nicht geübt, solche Gefühle gradeaus zu äußern – obwohl sie doch nur getan hatten was die Situation erforderte.

Bliss wollte da auch nicht seine Gedanken oder Empfindungen oder was das war verbergen, erwähnte seine Indianerstudien und frühe kindische Karl May Begeisterung, die ihm wahrscheinlich immer noch im Hinterkopf rumhing, jedenfalls hatte er in der Nacht plötzlich gedacht dass Manfreds Blut, das er an seinen Händen warm gespürt und gerochen hatte, dass dieses Blut eine Art Brüderschaft zwischen ihnen, na ja, hergestellt hat, irgendwie, komische Vorstellung war das zugegeben schon, aber er hat auch eine solche Situation noch nie erlebt, insofern

Anklam meinte, freundlich ernst, im Grunde hätten sie das wohl Springer zu verdanken, diese Erfahrung, und Bliss war erleichtert, dass er ihn nicht auslachte mit seiner Sentimentalität. Lena guckte etwas zweifelhaft, sie hätte noch nie was gehört von einer Blutsschwester- schaft, obs die wohl je gegeben hat bei den Indianern? Vielleicht schon, dachte Bliss, aber wahrscheinlich höchstens geheim oder die weißen Etnologen haben typisch nichts von gemerkt, weil sie durch ihre patriar- chalische Optik auf die primitiven Gesellschaften geschaut haben, die in Wirklichkeit natürlich überhaupt nicht einfach strukturiert warn und dieser Homoeroti- ker Karl May hat ja auch nur Interesse an männlichen Menschen gehabt und Winnetous Schwester N'Snotschi schnell von dem Schurken Santer umlegen lassen, eh sie Old Shatterhand gefährlich werden konnte. Bezie- hungsweise der Brüderschaft zwischen dem Roten und dem Weißen Mann.

Lena dankte für das anregende Exposee und verwies auf den essbaren Guglhupf. Anklam war zufrieden, dass Vik die Indianer und nicht die Christen mit ihrer Blut- opferSymbolik eingefallen waren, die ja heut noch wie die letzten Kannibalen das Blut ihres Heilands zu saufen behaupten. Da entschuldigte sich Lena, dass ihr der Gedanke mit dem Haupt voll Blut und Wunden einge- fallen war, aber so hatte Anklam das nicht gemeint. Und dieses blaue Kleid, wollte er eigentlich schon morgens rühmen, stünde ihr hervorragend, besonders jetzt in der Sonne.

Die Weggenossen des Viktor Bliss verüben einen Hausfriedensbruch

Als es klingelte hatte Bliss total vergessen ihnen von dem bevorstehenden Besuch der APO Freunde zu berichten. Die würden aber nicht lange bleiben.

Vor der Wohnungstür hörte er das Getrappel vieler Schritte auf den Holzstufen, sah mehrere Hände sich auf dem Geländer ruckweise nach oben schieben, eine halbe Kompanie schiens trampelte da herauf, Andreas vorweg, dann Johann, dahinter ach nee! Malina! Also ist das eine Demonstration oder ein Überfall? rief er ihnen entgegen, da füllten sie das Treppenhaus mit mehrstimmigem Gelächter und Ferri als schnaufende Nachhut: an Freundschaftsbesuch, hob kaa Angst! Malina, mit unnachahmlich blitzenden Augen, wollte nur mal sehn wie sie eigentlich wohnen, da ist sie einfach mit, auch als Blumenträgerin der Außerparlamentarischen Opposition, zu Gunsten des verletzten Kollegen.

Das Händeschütteln pflanzte sich fort in die Küche, wo es die VesperIdylle in ein halbes Kaos verwandelte, mit Hallos und Entschuldigungen und Stühle und Tassen holen, Tisch verrücken, Bewundern des sonnigen Balkons und Hinterhofs und Staunen über den schon wieder auferstandnen Manfred. Johann hat dich letzte Nacht mit aus dem Getümmel gerettet, erklärte ihm Bliss, und Malina ist seine Frau. Noch ist sie vor allem meine Schwester! ergänzte Andreas, offenbar stolz.

Lasst mich mal durch in die Sonne, sagte sie selbstverständlich, schob sich in ihrem Minirock an Anklam vorbei und setzte sich umstandslos auf den warmen Eisenboden, mit angezognen Knien. Bliss wollte wissen, weshalb sie eigentlich gekommen waren, aber während er neuen Kaffee zubereitete wurde über Manfreds Verletzung und die Blockaden in München und in andern Großstädten gesprochen, diese Explosion an politischer Erregung, die vielleicht ja die Chance hätte zu einer echten Massenbewegung sich zu entwickeln und die BRD umzukrempeln. Obwohl der SDS, zumindest an den Münchner Hochschulen, wusste Andreas aus nächstem Erleben, der Führungsrolle überhaupt nicht gewachsen sei, die ihm nun plötzlich zugefallen war. Viel zu spontaneistisch und unorganisiert das Ganze. So lange es nicht gelänge den kaotischen Einfluss der KommuneHippies zurückzudrängen, behielte das HappeningKarakter und ließe sich als antiautoritäres Spektakel vereinnahmen. Womit Johann zwar grundsätzlich übereinstimmte, nur schienen die in den Medien verwendeten Vokabeln, *StudentenRevolution, Straßenterror, Aufstand des akademischen Pöbels* ihm doch eher darauf hinzudeuten, dass die Herrschenden die Proteste als Anlass nehmen wollten, bei den bürgerlichen Wählern Zustimmung zu dem geplanten Abbau demokratischer Grundrechte zu finden und Vorbereitungen für den Notstandsfall zu treffen. Ferri Melchinger sah aber die aktuellen Vorgänge ganz klar in Zusammenhang mit dem intensivierten internationalen Klassenkampf: der in Vietnam unter Druck geratene Imperialismus baut neue Fronten in Polen und der ČSSR auf, sie wollen die DDR in die Zange – allgemein gegen die Entspannung – die Studenten treiben eine schwankende unklare Politik, erklären sich für einen illusionären Dritten Weg, sozialdemokratisch im Grunde, statt ihren eignen Antikommunismus zu hinterfragen.

Bliss schenkte seinen Eduscho Mokka in die Tassen, schob mit einer für Malina und seiner eignen auf den Balkon, setzte sich neben sie, kaum Platz für zwei an der schmalen Seite, die Gitterstäbe drückten im Kreuz, ihre Flanken berührten sich, manchmal auch die nackten Unterarme beim Heben der Tasse, wohl zufällig, angenehm aber, eine Lust über ihre mit feinen dunklen Härchen bestandene Haut leichthin zu streichen, das warme Flaumgefühl ihres Arms an seiner Hand zu spüren. Er bewunderte die schmächtige, selbstbewusste, unaufdringlich von innen Kraft und Heiterkeit und Neugier ausstrahlende Frau, seit er sie kennengelernt hatte bei Johann. Wieder verwünschte er das Verbot, zwei Frauen zu heiraten – der alberne Gedanke, einmal gedacht, tauchte auf in ihrer Gegenwart wie die Antwort, dass weder Johann ein Mann war, dem er seine Frau hätte ausspannen wollen noch Malina eine Frau, an die man überhaupt in solchen Begriffen denken durfte. Sie war eine Frau fürs Leben, für ganz oder garnicht.

Er fragte Malina, weshalb diese Invasion, und in der Mannschaftsstärke? Ob das wohl die pure Anteilnahme sei. Doch, wahrscheinlich, meinte Malina, harmlos lachend. Obwohl ja viele verletzt worden sind. Und noch im Krankenhaus liegen.

Bliss, auf der Wortsuche: Schön dass du mal mitgekommen bist, warst noch nie bei uns.

Eben. War überfällig sozusagen. Sympatisches altes Haus. Und dieser schmiedeeiserne Balkon!

Fehlen nur die Blumen, hab ich nicht mehr geschafft vor Ostern.

In der Küche war Manfred eingestiegen auf das Stichwort ČSSR, erzählte von seinem Besuch in den Škoda-Werken im Auftrag des Vertrauenskörpers der IGMetall, war wieder begeistert von dem Elan der Kollegen, auch der Studenten in Prag, den stalinistischen NovotnyBazillus aus ihrem Sozialismus zu fegen, mit freier Diskussion und Presse und geheimer Wahl, auch die nächsten Hausnachbarn konnten durch ihre offenen Fenster die Diskussion in der BlissKüche verfolgen, erfuhren durch die dröhnende Stimme des Bayern Melchinger, dass westliche Geheimdienste längst die intellektuellen Kreise in Prag infiltriert hätten und Radio Free Europe täglich seine Freiheitspropaganda über die Grenze ins sozialistische Lager puste. Andreas mischte seine Ansicht dazwischen, dass ihn die Entwicklung dort schon verdammt gefährlich an Ungarn 56 erinnere, wo die Konterrevolution ganz harmlos im PetöfiKlub bei den Schriftstellern, nicht wahr. Und diese freudige Sympatie Springers für protestierende Studenten, aber in Polen, wem das nicht zu denken gibt!

Manfred fragte, mit einem ungläubigen Unterton: Hast du *Freiheitspropaganda* gesagt? Das hatte Ferri allerdings. Da wollte Anklam gern wissen, ob die Befreiung der Arbeiterklasse nicht mehr das höchste Ziel des alten Marx und seiner heutigen Anhänger sei oder ob er etwa glaube die sei schon erreicht, wenn statt der Kapitalisten eine Machtelite stalinistischer Funktionäre die Herrschaft ausübt?

Am Küchentisch trat eine Pause ein, eine Tasse wurde überlaut abgesetzt. Bliss wusste was jetzt bevorstand. Er schob sich in die Höhe, sah Melchingers geröteten Kopf. Und Manfred, seine zusammengezogenen Brauen unter der weißen Binde. Beide blickten zu ihm, dass er sich erklären, eine Position beziehen sollte. Wollte er das? Wollte er sein HausherrenWort auf eine Seite werfen, damit die Recht bekäme?

Also gut. Freunde, sagte er, vermittelnd, ohne Schärfe – ich finds nicht in Ordnung dass ihr einen Mann der seinen Kopf hingehalten hat und schwer verletzt worden ist, dass ihr den jetzt in eine solche Diskussion verwickelt! Das muss ich ehrlich sagen.

Anklam wollte protestieren, aber Lena, auch erregt, war schneller: Vik hat völlig recht! Du hast dringend Ruhe nötig. Ihr seid einfach unmöglich, ihr Männer!

Johann Stotz war der Erste der sich da entschuldigte, sie hätten den Eindruck gehabt, lachte er, dass Manfred schon wieder voll satisfaktionsfähig sei, trotz des Verbandes, aber das war natürlich ein bisschen leichtfertig, wer weiß wies dadrunter aussieht, und wenn alle vom Wetter reden sollten wir das ruhig auch mal tun und unsre Volksnähe damit unter Beweis stellen. Petrus scheints ja heuer mit den Ostermarschierern zu halten, dafür muss man doch dankbar sein.

So redete er die Spannung halbwegs aus der Küche. Trotzdem kriegten sie eine lockere Unterhaltung nicht mehr hin. Die Sonne war auch hinter die Dächer getaucht, der Balkon wurde gleich unwirtlich. Der Umzug in die Küche gab den Anlass zum Aufbruch. Malina wollte allerdings, neugierig wie sie sei, doch noch die Wohnung besichtigen. Was ein Glück, sagte Lena, dass Viktor heut früh Staub gesaugt hat, so bekommst du nur unsre normale Unordnung zu sehn.

Unordnung hat was Schöpferisches, behauptete Malina, mir sind aufgeräumte Wohnungen zuwider.

Sie klarten die Küche auf, viel Geschirr zu spülen. Manfred brummte was Undeutliches von: er hätte ihre Freunde wohl provoziert und dass es besser war diese Sorte von
Diskussion abzubrechen, er hätte tatsächlich jetzt wieder
Kopfschmerzen und wollte sich hinlegen, wenn sie ihn in
der Küche entbehren könnten. Die Nachrichten im Fernsehn wollte er aber auf jeden Fall, sie sollten ihn rufen.

Weshalb waren die vier nun eigentlich angerückt?
Von der Rechtshilfe kein Wort. Jedenfalls, wollte Lena
noch mal sagen, war das genau richtig von dir – wie Ele-
fanten im Porzellanladen haben die sich. Bliss fand auch
mildernde Gründe, die allgemeine Erbitterung nach den
Attentaten und den Knüppelorgien vor Springer, nur
natürlich, dass politisch denkende Menschen da versuchen sich über die Zusammenhänge und Hintergründe
auszusprechen. Lena wollte nicht glauben dass es sich
um ein Klärungsgespräch gehandelt hatte, sie schienen
eher was mitteilen zu wollen, um nicht zu sagen: verkünden. Wie man die Situation richtig zu verstehen habe
nämlich. Oder sie wollten wirklich nur sehn, schlug
Bliss vor, wie schwer Manfred verletzt ist und ob er
Hilfe braucht, von der APO. Johanns Frau war bei Lena
am besten angekommen, so eine bescheidene herzliche
kleine Person, kaum zu glauben, dass sie und der ruppi-
ge Andreas aus dem gleichen Familienstall stammten.

Um sieben beschlossen sie, einfach den Fernseher mit ins Schlafzimmer zu nehmen, damit Manfred nicht wieder zum Aufstehn verführt wurde. Bliss baute die Kiste am Fußende auf ein paar Lexika auf einen Stuhl und probierte mit der Stabantenne den Empfang. Das Erste kam gut rein, scharfe Bilder. Im zweiten Matsch.

Anklam beobachtete misstrauisch den Vorgang. Wollt ihr mich hier ruhigstellen mit dem Ding? Müsst ihr noch mal weg?

Gemütlicher Abend Manfred, lachte Bliss, warts ab. Er stellte die Gasheizung an. Ganz volkstümlich. Nach der Tagesschau kommt Kuli zu dir ans Bett. Wenn du willst.

Und Lena?

Und ich. Mit Schnittchen. Pass auf.

Er breitete die Tagesdecke über das zweite Bett, stellte Kissen ans Kopfende. Lena schob die Tür auf mit einem umfangreichen Tablett voller SchinkenKäseWurst Brote, in mundgerechte Zierecken geschnitten, Oliven, Gurkenscheiben, Perlzwiebeln, Cornichons, Radieschen in Schüsselchen, Pumpernickel Knäckebrot, ein essbares Gesamtkunstwerk, das sie ächzend auf dem Bett absetzte.

Manfred schüttelte sprachlos den Kopf: Ihr seid verrückt.

Lena strahlte. Hol noch die Gläser Vik. Und die Flasche.

Sie saß schon im Bett als er zurückkam mit dem Sprudelwasser, rutsch durch, sagte er, warum gibts eigentlich keinen Wein?

Na warum wohl – er darf nicht und wir trinken sowieso nichts!

Aha, sagte er und setzte sich neben sie. Es gab allerdings Probleme, das Tablett und vier Beine auf einem Bett unterzubringen, Manfred musste rücken, Lena zog das enge Kleid etwas hoch, faltete die Beine in den Schneidersitz.

Wisst ihr woran mich das jetzt erinnert? Manet, *Frühstück im Freien*. Fehlt nur der Korb mit Früchten. Und die Baguettes.

Und die nackten Nymfen, wie? Lena drohte ihm mit dem Finger: Wir sind hier nicht im Bois de Bologne Herr Anklam!

Bliss, händeringend: Weshalb kennst du Gemälde französischer Impressionisten?

Hängen im Kaufhof, sagte Anklam, packte Lenas Arm: Guckt doch! Beckenbauer! Zu Müller! Und – ah herrlich! Das ist Kunst Lena, aus dem Winkel! Unhaltbar. Der Bomber. Gerd Müller ist einfach klasse. Hast du gesehn wie der den Flachpass vom Franz reingezogen hat? Hast du leider nicht gesehn, diese wunderschöne Kombination, vor lauter Delikatessen. Verdammt ich hab den Mund voll Wasser – darf man anfangen?

Wenn du den Schraubstock öffnest, sagte Lena, mein Arm ist keine Eisenstange.

Der Reporter verkündete nach den Höhepunkten des Spiels noch das Schlussergebnis, 2:1 für die Bayern gegen den Nürnberger FC, dann verhinderte die Tagesschau weiteres Gespräch. Dutschke sollte schon seine Frau erkannt und ein paar Worte von sich gegeben haben. Prognosen über die Folgen seiner Kopfverletzungen wagten die Ärzte noch nicht. Der Attentäter Josef Bachmann war nach neuesten polizeilichen Erkenntnissen ein neonazistischer Alleingänger und außer Lebensgefahr. Der Film über die Aktionen gegen Springer ein Zusammenschnitt aus Berlin, Hamburg, Essen, Frankfurt und München, zeigte die Wut und den Mut der Demonstranten, die sich vor Lastern sitzend nicht wegspritzen ließen, von den Polizisten weggeschleift wurden, Frauen wie Männer, mit Knüppeln geprügelt –

nur in München hatten sie keine Knüppel benutzt – zeigte Straßen bedeckt mit tausenden von verstreuten Zeitungen und erneut aus Berlin die dem Fernsehen kostbarsten, die unbezahlbaren Bilder der brennenden umgestürzten Transporter und den verwüsteten Redaktionsflur im Buchgewerbehaus mit den auf den Boden geworfenen Büchern und Akten. Sonst hatte der Zorn offenbar kein Ventil in aktive Gewalt gefunden, zumindest war sie nicht gefilmt worden. Dafür mehrere Szenen, die von anscheinend empörten Fotojournalisten aufgenommen worden waren, in denen die Brutalität der Polizei beim Freischlagen der Ausfahrten mit Händen zu greifen war. Als ob die Beamten ihre sympatisierende Zurückhaltung am Tag des Attentats auswetzen wollten, angestachelt wahrscheinlich durch die Appelle der Politiker und Kommentatoren, schienen sie am Karfreitag ihre verhaltenen Gewaltlüste zu entfesseln um zu zeigen, wie gut der Staat sich denn doch auf seine Einsatzkräfte verlassen konnte. Kiesinger und der Berliner Regierende Schütz waren aus ihren Urlaubsorten an die Regierungssitze geflogen, verurteilten in die Kameras mit LeichenbitterMienen das Attentat und aber vor allem die kriminellen Akte militanter studentischer Gruppen, die aus der abscheulichen Tat Kapital schlagen wollten. Darauf müsse der Staat klar und fest antworten. Eine Kettenreaktion sei mit allen polizeilichen und juristischen Mitteln zu verhindern. Der Kommentator erinnerte warnend an die kaum erst abgeklungenen Ausbrüche von Vandalismus in den amerikanischen Gettos nach dem Mord an dem Negerführer King, Vergleichbares in der Bundesrepublik würde letzten Endes nur Wasser auf Ulbrichts Mühlen leiten. In den bevorstehenden Friedensverhandlungen über Vietnam sah er ein hoffnunggebendes Omen für den möglichen Sieg der Vernunft, das ihm denn doch erlaubte, allen Zuschau-

erinnen und Zuschauern ein friedliches und gesegnetes –
Amen sagte Bliss. Prost, sagte Anklam, stoßen wir an.
Auf was aber? Auf die kleine radikale Minderheit. Die
Sprudelgläser schepperten tonlos.

Mit Gänsewein geht das nicht, beklagte Bliss. Ich hol
uns doch einen Rotwein. Sag nichts Lena. Rotwein ist
gesund.

Aber nur ein Gläschen!

Bliss stieg in den Keller. Fands richtig dass Lena sich
sorgte um seinen Freund. Auch dieses Tablett mit
Schnittchen, wie aus nem Feinkostladen. Den Aufwand
hätte sie nicht getrieben wenner nich, also ganz anders
als sonst bei meinen Freunden wo sie eher indifferent –
Sympatie, eindeutig.

Als er zurückkam mit der entkorkten Flasche Côtes
du Rhone und Weingläsern, verbreitete sich schon Ku-
lenkampff, joviale Heiterkeit strahlend, über seine her-
vorragenden internationalen Wettkämpfer, acht wie
immer, einer würde garantiert gewinnen. Und dazu das
vorbildliche Osterwetter. Anklam und Lena schien die
Sendung Spaß zu machen, sie lachten öfter und kom-
mentierten die Antworten der Teilnehmer lebhaft. Bliss
sah die Quizsendung zum erstenmal, er versuchte das
System des Spiels zu begreifen.

Seine Gedanken schweiften wieder ab zu dem Besuch
der Freunde am Nachmittag, er suchte weiter nach dem
Motiv ihres Überfalls. Das war es doch. Freundschaftsbesuch? Eher eine Gesandschaft oder Kommission, mit
Malina als Fasanenfeder am Hut. Zur Prüfung des Sach-
verhalts Anklam? Ein Betriebsrat von Ford, ein Gewerkschafter aus der Schwerindustrie – wie kommt ein
halbverkrachter Akademiker an einen solchen? Wollten
sie rausfinden welche Verbindungen er hatte? Wär ja
schnell zu erzählen gewesen, wenn sie gefragt hätten,
nichts Geheimes, Hintergründiges, der bare Zufall.

Oder sie wollten Manfred auf den Zahn fühlen, auch möglich. Deshalb die politische Diskussion. Haben sie sofort rausgekriegt dasser nich grade nJubelperser der DDR ist. Sind sie schnell abgezogen.

Bliss sammelte schon mal das Geschirr ein, schaffte das Tablett in die Küche, sicherte Wurst und Schinken vor der Katze.

Nach Kuhlenkampffs Quiz hatten sie auch genug von ihrem flimmrigen Guckkasten. Lena erklärte, Manfred müsse noch verarztet werden zur Nacht, holte das Verbandszeug, setzte sich zu ihm und der ließ sich mit ergeben gesenktem Haupt die Binden abwickeln. Darunter der Mulltampon, braun vom durchgesickerten geronnenen Blut. Bliss meinte, den besser nicht abzuziehn, aber Manfred ermutigte sie, er wolle nun auch mal sehn ob die Ärzte was vom Nähen verstanden. Lena hielt seinen Kopf am Kinn fest und zupfte vorsichtig den Mull ab, er zog hörbar Luft durch die Zähne, nun mal tapfer junger Held, lächelte ihm mutmachend zu, ist gleich vorbei, ein kleiner Ruck noch, da lag die Wunde, in einem ovalen Kahlschlag seines Haupthaars, zur Besichtigung frei, stattliche zehn Zentimeter bestimmt, tadellos genäht. Bliss sah gleich dass zwischen den Stichen aus dem Schnitt kleine Tröpfchen hellroten Bluts sickerten.

Siehste, es blutet!

Nicht schlimm, sagte Lena, Hauptsache hat sich nichts entzündet.

Anklam bat um einen Spiegel, versuchte schielend den Unfallort zu besichtigen, nickte anerkennend. Sauber. Scheint ne gute Arbeit.

Lena behandelte die Wunde mit dem Desinfektionsmittel, legte ein frisches Mullstück auf und wickelte den Schädel wieder ein. So. Sie betrachtete ihr Werk, zufrieden. Signierte mit einem flotten Kuss.

Hast du das mal gelernt, fragte Bliss.

Beim Führerschein, Erste Hilfe Kurs.

Anklam fragte ob er noch kurz baden dürfe und dann rüber in sein Bett, schlafen.

Natürlich kannst du baden Manfred, wenn du vorsichtig bist, aber in der Zelle drüben schlaf ich. Die Liege ist nichts für einen Verwundeten. Oder hast du was dagegen Lena?

Lena hatte das Bettenproblem noch nicht bedacht, aber was sollte sie dagegen haben? Im Notfall braucht er sicher eher eine Krankenschwester als einen Blutsbruder in der Nähe.

Genau, sagte Bliss, dann ist das so beschlossen.

Ich muss eben schaun ob die Badewanne in Ordnung ist, wart einen Augenblick Manfred. Oder hast du die heut früh geputzt?

Sorry, nicht geschafft. Willst du einen Schlafanzug von mir?

Nein Vik, sagte Anklam, räusperte sich, danke. Hab noch nie einen Pyjama an mir gehabt. Zu Hause bin ich Nacktschläfer, weißtu. Oder sonst eben Unterwäsche. Hab was Frisches in meiner Aktentasche.

Seine Stimme war brüchig jetzt. Er kramte in der Tasche neben dem Bett, zupfte weißen Rippstoff raus, rief plötzlich laut überrascht Da ist sie ja! hielt eine gelbe Zahnbürste in die Höhe wie eine Fackel – Vik, was ist das! Nein du täuschst dich, keine Zahnbürste, eine Stecknadel! Ich hab dieses Instrument heut Mittag gesucht wie eine Stecknadel und heut Nachmittag wieder! Jetzt liegt sie einfach so da, als wär nichts gewesen, verdammtes Biest.

Vielleicht hättest du sie suchen müssen wie eine Zahnbürste, Manfred.

Ich seh schon, du steckst mit ihr unter einer Decke. Schöner Freund. Werds mir merken.

Meine Tochter in Amerika vertritt die Teorie, dass Dinge zeitweilig in die vierte Dimension wandern und deshalb für uns unsichtbar werden. Nach ein paar Tagen kehren sie zurück und liegen einem vor der Nase. Wie vom Himmel gefallen.

So wie mir deine amerikanische Tochter, ja? Was für Überraschungen hast du noch parat?

Aus der Ehe mit Hilde. Die beiden sind später in die USA. Aber eine komplette Lebensbeichte willst du von mir heut nicht mehr, wie?

Wie alt?

Siebzehn.

Junge Junge.

Anklam war aufgestanden aus dem Bett, legte seinen Arm Bliss um die Schultern, wie um sich zu stützen. Langsam fange ich an dich zu bewundern, erklärte er, Feierlichkeit in der Stimme, gespielt oder nicht.

Mein Verdienst war nicht so groß dabei – Bliss wehrte sich mit Worten, obwohl er sich freute über Manfreds Wärme. Ich glaube Lena lässt schon das Wasser ein.

Sie ermahnten ihn zur Vorsicht, so allein im Bad. Er solle ruhig rufen, falls er Hilfe brauche.

Anklam flachste schon wieder: Kommt dann die Schwester oder der Bruder?

Lena und Bliss tauschten einen Blick, lachten. Ich schick auf jeden Fall Vik vor!

In der Küche die Unordnung war was für einen ausgeschlafenen Morgen, egal ob Ostern. Lena, nachdem sie im Schlafzimmer gelüftet und Manfreds Bett frisch gemacht hatte, verzog sich in ihr Studio. Bliss, am Schreibtisch, wollte noch Tagebuch schreiben, wusste aber nicht, wo anfangen. Die Bilder stürmten ihm im Kopf rum, auch die Erwartungen. In der Außenwelt hatte sich alles nacheinander ereignet, klar, ein Film von drei Tagen Dauer, jedoch vermischt und verwirbelt mit den vor und zurück schweifenden Gefühlen, Erinnerungen und Hoffnungen, und noch wilder dazwischen die schnellen Gedanken, ausgesprochen oder nicht, halbe Wirklichkeiten, unvollkommene, die aber einwirkten, sich materialisierten auch, manche, wieder abtauchten ins Vergessen wie nie gewesen, oder ins Unterbewusstsein, ungreifbar auf der Lauer, durcheinander alles

Er hörte das schlürfende Geräusch des ablaufenden Wassers aus dem Bad, die Schlafzimmertür.

Dann duschte Lena. Er hatte den Impuls zu ihr zu gehn, ließ es aber. Plötzlich stand sie in der Tür: Vik? Barfuß war sie, in ihrem langen weißen Großmutter-Nachthemd. Ich geh jetzt auch ins Bett. Machst du noch lang? Das glaubte er nicht. Wollte gleich noch vorbeischaun bei ihnen.

Er spitzte zwei stumpf geschriebene Bleistifte an. Versuchte in dem IndianerBuch weiterzulesen, konnte sich aber nicht konzentrieren. So weit weg jetzt. Die Gegenwart nah bis in den Herzschlag. Nur Jona blitzte mal auf, das schlafende Kindergesicht, der Schatz in Kanada, bewacht von Mike dem Mestizen. Was hat Manfred an meiner Tochter bewundert? Dass ich so früh ein Kind hatte? Dass ich auch Vater bin? Dass sie siebzehn ist? Muss ich ihn fragen. Vielleicht beneidet er mich, hätte auch gern ein Kind? Unwahrscheinlich, so wie er lebt.

Er tastete sich durch den Flur zur Schlafzimmertür, aus der ein Streifen Licht fiel. Sie lagen die Rücken gegeneinander, hatten die Nachttischlampen angeschaltet, dämmriges Licht. Manfreds nackte Schulter, der Arm auf der Bettdecke. Lena hielt ein Buch vor sich, las vielleicht.

Na ihr? Lest ihr noch? Habt ihr euch nichts zu sagen? Ich geh jedenfalls auch ins Bett, der Tag hat ausgedient. Manfred drehte den Kopf, schaute zu ihm, ungewiss. Was macht dein Kopf? fragte Bliss, heiser.

Brennt was, sagte Anklam, hab eine von den Tabletten genommen. Gegen den Wundschmerz.

War wichtig dass wir sie desinfiziert haben, sagte Lena überzeugt zu ihrem Buch.

Also gute Besserung weiter Manfred. Schlaf dich heil.

Bliss trat zu Lena ans Kopfende, bückte sich zu ihr, küsste sie auf den Mund, sie antwortete mit offnen weichen Lippen. Gutnacht Liebster, strich ihm übers Haar, lächelte ihn an.

An der Tür drehte er sich noch mal um, sagte: Schlaft gut.

Er wusste in dem Augenblick, was er vorher nur irgendwie vage für möglich gehalten hatte als er spontan sich für die Kammer entschied, wusste dass mit dem Plural seines Gutenachtwunsches er die beiden zusammengeschmissen hatte, die da noch abgewandt voneinander lagen und wer weiß was übereinander dachten. Die magische Kraft der Worte.

Leise zog er die Tür ins Schloss, das abschließende Geräusch des Schnappers, ließ die Klinke los.

VON DEN UNTERSCHIEDLICHEN SCHWIERIGKEITEN
EINER NACHT ZU ZWEIT UND ALLEIN

Hab ich nicht kapiert, dass Vik eine erwachsene Tochter hat, sagte Anklam in die Stille.

In Amerika. Ist jetzt in Kanada, mit einem KriegsdienstVerweigerer.

Und er war schon mal verheiratet?

Eine Jugendliebe, in Berlin.

Kennst du sie?

Johanna? Ja, sie war bei uns, in Marburg. Ein Schatz, das Kind.

Stille. Er knipste seine Lampe aus.

Willst du schlafen, soll ich das Licht ausmachen?

Erzähl mir noch was von dir Lena.

Von mir? Sie richtete sich auf, sah zu ihm, überrascht. Hast du noch nicht genug von diesen zwei Tagen?

Unschlüssig im Flur. Wohin jetzt? Wirklich ins Bett? Und dann? Lesen? Mit Oropax? Vielleicht eine Schlaftablette, für alle Fälle.

Er suchte kramte im Toilettenschrank zwischen Lenas Fläschchen und Döschen und Schächtelchen, aber fand nur Aspirin.

In eine Kneipe, wo Leute sind, weg aus der Wohnung. Das schien ihm sicherer.

Bliss warf den Mantel über die Schultern, zog die Wohnungstür fast unhörbar ins Schloss. Mit jedem Schritt die Treppe hinunter entfernte er sich von ihrem Schlafzimmer. Banale Feststellung das. Alltäglichkeit. Mit dem Un-

Nein. Sagte er, ernst und nachdrücklich, mit seinen großen schwarzen Augen. Ich bin ganz wach.

Da erzählte Lena Anklam von ihrer Jugend in einem Dorf bei Bremen, auf dem Land fast, ziemlich arme Leute, Handwerker, ihr richtiger Vater Tischler, bis er eingezogen wurde, daher ihre Leidenschaft für Holz, der Geruch in der Werkstatt, das sitzt tief drin, der Harzgeruch von frisch geschnittenem Holz, aber Tischlerin, das gabs nach dem Krieg noch nicht als Beruf. Zur Oberschule schicken konnten sie mich nicht, obwohl mein Lehrer das genauso wollte wie ich. Musste Geld verdienen. Nur mein jüngster Bruder, mein Stiefbruder, durfte zum Gymnasium. Mich haben sie in die Lehre zu einem Schneidermeister gesteckt, da hab ich viel gelernt, Handwerkliches, das schon, aber es fing dann an, als ich sechzehn war, und seine Frau hatte einen Unfall, dass er mich

terschied dass jetzt ein andrer Mann in meinem Bett liegt. Neben Lena. Mit meinem erklärten Einverständnis. Mit einem gewissen Wohlwollen sogar. Obwohl das nicht so eindeutig ist wie ichs mit Worten gesagt hab. Ist so spontan rausgekommen, ohne dass ich groß nachgedacht hab. Muss man immer wissen weshalb man was sagt? Man kann ruhig mal das Unterbewusstsein walten lassen. Den Bauch. Frauen tun das viel öfter.

Ihre Sympatie für ihn war ja deutlich, das war nicht nur Mitleid. Er hat ihr gleich gefallen, seine direkte Art. Seiner selbst sicher, hat sie gesagt. Vielleicht ist Manfred mein Gegentyp. Das fasziniert sie, der Draufgänger. Sie reden alle von den Patriarchen und Machos und fordern den neuen Mann, aber wenn einer kommt mit Schnurrbart und feurigen Augen, dann werden sie doch schwach. Sie hat gleich zugestimmt, hat sie doch. Hätte ja sagen

ficken wollte, da hab ich schließlich aufgehört mit der Lehre.

Na hör mal Lena, das wär – wie heißt das – Unzucht mit Abhängigen! Konntst du nicht mit deinen Eltern sprechen darüber?

Lena lachte, schmerzlich, böse. Was denkst du! Mein Vater war tot, mein Stiefvater hat mich gehasst und meine bigotte Mutter war sowieso eine Katastrofe. Ich hätte nicht mal die Wörter gewusst! Und Zeugen gabs natürlich auch nicht. Der Typ hat mir erzählt das gehörte dazu zu einem Lehrverhältnis, dass der Meister das Lehrmädchen anlernt fürs Leben. Kann froh sein dass er mir kein Kind gemacht hat auf seinem Schneidertisch, so naiv war ich damals. Der saß wirklich noch im Schneidersitz auf dem Tisch, zwischen den ganzen Klamotten.

Klar, dachte Anklam, da wär er ja aufgeflogen. Hat er dich regelrecht vergewaltigt?

können ich schlaf in der Kammer, wenigstens erstmal. Das ist ihr nicht eingefallen. Hätte doch nahegelegen. Oder nicht. Zwei Männer im Ehebett, vielleicht hat sie gedacht dass ich Manfred so nah lieber nicht kommen wollte. Oder einfach, mein Bett ist mein Bett und wenn angenommen Manfred ihre Freundin gewesen wär hätte sie mir meins gelassen und wär in die Kammer. Aber so naiv ist Lena bestimmt nicht.

Es gab noch Verkehr auf der Uferstraße. Er überquerte sie zur Praterinsel, zum Wehrgang, unter dem das Frühlingswasser dreifach in die Tiefe stürzte. Über den grellen Lampen des Wehrs der Himmel nur schwarz, kein Stern.

Hier haben wir manchmal gestanden, im Rücken der Kanal und die Stadt, gestarrt auf den grünen Wasserschwall wie der zerreißt im Stürzen unten zerschellt alle Worte verschluckt. Das Quirlen des

Lena zögerte etwas. Das nicht grade. Er hat meine Unwissenheit ausgenutzt. Ich hatte damals auch den Fimmel dass ich Schauspielerin werden wollte. Er las so Romane über die große Welt, hat mir weisgemacht, Schauspielerinnen könnten nur Karriere machen durch das Bett des Intendanten. Mit siebzehn bin ich durchgebrannt von zu Hause, nach Hamburg, hab mich rumgetrieben, muss man wohl sagen, aber war ne tolle Zeit. Hab einen kennengelernt einen Schauspieler, vom Thalia-Teater, der hat mich in der Schneiderei untergebracht, nähen konnt ich ja, Fantasie hatt ich auch, so bin ich doch beim Teater gelandet.

Und der Traum von der Schauspielerei, fragte Anklam, vorbei?

Na ja, seufzte Lena, träumen kann man immer. Die Realität ist was andres.

Anklam protestierte. Erst wenn man seine Träume aufgibt sind sie gescheitert. Wenn du wirklich wolltest hättest du

abfließenden Wassers zwischen den Kiesbänken ins alte IsarBett, Leute da unten, Pärchen, Familien sogar, plantschende Kinder, GroßstadtRiviera.

Drei Schütze geöffnet, Frühlingshochwasser. Fahl beleuchtet die dunklen Flächen die aufsprühende Gischt, nur in Wirbeln blitzten Widerscheine auf, keine Einzelheiten. Vom Verkehr der Stadt nichts zu hören im Getose der aufschlagenden Fluten, Art von ohrenbetäubender Stille war das. Mächtige Einsamkeit.

Ihn störte aber das kalte Licht, er trottete weiter in die Anlage, die nur matt erhellt war von den entfernten Straßenlaternen, setzte sich auf eine Bank, die Büsche dunkle Gestalten, zwischen den kahlen Ästen einige stärkere Sterne, die sich vermehrten als seine Augen sich an das Dunkel gewöhnten. Ostern fand ja noch statt, die Osternacht. Völlig vergessen. Da war er in seinen christlichen Jahren aufge-

bestimmt eine Chance.

Lena, ungläubig, betroffen, legte ihre Hand auf seinen Arm: Glaubst du das im Ernst?

Er nickte nachdrücklich, packte sich aber gleich an den Kopf.

Was ist? fragte sie besorgt.

Er, verlegen: Ich darf nicht nicken, Lena.

Ich glaube du musst jetzt schlafen, ich quassel dich hier voll mit meinen Vertellchen.

Muss ich?

Du solltest. Du bist Patient.

Anklam seufzte aus tiefer Brust, schloss die Augen. Na dann gute Nacht Lena.

Ich lass die Hand noch hier, als Schwester. Das beruhigt. Bis du eingeschlafen bist.

Sie hatte Lust ihn zu küssen, seine Lippen waren leicht geöffnet, stellte sich das kitzlig vor mit den schwarzen Borsten. Die Nase hat einen leichten Höcker, vielleicht hat er mal geboxt? Die Falte

standen manchmal, den Sonnenaufgang in der Natur zu erleben, die Ostersonne, die Auferstehung, Christ ist erstanden von der Marter alle des wolln wir alle froh sein, das Lied ist noch da, unzerstörbarer Virus offenbar unter den neuen Osterliedern, Unser Marsch ist eine gute Sache weil er für eine gute Sache ist, auch ein Ohrwurm, neue Inbrunst. Später die Frühmorgen Spaziergänge vom Roseneck zum Grunewaldsee mit Hilde, auf den Spuren des Osterhasen für Jona, ihr Jubel wenn sie die Zuckereier fand, die er vorlaufend fallen gelassen hatte, ach Jona süßes Kind, dein dünner Zopf das niedliche Kleid mit Spitzensaum, hat Hilde genäht

Zwei einsame Spaziergänger, ein Paar, erschraken heftig als er sich auf seiner Bank bewegte. Frohe Ostern, sagte er, viel zu laut, stand auf, zog los in die andre Richtung, zur LudwigsBrücke. Kalt plötzlich. Nach Hause.

zwischen den Brauen war vorhin nicht da, wirkt angestrengt. Diese Stoppeln, wächst scheints wie Kraut und Rüben. Sie stellte sich Manfred als Popen vor, mit wallendem schwarzen Bart.

Die Katze stelzte vom Fußende zu Lena, wurde gestreichelt, schnurrte. Anklam schlug die Augen auf: Es geht nicht Lena.

Wir stören dich, wie?

Warum schaust du mich an?

Sie strich ihm mit der Hand über die Stirn. Wie du aussahst heut Nacht, als ich deinen Kopf trug. Dann doch lieber so wie jetzt, eingewickelt.

Er hielt ihre Hand fest, küsste sie. Sie spürte die Borsten, das rauhe Kinn.

Ist es schlimm? fragte sie.

Du bist sehr aufregend Lena, sagte er heiser. In deinem Nachthemd.

Sie tastete unter seine Bettdecke. Da herrscht ja Notstand! Aber du brauchst doch Ruhe Manfred –

Ich denk an Viktor Lena. Er ist mein Freund.

Da geschieht jetzt vielleicht die Liebe. So nennt man das doch. Das Vergnügen der Körper aneinander. So menschlich ist das.

Vor hundert Jahren hättich getobt. Nein. Nicht getobt. Ganz kalt die Tür aufgerissen wo sie liegen in flagranti, in den lodernden Flammen der Leidenschaft, erstarrt nun zu Statuen in der obszönen Umarmung, in Erwartung der Kugel, des Messers, Totschlag im Affekt, verstand jeder Richter.

Wie viel haben wir gottseidank gelernt inzwischen? Obwohls in der Bildzeitung noch jede Woche passiert, angeblich, die Eifersuchtstragödien.

Eifersucht ist ein unwürdiges Gefühl. Versteckte Verlustangst. Oder diese verstaubten Ehrvorstellungen. Was der Geliebten gefällt schenk ich ihr gern. Eine Frau ist kein Besitz. Sie muss frei entscheiden dürfen über sich.

Vielleicht ist es gefährlich. Vielleicht gefällt ihr Manfred zu gut.

Hast du gehört wie er uns Schlaft gut gewünscht hat? fragte sie versonnen, die Aufmerksamkeit in ihren tastenden Fingern, ich glaub es ist nicht nötig dass wir uns wegen Vik Sorgen machen. Wenn du hier bei uns, also bei mir schlafen musst und kannst deswegen nicht schlafen, muss ich als deine Krankenschwester mich auch darum kümmern, ist das nicht einsichtig? Würde ein Blinder sehn dass du in dem Zustand nicht zur Ruhe kommst. Sie streichelte ihm mit sanften Bewegungen den nackten Bauch, die Schenkel, streifte vorbei am gemächt, auch zur brust in die wolle, er hielt still, geschlossene augen, anflug von lächeln, die steile falte geglättet, seine brust hob und senkte sich sichtbar.

beruhigt das? fragte sie leise.

oh ja lena, wahnsinnig.

weißt du dass ich es dir zu verdanken hab dass vik überhaupt ostern in münchen ist – eigentlich

Oder Manfred verliebt sich in sie. Dann kanns haarig werden. Aber sie wissen wohin sie gehören. Köln ist weit weg. Mit Barbar das war auch nur ein schönes Spiel. Lena hats mir gegönnt, keine Angst offenbar. Ihr Selbstbewusstsein ist stark.

Die Wirtschaften alle geschlossen, typisch. Wenn man mal eine braucht. Menschenleer der Isartorplatz. Valentins Musäum werden wir nicht mehr besuchen, diese Ostern.

Vielleicht hättich dableiben solln. Vielleicht hätten sie mich dazugeholt. Kaum vorstellbar. Einen andern Männerkörper berühren, brrr. Der dicke fleischige Kolben von dem Kohlenhändler aus Naumburg, wie hieß er, Wilszek, Gerd Wilszek, sollte sein griechischer Knabe sein, in Apolda aufm Internat hatter das gelernt, und massig Lebensmittelmarken vom Schwarzmarkt für das Restaurant in der Uhlandstraße, ging im-

wollter mit einer kollegin von mir nach montenegro verreisen.

ach wirklich, flüsterte manfred, so ein hallodri ist das.

ein was? deinetwegen ist er hiergeblieben.

sie schickte die katze vom bett, schlug seine bettdecke zurück, da lag er nackt im halbschatten der muskulöse körper augenlust handlust, auch der bauch noch leicht behaart die dunkle schneise vom nabel zur lockenwolle aus der dieser helle stamm sich reckte, lena setzte sich auf strich mit beiden händen über die hautflächen, wie braun du noch bist oder bist du ein türke, spürte dem ungewohnten gefühl in ihren händen nach das leichte kitzeln seines fells ich glaub du kannst frauen verrückt machen kerl, so ein baum wenner nicht so heiß wär könnt man denken aus holz, bewegte ihm vorsichtig die haut dass er seufzte vor behagen und lust nach ihren brüsten

mer in dasselbe, auch mit Strichjungen vom Zoo, und das Hotel am Savignyplatz da hatter mich gewichst und von Platons Gastmahl erzählt, bloß keine Frauen Frauen sind schmutzig und tückisch, und ich konnte sein Ding nicht anfassen ein Knüppel doppelt so groß wie meiner. Hat behauptet er liebt mich. Zungenkuss igitt dieser nasse Lappen im Mund, hab mich nicht getraut draufzubeißen obwohls mir fast hochkam vor Ekel. War der Hunger wahrscheinlich dass ich doch wieder mitgegangen bin wenner mich zum Essen abgeholt hat. Trauma, Manfred.

Stell dir vor, als ich Nachtwächter war im Lehrlingsheim, paar Jahre später, haben mir zwei Jungs mal vertrauensvoll ihre Pornofotos gezeigt, hatte sowas noch nie, eine Frau mit zwei Männern, seh das vor mir wie gestern, war so entsetzt so verletzt dass ich die Fotos auf der Stelle vor ihren

suchte im ausschnitt des nachthemds sie streichelte, lena rutschte näher an seinen körper zog das nachthemd über die knie dass sie sich über seine beine setzen konnte, was ein jammer dass du ruhe brauchst und dich nicht aufregen darfst, neigte sich über seinen bauch küßte die rote spitze leckte spielerisch daran der herbe geruch und geschmack, manfreds hände wühlten in ihrem haar, sie richtete sich auf ließ ihn los zog das nachthemd raschelnd über den kopf, manfred öffnete die augen betrachtete sie lächelnd staunend so schöne brüste du befühlte sie vorsichtig überraschend zart strich ihr über die flanken gänsehautschauer, ich weiß was wir machen manfred damit du stilliegen kannst dein notstand ist ansteckend nämlich, sie rutschte weiter hoch auf seinen oberschenkeln mit ihrer möse auf sein ding beugte sich vor auch ihre brüste voll erwartung auf die berüh-

Augen zerrissen hab! Hatte natürlich auf ewig bei denen verschissen. Vielleicht können wir über solche Erfahrungen mal reden, unter Männern, wenn wir uns besser kennen. Habs nie fertiggebracht jemand davon zu erzählen.

Nein, nicht über Lena. Das will ich nicht wissen. Das will ich mir glaubich nicht vorstellen müssen wie sie mit dir

Er merkte dass seine Schritte sich beschleunigt hatten. Das Herz wieder. Er tappte durch die verwinkelten Straßen des Lehel ohne auf seine Umgebung zu achten, verlor die Orientierung, unbekannte Straßennamen, stumme Fassaden, sprachlose, funktionslose Blechbehälter in Reihe, mehr Lücken als sonst in den Parkspalieren, Bäume – keine Bäume! Ein Schreck die Einsicht: nirgends Bäume in den Straßen. Als hätte er sie nach dem Weg fragen können.

Aus einer Haustür ein

rung mit seinem brustfell, er steckte seine hand zwischen ihre bäuche suchte ein bisschen herum nach der öffnung ja da da ist es, das langsame eindringen, er war wirklich vorsichtig behutsam fast, oh schön manfred ich spür dich flüsterte sie an sein ohr lieg still mach nichts, begann langsame bewegungen heben und senken und kreisen und schwingen ohne aufregung kahnfahrt über einen see seine leisen seufzer das plätschern der wellen ich bin der see der das ruder empfängt durch sich gleiten läßt du bist der wassermann ich bin der see der dich schaukelt und wiegt fühlst dus, er suchte ihren mund mit den lippen doch kitzlig an der nase lieber nicht küssen lieber die seufzer hören ach lena sei still wassermann sag nichts legte ihm die hand auf den mund da biß er hinein leicht wie die katze erst dann stärker preßte sie mit seinen armen nicht so fest manfred sei sanft ich bin

älteres Ehepaar, Lodenmäntel, bayerische Hutformen, zur Adelgundenstraße ginge er in die falsche Richtung – genau entgegengesetzt! Konnte sich ihnen anschließen, Zur Mariannenkirche, Mitternachtsgottesdienst, er begleitete sie wortkarg, bog dann ab, wusste wieder Bescheid.

Ihm war heiß als er die Tür aufschloss, leise, im Flur stand, lauschte. Die eignen Atemzüge. Tastete sich zur Kammer. Aus dem Schlüsselloch gegenüber ein Lichtpunkt. Da leise ihre Stimme, sie waren noch wach. Er überlegte ob er klopfen sollte, ihnen sagen dass er freundlich an sie dachte. Hatte aber Angst davor sie zu sehn. Oder sie zu erschrecken, in Verlegenheit zu stürzen. Sicher hat Lena abgeschlossen.

Er schaltete das Licht in der Kammer ein, die nackte Deckenlampe. Wirklich eine Zelle für Büßer. Er zog sich aus, den Schlafanzug drüben vergessen. Al-

das wasser das dich umspült laß dich los ich spür dich da war sein pulsieren in ihrem bauch und wie sich sein körper entspannte wegtrieb, er öffnete die augen verwundert sah er aus, ungläubig, sie saß aufrecht auf ihm war froh dass er so still geblieben war, hatte vielleicht auch an Vik gedacht ihn gemerkt in der Kammer, wie ist es Ihrem Kopf bekommen lieber Patient? Ach Gott gut Schwester, sehr sehr gut, ich bin sprachlos

Das ist schön, lächelte sie, bleib so.

Vorsichtig stieg sie von ihm runter, legte sich neben ihn, griff seine Hand, schob sie auf ihre Möse, da spielt noch die Musik drin -

Plötzlich Glockenläuten, herrisch laut, quoll durch alle Ritzen, verscheuchte die Stille, als sollte ihr gelassenes Einverständnis gewaltsam zerrissen werden.

Oh diese lustfeindlichen Popen! Auf den Mond mit ihnen!

Sag mal, Lena, fragte er

so im Unterzeug. Wie Manfred. Der Nacktschläfer. Er hatte kein Unterhemd an als er im Bett lag, das war zu sehn, die bloße Schulter. Wahrscheinlich auch keine Hose. Hat sie sicher gleich gemerkt, Frauen spüren sowas.

Er löschte das Licht, lehnte die Tür an. Das Bett war klamm. Eiskalte Füße. Hellwach. Ist das jetzt ihre Stimme? Lacht sie? Plötzlich setzte Glockengeläut ein, deckte alles zu. Das Osterläuten. Sie läuten die Auferstehung ein.

Vergeblich die Hoffnung auf Schlaf. Er lag auf dem Rücken, mit offnen Augen. Ein matthelles Rechteck das kleine Fenster. Wenn der Schlaf mich flieht – wohin flieht er dann? Ins Schlafzimmer, zu Lena und Manfred. Der Schlaf wohnt im Schlafzimmer wie die Kinder im Kinderzimmer. Manchmal flieht er von dort, lässt einen einsam und schlaflos zurück. Verkriecht sich in der Schlaf-

heiter in die zurückgekehrte Ruhe, ist eure Katze immer dabei, wenn ihr schlaft? Zusammen schlaft, meinich?

Oft, ja. Ich hab das Gefühl sie nimmt irgendwie Anteil.

Weißtu was ich dachte, so zwischendurch mal? Dass sie mir gleich ins Gesicht springt mit Krallen und Zähnen, eifersüchtig ihren Viktor verteidigt -

Ach nein, lachte Lena, sie ist eine moderne Frau. Sie hat Verständnis. Fass mal neben dein Bett Manfred, da muss mein Nachthemd liegen. Danke. Ich mach das Licht aus, damit du endlich schlafen kannst. Sie deckte ihn zu, sachlich, energisch.

tablette. Die muss man schlucken anfeuchten dass er aufblüht wie die Rose von Jericho zu Weihnachten. Dieser Haushalt besitzt genug eigentümlichen Schlaf, braucht keinen aus der Apoteke. Lena besonders. Die Schlafkünstlerin. Pennerin. Als ich bei Barbar die erste Nacht hat sie seelenruhig im halbvollen Bett geratzt. Vorbildliche Ehefrau. Fast beleidigt war ich. Hat für mich mitgeschlafen. Jetzt hat sie ihn mir geklaut, enteignet. Geraubt, sagt man, sie raubte ihm den Schlaf. So sieht das aus, konkret.

Die Schlafzimmertür wurde geöffnet und geschlossen. Jemand tapste ins Klo. Pinkelte. Lena. Das Geräusch eindeutig Lena. Wasserplätschern. Seine Tür wurde aufgeschoben.

Lena?

Ja Vik, da bin ich.

Sie hockte sich an sein Bett, ganz nah die Frage am Ohr: Kannst du nicht schlafen?

Kalte Füße habich.

Soll ich dir eine Wärmflasche machen? Soll ich sie dir wärmen?

Er tastete nach ihrem Kopf.

Mein Gott deine Hände sind auch ganz kalt! Rutsch mal.

Er rutschte zur Wand, auf die Seite, sie schlüpfte unter die Decke, kaum Platz zu zweit, eng drängte sie ihren warmen Körper an ihn, er hielt sie fest mit seinem Arm, lag steif, unbeweglich.

Warum bist du so kalt Vik. Du zitterst.

War noch spaziern, zur Isar.

Achso.

Und, wie gehts Manfred? Hast du für ihn gesorgt?

Lena antwortete nicht gleich. Ich glaub er wird jetzt gut schlafen.

Bliss, als sie nicht weiter sprach: War es schön? (Möglichst neutral)

Da sagte sie leichthin, er hörte ihr Lächeln: Lustig wars Vik. Du kennst das doch. Hast du dir Sorgen gemacht?

Er fragte, zittrig: Liebst du mich?

Sie antwortete mit leichtem Vorwurf: Ach Vik, mein Mann, das hast du vergessen? und streichelte sein Gesicht und küsste seinen Mund und seine Augen. Manfred ist ein lieber Kerl, da kannst du froh sein dass du den gefunden hast.

Bliss entspannte sich, seufzte. Weißtu was, sagte er,

plötzlich werden meine Füße warm! Seltsam. Es strömt richtig warm rein.

Na siehstu, sagte Lena, zufrieden. Aber schlafen können wir so kaum.

Bliss war einverstanden dass sie in ihr Bett rüberging und er sich halbwegs ausstrecken konnte.

Über Anklams Abreise herrscht unerklärtes Einvernehmen

Manfreds Begründung, nur an diesem Ostersonntag könne er mit einem leeren Zug nach Köln rechnen, war unwiderlegbar – schon am Montag würden Massen von egoistischen kinderreichen Familien sich in den Abteilen drängeln und ihm keinen Platz lassen, sich auf den Sitzen auszustrecken.

Beide hatten sie Bedenken, Manfred mit seiner Verletzung auf die achtstündige Bahnfahrt zu entlassen, aber Lena – wie sollte sie dagegen argumentiern, im Zwiespalt zwischen der Sorge für den reizvollen Verletzten und der Befürchtung, dass Viktor zu entschiedenen Einsatz für Manfreds Bleiben auf das Erlebnis der letzten Nacht zurückführen würde statt auf schwesterliche Karitas für einen Patienten. Bliss war auch unsicher welche Bedeutung seine Worte annehmen würden, wenn er Manfred zum Bleiben nachdrücklich aufforderte. So beschränkte er sich darauf zu bedauern, dass sie durch seine Abreise um einige wichtige Gespräche geprellt wurden. Das war die Wahrheit.

Am Morgen – Lena wirbelte schon auffällig engagiert in der Küche – war er Manfred im Flur begegnet, als er in seinem Bademantel aus der Schlafzimmertür trat. Ein Augenblick der Überraschung, der Unsicherheit in Manfreds Gesicht, das leicht verlegene Lächeln unter dem weißen Verband, aus dem das Bindenende wie der

Zipfel einer Mütze herabhing. Nichts Herausforderndes, Triumfierendes. Bliss empfand etwas wie Rührung, eine Wärme in der Brust, wusste dass er jetzt den ersten Schritt tun musste, dass davon ihre Zukunft abhing, gemeinsam oder nicht, es war zugleich noch ein kleiner altmodischer Haken in ihm vor dem Schritt, aber er wollte in diesen Sekunden nicht dass Manfred ihn täte, wie um Verzeihung bittend, es gab nichts zu verzeihen – er sah Manfred in die Augen, lächelte, streckte die Arme aus, trat auf ihn zu, sie umarmten sich, nicht vorsichtig sondern nachdrücklich herzhaft, und Bliss sagte an seinem Ohr Grüß dich, roter Bruder. Grüß dich, Bleichgesicht, sagte Anklam und dann, mit einem Seufzer, ihn lachend anschauend: Jetzt ist mir doch ein Stein vom Herzen gefallen.

Lena, an der Spüle mit dem Abendgeschirr beschäftigt, drehte den Kopf zu ihnen als sie gemeinsam die Küche betraten. Auch sie konnte ihre Unsicherheit schlecht verbergen, aber als sie die Männer so einträchtig sah, strahlte ihr Gesicht auf. Wie gut sie aussieht, sagte Bliss, selbst als Spülmagd. Ja wirklich, sagte Anklam, wie Aschenputtel. Sie zeigte den Prinzen ihre nassen Hände, neigte ihnen aber den Kopf zu und sie küssten sie auf die Wange, erst Bliss, dann Anklam. Das fand Bliss jetzt okay, ein wahr gewordenes Märchen.

Trotzdem war beim Frühstück ihre Befangenheit nicht verflogen. Anklam schaute unter dem Stuhlkissen nach und spielte den Enttäuschten, dass sein Ei grad an Ostern nicht versteckt war sondern wie ein alltägliches Frühstücksei neben seinem Teller der Begegnung mit einem Kölner entgegenschlummerte. Sie sprachen wenig, vom Frühlingswetter, ob es die Völker wohl zu den Ostermärschen animieren würde oder doch eher ins Grüne zu den Hasen locken, erneut musste die handgearbeitete Marburger Marmelade gelobt werden, die

Tulpen hatten ihre bunten Rachen an Schlangenhälsen über den Tisch geneigt als wollten sie gefüttert werden, der französische Camembert schmeckte nach optimaler Reife, fehlten nur die frischen Brötchen zur Völlerei.

Bliss hätte gern seinen eignen ErlebnisFilm gespiegelt in denen, die Manfred und Lena im Kopf hatten, wobei allerdings sein realer auch schon in einer kromatischen Verschiebung unterlegt war von dem zweiten, blasseren seiner nächtlichen Vorstellungen, die, je genauer er sich erinnerte je stärker sich mit den Vorgängen der Nacht vermischten, so dass ihm die erregten Einbildungen seiner Hirnzellen schließlich mächtiger und wirklicher vorkamen als die von den Sinneszellen vermittelten banalen Eindrücke. Bei Lena und Manfred vermutete er ein umgekehrtes Verhältnis – wenn sie denn überhaupt eine solche Verdoppelung ihrer Erinnerung im Kopf hatten; sie hatten Vorstellungen nicht nötig gehabt, da sie ihre Körper life erlebten – es war ihm ein beunruhigender Stachel, dass seine eignen Bilder so haltlos und uninformiert herumirrten. Die beiden wussten genau was passiert war, in allen lustvollen Einzelheiten. Er wünschte sich, die Situation zwischen ihnen an diesem Frühstückstisch wäre so entspannt, dass sie ihm ganz locker die lustige Geschichte ihres Bettabenteuers erzählen könnten. Vertrauen gegen Vertrauen. Vielleicht aber betrachteten sie das Erlebnis als ihr intimes Eigentum, von ihm zugestanden, geschenkt vielleicht, und damit seiner Befugnis entzogen und auch seiner und sei es nur spekulativen Anteilnahme. Womöglich hatten sie Angst, ob er nicht hinter seiner äusserlichen Unbefangenheit einen Rest Groll des gehörnten Löwen versteckte, den sie durch unbedachtes Reden freireizen könnten. Oder waren sie selbst, voreinander, zu befangen, weil sie in der Nacht mehr von sich preisgegeben hatten als durch ihre zweitägige Bekanntschaft ge-

rechtfertigt war? Wenig wahrscheinlich für den Draufgänger Manfred, aber für die eigentlich doch eher biede-
re Lena? Oder hat er eine ganz andere Frau erlebt als
ich?

Die unvergangene Nacht schwebte bilderreich zwischen ihnen und keiner fand die Worte oder den Mut,
einen der verwobenen Gedankenfäden aus dem
Geflecht zu ziehen und zu benennen, in Ungewissheit,
was am andern Ende zum Vorschein käme. Als Bliss
öffentlich überlegte, ob Manfred am Montag schon zur
Abschlusskundgebung im Botanischen Garten am Stachus mitkommen könne, hatte der seine Absicht ge-
äußert, so gegen Mittag einen Zug nach Köln zu nehmen.

Unerlässlich fand Lena, Manfreds in der Nacht
gelockerten Kopfverband zu erneuern. Bliss holte das
Verbandszeug aus dem Schlafzimmer ohne groß nach
den Betten zu schaun, beobachtete aber aufmerksam,
wie Lena, hinter Manfred stehend, die alte Binde abroll-
te und seinen Hinterkopf an ihre Brust drückte, als sie
den angeklebten Mullstoff abziehen musste: eher resolu-
te Krankenschwester als Traumfrau der Nacht. Anklam
presste die Lippen aufeinander. Au verdammt! entfuhrs
ihm leise und Lena: Schon vorbei, da! Zeigte den Lappen wie eine Trofäe. Sie inspizierten die Naht, die gerö-
tet aber nicht mehr blutig die rasierte Kopfhaut teilte.
Im hellen Widerschein der Sonne war der Kontrast zwischen weißer Haut und dem schwarzen Haar noch auf-
fälliger als in der Nacht.

Wie siehts aus?

Hervorragend, so weit ich das beurteilen kann.

Schwarzweißrot, sagte Bliss. Eine deutschnationale
Wunde.

Lena meinte, er solle in Köln spätestens Dienstag zum
Arzt gehn, ob er einen Hausarzt hätte?

Was isn das, Hausarzt?

Jemand muss dir die Fäden ziehn Manfred, nimms nicht auf die leichte.

Er versprach, bei nächster Gelegenheit sich dem Werksarzt vorzuführen, auch wenn der eher nach den Regeln des Firmengründers als denen des alten Hippokrates behandelte. Er bat Bliss, ihm seinen Ostermarschtext mitzugeben, als Reiselektüre. Der verschrieb ihm noch seine alte Pudelmütze – damit du nicht am hellichten Tag als Leuchtturm der APO durch die Gegend laufen musst!

Leuchtturm der APO fand Anklam gut, packte auch das Überlebenspaket Schinkenbrote ein, das Bliss ihm angefertigt hatte.

Die Mütze musst du dir abholen kommen, damit ich dir meinen Betrieb zeigen kann.

Dein Betrieb, schön wärs, sagte Bliss.

Auf der Fahrt zum Bahnhof fiel ihm ein, dass im Mai die Kundgebung gegen die Notstandsgesetze in Bonn stattfinden sollte, das wär ne Gelegenheit.

Der TransEuropaExpress schien ein eigens eingesetzter Sonderzug für Anklam und einige andre Hinterbliebene, niemand in ihrer Nähe auf dem Bahnsteig, als sie zu dritt sich an den Händen fassten, gehemmt mehr rauszubringen als Machs gut und Danke für die Tage. Gedankenflocken, unausgewachsne Gefühle – alles in Worte Gestotterte konnte nur banal sein, oder patetisch, Verharmlosung oder Verklärung der in drei Tagen erlebten Dramen, selbst Anklam war nicht nach einem die Spannung lösenden Kalauer. Lena fasste nach seinem Kopf mit der Pudelmütze, drückte ihm einen schnellen Kuss auf den Mund, Viktor sagte Steig man ein Manfred, der nickte Einverstanden, umarmte ihn und verschwand mit seiner Tasche im Wagen. Sie warteten nicht ab wo er sich setzen würde.

DIE NACHWEHEN DER OSTERNACHT SIND
HEFTIGER ALS DIESE

Die unverwölkte Sonne hatte den VauWe angenehm aufgeheizt in der kurzen Parkzeit. Lena fuhr zügig am Botanischen Garten Maximilianplatz vorbei, kam nicht auf die Idee in die Barer abzubiegen, an den Ort, wo vor zwei Tagen das Unglück geschehn war, das sie aus ihrem Alltag herausgerissen hatte in ein noch unerprobtes Erlebnis mit offenem Ende.

Bliss betrachtete das ruhige konzentriert nach vorn gerichtete Gesicht seiner Frau. Eine Haarsträhne pendelte neben ihrer leicht gewölbten Nase, war dem Pferdeschwanzgummi entschlüpft. Ihr Ellbogen lag im offnen Fenster, als sei der Sommer mit persönlicher Haut zu begrüßen. Das helle Licht zeigte ihre Stirn faltenlos. Die Lippen leicht geöffnet und bewegt, die Zungenspitze huschte eidechsenhaft hervor und verschwand, wie im Spiel.

Was starrst du mich so an Vik? fragte Lena, leicht irritiert.

Ich? Starr ich? Wie kannst du das merken wenn du auf die Fahrbahn schaust? Ich frag mich bloß, wie es dir geht?

Gut, sagte Lena obenhin, dir nicht?

Doch doch. Bei diesem fulminanten Osterwetter. Tuts dir leid dass Manfred abgefahren ist?

Sie sah ihn an, kurzer Seitenblick, schüttelte leicht den Kopf. Ist schon besser so. Findst du nicht?

Einerseits andrerseits, sagte Bliss. Die Frage ist, was wir jetzt mit dem angebrochnen Sonntag anfangen. Englischer Garten?

Ich muss noch Schnitte zeichnen, Vik. Gestern bin ich zu rein garnichts gekommen.

Obwohl du eben noch wann war das vorgestern glaubich nein gestern davon geträumt hast mit mir an den Ammersee zu fahren, irgendwo inner Pension zu übernachten

Ach hör auf Vik. Wie du von Montenegro geträumt hast. Sie steuerte den Wagen auf einen Parkplatz direkt vor der Haustür, kurbelte das Fenster hoch. Wir sind halt ein relativ altes berufstätiges Ehepaar Vik.

Das hast du noch nie gesagt, musste Bliss feststellen, hinter ihr, auf der Treppe.

Aber du, mein Mann. Gab sie zurück.

Er verkniff sich, ihr unerbittliches Gedächtnis in Dingen ihres gemeinsamen Lebens zu bewundern.

In der Wohnung war der knotige Besucher noch sehr gegenwärtig, auch fysikalisch. Im Bad fand Bliss Manfreds Rasierwasser, Old Spice. Vielleicht mit Absicht vergessen, seine Duftmarke, für Lena. Sein Frühstücksgeschirr auf dem Küchentisch. Nie lass ich Brotreste und Butter aufm Teller. Sogar ein Klecks Erdbeermarmelade! Mit dem Zeigefinger strich er ihn auf, leckte den Finger ab. Das Schlafzimmer betrat er nicht, war Lenas Arbeit.

Und die Steaks? Was machen wir mit den Steaks die du für Manfred gekauft hast? rief er aus der Küche. Braten! rief sie zurück.

Also braten. Oder Balkontür öffnen. Gesicht in die Sonne hängen, Augen zu, hinter die Lider gucken: das Funkenspektakel, sprühendes vielfarbiges Kino, das er in Bewegung Veränderung halten konnte je nachdem wie er die Lidmuskeln anspannte, kandinskysche Bilder.

Der hat kein Modell gebraucht, nur die Augen geschlossen und abgemalt, auch ein Realist wie Picasso. Der gleiche Gedanke wie nach unsrer letzten Liebesstunde vor Manfred, im Wachdämmern über ihrem Gesicht, diese Nähe da, herzliche Nähe, wir sind kein vergammeltes Ehepaar, objektiv nicht. Zwei vertraute Menschen. Die zusammen durch Kraut und Rüben stolpern. Oder hüpfen. Je nachdem.

Hat fast was vonnem Leichenschmaus, sagte Bliss als sie die Steaks und das HasenGemüse aßen, aber Lena fand das Quatsch, bei dem goldnen Wetter, was für ein Gedanke! Ein richtiger angemessner Festtagsschmaus! Niemand ist was Schlimmes passiert, im Gegenteil. Also wenn dann Geburtstagsessen, Frühlingsgeburtstag.

Und, fragte Bliss in ihren Entusiasmus, vorsichtig, wie fandest du unsre neue Errungenschaft?

Manfred, meinst du?

Er nickte.

Och, lächelte Lena harmlos, ein Erlebnis, nicht? Eine Überraschung. Ihr beide eigentlich. Sie langte über den Tisch, streichelte seine Hand. So hab ich dich noch nicht gekannt. So großzügig. Vielleicht ist wirklich eine neue Zeit angebrochen, auch für Ehefrauen. Aber hast du ne Ahnung weshalb Manfred nach München gekommen ist, zu uns?

Bliss empfand ihre Frage in diesem Augenblick als Ablenkung.

Von dir hat er ja nichts gewusst, Lena. Nichts Konkretes.

Also gut – warum er dich besuchen wollte. Oder hast du ihn eingeladen in Berlin?

Ich hattihn schon halb vergessen, ehrlich gesagt. War ganz überrascht als er anrief. Obwohl – eigentlich auch nicht. Seltsamerweise. Es hatte was Selbstverständliches. Er hat nicht groß gefragt und begründet, einfach gesagt

Ich komm. Und ich fands ganz natürlich, hab mich gefreut. Weil er mir so imponiert hat mit seiner Rede in
Berlin. Hab ich dir erzählt von.

Aber er Vik – was wollter von dir?

Wollte seine Zufallsbekanntschaft vom Berliner
Opernhaus näher kennen lernen, hat er gesagt. Gibts
sowas wie ne intuitive Freundschaft? Vielleicht weil ich
Wissenschaftler bin, was ganz andres als er? Das hat
dich auch mal beeindruckt, wenn du dich erinnerst,
oder?

Lena lachte, einverstanden.

Das habt ihr wahrscheinlich gemeinsam, dass ihr von
unten gekommen seid, aus der Arbeiterklasse, mit dem
Neid und der Neugier auf das Wissen der Studierten.

Hmhm, machte Lena vage.

Vielleicht hast du das gerochen an ihm und er an dir,
Art soziale Verwandschaft.

Na ja, auch. Obwohl er schon einfach ein intressanter
Mann ist.

Ich hab das gleich gemerkt, zwischen euch. Es hat mir
gefallen, irgendwie. Wär mir auch blöd vorgekommen.

Was?

Mich dazwischen zu stellen. Zwischen euch. Hattich
dir sagen wollen. Zeigen.

Habich auch verstanden Vik. War naheliegend.

Sag mal – meinst du ihr habt euch verliebt?

Lena schaute ihm in die Augen, freundlich. Nein Vik.
Das glaub ich nicht. Bestimmt nicht. Er war auch ganz
besorgt was du sagen würdest. Ich hab ihm erzählt dass
du ursprünglich mit Barbara nach Jugoslawien fahren
wolltest, über Ostern. Also überhaupt keinen Grund
für Eifersucht haben konntest.

So. Ja. Aha. Klar. Deshalb war das naheliegend. Verstehe. Natürlich. Zu den Dreharbeiten. Ja. Und wie – ich
meine – wie war es dann mit ihm?

Sie zog ihre Hand zurück. Musstest du das jetzt fragen?

Warum nicht? Hast du kein Vertrauen zu mir?

Das könnte ich dich auch fragen Vik. Er hat mir von Schwejk erzählt. Von dem Buch was er liest. Vielleicht laufen ihm deshalb seine Mädchen weg, wenn er das immer so, mitten in der Nacht

Da war die Mauer die er gefürchtet hatte. Er spürte wie er sich verkrampfte, verdüsterte, gegen seinen Willen.

Er versuchte es noch einmal: Ich würde dir alles anvertraun Lena, wenn wir so einverstanden sind. Nein, sagte sie, ich will nicht alles wissen. Ich brauch kein Futter für meine Fantasie. Lass es doch sein wie es war, so von selbst und ungestört.

Ich will ja nur wissen ob er besser war, brachte er raus, schon auf der Schwelle der Verzweiflung.

Ach Vik, sagte Lena enttäuscht, deine Frage ist kindisch.

Da schwappte Zorn über seinen Verstand, er ließ die Gabel auf den Teller klirren, stieß den Stuhl zurück auf den Boden, stapfte an ihr vorbei ohne sie anzusehn, hörte in der Tür noch ihr Vik – lauf nicht weg! war im Flur, zog die Wohnungstür fest hinter sich ins Schloss.

Das Geräusch klang ihm wie der definitive Punkt, unter das selbstgeschriebene Urteil gesetzt, das seine Niederlage erklärte.

Als wollte er so sich bestrafen, spürte er wieder zu den IsarInseln hinüber, derselbe Weg wie in der Nacht, jetzt im blanken Sonnenschein, der ihn verhöhnte wie die heiteren Spaziergänger die ausgelassenen Kinder die strotzend erblühten Forsyziensträucher, die ihn und seinen schwarzen Zorn nicht anerkannten und, hätte er sich jemand ehrlich erklärt, so wenig verstanden hätten wie er sich selbst. Alles verpatzt durch den Rückfall in läppische Eifersucht, an dem allerdings Lena mitschuldig war durch ihre Zurückweisung seines Bedürfnisses nach Mitwissen, das hätte sie doch verstehen müssen wenigstens oder etwas einfühlender ablenken können als durch dieses verletzende Kindisch. Hätte sie nur gefragt ob er selbst seine Frage nicht kindisch fände hätte er das vielleicht sogar zugeben können, wenn auch halbherzig, da es ja doch – so selbstverständlich war das schließlich nicht und in der Nacht hatte er sich einigermaßen gehalten und am Morgen noch bis zu Manfreds Abfahrt, das hätte sie immerhin anerkennen können statt selbstverständlich zum Schnittezeichnen zurück, als wär die Nacht mit Manfred so was wie ein Kinobesuch und die natürlichste Sache der Welt.

Obwohl, seine Reaktion eben, wirklich hilflos und lächerlich. Damit hat er das Kindisch gradezu ins Recht gesetzt und den Beweis dafür geliefert, statt als erwachsner Mann souverän zu antworten Überleg mal Lena was du da sagst. Scheißempfindlichkeit auch gegen Worte – diese semantischen Luftbewegungen, zehntausend wedeln vorbei ins Nichts eins schlägt ein als Bombe. Gibt Familien die sich täglich beschimpfen wie Kutscher und alles ist abends vergessen, Sommergewitter zur Spannungsabfuhr. Kann man das lernen?

Bliss wird von einer Genossin im Minirock neu orientiert

Bliss latschte mehr als er schritt, isaraufwärts am linken Ufer, an der Museumsinsel vorbei, kickte eine ColaDose durchs Geländer ins Wasser, warf ihr zwei Steine nach, traf nicht, sie trieb taumelnd flussab, farewell kleine Dose. Die Nacht auf der schmalen Liege steckte ihm in den Knochen, das Kreuz schmerzte verhext als wärs nasser November und nicht dieses menschenfreundliche Osterwetter, wahrscheinlich eine Bandscheibe aus ihrer Fassung gerutscht und spielt jetzt verrückt, fühlt sich an wie die Sollbruchstelle des Rückgrats, irgendwann machts da mal knacks und Feierabend. Er trat in einen feuchten Hundehaufen, verfluchte die Stadtköter und ihre Besitzer, nie würde eine Katze so schamlos ihre Scheiße auf den Fußweg pflanzen!

Als er in der Corneliusstraße angekommen war bemerkte er, dass er in der Corneliusstraße angekommen war. Die hieß für ihn JohannMalinaStraße. Vor Wochen mit Lena in der kleinen Wohnung der beiden, eingeladen an einer Kapital Studiengruppe teilzunehmen, aber die Zeit war ihnen zu kostbar, diese Art politischer SchnellBildung weiterzuführen – Lena wollte lieber praktisch lernen und Bliss, nach acht Semestern bei Abendroth, war gut versehen mit was den auf Stühle und Kissen gequetschten Novizen über ursprüngliche

Akkumulation und tendenziellen Fall der Profitrate ein-
geflößt werden sollte.

Da der unergründliche Zufall ihn vor das Gebäude
geführt hatte, in dessen Hinterhaus die Wohnung der
beiden lag, blieb ihm nichts übrig, als einen Überfall zu
unternehmen. So wie sie gestern bei ihnen reingeschneit
waren.

Tatsächlich kam Viktor ihnen so überraschend wie
leider ungelegen. Eben wollten sie aufbrechen zum
OstermarschBüro, noch bei den Vorbereitungen für
morgen helfen, das heißt eigentlich doch eher gelegen,
fiel Johann ein, alter Fuchs der, fast wie gerufen sogar,
denn Ordner für den Zug wurden noch dringend
gesucht, die sollten jetzt in ihre Aufgaben eingewiesen
werden, zuverlässige Leute müssten das sein – also Viktor? Kommst du gleich mit?

Malina allerdings kapierte besser, wollte unbedingt
wissen wie es seinem Freund Manfred, und überhaupt,
fand sie, einen so seltenen Besuch dürften sie nicht ohne
eine Stärkung durch einen Kaffee verschleppen, was
Johann, na ja, halbwegs einsah, dann könnten sie später
nachkommen, er jedenfalls wollte die Genossen nicht
warten lassen. Malina setzte Bliss auf einen Stuhl in der
spartanisch engen Küche, versorgte die alte Kaffeemaschine, konnte ihm sogar ein Stück Marmorkuchen von
ihrer Mutter anbieten. Als er vorsichtig fragte, ob
Johann jetzt sauer sei, lachte sie: Und wenn – das legt
sich.

Sie trug eine weiße Bluse, ziemlich aufgeknöpft, wieder einen Minirock und die freundlich strahlenden
Augen unter dem kurzgeschnittnen Haar. Keck und
zum Auffallen die baumelnden goldnen Ohrringe, groß
wie Fünfmarkstücke, Talmi vermutlich. Sie muss ein
Mensch sein, der sich schon bei seiner Geburt gefreut
hat, das Licht der Welt zu erblicken.

Steht dir gut übrigens, das blaue Hemd. Zu deinen blauen Augen. Sagte sie beim KaffeeEinschenken. Milch? Zucker?

Trotz ihrer Selbstverständlichkeit war er befangen, plötzlich allein mit ihr wie gestern auf dem Balkon. Sie war – tschuldige Viktor – unverschämt neugierig, fragte nach Manfred, wollte alles wissen, wie er verletzt worden war, woher sie sich kannten, warum schon abgefahren, und er war nahe daran ihr anzuvertrauen was in der letzten Nacht passiert war, schaffte das aber doch nicht. Obwohl er nichts lieber wollte. Stattdessen gestand er ihr, dass er verdammt nicht für zehn Pfennig Lust hatte, morgen beim Ostermarsch mit durch die leere Stadt zu trotten.

Bist gekommen um dich von uns aufrüsten zu lassen, wie? lachte sie als hätte er einen Witz gemacht, und fragte nach Lena.

Er verpasste diese Gelegenheit, seine Wahrheit zu erklären. Murmelte was rum von Kostümschnitte zeichnen und Durcheinander und Haufen Arbeit.

Das verstand Malina, obwohl sie es toll fand und aufregend, wie viel in so kurzer Zeit, plötzlich kocht das Wasser, pfeift der Kessel der Geschichte! Die Linken dürfen jetzt nicht locker lassen, die Risse im Gebälk der Herrschaft, die müssen wir vergrößern, auch und zuerst mal mit einem machtvollen Ostermarsch. Friedlich natürlich, wir dürfen uns von der Polizei nicht provozieren lassen. Da sind zuverlässige Ordner schon wichtig.

Sie saß neben ihm auf dem zweiten Küchenstuhl, manchmal berührten ihre nackten Knie unterm Tisch seine Beine, ihre Augen forschten offen in seinem Gesicht nach der Wirkung ihrer Worte. Ihn faszinierten diese Augen, die winzigen Falten auf der Nasenwurzel und in den Augenwinkeln wenn sie lachte, Johanna fiel ihm ein, fehlten nur die Sommersprossen. Ein leichter Schwindel, der sich verstärkte je länger er in ihr Gesicht sah.

Er sagte, ganz unvermittelt und ziemlich leise: Lena hat mit Manfred geschlafen.

Eine Schrecksekunde blieb Malina sprachlos.

Ah ja? So was hab ich mir fast gedacht.

Und fragte, ernst: Weißt du das oder vermutest dus?

Bliss schüttelte den Kopf. Nein nein, ich wusste es. Er hat in meinem Bett geschlafen, sie war sozusagen seine Nachtschwester.

Fast lachte sie schon wieder: Nachtschwester ist gut!

Ja, nicht? sagte Bliss, auch lockerer.

Sie legte ihre Hand auf seinen Arm: Ist denn sonst noch was passiert, was Schlimmes?

Bliss zögerte. Sonst? Nein, eigentlich nicht. Oder doch: Sie will nicht mit mir darüber reden.

Malina musste lachen, entschuldigte sich gleich: Ich lach nicht über dich Viktor – es ist nur: Johann hätte genau so reagiert, weißtu.

Bliss erschrak von dieser Mitteilung, die er wie ein intimes Geständnis hörte. Sie ließ ihm keine Zeit darüber nachzudenken, stand auf, zog ihn sanft am Arm hoch, entschied: Grillen, Viktor. Das weißt du selbst. Komm, wir fahren jetzt ins Büro.

Krieg ich einen Kuss auf den Weg?

Hier lieber nicht Vik. Morgen, zur Begrüßung beim Ostermarsch.

Der traurige Held zieht sich am eignen Schreibtisch aus dem Sumpf

Als Bliss am Abend die Haustreppe hochstieg fiel ihm auf dass er den Rückenschmerz vergessen hatte. Vergessen seit er mit Malina in ihrer Ente zum Ostermarsch-Büro gefahren war. Genauer gesagt: er hatte vergessen dass er ihn gehabt hatte – so unauffällig war er verschwunden. Dafür wusste er in seiner Jackentasche die Ordnerbinde. Ein andrer Schmerz. Obwohl sie ihn nicht dazu überredet hatten – er selbst hatte das besorgt.

Die Wohnung leer von Lena, kein in üppiger Schrift informierter Zettel auf dem Küchentisch. Auch gut. Nichts gekocht. Ihre Botschaft. Die Katze fragte nach ihrem Futter, wurde gestillt. Er schmiss Manfreds hinterbliebenes Steak fettlos in die Grillpfanne, teilte es ungleich mit dem maunzenden Tier. Die ARD zeigte einen Zusammenschnitt der verschiedenen Ostermärsche, auch aus England und Dänemark, ziemlich öde Bilder, nur in Berlin prügelten die grünen Neubauer-Truppen auf die Demonstranten am Kudamm. Bliss kannte die Ecke genau, Joachimsthaler vor Kranzler, welche hielten ein Holzkreuz mitten auf der Kreuzung gegen den Wasserstrahl, spektakuläre Bilder, und den Brandtsohn Peter zeigten sie gern zwischen den Wagenladungen Verhafteter. Springer enteignen? Selbstverständlich. Springer in Volkseigentum. Rücktritt des Senats? Aber doch auch die Bonner Koalition! Sendezeiten im RIAS für einen APO Rat? Na Genossen, nicht so bescheiden, was ist mit dem eignen FernsehKanal? Ein Nachrichtensprecher ist wie eine Katze, kann nie lachen. Aber Gretchen das Madonnengesicht darf bundesweit weinen um ihren stoppligen Revolutionär im WestendKrankenhaus. Wo steckt Lena.

Am Schreibtisch schlug er das Tagebuch auf, suchte im Kopf den Anfang der letzten Tage. Ariadne ohne Faden im Labyrint: Dutschke der Schrei durchs Land. Der wehrlose Goliat Rotation, Ferri Melchinger aus Lilliput Wächter. Ein lesender Betriebsrat aus Köln, Prag und bayerischer Schweinebraten. Taufe im Polizeiwasser. Morgensonne auf der Maximilianstraße. Der blutende Christuskopf in Lenas Händen, Pieta. Das verschmierte Selbstportrait im KrankenhausSpiegel, Nachtgespenst. Die Serenade für drei Körper in Bliss Moll.

Kühl wieder, ungemütlich.

Er schaltete den Gasofen ein, Pullover über das blaue Hemd. Hat Lena noch nicht gemerkt dass mir das steht.

Kino? Quatsch, Ablenkung. Kino klärt nie was. Bei Malina in der Küche erschienen die Tage seit den Schüssen auf Rudi aufregend, strotzend, voll erregender Neuigkeiten, sie selbst eine davon. Hier hängt der Dissens mit Lena in der Wohnung, Staubschicht auf der Seele.

Jetzt ein gelassnes Gespräch mit ihr, ohne widerredende Aber. Nicht Gegensätze behaupten: nachfragen, geduldig, ihren Motiven und Reaktionen nachforschen, die eignen erklären. Ein Scheiß das Warten ins Leere!

Irgendwas stank auch. Er wollte die Katze verdächtigen, da fiel ihm der Köter vom Isarufer ein. Tatsächlich hingen Scheißreste im Sohlenprofil. Er schmiss die Schuhe im Bad unters Waschbecken, zog die Hauslatschen an, nahm die Katze auf den Arm, entschuldigte sich bei ihr.

Blätterte in seinen IndianerPapieren, las sich fest in den HennigsenBriefen, erst kürzlich im Nachlass des

KongressPräsidenten Randall im Archiv der Pennsylvania University entdeckt, ungläubig fasziniert wieder von der vergeblichen Hellsicht dieses Mannes. Tage nur nach der Schlacht am Little Big Horn, in die aufgeputschte Öffentlichkeit der Nordstaatler, hat der an den Kongress geschrieben

Alle unsere Indianer, die geborene Jäger sind, könnten zweifellos in Hirtenvölker verwandelt werden. Von den nördlichen bis zu den südlichen Prärien könnten sie Pferde, Rinder und Schafe züchten. Diese Menschen sind seit undenklichen Zeiten mit den Lebensbedingungen dieser Region vertraut. Als Nomaden sind sie nicht an feste Wohnsitze und bäuerliche Ökonomie gebunden. Viehwirtschaft entspräche in der Prärie den natürlichen Bedingungen.
Man braucht den jagenden Indianern nur das zu nehmen, was ihre kriegerischen Jägergewohnheiten ermöglicht: die Feuerwaffen, die Büffel und einen Teil der Pferde. Aber dann muss man an deren Stelle Rinder und Schafe und ein Mindestmaß an Sicherheit vor kriegerischen Überfällen setzen. Ohne die elementaren Voraussetzungen für ein Jägerleben werden sie in kurzer Zeit ein Hirtenleben führen können, müssten ihre herkömmlichen Lebensgewohnheiten nicht aufgeben. Als Hirtenvölker könnten sie mit ihren bäuerlich-sesshaften Nachbarn eine sehr fruchtbare Wechselbeziehung entwickeln, sie wären selbständig, unabhängig und könnten mit ihrer Produktion von Fleisch, Häuten, Talg, Wolle etc. ein wich-

tiger und wesentlicher Faktor nationalen
Reichtums werden.
Heute sind die USA dabei, völlig sinnlos die
riesigen Mustang- und Rinderherden der
Prärien und der Indianer auszurotten. Dies
wird zur Zerstörung der ganzen Landschaft
führen, zum Aussterben der Tier- und auch
der Pflanzenwelt, denn diese bedingen ein-
ander, was die jahrtausendealte Existenz der
Mustang-, Büffel- und Wildherden der Prärie beweisen.

Die Mustangs, Sir, sind allerdings ausgewilderte spani-
sche Einwanderer, von wegen jahrtausendealt. Egal.
Liest sich richtig verstanden wien Kommentar zur Politik der JohnsonRegierung gegen die gelben Reisbauern.
Gibts heut auch noch, solche Kritiker. In der Bevölkerung? Bei den DurchschnittsAmis? Kaum. Leute wie Jef-
ferson und Lincoln. Herbert Marcuse. Senator Fulbright.
Liberale Intellektuelle, paar kritische Studenten. Wir
wollen immer glauben Johnsons und McNamaras Politik
wär was andres als die Meinung der Amerikaner. Derselbe fromme Wunsch wie bei den Sowjets, dass die Faschisten und die Deutschen zweierlei Leute wärn. Stalins
Illusion. Michail Romm hats mit Dokumenten bebildert,
hat ihn aufgeklärt in seinem Film, den Gewöhnlichen
Faschismus, Massenwahn unsrer Eltern. Und die technischen Riesen verachten in ihrem puritanischen Hochmut
die lumpigen Vietcong wie ihre Vorväter die roten
Wilden. Sogar die schwarzen Amerikaner ballern mit.
Johannas Mike ist so isoliert in Gods own country wie
die HitlerGegner in Deutschland. Ihr Spitzname: Va-
terlandsverräter. Und warum? Nur Meister Ka-Meh hats
schon damals gewusst dass das Kapital für seine Vermeh-
rung mehr Raum brauchen wird als den Wilden Westen.

Die ganze Geschichte vom tollkühnen heldenmütigen General Custer, spann Bliss seinen Aufsatz, ist eine historische Legende – er war mit seinen Soldaten das Bauernopfer, um die kriegsmüde Nation nach dem Sezessionskrieg wieder auf Trab zu bringen: A) wollten die Eisenbahngesellschaften die Northern Pacific durch die Reservationen bauen; B) gierten die MinenBosse nach dem Gold in den Black Mountains; C) war die Armee diskreditiert durch die Schlächtereien in den IndianerLagern. Ausweg: General Terry hat den Strahlemann Custer in die Falle laufen lassen und der Märtyrer war gebacken. (Die Hintergründe so wenig aufgeklärt wie der Mord an Kennedy.) Folge: Der Sieg der Sioux am Little Big Horn war der Anfang vom Ende des Roten Mannes. Die kochende weiße Volksseele war einverstanden mit jeder Form der Vernichtung. Parallelen und Analogien: 1.) Die Schüsse von Sarajewo – Weltkrieg; 2.) Reichstagsbrand – Judenverfolgung; 3.) Überfall auf den Sender Gleiwitz – Polenkrieg; 4.) Angriff auf die Maddox im Golf von Tonking – B 52 gegen Nordvietnam. Weitere?

Bliss hatte den Ostersonntag aus dem Kopf verloren. Als die Katze neben ihm sich aufsetzte, die gespitzten Ohren zur Tür richtete, hörte er im nächsten Augenblick von draußen die Schlüssel. Das Tier sprang vom Schreibtisch, hoppelte auf den Flur.

Er richtete sich auf, steifes Rückgrat, griff zum Bleistift.

Von draußen Lenas kindliche Koseworte, das begeisterte Maunzen der Katze.

Durch den Türspalt sagte sie nonchalent Hallo Vik – bin wieder da.

Schön, sagte er halblaut, möglichst neutral, ohne sich umzusehn. Er wartete dass sie ins Zimmer träte, ihm übers Haar striche, dann hätte er sich umgedreht, sie umarmt, geküsst. Aber sie blieb draußen, hängte ihre Jacke auf einen Bügel, verschwand in ihrem Studio.

Die Stille wie vorher, ohne die leisen Atemzüge der Katze, die ihn zu Lena verlassen hatte. Eine Weile noch hoffte er, dass sie zurückkäme, er ihr von seinen brandneuen Überlegungen erzählen könnte, aber auch die Lust, die seit dem Besuch bei Malina wiedergeweckt war, sich an den warmen Frauenkörper zu legen, in ihm mit ihm den ganzen erbärmlichen Zwist wortlos wegzulieben, doch Lena blieb unhörbar in ihrem Zimmer.

Mit einem Ruck stieß er den Schreibtischstuhl zurück, schaltete die Heizung das Licht aus, putzte kurz die Zähne und packte sich in der Kammer auf die Liege, schloss die Tür hinter sich. Diesmal schlief er gleich ein.

Als er erwachte, das Tageslicht morgengrau im hohen Fenster, wusste er kaum, weshalb er sich in der Kammer befand. Dösig tapste er ins Schlafzimmer, schob sich neben Lena in ihre Wärme, sie umarmte ihn halbwach lächelnd, befriedigt zog er ihren vertrauten Geruch in die Nase, legte seine Hand zwischen ihre Beine und schlief mit ihr wieder weg.

Kapitel III

Neu Gier

Setzen Sie sich. Ihr Name?

Bliss. Zwei Es bitte.

Vorname?

Viktor.

Mit Ka oder Ce?

Ka. Und Ihrer?

Wie bitte?

Ihr Name. Sie haben sich nicht vorgestellt. Wie soll ich Sie anreden?

Das ist hier weder üblich noch erforderlich. Ihr Beruf?

Historiker. Herr Unbekannt. Ich nehme mal an Hauptkommissar, die zwei kleinen Sternchen. Hatte noch nie was mit der Polizei zu tun.

Das merkt man. Herr Bliss. Mein Name ist Huber. Kriminaloberkommissar.

Doktor Bliss. Doktor der Neueren Geschichtswissenschaft.

Und was sucht ein Mann Ihrer Intelligenz bei den Störern vor der Springer Druckerei? Sind Sie Forscher? Waren Sie dienstlich unterwegs?

Nein.

Dann gehören Sie wohl eher zu den geistigen Wegbereitern. Wohnhaft?

Nein. Keine. Ich wohne freiwillig, Herr Huber. Noch können wir die Miete bezahlen. Die Obdachlosen dagegen -

Wo Sie wohnen will ich wissen!

Im Osten der bayerischen Landeshauptstadt. Zwischen Isar und Kammerspielen, begehrte Gegend. Adelgundenstraße zweiunddreißig. Fünfter Stock rechts. Mein Arbeitszimmer ist gleichzeitig mein Wohnzimmer, der Schreibtisch -

Geboren?

Nein, rausgeholt. Kaiserschnitt. Unehelich. Kein strahlender Anfang, wie?

Gut Herr Doktor, habs notiert. Wird den Haftrichter vielleicht interessieren, ihre soziale Frühgeschichte. Und ihr genaues Geburtsdatum?

Das hängt unmittelbar mit dem verpatzten Anfang zusammen, Herr Oberkommissar, hat sich am selben Tag ereignet und der ist relativ selten im Gregorianischen Kalender, Sie ahnen es schon, neunundzwanzigster Februar, zweiunddreißig. Bin heuer neun Jahre alt geworden. Die Tragik meiner Kindheit.

Sind Sie verwandt oder verschwägert mit Fritz Teufel?

Ich strebe das an, ja. Diese Frage hat mir bisher am besten gefallen Herr Oberkommissar. Die ist ausbaufähig. Kennen Sie Fritz?

Wir hatten schon das Vergnügen in diesem Haus.

Teufel kommt von griechisch Diabolos, der Verwirrer, man könnte denken, ein Pseudonym, aber er heißt wirklich so, nicht wahr. Es kommt darauf an, dieses verkalkte System zu verwirren.

Leider verstehe ich Sie bis zu einem gewissen Grad Herr Doktor Bliss. Ich muss damit rechnen, meinem Sohn heute Nacht in den Gängen dieses Hauses zu begegnen.

Ach wirklich? Sie sind in der gleichen Lage wie unser Außenminister!

Weiß ich weiß ich. Und mein Sohn wäre dann in der gleichen Lage wie Sie, müsste mit einer Anklage wegen schwerem Landfriedensbruch und Aufruhr rechnen. Darauf steht bis zu zehn Jahren Haft! Allein die Anklage genügt, ihn vom Abitur auszuschließen.

Er war auf einem harmlosen Osterspaziergang wie ich.

Wollen Sie das durch Ihre Ordnerbinde beweisen? Mit der gehören Sie zu den Organisatoren dieses illegalen Auflaufs. In der Sprache des Strafgesetzbuches heißt das Rädelsführer.

Ach haben Sie vielleicht einen Papierkorb?

Geben Sie her. Ich hoffe für Sie, unser Dienst hat sie nicht fotografiert. Wir hatten bisher eine weiche Linie bei der Münchner Polizei. Viel Verständnis für die Studenten wegen des Attentats. Ich fürchte nach den heutigen Ausschreitungen ist das vorbei. Ein Dutzend verletzte Beamte! Die bayerische Justiz ist schwarz. Aber ich sage mehr als meine Kompetenz erlaubt.

Nach der Hochschulreform werde ich mich dafür einsetzen, dass Sie den Doktor rer. apo. ehrenhalber bekommen. Eine Rothand?

Danke, Nichtraucher. Sie müssen übernacht bei uns bleiben, werden morgen dem Haftrichter vorgeführt. Wollen Sie lieber in eine Einzelzelle oder zu Gesinnungsgenossen?

Ich glaube einzeln, wegen der Konzentration. Paar Blatt Papier hätt ich gern, einen Bleistift. Damit ich den Hergang meines Auflaufs rekonstruieren kann. Für den Haftrichter.

Kein Problem, Herr Doktor.

Kann ich meine Frau anrufen?

Leider. Anweisung von oben. Es sind zu viele vorläufig Festgenommene im Haus. Schreiben Sie Ihre Telefonnummer auf den Zettel, vielleicht kann ich Ihre Frau nach Dienstschluss informieren. Ich bringe Sie jetzt zur erkennungsdienstlichen Behandlung, das gehört dazu, ist aber harmlos. Kommen Sie.

Die Tür ist zu. Eingesperrt also. Kein Fenster.

Ein Bett, haha. Beton. Sieht aus wie ein Sarkofag. Mein Konzentrationslager. Wenigstens Schaumgummi drauf, Luxus.

Kalt ist es nicht. Wie viele haben unter der Decke schon zu schlafen versucht.

Eiserne Tür mit Spion.

Zwei Schritte quer.

Fünf Schritte lang.

Der Klingelknopf fürs Klo. Herr Wachtmeister, bitte scheißen zu dürfen.

Vier Wände. Gekachelt bis zur Decke. Wie ne Dusche. Schlechte Assoziation. Sagen wir Badezimmer. Graffiti an der Tür. Knastkunst.

Fünfundzwanzig Watt Licht. Hinter Glas. Aha, Panzerglas. Der Rest Ostersonne im Bauch des Walfischs. Das Präsidium hat mich geschluckt. Eher ein Polyp, tausendarmig.

Das Herz schlägt wieder ruhig. Die Schulter schmerzt. So wirken die Knüppel.

Der Kopf ist heil. Ist hell. Glück gehabt.

Auch mit dem Kommissar Huber. Der sitzt zwischen Baum und Borke. Borkenkäfer, kein Bulle.

Mehr Glück als Manfred. Der war ja wirklich schon dicht dran. Kann man ruhig sagen: am Tod. Wir haben das nicht gesagt. Aber gedacht, als er da lag. Lena auf den Knien, wie neben Ohnesorg, das Bild. Wann? Freitag.

Jetzt ist Montag. Oder schon Dienstag? Die Uhr auch weggenommen, alles. Die Schnürsenkel, absurd. Aber zwei Zigaretten mit zwei Streichhölzern, die pure Menschlichkeit.

Ohne den Huber wär jetzt die Ordnerbinde bei den Asservaten. Ganz schön naiv, Bliss.

Lena weiß sicher nicht wo ich steck. Telefoniert rum. Keiner weiß was. Noch eine Angstnacht. Und ob sie zu Haus ist wenn der anruft. Vielleicht denkt sie sich dass ich hier bin, oder in Stadelheim. Steht unten beim Pförtner.

Unsre schöne Teorie mit dem Anwaltanrufen hält der Praxis nicht stand. Klar, wenn die hundert oder wie viele festnehmen, können sie gut erklären Großeinsatz, wir brauchen unsre Leitungen dienstlich.

Landfriedensbruch, sagt der Mann. Aufruhr. Hat Angst um seinen Sohn. Zehn Jahre! Was hat Willy Brandt gedacht als er seinen Peter in der Wanne sah in der Morgenzeitung? Die Demokratie verschlingt ihre Kinder. Ihre Zöglinge. Man darf nicht dran glauben sonst muss man dran glauben. Abendroth hat wahrscheinlich nie dran geglaubt. Der kennt sie alle, Weimar, die Nazis, DDR, Adenauer. Sogar Kaiser Wilhelm hat er noch mitgekriegt, fünf Herrschaften. Der Wolf mit der weißen Löwenmähne. Ein Doktorvater ist auch ein Vater. Wenn man keinen hatte. Sechs Jahre mein Lehrer.

Du würdest milde lächeln Wolf, über meine Nacht im Münchner Präsidium. Die GeStaPoKeller warn was andres. Und vier Jahre Zuchthaus in Luckau. Nur vor Läusen und Wanzen hattest du Angst.

Hab ich Angst?

Wovor denn. Die können mir nichts.

Höchstens wenn die Bullen was fabrizieren. Behaupten ich hätt Widerstand geleistet oder sowas. Wie in Berlin. Gegen die Aussagen von drei Bullen siehst du alt aus, auch als Doktor. Keine Panik jetzt Bliss. Erst mal die Nacht durch, morgen wird man sehn. Muss wirklich schlafen damit ich frisch bin für den Haftrichter.

Bah, die Decke stinkt.

Scheißschulter auch. Im Liegen ist es schlimmer. Vielleicht das Schlüsselbein angeknackt. Immer noch besser als ein Stein am Kopf Manfred. Oder ne Kugel drin. Ist gefährlich geworden in deutschen Großstädten.

Von dir weiß ich wer ich bin Wolfgang Abendroth. Viktor du bist kein Politiker du bist ein Forscher. Vor allen Assistenten gesagt. So lange immer noch Zweifel. Da wusst ich es stimmt.

Hätt ich auf seinen Rat gehört säß ich noch in Marburg im Seminar, könnt in Ruhe habilitiern. In München wird keiner auf dich warten Viktor.

Komisch dass der Kommissar Forscher gesagt hat. Als ob er davor Respekt hätte. Demonstrationsforscher, wie? Vielleicht mal was gehört vom Institut für Zeitgeschichte.

Lenas wegen hock ich in diesem bayerischen Loch. Im Grunde. Bin ihr nach München gefolgt wie das Weib dem Manne, wo du hingehst da will auch ich, treudoof, und jetzt prüft die Forschungsstiftung meinen Verlängerungsantrag und prüft und prüft und ich hab nur noch dich und dein bisschen Geld. Und keinen Freund.

Die Freunde verlassen in Marburg, der Schorsch und der Frank und der Reinhardt. Mit denen konnt ich jeden Tag reden. Im Seminar. Auf unserm Filosofenweg an der Lahn. Mit dir doch nicht Lena. Manfred in Köln, noch zweihundert Kilometer weiter. Weiß nicht mal ob der nun dein Freund ist oder meiner.

Wenn ich hier raus bin fahr ich hin, besuch sie! Trampe einfach, das kost nix. Schlafen kann ich bei ihnen. Lena kommt eine Woche allein zurecht. Die Politik sowieso. Wär ich mit Barbara nach Montenegro wärs vierzehn Tage gewesen.

Mein Arsch hängt zwischen allen Stühlen, Student längst vorbei. Im Mittelbau, wer da sich ein Plätzchen ergattert hat, die Assistenten und Lehrbeauftragten, verteidigts natürlich gegen jeden der von woanders reinschneit.

Du kannst wahrscheinlich nicht mal verstehn wieso es bei mir an dieser Uni nicht weitergeht wie bei Abendroth. Lebst in deiner Scheinwelt. Kunstwelt. Arkadien. Hast mir vorgeschlagen bleib noch bei deinem Wolf, komm nach wenn du was Festes hast, aber das Angebot von den Kammerspielen meinetwegen auszuschlagen – der Gedanke ist keinen Augenblick aufgetaucht in deinem schönen Haupt. Klar, deine große Chance. Endlich kreativ sein dürfen mit dem besten Material. Der Posten wird nicht alle Jahre frei. Ich hab Angst gehabt dich loszulassen, wollt nicht riskieren dass uns die Trennung auseinander bringt. Jetzt trennt uns die Nähe. Weil alles so anders geworden ist als in Marburg. Da hatten wir nur Erfolge, ausgelastet mit Arbeit, keine Probleme für eine Liebe. Und hier? Du gehst auf in deinem Job und ich geh einkaufen. Mach Politik für dich mit. Wahrscheinlich, wenn du dich entscheiden müsstest, zwischen mir und dem Teater, würdest du Rotz und Wasser heulen vor Mitleid mit deinem Schicksal, aber sagen: ich nehm das Teater.

Stimmt das?

Verdammt dies Badezimmer macht einem miese Gedanken!

Da regt sie sich ungeheuer auf wenn die Tagesschau Kriegsbilder aus Vietnam zeigt, aber was das mit uns in Deutschland zu tun hat, das muss ich ihr erst erklären. Ja gut, bist sammeln gegangen mit der Büchse. Mir zuliebe, oder? Wolltest beweisen, dass du dich traust. Am Freitag mit zu Springer. Das war die Empörung wegen Dutschke. Moralisch verstehst dus, mit dem Gefühl. Aber mit dem Kopf? Oder wegen Manfred? Emanzipiert bist du, wie irgendeine Frau die ihren Beruf ernst nimmt. Das ist in Ordnung. Wir sind mit uns einverstanden. Einmal hast du mir Vorwürfe gemacht dass ich zu viel Zeit für die Kampagne verschwende. Aber sonst? Nicht mal wegen Barbara. Und hast meinen Freund mal eben vernascht, karitativ. Okay, im Einverständnis, klar. Ein solidarisches Ehepaar, könnte man sagen.

Nur dass du nicht kapieren willst was es für mich bedeutet, so ausgegrenzt zu sein Lena! Klar, ich kann arbeiten, am Schreibtisch, in der Bibliotek, was fehlt mir denn. Es ist aber so als ob sie dich bei den Kammerspielen vor die Tür setzen, du für irgendein Laienteater schneidern müsstest, so ähnlich ist das nämlich! Aber das stellst du dir nicht vor. Da steckst du den Kopf in den Sand. Die paar politischen Freunde sind kein Ersatz für die Kollegen in Marburg. Gesinnungsgenossen sind das, hat der Kommissar Huber ganz richtig erkannt. Mit Johann kann ich nicht diskutieren und mit Ferri erst recht nicht, außer übers Kapital und die Notstandsgesetze und wer Plakate klebt für die nächste Demo. Einen Vortrag halten im *KommaKlub*, das geht ja noch, auch ohne Geld. Der Kampftext für die Auftakt-Veranstaltung, da war Spaß dran. Aber Flugblätter verteilen, Adressen schreiben, Briefmarken lecken, dafür bin ich immer willkommen, politische Arbeitskraft, auswechselbarer Name, der anspruchslose Soldat für die Welt von morgen. Obwohl ich ihnen erklärt hab dass ich Aufsätze schreiben muss, publizieren, und zwar besser als andre, wenn ich die Nase über Wasser kriegen will. Haben sie auch kapiert, sind ja intelligente Leute. Trotzdem bin ichs immer wieder der freie Zeit hat wien Student. Und nicht nein sagen kann. Weils notwendig ist und alles immer noch viel zu wenig für die sozialistische BeErDe.

Das eine Mal, Silvester, die Korona von Ferri, und Lena dabei, auf der Hütte, das Fest, ganz privat, Kochen, Essen, Saufen, Spazierngehn im Thüringer Wald mit Schneeballschlacht, Tanzen bis um fünf und fast die Betten verwechseln, ich dacht das ist jetzt der Anfang von was Neuem in München, und Barbar die weiße Schneefrau, aber hinterher war das Leben wie vorher.

Kein Schritt näher zum Sozialismus. Und zur Kommune Eins oder Zwei auch nicht. Alles grau, graue gequirlte Aufregung, ständig. Keine Sonne.

Keine Lust, wie bei den Kommunarden. Die Revolution ist kein Happening, Viktor. Ferri. Die Arbeiter haben kein Verständnis für Faxen. Kampf Kampf Kampf. Endsieg hat er nicht gesagt.

Aber sie bräuchten Verständnis für Faxen Ferri! Die Veränderung fängt im Kopf an, nicht in der Lohntüte. Heiliger Marx, wer hat dich aufgebaut so hoch dort oben – Rosa hat beim Hofgang die Meisen gefüttert!

Heut früh, diese unglaubliche Sonne.

Unfasslich der Himmel, unbefleckt, vollkommen, die reine blaue Ewigkeit über uns.

Meine Zeit mein Leben ist ein kostbarer Augenblick, mein Tod steigt die Treppe eben herauf, hat schon die Knochenhand mir auf die Schulter gelegt.

Die Ewigkeit ist das Nichts ist die weiße Leere, dasselbe, ich bin was Winziges dazwischen, ein Lichtblitz, der Lidschlag, der Gedanke, eine Unruhe bloß, eine Welle im Ozean. Was ist eine Welle ist eine Welle ist eine bewegte Erhebung eine Erregung eine Information schau hin schon ist sie ausgelaufen restlos verschwunden unauffindbar für ewig und immer

Der arme Vater spricht zu seiner ärmeren Tochter

München, Donnerstag, 18.4.1968

Jona, mein fernes schönes Kind
  *das mir desertiert ist wie Dein Mike dem Uncle Sam -
ob und wann Dich dieser Brief bei den War Resisters
erreicht, ahne ich nicht. Mir kommts vor als wär Dein
letzter Brief vor Monaten eingetroffen, ich schau aufs
Datum, es ist nicht wahr! Vor drei Wochen geschrieben!
Vor vierzehn Tagen angekommen! Ich hoffe nur, ihr seid
dort in Kanada in etwas ruhigeres Fahrwasser gelangt
und in Sicherheit vor der CIA und verwandten Strol-
chen.*
  *Hier brummt die Hummel! Ich hab das Gefühl, es ist
eine neue Zeitrechnung angebrochen. Alles was so lange
im Untergrund geschmort hat, ist plötzlich ins Tageslicht
explodiert. Wirst es gelesen haben, das Attentat und die
Kloppereien um die Springer-Häuser, hier in München
auch, Dein Vatter war dabei auf den Barrikaden, dreimal sogar, believe it or not, Donnerstag, Freitag und
Ostermontag. Am Freitag ist ein Freund von mir, direkt
neben mir und Lena, von einem Stein am Kopf getroffen
worden, den mußten wir mit Blaulicht ins Krankenhaus
schaffen. Am Montag hat mir ein Polizeiknüppel fast das
Schlüsselbein zertrümmert und anschließend gabs eine
kostenlose Übernachtung im Polizeipräsidium, das
heißt, die schicken die Rechnung wahrscheinlich noch*

nach per Gerichtsbeschluß, den Landfrieden hätten wir gebrochen, wir, stell Dir vor, nicht euer LBJ in Vietnam und seine Herzchen in diesem Land, und wenns jetzt eine Entente cordiale zwischen den Springer-Juristen und der bürgerlichen Justiz gibt, dann ernennen sie ein paar von uns zu Rädelsführern und fordern Schadensersatz für ihre angesteckten Autos statt daß wir Springers Rotationen in Volkseigentum überführen.

Ist aber alles im wildesten Fluss, kann sich, wird sich hoffentlich andersrum entwickeln. Auf dem Ostermarsch am Montag warn auch ne Masse Arbeiter, ich meine, wenn es zu Streiks kommt, gegen die Notstandsgesetze, werden die Karten neu gemischt. Die Oktober Revolution, das warn zuerst auch nur ein paar tausend entschloßne Leute - also wie wir am Montag im Laufschritt durch die Münchner Straßen, Zwölfer- Sechzehner Reihen untergehakt mit Hohohotschiminh daß dir die Ohren gedröhnt haben, das war schon eine neue Kraft, auch bei der Abschlußkundgebung am Stachus, fünfzehntausend bestimmt, und die meisten sind dann hin zur Bilddruckerei, Straßenschlacht mit der Bereitschaftspolizei, zwei Tote, leider, durch Steinwürfe angeblich, zwei zu viel, klar, aber andrerseits mußt du denken: was sind zwei Tote gegen die zehntausende Opfer von Napalm und Giftgas und Flächenbombardements, da relativiert sich das doch schon, wenn man den Gesamtzusammenhang sieht. Obwohl mir Dein werter Onkel, mein verflossener Schwager und Jugendfreund - auch so was passiert jetzt! einen Zettel unter den Scheibenwischer geklemmt hat MÖRDER VON AZ PHOTOGRAPH FRINGS. Nur weil ich ihn zur Abschlußkundgebung am Montag eingeladen hatte. Immerhin steht er zu seiner Meinung, hat seinen Zettel unterschrieben. Ich war perplex, daß einer in meiner Nähe noch so denken kann. Lutz ist doch kein Dummkopf! Ich habe ihn angerufen, zur Rede gestellt wegen seiner Entgleisung, er war sofort auf hundert, wir hätten uns gemein gemacht mit Mördern, mit Leuten die unsern Staat infragestellen, Dutschke hätte die Schüsse doch selbst provoziert, die uns jetzt zum Vorwand dienten für Straßenkrawalle, in dem Stil, kam kaum zu Wort, hab bloß noch gesagt, du bist der lebende Beweis, daß dieser Lügenkonzern enteignet gehört und hab aufgelegt. Schluß. Aus. Ende. Tut mir leid. Auch wenn er Dein Onkel Lutz ist. Und neuerdings ein BMW Cabrio fährt. Hat er im Lotto gewonnen?

Du merkst schon, wie sowas nachzittert in einem. Auch die Nacht in der Zelle. Zwei Tage ist das her. Und ganz ohne Angst ist es nicht abgegangen, geb ich zu, als die Steine gegen die Wasserwerfer flogen. Wir sind alle keine gebornen Soldaten und müssen erst mal kapiern was das heißt: Friedenskämpfer - die Spannung liegt ja nicht nur in dem Begriff selbst, sondern in der Sache, genauer: in jeder einzelnen Person. Wir sind friedliche Leute, Bürger, und die wenigsten haben Erfahrung im Klassenkampf. Und wenn Du jetzt sagst: Was ist mit Nonviolence, dann denk ich, daß die Gewalt doch immer von den Machthabern, den Wenigen ausgeht, als strukturelle Gewalt und von ihren bewaffneten Hilfstruppen. Die haben nie Skrupel draufzuschlagen, und auch zu schießen, wenn das Volk in Haufen eine Veränderung fordert.

Alle Zeitungen und Sender predigen uns den gesitteten Protest. Kaum ein Kommentator gibt mal zu, daß dieser Protest so lange keinen Hund gejuckt hat so lange er hübsch friedlich war. Aber als vor zwei Jahren zum ersten Mal drei Eier am Berliner Amerika-Haus geplatzt sind, nicht mal faule, da schäumte die vereinigte Mediensuppe! Also wenn du die verordneten Regeln des Gesellschaftsspiels durchbrichst - dann krähen

die Hähne nach dir, sonst nicht. Ihr in den USA habt
das schon früher bewiesen bekommen, die Schwarzen,
die Studenten, von den Rothäuten ganz zu schweigen.
Die deutschen Studenten kriegen jetzt Nachhilfeunter-
richt in Sachen Demokratie und Staatsgewalt. Ich
schick Dir den Text mit, den ich bei der Ostermarsch-
Kampagne vor ein paar tausend Leuten vorgetragen
habe. Lena hat gesagt, wär sehr eindrucksvoll gewesen,
andre auch. Schade daß mein Herzblättchen nicht
dabei war.

Verdammte Kopfschmerzen bereitet mir Deine Frage
nach Geld. Wir sind selbst im Augenblick durch den
Umzug nach München in einer beschissenen Situation
und haben schon Schulden gemacht (obwohl wir nun
wirklich nicht üppig leben, Du weißt es), weil nämlich
mein Forschungsstipendium immer noch nicht verlängert wurde. Lenas Anfangsgehalt an den Kammerspielen
beträgt lausige tausend Mark, die reine Ausbeutung bei
den Arbeitsstunden die sie da abreißt, und ich bin an der
Uni ziemlich chancenlos, eine schwarze Mafia besetzt
gnadenlos die Brüste der Alma mater. Ich warte händeringend auf die Honorare für zwei Aufsätze - eines
davon, das versprech ich, schick ich sofort an Dich weiter, ohne draufzugucken. Viel wirds leider nicht sein.
Oder sollt ichs mal versuchen wie Du - mit Kellnern?
Ob mir altem Saupreußen jemand hier ein Trinkgeld
gäbe? Du vielleicht, aber die Münchner?

Eine andre Sache ist noch im Busch, aber zu vage, als
daß ich mit der schon Hoffnungen wecken dürfte, also
laß ichs.

Ach Jona Jonitschka - das Herz tut mir weh, daß ich
im Augenblick nichts andres Dir schreiben kann. Vielleicht hätt ich doch entschlossener reich werden sollen.
Dacht immer, Geld ist unwichtig, wenn man genug
Reichtum im Kopp hat. Sonst gehts uns ja gut, gesund-

*heitlich und so. Ich hoffe sehr Dir auch. Ich schreib bald
wieder. Bitte tu dasselbe, ich denke jeden Tag an euch.
Alles Liebe von Deinem Papa.*

*PS Viele Grüße von Lena natürlich.
PPS Verstoß mich nicht aus Deinem Herzen –
3.PS: Nimmst Du die berühmte revolutionäre Pille?*

Das Ehepaar Bliss sucht nach seiner Zukunft

In der Kantine, berichtete Lena, gibts zwei Fronten – die BILDLeser die sagen, warum hat der Bachmann nicht besser gezielt, und die AZLeser die finden, dass die Polizei die Studenten zum Widerstand prügelt. Bei beiden spürt man, das ist das Komische, dass sie vor irgendwas Angst haben.

Vor ner Revolution?

Für die reichts schon dass sich was verändern könnt dass sie Gänsehaut kriegen. Lena nickte vor sich hin, am Reißbrett sitzend, radierte an ihrem Entwurf, zeichnete neu. Er spielte mit ihrem kurzen Zopf, strich mit den Fingerspitzen über ihren Nacken und Hals. Sie antwortete mit kleinen Kopfdrehungen, blieb aber am Kohlestift, mit dem sie Bleistiftlinien nachzog.

Richtig verbiesterte Kleinbürger, manche Techniker.

Bliss, an ihrem Ohrläppchen knabbernd, gluckste.

Die Unruhen sind denen ein Argument *für* die Notstandsgesetze, also genau von hinten durchs Knie ins Auge.

Was setzt du dagegen?

Nichts Vik. Vor Brettern kannst du nur schweigen und Kaffee trinken. Außerdem sinds Kollegen. Mit denen ich irgendwie arbeiten muss. Ist was andres als die Typen vor der Theatiner Kirche. Die ich nie wiederseh. Apropos Kaffee – machst du uns einen?

Bliss brachte auf dem Tablett auch paar Kekse zur Begleitung, stellte den Duft auf den freien Hocker, Lena entleerte das schmale Kanapee von StoffmusterKatalogen und Modezeitschriften, wie in der Eisenbahn saßen sie darauf oder doch vielleicht eher schulbankmäßig: Schön dass du mich mal besuchst Vik küsste sie ihn auf die Backe, ist lange nicht passiert.

Mein Antrittsbesuch nach der Befreiung aus dem Walfischbauch, lachte Bliss. Der vorläufigen.

Die Katze würdigte die Familienharmonie, stieg ihm auf den Schoß, kringelte zweimal die volle Drehung, eh sie sich als ägyptische Sfinx lauthals schnurrend auf seinen Oberschenkeln ausstreckte.

Lena wollte nicht denken an die einsame Nacht und konnte es doch nicht verdrängen, das quoll unverdaut wieder hoch, die Angstschwaden, als die ersten Nachrichten im Rundfunk von den neuen Zusammenstößen und Vik rief nicht an, einfach weg blieb er, später und später, und sie, abergläubisch, fürchtete nun ist Vik dran, hats ihn getroffen, Art Vergeltung des Schicksals wegen Manfred
    ach Mensch Lena
doch Vik, ehrlich, wo ich anrief Fehlanzeige, warum ist kein Mensch zu Hause was ist los dachtich, bei den Krankenhäusern kein Durchkommen telefonisch, und ich nach Rechts-der-Isar, zur Uniklinik, ins Schwabinger Krankenhaus, immer die Bilder von Freitag vor Augen, von einem zum andern haben sie mich geschickt, die vielen Blaulichter in den Straßen, Sirenen, Polizei, Krankenwagen, eine Atmosfäre wie im Bürgerkrieg, in Schwabing besonders
    dass du aber nicht ans Polizeipräsidium gedacht hast!
    wahrscheinlich weil du gesagt hast du rufst mich auf jeden Fall an wenn du geschnappt wirst, oder wenigstens einen von den APOAnwälten, konntich nicht ahnen dass sie euch nicht telefonieren lassen

weil du unterwegs warst nehmich an hat der Kommissar dich nicht erreicht oder hats vergessen

und dann Stunden an deinem Schreibtisch gesessen mit Murkel und geweint und gegrübelt was hab ich falsch gemacht ist das jetzt die Strafe und an Schlaf nicht zu denken, richtiger Horror wenn du so sitzt wie verdonnert zum Nichtstun und kannst nichts machen rein garnichts

Bliss streichelte Katzenkopf und Frauenhand, verstummt von der Nähe ihrer durchnächtigten Ängste, kaum vorgestellt in der Zelle und am Vormittag bei dem schnellen Anruf in der Schneiderei des Teaters. Gleich ihr Arbeitsleben, hat sich drüber gepackt nach den Feiertagen. Auch die Berichte in den Zeitungen haben das persönlich Erlebte in politische Ereignisse entfernt. Obwohl nichts vorbei und erledigt ist.

Das allerdings behauptete Bliss jetzt doch, wollte Lena beruhigen – ohne Erfolg, da sie aus dem Teater wusste, dass ein Demonstrant am Dienstag von einem Münchner Richter, brutal verknackt, vier Monate Gefängnis, ohne Bewährung. Der anscheinend nichts weiter verbrochen hatte als dabeizusein, genau wie wir. Warum hast du mir das verschwiegen? Blüht dir das auch jetzt?

Nein, nicht verschwiegen, jedenfalls nicht absichtlich, ich glaube der Mann hatte schon eine Bewährungsstrafe wegen einer UniSache, und die Rechtshilfe der APO wird ihn garantiert raushaun in der Berufung, sonnenklar, ein solch faschistoides Urteil kann selbst in Bayern keinen Bestand haben. Während er das versicherte, rutschten ihm die Worte des Kommissars ins Gedächtnis und der kaltsachliche Haftrichter nach der Zellennacht, der auch ihm, gab er zu, eine Anklage wegen Landfriedensbruch in Aussicht gestellt hatte, bevor er ihn nach Haus entließ.

Klirrend stellte Lena ihre Tasse auf den Teller. Erschreckt sprang die Katze zu Boden.

So. Und was bedeutet das für dich und mich? Was willst du jetzt tun?

Gar nichts Lena. Abwarten. Kaffee trinken, wie du.

Lena fand das überhaupt nicht lustig. Neue Unsicherheit! Die beiden Nächte mit der Sorge um den verletzten Manfred und der Angst um den verschollenen Mann hatten ihr gereicht. So gut konnte sie sich Gretchen Dutschke vorstellen. Loretta King. Auch Johanna in Kanada – immer die Frauen, die warten und zittern in Ungewissheit und dann ihre Schöße zum Trost der gerupften Helden bereithalten sollen! Oder die Gräber mit ihren Tränen begießen. Wenn du den Knüppel auf den Kopf bekommen hättst wär ich nicht umsonst zu den Krankenhäusern gefahren!

Bliss war betroffen von ihrem plötzlichen Zornausbruch, sie hat doch allem zugestimmt was er politisch, selbst mitgemacht, niemand hat sie gezwungen mit der Büchse, und zur SpringerBelagerung, seine Texte gebilligt – war das denn nur ihrem Mann zuliebe? Nicht eigne Überzeugung?

Doch, das war es. Aber willst du dir deine Zukunft völlig verbaun? Du bist sechsunddreißig, oder? Reichen dir die Schwierigkeiten an der Universität noch nicht? Provozierst sie doch selbst! Und weinst dich bei mir aus, dass sie dir die kalte Schulter zeigen.

Soll ich werden wie die rechten Säcke in deiner Kantine? Oder wie die vor der Theatiner Kirche?

Lena seufzte eine hilflose Verzweiflung, kratzte sich hinterm Ohr: Nein Vik, nein. Ich weiß auch nicht. Entschuldige. Es ist so schwierig. Ich fand dich klar toll da oben auf dem Podium im Bürgerbräu, wie du alle gefesselt hast. Vielleicht weils meine Sehnsucht mal war so von einer Bühne mit Menschen zu sprechen statt inner staubigen Schneiderei oder inner versoffnen Kantine dummes Geschwätz anzuhörn. Und weil du mutig bist

Bin ich gar nicht Lena

Doch du wagst was und stehst dafür ein, egal, ich wollt auch mutig sein, nicht bloß dir zugucken, wollt rauskommen aus meinen politischen Eierschalen, aber am Teater arbeiten will ich auch, das vor allen Dingen, und nicht alles aufs Spiel setzen für die Revolution vom heiligen Nimmerlein

Hat Barbar mit dir gesprochen?

Nein wieso.

Die hat so ähnliche Klamotten gesagt zu mir.

Hat sie das.

Ja hat sie. Konzertierte Frauenaktion oder wie.

Ach Vik, ich denk wenn du Professor wärst oder Beamter, Lehrer – ganz anders könntest du dann reden, hättest ein Ansehn, hättest Schüler wie dein Abendroth, einen großen Einfluss hat der doch und keiner kann ihm was – statt jetzt so ungesichert und immer fürn Dankeschön. Alles riskierst du wenn du eine Vorstrafe kriegst, kannst nicht mal deiner Tochter ein Geld schicken in ihr Exil

Also doch! platzte Bliss raus. Ich soll mich prostituiern! Den reaktionären Profs in den Arsch kriechen! Ein akademischer Strichjunge, wär dir das recht?

Jetzt reg dich bitte nicht auf Vik. Darum gehts überhaupt nicht. Komm setz dich wieder zu mir, ich bin nicht dein Hausdrache. Hab halt meine Vernunft, als Arbeiterkind.

Bliss stellte fest dass Lena sich ganz klar zuerst aufgeregt hatte. Und obs ein Stier oder ein Hausdrache war der sich mit deiner Großmutter vereinigt hat, das bleibt noch zu klären. Ein Schwan mit Sicherheit nicht. Da lachte Lena gern, zog ihn neben sich, strubbelte ihm zärtlichruppig das Haar, wollte einfach mit ihm wie das besagte alte Ehepaar über ihre Zukunft reden, über die Vergangenheit auch, zum Beispiel Manfred und Barbara, dass sies geschafft haben, die beiden ohne schreckliche Eifersuchtsdramen zu erleben, und ein bisschen planen, das Nötige und das Schöne, ob im Sommer ans Meer oder in die Berge, damit man sich schon auf was vorfreuen kann, so lange schon spukt ihr Korsika im Kopf rum, die wilde Sehnsuchtsinsel, aber Tirol wär ja auch nicht schlecht und sicher billiger, das Vorarlberger Land, der Patschakofel, davon hatte Maria Singer ihr vorgeschwärmt, die alte Schauspielerin, bei einem Bergbauern mit Almwiesen und Kühen und lebendigen Mäusen für Murkel. Vielleicht seine alte Idee mit dem Haushaltsbuch verwirklichen, endlich wissen wo das Geld hingeht, wenigstens vier Wochen lang, ich werd das schon schaffen mit dem Aufschreiben wenn wirs fest beschließen.

Bliss ließ sich gern mitreißen, obwohl er ihre Vorschläge auch als Ablenkung empfand, vom Kern der Sache. Wenn Lena neue Ideen und Pläne entwarf fand sie beflügelte Worte, verscheuchte seine Vorsichtigkeiten und Skrupel. Ihr herbes Gesicht verschönte sich, ein lebenslustiger Mensch schien unter dem Alltagsgesicht hervor, strahlende Augen, wie an jenem ersten Abend als sie sich auf der Party begegnet waren, der Doktor von der Universität und die Frau vom Teater, sie mit keinem andern Mann mehr gesprochen hatte und er sich ein Stück hochgehoben fühlte von der Aufmerksamkeit dieser ungewöhnlichen Person, erstaunt, fast verwirrt ob ihrer offen gezeigten Gunst, aber auch gesteigert, ermutigt in seinem eher verschüchterten Mannbewusstsein, so dass er sich vorgestellt hatte, die könne noch mal ein Mensch sein für ein gemeinsames Leben -

Kindermann, fiel ihm ein, ist vielleicht ein Professor, bei dem ich einen Versuch machen könnte, der ist neu an der Münchner Uni, nicht eingebunden in die Hierarchie, hat ungewöhnliche Ansichten, neulich noch, bei dem TeachIn über die Hochschulreform, obwohl er OstasienExperte ist, deshalb hab ich mir bei ihm keine Chancen ausgerechnet mit meinen Forschungsschwerpunkten, aber Vietnam, natürlich hängt das mit China zusammen, das könnt ein gemeinsamer Nenner sein, warum bin ich nicht früher darauf gekommen.

Lena griff das auf, sie wollte sich ein Herz fassen und noch mal auf Peter Stein zugehn, dass er sich bitteschön entscheiden sollte, ob er den Dr. Bliss engagieren wollte für den *Vietnam-Diskurs* oder nicht.

Bliss nahm sich vor bei der Forschungsstiftung einfach anzurufen, obwohl die von telefonischen Nachfragen abzusehn gebeten hatten, die ewige Warterei ist eine Zumutung, jede Geduld hat mal ein Ende. Auch der schlamperten Honorarabteilung des Bayerischen Rundfunks wollte er Beine machen, das Geld sollte gleich weitergehn an Johanna, und der *Kursbuch*Aufsatz war praktisch fertig im Kopf, er brauchte ihn sozusagen nur noch runterzutippen, Suhrkamp würde bestimmt anständig honorieren. Bloß vorher noch den Bericht für die Rechtshilfe der APO, die sammelten Zeugenaussagen für eine Publikation und für die möglichen Prozesse, es sollten auch Klagen gegen Prügelpolizisten eingereicht werden von der Humanistischen Union, Art EntlastungsOffensive der APO. Lenas konkrete Sorge betreffend vermutete er, dass die Politik solche übereifrigen Kalten Krieger in Richterrobe über kurz oder lang zurückpfeifen werde, die würden nicht den Sohn des Bundesaußenministers ins Gefängnis werfen.

Deine Hoffnung in Gottes Ohr! seufzte Lena, noch skeptisch, und Bliss, amüsiert: wenn Willy Brandt anruft wird der Alte Herr schon ans Telefon gehn.

Viks Vorsätze hatten eine andre Qualität als Lenas, er baute auf preußischem Boden und versuchte stur einzuhalten, was er beschlossen oder versprochen hatte, während sie nur Absichtserklärungen mit kurzfristiger Gültigkeit abgab, deren Verfallsdatum mit der Lebensfähigkeit ihres Interesses an einer Angelegenheit übereinstimmte. Dieser Sachverhalt war erst im Laufe von Jahren ihres Zusammenlebens deutlicher geworden, zahlreiche herbe Enttäuschungen lagen am Weg, da die Haltbarkeit ihrer Willensbekundungen im umkehrten Verhältnis zu der Überzeugungskraft standen, mit der sie von ihr andern mitgeteilt wurden. Bliss hatte eine gewisse Toleranz gegenüber Lenas Spontaneität mit Hilfe der Überlegung eingeübt, dass ihre Versprechen und Absichten Überbleibsel eines archaischen Beschwörungsritus waren, der eben im 20. Jahrhundert nicht mehr richtig klappte. Was allerdings nicht hinderte, dass er immer neu auf ihren entflammenden Entusiasmus hereinfiel. Offenbar lag bei ihnen ein unterschiedliches Verhältnis zur Sprache, zu Worten vor – Lena hatte spontan eine unmittelbare Beziehung zu ihrem flüchtigen, immateriellen GeräuschKarakter, während Bliss von ihrer monumentalen Langlebigkeit durch die Jahrhunderte beeindruckt und geprägt war.

Das hörte sich hoffnungsvoll an, andere ließen sich von einer solchen Prozessdrohung einschüchtern, wie sie selbst erst mal, und politisch stand wohl vorläufig nichts auf seinem Fahrplan an neuen Verpflichtungen? Fragte Lena.

Obwohl in seinem Kopf noch der Einfall aus der Zellennacht spukte, die Freunde in Marburg und Köln zu besuchen, gab er die Selbstverpflichtung ab, allen eventuellen RedeErsuchen in Sachen Notstandsgesetze und Verwandtes zu widerstehen, ausgenommen den unwahrscheinlichen Fall, sie seien mit einem anständigen Honorar verbunden. Schluss mit der Selbstausbeutung der Ausgebeuteten! verkündete er.

Na wunderbar, sagte Lena, häng dir das über den Schreibtisch. Kannst du dich mal ein paar Wochen auf deine Arbeit konzentrieren.

Außer, überlegte er, die Sache an deinem Teater klappt. Aber da stimmt ja die Bezahlung und ich hätt jetzt sogar Lust drauf, obwohl ich vor Ostern so skeptisch war gegen deine Idee. Eine Fachberatung müsste nicht viel Zeit in Anspruch nehmen, oder? Paar Gespräche gelegentlich wärn was andres als eine RegieAssistenz, wie ich mir das anfangs vorgestellt hab.

Ach Mensch, freute Lena sich, ich dacht schon ich hätt dich mal wieder nur überredet. Umarmte und küsste ihn und schlug vor, doch gleich diesen freien Abend in die Vorstellung von *Dickicht der Städte* zu gehn, sie beide, damit er die Arbeit von Stein kennenlernte, diese großartige Inszenierung. Vielleicht könnten sie ihn sogar nach der Vorstellung erwischen, weil er meistens im Haus ist, wenn das Stück läuft.

Das leuchtete ihm ein. Er war auch in der Stimmung, ihr jeden erfüllbaren Wunsch zu erfüllen, gestand er, so erleichtert wie er sich fühlte, dass die Luft zwischen ihnen wieder rein war.

Im Teater wird das Weltbild des Wissenschaftlers verrückt

Bliss hatte, mehr aus historischem Interesse, von Brecht Furcht und Elend des Dritten Reiches gelesen und Die Tage der Commune, auch die KeunerGeschichten und im Buch der Wendungen, vor allem aber Gedichte. Wegen Lenas Mitarbeit an der Produktion hatte er sich in Gießen den Kaukasischen Kreidekreis angesehn. Viel mehr kannte er nicht von dem Dichter, dessen Ostberliner Werkausgabe Manfred Anklam so lustvoll und kennerisch in den Händen gehalten hatte.

Auf dem Weg zu den Kammerspielen skizzierte Lena Viktor die Geschichte des Stückes als das Duell zweier Männer, nicht um eine Frau, nicht um Besitz oder die Macht, sondern einfach als Kampf an sich.

Wie – Kampf an sich – wie meinst du das? Bliss konnte sich Kampf nur als Kampf um etwas Konkretes vorstellen. Allenfalls noch um Ehre. Oder als Rache.

Von all dem hatte Lena aber nichts in Brechts Stück erkennen können, obwohl die Inszenierung unheimlich konkret, drastisch gradezu, spielt in Chicago, im Chinesenviertel, vor dem Ersten Weltkrieg, ein Holzhändler Shlink, ein Malaye und ein Buchhändler nein Angestellter einer Leihbücherei, Garga heißt der Mann.

Die symbolische Auseinandersetzung zwischen einem Kapitalisten und einem Lohnabhängigen, Art personalisierter Klassenkampf? mutmaßte Bliss, doch Lena schüt-

268

telte den Kopf: Nein nein, überhaupt nicht Schwarz-
weiß, irgendwie wild und durcheinander. Sie wusste es
nicht genauer zu erklären. Auch eine total kaputte Liebe.

Die zwei äußersten Plätze in der letzten Reihe des
Werkraums konnte Lena noch ergattern, die Vorstellung
war ausverkauft, viele junge Gesichter, Alltagskleidung
überwog, der unbekannte frühe Brecht zog die Leute
ebenso wie die vielstimmig überraschten, aufgeregten
Kritiken der Inszenierung Steins, die ihn als Hoffnung
und kommende Supernova entdeckt hatten. Noch ehe
das Spiel begann, flackerten Filmfetzen von Boxringen
und CatcherKämpfen lautlos über den Vorhang.

So was hab ich nie in Wirklichkeit gesehn, sagte Bliss,
du?

Auf der Reeperbahn, in meiner Hamburger Zeit, auf
der Straße. Auch mit Messern.

Ja aber für Geld! Als Show! Das ist die Perversion.
Geprügelt habich mich auch schon, um eine Frau mal.
Vor deiner Zeit.

Er fing noch ihren ungläubigen Blick auf, als das Saallicht erlosch, der Vorhang die Sicht freigab in den bis an
die steinerne Rückwand nackten, in kaltes Neonlicht
getauchten Bühnenraum, auf dem Ganz-Garga zwischen Bücherregalen eine Luftboxerei vorführte wie
Muhamed Ali auf dem Weg in den Ring. Dann aber
gleich sich in den geduckten, untertänigen Angestellten
verwandelte, der dem Shlink und seinen Bodyguards
jedes beliebige Buch auszuleihen bereit war, nur nicht
das für Geld hergeben wollte, was von ihm gefordert
wurde: seine Meinung über ein Buch. Die verteidigte er
rücksichtslos und unbestechlich, setzte seine Stellung,
seine Familie, seine Geliebte aufs Spiel bis zur wilden
Zerstörung der Leihbibliothek durch die Ganoven.

Während die Schauspieler lärmend auf offener Bühne
die Trümmer forträumten, so dass nur das rohe Holz-

gerüst stehen blieb, dachte Bliss, dass er diesen Buchhändler doch verstehen konnte, der nichts besaß als
seine eigne Meinung – die bedeutete seine Individualität,
sein Menschsein, seinen einzigen Besitz, den er wie sein
Leben verteidigen musste. Der Holzhändler, dieser ölige
Kleinkapitalist, hatte das erkannt und wollte ihn kor-
rumpieren. Ihn beleidigen durch die Zumutung der
Selbstaufgabe. Das war die Kampfansage. Macht und
Demütigung, Unterwerfung war das Tema.

Schon im zweiten Bild jedoch verlor sich das klare
Motiv, als Shlink dem Garga seinen Holzhandel, seinen
Besitz, sein Vermögen vermachte, sich ihm auslieferte
und unterwarf, nur um ihn beleidigen zu können. Das
war klar teatralische Fantasie des Autors, nicht mehr
Symbol der gesellschaftlichen Wirklichkeit. Und darein
noch Gargas Schwester, die sich in den Fiesling Shlink
verliebte wie eine läufige Hündin. Stupende Verwirrung,
obwohl alle Vorgänge direkt in der sozialen Landschaft
des Chinesenviertels und mit einer an die Nieren gehen-
den realistischen Drastik gespielt wurden. Die Sprache
bewirkte das auch. Die vor allem. Immer wieder schlugen die Sätze der Schauspieler genau neben dem Erwarteten ein, verstörten Bliss durch ihre surreale Unlogik,
ihre ungestümen Bilder, von denen Lena flüsterte,
Brecht hätte manches direkt bei Rimbaud abgeschrieben. Nicht dass sie Rimbaud gelesen hatte – die Kritiker
hattens gewusst.

Es war SlumAlltag, was da auf der Bühne zwischen
und auf dem rohen Holzgerüst gezeigt wurde, Geschäft,
Betrug, Prostitution, Erniedrigung, Dreck und Hunger
und Armut, aber Brechts Figuren überhöhten und ver-
formten das kriminelle Miliö durch ihre Sprache,
zugleich brutal und gefühlvoll, in eine überreale ästetische AntiWelt, die Bliss stumm und ratlos machte. Auch
ängstigte. Er fühlte sich selbst angegriffen in seiner

Erfahrung, seinem Lebensverständnis. Das war Teater, nur Teater, aber von einer Härte und Sinnlichkeit, die ihn überwältigte, die schmerzte.

Wie betäubt schritt er in der Pause neben Lena runter ins Foyer, hatte das Gefühl zu taumeln, ein leichter Schwindel, er fasste das Geländer. Ihr Blick war erwartungsvoll auf ihn gerichtet, bin gespannt was du sagst Vik, aber er schüttelte den Kopf, nichts Lena, ich kann jetzt noch nichts.

Findst dus schlecht? fragte sie als sei es ihre eigne Inszenierung.

Dieser Regissör muss ein Kerl sein, ein Kraftmensch, ließ Bliss leise durch die Lippen.

Lena hatte ihn doch verstanden in dem Pausentrubel der viel lauter, animierter als gewöhnlich redenden, diskutierenden Besucher, lächelte zufriedengestellt. Sie wollte kurz nachhören ob sie Stein zu fassen bekäme, verschwand durch die Tür zur Hinterbühne, ließ Vik bei den vergrößerten Stückrezensionen in den Schaukästen.

Bliss wollte aber nicht lesen, suchte seine verstörten Gedanken zu ordnen. Die von Brecht nicht begründete Willkür, mit der der Holzhändler sich sein Opfer, seinen Kampfpartner ausgesucht hatte, war bereits die erste Provokation jeder sozialen Logik. Unerforschlich wie göttlicher Ratschluss war das Hereinbrechen des Malayen in Gargas geordnete Kleinwelt. Hat diesem jungen TabuStürmer aus der Augsburger Provinz ein Bild, ein Symbol vorgeschwebt für den kaotischen Karakter der modernen Großstadt, in dem jede wie auch schäbig gesicherte Existenz über Nacht in eine lebensbedrohende Krise geworfen werden kann? Die absolute Rücksichtslosigkeit des Kapitals, wenn nicht des Zufalls, gegenüber jeder individuellen Anständigkeit, die den einzelnen Menschen zur Unterwerfung oder in einen aussichtslosen Überlebenskampf zwingt?

Dass Garga am Ende unterliegen muss gegen den raffiniert mächtigen Shlink ist doch absehbar, oder? fragte er Lena, als sie wieder auf ihren Plätzen saßen. Die meinte nur: Lass dich überraschen. Jedenfalls kommt Peter Stein nach der Vorstellung in der *Kulisse* vorbei, da kannst du ihn sprechen.

Tatsächlich wurde Korte, der den Shlink in den ersten Szenen undurchdringlich kalt und genussvoll hinterhältig gespielt hatte, wie einen polynesischen Götzen oder Schamanen, nun immer menschlicher und gefährdeter, auch in seiner mal unterwürfigen mal auftrumpfenden Liebe zu Gargas Schwester, während Bruno Ganz als Garga im Kampf wuchs, rücksichtslos und unerbittlich in seinem Willen über den Asiaten zu siegen. Und der, verfolgt von der aufgehetzten lynchwütigen Meute, spielte seinen Selbstmord wie eine feierliche Zeremonie, als sei er am Ziel seiner Wünsche, ehe die enttäuschten Verfolger ihre Magazine in den vergifteten Leichnam abfeuerten. Krachend und Bühnenstaub aufwirbelnd schmissen die Schauspieler stapelweis Bretter aufs Proszenium, die Niederlage des Holzhändlers symbolisierend, verausgabten sich auch fysisch, als fände ein KrawallHappening statt. Garga, der hochgewachsene muskulöse Triumfator, wuchtete Shlinks Tresor auf eine Kabeltrommel, nutzte ihn als Tron, ließ sich vom Ensemble der Schauspieler huldigen, die obsiegende neue Macht.

Das ist nicht von Brecht, sagte Lena halblaut in das inszenierte Tohuwabohu.

Sondern?

Na vom Regissör.

Das Publikum saß erstarrt. Es dauerte bis erste Hände sich in Bewegung setzten, zaghaft, als wollten sie die plötzliche Stille lieber nicht stören. Bliss' Hände waren Blei, noch als der Bann gebrochen war und der Beifall losbrauste. Erst als auch die sichtlich erschöpften Schauspieler zaghafte Lächeln auf ihre Gesichter brachten und Lena ihn mit dem Ellbogen anstieß, begann er zu klatschen.

An der Garderobe merkte er, dass er nassgeschwitzt war unter den Armen. Fühl mich als hättich selbst mitgespielt, gestand er Lena, Wahnsinn. Sie war froh, dass er beeindruckt war, hatte selbst noch überraschende Einzelheiten entdeckt, die ihr beim erstenmal entgangen waren, so dichtgepackt mit Einfällen war die Inszenierung.

Aber es löst sich nicht alles auf, meinte Bliss, es bleibt ein irrationaler Überschuss. Oder könntest du das Stück jetzt erklären? Warum sagt Shlink am Schluss, er liebt Garga? Er ist kein Homosexueller, auf keinen Fall. Ich kann auch nicht glauben dass er nur aus Ekel vor sich selbst den Kampf vom Zaun bricht. Diese Boxkämpfe im Programmheft – warum war Brecht davon so fasziniert? War er ein Sadist? Der hat doch den Weltkrieg nicht verherrlicht wie Thomas Mann und die ganze bürgerliche DichterMischpoke, hat das *Lied vom toten Soldaten* geschrieben! Schade dass Manfred das Stück nicht mit uns gesehn hat, fiel Lena ein, was der wohl sagen würde. Ganz harmlos spontan kam das raus.

Ja wirklich, konnte Bliss zustimmen, schade.

Vielleicht kann Peter Stein dir deine Fragen beantworten, schlug sie vor, der muss wissen was er ausdrücken wollte.

Bliss bezweifelte und hoffte das.

Obwohl Vik – Brecht hat ja extra an das Publikum geschrieben: Zerbrechen Sie sich nicht den Kopf über die Motive dieses Kampfes – vielleicht wird Stein dir dasselbe sagen.

Das wärn Witz, wenn der Regissör einfach drauflos inzeniert hätte ohne zu wissen warum.

Die *Kulisse* hatte er bisher gemieden, aus Scheu vor den Schauspielern und Künstlern, die sich dort trafen. Nicht seine Kragenweite. Das Kaffeehaus Ambiente auch nicht. Lena grüßte an einige Tische, erntete freundliche Blicke, steuerte aber durch zu einem leeren mit drei Stühlen, sichtlich vertraut. Bliss hatte sie gebeten, ihn nicht großartig vorzustellen bei Kollegen. Überraschend für ihn, wie populär die Gewandmeisterin bei den Teaterleuten schien. Verschmitzt schlug sie vor er solle raten, wer von den Eintretenden der Stein sei. Er war auch gespannt auf den Mann, stellte ihn sich vor wie Ferri Melchinger etwa oder wie den Bruno Ganz, so ein Machttyp, mit schmaler Stirn aber mächtiger Kinnlade, der allein mit seiner Körpergröße Überlegenheit ausstrahlt. Lena behielt das spitzbübisch fröhliche Lächeln im Gesicht, sah keck aus und hübsch. Als ein schmaler junger Mann, lockiges langes Haar, ernst, auf ihren Tisch zusteuerte, dachte er: Noch ein Schauspieler. Der sah Lena in die Augen und sie, den Kopf zu Bliss nickend, nicht ohne Stolz: Das ist er, mein Mann. Bliss kriegte eine Hand entgegengestreckt und ein lakonisches: Stein.

Umstandslos setzte sich der Regissör zu ihnen an den Tisch: Sie sind also der Historiker der uns beim VietnamDiskurs beraten könnte?

Bliss nickte, verwirrt, sprachlos erst mal. Der fragt nicht wie die Vorstellung war, Komplimente fischen, geht direkt auf die neue Sache zu.

Lena erzählte, dass Viktor schon in der Pause sich den Regissör von *Dickicht* als einen Kraftmenschen vorgestellt hatte.

Stein lächelte kaum, zündete sich eine Zigarette an, winkte der Kellnerin, Ihr trinkt doch Rotwein? bestellte Côtes du Rhône. Er war Jahre jünger als Bliss, ein leicht slavisches Gesicht, dunkle Augen, ausdrucksvolle Lippen, Nase wie aus dem Musterkatalog eines kosmetischen Chirurgen, alles ebenmäßig und vom nackenlangen dunklen Haar umflossen, ein junger sanfter Prinz. Keine Brücke von dieser Person zu der exzentrischen kaotischen Gewalt, die er auf der Bühne mit den Schauspielern entfesselt hatte.

Bliss gestand: Ich hab die Essenz des BrechtStücks nicht gefunden, aber die Inszenierung hat mir den Atem verschlagen!

Hervorragend, sagte Stein. Wenn Intellektuelle an der Interpretation scheitern können sie ihre Sinnlichkeit entdecken.

Lena verriet allerdings, dass Viktor heftig versucht hatte den Sinn des Ganzen rauszufinden.

Mich interessiert das Ergebnis Lena, sagte Stein, die Erfahrung die einer macht. Ich habe auch erst geglaubt ich entdecke die schlüssige Lösung. Natürlich. Die Schauspieler konnten nicht spielen ohne zu wissen woher. Und wohin. Wir haben sie alle gesucht. Bis fast zuletzt. Bis wir uns entschlossen haben zu sagen, es ist die irrationale Gewalt des Lebens – der Ton liegt auf irrational! – in diesem Dickicht der Städte, der wir Stadtbewohner uns aussetzen, die wir ausüben. Die hat der geniale Kotzbrocken Brecht fürs Teater entdeckt. Die schmeißen wir rein in den feinsinnigen bürgerlichen Laden. Da – schaut euch das an! In der BILD ist sie jeden Tag zu lesen und keiner merkts.

Für mein Verständnis der Gesellschaft, sagte etwas angerauht Bliss, ist das eine unheimliche Provokation, diese Unordnung, diese Ausweglosigkeit. Die ist nicht die ganze Wahrheit. Brecht hat dabei nicht verharrt, später, wollte Denken provozieren. Die Zuschauer werden eher verstört, nicht handlungsfähig.

Lena schaute vom einen zum andern, besorgt.

Stein hob sein Glas, Trinken wir! stieß aber nicht an mit ihnen. Ich denke, der VietnamDiskurs wird uns die

Möglichkeit geben, mit dem Teater direkter in die politische Öffentlichkeit einzugreifen. Ist meine Hoffnung. Mich hat an dem frühen Brecht fasziniert, dass er sich in den archaischen Untergrund der Gesellschaft eingebohrt hat. Eine Revolution die den nicht kennt ist ein Luftschloss. Dutschke und Bachmann – auf das Stück warte ich, das würde ich sofort machen.

Wollen Sie das WeissStück auch so – so rücksichtslos inszenieren?

Stein sog an seiner Zigarette: Doch. Schon. In andrer Weise. Weiss ist ein Demonstrant. Er schwenkt Fahnen, hat die Psyche ausgeblendet, ist parteilich. Auf dem deutschen Teater hats das seit Friedrich Wolf und Weisenborn nicht mehr gegeben. Von Brechts *Mutter* mal abgesehn, die hier kein Intendant zulassen würde. Insofern werden wir mit dem VietnamDiskurs denkich direkt politisch provoziern. Mit allen Mitteln die dies Teater bietet. Damit meine ich nicht nur die Kammerspiele, sondern auch zum Beispiel das Teater auf der Straße.

Weißt du weshalb Everding das Stück in den Spielplan genommen hat? fragte Lena.

Stein zog die Mundwinkel hoch: Er hat die Nase im Wind. Den wir machen.

Also? Werden wir zusammenarbeiten?

Als Bliss nicht gleich antwortete sagte Lena: Ich weiß dass er will. Er ist ein Zögerer.

Sie lachten zu dritt und Bliss streckte Stein die Hand hin: Ich freu mich drauf. Es wird für mich eine ungewohnte Erfahrung werden.

Erzählen Sie etwas von Ihrer wissenschaftlichen Arbeit, ich bin neugierig. Lena sagt Sie kommen aus Marburg, von Abendroth. Gute Adresse, kennich leider nur vom Hörensagen, aus Frankfurt.

Stein erwies sich als forschender Zuhörer, lockte mit den aufmerksamen Augen mehr noch als mit seinen wenigen Zwischenfragen, so dass Bliss seine Befangenheit, seine latente Verteidigungshaltung schnell verlor und unverkrampft berichten konnte. Besonders über seine Versuche, den Rahmen seiner Fachwissenschaft in Richtung auf eine gesellschaftliche Nützlichkeit aufzubrechen. Als schriftlichen Ausweis, sozusagen, für die politische Umsetzung seiner zeithistorischen Erkenntnisse gab er dem Teatermann eine Kopie seines Kampf-Textes, kommentiert als Versuch, die Fesseln des akademischen Wissenschaftskanons zu zerreißen. Art Straßenteater des Hochschulbetriebs, vorgetragen zwischen politischem Kabarett und OstermarschSongs bei der Auftaktveranstaltung der Münchner APO, noch vor den Schüssen auf King und Dutschke.

Stein bedauerte, nicht dabei gewesen zu sein. Ob er den Text noch bei andrer Gelegenheit vortragen würde? Dann also wollte er ihn lesen, bis zu ihrem nächsten Treffen.

Als sie durch die mitternächtliche Maximilianstraße schlenderten, Hand in Hand, wie selten gelöst und heiter, irgendwie beschwingt, fand Lena dass er sich in einer angenehm zurückhaltenden Weise selbstbewusst gezeigt hatte, obwohl sie anfangs Sorge hatte, er würde Stein provozieren wollen.

Lässt der sich nicht, sagte Bliss, merkt man gleich. Wie der kritische Fragen auffängt, sondiert, statt sie zurückzuweisen, toll. Und du mein Herz, hast heut überhaupt nicht mitgeredet?

Das war euer Gespräch Vik. Ich hab gern zugehört. Übrigens habt ihr ziemlich viele Ähnlichkeiten, im Gesicht. Von deinen blauen Augen und deiner Nase mal abgesehn

So? Und was bedeutet das?

Keine Ahnung. Als Frau sieht man sowas.

Zweistimmig lachten sie über seine Vorstellung von dem überlebensgroßen Teaterzauberer Stein, der so unscheinbar, ein Schwabinger Jüngling, an ihren Tisch getreten war und dann doch, aus diesem Incognito, seine Selbstsicherheit und Entschiedenheit hatte merken lassen. Derart aber, dass er Bliss nicht eingeschüchtert, sondern seine eignen Fähigkeiten zu zeigen Raum gelassen hatte. Bliss konnte locker eingestehn, dass er von Steins Werk, dieser Inszenierung, wie gerupft sich auch deshalb gefühlt hatte, weil er dem nichts vergleichbares Eignes gegenüberstellen konnte. Noch nicht. Dass der aber so jung war! Und dabei so unbedingt. Empörend, nicht? TeaterMozart.

Der hat von seiner Fee Steaks und goldnes Besteck in die Wiege gekriegt. Wir hatten Blechlöffel für unsre Kohlsuppe Vik, nach dem Krieg.

Bliss blieb stehn, zog Lena zu sich, umarmte sie. Sie legte ihre Arme um seinen Hals und im Kuss drehten sie sich auf dem Bürgersteig ein paar Mal im Kreis, mit geschlossnen Augen, fast ein Tanz, bis sie gegen die Häuserwand stießen.

Du verdrehst mir den Kopf Vik, jetzt ist mir schwindlig!

Vielleicht schwankt der Boden? lachte er. Schau mal – zwei haben uns zugeguckt, der Mond und der König!

König?

Da oben, der schwarze Mann. Der zweite Maximilian von Bayern, auf dessen Prachtstraße du lustwandelst.

Du hast den Herrn Gott vergessen.

Der ist längst schaudernd aufn andern Stern gezogen. Aber den Max muss ich jetzt was fragen.

Bliss ließ sie stehn, überquerte die Tramschienen die Straße zu dem Rondell, auf dessen Mitte das Denkmal gebaut war, mächtig aufragend zwischen den Oberleitungen bis in die Höhe der fahlen LeuchtstoffLampen.

Er stieg zwischen zwei der überlebensgroßen Sitzenden am Fuß des achteckigen Marmorsockels über flache Absätze zu einer der bronzenen Putten in halber Höhe.

Was hast du vor Vik, rief Lena, jeder kann dich sehn! als Bliss nach dem Lorbeerkranz in den erhobenen Händen der Kinderfigur langte, sich hochzog, über den Rand des Sockels nach der Schwertspitze des Herrschers griff, Wo ist Jeder? zurückrief, sich über den Sims schwang auf das königliche Piedestal, sich aufstellte neben der massigen Figur, der er bis zum Gürtel reichte, nach unten winkte,

Pass auf Vik! Wenn du runterfällst!

die Brust des Königs abtastete aber keinen weiteren Haltepunkt fand, unschlüssig schien.

Eine Straßenbahn näherte sich von der Isar her, fast leer, hielt an dem Rondell, ein Mann und eine Frau stiegen aus.

Lena, dicht am Sockel, blickte nicht nach oben, bis die zwei in der Thierschstraße verschwunden waren ohne die Majestätsbesteigung zu bemerken. Auch dem Tramfahrer war nichts aufgefallen.

Ist die Luft rein? fragte er runter und sie, zwischen Unverständnis und Angst, Ja – sei vorsichtig! beobachtete, wie er am Schwert sich haltend über den Sims hing, mit dem Fuß nach dem Kranz tastete – Mehr links! – den Trittpunkt fand, den andern Fuß weiter absenkte auf die Schulter des Puttos und zusammengekrümmt mit einer Hand den Kranz packte. Der Rest des Abstiegs schien simpel. Bliss erreichte schnell die unteren Stufen, da glitt sein Fuß ab auf dem polierten Marmor. Er rutschte bis aufs Pflaster, zog die Luft hörbar durch die Zähne als er sich neben Lena aufrichtete, aber sofort wieder einknickte, sich auf die Stufe setzte.

Siehste! Verrückter Kerl.

Die Knie. Ganz schön hart das Denkmal.

Den Hals hättste dir brechen können. Zeig mal. Sie schob ihm die Hosenbeine hoch, untersuchte seine Knie im blassen Licht, nichts, bisschen Haut abgeschürft, na ja. Auch ein Denkmal. Aber was um alles hast du da oben gewollt?!

Er schmatzte ihr einen auf die Wange. Ich hab ihn gefragt ob er das Ende des Kapitalismus schon sieht.

Und er hat dir geantwortet, ja, Weihnachten.

Bliss griente. Steig auf den Fernsehturm, hat er gesagt.

Lena, erleichtert: Ich dacht schon du wolltest wieder runterpinkeln von da oben.

Er: Mensch – das habich jetz glatt vergessen.

DER BRIEFSTELLER RÄUMT SEINEN KOPF AUF

21.4.68

Hallo Manfred,

bekomm keinen Schreck: ich will keinen Briefwechsel mit Dir vom Zaun brechen; fühl Dich nicht zu einer Antwort genötigt, wenn ich hier meiner Anwandlung nachgebe, Dir mitzuteilen, daß wir gestern an Dich gedacht haben, als wir Dickicht der Städte in Lenas Kammerspielen sahen - hätten gern mit Dir darüber diskutiert.

Außerdem habe ich mir erlaubt, mir einen Besuch bei Marburger und Kölner Freunden vorzustellen, als ich Ostermontag im Präsidium in der Ausnüchterungszelle übernachtet hab wegen Rädelsführerschaft beim Brüllen volkstümlicher Sprüche und unsittlichen Berühren von Axels Pressefreiheit, rund hundert langhaarige Lümmel wie mich haben sie in der Barer Straße unter freiem bayerischen Himmel geduscht und eingesammelt, Knüppel, Handschellen, Erkennungsdienst alles gratis, das war noch erheblich deftiger als am Donnerstag und Freitag mit Dir. Ich hoffe Du hast an Deiner Glotze mit uns gezittert. Wenn die Straße unser neues Publikationsorgan ist, mit Peter Weiss zu sprechen, dann ist das nicht beim Frühstück zu erledigen. Nicht zum Lachen sind auch die zwei von Steinen erschlagnen Demonstranten. Da seh ich Dich wieder vor mir, wie wir Dich zum Krankenwagen geschleppt haben.

*Die bayerischen Schwarzkittel wollen uns Landfrie-
densbruch anhängen, aber der große Häuptling aller
Stadtindianer Marcuse hat in die Kamera verkündet,
daß unser waffenloser Widerstand legitime Gegenwehr
ist gegen die Polizeigewalt. Da werden die hoffentlich
noch zur Vernunft kommen und nicht der halben Intelli-
genzia des Landes ein Strafregister aufmachen.*

Das nebenbei.

*Umgehaun hat mich das Theaterstück, der Brecht.
Lies das mal, wenn du's nicht kennst. Der reißt eine
andre Dimension auf. Die Ungeheuer aus den Tiefen der
menschlichen Seele, wenn Du etwas Pathos verträgst.
Was den Shlink gegen den Garga schmeißt, muß was
andres sein als unsre Aufregungen über Johnsons Bomben und Springers Lügen. Diese irrationalen Zerflei-
schungen und Selbstbehauptungen sind in meinen politischen Kategorien nicht erfaßt. In meinen wissenschaftlichen auch nicht. Passen nicht zu meinem Leben. Frage:
Muß man sowas erfahren haben, um bei der gesellschaftlichen Veränderung mitreden zu können? Wo
kommt das bei Marx vor? Wo bei Ford Köln? Befassen
wir uns mit unserm Chaos erst nach der Revolution?
Oder müssen wir das vorher sortieren, damit sie überhaupt stattfinden kann?*

*Im übrigen bin ich bei Peter Stein für Mitarbeit am
Vietnam-Diskurs engagiert, als historischer Berater.
Staunst du, wie? Lena gehts gut, mir la la. Hoffe, Dein
Kopf hat die Münchner Eindrücke ohne Dachschaden
überstanden.*

Umarmung. Dein Viktor

Viktor Bliss München, am 22. April 1968

Lieber Wolfgang Abendroth,
ich schreibe Dir mitten aus der Hektik der Münchner
Wirklichkeit - und wegen dieser. Ich wünschte, ich könnte die Tage mal wieder mit Euch in der Großen Lage
zusammensitzen und die laufenden Ereignisse bespre-
chen. Obwohl sie eher rennen als laufen und wir ihnen
seit dem Attentat atemlos hinterher hecheln. Bei Euch in
Marburg und Frankfurt ist es, hört man, ähnlich. Das
ganze Land scheint ja am Rand einer mächtigen Ver-
werfung.
Da Du zweifellos - ganz anders als ich - im lokalen
Zentrum des Sturms stehen wirst, rechne ich nicht mit
einer Antwort, sondern spreche Dich an als meinen welt-
erfahrenen Lehrer und Doktorvater; wenn ich Dir
meine Gedanken entwickle, müßten sie sich dabei so
erklären, hoffe ich, daß es Deiner Entgegnung nicht
mehr bedarf. So geschah es früher oft genug.
In Marburg hatte uns SDS-Leute zusammen mit den
Frankfurter Genossen immer wieder die Frage beschäftigt, ob und wie schnell die Gründung einer linkssoziali-
stischen Partei vorangetrieben werden sollte. Du selbst
hast diese Initiative solidarisch unterstützt, ohne Dich
voll damit zu identifizieren, so weit ich sehe. Offenbar
hatte Dich Deine Erfahrung mit solchen Organisati-
onsversuchen in der Weimarer Republik vorsichtig gemacht - davon hast Du manchmal auch in Deinen Vorlesungen und Seminaren gesprochen.
Ich rekapituliere mal: Die Deutsche Friedens Union,
1960 nach Verabschiedung des Godesberger Programms
der SPD gegründet, um für die Wahlen 1961 eine linke
Alternative zur marxistisch keimfrei gemachten Arbeiterpartei, neuerdings Volkspartei genannt, anzubieten,

wurde von den illegalen Kommunisten unterstützt. Wer weiß - vielleicht sogar initiiert. Offenbar um zu verhindern, daß sich eine linkssozialistische (womöglich antisowjetische) Partei bildete und damit jedes Bedürfnis nach einer wiederzugelassenen KPD ersticke.

Seit die SPD in die Große Koalition mit dem Nazi-Kanzler Kiesinger eingetreten ist und Schröders Notstandsgesetze - auch gegen den Widerstand der Gewerkschaften - verabschieden will, gibt es außer der APO und den Studenten keine antikapitalistische Opposition mehr im Land.

Wenn du mir bis hierher folgst, dann müßte auch Dich wundern, daß nun die westdeutschen KP-Leute, vermutlich im Einverständnis mit ihren SED-Genossen, sich plötzlich verstärkt für die Aufhebung des KPD-Verbots einsetzen und die DFU rechts liegen lassen. Hier in München ist kürzlich ein Ausschuß gebildet worden, der zu diesem Zweck Unterschriften sammelt und neulich einen neuen Programm-Entwurf der KPD öffentlich vorgestellt hat, ohne daß die Leute verhaftet worden sind.

Fühlt sich diese CDU-SPD-Regierung so sicher, daß sie im Interesse ihrer internationalen demokratischen Reputation eine kommunistische Partei wieder zulassen will? Oder hat der Verfassungsschutz sie beruhigt, daß die westdeutsche Arbeiterklasse durch Wohlstand korrumpiert und hinreichend immunisiert ist gegen eine marxistische Organisation, so lange die DDR nur dieses Zerrbild von Sozialismus bietet? Oder ist das verhaltene Wohlwollen als Geste an Moskau und Ostberlin zu verstehn, daß man sich mit dem status quo abfinden und den Kalten Krieg beenden möchte (was wohl auch als ein Erfolg unsrer Friedensbewegung zu verstehen wäre)?

Mir ist von Freunden aus der APO, die vielleicht, ich vermute es nur, Mitglieder der illegalen KPD sind, angetragen worden, den Programm-Entwurf aus meiner Kenntnis der Geschichte der Arbeiterbewegung bei einer Podiumsdiskussion zu erörtern und natürlich zu befürworten. Nun habe ich eigentlich keine Angst, dies zu tun, obwohl ich als Wissenschaftler hier in München - wie du seinerzeit schon befürchtet hast - immer noch in der Luft schwebe. Innerhalb der APO habe ich mich ohnehin ziemlich weit aus dem Fenster gehängt (wie du dem beiliegenden, vor Ostern vorgetragenen Text entnehmen magst), und die hier für mich maßgebenden Professoren am Geschwister-Scholl-Institut - Lobkowicz, Maier, Kindermann - werden darüber Bescheid wissen, wie ich auch die Marburger Herkunft meiner Dissertation nicht verleugnen kann.

Meine Bedenken haben im wesentlichen zwei Gründe: Zum einen müßte ich wissen, ob Ihr unser Projekt einer Partei links von der SPD aufgegeben habt - denn dem würde ich nicht entgegenarbeiten wollen, indem ich hier in München die Legalisierung der KPD befürworte. Ich werde versuchen, von Frank oder Schorsch zu erfahren, wie es damit aktuell steht. Zum andern aber ist die Vorstellung einer legalen westdeutschen KP, die nur ein Ableger jener autoritären SED wäre, die einen Abendroth, einen Bloch, einen Alfred Kantorowicz, einen Hans Mayer an ihren Universitäten nicht ertragen wollte, nicht grade überzeugend. Eine zentralistisch gelenkte KPD, die den Geruch der stalinistischen Exzesse in den Kleidern behielte, würde mir trotz ihrer Verdienste im Kampf gegen die Nazi-Barbarei nicht schmecken. Und sie wäre doch auch chancenlos! Bei der Arbeiterschaft ebenso wie bei den Studenten und der wissenschaftlichen und künstlerischen Intelligenz.

Ein Chruschtschow, dessen Kulturrevolution darin bestand, mit dem Schuh auf den Konferenztisch zu hauen, Mais anzubauen, einen Menschen in den Welt-

raum zu schießen und den Kapitalismus mit seinen eig-
nen Waffen schlagen zu wollen, kann unser Vorbild
nicht sein. Und Breschnew ist offensichtlich auch kein
Dubček der KPdSU. Eine SED, die nach zwanzig Jah-
ren ungestörter Herrschaft ihrem Volk die Dachanten-
nen verdrehen und Jeans verbieten muß, hat offensicht-
lich nicht vermocht, die Menschen von den Vorzügen des
Sozialismus zu überzeugen.

Ein Staat, der die Befreiung der Menschen zur Grund-
lage seiner gesetzlichen Verfahrensweisen gemacht hat,
darf nicht mit dem Kapitalismus auf dem Gebiet kon-
kurrieren, wo dessen Überlegenheit manifest ist, auf dem
Gebiet der Warenproduktion und des Profitstrebens
(auch wenn die Produktionsmittel vergesellschaftet sind).
Er wird unterliegen und sein Überleben nur durch
Zwang nach innen verlängern können.

Also gibt es wenig Hoffnung, daß eine hiesige KP eine
neue, erfrischende wäre, welche die systemhintertreiben-
de Phantasie der Berliner Kommunarden in ihre Kampf-
formen und ihre parteiinternen Verhaltensweisen auf-
nähme und so das Ziel: die antiautoritäre, befreite
Gesellschaft in ihrer eignen Organisation, ich sage mal:
bei-spielte. Vorlebte. Ich fürchte eher, daß eine legali-
sierte KPD sich der leninschen Sekundärtugenden Diszi-
plin und Mißtrauen, die sie in der Illegalität vor 45 und
nach 56 lernen mußte, nicht entledigen kann. Jedenfalls
nicht, wenn die alten Haudegen die Linie bestimmen.

Ich werde die Genossen fragen, ob sie bereit sind, Hei-
nes Witz, Teufels subversive Frechheit, Bazon Brocks
intelligente Überfälle auf den Gemeinverstand in die Par-
tei aufzunehmen und Bloch zum Herausgeber der
Parteizeitung zu berufen. Wenn sie solche Fragen nicht als
Beleidigung nehmen, wär's schon mal ein gutes Omen.

Andrer Komplex. Auschwitz ist seit dem Frankfurter
Prozeß und Peter Weiss' Ermittlung endlich ganz vorn

286

auf der Bühne der deutschen Öffentlichkeit. Endlich werden die Eltern, die Väter vor allem, von ihren so lange ahnungslos braven Kindern nach ihrer Teilhabe an den deutschen Verbrechen befragt. Aber ist der Massenmord an den Juden tatsächlich die einmalige, nie dagewesene Entgleisung einer abendländischen Kulturnation oder hat er zwangsläufig mit dem höchsten Stadium des Kapitalismus zu tun?

Im Zusammenhang mit meinen Studien zur Geschichte der Gewalt in den USA erscheint mir inzwischen unübersehbar, daß es immer wieder zu solchen Völkermorden außerhalb von Bürgerkriegen und internationalen Kriegen gekommen ist. Die Rothäute wurden mit der gleichen Überzeugung und Hingabe abgeschlachtet wie die Juden: die Ausrottung dieser fremden Rasse und die straffreie Aneignung ihres Besitzes war das Ziel. Nur ein toter Indianer war ein guter Indianer. Zu Nichtmenschen wurden sie erklärt, um sie wie Vieh in die Abdeckerei schaffen zu können. Das Gleiche mit den Juden. Und die Anzahl der Nullen hinter der Kardinalzahl beim Bodycount darf hier keinen Unterschied machen. Man kann nicht darüber diskutieren, ob Massenmord bei hunderttausend oder einer Million Opfern anfängt!

Ich entdecke auch ähnliche Tendenzen in Vietnam, Beispiel My-Lai, Beispiel Westmorelands Verlangen nach Atomwaffen - über Norwegen würde er sie nicht abwerfen wollen, würden die Norweger einen NATO-Befreiungskampf führen, um sich dem sozialistischen Lager anzuschließen. Unsre demokratische Gegenöffentlichkeit und der Widerstand der Vietnamesen verhindern, daß der indochinesische Krieg zum Völkermord wird. Bis jetzt.

Wie begründet ist unser historischer Optimismus, dass die Menschheit auf dem unumkehrbaren Weg in die

klassenlose Gesellschaft ist, wenn Auschwitz im 20. Jahr-
hundert möglich war und möglich bleibt? Und warum
hat die Hauptmacht des kapitalistischen Imperialismus
sich nicht mit den europäischen Faschisten verbündet,
um den sowjetischen Sozialismus aus der Welt zu schaf-
fen, wie es nach Lenins Theorien doch logisch wäre?

Du kannst Dir vorstellen, lieber Wolf, daß ich gern bei
Euch wieder arbeiten, forschen, mit Euch politisch han-
deln würde. Ich bin derzeit der Soldat meiner Frau,
deren historische Befreiung sich in der Arbeit an den
Münchner Kammerspielen vollzieht.

Die Bundespost, war hier zu hören, bringt am 5. Mai
eine Marx-Briefmarke raus - 150 Jahre seit seiner
Geburt! Ist das ein Erfolg der Studentenbewegung?
Nennen wir die Leopoldstraße bald Marxallee? Oder
will unser Postminister vielmehr heimtückisch, daß alle
60 Millionen Bundesdeutschen für dreißig Pfennig den
großen Alten, zur Briefmarke verniedlicht, naßmachen
dürfen?

Brecht hat ja den Kommunisten als Exerzitium gegen
Selbstgerechtigkeit vorgeschlagen, eine Liste der noch
ungeklärten Fragen aufzustellen. Nimm meinen Brief
als kleinen Beitrag dazu. Du weißt sicher auch noch wel-
che. Vielleicht setzt Du mal ein Doktoranden-Seminar
mit diesem Thema an.

Es grüßt Dich (und Lisa!) herzlich
Dein Viktor Bliss

München, 23.4.1968

Liebe Hilde,
schreib ich jetzt mal, obwohl ich es im Augenblick kaum
übers Herz bringe. Ich erhielt gestern den Brief Deines

juristischen Schwagers Dieter Schwarzkopf. Er hat mich aufs Tiefste erschüttert. Meine Gedanken sind völlig durcheinander, ich versuche, Eure Motive zu verstehen, aber es gelingt mir nicht. Ich verstehe nicht, aus welchem Recht, aus welcher Logik Ihr so sprechen könnt. Mein Gott Ihr habt mir doch das Kind genommen, das ich liebe, Ihr habt - oder hattet - es bei Euch, die schönsten Jahre lang, Ihr habt Johanna Euren Namen gegeben, und ich habe all dem, was gegen meine innersten Interessen ging, um Euret - und des Kindes willen - also um Streit zwischen den Eltern zu vermeiden - zugestimmt, habe mich bemüht, meine Bitterkeit und Enttäuschung zu verbergen, weil ich Dir von Herzen Glück und die Erfüllung Deiner neuen Liebe gönnte. Ich habe Dir in mehreren ausführlichen Briefen meine Lage, meine Aussichten und Absichten geschildert, auch in der Hoffnung, daß Du dies Deinem Mann erklärst und einsichtig machen kannst - kann man denn darauf nur mit Paragraphen antworten?

Ich habe doch versprochen, daß ich Geld für Johanna schicken will, so bald es irgend möglich ist, und ich habe es mehrfach getan. Warum gilt denn mein Wort nichts? Als hätte ich nicht die Jahre in Berlin mein Studium versäumt, um mit Studentenjobs Geld für meine Familie zu verdienen, auch nachdem Du mit Johanna aus unsrer Wohnung ausgezogen warst. Habe ich nicht drei Jahre in der Fabrik die dreckigste Arbeit gemacht aus demselben Grund und dann die elende Arbeit als Buchvertreter, in der Hoffnung, daß Du zurück kämest, wenn ich ein halbwegs regelmäßiges Einkommen vorweise? Und als das an Deinen veränderten Interessen scheiterte, schließlich das Studium mit dem Stipendium und der Hilfe meiner Tante noch einmal begonnen, um doch noch meinem Beruf näher zu kommen, endlich aus diesem schrecklichen Zirkel herauszugelangen, in dem die Notwendig-

keit, für Euch auf mir tief konträre Weise Geld zu verdienen, mir die Möglichkeit nahm, es in einem Beruf zu
tun, der mir entspricht. Und wenn dies schon alles nicht
als Beweis für meine Liebe zu meinem Kind und für
Pflichtbewußtsein ihm gegenüber gelten soll, dann
müßte es doch zumindest erklären, weshalb ich immer
noch nicht mehr verdiene, noch am Anfang meines
Berufs stehe, jetzt endlich am Anfang des Berufs, für den
ich bestimmt bin. Kann es denn irgendein Interesse für
Euch haben, mir die Existenz, die ich hier langsam auf-
baue, zu zerstören?

Auch ohne Anmahnung denken wir immer wieder
daran, wie etwas für Johanna erübrigt werden kann,
haben ihre Reise nach Marburg und Berlin aufgebracht
und mein nächstes Honorar will ich sofort nach Kanada
schicken. Natürlich wünsche ich, daß sie die High School
zu Ende macht und studieren kann. Was aber soll ich
denn schaffen in einem Jahr, wo ich monatlich 650 Mark
netto verdient habe und ein Umzug und eine
Wohnungseinrichtung und diese teure Münchner Miete
bezahlt werden muß. Die Studienschulden für meinen
Doktoranden-Kredit muß ich auch zurückzahlen, ein
paar tausend Mark. Ich weiß nicht, ob Ihr Euch vorstellen könnt, was für ein anspruchsloses Leben wir führen.
Vielleicht, wenn Du an Dein eignes damals in Berlin
denkst. Lena ist die Bescheidenheit selbst, verbietet sich
alle Wünsche, bestreitet fast den ganzen Haushalt von
ihrem Geld, weil auch sie, man kann schon sagen: selbst-
los, mit an Johanna denkt. Und es bedrückt sie genau wie
mich, daß im vorigen Jahr neben den allernötigsten
Lebens- und Berufsdingen nicht mehr übrig geblieben ist.

Ist es Euch nicht verständlich, daß mir eine Hoffnung,
eine Aussicht auf die Möglichkeit bleiben muß, das Kind
wiederzusehn, in einem Notfall nach den USA kommen
zu können oder sie hierher zu holen? Ich habe eine

eiserne Reserve von 500 Mark auf einem Sparbuch, die ich nicht angreife, sie zu vermehren trachte - soll ich die nun auflösen und ihr schicken? Meinen einzigen Hoffnungsanker?

Ich bin völlig wehrlos. Ihr habt das Kind, Ihr habt alle Trümpfe und ich habe sie Euch freiwillig gegeben - glaubt Ihr denn, wenn Ihr sie nun ausspielt, wenn Ihr mir Forderungen stellt, die mich unter das Existenzminimum drücken und mir jede Möglichkeit nehmen, etwas für ein Wiedersehn zu tun, daß das etwas andres als Zynismus und Haß zur Folge haben kann? Glaubt Ihr wirklich, damit im Interesse Johannas zu handeln? Und ihre Zustimmung zu haben? Ihr wißt doch, daß ich das Kind liebend gern bei mir behalten hätte. Und hätte keinen Unterhaltsbeitrag aus Amerika erwartet. Und Dein Mann weiß gut, daß schließlich seine berufliche Notwendigkeit der Anlaß für Euer Leben in USA ist, mit all den zusätzlichen finanziellen und psychischen Kosten, die das verursacht hat. Derartiges war Dir nicht und mir nicht prophezeit in den Jahren, als wir zusammen lebten und es übersteigt, zumindest im Augenblick, meine deutschen und persönlichen Lebensbedingungen. Ich bin ja bereit, das alles als Schicksal anzusehn, daß Ihr nun dort drüben seid, aber dann laßt es uns auch gemeinsam tragen und gemeinsam versuchen, es zu erleichtern.

Es ist mein herzlicher Wunsch, daß unsre Tochter einen leichteren Beginn ins Leben hat als wir selbst, gerade weil ich, so wie Du, aufs Bitterste erfahren habe, was es bedeutet, so viele Schwierigkeiten überwinden zu müssen. Auch Lena, die ähnliche Umwege machen mußte, um zu ihrem Beruf zu kommen, sie stammt aus einer ganz armen Familie, stimmt mir darin völlig zu. Ich bin bereit, sehr viel herzugeben, um meinem Kind Ähnliches zu ersparen. Aber es kann einfach kein humaner Sinn darin liegen, daß Eltern ihr eignes Leben völlig aufgeben, das verleugnen, was ihrem Leben Sinn gibt, nur um den Kindern eine sorglose Leichtigkeit des Beginns zu ermöglichen. Ein irgendwie angemessnes Verhältnis muß doch bestehen zwischen den Lebensbedingungen der Eltern und den Anfangsmöglichkeiten der Kinder, die dann zu diesen Chancen hinzufügen, was in ihrer eignen Kraft und Begabung liegt.

Es sieht so aus, als würde dieses Jahr finanziell besser für mich als das letzte. Ich bekomme jetzt einen Berater-Vertrag für ein Theaterstück an den Kammerspielen, als Überbrückung, bis mein Forschungsauftrag verlängert ist. Ich bemühe mich um eine Assistentenstelle an der Universität. Mehrere Rundfunkhonorare stehen aus. Ich denke, ich kann so viel schicken, wie ich Dir vor Deiner Abreise geschickt habe, zweihundert Mark monatlich. Das will ich fest zusagen. Ich hasse es, Schulden zu machen. Aber Schulden hat man wohl nicht nur bei einer Bank. Welche wiegen schwerer? Also werde ich, wenn alle Stricke reißen, einen Bankkredit aufnehmen oder, noch besser, einfach den Staat weiter auf die Rückzahlung meiner Studienschulden warten lassen. Wenn ich an dieser Universität, trotz einer Summa-cum-laude-Promotion, keine Stelle kriege, dann hat das offenbar mit den politischen Verhältnissen zu tun, die dieser Staat geschaffen hat, und nicht mit meiner Qualifikation als Wissenschaftler.

Ich hoffe, Hilde, daß meine ziemlich verzweifelten Worte Dich von meinem guten Willen überzeugen können. Sag mir, wo ich das Geld hinschicken soll, zu Dir oder zu Johanna. Über ihre augenblicklichen Entscheidungen bin ich so wenig froh wie Du, aber ich fürchte, sie muß selbst zur Einsicht kommen. Ich hoffe nur, daß sie, durch das Lebensschicksal ihrer Eltern belehrt, sich nicht gleich am Anfang Bindungen schafft, die ihr später

*wie ein Stein am Hals hängen. In diesem Sinn habe ich
ihr geschrieben.*

    Ich hoffe, es geht Euch gut. Es grüßt Dich
    Viktor

Zwischen der Weissen Rose und der Englischen Wiese entsagt Bliss Malina

Der Säulengang unter dem gläsernen Dach ist marmorn. Die Fürsten neben der marmornen Freitreppe sind versteinert. Die stumpfen Augen sehen nicht die weißen Rosen des Widerstands auf ihrem tanzenden Weg durch den Lichthof. Die wachen Augen des Todes sehen erkennen die Gesichter hinter der Balustrade. Der Tod ist ein Maschinen-Meister aus Deutschland heißt Jakob Schmid lässt die Ausgänge schließen. Er öffnet den Weg zur Gestapo zu Freisler zum Fallbeil. Für Sofie. Für Hans. Für die Freunde.

Der Mann mit der harten Hand hat das Institut Geschwister-Scholl-Institut genannt. Über ihm an der Wand die Gesichter der beiden Studenten. Ich habe zwei Assistenten aus Freiburg mitgebracht. Das wissen Sie doch.

Schaut von seinem Schreibtisch auf die Ludwigstraße. Dort unten wütet Verkehr.

Sie müssen sich habilitieren Herr Bliss. Es ist heiß unterm Dach. Ihre Arbeit ermöglicht die Forschungs-stiftung. Das Fenster bleibt geschlossen. Die Forschung ist offen nach allen Seiten. Ich in meiner Stellung. Möchten Sie einen Nescafé. Sie werden verstehn was ich. Der

Kultusminister die Aufsichtsbehörde. Das Institut jung ungefestigt ein Ballon im Sturm.

Der Mund ist gerade die Nase die Augen die Stirnfalten. Der gerade Blick.

Sind Sie für die Drittelparität im Senat. Na sehn Sie. Ich nicht. Die Studenten sind unreif. Die Dozenten unerfahren. Ich war doch selber noch kürzlich. Man glaubt alles beurteilen zu können. Symptom der Unbildung.

Der MotorVerkehr schäumt durch die verschlossene Luft.

In Mao Tse Dongs rotem China werden studierte Menschen wie wir zur Zwangsarbeit geschickt, ihre Bibliotheken zerstört, Professoren müssen vor ihren Studenten auf den Knien rutschen. Aha, CIA-Lügen, um die Kulturrevolution zu beschmutzen. Ich halt Ihnen zugut dass Sie nicht wissen können was ich bei meiner letzten Reise gesehn habe. Die amerikanischen Bomben auf Vietnam gefallen mir auch nicht, aber das kann ich bei uns jedem sagen. Und ich verteidige Ihre Freiheit, über die Gewalt des Imperialismus zu forschen und zu publicieren Herr Bliss!

Ein zwei drei Feuerwehrsirenen von hoch nach tief.

Das Einzige wäre beim Aufbau der Institutsbibliotek. Wissenschaftliche Hilfskraft. Kein schöner Titel ich weiß. Fünfhundert im Monat. Das muss nicht Ihr Schicksal werden. Die Zeit ist im Aufbruch. Vier Stunden am Tag, genug Muße zur eignen Forschung.

Das Telefon schnarrt. Der Mann seufzt nickt. Opfer der Pflicht. Er greift nach dem Hörer der Hand. Links nach dem Hörer rechts nach der Hand. In einer Woche. Ihre Entscheidung.

In einem Staat rücksichtsloser Knebelung jeder freien Meinungsäußerung sind wir aufgewachsen. HJ, SA, SS haben uns in den fruchtbarsten Bildungsjahren unseres Lebens zu uniformieren, zu revolutionieren, zu narkotisieren versucht. Weltanschauliche Schulung hieß die verächtliche Methode, das aufkeimende Selbstdenken in einem Nebel leerer Phrasen zu ersticken. Eine Führerauslese, wie sie teuflischer und zugleich bornierter nicht gedacht werden kann, zieht ihre künftigen Parteibonzen auf Ordensburgen zu gottlosen, schamlosen und gewissenlosen Ausbeutern und Mordbuben heran, zur blinden, stupiden Führergefolgschaft. Wir ›Arbeiter des Geistes‹ wären gerade recht, dieser neuen Herrenschicht den Knüppel zu machen.

Einer steigt eine Treppe runter weil einer in seinem Sessel sitzt. Eine sechsstöckige Treppe mit einem hölzernen Säulengeländer gedreht um einen Turm aus Luft. Er steht am Fuß des Turms und schaut zwischen dem gewendelten Geländer auf dem die Hand herabfuhr hinauf. Der Blick nach oben erzeugt einen leichten Taumel. Der Turm verjüngt sich. Die Neigung des Geländers flacht ab in die Horizontale der Decke. Darüber könnte der Hohlraum Himmel unendlich sein.

Eine Treppe von Escher. Der schnellere Weg nach unten führt durch den Fahrstuhlschacht. Der unwiderrufliche Weg nach unten führt durch den Turm. Der Taumel denkt so. Der Taumel steht auf zwei Füßen auf dem Boden. Der Boden ist unendlich massiv gefüllt ist der Widerstand gegen den Tanz der Gedanken.

Es gibt für uns nur eine Parole: Kampf gegen die Partei! Heraus aus den Parteigliederungen, in denen man uns politisch weiter

mundtot halten will! Heraus aus den Hör-
sälen der SS-Unter- und Oberführer und Par-
teikriecher! Es geht uns um wahre Wissenschaft und echte Geistesfreiheit! Kein Droh-
mittel kann uns schrecken, auch nicht die
Schließung unsrer Hochschulen. Es gilt den
Kampf jedes einzelnen von uns um unsere
Zukunft, unsere Freiheit und Ehre in einem
seiner sittlichen Verantwortung bewußten
Staatswesen.

Die Besprechung war eine Audienz. Die Gräte in meinem Hals. Der Nagel in meinem Ohr. Der Wirbel in
meinem Hirn. Fünfhundert Herr Bliss. Folgt der
Abstieg in den Zorn. Stufe für Stufe die Wendeltreppe
hinab. Der Abstieg vom Doctor laureatus zur Hilfskraft. Mir ist übel übel übel. Dieses Drehen Schwanken
im Kopf. Schwindeltreppe.
   Bliss treibt verstört zum Englischen Garten. Vor dem
amerikanischen Konsulat frisch rot auf dem Pflaster
Amis raus aus Vietnam. Die StarsandStripes lässig unbeirrt am Mast. Johanna Kind. Ich habe ihm den Schreibtisch nicht umgeworfen. Das Wasser des Eisbachs heftig
strudelnd unter der Brücke, Schmelzwasserwirbel. Flug-
samen in der Luft. Kinderblumen Zwergmargeriten
ungesät in verstreuten Nestern. Löwenzahnblüten gelb
aus Grün hochgereckt, äffen die Sonne. Frühlingsfarce.
Es liegen schon welche Körper entblößt auf den Wiesen.
Winterschlussangebot von Milchdrüsen Zeugungs-
schwengeln Sitzbuckeln giftet Bliss das wütige Hirn
schickt ihn vorbei mit lustfreiem Blick. Das Gerücht
von den Schwabinger Nackthäuten sieht er erstmals ver-
körpert als polizeilich geduldete Fleischausstellung oder
ist das ein subversiver Herd der Kulturrevolution. Übt
so die Kommune für das Liebesbad in den Münchner

Brunnen wie die Hippies in San Franzisco, wegplantschen die kleinbürgerlichen Sexualkrämpfe in Befreiung? Erst die Brüste käuflich an den Kiosken, dann die Pille rezeptpflichtig in den Apoteken, nun die feigenblattlosen Häute schamfrei kostenlos auf den städtischen Auen?

Zwinkernd schaut das Auge des Staates auf dieses Teater der Freiheit, die Erlösung von Höschen und Slips ist kapitalgefälliger als die von Akkord und Ausbeute.

Obwohl ihnen so auch die Zügel entgleiten könnten räsonniert Bliss der studierte GesellschaftsBeschauer, hinter der Pille lauert das Kaos, da haben die Familienpfarrer des Papstes schon recht. Das Kaos oder der Aufstand. Wilhelm Reich haben die roten Pfaffen von Weimar ausgeschlossen aus der KaPe. Der bleibt jetzt uns zu wechseln in revolutionäres Kleingeld.

Die da liegen kitzelt wahrscheinlich primär der Frühling. Intime Berührungen finden ersichtlich nicht statt. Wann leg ich mich dahin mal probeweise mit wem.

Der Volksgerichtshof verurteilte am 22. Februar 1943 im Schwurgerichtssaal des Justizpalastes den 24 Jahre alten Hans Scholl, die 21 Jahre alte Sophie Scholl, beide aus München, und den 23 Jahre alten Christoph Probst, aus Aldrans bei Innsbruck, wegen Vorbereitung zum Hochverrat und wegen Feindbegünstigung zum Tode und zum Verlust der bürgerlichen Ehrenrechte. Das Urteil wurde am gleichen Tage vollstreckt. Die Verurteilten hatten sich als charakteristische Einzelgänger durch Beschmieren von Häusern mit staatsfeindlichen Aufforderungen und durch Verbreitung hochverräterischer Flugschriften an der Wehrkraft und dem

Widerstandsgeist des deutschen Volkes in schamloser Weise vergangen. Angesichts des heroischen Kampfes des deutschen Volkes verdienen derartige verworfene Subjekte nichts anderes als den raschen und ehrlosen Tod.

Bliss in seinem dunklen RippcordAnzug und weißem Hemd stellt sich sein bewölktes Gesicht vor. In dieser Heiterkeit. Wieder das fremde ausgesetzte Gefühl wie neulich beim Sammeln. Am Morgen so leicht unverschwitzt der Gang durch die hellen Straßen zum Institut, Lenas optimistisches Lächeln im Kopf und gut formulierte unwiderstehliche Sätze. Die aber Kindermann ablaufen ließ wie Geräusch ohne Sinn. Damit er von seinen Zwängen sprechen konnte. Warum hat ein Professor Angst, der hats doch geschafft ist oben? Das mit der Drittelparität die Fangfrage. Machtfrage auch. Hätte vielleicht diplomatischer antworten was sag ich Lena in ihre Erwartungsaugen die wirds nicht verstehn oder denkt ihre Schuld wenn mir die Uni jetzt zu ist das darf sie nicht denken swär die falsche Wahrheit obwohl

He Viktor! Neben sich vom scharf bremsenden Fahrrad die weibliche Stimme – Was machst du hier?

Bliss zu verblüfft für eine geistesgegenwärtige Antwort. Schaute großäugig auf die zierliche Frau, eher verstört als erfreut. Tatsächlich. Malina.

Abgestiegen nahm die den Rennbügel in die Linke. Fahr nach Schwabing, zu Melchingers Druckerei, erklärte sie ungefragt, ein Flugblatt hinbringen. Und du? Zum Chinesischen Turm?

Vielleicht, sagte Bliss ungefähr, wenn der Weg da vorbeikommt?

Dann haben wir den Gleichen, entschied sie beherzt, begleit ich dich ein Stück.

Bliss war aber der Mund noch faul, der Kopf zu verbiestert, als dass er mit Worten Freude bekannt hätte über die unvermutete Begegnung mit Malina Stotz, die er in fast jedem andern Augenblick vorbehaltlos genossen hätte. In Wirklichkeit sah er sie gern, sehr gern, ein Geschenk des VormaiHimmels sozusagen, aber er konnte nicht die tief nachbebende Wut und Enttäuschung über die zwanzig Minuten bei Kindermann, in denen sich Jahre seines Lebens zusammenballten, wegschieben wie eine Grille, eine flüchtige Wolke, nur weil diese ausgefallene Frau mit Rennlenker plötzlich neben ihm fidel einherschritt und ihn sogar unterhakte. Locker zwar, aber doch mit einer gewissen Entschiedenheit. Wenn sie ihn jetzt zum Sprechen nötigte, stünde er nackt wie die weißen Körper auf den Wiesen. Obwohl, raunte der zweite Hintergedanke, das vor der noch am ehesten erträglich wär.

Vik, du siehst aus wie Beethoven eh er die Eroica schrieb. Was ist los? Hast du wieder Kummer zu Hause?

Na gut, der Vergleich war nicht ehrenrührig, ihre Stimme zeigte fürsorgliche Anteilnahme, er soll einen Knopf öffnen.

Diese Scheißprofessoren! knurrte er durch die Zähne, kickte einen Stein in den Bach.

Zoff an der Uni? Politisch? fragte sie und antwortete gleich: Das ist ja normal jetzt, darüber würdest du dich nicht aufregen, oder?

Nicht aufregen? Bliss schroff, mit voller Stimme: Nicht aufregen, wenn sie dich zum Dackel machen? Er blieb stehn, drehte sich zu ihr: Weißt du was? Ich denke nicht daran mich nicht aufzuregen! So lange ich bei Verstand bin werde ich mich aufregen über diese Schweinereien und wenn sie noch so alltäglich sind! Egal ob das mich betrifft oder andre. Ich hab kein Talent zum Zyniker!

Malina nickte mehrmals mit hochgezogenen Brauen, redete sichtlich in ihrem Kopf mit sich, als hätte er etwas gesagt, was sie selbst längst denken wollte und nur verpasst hatte. Du hast ganz recht Vik, sagte sie ernst.

Schob schweigend jetzt ihr leise surrendes Rad neben Bliss, nicht mehr eingehakt.

Er dachte er hätte sie eingeschüchtert, überlegte ob er sich entschuldigen sollte oder erklären was die Ursache seines Ausbruchs war, da begann aber sie zu sprechen, leise, eher vor sich hin als zu ihm, über die Gewohnheit, die sich bei ihnen einstellte durch das Analysieren der Zusammenhänge, Gewohnheit an das alltägliche einzelne Unrecht, das sie ursprünglich erst angestoßen habe über die Ursachen der herrschenden Zustände nachzudenken und Erklärungen dafür zu finden, welche dann wohl dazu führten, dass sie sich nicht mehr wunderten, nicht mehr empörten, wie Öl und Wasser sind Verstehen und Empörung, sondern nur noch überlegten wie sie am wirkungsvollsten dagegen ankämpfen könnten, wie man die Gegenwehr organisiere mit kühlem Kopf und möglichst wissenschaftlich fundiert, so dass sie jetzt sogar die Studenten kritisierten, die sich von ihrer Empörung hinreißen ließen zu spontanen Ausbrüchen und Aktionen. Statt sich zu freuen, dass es endlich brennt, wenn auch nicht an der erwarteten Stelle, mäkelten sie am Feuer herum, weil es sich seinen eignen Weg sucht. Das empfinde sie als paradox und schmerzlich manchmal und deshalb sollte er ihre Unterstellung entschuldigen, sie habe es unbedacht hingesagt, aber das sei für sie das Erschreckende: die Leichtfertigkeit, mit der sie angenommen habe, er müsse sich über alltägliche Sauereien nicht mehr aufregen.

Malina Stotz erklärte nicht, wen sie außer sich selbst in ihren Plural einschloss. Bliss forderte keine Aufklärung. Die Befriedigung, dass sie seinem Zorn rechtgab, schloss ihm den Mund für eigne Sätze auf. Er konnte ihr vor Zuhörern (die sich umschauten nach ihnen) laut und gestenreich berichten von dem Mann, der noch im Wintersemester in einer Rede vor Professoren und dem Rektor Verständnis für den Aufstand der Studenten gezeigt und sein neu gegründetes Institut nach den Geschwistern Scholl zu nennen vorgeschlagen hatte, als Verpflichtung doch wohl, deren wirklich todesmutigen Einsatz für ein demokratisches Deutschland als Vorbild zu nehmen, und wörtlich, Malina: Die Flamme der Freiheit, die damals entzündet worden ist, die wollen wir weiter bewahren! hat er getönt und heute, vor einer Stunde, sich geweigert, mir zu einer angemessenen wissenschaftlichen Arbeit an dieser Universität zu verhelfen, hat sich als liberaler Opportunist entlarvt in dem Augenblick, da er einen ausgewiesen befähigten Kopf, einen selbstständig denkenden jüngeren Kollegen eine seinem Wert angemessene Aufgabe verschaffen sollte, nur weil der Schüler von Wolfgang Abendroth und für die Drittelparität ist.

Einen Job als Hilfskraft hat er mir angeboten, Karteikarten schreiben für den Katalog der Institutsbibliothek, versuch dir das vorzustelln, fünfhundert Mark im Monat!

Un-glaub-lich! Malina betonte jede Silbe einzeln. Das ist die CSU-Kamarilla.

Bliss war wurscht welche Partei oder keine, klar war ihm nur, dass der Mann kein Recht hatte, sich auf Professor Huber und die Studenten der Weißen Rose zu berufen, wenn er bei dieser lächerlichen Herausforderung so schäbig den Schwanz einkniff.

Darauf wurde Sophie von einer Wachtmeisterin herbeigeführt. Sie trug ihre eignen Kleider und ging langsam und gelassen und sehr aufrecht. Sie lächelte immer, als schaue sie in die Sonne. Bereitwillig und heiter nahm sie die Süßigkeiten, die Hans abgelehnt hatte. Ach ja, gerne, ich habe ja noch gar nicht Mittag gegessen. Es war eine unbeschreibliche Lebensbejahung bis zum Schluß, bis zum letzten Augenblick. Auch sie war um einen Schein schmaler geworden, aber in ihrem Gesicht stand ein wunderbarer Triumph. Ihre Haut war blühend und frisch und ihre Lippen waren tiefrot und leuchtend.

Am Chinesischen Turm legte Malina Bliss die Rechte auf den Arm, sagte Komm Vik, trinken wir ein Glas Irgendwas, Ferri kann warten, steuerte an einen der noch zahlreichen freien Tische, im lichtdurchflirrten Schatten des jungen Kastanienlaubs, erwartete keinen Widerspruch.

Bliss war im Zwiespalt zwischen seinem Wunsch sich zu freuen und seinem Wissen, dass seine Situation sich nicht veränderte durch Malinas Gegenwart – sie wirkte auf ihn spannungsmindernd, aber nicht problemlösend. Schorle bestellten sie beide, nichts Alkoholisches bloß nicht.

Hast du Anrecht auf Arbeitslosengeld, wenn sie dir an der Uni keinen Job geben? fiel Malina ein. Bliss hatte an eine solche Möglichkeit nicht im Traum gedacht, die war doch nicht für Akademiker vorgesehn sondern für Arbeiter, entlassene Arbeiter. Außerdem wartete er erstens auf die Verlängerung seines Forschungsstipendiums, zweitens könnte er ein Staatsexamen ablegen, dann würden sie ihn aber als Referendar in die Schule schicken statt ihm umsonst Geld zu geben und drittens

Warum willst du nicht in die Schule? unterbrach ihn Malina neugierig, ein guter gesellschaftskritischer Lehrer der Durchblick hat ist ein Segen für Kinder, gibts viel zu selten, würdich denken.

Aber ich wär kein Guter. Nicht in der Schule. Abendroth hat gesagt: Viktor, du bist ein Forscher. Der wusste das. An der Hochschule kann einer beides, Forschen und Lehren. Musst kein Pädagoge sein wenn du Erwachsne vor dir hast.

Malina nickte, ihre ernsten sprechenden Augen sahen ihn zustimmend an: Ganz wie Johann. Der ist Künstler. Will auch nicht zur Schule, will als Kabarettist wirken. Als Schriftsteller. Ich kann euch verstehn. Und drittens?

Drittens habich ein Angebot von Peter Stein, dem Regisseur an den Kammerspielen, da könntich als historischer Berater mitwirken. Der inszeniert den Vietnam-Diskurs von Peter Weiss.

Wirklich? staunte sie, Mensch. An den Kammerspielen. Das ist doch – da trauerst du diesem Professor nach? Das müsste mir mal angeboten werden. Keine Minute würdich zögern!

Dir? wunderte sich nun Bliss und sie erklärte ihm, dass sie als Slavistin kaum Berufsaussichten hätte, welcher westdeutsche Verlag wollte schon polnische oder russische Literatur auf deutsch rausbringen, aber am Teater bei einer Tschechow oder Gombrowicz Inszenierung mitzuarbeiten oder bei einem von den jungen Wilden aus Prag, Havel, Kohout, danach würde sie sich die Finger lecken.

Es ist wieder was Vorläufiges, Vorübergehendes, wehrte Bliss ab. Mein ganzes Leben bis jetzt war behelfsmäßig. Möcht mal wo ankommen, mit sechsunddreißig. Eine Aufgabe die sich mit mir entwickelt und wächst, nicht dies von der Hand in den Mund und verdaut und ausgeschissen. Fertig.

Weißtu Vik – jetzt klang sie ihm ein bisschen altklug – ich glaub das ist ne altmodische Sehnsucht. Verständlich, na gut. Aber unrealistisch. So stabil ist unsre Welt nicht mehr. Ich begreif mich als Wanderer. Ich kann mal Halt machen wos mir gefällt, oder wo ich gebraucht werd, für ein paar Tage oder Jahre, aber ich bleib unterwegs. Bin immer gespannt auf morgen.

Doch nicht altklug. Genau das lebt sie, das macht ihre Augen ihr Gesicht lebendig.

Glaubst du ich bin schon festgefahren? Meine Arbeit ist wichtig, nicht nur für mich. Ich will dahinterkommen was die Wurzeln der Gewalt sind. Die die Indianer vernichtet hat. Hier in dieser heitren Stadt die Studenten, die ein paar Flugblätter gegen den deutschen Krieg verteilt haben. Die Millionen Juden, von einem Kulturvolk ausgemerzt. Und jetzt die Vietnamesen, die sie in die Steinzeit bombardieren für ihren Freiheitswillen. Und Solschenizyn – hast du den gelesen? Ein Tag im Leben des Iwan Denissowitsch? Das gleiche Fänomen, auch im Sozialismus, noch nach dem gewonnenen Krieg! Warum?

Chruschtschow hat das als Fehlentwicklung eingestanden, auf dem 20. Parteitag, wusste Malina. Hast du je ein solches Schuldbekenntnis von den Amerikanern gehört? Oder von den Deutschen?

Die Ursachen Malina! Was sind die Ursachen!

Die gesellschaftlichen Verhältnisse Viktor, das wissen wir doch.

Bliss nickte. Die Antwort kennich. Es muss eine bessre geben.

Meinstu? Malina stand auf. Muss mal zum Klo, tschuldige. Drückte sich zielsicher durch die dicht gestellten Tische, verschwand hinterm Schankhaus.

So plötzlich. Vielleicht Durchfall. Oder Ärger über meine Zurückweisung? Ach was. Zwischen uns herrscht Aufrichtigkeit. Halb eins vorbei. Wenn in allen Gesellschaften die gleichen Erscheinungen auftreten.

Die meisten Tische besetzt jetzt. Homogenes Gewirr von Stimmen Geschirrklappern scharrenden Füßen, einzelne Gelächterfahnen Kindergeschrei darüber wehend. Osterferien. Brausendes Leben. Nackt sitzt hier keiner.

Eine bessere Antwort. Eine genauere. Eine existenzielle?

Sie – ist Ihnen die Schwalbe abgezwitschert? Stimme vom Nebentisch, anteilnehmend.

Bliss, abweisend: Da steht ihr Fahrrad.

Na prost! Der Mann hob seinen Krug. Dann besteht ja noch Hoffnung.

Freundliche Runzeln hat der Graukopf. Also Zurücklachen. Die Hoffnung bleibt immer.

Malina hatte einen früheren Kommilitonen vom slawistischen Institut getroffen, da hinten sitzt er, arbeitet jetzt beim polnischen Konsulat, der ist fein raus.

Bliss wollte ihn nicht kennenlernen, aber ihr Gespräch war weggerissen. Lass uns ein andermal Vik, mir wird das zu filosofisch am Morgen. Deine Arbeit ist wichtig, ohne Frage. Am Teater kannst du sie bestimmt, bin ich sicher, bei dem Stück. Wär ich an deiner Stelle ich würds annehmen, das Angebot, ehrlich.

Bliss dachte das auch, bekannte er. Wollte aber jetzt wissen ob sie sich an ihr uneingelöstes Versprechen erinnerte?

Sie lachte ohne zu stutzen, strich die kurzen Strähnen hinters Ohr. Ich dachte das hättstu längst vergessen?

Er, nachdrückliches Kopfschütteln: Einen ersten Kuss vergisst man nicht Malina. Vor allem als Wunschvorstellung.

Weshalb hast du eigentlich das Angebot von Barbar abgelehnt, mit nach Montenegro zu gehn? Weil du auf den Professor gehofft hast? Oder wegen Stein?

Malina sagte das heiter und selbstverständlich, aber Bliss traf die Frage wie ein Schlag vor die Stirn. Er suchte nach seinen Zigaretten, fand sie in der Aktentasche. Der Alte vom Nebentisch kam schon rüber mit seinem Feuerzeug, da tauchte seins aus der linken Gesäßtasche auf, endlich. Natürlich muss Malina Barbara kennen wenn sie mit Johann verheiratet ist und Johann und Barbara Silvester in Thüringen da ist vielleicht Barbar mit Malina sind die Quatschschwestern, sag mal: Seid ihr befreundet, du und Barbar? Ich meine: näher?

Malina zuckte so lala die Schultern, jedenfalls hat sie mir nach eurem Silvesterausflug von dir erzählt. Du hast sie sehr beeindruckt. Daher kannt ich dich schon als Johann euch zu unserm Marxismuszirkel angeschleppt hat.

Ist das hier alles eine Mafia? fragte Bliss, nicht böse, aber doch mit Argwohn gerunzelt auf der Stirn.

Was sonst! lachte Malina laut, langte über den Tisch und wuschelte ihm Stirnfalten und Haar – München ist ein Kuhdorf! Hast du das noch nicht gemerkt?

Wie eine Mutter die Frau.

Also weißt du mehr von mir als ich dir gestanden hab?

Das bestimmt, sagte Malina ohne Ironie. Natürlich längst nicht alles.

Na mein Glück. Eine Beichtmutter die meine gesammelten Sünden schon kennt fänd ich nicht so toll.

Wann erzählst du mir den Rest? fragte sie trotzdem – intelligente Sünden intressieren mich immer.

Bliss lachte nicht. Ihm war die Lust vergangen, mehr von seinen Gefühlen und Erlebnissen preiszugeben. War ein Unterschied, ob ihm jemand unvoreingenommen zuhörte, er selbst und allein sein Abbild in dem fremden Kopf formte, oder ob er seine persönlichen Offenbarungen an ein Gehirn gab, das sie mit schon dort ohne sein Einverständnis gespeicherten, von anderen ausgeplauderten Intimitäten verglich.

Er fragte nach ihrem Flugblatt. Ein Lehrstuhl für Marxismus sollte eingerichtet werden, eine Podiumsdiskussion dazu nächste Woche stattfinden. Ob das nicht ablenkt vom Kampf gegen die Notstandsgesetze, überlegte er und Malina, ganz überzeugt: Wir dürfen ihnen jetzt keine Ruhe lassen. Nirgends. An keiner Front.

Irgendwie war die Spannung aus ihrem Duett. Die mittägliche Wärme, die Biergartenatmosfäre. Ihr Gespräch verläpperte. Bliss bekam nicht heraus, wie viel sie von seiner Geschichte mit Barbara wirklich wusste, wie viel sie vermutete. Obwohl es ihm offenbar nicht geschadet hatte, was immer Barbar ausgeplaudert hatte.

Eine mächtige Dame, mit goldnen Ringen, Ketten, Ohrhängern verziert, setzte sich an die Stirnseite des Tisches, band ihren Dackel an die Stuhllehne, bot lange Filterzigaretten an. Ah Sie rauchen Rothand – darf ich? sagte sie mit einer tiefen aus der Kehle gurgelnden Stimme. Bliss klopfte ihr eine aus dem Päckchen, bot Feuer. Hat mir der Arzt verbotten, der Genuss. Der Kellner stellte ihr ungefragt eine Maß vor die Brust und sofort hob der Dackel die spitze Schnauze zu ihr, japste kurz und fordernd, sie zog eine Schale aus ihrem silbernen Täschchen, goss sie voll Bier, schaute wohlwollend hinunter wie das Tier sie leerschlappte. Genießer, sagte Malina. Ärr ist ein Säufer. Sie prostete ihnen freundlich zu, bevor sie selbst das kinnlose Vollmondgesicht in den Krug senkte. Warum sitzen Sie trocken? Wir sind im Aufbruch.

Auf dem Weg zur Tivolistraße wollte Malina wetten, dass die Dicke eine russische Emigrantin ist die bei Radio Free Europe arbeitet. Rasputins Tochter, wie? sagte Bliss. Wirklich Vik – der Sender liegt gleich da drüben, am Rand vom Englischen Garten! Na ja gut, dir muss ich alles glauben.

Eh sie abschnurrte in ihren blauen Radlershorts stellte sie sich vor ihm auf die Zehenspitzen, fasste seinen Kopf mit der freien Hand und küsste ihn auf den Mund, herzhaft und warm, mindestens eine Sekunde lang, aber ohne Brustberührung. Sagte, Schalk in den Augenwinkeln: Versprochen ist versprochen. Strich ihm noch mal ihre kleine Hand übers Haar. Der Kuss hatte dagegen gar nichts Mütterliches.

Was er hatte konnte Bliss nicht klar bestimmen und räsonnierte über das vieldeutige Ausdrucksmittel Kuss. Eine leichte Leere hinterließ Malina, ein vages Verlustgefühl, obwohl sie sich nicht umgeschaut hatte bis sie in der Kurve verschwand. Er betastete seine Lippen mit zwei Fingerkuppen. Da war nichts. Oder doch? Kleine örtliche Erinnerung schon, intressant. Mal sehn ob die morgen noch.

Aber Gefühle lieber nicht lieber doch oder nicht nein nicht. Kann man Gefühle verbieten? Das ist nicht die Frage Viktor Bliss. Man muss! Unbrauchbare störende schädliche Gefühle werden unterbunden, im Keim erstickt. Das ist zwar schade und bedauerlich, besonders bei angenehmen schädlichen Gefühlen, aber die Welt ist nicht als Paradies geplant. Obwohl hier die Nackten rumliegen als wär sies. Denkt das jetzt der Ferri Melchinger in mir?

Bliss beschloss sich irgendwo probeweise mal dazwischenzulegen, das Kreuz zu entspannen, Lena sowieso im Teater. Niemand schaute ihm zu. Der Anzug kanns vertragen, Ripp knittert nicht. Er legte sich auf den Bauch zog den Erdgeruch die kühle Feuchte durchs Grassieb, biss eine Gänseblume ab drehte den Stengel mit der Zunge zwischen die Lippen, den Rücken massierte heftig die Sonne und gleich aber verdammt die Ameisen der Natur auf der Hand, Krabbelzeug. Direkt auf den Bau! Die haben auch alle Decken oder Handtücher wenigstens. Rumgedreht, die Aktentasche unter den Kopf. Hinter den Lidern das Funkenstöbern. Fernher Stadtgerausch. Gitarrenspiel vom *Monopteros* rübergeweht. Stimmen nahfern. Versöhnliches Duseln.

Viktor wird von seinem Freund Fritz gnadenlos verunsichert

Bliss war in diesen Wochen wie ein ausgelegtes Kondolenzbuch, in dem jeder vom Leben Vorbeigeführte seine Eindrücke und Ansichten über die berühmte Leiche, die geliebte verfluchte Bürgerliche Gesellschaft niederlegen konnte. Es gab Menschen, welche die Tote nur in vorübergehendem Koma wähnten oder sie sogar vergöttlichten, um sie so zu ewigem Leben zu verklären, andere schickten sie mit zotigen Späßen ins Grab, wieder andere forderten, sie mit Härte und allen zu Gebote stehenden Mitteln vor ihren Leichenschändern zu schützen. Noch andere appellierten an ihn, bei ihrer Beerdigung tatkräftig mitzuwirken.

Fritz Laue war zum ChirurgenKongress nach München angereist. Im Deutschen Museum versammelte sich die Aristokratie des Ärztestandes der Bundesrepublik, zu der sein Freund Fritz seit kurzem gehörte, da er zum Professor und Chef der Neurochirurgischen Klinik in Oldenburg berufen worden war. Er wohnte im Hotel, musste neben dem Kongress viele Termine wahrnehmen, hatte aber doch Zeit für ein gemeinsames Kaffeetrinken in der BlissWohnung und für einen längeren Spaziergang an der Isar.

Sie hatten sich in Marburg in einem Judo-Klub beim Träning kennengelernt, weil sie beide es bis zum 4. Kyu gebracht hatten und sich deshalb beim *Randori* öfter als Partner wählten. Mehr noch allerdings, weil sie unter den jüngeren aus handwerklichen und kaufmännischen Berufen stammenden Klubmitgliedern sich an ihrer Sprache als Andere erkannten. Seit Bliss wusste, dass dieser hochgewachsne, etwas eckige Mann, der einen Mundwinkel zu einem verlegenen Lächeln hochzog und sich entschuldigte, wenn er ihn mit einem überraschenden *De ashi barai* wegfegte oder mit einem *O goshi* auf den Boden knallte, Oberarzt in der neurochirurgischen Abteilung der Universitätsklinik war, hatte er immer wieder dessen schlanke Hände betrachten müssen, in denen ein ihm unfassliches feinmechanisches Geschick verborgen lag, das sich aber nicht an irgendwelchen harten metallischen Gegenständen, sondern in lebenden Köpfen bewies. Die Tatsache, dass dieser Mann tagsüber mehrere Male über die Fortexistenz von Menschen mit dem Geschick und Gefühl seiner Fingerspitzen entschied, flößte ihm Bewunderung ein und war ihm unheimlich zugleich. Sein Respekt war noch gewachsen, als Fritz Laue ihm, nach einigem Zögern, erlaubt hatte, einmal mit in den Operationssaal zu kommen, in dem er von morgens acht bis in den Nachmittag arbeitete. Das war möglich geworden, als der Chefarzt sich auf einer Auslandsreise befand und Oberarzt Laue das Operationsteam leitete. Er war von einem sehr förmlichen Fritz als Dr. Bliss vorgestellt worden und hatte sich bemüht, den hochgeschlossenen grünen Kittel und die sterilisierten Schuhe anzuziehen als sei er damit vertraut. Minutenlang dauerte das Handwaschungsritual der Ärzte, während eine Schwester den Patienten im Nebenraum rasierte. Der Anästesist verkabelte ihn mit einem Apparat zur Messung der Herzschlagfrequenz und praktizierte ihm den NarkoseSchlauch in den Hals, der mit der NarkoseMaschine verbunden war.

Von den beiden ersten Operationen am Hinterkopf und am Rückgrat sah Bliss wenig, die Eingriffsstellen wurden ringsum mit Tüchern abgedeckt. Sie bekamen dadurch etwas Objektiviertes, von dem Individuum unter den Tüchern Losgelöstes, mit dem sich Werkzeuge beschäftigten. Auch die behandschuhten Hände der Operateure glichen da einer besonderen Art von Werkzeugen. In der wachen Stille des Saals waren nur die seltenen halblauten Wörter Fritz Laues, das Klappern eines Bestecks beim Ablegen, das summende Hintergrundgeräusch des NarkoseApparates, das leise Blubbern des BlutSaugers zu vernehmen. Die Stille einer Konzentration auf Leben und Tod. Der OPe selbst schien ihm eine gut geschmierte Maschine mit intelligenten Robotern als Antriebsaggregaten zum Zweck der Menschenreparatur. Alles was geschah, alle individuelle Energie, hingeordnet zulaufend auf die Hände die augengeführten Fingerspitzen des verantwortlichen Chirurgen.

Erst beim dritten Patienten, einem Unfallopfer mit Schädeltrauma, änderte sich die Situation für den Zuschauer ins Dramatische. Zwischen den Rücken der Operateure hindurch konnte er den glattrasierten Kopf des Mannes sehen, der in einem Bügel mit mehreren Schrauben festgelegt wurde, bevor ihm Fritz Laue mit dem Skalpell die Kopfschwarte aufschnitt und sie zurückklappte. Mit Klammern unterdrückte der Assistent die Blutung an den durchtrennten Adern. Fritz trieb mit einer elektrischen Bohrmaschine an mehreren Stellen Löcher in die von blutigen Schlieren verschmierte Schädeldecke. Bliss wurde nicht erkennbar, wie er es schaffte, den Bohrer rechtzeitig anzuhalten, ehe er die darunterliegende Hirnmasse zerfetzte. Er musste sich über den eignen Kopf reiben, um das unangenehme Kribbeln zu beseitigen, das sich unter den Haaren bemerkbar machte, als das weiße Knochenmehl vom Bohrer herausgedreht wurde. Er erinnerte sich an den schnellen Halbblick der OPeSchwester bei dieser Geste, ihr kaum über dem Atemschutz in den Augen angedeutetes Schmunzeln, die wohl geahnt hatte, dass ihm einiges zum medizinischen Doktor fehlte.

Fritz schob eine silbrig blinkende Lamelle mit einem daran befestigten Draht von einem der knopfgroßen Löcher zum andern, zog den Draht an eingeklinkten Griffen hin und her, sägte den Schädel von innen her auf, vier solcher Schnitte, bis sich die Knochenplatte abheben ließ. Die wickelte einer der Assistenten in ein Tuch, legte sie in eine Schale. Aber nicht das Gehirn wurde da sichtbar, sondern eine fast farblose Haut, die ziemlich solide schien als Fritz sie mit einem Skalpell an drei Seiten durchtrennte, abhob und zurückklappte, wobei sich die Prozedur des Abklemmens der Äderchen wiederholte. Darunter konnte er eine weitere, zartere Haut erkennen, spinnwebartig von unterschiedlich feinen bläulichen und rötlichen Adern durchzogen, durch die sich die in zwei Hälften getrennten Hirnwindungen schon abzeichneten. Er hätte gern nach den Zwecken dieser verschiedenen Verpackungen des Gehirns gefragt, aber Fritz Laue hatte das mit seinem knappen *Wir sprechen nicht während der Operation* eindeutig sich verbeten. Er verstand auch gut den Sinn dieser Regel wenn er sich vorstellte, sein eigner Körper und Kopf läge dort lebendig auf dem Operationstisch, ausgeliefert der Kunst der Ärzte und ihrer gesammelten Entschiedenheit, sie in diesem und diesem und diesem Augenblick, und so stundenlang, anzuwenden. Routine, die vielleicht ein Gespräch übers Wetter, einen Scherz erlaubt hätte, wäre todesträchtig. Bliss hatte, während Fritz Laue begann, das dunkelrote Blutgerinnsel abzusaugen, zum ersten Mal das Gefühl, in sein eignes Schädelinnre hineinsehn und dort sein kompliziertes selbsttätiges Leben beobachten zu können, obwohl er zugleich wusste, dass das unmöglich und eine bloße Vorstellung war. Allein aber die Erkenntnis, dass sein Gehirn in der Lage war, diese Vorstellung über sich selbst zu gewinnen, erschien ihm in dem Augenblick eine fantastische Bewusstseinsleistung eines Produkts der Evolution, jeder tierischen Bewusstseinsform überlegen. Mein Hirn sagt Ich und ich denke und handle als wäre ich Ich und die ganze köstliche Persönlichkeit nicht bloß eine elektrische Schaltung in den Windungen, aus denen der Assistent das einsickernde Blut mit seiner Pipette, wie beim Zahnarzt der SpeichelSchlürfer, heraussaugt.

Wie er diesen Gedankengang nicht vergessen konnte, wusste er auch noch genau, dass ihm beim Anblick der grauen, vielfach gefurchten Nervenmasse die Erinnerung hochgeschossen war an jenen Sonnentag in den fünfziger Jahren, er als Tramper, mit einem amerikanischen Ehepaar in einem gewaltigen Buick auf der Autobahn, ein wirklich heiterer, erfolgreicher Tag, und plötzlich lag vor ihnen ein umgestürztes Motorrad an dem der Amerikaner abgebremst vorbeifuhr, das Vorderrad drehte sich noch, hundert Meter weiter auf dem Randstreifen der Laster, dessen Fahrer zurückgelaufen kam zu dem Körper, dem ausgestreckten Körper auf dem Beton, an dem er keine Verletzung, nichts weiter wahrnahm als das unnatürlich graue Gesicht und das wie ausgeschälte Loch im Kopfhaar. Wenige Schritte entfernt eine faustgroße graue Masse von der ihm schreckartig klar war, was Niegesehenes dort lag: das in dieser Minute aus dem Kopf geschnittene Gehirn des Motorradfahrers. Der junge Offizier stoppte nicht, nothing left to be done for him begründete er sein Weiterfahren, wollte seiner schwangeren Frau den näheren Anblick des Todes ersparen. Bliss war die Sprache stundenlang weggeblieben und das Foto jenes aus seiner knöchernen

Hülle herausgerissenen Häufchens Hirn auf dem Tablett der Straße sprang ihn noch nach Jahren aus dem Hinterhalt seines Gedächtnisses an. So wie die unbeantwortbare Frage, auf welche Weise die tödliche Verletzung geschehen war.

Fritz Laue konnte sie ihm nicht beantworten und bezweifelte auch die Genauigkeit der geschilderten Erinnerung, die seiner Erfahrung widersprach. Von sich aus redete er nicht über sein KunstHandwerk, es schien abgespalten von seinem privaten Leben, als erwarte er, dass unkranke Menschen sich für seine medizinische Arbeit nicht interessierten, sondern sogar Berührungsangst vor ihr, unausgesprochen, empfanden. Oder er wollte das von Regenbogenpresse und Fernsehn gekitzelte Sensationsinteresse an den weißen Herren über Leben, Tod und Krankenschwestern nicht Nahrung geben.

Bliss fragte bei ihren Begegnungen den Arzt begierig nach Einzelheiten seines Spezialwissens, aus dem undeutlichen Motiv, mehr über das Funktionieren seines Hirns, seiner Persönlichkeit zu erfahren. Fritz Laue antwortete dann bereitwillig, in einem freundlich belehrenden Ton und Vokabular, so wie er vermutlich zu seinen aufmerksamen Erstsemestern sprach, vermied die zünftigen Fachausdrücke oder übersetzte sie ins Deutsche. Er nahm das Staunen seines JudoFreundes über die komplizierten und gewagten Eingriffe der Chirurgen in die zentralen Nervensysteme der Menschen als selbstverständliche Huldigung seiner Fähigkeiten. Bliss merkte allerdings bei hartnäckigem Nachfragen, wie erheblich das Unwissen der Mediziner über die feinstofflichen Vorgänge in den Körpern trotz aller Forschungsfortschritte noch war. Im Grunde dokterten sie auf subtile Weise weiter an den Symptomen herum und waren der sich immer tiefer verzweigenden Komplexität der

Ursachenzusammenhänge mit ihren Erkenntnismitteln nicht gewachsen. Das konnte Fritz Laue, mit seinem angeschrägten Lächeln, ohne Einbuße an Selbstbewusstsein, zugeben.

Nicht zugestehen konnte er dagegen, dass die Beteiligung aller Universitätsangehörigen an den fachlichen Entscheidungen eine demokratische Notwendigkeit war. Bliss hatte von seinem Erlebnis mit Kindermann im SchollInstitut erzählt und war perplex, als der Freund nicht seine Partei ergriff, sondern mit ruhigem Ernst erklärte, dass er nicht anders gehandelt hätte als dieser Kollege. Bliss, in Erinnerung an die vor zwei Jahren miterlebte Operation, versuchte einen Brückenschlag, ihm war klar, dass auf einem Schiff im Sturm der Kapitän nicht mit der Mannschaft über den Kurs diskutieren konnte, aber bei ruhiger See – um im Bild zu bleiben – sollten doch alle auf diesem schwimmenden Betrieb Tätigen über die Arbeitsbedingungen an Bord mitbestimmen können, also gerechterweise auch über ihre Beteiligung am Ertrag dieser Arbeit, wenn sie schon in gleicher Weise dabei ihr Leben riskierten. Absichtlich vermied Bliss den Slogan von den Halbgöttern in Weiß und den jahrhundertalten muffigen Privilegien der universitären Talarträger. Fritz Laue betrat die vorgeschlagene Brücke nicht, behauptete vielmehr, sehr selbstsicher, sehr bestimmt, dass die Unabhängigkeit der Ordinarien eine in, jawohl, Jahrhunderten erkämpfte Garantie für die Freiheit der wissenschaftlichen Forschung und Lehre an den Universitäten sei, und wenn er dies nicht schon vorher gewusst hätte, dann hätte er es jetzt gelernt aus der Inkompetenz und Anmaßung der Studenten und Jungtürken an ihrer Hochschule, aus der Unverschämtheit ihrer Auftritte im Senat und Fakultätsrat und der Skrupellosigkeit, mit der sie den Wissenschaftsbetrieb störten und sogar schon teilweise lahmlegten.

Bliss, eingeschüchtert von dieser scharfen Polemik seines Freundes, wollte ihm wenigstens das Zugeständnis abringen, dass die Erlaubnis für die Klinikdirektoren, von Privatpatienten allein Honorare für Leistungen einzustreichen, die von allen im Krankenhaus Tätigen gemeinsam erbracht wurden, nun eindeutig eine schreiende Ungerechtigkeit sei, die die Gesellschaft nicht länger hinnehmen könne. Fritz Laue blieb auch in diesem Punkt unnachgiebig. Er verwies darauf, dass er selbst, nach seiner Beurteilung der Leistungen seiner Mitarbeiter, sie zum Jahresende am Erlös seiner Privateinkünfte beteilige, aber eben nach seinem freien Ermessen. Die Aussicht auf eine leistungsabhängige Beteiligung nämlich hätte die Funktion eines Anreizes zu der Höchstleistung, die im Interesse der Patienten liege und die zu gewährleisten zu seiner, des Klinikdirektors, Verantwortung gehöre. Eine Frage der vielbeschrienen Gerechtigkeit sei es, den Faulen nicht in gleicher Höhe wie den Engagierten zu entlohnen.

Ob er sich Ausbeutung nur bei Negersklaven auf Baumwollfeldern Amerikas vorstellen könne oder nicht vielleicht auch beim Personal einer mitteleuropäischen Krankenanstalt, fragte Bliss sarkastisch zurück und erhielt ein verächtliches Gelächter zur Antwort. Aus Angst vor ihrer Gewerkschaft ÖTV würden Krankenschwestern und Pfleger sich an die schematischen Arbeitszeitreglungen halten, deren Unsinn sie täglich vor Augen hätten, und wenn einer an seiner Klinik ein Opfer von Ausbeutung sei, dann wer anders als der Klinikdirektor mit seinem zwölfstündigen Arbeitstag.

Bliss konnte nicht begreifen, dass sein geachteter Freund sich so kompromisslos im Lager des Gegners verschanzt hatte, wollte nicht glauben, dass er ihm den Beweis lieferte für die MarxThese, wonach das Sein das Bewusstsein bestimme und also ein Professor für seine professorale Tüchtigkeit alles zu nehmen sich berechtigt fühlt, was die Gesellschaft ihm ermöglicht. Einschließlich der willkürlichen Macht, Almosen nach seinem Gutdünken zu verteilen.

Bliss war verletzt, zornig, traurig. Fritz Laue hatte mit für ihn ungewöhnlicher Schärfe und einem Hochmut argumentiert, aus dem Bliss herauszuhören glaubte, wie er an seiner Klinik um seine Privilegien kämpfte: Mit harten Bandagen. Es war ein Gefühl von Verzweiflung, von Vernichtung, das sich in ihm ausbreitete, als sie schweigend das letzte Stück des Weges an der Isar gingen, sich vor dem KongressSaal ohne ein versöhnendes Lächeln die Hände gaben, und selbst dieser flüchtige Händedruck kostete Bliss Überwindung.

Zu Lena murmelte er dass er heute einen Freund verloren habe. Ja, Fritz. Sein Gesicht zeigte ihr dass er keinen Scherz machte. Sie fragte was passiert sei. Seine Erklärung war mühsam, von wortkarger Bitterkeit geprägt. Wie kann ein Arzt, der doch die Verschiedenheit menschlicher Körper und Fähigkeiten kennt, von allen die gleiche Leistung verlangen und das Gerechtigkeit nennen! Als ob sein Mercedes und unser VauWe auf die gleiche Rennstrecke gingen!

Lena hatte den Mann als freundlich und zuvorkommend erlebt, seine Einladung zum Gastspiel des Symfonieorchesters in Marburg, zum chinesischen Essen, ein bisschen hagestolz und mit steifem Rücken, aber galant, ein Handkuss beim Abschied, seine Komplimente an ihren Charme, sein Verständnis für ihre Arbeit, seine Bereitschaft ihre Probleme mitzudenken, also überhaupt nicht borniert – so setzte Lena ihre Erinnerungen an Fritz Laue zusammen und Bliss assoziierte plötzlich: Generalstab! Ein deutscher Offizier, adlig womöglich, beste Manieren, kniggekonform, weiße statt der Gummihandschuhe, ein Divisionskommandeur als Klinikchef, der aber, wandte Lena ein, nicht das Töten sondern das Helfen zu seinem Beruf gewählt hatte, was doch entscheidend sei. Schlussendlich. Schon. Aber. Oder?

Bliss kam nicht weg über den Schmerz, dass dieser kluge Freund sich als ein Konservativer entpuppt hatte, an dem seine guten Argumente wirkungslos abgeprallt waren. Wenn das ernst war, und daran ließ sich kaum zweifeln, musste ihre Freundschaft beendet sein. Beendet werden. War schon beendet. Weil sie auf dem Boden von Irrtum und Unkenntnis entstanden war.

Hatte aber doch existiert.

Vielleicht ist es möglich zu diesem Zustand zurückzukehren, indem man die Dinge nicht so scharf betrachtet. Bestimmte Sachverhalte ausspart aus der Freundschaft. Sie amputiert. Invalide leben auch.

Übrig blieb ein vages Gefühl, durch den Verlust dieses Menschen selbst an Wert eingebüßt zu haben.

Bei Bliss findet eine Heimsuchung statt

Aus drei Meter Entfernung von der Haustür, mit vorge-
strecktem Arm, stürzte Bliss die zwei Stufen hoch und
traf das Schlüsselloch auf Anhieb. Triumfierend drehte
er sich um zu den dreien, Lena, Natalja Ungemach,
Jonny Schonk, nahm den Applaus der Frauen huldvoll
entgegen. Jonny händigte Natalja sein Köfferchen ein,
das Kunststück konnte wohl jeder, forderte Vik auf, seinen noch mal rauszuziehn, kramte sein eignes Schlüsselbund aus der Jackentasche, ernannte Lena zu seinem
Kapitän, sie sollte das Kommando Volle Kraft voraus!
geben, dampfte tutend auf die Haustür zu, stolperte aber
auf den Stufen, Bliss fing ihn auf, Scheiße, ein Riff! Bin
aufgelaufen! Forderte eine Schwimmweste. Oder wenigstens einen Rettungsring. Die waren aber alle an
Deck, im vierten Stock. Jonny, dem sanft schwoienden
Bliss schwer am Arm hängend, fummelte mit der Linken vergeblich am Schlüsselloch. Fassungslos: Jemand
hat die Schlösser ausgetauscht! In Berlin hab ich nie
Probleme mit meinem! Bliss konnte das bestätigen.
Auch seiner passte nicht mehr.
  Lena mit ihrem magischen Schlüssel schaffte es, das
Schott zu öffnen. Die Männer torkelten durch den
Hausflur zur Treppe, Bliss stimmte *Das kann doch einen
Seemann nicht erschüttern* an, was Lena und Jonny ihm
gleichzeitig untersagten, der jedoch nur, um von der
zweiten Stufe aus, mit der freien Hand die andern zum

Mitsingen dirigierend, nicht weniger herzhaft *Vom Branntwein toll und Finsternissen* zu brüllen begann, aber auch nur bis zu *Von ungeheuren Güssen nass* kam, weil Natalja ihm den Mund zuhielt, ihn in Fahrtrichtung umdrehte und anschubste.

Umarmt und schwankend segelten die beiden Männer die Treppen hinauf, unbeirrt von den Mahnungen der Frauen, die hinter ihnen, sie gegen Rückstürze sichernd, nur an die Nachbarn dachten, die sie aber bei dem schweren Sturm unmöglich hören konnten. Oben öffnete Lena die Tür, schob die Seeleute in den Flur und schloss hinter Natalja ab. Mehr süß als sauer zu ihr: Echt abgesoffen, die beiden.

Jonny streifte gleich seine ausgelatschten Treter ab und hatte seine Blase voll bis zum Zwerchfell. Bliss stand das Bier sogar bis zum Hals, er postierte sich neben Jonny: *un bon français ne pisse qu'à deux.* Einen unbekannten süßlichen Geruch nahm er jetzt wahr, riechst du das auch? Nein. Oder die warme Pisse? Umarmt wieder versuchten sie das verdammte Schwanken einzudämmen, noch immer der wahnsinnige Seegang, mussten mit den freien Händen die Strahle in das enge Becken dirigieren, warum nicht die Badewanne wär leichter zu treffen, zwei sich durchsprudelnde Bögen, das Kreuz des Südens! erkannte Jonny froh, und für die Frauen im Flur dauerte es eine mittlere Ewigkeit bis das Plätschern versiegte.

Jonny fiel plötzlich sein Handkoffer ein, wo der abgeblieben war, kurze Panik. Bliss hatte ihn zuletzt vor der Haustür gesehn, in Nataljas Hand, und er lag auch friedlich neben ihrem schwarzen Poncho vor der Ausziehcouch, die Lena schon am Abend für den Besuch als Bett vorbereitet hatte. Da fällte es Jonny auf das Lager, zufriedner Seufzer, in allen Klamotten. Bliss, dem sich sein vertrautes Arbeitszimmer immer wieder in Bewegung setzte, lehnte gegen sein Stehpult, beobachtete gerührt, wie Natalja mit leisem Klingeln ihren langen Zopf auskämmte und Jonny den Schlapphut wegzog, die Socken aus, die Hosen und mühsam die Jacke, ihn unter die Decke bugsierte. Kein böses Wort. Gute Nacht Viktor, sagte sie, zog ihn vorsichtig sanft am Arm vom Pult zur Tür, war ein schöner Abend. So bedudelt bist du noch netter. Unterstrich das mit einem Nachtkuss auf die Backe.

Er war zu selig für Zähneputzen, steuerte direkt ins Schlafzimmer, zog die Schuhe aus, wollte sich noch was ausruhn vorm Ausziehn. Im Liegen drehte sich wieder alles im Kopf, die Figuren auch, EffCee Hitzer Karsunke Malina und Johann, der ganze Abend, Poesie pur und als Politik, zweihundert Zuhörer bestimmt, richtiger Publikumserfolg. Die Zigeunerin mit ihrem kohlenschwarzen Zopf und den klingelnden Messingringen an Ohren und Armen neben dem kleinen dichtenden Seemann Jonny Schonk, der sich mit seinem schwarzen Hut imposant machte, war garnicht nötig, so farbige Gedichte, jemand zog an seiner Hose heb mal den Po Vik, ach Lena warum dieser absolut sinnlose Aufwand? Willst du so schlafen? und das Hemd noch Arme hoch, so lustig hab ich dich ewig nicht, hoffentlich kriegen wir keine Kündigung vom Hauswirt, Gott woran du denkst Lena so lange du mich hast bist du doch sicher in dieser Welt, ja mein kleiner Held jetzt schluck mal die Aspirin damit du morgen gerüstet bist zum Kampf

Karsunke hatte mit seinen Berliner connections Eff-Cee und Schonk für die *Kürbiskern*Redaktion und den *KommaKlub* engagiert, schon seit letzten Herbst stand die Einladung zur gemeinsamen Lesung im Vorprogramm. So war Bliss im Februar während des Vietnam-Kongresses bei Jonny und seiner stillen exzentrischen Freundin im zweiten Kreuzberger Hinterhof gelandet –

mit großer Herzlichkeit hatten sie ihm die bodenlägrige nackte Matratze in ihrer GästeKammer gezeigt, die er Lena später als unbeschreiblich beschrieb – ein Freudenhaus der Anarchie. Unvergesslich hatte sich ihm Nataljas freundlicher Hinweis eingeprägt: Wenn du pieseln musst – unser Klo ist im Treppenhaus halbe Treppe tiefer. Auch auf die Wasserleitung in der Küche wies sie hin und dass ihre Wohnung zu der früheren Schuhfabrik Tack gehörte, Hausmeisterwohnung. Von einem Laken keine Spur und keine Rede – den Schlafsack das Eigne auf die fremden Flecken, kaum Einzelheiten im trüben Schein der Glühbirne. Die Jacke als Kopfkissen, mit Socken in den Sack, Licht aus, Dreck weg. Im Einschlafen war ihm die Bedeutung von Jonnys Hinweis, in der Kneipe beim wievielten Schultheiss mit Korn, klar geworden, dass er am liebsten und fast ausschließlich in Cafés und Kneipen Gedichte schriebe und sie für nächste Woche ein großes Frühjahrsaufklaren ihrer Wohnung fest eingeplant hätten.

In den grauen Morgen war er frierend und mit heftigem Blasendruck aufgewacht, zwischen Zeitungsstapeln, Abfallkörben, Handwerkszeug, einem Überseekoffer, alten Stiefeln und Arbeitsklamotten, er hatte sich verdammt nach Hause oder in eine Pension in Charlottenburg gewünscht, allerdings nur bis Natalja, in einem seidenen Kimono, ihm einen Beuteltee brachte, heiß und gezuckert, sich barfuß auf den kalten Dielenboden hockte wie eine Geisha und treuherzig nach seinem Schlaf fragte.

In der Küche neues Grausen. Die schwarze Schreibmaschine auf dem veraschten Kohleherd neben dem zweiflammigen Propankocher, Apfelsinenkisten mit Tüten und Dosen, Geschirr und Bestecken, Plastik und Blech gemischt. Panteon einst glorreicher Flaschen. Auch auf dem Küchentisch benutzte Teller und Tassen,

Zwiebelschalen, Brot, Rama, ein Stück Speck, Marmelade, Dose Nes, Krümel, der *Extra-Dienst* und die *FR*, und Bliss, beim Zähneputzen am Kaltwasserkran über dem halbrunden gusseisernen Ausguss, dachte an schnelle Flucht zur TU Mensa in der Hardenbergstraße.

Nataljas Zimmer nebenan eine durcheinandergelebte Mischung von Chagall und Zille: Nataljas magisch-realistische Gemälde, der Besenstil mit ihren orientalisch prächtigen Kleidern, die umfangreiche Bettenmatratze, die hundertfarbigen Töpfe Tuben Gläser Pinsel Stifte, der zierliche Schminktisch und die Biedermeierkommode, als Schnäppchen vom Sperrmüll in Steglitz erklärt wie der mächtige, das Tohuwabohu verdoppelnde Spiegel. Nataljas Bilder darin wie Edelsteine in einer Schotterlawine. Er brachte die Gelassenheit nicht auf, sie länger zu betrachten.

Unvorstellbar, in dieser Verwahrlosung mehr als eine Nacht zu verbringen. Trotzdem überwand Bliss seinen Widerwillen, bot ihnen an, erst mittags zur TU zu fahren, ihnen bis dahin bei einer umfassenden Küchenputze zu helfen, stellte sich vor dass sie irgendwie resigniert sein mussten vor der Übermacht der Unordnung und nur mal einen unverbrauchten Elan, einen Anstoß benötigten. Amüsiert, mit heiterer Ironie, schlugen sie sein Hilfsangebot als tapferen Wink mit dem Zaunpfahl ab, sie würden das gewiss allein und noch rechtzeitig vor dem Frühling schaffen, er dürfe den Kongress nicht versäumen, sei nicht von München angereist um in Berlin Kreuzberger Hinterhäuser aufzuräumen. Entwaffnend Jonnys souveräner Charme bei der Abwehr dieses Angriffs der Ordnungskräfte auf seine und Nataljas Intimsfäre. Mit einer Spur Neid hatte Bliss geahnt, dass er es mit einer gehegten Unordnung zu tun hatte, die nicht nur individuellen Widerspruch gegen die bürokratische Regelungswut des Staates ausdrückte, sondern auch Humus war für die Fantasie, mit der sie ihre Bilder und Gedichte herstellten. Und ihre Bedürfnislosigkeit, schien ihm, musste die Quelle ihrer Freiheit sein. Da sie nichts Wertvolles besaßen, hatten sie nichts zu verlieren. Soll Leute geben, die einfach ihre Wohnung verlassen wenn ihnen der Müll übern Kopf wächst.

Kein Wort der Entschuldigung war gesprochen worden, nicht von Jonny, nicht von Natalja, wegen der Zumutungen dieses Nachtquartiers für den kaum bekannten APO Gast, aber am Nachmittag hatten sie die geräumige Münchner Altbauwohnung lustvoll und mit Kennermienen inspiziert und Jonny hatte sich auf eine warme Dusche nach der Lesung gefreut, in Berlin gingen sie dazu extra ins Hallenbad. Beim Tee in der Küche hatte Lena sich nach Nataljas prächtigem Kleid erkundigt, musste den Stoff prüfen, zwischen den Fingern reiben, aus einem türkischen Laden in der Görlitzer Straße – die schweigsame Natalja war sehr lebhaft geworden, als sie von Lenas Beruf erfuhr. Tema Stoffe und Farben. Und außerdem war sie nämlich ausgebildete Tänzerin, Harald Kreuzberg, Mary Wigman, bevor sie das Malen anfing. Von einem andern Teater als den Städtischen Guckkästen träumte sie immer noch. Das gab sie aber erst preis, nachdem Jonny seinen unheiligen Zorn losgeworden war auf die oberpreußischen DDR Grenzer, die seinen InterzonenPass – nur seinen! – auf dem Gang – unsichtbar! immer diese versteckte Drohung von Macht und Undurchsichtigkeit! – endlos hatten sie den kontrolliert und auf seine Frage, ob er aussähe wie ein Republikflüchtling, ihn mit seinem Koffer zum Aussteigen gezwungen, in einem Vernehmungszimmer mit vergitterten Fenstern, schweigend, wieder ohne ein Wort der Begründung! ihn den Koffer und seine Taschen hatten restlos auspacken lassen, sogar in seinen Manuskripten und Büchern haben sie geschnüffelt, und er war nur haarknapp noch in den Zug gelangt zu Natalja, die nicht aussteigen durfte und sich schon allein und ohne Adresse in München auf dem Bahnsteig rumhängen sah. Die reine Schikane! Dicke Mercedesse winken sie durch an der Prinzenstraße, aber uns Sozialisten filzen sie als wollten wir Ulbricht an den Spitzbart, das musstu erleben! Antifaschistischer Schutzwall, da lach ich nur. Dieselbe Blase wie die Bullen an userm Charlottenburger Konsumdamm.

Bliss war auch empört, obwohl er diese Gleichsetzung nicht mitmachen wollte, das hätte was vom Frontstadtsyndrom der Westberliner, aus der Sicht des Historikers müsse er das etwas anders beurteilen. Vielleicht haben die Zöllner bei dir Stoff vermutet, schlug er zur Erklärung ihres unerklärten Verhaltens vor, was Jonny entrüstet verwarf – nur wegen meiner Haare haben sie mich rausgeholt! Wer aussieht wie ein Hippie ist verdächtig! Das reine preußische Spießertum. Wahrscheinlich hat Lena den möglichen Streit gerochen und deshalb mit Nataljas Kleid die Gewandmeisterin ins Gespräch gebracht.

Im Schatten verdämmernder Kopfschmerzen untersuchte Bliss das FrühstücksArrangement, das Lena in der Küche hinterlassen hatte. Ziemlich üppiges Gedeck, fand er, mit Rauchschinken, Paté, drei Marmeladen, dem selten benutzten Arzberger – im Vergleich zu Nataljas Beuteltee und der Schrippe, die er sich auf dem Weg zur TU als Frühstück reingeknautscht hatte, war das schon Völlerei. Lena ließ alle drei grüßen, die Pflicht rief sie leider ins Teater, Vik solle noch Brötchen holen, Eier kochen und die Gäste ausschlafen lassen, sie käme so zweihalbdrei. Sagte der Zettel. Es war halbelf. Bliss schluckte eine zweite Aspirin, horchte an der Tür des Arbeitszimmers, leise Stimmen, knöchelte verhalten. Ja herein doch! Jonny von innen, mit Husten. Im Bett ein Doppelgesicht, die braunen und schwarzen Haare wirr auf den Kissen um die Köpfe verbreitet, offne Lächelblicke, Nataljas museumswürdige Alabasterschulter, Qualm stieg auch auf aus dem Pfühl, eine unförmige selbstgedrehte Zigarette bei Jonny zwischen Daumen und Zeigefinger, merkwürdiger Geruch, und er gleich mit der strahlenden Ankündigung, dass sie beschlossen hätten bis mittag in diesem herrlichen Bett schlafen zu feiern. Um zwei erst seien sie mit Frieder Hitzer in der Redaktion verabredet.

Aber das Frühstück steht fertig auf dem Tisch! Die Dusche ist frei! Richtig erschrocken. Reichte ihnen den Ascher vom Schreibtisch, nahm Natalja den Zeitungsfetzen mit den Aschenkrümeln aus der ringreichen Hand.

Gut, dann kommen wir erstmal, entschied sie. Einem Frühstück werden wir nicht widerstehn. Wir können uns nachher noch was hinlegen, vertröstete sie Jonny, ziehn nur eben den Joint noch durch. Willste? fragte der Pilzkopf, hielt ihm das qualmende angesabberte Würstchen entgegen, macht die Birne frei. Bliss rümpfte die Nase. Habne Tablette geschluckt, danke.

Er holte sich die Süddeutsche aus dem Hausflur rauf. Der Kopfschmerz hämmerte nach dem Treppensteigen richtig los. Er schenkte sich eine dampfende Tasse aus der Termoskanne voll, öffnete die Balkontür, die morgenkühle Luft tief rein, überlegte ob doch noch Eierkochen, entschied sich für die Zeitung. Aufruhr in Paris. Woher hatten die jetzt das Hasch. Großangriff der FNL auf Saigon. Er hörte sie über den Flur ins Bad tapsen, die Klospülung zweimal, die Terme in der Küche sprang an, der Wasserhahn am Handbecken plätscherte länger, ihre Stimmen undeutlich, leise, eine kurze Auseinandersetzung anscheinend. Die Dusche wurde offenbar nicht benutzt.

Jonny erschien als Erster in der Küche, angezogen, gekämmt, auf Socken, mit seinem braunen Vulkanfiber-Köfferchen, schnupperte nach dem Kaffee, staunte über den Frühstückstisch.

Lenas Werk! Setz dich. Mit Milch?

Und Zucker Viktor, zwei Löffel. Café au lait. Wie in Paris. Fehlt nur ein Baguette.

Oder Croissants, stimmte Bliss zu, müssten deutsche Bäcker mal lernen. Ferienkurs in Paris.

Habt ihr keine Zwiebeln?

Wieso. Natürlich.

Kann ich eine?

Zum Frühstück? Gegen den Kater? Jonny amüsierte sich wohlwollend über den studierten Banausen. Gegen alles Viktor. Die Wunderdelikatesse der armen Leute.

Nicht mit einer hausgemachten Marmelade, nicht mit dem extra beschafften Schwarzwälder Schinken noch mit der Leberpaté wollte er sein Frühstück beginnen, sondern mit einer banalen billigen Küchenzwiebel, die er genüsslich entblätterte.

Das ist die Seele des Menschen Viktor: sieben Schalen um ein Nichts. Deshalb hat Virchow sie nicht gefunden in seiner Anatomie.

Jonny kaute die Blätter lustvoll, bekam wässrige Augen. Bliss schmeckten Kaffee und Erdbeermarmelade nicht mehr, so drängte sich der ätzende Geruch in alle Aromen.

Jonny hielt einen Vortrag über die Wundertätigkeit der Zipollen. Die Frachtschiffe, wochenlang auf See, das wahre LebensMittel der Matrosen und der Armen, in allen Häfen der Welt. Eine gottgeschenkte Panazee. Stell dir vor: Evas Apfel eine Küchenzwiebel – wie anders sähs da aus, in unserm christlichen Paradies.

Bliss, prosaisch: nämlich wie?

Schonk versprach, demnächst, in einem Gedicht, würde er das ausführen. Nur im Gedicht zeigt sich Wahrheit. Wie die Blumenzwiebeln, diese unscheinbaren Geheimnisträger, keiner siehts ihnen an welche Wunder sie in sich tragen, Tulpen, Narzissen, Hyazinten, Amaryllis – und erst die Orchideen Viktor! Tausend Farben und Formen – der wahre Paradiesgarten!

Moses war kein Lyriker, vermutete Bliss, sonst hätter sie wohl beschrieben. Oder wenigstens erwähnt.

Der Gedanke faszinierte Jonny, wahrscheinlich stand Moses unter zu großem Zeitdruck für Details, er wollte das in dem Zwiebelgedicht nachholen. Es ist nie zu spät, so lange wir leben und essen können. Und trinken. Der Seemann lernt das Leben lieben, auf den Schiffen. Weil da der Tod immer mitfährt. Wie er auf dem kleinen Frachter, meterhoch auf dem Deck das Holz aus Göteborg, der Sturm im Skagerak, jeder Brecher der überkam gefror zu Eis an den Stapeln und dann brach dem Pott das Ruder und er legte sich langsam nach Luv, kriegte immer mehr Schlagseite unterm Eisgewicht und wir zu dritt raus in der Nacht und um unser Leben die Bretter losgehackt und einzeln nach Lee getragen.

Schonk blickte aus dem Küchenfenster, wie nach diesem Wintersturm auf der Nordsee, biss in sein Honigbrot, leckte die Finger ab.

Und? Und? fragte Bliss.

Hat sich noch mal aufgerichtet. Sonst säß ich kaum hier.

Irre, sagte Bliss, aufrichtige Bewunderung. Erzähl noch eine.

Eine heiße? In Luanda im Hafen. Einer hat eine Wette gemacht, Kasten kaltes Bier, dass ich nicht ins Wasser springe in voller Montur. Gut dass Natalja noch nicht da ist, die kriegt Zustände von der. Sechs Meter hoch von der Reling bis runter. Ich war kein Frosch und Schwimmen kein Problem, sprang los, aber es ging nicht, ich fiel nur vornüber, einer hielt meine Beine fest und zog mich zurück. Wollt ihn beschimpfen, da zeigter mir die schwarzen Dreieckflossen, zwanzig dreißig Stück.

Haie!

Bestien, Viktor. Ich hab dann den Kasten meinem Retter ausgegeben. Fürn Bootsjungen die Heuer von einer Woche, war mir mein junges Leben wert.

Klingt was nach Seemannsgarn, Jonny.

Na ja, lachte Schonk nachsichtig, vielleicht warens auch nur zehn. Ich hab sie nicht gezählt.

Bliss staunte erneut über den Erfahrungsreichtum hinter dem abgeschabten Äußeren des Kreuzberger HinterhofPoeten, so wie er im Februar über die Genügsamkeit der beiden sich gewundert hatte. Er verglich die blassen Erlebnisse seiner eignen Fahrenszeit über deutsche Städte und Dörfer als Büchervertreter mit den so viel wilderen und exotischen des dichtenden Seemannes Jonny Schonk. Warum hast du diese aufregende Existenz an den Nagel gehängt, eingetauscht gegen die Armut in dem grauen Getto Berlin?

Schonk musste wieder den laufenden Honig zurücklecken, Bliss reichte ihm einen feuchten Lappen, aber er bevorzugte auch für die Finger geräuschvoll die Zunge.

Kreuzberg ist ein Bazar, da fliegen genug orientalische Teppiche rum, auf die meine Gedichte sich setzen können. Und Natalja ist meine Scheherazade, die gibt meiner Fantasie den Honig. Soll ich auf Schiffen fahren, auf denen keine Frau erlaubt ist? Nur in den Häfen vögeln mit traurigen Nutten? Die Seefahrt war immer hart, nicht romantisch. Jetzt herrscht der Kapitalismus auf den Schiffen. Die nackte Ausbeutung Viktor, wie in den Fabriken, und kein Betriebsrat hilft dir gegen die Frechheiten des Kapitäns zwischen Kapstadt und Jakarta. Nach elf Schiffen und sechs Jahren habich abgemustert, für immer oder nicht, die Schiffe haben mir ihre Bilder geschenkt, die dampfen durch meine Gedichte über alle Meere, in alle Häfen. Und was Gerechtigkeit ist habich auch dort gelernt. Was sie sein könnte. Wenn sie dürfte.

Warum hast du das nicht gestern Abend den Leuten im *KommaKlub* erzählt? Sie hätten dich besser verstanden.

Du auch, wie? Ihr solltet meine Gedichte hören. Das Leben geht durch meine Augen, meine Nase, meine Zunge, meine Ohren, meine Fingerspitzen rein in die Gedichte. Die sind reicher als ich. Schreib sie ziemlich schnell, manchmal ne Viertelstunde nur, staune hinterher, was sich da aufs Papier geschrieben hat. Aber ich könnts nicht allein, brauch die Leute auf den Straßen, in den Läden und Kneipen, die Kinder, die Arbeiter, die Huren, meine Kumpel und Freunde – ohne die wär ich nichts. Ein Schrumpfkopf.

Fabelhaft klingt das für mich, Jonny, deine Poetologie. Du bist vielleicht ein verspäteter Romantiker, wie?

Jonny nickte unbestimmt, fragte freundlich zurück: Und du Viktor? Ich glaube du bist ein ziemlich einsamer Hund, ein armer, stimmts? Sag nein wenn ich mich irre.

Bliss biss in sein Brot den Mund voll, Schluck Kaffee dazu. Sagte nicht Nein und nicht Ja.

Natalja erschien. Grade richtig. Erschien wirklich. Ging auf. Mit Lidstrich und Zigeunerschmuck, das farbige Kattun, die schwarze Zopfschlange, die roten Lippen naturrein.

Auch Jonny schaute wohlgefällig auf die Erscheinung. Oder stolz. Oder verliebt. Kicherte zufrieden: Viktor hat einen Kulturschock erlitten, wegen meiner Zwiebel!

Jonny mit seinem Zwiebeltick, entschuldigte Natalja. Ihr habts wirklich schön hier.

Viel Sonne, wenig Geld, sagte Bliss vorsichtshalber.

Jonny bestand nicht auf der Beantwortung seiner Frage, wollte dagegen wissen, wie man denn in München an die für solche Buden nötigen Groschen kommt, an der Uni, am Teater. Bliss konnte davon Lieder singen, auch von dem Mietrückstand, zwei Monate, was Jonny mit Enttäuschung erfuhr – er hatte gehofft, mal einen anständigen Menschen zu treffen, der bei Kasse ist. Ton auf *anständig*.

Natalja entdeckte ihren leeren Eierbecher: Sogar ein Ei solls geben!

Ach die Eier! Bliss schlug sich vor den Kopf. Glatt vergessen. Über der Zwiebel. Koch ich gleich noch, wenn du willst. Hart oder weich?

Nicht nötig, wirklich nicht, sagte Natalja.

Zwiebelweich, sagte Jonny.

Also bitte, warum nicht.

Vom Herd die Frage, ob denn die Berliner, so alles in allem, zufrieden waren mit dem Abend und den bayerischen Linken?

Die kauten jetzt vor allem die Backen voll, wenige Wörter schafften sich durch die Genüsse, das vielstimmige Besäufnis im Brauhaus, das dionysische Bett, das Schlemmerfrühstück – und zweihundert Mark auf die Hand plus Bahnfahrt! wer wollte da meckern. Das war doch rund und schön und genug für eine Reise nach München.

Aha, verstand Bliss, da war ein Haken versteckt im Lob. Die Diskussion, wie? Alles hat sich auf Delius gestürzt. Die Dokumentarliteratur. Poesie fast ein Schimpfwort bei den Studenten. Die hatten den pittoresken Jonny Schonk für nicht relevant erklärt, gegen Hitzers Widerspruch. EffCee war der große Favorit, mit seinem Klartext vom CDU Wirtschaftstag. Der hat aus den Unternehmerreden in Düsseldorf den Pranger gemacht, an den die machthabenden Herrn sich selbst vors Volk gestellt haben. Die gleiche Metode wie Weiss mit dem AuschwitzProzess, durch ein bisschen Verfremdung die Selbstentlarvung der biederen Teufel. Literatur für den Umbruch hieß das, brauchbar als Waffe, ohne poetische Schnörkel und Verzierungen. Klartext.

Jonnys Gedichte, wusste Natalja, sind die untere Seite der Wirklichkeit, die andre. Die gilt weiter. Die Liebe. Die Angst. Die Freude. Auch Zorn. Was steht davon in Dokumenten? Kannst du dir eine neue Gesellschaft vorstelln, in der Gefühle verpönt sind?

Hat sie schön gesagt, was Doktor?

Überzeugend, fand Bliss. Aber warum nicht gestern Abend?

Wir sind keine Redner Viktor. Ihr hättet das wissen müssen. Karsunke, Hitzer. Du warst der Leiter.

Bliss gestand seine Unentschiedenheit. Bin kein Fachmann für Dichtung. Als Historiker bin ich faktengläubig.

Gläubig! Da hast dus gesagt! Fiel ihm Jonny ins Wort. Es gibt nämlich keine Fakten! Ein Schiff aus Stahl ist kein Faktum, es lebt. Noch auf dem Schiffsfriedhof ist es mehr als Schrott, hat eine Aura von Meer. Alles was lebt bewegt sich, verändert sich. Heraklit war ein Revolutionär. Und meine Gedichte haben keine Schnörkel!

Bliss bekam Lust, das mal an einem zu überprüfen, er wollte sich gern vom Autor selbst überzeugen lassen, nach dem Frühstück vielleicht. So Zeile für Zeile. Mit der Idee hatte Jonny keine Probleme. Viktors zweite war, der Neuen Münchner Galerie eine Ausstellung mit Nataljas Bildern vorzuschlagen, Richard Hiepe förderte da gegen die Wirklichkeitsscheu der Abstrakten gegenständliche und engagierte Maler. Art klassenbewusste Subkultur. Dazu müsste gehören, was er in Berlin in ihrem Atelier gesehen hat. Ob Natalja nicht Fotos hätte zum Zeigen?

Siehstu – was ich dir ewig schon predige! räsonnierte Jonny zu ihr. Immer verschlampt sie das! Wieder eine verpasste Gelegenheit.

Natalja bekam einen schiefen Mund, versuchte schuldbewusst zu lächeln. Ich mal erst seit drei Jahren. Jonny ist so ungeduldig. Danke dass du meine Bilder wahrgenommen hast, in dem Kuddelmuddel bei mir.

Hauptsache der Galerist ist kein DDR Verehrer. Warnte Jonny. Nataljas Traktoren können fliegen. Sozialistischer Realismus isnich unser Bier. Da stellen wir nicht aus.

Eben hat er noch von Heraklit geschwärmt, lachte Bliss, jetzt spricht wieder der heilige Geist der Frontstadt aus ihm. Mensch Jonny – gib den Genossen drüben doch auch ne Entwicklungschance. Die brauchten fliegende Traktoren und schwimmende Omnibusse, die besonders.

Bistu einer von ihnen? fragte Jonny, argwöhnisch.

Bliss schüttelte den Kopf. Nee. Aber wärs so schlimm?

Sie haben den Sozialismus verraten und verraten ihn jeden Tag neu. Haben ihm den Spaß und die Lust ausgetrieben und die Angst eingepflanzt. Die Hoffnung versaut. Deshalb sind sie meine Feinde. Sehr aggressiv, sehr bitter und unversöhnlich kam das aus dem freundlichen Seemann.

Hört auf Kerle! Ich will hier keine politische Hackerei! Steile Falte auf Nataljas Stirn. Beide Männer griffen gleichzeitig zu ihren Tassen, schluckten. Sie legte ihre Hand Bliss auf den Arm, und sanfter wieder: Wenn ich Fotos habe, schick ich dir welche. Ich versprechs.

Bliss sah die Hand und die Uhr: Es ist eins. Lasst uns mal Nachrichten hören, zur Abwechslung. Schaltete die neutralisierende Kiste ein.

Sie erfuhren von der wievielten Offensive des Vietcong auf die südvietnamesische Hauptstadt Saigon und dann aber von der polizeilichen Auflösung einer Protestversammlung Pariser Studenten in der Sorbonne auf Ersuchen des Rektors, nach der Schließung der Universität in Nanterre. Mehrstündige Straßenschlachten mit den Ordnungskräften im Quartier Latin die Folge. Dreieinige Freude: Halloo – nun springt der Funke die Revolte auch ins gaullistisch verstockte Frankreich oder wie oder was.

Ein paar Demos nach dem Attentat auf Dutschke waren zwar von dort gemeldet worden, aber nichts was das Land der Baguettes und Patés aus seinem kulinarischen Tiefschlaf gerissen, als das Kindbett der ersten europäischen Revolution und der Pariser Commune in Erinnerung gebracht hätte.

Jonny beschloss sofort noch ein Brot mit Leberpaté zu vernichten, wenn schon kein Rotwein zum Anstoßen greifbar war, welchen Wink Bliss gern verstand, aller Vernunft seiner erst eben gelinderten Katerpein zum Trotz. Er zauberte die Reserveflasche Bordeaux aus der Speisekammer. Jonny, begeistert, ließ Marianne die Muse der Barrikaden hochleben und erzählte, wie er in Marseille, in einer Hafenkneipe, von Fanon *Die Verdammten der Erde* gelesen und geweint hatte, weil er da verstanden hatte, dass die bewunderten Franzosen in Nordafrika und Südostasien die eingeborenen Völker genauso brutal unterdrückt hatten wie die Deutschen im Krieg ihre östlichen Nachbarn. Als Deutscher hatte er sich nie fühlen wollen, als Kind der KaZetErbauer, aber damals in Marseille hat er auch seine französische Wunschbürgerschaft verloren und ist Weltbürger und Anarchist geworden, Fahrensmann. Jonny holte sein schrundiges Köfferchen auf die Knie, suchte ein zerknautschtes Heft im Passformat heraus, das er Viktor

auf den Teller legte: Mein Seemannsbuch. Alle meine
Schiffe. Stolz: Ich kann jeden Tag auf jedem deutschen
Kahn anheuern! In jedem Hafen der Welt. Bliss sah von
dem Heft zu Natalja. Die kniff ihm verstohlen ein Auge.

Jawohl! beteuerte Jonny, in jedem. Wenn ich will.
Nachdrückliche Pause. Da keine weiteren Zweifel auf-
tauchten, ergänzte er: Aber ich will nicht. Ich war mal
der Fliegende Holländer, Natalja hat mich erlöst.

Überraschend war der eigenartige süßlich-faulige
Geruchsschwaden vom Abend wieder gegenwärtig.
Bliss suchte in seiner Erinnerung vergeblich nach dem
Auslöser der ursprünglichen NasenErfahrung, der ein
Schlüssel hätte sein können, die Herkunft jetzt zu loka-
lisieren. Da er das alte Blumenwasser morgens ausge-
kippt hatte, kam die Vase in der Spüle nicht in Frage.
Der Mülleimer? Oder doch der warm gewordne
Camembert. Etwas hielt ihn ab, die beiden nach ihrer
Vermutung zu fragen.

Alle drei hatten sie die Zeit vergessen. Plötzlich
sprang Jonny auf, schmiss fast den Stuhl um: Die *Kürbiskern*-Redaktion! Bliss bot an sie hinzufahren. Das
konnten sie nicht annehmen, so viel Umstand, Viktor
sollte nur Frieder Hitzer anrufen, ihre Verspätung entschuldigen. Auch gut, sein Schreibtisch schrie längst
nach ihm. Sie umarmten sich in der Tür, lachend. Bliss
hatte ein vages Gefühl von Künstlichkeit dabei, jedenfalls bei Jonny. Natalja umarmte er gern.

Als Lena, abgearbeitet aber neugierig, nach Hause
kam, hatte Bliss schon Jonnys fettige Sockenabdrücke
auf den Dielen entdeckt, deutlich von der Wohnungstür
zum Klo und in umgekehrter Richtung zum Bett. Er
zeigte ihr die Fährte des Dichters. Sie lachten herzlich.
Und in dem Augenblick schnellte ihm auch die ursprüngliche Geruchsquelle ins Gedächtnis: das Marburger Obdachlosenheim, die Zwölferstube mit den Dop-

pelstockbetten, in dem er die ersten vier Wochen seiner neuen Sesshaftigkeit verbracht hatte. Die meisten Männer dort besaßen nicht mehr als ein Paar Schuhe und Socken.

Auf seinem Schreibtisch fand Bliss einen fremden Zettel. Fremd das wasserblaue Papier, fremd die schwarze Handschrift und die Zeilen:

Selbstgespräch eines freundlichen Dampfers

Da ich auch eitel bin
male ich meine Wasserlinie rot
Vormittags klopfe ich meinen Rost ab
Nachts stecke ich die Lampe an den Mast
dass wenn mich jemand braucht in diesem
    Land
viele mich finden die zum Hafen schleichen
wenn die Staatsgewalt ihr Gebiß aus dem
    Glas nimmt
mit ihren schwarzen Polizisten Männer
Frauen Kinder beißt

Mit der gleichen spitzen Feder war unter die Zeilen ein lächelnder Dampfer gezeichnet, der wie eine Hängematte zwischen zwei Bäumen schaukelte, zwei langbewimperte Augen am Bug, und aus dem Schornstein grüßte unverkennbar: der Captain Jonny.

Das Argument, dass er morgens um sechs wohl kaum an seiner Schreibmaschine säße, hatte seinen Widerstand umgeworfen. Kurzer Schlaf auf der Couch im Arbeitszimmer, um Lena nicht mit dem Wecker zu stören, im Morgengraudunst vor der Haustür, nüchtern, fröstlig, trotz des Pullovers unter der Windjacke. Bliss blieben kaum Gedanken zu staunen, wie viel Bewegung die Stadt um diese fremde Zeit schon hören ließ: das Motorengerausch von der Steinsdorfstraße am Isarufer, eine Tram in der Thierschstraße, die halligen Schritte einzelner Frühgänger auf den Trottoaren und da schon unverkennbar das leise Schnattern der vom Mariannenplatz heranzockelnden Ente. Johann hielt mit laufendem Motor in der zweiten Reihe, wuchs aus der Fahrertür Halloo Viktor na? Morgen. Morgen. Hats geklappt? Rat mal wen du hier siehst. Morgen Malina.

Und auf die Hinterbank, das Gehäuse sackte nach rechts, sackte nach links mit Stotz, schaukelte los.

Maximilian, Brienner, Dachauer Straße, unbekannte Stadtviertel, flachere Häuser, Schrebergärten, Wiesen – sind wir überraschend auf einem Ausflug ins Grüne? Werbefahrt für Citroëns Döschewo?

Alles noch München. Wortkarge Fahrt. Johann teilte dem Rückspiegel mit, dass der Vertrauenskörper von MAN eine starke Position einnahm in der Münchner IG

Metall, entsprechend im DGB Bezirk, von denen könnt ein entscheidender Anstoß kommen für Warnstreiks.

Was heißt überhaupt M-A-N? Und was machen die? Maschinenfabrik Augsburg Nürnberg. Elkawes, Busse, Motoren. Rollen überall durch die Landschaft. Klassischer Arbeiteradel. Die sitzen in andren Autos als wir. BMW liegt direkt daneben, da holen sie ihre Jahreswagen.

Und wozu wolln wir die agitiern?

Solln mindestens zwei Busse nach Bonn schicken, am 11. Mai.

Bliss fielen Nataljas fliegende Busse ein. Wenn sie aus allen Himmelsgegenden nach Bonn schwebten, rauschend auf dem Rhein und der Hofgartenwiese niedergingen. Könnte Johann fragen was er von der Idee mit Nataljas Bildern bei Hiepe hält.

Malina erkundigte sich über die Schulter, nah an seinem Gesicht, ob er noch an sein Bett dächte?

Er roch ihr Haar, schnaufte durch die Nase. Erinner mich nicht! Hatte Spätschicht am Schreibtisch.

Noch ein Opfer der Pflicht, spottete sie sanft, Johann wollte auch die Bettdecke nicht hergeben. Zigarette?

Um Gottes willen. Nicht vor zehn!

In einer Kolonne von Mittelklassewagen rollten sie langsam, stockend, auf der Industriestraße dem Werkstor zu, erkannten ein paar Gestalten links von der Kolonne, mit Flugblättern. Johann klappte sein Fenster hoch. Jörg Hagmann: Die halbe Frühschicht ist schon drin! Stellt euren Wagen auf den Besucherparkplatz, beeilt euch!

Wagen hat er gesagt, hast du das gehört? staunte Malina und auch Bliss fand die Kategorie etwas hochgegriffen für die Blechtrommel, kroch steif in die Morgenkälte, zog sich das Kreuz mit den Armen in die Senkrechte. Immerhin, flach über den ShedDächern zeigte sich dunstverschleiert eine fliegende Apfelsine, ohne Flügel,

versprach demnächst Sonne zu werden. Ein halbes Dutzend Leute von der Kampagne hatten schon kalte Füße,
wedelten mit Flugblättern vor Windschutzscheiben
oder reichten sie in runtergekurbelte Seitenfenster, keine
Zeit für Wortwechsel, aber eher offne Gesichter als
Ablehnung. Elvira Hagmann machte blaue Strahlaugen
bei der Sondermeldung, dass viele Arbeiter gradezu
neugierig seien auf die APO Zettel, die wenigen Radfahrer und Fußgänger steckten die Blätter mit Danke! in
Joppen oder Aktentasche, manche lasen das Fettgedruckte offen im Pfortendurchgang, AUF NACH BONN
AM 11. MAI - VERHINDERT DIE DRITTE LESUNG DER NS
GESETZE, die MANner hatten offenbar keine Hemmung
vor den Werkschützern in der Loge. Als dann die
Beschäftigten der Nachtschicht das Werk verließen, gab
es öfter Gelegenheit für Kurzgespräche mit den Kollegen. Ferri Melchinger wusste, dass die Belegschaft zu
zweiundachtzig Prozent organisiert war, Kern der
Arbeiterklasse, sind am 1. Mai mit eignem Block und
Transparent zum Königsplatz marschiert. Das war eine
bessre Grundlage für produktives Argumentieren als die
ausdruckslosen Babygesichter der Grünen vor Springer,
von denen wer weiß die Hälfte vielleicht Mitglieder der
Polizeigewerkschaft, aber konnte man die denn mit
Kollege Bulle von der GdP anreden, da war schon der
Wurm drin. Was Ferri, selbst Ferri, nicht gewusst hatte,
wurde ihnen hier frisch mitgeteilt: eine Gruppe Vertrauensleute hatte eine Belegschaftsversammlung beim
Betriebsrat gefordert, zur Diskussion der Notstandsgesetze! Bliss kriegte Manfred vor die Linse, ob die bei
FordKöln, endlich anrufen musste er ihn, berichten wie
die bayerischen Kumpel gar nicht christsozial um ihr
Streikrecht fürchten. Selbstmordsüchtige Angreifer von
außen, Kollegen, hat dieses atomwaffengespickte Land
wohl nicht zu besorgen – gegen einen Aufstand der

Bevölkerung, wetten? soll die Bundeswehr scharf gemacht werden und probt schon manövermäßig den sogenannten Objektschutz, wer da die Nachtigall nicht in KommissStiefeln trapsen hört!

Bliss perlten in dieser zustimmenden Atmosfäre die Argumente süffig von den Lippen, mit leichtem Staunen hörte er sich zu und nahms als Anerkennung, die Einladung von Melchinger, den angebrochnen Morgen zu einer Besichtigung seiner Druckerei zu nutzen, verbunden mit einem Kaffee, obwohl eigentlich, Johann hatte versprochen ihn direkt zurück ins Lehel, aber gut, der Tag war um sieben noch lang und Kaffee trinken kann man überall.

In Melchingers Fünfzehnhunderter versank einer allerdings anders als in Stotzens Watschelmobil, der Tacho reichte bis zweihundertvierzig. Bliss erzählte dass er als Schuljunge mit seinem Freund durch die Fenster geparkter Autos auf die Tachometer gelinst und geglaubt hat, der zeige die echte Höchstgeschwindigkeit an. Ganz hat er, zugegeben, den Kinderglauben noch nicht abgelegt.

Ferri lachte gutmütig, hundertachtzig läuft er auf der Autobahn immer noch locker, der Großvater, sechs Jahre alt, eigentlich müsste man einen BMW nach drei Jahren abstoßen, ein Mercedes Diesel ist da eben richtig eingefahren, aber als Bayer verstehst du hat der Prolet seinen Stolz.

Bliss fand beide Nobelmarken eigentlich für einen überzeugten Proletarier, na ja -

Grad gut genug, wie? stülpte Melchinger seinen Tadel um und erläuterte, dass sie sich fünfundvierzig oder eigentlich schon früher, in den griechischen Bergen, vorgenommen hätten den Reichtum zu sozialisieren, nicht die Armut. Außerdem ist das ein Geschäftswagen, kannst dir denken, die Hälfte zahlt der Fiskus.

Nichts konnte Bliss sich denken, weder eine Edelka-
rosse auf Staatskosten noch griechische Berge noch das
pluralische Fürwort Wir. Ihm fiel nur auf, dass Melchinger heute hochdeutsch zu ihm sprach, zwar mit unverwüstlich bayerischem Tonfall, aber doch etwa so rein
wie ein Altöttinger Priester von seiner Barockkanzel.
Vielleicht wollte ers dem studierten Doktor beweisen.
Spur Feierlichkeit war dabei.

Für Bliss Unerhörtes gab er zur Kenntnis, hängend
über dem Steuer, gegen die Windscheibe gesprochen wie
zu denen da draußen bei hoch durch vier Gänge auf
siebzig oder achtzig auf der Dachauer zwischen den
Ampeln und mit Motorbremse wieder runter auf null.
Nämlich bis achtzehn die Lehre bei einem Sozi der
USPD und Reichsbannermann, der Anfang dreißig zwei
Jahre Dachau ausprobiert und danach genug von Politik
hatte. Ihm aber trotzdem, zwischen Perl Nonpareille
und Cicero, den Mehrwert und die ursprüngliche
Akkumulation beigebracht hat und statt dem Deutschen
Gruß die geballte Faust. Allerdings in der Tasche. Bei
der HaJot rausgeflogen weil er seine Gardemaße nicht in
Hitlers Leibstandarte einbringen wollte und vom
Arbeitsdienstlager gleich ins Jugendgefängnis, ein Jahr,
ich konnt mir das Maul nicht verbinden, das war
einundvierzig Vorbereitung zum Hochverrat, die paar
Flugblätter, war zu jung fürs Zuchthaus, und zweiund-
vierzig, nach dem Winterkrieg vor Moskau, wurd ihnen
das Futter für die T 34 und Stalinorgeln schon knapp,
haben die Faschisten Menschenmaterial gesucht, so hieß
das in der Sprache der NaziVerbrecher, unter den Wehr-
unwürdigen, den alten Linken, auch Kriminelle aus den
Gefängnissen geholt, die sollten sich an der Front
bewähren dürfen um wieder vollwertige Volksgenossen
zu werden.

Meinstu die 999er Brigade?

Wusste dass du die kennst. Geschichtsprofessor. Da haben sie mich reingesteckt, kurze Waffenausbildung auf dem Heuberg in Schwaben und dann ab auf den Peloponnes. So viel zu den griechischen Bergen.

Melchinger hielt in einer Bliss unbekannten Straße. Stellte den Gasfuß über den Kardantunnel zu Bliss, zog das Hosenbein hoch, auch die weiße Unterhose: Mein Suvenir an den Balkan.

Mein Gott Ferri!

Die Wade schien eine einzige große blaurote Narbe, bizarr an das Schienbein gewachsenes Fleisch.

Ein deutscher Granatwerfer.

Ein deutscher?

Ich habe bei den griechischen Partisanen gekämpft. Überläufer. Ein Arzt der EAM – das war die Befreiungsfront – hat das Bein in einer Berghütte so zusammengeschustert. Hat mir das Leben gerettet. Ohne Betäubung.

Bliss saß verwirrt neben Melchingers entblößtem Körperteil, die Situation im Auto neben dem Fahrer riss das Erlebnis hoch das eigne, zehn Jahre alt, kurzhosig, auf dem Weg von der Schule nach Hause: der Mann der ihn mit fünf Mark zu einer Spazierfahrt in sein Auto köderte, seinen steifen Schwanz aus der Hose springen ließ, riesig, blaurot auch, gespenstisch, ihm die widerstrebende Hand daran legte, reiben sollte er, so, raufrunter, während der Mensch langsam um den Park fuhr, nicht wie und was hatte er gewusst nur Widerwillen und Angst vor dem seine eignen Abmessungen so unheimlich übertreffenden Pipel des Mannes, der ihn nach ein paar ewigen Minuten wieder aussteigen ließ, wegen seiner widerspenstigen Unbrauchbarkeit oder weil Siggi ihn hatte einsteigen sehn. Ohne die versprochenen fünf Mark. Sinnlose Erinnerung.

Sieht schrecklich aus Ferri.

Die andern Andenken hab ich im Kopf. Melchinger
schob das Hosenbein runter. Genauso haltbar. Mir
musste fünfundvierzig keiner Fotos von den Leichenhaufen aus den deutschen Kazets zeigen. Hab gesehn
wie die Deutschen, reguläre Einheiten, nicht nur SS,
griechische Dörfer abgebrannt haben und Frauen und
Kinder erschossen oder aufgehängt. War mein Abitur,
verstehst du. Vergeltung hieß das, und ganz korrekt
nach Befehl der Führung: für jeden von den Patrioten
umgebrachten Deutschen hundert griechische Geiseln,
den Bodycount haben die Amerikaner nicht erfunden,
von Kalávrita hast du vielleicht gehört, was der Höhepunkt nur war von vielen kleinen Mordaktionen auf
dem Peloponnes. Aber manchmal haben wir es geschafft, die politischen 999er, die Bevölkerung rechtzeitig zu warnen. Da hast du das Wir. In jeder Kompanie
gab es Genossen, Vertraute, die versucht haben, den
VerbrecherKrieg zu verkürzen. Und jeder hat dabei sein
Leben gewagt, ohne Befehl, freiwillig. Wie der Stauffen-
berg. Aber wo ist das Denkmal für den unbekannten
Widerstandskämpfer. Manchmal haben Griechen nachts
Blumen oder Lorbeerzweige hingelegt, wo ein deutscher Fahnenflüchtiger von seinen Kameraden exeku-
tiert worden war.

Melchinger war erregt, atmete heftiger, seine Hände
kneteten am Steuer. Bliss wünschte viel mehr Einzelheiten zu wissen, Ferri Melchinger als historische Quelle,
auf Tonband müsste man ihn erzählen lassen. Zugleich
verwandelte sich der Mann für ihn aus seiner gegenwärtig erlebten Oberfläche in eine ZeitTiefe, in eine schat-
tenhafte aber mächtige Hintergründigkeit, die ihm
Hochachtung einflößte und ihm auch Ferris hartkantige
politische Alltagsansichten verständlicher machte –
wenn schon nicht rechtfertigte. Er unterbrach ihn nicht,
hatte auch den Kaffee vergessen. Ihm schien, dass Ferri

Melchinger seine Lebensgeschichte auf ein Ziel zu öffnete, das noch zum Vorschein kommen musste.

Noch immer parkte der BMW in der Seitenstraße, zwischen anderen Wagen. Selten ein Fußgänger. Paar Schulkinder trollten vorbei. Durch die Fenster ließen sie kühle Frühlingsluft mit Sonnengeschmack.

Weißt du dass wir etwas gemeinsam haben? fragte Melchinger und sein Gesicht verkündete eine Überraschung. Bliss, nachdenkend, zuckte die Achseln. Nicht dass ich wüsste. Jeder zwei Augen. Eine Nase. Die APO.

Dröhnend lachte da Ferri. Viel mehr Viktor! Wir hatten beide den gleichen Lehrer!

Ich in Berlin – du in München? Ausgeschlossen.

Weißt du nicht, dass dein berühmtester Marburger Professor bei den 999ern in Griechenland war?

Abendroth? Doch, ja, das war bekannt. – Ist das möglich?

Es ist Viktor, es ist! Unsre Kompanie wurde nach Lemnos verlegt, Insel vor der türkischen Küste, dort war Wolfgang Abendroth in der Kommandantur als Dolmetscher, wir in der gleichen Kaserne, fast Stubennachbarn, gehörten zur gleichen Widerstandsgruppe.

Hör auf Ferri! Ich bin aus dem LandserromanAlter raus.

Das nützt dir gar nichts mein Lieber. Und wenn du mir nicht glauben willst – frag den Wolf selbst! Im Herbst vierundvierzig hatten wir alles vorbereitet, abgesprochen mit den griechischen Genossen, wie wir die Offiziere entwaffnen wenn die Engländer landen. Dann wurde aber die Insel kampflos geräumt. Wir erfuhren von dem Plan das E-Werk vorher zu sprengen. Wolf und ein andrer Genosse, ein Elektrotechniker, haben das verhindert, mussten sofort in die Berge flüchten. In einem Brief, 5.8.1950, hat er mir geschrieben, aus Wilhelmshaven, das kannst du bei mir zu Haus nachlesen, dass ihn die EAM-Genossen nach Lesbos zu den Engländern gebracht haben. Und die, das gehört auch zu dem Trauerspiel, haben ihn in Ägypten mit andern von uns als Kriegsgefangnen interniert, in einem Sonderlager. Noch zwei Jahre lang! Warum? Damit sie nicht die antikommunistische Aufrüstung in Deutschland störten.

Na na Ferri, jetzt übertreibst du ein bisschen.

Stimmt. Nach unten. War Churchills Politik nach Jalta. Die konservativen Generäle im britischen Nahostkommando haben nicht nur die NaziOffiziere sofort nach der deutschen Kapitulation in die Heimat entlassen, sondern auch alles getan um in Griechenland die geflüchteten Königstreuen wieder an die Macht zu bringen. Das Volksheer, das gegen die deutschen Besatzer gekämpft hat, haben sie um die Früchte seines Heroismus betrogen.

Bliss hatte den Impuls, sich gegen Melchingers politische Blähworte zu wehren. Stattdessen sagte er nur: Aber fünfundvierzig kam doch Labour an die Regierung!

Da war der Bürgerkrieg schon ausgebrochen, Dezember vierundvierzig. Die griechische Tragödie. Die bis heute dauert. Die JuntaDiktatur ist der letzte Akt. Die Amerikaner ziehn die Strippen.

Bliss, kopfschüttelnd: Davon hat Abendroth nie gesprochen.

Habt ihr Schlauköpfe ihn gefragt? konterte Melchinger.

Er musste zugeben, nein, wir hatten keine Ahnung von diesen Zusammenhängen.

Ist wohl auch in keinem Geschichtsbuch verzeichnet, sagte Melchinger, bitter. Keinem westdeutschen, verbesserte er sich. Genauso wenig wie unser Kampf. Viele Kameraden sind standrechtlich erschossen worden, die den Wahnwitz nicht mehr mitmachen wollten. Sind noch immer Deserteure, in diesem Land. Werden behandelt wie Selbstmörder von der katholischen Kirche. Keine Witwenrente für die Frauen. Keine Invalidenrente. Die Waisen haben einen Verräter zum Vater. Die Kriegsgerichtsurteile sind gültiges deutsches Recht. Und Kriegsgerichtsräte werden Landesfürst. Darüber müssten Leute wie du mal schreiben!

Gut dass du das erzählt hast Ferri, auch wenn ich nicht gefragt hab. Denke ich versteh dich jetzt besser. Bin ja wirklich ein erfahrungsloses Greenhorn, verglichen mit dem was ihr erlebt habt. Jetzt Ostern ist das zum ersten Mal mir unter die Haut gekommen, was ich mit dem Kopf in Marburg gelernt hab.

Du bist ehrlich, sagte Melchinger, das schätze ich an dir. Dazulernen können wir alle.

Du hast aber nicht erzählt wie du den Granatsplitter erwischt hast. Ich bin jetzt neugierig auf den Rest.

Melchinger schaute auf die Uhr. Na schön. Du kannst dir vorstelln dass wir für die Wehrmacht unsichere Kandidaten warn. Wir wurden ständig verlegt, hin und her geschoben, damit wir mit den Griechen keinen Kontakt aufnehmen konnten. Die Einheimischen waren natürlich misstrauisch gegen jeden in deutscher Uniform. Ich hatte aber eine Art Garantieerklärung von dem Partisanenführer auf Lemnos, mit diesem Ausweis und zwei Kameraden sind wir in Thessalien übergelaufen, ein MG und Handgranaten haben wir mitgenommen. Auch um uns zu verteidigen. Oder notfalls in die Luft zu sprengen. Wir haben gesehn was die SS mit gefangnen Überläufern macht. Die Feldgendarmerie war genauso fanatisch. Das Erschießen war nur der letzte Akt. Wir waren dann eine Gruppe von zehn Deutschen und Österreichern, haben versucht eine Funkstation der SS auf einem Berg zu stürmen. Wollten uns für die Partisanen bewähren. Dabei hats mich erwischt. Den Winter über haben sie mich in einem Bergdorf im Pindos aufgepäppelt. Hatten selber nichts. Du glaubst nicht wie viel Schnee und Kälte da oben. Paar Brocken Griechisch weiß ich noch, ti kanis, wie gehts dir, jassu, grüß dich. Und so weiter. Sindrofe heißt Genosse. Nach der Kapitulation haben sie mich auf einem griechischen Frachter nach Triest geschickt. Frag mich nicht, wie ich von dort nach Bayern gekommen bin.

Warum Ferri hast du danach nicht die Schnauze voll gehabt? Hast weitergemacht? Politisch, mein ich. Hast du doch offenbar, oder? Bis heute.

Melchinger knetete seine Pranken über dem Steuer. Kratzte sich den fast kahlen Rundschädel. Wiegte ihn zweifelnd. Die Frage überrascht mich jetzt Viktor. Enttäuscht mich auch.

Tut sie das.

Doch, das tut sie. Hab erwartet dass sie sich von selbst beantwortet durch das, was ich dir von meinen Kriegserlebnissen mitgeteilt habe.

Bliss stockte. Überlegte. Bin ich begriffsstutzig? Vielleicht überschätzt du die Evidenz deiner Erlebnisse Ferri?

Ja. Melchinger nickte, wirkte plötzlich traurig, angestrengt. Die Evidenz. Ihr habt zu viel im Kopf. Ihr Studierten.

Nicht so Ferri! So wird kein Schuh draus. Man kann nicht genug wissen, wenn man den Ariadnefaden in der Hand behält. Ich stell meine Frage andersrum: Du und der Abendroth, ihr habt weitergemacht. Aber die Hunderttausende, die aus demselben Krieg heimgekehrt sind – warum haben sie diesen Staat aufgebaut, reuelos, widerspruchslos, genauso blind und obrigkeitsfromm wie vorher?

Die Frage will ich dir beantworten Viktor. Sie sind verblendet worden von den Verführungen des amerikanischen Kapitalismus, der uns seinen ganzen aufgehäuften Reichtum nach dem Krieg vor die Füße kippen konnte. Weißt du selbst. Aber warum bin ich nicht darauf reingefallen? Weil ich Genossen hatte, eine kommunistische Partei. Die Partei und ihre Ideologie ist eine Rüstung die jeden Genossen schützt. Das habe ich schon als Zwanzigjähriger in Griechenland begriffen. Erlebt hab ich das. Nicht nur dort. Unsre Partei ist seit zwölf Jahren in der BRD verboten. Sie hat deshalb nicht aufgehört zu existieren und zu wirken. Wir arbeiten illegal, in kleinen Gruppen, hier und da und überall.

Melchinger legte Bliss die Hand auf den Arm, sah ihm in die Augen: Ich bin von unsrer Gruppe beauftragt dich zu fragen, ob du unser Genosse werden willst. Wir brauchen dich Viktor.

Feierlich, dachte Bliss. Und im gleichen Augenblick: Gefangen. Gefangen in einem BMW 1500. Gefangen im Vertrauen eines respektgebietenden Menschen. Und der ganze Morgen zielbewusst eingefädelt, angelegt die Schlinge um diesen schrägen Vogel Bliss einzufangen. Die Ahnung, die ganze Zeit. Psychologisch geschickt. Sie haben dich schon lange beobachtet. Geprüft. Über dich beraten. Klar auch – wie anders sollten sies anstellen, in dieser Heimlichkeit. Voller Spitzel und Provokateure, die Geschichte der Arbeiterbewegung. Vielleicht ist es wirklich immer noch gefährlich KP Mitglied zu sein. Johann gehört bestimmt dazu. Malina. Unangenehm trotzdem, Objekt der Beobachtung, monatelang womöglich.

Ferris Gesicht mit Stirnfalten, sorgenvollen. Möchte meine Gedanken lesen. Was sag ich jetzt.

Hab ich dich sehr überrascht? fragte der Bär Melchinger, zaghaft fast.

Er schüttelte den Kopf. Eigentlich nicht. Irgendwie logisch ist es schon dass du fragst. Obwohl es jetzt doch plötzlich war.

Versteh ich, sagte Melchinger. Seine Stirn glättete sich, er lächelte. Du musst das natürlich nicht sofort entscheiden. Ein großer Entschluss will überlegt sein.

Aber ich bin kein Kommunist Ferri. Wie kann ich da in die kommunistische Partei eintreten.

Melchinger lachte gewaltig. Keiner wird als Kommunist geboren! Die Partei nimmt dich auf wie du bist und erzieht dich.

Aber irgendwas müsstich doch sicher unterschreiben, was mich verpflichtet, oder.

Das Statut, ja. Übrigens kann man in eine kommunistische Partei nicht einfach eintreten. Man kann nur den Wunsch haben aufgenommen zu werden. Früher wurde man dann Kandidat, bei der SED noch heut. Du hast deine Probezeit schon hinter dir. Wir würden dich nehmen, Viktor.

Er holte ein kleines rotes Heft aus der Jackentasche, reichte es ihm.

Du kannst das in Ruhe prüfen. Wir sind eine demokratische Partei. Eine wirklich demokratische Partei, nicht nur formal. Kein Kapital mischt bei uns mit.

Ich habe mal was von Disziplin gehört, in der Arbeiterpartei. Ein Blumenkind bin ich wohl nicht, Ferri, aber die Machttypen hab ich an der Uni genug. Heißen zwar nicht Stalin und Berija, aber abschaffen wolln wir sie trotzdem.

Im Statut steht nichts von Parteidisziplin. Wir diskutieren und fassen Beschlüsse. Was die Mehrheit beschlossen hat gilt für jeden Genossen. So funktioniert eine demokratische Partei. Und mit Stalin hat Chruschtschow auf dem 20. Parteitag abgerechnet. Dieses dunkle Kapitel unsrer Geschichte ist für immer erledigt. Überleg es dir. Allein bleibst du der kleine Arsch. Die Partei ist das Werkzeug durch das du stark wirst. Du willst doch die Gesellschaft verändern.

Schon, sagte Bliss. Man versuchts.

Kapitel 4

Die Schauspieler kommen

DER MAI STEHT AUF IN DEN GROẞSTÄDTEN

Die Regisseure hatten dem vom Besetzungsbüro vorge-
schlagenen Ensemble Wochen vor Probenbeginn dasselbe Papier zu studieren gegeben, das sie auch Viktor
Bliss durch seine Frau geschickt hatten: Eine Erläuterung ihrer Konzeption, das historisch-dokumentarische
Stück des Peter Weiss nicht durch Einfühlung in die
vorgegebenen Rollen der unterdrückten Vietnamesen zu
veranschaulichen, um das Mitleid oder die Empörung
der Zuschauer zu erregen, nämlich so wie das Stück
von Buckwitz am Frankfurter Schauspielhaus und in
Rostock von Anselm Perten inszeniert worden war,
sondern typische Figuren und Situationen vorzuzeigen,
die den Befreiungskampf der Völker in der Dritten Welt,
seine Ursachen und seine Notwendigkeit, politisch und
moralisch erkennbar werden ließen. Dadurch sollte eine
Aufklärung und Solidarisierung des Publikums erreicht
werden. Eine Gruppe von fünfzehn informierten Schauspielern hat sich versammelt, um den Münchner
Europäern etwas über die vietnamesische und damit
ihre eigne Kolonialgeschichte zu erklären. Mehr als auf
die perfekte Einübung teatralischer Mittel komme es
dabei an auf die eigne Überzeugung von der Richtigkeit
des Vorgetragnen. Die zur Lektüre empfohlenen Bücher
kannte Bliss längst. In der ersten gemeinsamen Besprechung der Truppe am dreizehnten Mai zeigte sich,
dass alle zu den jüngeren Mitgliedern des Kammerspiel-

Ensembles gehörten und nicht von Steins Konzeption überzeugt werden mussten. Es schien Bliss als brennten sie darauf, endlich einmal in ihrem Beruf, mit ihrer Kunst, etwas von dem vorführen zu können, was sie als Privatleute, als politisch denkende Bürger beschäftigte. Eine Epidemie hatte die Jungen ergriffen, die auch viele der Älteren ansteckte.

Eine Woche lang gab es heftige Auseinandersetzungen zwischen Pariser Studenten und der Mobilen Polizei CRS, welche die Sorbonne besetzt hatte, um Kundgebungen zu verhindern. Tausende demonstrierten deshalb im Quartier Latin um die Universität und verteidigten sich mit Pflastersteinen gegen die mit Tränengas und Knüppeln angreifende Polizei. Dutzende von umgestürzten und ausgebrannten Autos zeugten in den Fernsehnachrichten von erbitterten Kämpfen bei den nächtlichen Straßenschlachten. Bei den Pariser Korrespondenten tauchten Erinnerungen an Bastillesturm und Commune auf und Sorgen um den Bestand der Fünften Republik. Von achtzigtausend Teilnehmern des Sternmarschs auf Bonn hatte der Reporter gesprochen, der die Kamerafahrten über die Hofgartenwiese kommentierte, auf der ein maibuntes friedliches Volk den Reden von der Tribüne applaudierte, überwölbt von Transparenten Slogans skandierte und Würstchen aß. Unter dem die halbe UniversitätsFassade verdeckenden Tuch mit der menschhohen Aufschrift Es ist die Pflicht eines jeden Demokraten den notstandsstaat zu bekämpfen forderte der Mann mit der Baskenmütze, Deutschlands berühmtester lebender Schriftsteller, die SPD zur Verhinderung der NotstandsGesetze auf und nannte *Radikalismus* einen Ehrentitel. Der Deutsche Gewerkschaftsbund schaffte seine Funktionäre gleichzeitig zum gesitteten eignen Protest in die Dortmunder Westfalenhalle statt an den Rand der Bonner Bannmeile zu den APOisten. Blamierte so die deutsche Arbeiterbewegung vor der französischen, die auf den Champs Elysées – lief nach der Probenbesprechung in der TeaterKantine die Feuermeldung - in Stärke einer halben Million den Studenten an die Seite strömte und mit dem vierundzwanzigstündigen Generalstreik die Republik de Gaulles erschütterte.

Furcht und Freude saßen mit an den gescheuerten Tischen, zwischen den Bühnenarbeitern hier und den Schauspielern dort. Kirchlechner und die Bruhn duzten Bliss ziemlich umstandslos als nun eingeführtes Mitglied des WeissTeams und er gestand ihr, noch ehe Lena aus der Schneiderei runtergekommen war, wie sehr es ihn freute die TheodorakisSängerin von der Kampagne-Veranstaltung vor Ostern nun hier wiederzusehn und sogar mit ihr arbeiten zu dürfen. Da erzählte sie wie von gestern so lebhaft in die Runde, dass Viktor Bliss im Bräuhaus erst mit ihr in gemeinsamem Lampenfieber in der Garderobe gesessen und dann aber die tausend Leute mit seinem Protestgedicht begeistert hatte und Stein, der Bliss als historischen Berater vorgestellt hatte, mit Doktortitel, an den alle sich mit entsprechenden Fragen wenden könnten, hatte inzwischen seinen Text gelesen und fand den eine sehr gelungene Einheit von politischer Aufklärung und ästetischer Form, wie er sie auch für ihre Arbeit am VietnamDiskurs erreichen wollte. Da nannten sie Bliss ihre Vornamen, stießen ihre Kaffeetassen und Biergläser zusammen, auch Stein und Schwiedrzik, und Bliss konnte sich als gleichberechtigtes Mitglied der Arbeitsgruppe VietnamDiskurs betrachten. Lena staunte, als sie ihren Mann so aufgeräumt und fast vertraut in der Kantine zwischen ihren Kollegen sitzen fand. Sie freute sich.

Das Teater veränderte Bliss. Stärker als das Erlebnis der BrechtInszenierung von Peter Stein drang das ungreifbare Fluidum der Arbeit auf der Bühne des Werk-

raums in sein gewohntes Leben: das Mühen um den ge-
stischen mimischen lautlichen Ausdruck von Gedanken,
von Gefühlen, von Handlungen, die Dialektik von Vor-
wissen, Suchen, Finden, Verwerfen, neuem Suchen, auch
Scheitern und Verzweifeln, von Ratlosigkeit und wieder
aus ungewussten Nischen auftauchenden Ideen und
Auswegen, die erneut in Sackgassen endeten. Lena hatte
nie Worte gehabt, um ihm die hochspannungsgeladene
Atmosfäre ihres Teaters in für ihn fassbare, vergleichba-
re Erfahrung zu übersetzen. Wenn sie von Krächen und
Zusammenbrüchen erzählte, schienen ihm das Verhaltensweisen eines exaltierten und zur Hysterie neigenden
Musters von Zeitgenossen zu sein, die ihre eigenen
Beschädigungen auf der Bühne für Geld ausagieren
wollten und neidvoll um die besten Plätze an der Rampe
intrigierten. Die fand er hier nicht.

Immer wieder musste er ausharren hinter Stein und
seinem Koregisseur Wolfgang Schwiedrzik, Stunden,
deren Vergehen er nicht bemerkte, so wurde er hinein-
gerissen in die teatralischen Findungsvorgänge, diesen
gemeinsamen Schöpfungsprozess, in dem der nüchterne
wortreiche Text des Peter Weiss ein Katalysator war für
den langsam in den Darstellern aufkeimenden Kosmos
der Bühnenvorgänge. Gebannt beobachtete er, wie die
Ideen der Regisseure sich übertrugen in die Ausdrucks-
weisen der Schauspieler, die ihre Vorschläge übersetzten
in die Dialekte ihrer eigenen Körper und zurückgaben
auch in die Köpfe der Regisseure, von wo sie in neuen
Formen wiedererschienen, in Entdeckungen wiederum
gesteigerter Möglichkeiten der Annäherung an eine
Gestalt, die am Morgen in einem Begriff nur geahnt
worden war. Faszinierend war für ihn das Zu-
sammenwachsen des wirbelnden Geflocks beim Probieren auftauchender Einzelheiten zu Bildern, zu Szenen,
die den irisierenden Vorgang ihrer Entwicklung nicht

mehr erkennen ließen, über ihn hinausgewachsen waren zu einer Wirklichkeit höherer Dichte, die dann aber, am nächsten Tag, von den Schauspielern in dieser erlangten Einheit und Stimmigkeit wieder hergestellt werden konnte, als hätte es den komplizierten Gebärvorgang nicht gegeben. Während Stein und Schwiedrzik mit einer gewissen lockeren Leichtigkeit vom Parkett aus ihre Vorschläge machten oder auf der Bühne darstellten, entstand doch bei den Proben eine Konzentration, die nicht nur die Schauspieler zum Schwitzen brachte, sondern selbst dem unbewegt Sitzenden den Schweiß in die Achseln trieb, obwohl er außerhalb jeder Verantwortung für das Scheitern oder Gelingen der Probenarbeit war. Er begriff, dass diese Frauen und Männer spielend arbeiteten, sich selbst herausforderten zu Entdeckungen ihnen noch unbekannter Wirklichkeiten ihrer Körper und Hirne, und dies nicht nur während der Stunden im Teater, sondern offenbar auch noch danach – unablässig mussten sie mit den Geburtsschmerzen beschäftigt sein, ausweislich der Vorschläge, mit denen sie am nächsten Morgen die Regisseure überraschten, sei es in Worten, sei es indem sie sie gleich in ihrem Spiel zur Begutachtung vorführten. Das waren meist minimale Veränderungen, die Bliss nicht einmal bemerkte, die aber von den Regisseuren sofort erkannt und in ihrer Bedeutung begriffen wurden. Erst in Wochen der Beobachtung schärften sich seine Sinne so, dass auch ihm diese Feinheiten auffielen und er ihre Auswirkung auf den Gesamteindruck einer Szene beurteilen lernte.

Er verstand, weshalb Lena, die nur gelegentlich eine Stunde bei einer Probe verbrachte, um zu erfahren für welche Bühnenpersonen sie ihre Kleidung herstellen musste, von den eigentlichen Probenprozessen wenig mitbekam und ihm daher von dieser Seite der Teaterwirklichkeit auch nichts hatte berichten können. Vielleicht, dachte er, hätten aber auch die Schauspieler nicht viel mehr als die Gewandmeisterin über diese ihre Alltagserfahrung zu sagen gewusst, da sie für die ergebnisorientierten Zuschauer und Kritiker ohne Interesse und für die Teatermacher trivial war. Unter den Unbegreiflichkeiten seiner Teatererlebnisse war das für seine Erfahrung Unfasslichste die Fähigkeit der Spieler, unauffällig wie irgendein Büroangestellter, eine Schuhverkäuferin, mit der Tram von der Probe nach Hause zu fahren und wenige Stunden später einer völlig dem Probenstück entgegengesetzten Rolle auf der Bühne zur Teaterwirklichkeit zu helfen. Bliss wusste nicht, ob sich der Probenprozess für den VietnamDiskurs von dem anderer Inszenierungen unterschied.

Johanna Bliss schrieb ihrem Vater Dank für das übersandte Geld. Sie war mit Mike in eine *commune* gezogen, zwei schwarze Verweigerer und zwei kanadische Frauen, eine mit Kind, die ideale Lösung für ihre Geld und Haushaltsprobleme, eine stillgelegte Farm, viel Platz, weshalb er sich auch keine Sorgen machen müsse dass sie ohne Pille liebe, sie habe eine ganz zuverlässige Intuition und in einer solchen Lebensgemeinschaft wüchsen Kinder wie selbstverständlich mit auf. Mike arbeite als Holzfäller und verdiene nicht schlecht. Bliss war erschrocken vom Leichtsinn seiner Tochter, wollte sofort ihr antworten, musste sich aber von seiner Frau bremsen lassen, sinnlos wenn Väter ihren Töchtern in die Lebensplanung reinherrschen wollen, machen sich nur unbeliebt, das ist da drüben nicht anders als bei uns, wir leben auch nicht mehr wie unsre Großeltern, hab Vertrauen in dein erwachsenes Kind. Bliss schwieg das unentschieden in seine Erinnerung an die junge Liebe Hilde das Mädchen, Ostern von Berlin nach Hiddensee durch die Zone mit den neuen Rädern *RixeSport WANDERER* gegen den

Nordwind, in das gleiche Neuendorf seiner Mutter-Kindheit, die reetgedeckten Fischerhäuser, Fenster durch die man nach draußen steigen konnte ins Gras, zwischen den niedrigen Häusern wie vor dem Krieg grüne Wiese, nur Pfade ohne Pflasterstein und Asfalt und so gewaltig die erste Liebe unter den dicken klammen Federbetten Nacht und Tag die prickelnden heißen Leiber als sie alles hatten geschehen lassen wie ihre Gefühle es verlangten und wenn ein drittes Leben daraus entstünde wäre es sein eigenstes dem er Vater sein könnte und wollte, dem er alles entgelten könnte was der eigne Erzeuger an ihm verraten hatte und so käme der lange Schmerz seiner Kindheit durch ihn selbst zur späten Gerechtigkeit. Diese Wahrheit war unangefochten übrig geblieben von der in wenigen entbehrungsreichen Jahren zerriebenen Ehe, in denen erst er sich selbst und seine Lebenswünsche entdeckt hatte und Hilde die so weiblich verschiedenen ihren. Was vollkommen anhob war zu neuer Liebesversagung gediehen als Hilde sich unverstanden aus seinem zu wirren gärenden Dasein entfernte und mit ihr das Kind der bedenkenlos reinen Liebe. Er sah was sich nun wie Schicksal wie Fluch in dritter Generation zu wiederholen drohte und fand doch nur Argumente des Verstandes, die Johanna nicht bewegen würden, ihre Liebe Bedingungen zu unterwerfen die außerhalb ihrer großen Gegenwärtigkeit lagen. Er wusste nicht was ihr schreiben es sei denn die Wahrheit: Als ich deine Mutter liebte habe ich nicht an Verhütung gedacht. Das mein Kind war objektiv falsch, im Licht unsrer nächsten Jahre. Aber subjektiv haben wir uns durchgeschlagen und liebten dich und so liebe ich dich bis heute. Das Leben kann Richtiges fälschen und Falsches ins Richtige wenden und man schaut entsetzt oder staunend zu.

Bliss schrieb keinen Brief an seine Tochter Johanna. Nicht am ersten, nicht am zweiten, nicht am siebten Tag.

Er schrieb in sein Tagebuch

*Dieser Mai ist ein Fieber. Alle Unzufriednen hat es
gepackt. Es kocht in den Köpfen der Jungen. Auch die
Alten treibt es um. Auf den Straßen wird getanzt und
gesungen. Es fehlt noch eine Marseillaise. Es gibt täglich
zu lachen. Die Spaßguerilla unterwandert die Universitäten und Gerichte. Wir fühlen uns wie Simson, rütteln
an den Tempeln der Philister. Überall Risse in den Säulen
dem Gebälk. Der Leviatan sitzt an einem Tisch mit der
Wespe, verhandelt über Frieden für das bombengepflügte
unzähmbare Land, in der Stadt Paris, die Xuan Thui
und Averall Harriman den Empfang verziert mit fünf
mal hunderttausend Manifestanten. Die Wirkung von
einem Jahrhundert Gehorsamsdressur geht in die Binsen,
Kaiser Hitler Adenauer, die Päpste und Bischöfe dabei,
die Vampire verlassen die Köpfe der Deutschen. Das auf-
gescheuchte Parlament hat einen Maitag lang die Ju-
gendunruhen durchgegackert - die Hühner des Kapitals
scharren im Kaffeesatz um Erleuchtung und lassen die
kasernierten Eingreiftruppen aufputzen mit Helmen und
Schilden wie die alten Germanen. Dem DGB bibbert der
schlaffe Hintern nach der molligen Zeit im Bett des So-
zialpartners, aber IG Metall und DruPa marschieren mit
der APO und Opa Marx rauscht für dreißig Pfennig auf
jedem Brief feixend durch unser Land.*

*Unser Land schreib ich, das ist auch neu das besitzan-
zeigende Fürwort, weder ich noch Jonny Schonk nannten unsern Aufenthaltsort jemals Heimat, vielleicht entwickelt er sich dazu jetzt. SPIEGEL und STERN fragen
uns auf den Titelblättern ob die Revolution vor der
Haustür steht und meinen nicht die mit Persil 69. Unterton leichtes lüsternes Gruseln.*

*Günter Grass der Schnäuzer hat am 1. Mai in Hildes-
heim den Gewerkschaften sein linkes Herz gezeigt, verdammt die große Koalition seiner Leute mit dem Altnazi*

Kiesinger, auch wenn er zugleich die APO verständnis-
voll in die Pfanne haut. Tront einsam zwischen den
Stühlen und kriegt den Zeigefinger nicht in die Faust.
Will den Studenten ihre junge Empörung abkaufen, für
das alte Silber der SPD.

Die Raubdrucker liefern die vergessnen Altrevolu-
tionäre billig in die Universitätsstädte, Suhrkamp Ro-
wohlt Fischer entdecken die frischen Bedürfnisse über-
schwemmen die Buchläden mit Bebel und Luxemburg,
mit Korsch und Reich und Trotzki, Benjamin und Brecht
nicht zu vergessen. Marcuse und Mao sind Bestseller.
Lenin fast umsonst aus Berlin-DDR. Stricke alles, für die
Laternen. Man bräuchte drei Leben die zu entwirren.

Ferri will mich werben für die heimliche KPD. Lena
weiß noch nichts davon. Warum haben sie mich ausge-
sucht? Was hab ich Kommunistisches an mir? Einen
Dummen hätten sie in mir nicht. Brauchen sie kritische
Köpfe? Wenns so weitergeht wird die KP bald öffentlich
und wieder zugelassen. Aber, anders gefragt: wozu wün-
schen wir noch den alten Klepper wenn:

- wir die APO mächtig haben

- Lehrstühle für Marxismus an den Universitäten und
die Hochschulreform durchgestreikt werden damit
Arbeiter studieren können

- Abendroth und die Hessen eine linke unverstaubte
Partei aufbaun die im Bundestag die alten Säcke von der
SPDU aufmischen kann.

Da sollen die Kommunisten reingehn und schieben
helfen! Werd ich Ferri vorschlagen. Hauptaufgabe jetzt
die Ermächtigungsgesetze zu verhindern, damit sie nicht
den Inneren Notstand erklären können wenn die Arbei-
ter streiken und die Betriebe besetzen. Darum gehts ih-
nen doch damit sie den Kettenhund Bundeswehr loslas-
sen können und den BGS wie neunzehnneunzehn die
Freikorps gegen die Berliner Arbeiter und die Bayerische

Räterepublik. Insofern ist es Unsinn jetzt die Geschichte der vietnamesischen Befreiungskämpfe im Theater zu erzählen. Aber diese Arbeit ist voll Lust. Lust ist die neue Stimmung unsres politischen Handelns. Die gestiegene Temperatur unsres Lebens erwächst auch daraus, daß plötzlich Millionen Menschen als Staatsbürger sich verstehen, mitwirken wollen an der res publica, als hätte ihnen jemand zum erstenmal übersetzt: Demokratie heißt Volksherrschaft und nicht Stimmvieh mit Schlafmütze und Bankkonto. Lena schaut manchmal von der Seite als wär ich der Mann vom Mond. Vielleicht ist sie neidisch oder ein bißchen eifersüchtig oder stolz, daß ich so akzeptiert werde von ihren Kollegen. Muß viel weniger schlafen, fünf sechs Stunden reichen völlig. Manchmal hängen wir nach Abendproben bis Mitternacht in der Kantine, diskutieren. Die Regisseure, Kirch, Ptok, Ganz, die Clever und die Bruhn, Schubi, sogar die alte Giehse war schon dabei, das Schlachtroß, achtzig Kilo Theatergeschichte. Oder bei APO-Leuten. Schwiedrzik ist der politischste Kopf von allen, mit dem sitzt immer der Berliner SDS am Tisch. Und als hätte die Forschungsgemeinschaft die revolutionäre Entwicklung verstanden, haben sie mein Forschungsstipendium bewilligt, sogar rückwirkend ab März! Plötzlich schwimmen wir in Geld! Mietschulden bezahlt, kann Johanna wieder regelmäßig was schicken ohne aus Lenas Tasche zu essen, was doch verdammt an meinem Stolz oder was genagt hat. Auch wenn Lena behauptet, ihre politische Arbeit besteht darin, daß sie mit Kostümnähen ihrem Mann politische Arbeit ermöglicht. Kein Zustand ist das.

Johanna. Ach Jona. Du Lücke in meinem Herzen. Wenn dich dieser Indianer verläßt wie meine Mutter ihr Mann. Wie ich deine Mutter. Riesig sind die kanadischen Wälder, gefährlicher als jede Großstadt. Grizzlybären, Schneestürme, nie kriegst du einen Indianer wieder darin. Wenn du in Not bist dann ruf mich, dann nehm ich das nächste Flugzeug!

Hoffentlich stimmt das.

Besser du kämst hierher zurück, verlorene Tochter, egal wie gerupft. In Kanada wär ich so hilflos wie in den USA. Hier hab ich doch Wurzeln geschlagen inzwischen, nicht nur an Lena. Wir zwei verwachsen allmählich wie ein Benjamin ficus.

Die Maisonne werd ich vergessen. Seit dem Morgen im Englischen Garten mit Malina keinen blassen Schimmer mehr. Grottenolm der Kammerspiele. Der Balkon ist immer noch nicht bepflanzt. Muss mal ohne gehn, ist nicht der letzte Frühling.

Ich schreibe so durcheinander wie das Leben jetzt ist. Eigentlich ist es herrlich.

Wieso eigentlich eigentlich.

Manfred Anklam war durch das Zusammentreffen seines Kopfes mit dem Münchner Pflasterstein offenbar nicht kuriert worden, im Gegenteil: seinem Betriebsrat-Vorsitzenden Tolusch folgend war er in den Kölner Republikanischen Club eingetreten. Bliss vermutete zwar, nun habe er endgültig aus der Arbeiterklasse abgehoben, erst Betriebsrat und nun der Intellektuellen-Verein! Er musste den Hörer vom Ohr nehmen, so dröhnend lachte Anklam zurück in die spätnächtliche Stille, denn andersrum würde höchstens ein Schuh draus. Die Studierenden seien von einer rührenden Sehnsucht nach dem Proletariat befallen und sozusagen täglich erwarte er die ersten Anträge, in der Nachfolge Wallraffs bei ihnen als FließbandArbeiter eingestellt zu werden, um endlich die echte Maloche am eignen Astralleib zu erfahren. So so, hm hm, auf die Idee käm ich allerdings nicht. Obwohl mich neulich deine Klasse in Gestalt der illegalen KP zur organisierten Mitwirkung eingeladen hat, wie findest du das. Da runzelte Anklam fernmündlich die Stirn: Die Brüder haben wir auch im Vertrauenskörper – erkenne sie daran dass sie die Akkordarbeit in der DDR rechtfertigen, krieg Ausschlag wenn ich die argumentieren höre! Nennen die Prager Reformkommunisten Werkzeug der Konterrevolution, so sieht das in deren Köpfen aus Vik. Bliss konnte darauf aus seiner frischen Erfahrung nichts Einleuchtendes entgegnen, bog das Gespräch auf den Bonner SternMarsch, erklärte dass er wegen seiner Teaterarbeit nicht mitgefahren sei, aha, deshalb hatte Manfred sich vergeblich auf die Tribüne durchgeschlagen um von ihm gesehn zu werden, außer ihm hätter aber nichts versäumt, warne Alibiveranstaltung wie aus dem Lehrbuch. Warum? Die APO wollte die breite Einheitsfront, den Konsens auf niedrigster Ebene. Der hieß: Wir protestieren in friedlichen Massen massenhaft friedlich, das müssen unsre Parlamentarier ja hören. Verstehste? Und wenn sie die Gesetze trotzdem verabschieden dann haben wir alles Mögliche getan und können mit gutem Gewissen resignieren. Die Leute die mehr wollten, rein in die Bannmeile zum Beispiel, mal mit der ehrenwerten Gesellschaft auf Schnauzkontakt, die sind eingemacht worden. Die APO stand schon mal höher in ihrem Bewusstseinspegel. Du meinst, fragte Bliss, fürn Generalstreik wie in Frankreich reichts nicht? Naseschnaufen die Antwort. Sag mir lieber wies deiner Frau geht. Danke, lachte Bliss locker, deiner Krankenschwester gehts glänzend. Seit wir im gleichen Teater arbeiten verstehn wir uns hervorragend! Täglich!

Mit Manfreds Grüßen und einem lustvollen Schwanz schmiegte er sich an Lenas warmen Rücken, berauschte sich mit ihrem haarduft schob ihr nachthemd hoch, in einer wollüstigen schläfrigen nachgiebigkeit ließ sie alles geschehn zog ihre schenkel an ließ ihn von hinten hin-

eingleiten in ihre schon erwartungsvolle wärme, leise
seufzend, regungslos, und auch er bewegte sich langsam,
träge, genießerisch, wie strömender atem, zwei Faultie-
re begatten sich, selbsttätige fast vergehende bewegung
endlos, die lust am rand des träumens von der lust bis in
den sanften schwall den puls den überfluss den schlaf
zweieinig.

Für den Beginn des Stückes kristallisierte sich eine Form heraus, die den Zuschauern sofort verdeutlichen sollte, dass diese Schauspieltruppe nicht daran dachte ihnen eine exotische Tragödie zur Einfühlung und Anteilnahme vorzuführen. Ihre Suchbewegung in den Weiss-Text deuteten sie an indem sie wie improvisiert auf der fast leeren Bühne herumgingen, einzelne Verse versuchsweise aussprachen, mal einzeln, mal zu zweit, bis sich allmählich die zwei chorisch sprechenden Gruppen der Chinesen und der Viets bildeten: die einen als die historischen Unterdrücker, die andern als die in den Süden vertriebenen aufsässigen Bauern. Zwei Podeste, ein paar Stühle, vierzehn Spieler, Alltagszivil, nichts Dekoratives: Schaut uns Menschen an, die wir euch was ihr wissen müsst vortragen wollen, mit den unverblümten Sprachen unsrer Körper: die Wahrheit über jenes ferne Land und uns. Die Stöcke die einige trugen verwandelten sich durch Gesten in Speere oder Gewehre, die Stühle wurden zum Tron, zum Wall, zum Werkzeug. Armes Teater auf den Brettern einer der reichsten Bühnen des Landes: die ausgestellte Verweigerung ihrer Spieltradition. Was Peter Weiss als einen unablässigen Wechselkampf von Befreiung und neuer Unterdrückung von der Bronzezeit bis in das gegenwärtige Jahrhundert dargestellt hatte, erinnerte Bliss an die Fleißarbeit eines materialistischen Historikers. Ihm hatte die eingreifende

Kürzung dieses ersten Teils durch die Regisseure daher sofort eingeleuchtet. Nämlich auch die deutsche Geschichte seit der Völkerwanderung könnte einer derart erzählen ohne größeren Einsichtsnutzen als den des Verständnisses der aufhaltsamen Herausbildung europäischer Nationalstaaten. Die Entwicklung der religiösen, geistigen, technischen Kultur spielte in dieser Übersicht keine Rolle. Indem das WeissStück Geschichte auffasste als eine unablässige Folge gleichartiger Kämpfe der Herrschenden und Beherrschten um die Verfügungsmacht über den natürlichen und erarbeiteten Reichtum des Landes, erweckte es einen Anschein von verhängter Unausweichlichkeit, der auch den gegenwärtigen Befreiungskampf, wie er im zweiten Teil des Stückes gezeigt wurde, im Grunde sinnlos erscheinen ließ. Fortschritt war hier lediglich einer zu immer wirkungsvolleren Mordmaschinen. Bliss hatte das so nicht in ihre Konzeptionsgespräche einbringen wollen, war aber deshalb mit der Einschmelzung des Textes auf einige beispielhafte KlassenkampfSituationen sehr einverstanden gewesen. Er fragte sich ob Peter Weiss, der sich vor drei Jahren zu einer sozialistischen Gesellschaftsordnung öffentlich bekannt hatte, inzwischen durch seine Reisen nach Nordvietnam und in andre kommunistische Länder oder durch private Erlebnisse zu einem Fatalisten entwickelt hatte mit nur noch geringer Hoffnung auf den Durchbruch zu einer gerechteren WeltKultur?

Der zweite Teil des Diskurses, der die allmähliche Übernahme der Kriegführung durch die Amerikaner berichtete, klärte eindeutig die Gewichte von Recht und Unrecht. Dennoch endete er in einem Schlusschor von so niederdrückender Wucht, dass davon eine mobilisierende Wirkung für das deutsche Publikum unmöglich ausgehen konnte. Fünfmal appellierte der Autor als

Vietnamese an die Vietnamesen: *Bereitet euch vor auf das Schlimmste!* und deklinierte alle schon bekannten Greuel dieses Krieges durch bis zu den Zeilen *Der Feind wird versuchen / alles Erbaute / in unserm Land / zu verwüsten / Der Feind wird versuchen / alles Lebendige / in unserm Land / zu vernichten.*

In der Diskussion des Ensembles nach dem Durchlauf des ersten Teils brachte Bliss das Gespräch auf diesen Stückschluss, zitierte die Zeilen und argumentierte, dass den Spielern das Ziel ihrer Darstellung schon in diesem frühen Stadium bewusst sein sollte. Könnte denn aber eine Stärkung der deutschen Solidarität mit dem Befreiungskampf der Vietnamesen erreicht werden – bei dem bürgerlichen Publikum! – wenn sie die zerstörerische Konsequenz einer Auflehnung gegen die gewaltige Macht der Amerikaner und ihrer Verbündeten so ausweglos vortrügen? Wenn Revolution gleichbedeutend werde mit der Vernichtung der eignen Existenz, mutiere die Hoffnung zum Schreckgespenst, führe zur Resignation. Sehr klar habe Marx gesehn und erklärt, dass nur in auswegloser Situation die Menschen zu den Waffen greifen und den Tod missachten. Das Proletariat in Deutschland hat keine Ketten zu verlieren sondern seinen Wohlstand, seine leidlich funktionierende Demokratie. Zu viele wissen hier noch, wie das Land fünfundvierzig ausgesehn hat. Ich gehöre dazu. Mit welchem letzten Wort schickt Weiss die Leute nach Hause? *Wir zeigten den Anfang – der Kampf geht weiter!* Für die Europäer müsste ein andrer Weg erkennbar werden als für die Vietnamesen. Wenn es denn für die einer sein soll.

Der Autor ist nur einer in unserm Kollektiv – sein Text ist das Ausgangsmaterial für unsre Darstellung. Wir können das ändern. (Stein)

Die Frage ist, ob Viktors Kritik berechtigt ist dass da ein optimistischer Schluss her müsste. (Schwiedrzik)

Glaube nicht dass er optimistisch meint. Wenn ich mir meine Frau vorstelle dann denk ich auch, dass der Schluss irgendwie auf das Fassungsvermögen das Gefühlsvermögen unsrer Zuschauer zugeschnitten sein müsste. (Kirchlechner)

Aber nimm mal den HamletSchluss – alle tot. Macbeth, Richard II, Mord und Totschlag von vorn bis hinten – ist Shakespeare auf unsre Gefühlswelt zugeschnitten? (Bruhn)

Genau! (Schwierdrzik)

Nur dass Shakespeare für jeden der unten sitzt Teater ist. Dieses Teater wolln wir grade nicht machen. Sondern Gegenwart zeigen. Unsre Gegenwart. Meine. (Ptok)

Weiss hat nicht übertrieben. Er ist Realist. Wir wollen keine Illusionen verbreiten. Wir sind im Gegenteil endlich dabei, unsre Illusionen über diesen imperialistischen Staat zu zerfetzen, damit wir uns der Wirklichcit stellen können. Wir dürfen uns nicht in die Hosen scheißen wenn wir merken, wie verdammt hässlich sie ist. (Schwiedrzik)

Mann Wolfgang! Strauß ist vielleicht ein Möchtegern-Imperialist, aber unser Staat ist es nicht, da hat Viktor ganz recht. Steht denn in der Bundesrepublik die Revolution vor der Tür? Daran glaubst du selbst nicht. Wir müssen einfach realistische Kampfziele zeigen. Sonst geht der Schuss in den Ofen. (Kirchlechner)

Das steht zwar nicht bei Peter Weiss, aber wenn wir am Schluss Geld sammeln, und zwar für Waffen, nicht für uns hier, für den Vietcong – also das würde unsre Parteilichkeit ganz deutlich machen. (Bruhn)

Das wärne echte Provokation! (Laser)

Eine konstruktive aber! (Ptok)

Und Stein: Ich denke es wäre nützlich wir hätten eine Person, die außerhalb der Rollen des Stücks steht, die unsre Haltung zu den Aussagen von Weiss verdeutlicht, schon gleich am Anfang, die auch am Schluss zu einer Geldsammlung auffordern könnte. Eine Art Conférencier, der den Text sarkastisch bricht. Was meint ihr dazu?

Das war überraschend. Ein Wissenschaftler? Ein Kabarettist? Einer aus der Truppe? Das wäre aber eine Krücke, ein teaterfremdes Mittel!

Überhaupt nicht, im Straßenteater gang und gäbe oder bei Brecht!

Sollte der extemporieren? Dann müsste er bei den Proben dabei sein.

Natürlich.

Woher bekommt man jetzt eine solche Person?

Stein schlug Viktor vor, vielleicht könnte er das.

Nein nein, bestimmt nicht, Bliss fiel sofort aber Johann Stotz ein, der sei als Kabarettist versiert, wohnt auch in München. Oder einer vom Satierschutzverein.

Und Schwiedrzik hatte den Einfall *Neuss*! Wolfgang Neuss die FrontstadtSchnauze! Den kannten alle. Schwiedrzik sogar persönlich, von der Arbeit in Berlin. Wollte ihn anrufen, ob er frei sei.

Sie probierten die erste Szene mit den westlichen Politikern. Zum erstenmal Namen, historische Figuren, Foster Dulles, Admiral Radford, Eisenhower, Statthalter der westlichen Macht. Die mussten unbedingt ihrer Individualität entkleidet werden, da sie auswechselbar waren, Funktionsträger im Schachspiel des Kapitals. Eine Überhöhung, Vergrößerung war notwendig. Auch die politische Sprache mit ihren verhüllenden Floskeln, hinter denen sich die Machtinteressen verbargen, oder manchmal plötzlich durch Weiss in zynische Offenheit vorgeholt wurden, müsste irgendwie auf eine andere Ebene gehoben werden, um sich von der des Volkes zu unterscheiden.

Marionetten!

Konnten Schauspieler wie Marionetten agieren, an Fäden, die aus dem Schnürboden der Wallstreet gezogen wurden? Bread and Puppet Theatre – die überlebensgroßen Schwellköpfe im existenzialistischen Teater der NewYorker Aussteiger? An die dreidimensionalen PolitikerKarikaturen auf den Wägen des rheinischen Karnevals wäre auch zu denken. Sollten Lautsprecher eingesetzt werden? Wie wäre sinnlich zu machen, dass den politischen Chargen ihre Sprechblasen eingehaucht wurden? Aber gab es überhaupt eine SprachregelungsInstanz wie Orwell sich das für den Staat des Big Brother vorgestellt hatte? Sprachen alle wie Johnson oder sprach L.B.J. wie alle? Nirgends im Westen eine Zensurbehörde, die den Zeitungen und Sendern die Vokabeln vorschrieb. Trotzdem funktionierten die Sprachregelungen. Wie kann man auf der Bühne den atlantischen WeltGeist sichtbar machen?

Bliss auf dem Weg aus der geleerten Kantine mit Kirch und Ptok, durch die mit Requisiten vollgestellten engen Gänge hinter der Hauptbühne, an den Solistengarderoben vorbei zum Pförtner. Dort war Lena Bliss noch nicht raus an diesem Nachmittag. Dann machts gut, ich wart auf meine Frau.

Bliss wusste drei Möglichkeiten: bei der Anprobe in einer Damengarderobe oder in ihrem Arbeitszimmer oder in der Damenschneiderei. Dort fand er sie, am Ende der Reihe von Nähtischen, allein an einer Maschine, fast verborgen hinter vollgehängten Kleiderständern Schneiderpuppen Stapeln von Stoffen. Sie bemerkte ihn erst, als er zwischen Fenster und die ratternde Maschine trat, sein Schatten auf ihre Arbeit fiel, diesen Wust von vielfach gefaltetem, zusammengeschobenen Tuch, in den sie, vorgebeugt und konzentriert, eine Naht legte. Sie sah hoch, ach Vik! Du bist es! Hab ich mich erschrocken.

Er beugte sich über die schwarze Singer, küsste Lena auf die Stirn. Wollte dich abholen, ist gleich halbfünf.

Sie seufzte. Musste dies verflixte Kleid schon zweimal auftrennen. Morgen wolln die Schneiderinnen von mir wissen wie sie das Modell nähen solln. Hab mir was eingebrockt mit dem Schnitt. Wie war eure Probe?

Gut gut, könnte nicht besser laufen.

Bliss setzte sich auf eine freie Tischecke. Hat zwar wieder heiße Diskussionen gegeben. Aber anders als an der Uni. Immer ganz konkret und produktiv. Also auf das Stück und unsre Darstellung bezogen. Wie wir die Informationen über Vietnam rüberbringen, dass sie zünden in den Köpfen.

Mit viel Bummbumm und Rauch und roter Farbe wohl nicht, vermutete Lena, den Faden abschneidend.

Überhaupt nicht! Das kann das Fernsehn besser. Kein Illusionsteater, nicht mal Filmbilder wie in Steins BrechtInszenierung. Ganz nackt. Auch die Bühne. Ein paar Musikakzente von Peter Fischer. Ich habe eine Fotoprojektion vorgeschlagen, von dem Bild was ich dir mal gezeigt hab, wo GIs dem Fotografen die abgeschlagenen Köpfe von zwei Vietnamesen an den Haaren entgegenhalten und grinsen dabei

Dies schreckliche Foto!

Ja dieses. Bin überstimmt worden, es wär dokumentarisch. Stein und Schwiedrzik sind gegen Dokumentarteater. Obwohl Peter Weiss selbst es so nennt. Sie wollen Agitationsteater, mit künstlerischen Mitteln. Na ja. Ganz überzeugt bin ich nicht. Wenn dies Bild Entsetzen hervorruft, moralische Empörung, dann meinich ist das der erste Denkanstoß. Bei mir jedenfalls läuft das so. Jetzt wollen wir einen Text finden, ganz kurz und prägnant, der dasselbe leistet, aber als politische Aussage.

Lena hatte aufgehört zu nähen. Plötzlich Stille, kein Laut von außen durch die Hoffenster. Kann mich nicht konzentriern wenn du so erzählst.

Tschuldige.

Nein nein Vik! Sie schaute ihn an mit einem nachdenklichen Lächeln: Es ist so ungewohnt für mich, immer noch, wenn du redest wie einer von uns. Sie schob den Tuchhaufen zur Seite, löschte die Maschinenlampe. Hab einen Wahnsinnshunger, du auch? Ich komm vielleicht heut Abend noch mal rüber und bring das zu Ende.

In die Kantine will ich nicht wieder.

Soll ich uns was kochen?

Müssten wir erst einkaufen gehn. Was hältst du vom Hofbräuhaus.

Zu den Bayern? Ne Haxe, wie? Mann! Mit Sauerkraut. Aber Murkel! Die sitzt hinter der Tür und weint sich die Augen aus.

Im Gegenteil Lena. Sie liegt auf der Couch und freut sich dass sie Ruhe hat. Wir bringen ihr Stück Leber oder Herz mit vom Fleischer.

Oder was von der Haxe. Hörst du wie mein Magen knurrt?

Bliss lachte. Das hört der Intendant im zweiten Stock!

Draußen in der Hildegardstraße zwischen den eng stehenden Häusern ein Duft wie im Garten, der die Köpfe nach oben ins Freie ins Himmelsblau hob. Ein paar vergilbende Sonnenflecken fanden die Augen noch unter den Traufen. Die eine Kastanie säte Blutstropfen aus ihren roten Blütenkerzen auf das Rondell, die Blätterfinger schon zum dichten Sommerdach voll entfaltet. Kühlfrisch die Luft. Am Platzl hölzerne Klapptische und Stühle versetzt mit OleanderBottichen, Brotzeit im Grünen auf Granitplatten. Volk, trinkend, vespernd, schwatzend. Das Dirndl war gleich zur Stelle, hörte die Wünsche. Allein das Aussprechen: zwei Maß, zwei Haxen, kitzelte Gaumen und Mägen mit Vorlust. Lena berichtete von ihrer Einladung zur Abschiedsparty bei Heinz Schubert, ausdrücklich auch für Vik, Sonntagnachmittag am Starnberger See.

Viktor Bliss hat angeblich einen Auflauf begangen

In der Post wurde Dr. Viktor Bliss von der Abteilung Strafsachen des Amtsgerichts München zum Hauptverfahren wegen Landfriedensbruch u.a. für Dienstag den 4.6.1968, 8 Uhr 00 Minuten, in den Sitzungssaal 126/I des Justizgebäudes Pacellistraße 2 geladen und würde im Falle unentschuldigten Ausbleibens verhaftet oder vorgeführt werden. Der Angeschuldigte wurde von der Staatsanwaltschaft beschuldigt, an der öffentlichen Zusammenrottung einer Menschenmenge teilgenommen zu haben, bei welcher mit vereinten Kräften gegen Personen und Sachen Gewalttätigkeiten begangen wurden und durch die gleiche Handlung sich nach der dritten Aufforderung des zuständigen Beamten an eine auf einer öffentlichen Straße versammelte Menschenmenge nicht entfernt zu haben. Vergehen des Landfriedensbruchs in Tateinheit mit einem Vergehen des Auflaufs. Zeugen: KM Scholze, KM Ebermaier, POI Hübler.

Lena Bliss schaute ihn an, verstummt. Fassungslos. Lautlos bildete sich Wasser in ihren schreckgroßen Augen, lief als Tränen über die Lidränder. Sie wischte sie nicht weg. Ein kaum merkliches langsames Kopfbewegen, hin und her. Und nun?

Achselzucken. Irgendwann musste das kommen.

Mehr weißt du nicht?

Bliss spürte ein ungewohntes Gefühl drückend in der

Brust. Auch den Herzschlag plötzlich. Er räusperte sich. Sie sie – sie bluffen Lena. Er hustete, schnaubte ins Taschentuch. Sie wollen uns einschüchtern wollen sie.

Hast du Steine geworfen? Sags mir Vik. Mir kannst dus sagen. Ich will wissen was auf uns zukommt. Nach einem Augenblick in Wortlosigkeit: Ich steh zu dir. Du bist mein Mann.

Keine Steine geworfen. Keinen Bullen getreten. Nicht mal gegen meine Verhaftung gewehrt. Wie ein manierlicher junger Akademiker. Er küsste ihr zwei Tränen weg, strich ihr übers Haar. Die hängen einfach jedem Gewalttätigkeiten an, auf Teufel komm raus, weil sie keine Beweise haben. Du musst keine Angst haben Lena. Nichts was hier passiert ist wirklich gefährlich. Ich geh mit der Ladung zur APO Rechtshilfe, die haben fähige engagierte Anwälte.

Im Kopf sagte es zugleich, woran auch Lena denken müsste: Dutschke, Ohnesorg, die beiden Toten vom Ostermontag. Manfred. Seine Worte vom Nachmittag, Weiss kritisierend, *Der Feind wird versuchen alles Lebendige zu vernichten*, die katastrofischen Folgen der Auflehnung gegen die Macht. Aber nicht hier doch, nicht in diesem gezähmten buttergeschmierten Deutschland. Hier zeigen sie nur die Werkzeuge. Die Toten sind Unfälle eines politischen Veränderungsvorgangs bei dem wir auf den Straßen demokratisch unseren

Ich bin hysterisch Vik. Richtiges Huhn. Was soll dir passieren wenn du nichts getan hast als demonstrieren. Hab mich erschrocken im ersten Moment. Ich glaub das hat immer noch mit meiner Mutter zu tun und dem Stiefvater, jede Kleinigkeit strafbar. Milchkanne umgekippt, in Wassergraben gefallen, Fleck aufem Kleid – alles Familientragödien mit Ohrfeigen und Liebesentzug, das krieg ich nicht aus den Knochen. Dabei war ich so neugierig so unternehmungslustig, immer mit den Jungs gespielt, mir war ja kein Zaun zu hoch und die wollten mich zurechtstutzen zunem braven Mädchen wie sichs gehört

Ein Glück dass du abgehaun bist zu Haus

Ja aber diese Angst vor Strafe Vik die hab ich behalten dass ich gleich denken muss was hab ich jetzt wieder ausgefressen und was kommt danach welche Strafe wenn ich was tu was nicht genehm ist oder in der Ordnung die für alle gilt.

Bliss in der Rolle des Trösters gewann sein Gleichgewicht langsam zurück. Mitfühlend konnte er sagen: Es hat im Kopf angefangen dass wir lernen keine Angst mehr zu haben vor diesen Vätern und Müttern. Die Gefühle wachsen langsam nach Lena, das ist natürlich.

Bliss hatte sich neben Lena auf die Küchenbank gesetzt, den Arm um ihre Schultern gelegt, streichelte den Kopf der Katze, die auf dem Tisch hingestreckt lag in der Wärme der Lampe zwischen Vase Brotkorb und Aschenbecher, zuzuhören schien mit den spitzen Lauschern, leise schnurrend.

Hab ich dir je erzählt, dass ich mal ins Kloster gehn wollte, damals, als ich mit den Büchern über die Dörfer getingelt bin?

Lena schüttelte den Kopf, nee wirklich? Als Mönch?

In dieser hektischen zerfahrenen Zeit, dachte, ein Jahr in einem Kloster, nicht für immer, in einer Zelle, nur nachdenken, so ein strenger geordneter Tagesablauf, drei Stunden Zwiegespräch mit Lauch und Petersilie im Garten. Wo nichts dich ablenkt. Alles ist vorgeschrieben, musst dich nicht entscheiden ob das tun oder das.

Wie kommst du jetzt darauf?

Na ja, Lena. Vielleicht geht der in Erfüllung, von Staats wegen? Wenn sie mich für ein paar Monate aus dem Verkehr ziehn

Ist nicht dein Ernst Vik!

Du würdest mir natürlich schon fehlen. In Schweden, habich gelesen, dürfen jetzt Gefangene von ihren Frauen besucht werden, in der Zelle. Vielleicht kommt das bei uns auch?

Rechnest du wirklich damit? Dass sie dich einsperren werden?

Es ist so eine Hilfsvorstellung. Bliss lachte. Für den Fall der Fälle, weißt du. Wenn alle Stricke reißen.

In dem Ernstfall, jetzt lachte auch Lena, würdich die ganzen Kammerspiele aufhetzen dass wir eine Demonstration machen in Stadelheim. Ein GoIn. Dich rausholen. Nein vorher schon, im Gerichtssaal. Mit Murkel als Furie. Du würdest dem Richter die Augen auskratzen, stimmts Tiger? Wir geben unsern Vik nicht her!

Die Katze räkelte sich genussvoll in die Länge, streckte die Pfoten vor, zeigte ihre Krallen. Sie lachten laut und gelöst über diese prompte Antwort.

Bliss fand es einen günstigen Augenblick, die Sache mit Ferri Melchinger zu erzählen. Lena war nicht überrascht. Irgendwie hatte sie sowas schon erwartet. Aber welche Bedeutung hätte das?

Wahrscheinlich gar keine. Erstmal. So lange die Partei geheim ist erfährt es niemand, außer ein paar Genossen.

Das konnte Lena sich nicht vorstellen. Wozu so etwas tun, wenn es nichts bedeutet?

Man gehörte zu einer Gruppe, einer Organisation. Von Leuten die so ähnlich denken wie du. Auf die du dich verlassen kannst. Man wär nicht mehr allein. Stell ich mir vor.

Bist du denn allein?

Politisch, meinich. Du könntest sicher miteintreten. Oder nachkommen.

Ach ich weiß nicht Vik. Lena überlegte. Ich bin eine vom Teater. Wir sind doch eher spontan. Hasenfüße sowieso. Wenn sie dich wirklich verurteilen würden, zu Gefängnis, dann könntich mir vorstelln dass ich so was mach. Aus Trotz. Außerdem binich schon in der ÖTV.

Die zählte allerdings für Bliss überhaupt nicht, dieser angepaßte unpolitische Verein. Aber entschieden hatte er sich auch noch nicht. Er hatte Melchinger erklärt, für ihn sei der Schritt in eine Partei, egal welche, so etwas wie eine Heirat und der gehe eine Verlobungszeit sinnvollerweise voran. Seit der braunen Pimpfzeit politischer Junggeselle. Außerdem sei Mitwirkung an dem VietnamDiskurs eine zeitraubende und hochpolitische Arbeit, die ihn nicht zum gründlichen Überlegen andrer Fragen kommen lasse.

Ob das eine Ausrede war, wollte Lena wissen.

Ausrede? Meinstu?

Könnte doch sein.

Also Angst habich bestimmt nicht. Ist mehr, dass mich die HitlerErfahrung – so kurz sie auch war – immunisiert hat. Und was ich weiß aus der Geschichte der kommunistischen Parteien, was die aus der Diktatur des Proletariats gemacht haben, da wird man vorsichtig. Der StalinKult in der DDR, anfangs, die haben damals nur die Bilder ausgetauscht, die Rahmen waren dieselben. Symbolisch gesprochen. Manfred ist ganz kritisch. Der kennt welche bei Ford.

Red doch mit ihm.

Angedeutet hab ichs ihm. Ist aber riskant, am Telefon. Weißt nie wer mithört. Was ich dir jetzt gesagt hab, von der MelchingerGruppe, muss auch absolut unter uns bleiben. Verstehstu?

Vielleicht fährst du mal ein Wochenende nach Köln?

Oder – Bliss schaute Lena ins Gesicht – wir laden ihn ein? Zur Premiere?

Lena lächelte ein bisschen. Undefinierbar. Fahr lieber du Vik.

Bliss wusste nicht, ob er mit dieser Antwort zufrieden war oder nicht. Einerseits spürte er sofort den Reiz des Gedankens, dass Manfred hier bei ihnen sei, das Ungewiss-Offne dieser Situation zu dritt, andrerseits könnte ihr schönes Einverständnis dadurch wieder zerstört oder getrübt werden, was er jetzt überhaupt nicht brauchen konnte. Das Ostererlebnis lag noch unberedet und ungestillt unter den Ereignissen der vergangenen Wochen, nur eben zugedeckt von Arbeit und Alltag und der nächtlichen Liebe.

Du überlegst? fragte Lena.

Der Wolf Abendroth, mit dem müsstich das bereden. Der will eine legale sozialistische Partei gründen. Nachdem ihn die SPD rausgeschmissen hat wegen Unterstützung des SDS. Das wär nochne Alternative.

Übrings fällt mir ein soll ich dich von Barbar grüßen. Ist zurück aus Montenegro, ganz braungebrannt. Oder weißtu das schon?

Bliss schaute amüsiert. Nein Lena. Echt nicht. Erste was ich höre. Intressiert mich auch nicht besonders, ehrlich gesagt.

Glaubst du das?

Doch. Sagte Bliss. Weitgehend.

Auf einer Starnberger Wiese pflanzt Bliss eine Idee

Auf der Autobahn nach Starnberg ließen sie Maiduft ins Auto. Lenas Haare flogen im Wind. Vergeblich strich sie sie aus dem Gesicht. Am Handgelenk das goldne Opalarmband das er ihr in Marburg geschenkt hatte, in einem Antiquitätenladen entdeckt und viel teurer als er sich leisten konnte. Bald nach der ersten Nacht in ihrem Dachzimmer. Trägst du viel zu selten, fand er. Müsstest du öfter mit mir wohinfahren, erklärte sie, für die Arbeit ist es zu kostbar. Das sah er ein. Sie hielt die Hand vor die Frontscheibe in die Sonne, ließ die Steine aufleuchten. Siehst überhaupt toll aus heute, wie fünfundzwanzig. Das blaue Kleid ist mein liebstes.

Deshalb ja, nickte sie, kraulte ihm das Haar im Nacken.

Er zockelte mit hundert durch die frühlingsheitere Gegend. Kaum Autos am Sonntag, spielerisches Fahren, zwei Finger am Steuer. Genaue Uhrzeit hatte Schubi nicht angegeben. Nachmittags. Abschied auf der Wiese. Ab Starnberg die Elf bis Aufkirchen, der Rest auf dem Zettel. Ein Stück Landstraße am schwarzsilbernen See, schon mit einzelnen schrägen Seglern besteckt. Die Villengrundstücke rochen nach viel Heu, Erbherzogtum von Finck, Strauß & Co. Schöne rabenschwarze Provinz. Hier hat der Ostermarsch sein Recht verloren.

Sei ein bisschen vorsichtig Vik. Ich mein, was du sagst, politisch. Da sind nicht nur die Leute vom VietnamDiskurs. Für die andern bist du ein Außenseiter. Beide sind wir ganz kleine Lichter für die Berühmten. Ich bin nämlich stolz dass Schubi mich eingeladen hat.

Bliss stoppte an einer roten Ampel im Ort. Zeig mal die Skizze. Aha. An der zweiten Ampel links rein.

Sie legte ihre Linke auf seine Hand am Steuer. Versprichst du mir das Vik?

Bliss schmunzelte. Okay baby. Du bist die Queen. Ich werd den Herzog von Edinbourgh spielen.

Heinz Schubert empfing seine Gäste vor dem Haus, brummigfreundlich. Ihren Blumenstrauß müsse Lena irgendwo einpflanzen oder vielleicht findet ihr ein Glas in der Küche, alles schon eingepackt.

Sie staunten stark über die herrlich gelegene Villa, probierten den Blick auf den Starnberger See, die im Dunst vage erkennbare Alpenkette. Schubi, traurig wie ein Boxerrüde: So schön hätte er noch nie gewohnt und jetzt wieder in einen Stadtkäfig. Aber Lena sei eine süße Medizin für den Abschiedsschmerz.

Auf der Gartenwiese neben dem Haus ein langer Tisch, zwei Bierfässer, Kartons mit Weinflaschen, Schüsseln voller Würstchen, ein halber Emmentaler, Gläser. Etwas abseits das mehr qualmende als brennende Holzfeuer. Kein Kaffee, kein Kuchen, stellte Bliss enttäuscht fest als er mit Lena die Begrüßungsrunde machte. Plauderstoff war das Wetter, der See, die Sonne, die Ferienprojekte, die Autos, die Kinder, gewürzt mit etwas Teaterklatsch – entschlossne Harmlosigkeit wie sie der bayerischblaue Mai erforderte. Bliss mit seinem Maulkorb fand die ihm angemessne Aufgabe im Anblasen und Schüren des Feuers. Er holte Dürrholz aus den Büschen, ein paar Kienäpfel fand er unter der Kiefer. Die alte Liebe zu dem Happening eines knisternden, räuchernden, flammenwerfenden Wildfeuers, das Augen Ohren Nase und Haut ansteckte, zwar ohne das Wirbelspiel nächtlichen Funkengestöbers, aber doch mit der tiefgreifenden, elementaren Faszination der Umwandlung von ruhendem Stoff in strahlendes Licht und fliegende Wärme. Ein Zauber der in die Kindheit rief, in die Jägerzeit, in ein andres, sehnsuchtbehaftetes, unerreichbar verlorenes Leben.

Richtiges Indianerfeuer, sagte eine bekannte Stimme hinter ihm. Er richtete sich auf. Bruno Ganz und Christiane Bruhn, freundlich lächelnd, hielten jeder eine rohe Bratwurst am eisernen Spieß in der Hand.

Es hat noch nicht genug Glut, erklärte Bliss.

Viktor ist unser historischer Berater im VietnamDiskurs, sagte die Bruhn.

Weiß ich, nickte Ganz, streckte ihm die freie Rechte entgegen, ein guter zuversichtlicher Handdruck. Bist ein verhinderter Feuerwehrmann, wie?

Oder ein Brandstifter? schlug Christiane vor.

Die sind bekanntlich oft personalidentisch, lachte Ganz.

Der Vater von meinem ersten Freund und Klassenkameraden war ein echter Feuerwehrmann, sagte Bliss versonnen, wie im Märchen!

Er wunderte sich, dass Bruno Ganz ihn so umstandslos geduzt hatte, freute sich. Gestand den beiden seine Befangenheit, trotz seines jetzt fast täglichen Umgangs mit Teaterleuten. Schauspieler seien für ihn immer noch so was wie Medizinmänner oder Priesterinnen, denen man zwar auf der Straße begegnen kann, aber ohne zu vergessen, dass sie über einen geheimen Zauber verfügen. Den sie nur grade nicht anwenden.

Die beiden lachten.

Doch, versicherte Bliss, ganz anders als bei den Professoren an der Universität, wo man Respekt vor allem vor ihrem Amt hat. Also vor der Macht dahinter. Ihr verzaubert uns ohne Macht. Zwischen Brechts Garga auf der Bühne und dem Mann hier vor mir gibts fast keine Brücke.

Ganz war gleich wieder ernst geworden. Er hat Recht. Wir tun so als wär alles Arbeit und nichts als das, aber ohne den Musenkuss oder wie man das nennen will, stünden nur Techniker auf den Brettern.

Oder Routiniers. Stimmt. Trotzdem, Bruno. Er soll sich abschminken dass wir was Besondres sind. Ich will keinen Nimbus. Grade jetzt nicht. Wir sind Mitglieder der Bühnengenossenschaft. Nicht Kinder des Olymp. Wir dürfen uns das nicht einreden lassen. Und auch nicht selber einreden.

Da hat sie wohl recht. Ganz lächelte etwas, vielleicht über den Eifer seiner Kollegin, hockte sich an das Feuer, hielt seine Wurst in die Hitze. Die Bruhn zog ihren Rock auf die Oberschenkel hoch, kniete sich neben ihn ins Gras.

Ich hol mir auch eins, sagte Bliss, obwohl das komisch ist: Würstchen zum Kaffee. Ganz musste grinsen, schöner BoulevardTitel – Ein Würstchen zum Kaffee.

Am Vorratstisch fand er Lena im Gespräch mit Christa Berndl und der alten Maria Singer, wurde vorgestellt, gab die Hand. Dein Mann macht sich nützlich, sagte Maria Singer wohlwollend, musterte ihn vom Schopf bis zu den Sandalen, nickte einverstanden: Glückwunsch mein Kind.

Er überreichte den drei Frauen Würstchen und Grillspieße: Das Feuer ist jetzt richtig zum Braten. Er zapfte sich ein Bier, biss einer Wurst den Zipfel ab, gut geräuchert, auch roh essbar zur Not.

Um das kaum noch rauchende Feuer hatte sich eine bewegte Gruppe gebildet, Stehende, Hockende, Sitzende, eine Art Diskussion hatte sich entzündet, kontro-

vers, an den französischen Zuständen, im ganzen Land
streikten sie dort als hätten sie nichts Besseres zu tun,
hätten bestimmt Besseres zu tun aber ließen sich nicht
alles gefallen, hätten Fantasie und Esprit, das Odéon-
Teater zur Bühne der Kulturrevolution gemacht, ausgerechnet das Teater von Jean Louis Barrault statt die
Comédie française, aber immerhin, der Musentempel
zum Volkskongress, in Frankfurt haben die Studenten
die Uni verrammelt als Beispiel für die Arbeiter wie eine
Produktionsstätte lahmgelegt werden kann, zum Glück
behalten die deutschen Arbeiter ruhig Blut, aber wenn
mein Lieber die Notstandsgesetze kommen und wir
dienstverpflichtet werden zum Frontteater dann möcht-
ich dich sehn wie du aufschreist, Hirngespinste sind das,
Hirngespinste? Gesetze die von den Bonnern beschlossen werden in einer Woche wenn sich das Volk nicht
wehrt, aber das schläft das liest die Texte nicht, genau
wie ihr wer hat sie denn gelesen von uns? Fragte Ptok.
Und in die stille Verlegenheit knisterte das Feuer und
räusperte sich Schubi: Wir laufen mit der Zipfelmütze
rum. Bis über die Augen, präzisierte Ganz sarkastisch.

Kirchlechner hat vorgeschlagen ein Aktiv von intres-
sierten Schauspielern der Kammerspiele zu gründen.
Die sich über die NS-Gesetze schlaumachen. Berichtete
Christiane Bruhn.

Ja und? Und dann? Pilgern wir dann zu Everding und
bitten ihn aus Protest das Teater zu schließen?

Bliss hatte bis dahin Lena zuliebe geschwiegen. Jetzt
sprang der nächtliche Gedanke, seine kesse naive Idee
ihm fast absichtslos über die Lippen: Wenn die Schauspieler auf der Bühne sind, wer will sie dann hindern, ihr
Publikum zu informieren über das was sich in Bonn
zusammenbraut?

Ein Zornblick Lenas traf Bliss. Maria Singer lachte
schrill auf. Ernst sagte Rolf Boysen: Wirksam könnte

das schon sein. Aber die Bühne ist kein politisches Forum. Die Schauspieler die eine solche Proklamation abgeben wollen, was ich durchaus für sinnvoll hielte, müssten sich einen andern Raum suchen, vielleicht sogar mieten, und dort ihr Publikum informieren. Da säßen die unten die eh schon alles wissen, war Christa Berndls Erfahrung, denkt doch an den GiehseAbend. Das bringt nix.

In der Pause! rief Ptok aufgeregt dazwischen, verhustete sich mit Wurst im Mund, in der Pause! Wir mischen uns im Foyer unters Publikum! Da lesen wir unsre Proklamation vor!

Proklamation! Mensch Friedhelm. Gehts nichn bisschen größer? Deklaration der Menschenrechte oder so? Der Hohn kam von Laser, blieb aber ohne Resonanz.

Und aus der Höhe seiner Einsfünfundachtzig, mit ruhiger Stimme, Bruno Ganz: Das hat es noch nie gegeben, dass eine Vorstellung von Schauspielern unterbrochen wurde. Das ist ein Sakrileg. So ist es, Bruno, du sprichst es aus – noch nie! jubelte die Singer emfatisch.

Und der trocken: Grade deshalb. Wir müssen es tun, Maria.

Auf der Heimfahrt nach München wagte Lena nicht mehr, ihren Mann zu tadeln. Sie hätte das halbe SchauspielerEnsemble kritisieren müssen. Sie verstand, dass es gerade Viktors Außenseiterrolle war, die ihm ermöglicht hatte, den verbotenen Gedanken in aller Naivität zu denken und auszusprechen. Einen Gedanken, der ausweislich der durch ihn bewirkten wilden Diskussion schon in vielen Köpfen verborgen gelegen hatte und nur noch gezündet werden musste. Du warst sowas wie der Prinz im Märchen der das Mädel wachküsst.

Obwohl Maria Singer nicht die einzige Gegenstimme geblieben war. Mit Händen und lautstarken Worten hatte sie ihren Berufsstand am Rand des Abgrunds gesehn, wenn sogar ein derart begabter Schauspieler wie Bruno, den sie liebe wie einen zweiten Sohn, auf so verstiegene Ideen komme. Ganz hatte sie freundlich ausgelacht. Unbestreitbar dass die Meisten auf der Wiese es für nötig hielten, etwas zu unternehmen, etwas Ungewöhnliches, was sie als politisch mitdenkende Bürger kenntlich machte. Gut und schön an einer Kundgebung teilzunehmen oder als Sprechkundiger Protestgedichte von Brecht oder Fried vorzutragen. Aber an dem Arbeitsplatz, wo das Publikum sie als bloße Mundstücke irgendwelcher Dramatiker mit beliebigen Meinungen zu hören gewohnt war, als Kostümträger von Helden und Bösewichtern und selbst nackt noch in der Verkleidung vorgespielter Lebensbilder, so dass nie die Personen mit ihrer eignen Wahrheit zum Vorschein kommen und öffentlich werden konnten – an diesem Ort selbst sollte der schöne Schein, das gekaufte Spiel durchbrochen werden. Lena erlaubte Bliss, noch am Abend mit Kirchlechner zu telefonieren; bei dem, wusste sie, konnte er nichts falsch machen.

EIN WORTREICHES ENSEMBLE WILL MÜNDIG WERDEN

Als sie am Morgen gemeinsam durch die zwei stillen Straßen zu ihrer Arbeitsstelle schlenderten, las Bliss ihr im Gehen Stichworte aus der frischen Süddeutschen vor: zwei Millionen französischer Arbeiter im Streik, meistens Betriebsbesetzungen, Post und Bahn stillgelegt, de Gaulle hat seinen Besuch in Rumänien abgebrochen. Das dampft und zischt bei den Nachbarn. Der DGB Bundesvorstand lehnt Generalstreik zur Verhinderung der Notstandsgesetze ab, wegen gegen die Grundsätze der parlamentarischen Demokratie. Sauber. Will den Abgeordneten erneut seine Bedenken vortragen. Bricht fast zusammen unter der Last seiner Bedenken. Wollen sich nicht von andern Gruppen in unkontrollierte Aktionen drängen lassen. Die meinen glaubich so harmlose Leute wie uns Lena.

Sie hatten das Gefühl, auf dem Weg in eine hochschwangere Woche zu sein. Bliss versicherte seiner Frau, dass er nichts tun würde, was ihre Stellung am Teater in irgendeiner Weise gefährden könnte. Er hatte dort wenig zu verlieren, aber dass sie in ihrem ersten Jahr unter besonderer Beachtung der Leitung stand, das war ihm ständig gegenwärtig.

Lena lächelte ihn an, griff auch im Gehen nach seiner Hand, drückte sie dankbar. Bei Stein kann uns nichts passieren, sagte sie zuversichtlich, der ist auf der gleichen Seite wie wir. Für Everding und die Kritiker ist er das Wunderkind, das junge Genie.

So ähnlich wie Brecht damals, fiel Bliss dazu ein, in den zwanziger Jahren.

Sie trafen Kirch und Christiane Bruhn am Bühneneingang. Mit angestrengt finsteren Gesichtern versicherten die Schauspieler sich ihres Willens, noch vor Probenbeginn die Kollegen zu einer Stellungnahme herauszufordern, wie sie ihr politisches Engagement gegen das DamoklesSchwert Notstandsgesetze öffentlichkeitswirksam herzeigen wollten. Keine Zeit mehr für Ausflüchte und Rumgeeiere. Ihre Entschlossenheit lief allerdings bei den Regisseuren in offene Arme. Peter Stein war bei der Sonntagsvorstellung von *Dickicht der Städte* durch Ptok und Ganz bereits informiert worden, welche unzüchtigen Gedanken Schubis Wiese gezeigt hatte. Er betrat die Werkraumbühne mit dem Vorschlag, den Protest der Teaterproduzenten gegen die Ermächtigungsgesetze durch einen Warnstreik unübersehbar zu zeigen.

Streik!

Das Wort war in diesem Haus noch nie benutzt worden, es sei denn als Zitat. Ein wildes, ein fremdes Wort, einer Sprache zugehörig, die in nie betretenen Gegenden der Heimat gesprochen wurde. Dreckige, unbehauene Menschen wohnten dort, Müllmänner, kohlegeschwärzte Ruhrkumpel, hitzeverbrannte Stahlarbeiter, die von sensationsversessenen Völkerkundlern in den letzten Jahren manchmal in bizarren Expeditionen ausgeforscht und ins Heimkino gebracht worden waren mit der irreführenden Behauptung, es handele sich um Dokumentation allernächster Wirklichkeit. Auch die Stückeschreiber des Landes kannten die industrielle Arbeitswelt nicht, in der das Fremdwort *Streik* vor einem Jahrhundert geboren worden war. So hatten die Teaterleute in den Spielen, die ihnen zur Erarbeitung angeboten wurden, nie die Herausforderung erfahren, in diese Fremde pfadfindend einzudringen.

Wolfgang Schwiedrzik allein, aus seiner Studienzeit am *Berliner Ensemble*, war hier in der Lage zu erklären, dass die meisten Mitglieder des künstlerischen Personals sich zwar nicht als Arbeiter verstünden, aber doch sehr wohl wüssten, dass sie hart zu arbeiten hätten, und zwar als Angestellte eines ihnen nicht gehörenden Apparats, in dem sie keine Mitentscheidungsbefugnis hätten, die meisten alle zwei Jahre vogelfrei der Gnade eines absolutistisch herrschenden Intendanten ausgeliefert, schutzloser im Grunde als der einfache Kulissenschieber, die letzte Garderobenfrau, jedenfalls in einem Boot mit der großen Masse derer, die nicht über das eigentlich Lebensentscheidende, das Werkzeug ihrer Arbeit verfügten. Nur über ihre Körper, ihre Arbeitskraft, ihre Geschicklichkeit könnten sie insoweit gebieten, als sie sie entweder für die Besitzer des Produktionsmittels zum Einsatz bereithielten oder eben verweigerten, das heißt streikten.

Peter Stein, dem Schwiedriks ideologisch einwandfreie Ableitung zu sehr die ängstigende Schutzlosigkeit der Schauspieler beleuchtet hatte, erklärte, dass für ihn ein Streik nur als Proteststreik des ganzen Hauses mit allen Bühnenvorständen, Arbeitern und der Gewerkschaft infrage komme – keinesfalls sollten sich Einzelne oder eine Gruppe Repressalien der Teaterverwaltung aussetzen. In diesem Sinn hatte er schon mit Schweikart und Peter Lühr gesprochen, dass sie ihre Proben zur gleichen Zeit, zwölf Uhr dreißig, unterbrächen für die Mittagspause, die sie zu einer spontanen Personalversammlung umfunktionieren wollten, um dort die Stimmung für einen Streik zu erkunden.

Schweikart – Lühr – Stein: mit diesem Triumvirat an der Spitze konnte der Sturm auf das Kapitol locker gewagt werden. Niemand sprach gegen die vorgeschlagene Diskussion, nur Fuhrmann schüttelte wiederholt,

wie fassungslos, den Kopf, als hätte er seine Zunge verschluckt. Die Bruhn hatte Bedenken, das Treffen ohne
die Gewerblichen zu veranstalten, wenn denn die ganze
Belegschaft in den Kampf einbezogen werden sollte.
Egal, sagte Stein, wir machen jetzt den Anfang. Solln die
andern nachkommen.

Die niedrige Kantine hinter der Hauptbühne war
schnell fast undurchsichtig, vor Aufregung wurde mehr
geraucht und getrunken als gegessen. Nur die Giehse
saß mitten in Lührs Sartre-Team am Tisch, löffelte
scheinbar unbeteiligt ihre Erbssuppe. Fast jeder und
jede redete mit den Nachbarn an Tisch und Teke. Der
Stimmbrei schäumte. Bis Stein auf einen Stuhl stieg und
dort ruhig stehen blieb. Die Stille, die daraufhin um ihn
herum entstand, breitete sich rasch aus bis an die hinter-
sten Tische. Ohne viel Stimme konnte er den Kolleginnen und Kollegen mitteilen, dass das Peter Weiss
Ensemble den Mitgliedern des Hauses einen Protest-
Streik gegen die Notstandsgesetze vorschlägt, da die
zweite Lesung letzte Woche unbeanstandet den Bundestag passiert habe. Da sei es höchste Zeit die Notbremse
zu ziehen. Er bat darum, sich zu diesem Vorschlag zu
äußern, aber bitte einzeln, weil sonst wieder das Kaos
ausbricht. Bitte meldet euch wer was sagen will. Edith.

Edith Clever rief von der Teke, dass Bruno Ganz und
sie eher für eine Spielunterbrechung seien, weil man so
dem Publikum besser die Gründe für die Aktion mitteilen und es wachrütteln könne. Kirchlechner fand, wenn
man vom DGB den Generalstreik fordere, dann könne
man nicht selbst nur eine läppische Spielunterbrechung
wagen. Löwitsch konnte nicht wirklich beurteilen, ob
die Gesetze eine solche einschneidende Aktion rechtfer-
tigten. Das sollte erst mal jemand überzeugend begründen. Schwiedrzik wollte aufstehen, aber Stein drückte
ihn auf seinen Stuhl zurück, zeigte auf Korte, der aus

seiner Ecke, ohne aufzustehn, mit knurriger Stimme ankündigte, er würde sich an dergleichen Bevormundungen des Publikums nicht beteiligen, der Besucherschwund sei alarmierend, es sei der reine Mutwillen, wenn sie ihre Existenzgrundlage durch eine solche Provokation der Steuerzahler aufs Spiel setzten. Da sprang Lüttge auf: In welchem Elysium lebst du Hans! Das Land kocht! Die Menschen sind verzweifelt, dass niemand ihre Intressen in Bonn vertritt! Wir können ihnen ein Beispiel geben, wie die Studenten! Der Besucherschwund liegt daran, dass unser Teater der Jugend nichts mehr zu bieten hat, dass wir uns in unserm Musentempel verbarrikadieren! Viele Hände für Martin Lüttge. Stein fragte die Giehse: Was denkst du denn Therese? Die sah kaum auf, murmelte etwas zwischen zwei Löffeln Suppe, was keiner verstand. Doris Schade übersetzte: Therese macht bei allem mit, was wir beschließen. Einer von der Technik rief Bravo! in den Beifall als wärs PremierenApplaus. Da meldete sich Fuhrmann. Er sei erstens ein absoluter Gegner der NS Gesetze und zweitens wolle er sich nicht unbedingt unbeliebt machen bei den Kollegen, aber als Obmann sei er verpflichtet darauf hinzuweisen, was heute in jeder Tageszeitung nachzulesen sei, dass der DGB ausdrücklich politische Streiks als ungesetzlich erklärt hat und seine Mitglieder davor warnt, sich an Aktionen während der Arbeitszeit zu beteiligen. Ein Rechtsschutz der Bühnengenossenschaft erstreckt sich nicht auf Folgen solcher illegaler Handlungen.

Das ist empörend! platzte Schwiedrzik raus.

Eine Dusche auf die Versammlung, ziemlich kalt. Unwilliges Gemurmel. Bliss fragte sich, ob dieser Mann aus seiner eignen Überzeugung so redete oder einen Auftrag erfüllte, einen ausdrücklichen oder auch nur angenommenen. Mut gehörte wahrscheinlich dazu, sich in dieser Weise gegen die Wünsche der Mehrheit zu stellen. In den WeissProben war Fuhrmann ein Schauspieler, der ihm noch kaum aufgefallen war, so zurückhaltend.

Schweikart erhob sich, räusperte sich nachdrücklich. Sein asketisch-eingefallenes Gesicht war respektgebietend, mehr noch als seine Stellung an diesem Teater. Die Stimme kam kühl, überlegen: Ich nehme an, Herr Fuhrmann, die Bühnengenossenschaft wird uns nicht im Stich lassen, wenn das Ensemble dieser Bühne eine Protestaktion beschließt. Denn sonst (spannungsfördernde Pause!) könnte womöglich das Ensemble die Genossenschaft im Stich lassen.

Treffer, versenkt! schnappte es Bliss in den Kopf. Er saß bei der WeissTruppe, bemerkte Lenas Anwesenheit erst durch ihren Zwischenruf In vielen französischen Betrieben finden Werkbesetzungen statt steht in der Zeitung! Er drängelte sich durch zu ihr, fand sie zwischen zwei Schneiderinnen, begrüßte die drei Frauen, quetschte sich zu ihnen auf die Bank.

Die Diskussion mündete in den durch Abstimmung erzielten Beschluss, eine Vollversammlung für den Mittwoch einzuberufen. Inzwischen sollte eine Arbeitsgruppe ein Papier ausarbeiten, in dem die Gründe für den Protest dargelegt würden. Kirchlechner, Schwiedrzik, Sperr, Bruhn und Ganz sollten den Text vorbereiten.

Bliss konnte sich einen kleinen inneren Jubel nicht verkneifen. Der Zug war in Bewegung gesetzt, die richtigen Lokomotiven davor, schneller als es noch am Abend zu ahnen, zu hoffen gewesen war.

Er saß kaum an seinem Schreibtisch, überlegte ob er Nachrichten hören, Notizen über die neueste Entwicklung an den Kammerspielen ins Tagebuch schreiben oder der Katze auf dem Balkon die Winterhaare auskämmen sollte, überall flogen sie zwischen den Papieren herum, da sprang die fusslige Freundin vor ihm auf die Schreibunterlage und das Telefon klingelte. Sie drückte ihren Kopf und ihr samtiges Fell schnurrend unter seine Hand und Martin Sperr fragte in seinem bayrisch kolorierten Hochdeutsch nach Material zu den Notstandsgesetzen, vor allem den Texten der Gesetzesentwürfe. Er koste den Katzenkopf mit der Linken, die waren am Samstag in der Süddeutschen gestanden, im übrigen hatte er natürlich massenhaft Zeug gesammelt und konnte auch was davon in der *Kulisse* vorbeibringen, doch doch, warum nicht, wenn sie dort schon zusammenhockten. Den Bausch ausgekraulter Katzenhaare blies er vorm Fenster von der Hand in den Wind, der ihn übers Dach trug, erklärte der zuschauenden Katze, dass ihre Haare zum Auspolstern der Vogelnester ideal geeignet seien, suchte verschiedene Flugblätter, Zeitungsausschnitte und Erklärungen des Komitees aus dem NotstandsStapel neben dem Schreibtisch in eine Mappe, ein Käsebrot, ein Zettel für Lena, radelte zum Teater zurück.

Ganz, Clever, Sperr saßen mit Kaffees und der WochenendSZ um einen Tisch, begrüßten ihn selbstverständlich, waren noch nicht weit gekommen im Studium der abgedruckten Paragrafen. An einigen Nebentischen teaterfremde Besucher kuchengabelnd, die *Kulisse* war tagsüber ein normales Café für die Kunden der teuren Läden an der Maximilianstraße, erst am Spätnachmittag nach den Proben fanden sich Schauspieler ein. Sie dämpften ihre Stimmen. Ein Hauch von Verschwörung lag über der Runde. Der Gedanke tauchte auf, die Kollegen vom Residenzteater zum Mitmachen aufzufordern: wenn beide, das städtische und das staatliche Teater, zusammen vor die Öffentlichkeit träten, wären sie gegen Repressalien besser geschützt. Aber weshalb nur

Münchner Bühnen? Als vierzehn Teater gleichzeitg den AuschwitzProzess von Peter Weiss aufführten, 1966, eine landesweite Premiere, war die Sensation in allen Medien, eine Haupt und Staatsaktion von bis dahin ungekannter politischer Wirksamkeit. Wenn sie etwas Vergleichbares hinkriegten, durch ihr Beispiel, durch eine Resolution, die wirkte wie Büchners *Hessischer Landbote,* zum Beispiel, achtzehnvieranddreißig, gegen die Fürstenherrschaft, überhaupt, den müssten sie wieder lesen um sich zu inspirieren für zündende Formulierungen, *Friede den Hütten! Krieg den Palästen!* Bruno Ganz memorierte halblaut *Das Leben der Vornehmen ist ein langer Sonntag, sie wohnen in schönen Häusern, sie tragen zierliche Kleider, sie haben feiste Gesichter und reden eine eigne Sprache, das Volk aber liegt vor ihnen wie Dünger auf dem Acker – der Fürst nimmt das Korn und lässt dem Volk die Stoppeln* na und so weiter, ja wenn wir einen Büchner hätten! Man könnte Erich Fried bitten. Oder Martin Walser. Peter Weiss. Die sind unerreichbar. Yaak Karsunke. Der Münchner BarrikadenPoet mit Berliner Schnauze. Ideen haben wir genug! Sperr las vor was er auf einen Bierfilz gekritzelt hatte: Unser Parlament ist ein hohler Popanz, ein trojanischer Esel, in dem die Herrschenden, als Volksvertreter getarnt, die Verfassung stürmen, um die Demokratie zu zerschlagen. Nicht schlecht Martin, sehr anschaulich, heb das auf. Erst müssen wir festlegen was drinstehen soll. Facts Leute, Argumente. Wir haben es nicht mehr mit Bauern und Analfabeten zu tun.

Nach dem Ende der WeissProbe stießen Schwiedrzig mit Kirch und Christiane dazu, sie schoben einen zweiten Tisch ran, Stein war oben beim Intendanten um zu erkunden, was von dort zu erwarten war, Hilfe oder Hindernisse. Sie studierten das Material. Ihr Staunen entwickelte sich zu ungläubiger Empörung, als sie im

Wortlaut lasen, was Regierung und Abgeordnete an Maßnahmen zulassen wollten, wenn ein Kanzler mit seinem Kabinett den Spannungsfall erklären sollte. Warum hat uns das niemand früher gesagt!

Stein berichtete, dass Everding grundsätzlich ihre Bedenken gegen die Gesetze teile, aber vor tagespolitischen Störungen des Kunstbetriebs sollten wir lieber die Finger lassen

Was heißt das nun?

Jein heißt das. Ihm sind die Hände gebunden.

Die am wenigsten fürchten müssen haben den größten Schiß!

Die am meisten zu verlieren haben!

Was hat ein Intendant zu verlieren? Höchstens seinen Posten. Bis zum nächsthöheren Sessel. Zeig mir einen arbeitslosen Intendanten.

Der Tekenkellner drehte die AchtzehnUhrNachrichten laut, die Streiks in Frankreich griffen weiter um sich. Zweitausend Demonstranten diskutierten vor dem Münchner Gewerkschaftshaus mit DGB Funktionären über den AntiStreikBeschluss der Düsseldorfer Führung, nach einem Marsch von dem sogenannten *Widerstandszentrum* in der Akademie der bildenden Künste zur Schwanthalerstraße. Der Frankfurter Universitätsbetrieb war durch Besetzung und Streik lahmgelegt. Das dritte Treffen der vietnamesisch-amerikanischen Unterhändler hatte wiederum keine Fortschritte gebracht, da die Vietnamesen die bedingungslose Einstellung der Bombardierung Nordvietnams als Vorleistung verlangten.

Die Resolution musste sich nicht nur an die Münchner Zuschauer richten, sondern auch an die Kollegen in allen erreichbaren Teatern der Bundesrepublik. Eine Briefaktion musste gestartet werden, möglichst vor der Vorstellungsunterbrechung, Adressen von befreundeten

Teaterleuten mussten gesammelt werden; zwar sollten
die gewerkschaftlichen Obleute einbezogen und heraus-
gefordert werden, aber zur Kontrolle der angepassten
Gewerkschafter mussten die fortschrittlichen Kollegen
gleichzeitig benachrichtigt werden. Stein hatte keinen
Zweifel, dass Resolution und Spielunterbrechung am
Mittwoch in der Vollversammlung beschlossen würden.
Sie ließen sich Essen bringen und arbeiteten weiter.
Ganz übernahm es, Benrath, Clarin und Lietzau am
Residenztheater zu unterrichten. Den Text des Aktionskomitees würde Schwiedrzik am Morgen in der Dramaturgie auf Matritze tippen und vervielfältigen. Zur Tar-
nung gegen den denkbaren Vorwurf, stadteignes Material für politische Zwecke missbraucht zu haben, sollte
Bliss das Einverständnis der Humanistischen Studenten
Union einholen, ihr Büro als Druckort anzugeben. Bliss
radelte zum Kuratorium Notstand der Demokratie, traf
Hitzer und die Hagmanns, eben zurückgekehrt von
der Demonstration vor dem Gewerkschaftshaus mit
der Nachricht, dass eine Kundgebung auf dem Königsplatz für den Nachmittag vor der dritten Lesung beschlossen worden war, also vor Arbeitsschluss! – zu der
die Münchner Gewerkschafter die Belegschaften mobilisieren wollten. Bliss weckte skeptisches Staunen mit
seinem Bericht von der politischen Unruhe an den Kammerspielen. Selbstverständlich dass die APO die Schauspieler unterstützen müsste, wenn es zu einer Vorstellungsunterbrechung käme, Hitzer wurde sofort aktiv:
rief bei der HSU an und beim SHB, holte das Einverständnis der Studenten ein – außerhalb inhaltlicher Verantwortung, klar – als nomineller Druckort zur Verfügung zu stehn und notfalls auch selbst das Flugblatt auf
ihrer Maschine zu hektografieren.

In der Kulisse saß das Aktionskomitee noch mit den
Regisseuren zusammen, erschöpft, aber mit dem fertig-

gestellten ZweiSeitenText in Schwiedrziks persönlichen Hieroglyfen. Bliss verzichtete darauf, ihn noch vorgelesen zu bekommen, ihn nagte der Hunger. Gierig fiel er über Lenas warmgestellte Buletten mit Petersilienkartoffeln her, erzählte kaugebremst in Steno seine Erlebnisse und Lena brachte die Frohbotschaft aus beiden Schneidereien, dass dort über nichts als die Notstandsgesetze und die Spielunterbrechung geredet würde, so etwas hat sie noch nicht erlebt.

Im Bett hörte er noch lange ihr leises gleichmäßig schnorchelndes Atmen und beneidete sie um ihren problemlosen Schlaf. Ein Nager im Kopf die Enttäuschung über sein Verhalten in der Kulisse ließ ihn nicht zur Ruhe kommen. Die schnelle Abwehr von Steins Vorschlag, ihm den Text vorzulesen. Aus dem hohlen Magen, den müden Knochen eingegeben: Nicht nötig, ihr seid kompetent genug. Scheu davor, noch mal denken, genau denken und erklären, mögliche Einwände begründen zu müssen. Vielleicht wars unter Schwiedrziks politischem Übergewicht ein SDS Papier geworden. Richtig aber unsinnig. Wahrscheinlich sogar. Obwohls Sache der Teaterleute ist das zu entscheiden. Obwohl ich andrerseits irgendwie zu ihnen und mitverantwortlich. Vielleicht sie selbst total ausgebrannt, brauchten mein Urteil. Warum habich so wenig Selbstdisziplin dass ich wegen was Hunger wegbin Da redich von den schwarzen Dschungelsoldaten gegen den schlimmsten Feind verhungern verbrennen krepieren sie und ich im Bett liegich wo liegen sie Im Dreck im Schlamm im Feuer in der Erde vergraben Maulwürfe die Kinder auch die Frauen dahin dringt das Gas das Gift das wird der Tod unentrinnbar das Ende das Ende

Vik! Vik wach auf!

Was ist

Hast du geträumt geträumt hast du hast wieder so gestöhnt

Ah ja scheiße habich dich geweckt

Weil du so spät gegessen hast das liegt dir jetzt im Magen

Lena schlief schon wieder selbstverständlich. Er lag dunkelwach, hörte den schnellen Puls im Ohr, konnte den Eindruck nicht wegdenken wie die todbringende Nebelwand sich auf ihn zugewälzt hatte, obwohl er nicht wusste ob es überhaupt sichtbar war, das Gas mit dem sie die Kämpfer in ihren Erdstellungen und die Alten und Frauen in den Löchern unter ihren Häusern *ausräucherten*. Als weiße quallige Wand hatte er es auf sich zudringen sehen, unaufhaltsam, todesschwanger, und als es schon in seine Atemluft eindrang rettete sich das TraumIch mit seinem gurgelnden Schrei ins Freie so dass Lena ihn vollends wachrütteln konnte.

Sobald er sich löste von den schemenhaft durchs Fenster beleuchteten Umrissen der Möbel, von den Wolkenbildern draußen, die Augen schloss um endlich einen befreiten Schlaf zu finden, quoll der Nebelalb erneut über den Wahnrand, nur erinnert jetzt, da konnte er rechtzeitig die Augen wieder aufreißen, sich vorm Versinken ins Bewusstsein zurückretten. Das Angstgefühl war immer noch mächtig genug, ihm auch im Wachen in der Brust zu drücken, bis er entnervt sich aufraffte, in der Küche eine warme Milch mit Honig und eine Schlaftablette zu schlucken, beim ernüchternden elektrischen Licht über die reale Ursache des Traums zu grübeln.

Verstörend, unbegreiflich die fysische Auswirkung der Wahnbilder, das Übergreifen der Halluzination aus dem Unbewussten in seine halbwache Realität; um eine hinterhältige Vergewaltigung seiner Person durch sein UnterIch handelte es sich, die er umso mehr übelnahm, als es ihn im Zustand der Wehrlosigkeit seines Verstandes überfiel, im Schutz der Dunkelheit.

Die Küchenuhr zeigte halbzwei. Rechtzeitig vor Probenbeginn könnte er am Morgen in der Dramaturgie Wolfgang Schwiedrzik treffen, könnte anbieten, sich von ihm zur Beschleunigung der Arbeit den Text in die Maschine diktieren zu lassen und dabei vielleicht, wenn nötig, noch einiges verbessern. Dieser Gedanke beruhigte seine überreizten Nerven, half ihm endlich zu Schlaf.

Am nächsten Tag hatte Lena Bliss, in Unkenntnis seiner Absichten, es nicht übers Herz gebracht, ihren Mann zu wecken. Er verschlief seinen Einsatz. Als er bei der Stein Probe eintraf, war der hektografierte Resolutionstext bereits an die Spieler verteilt, es wurde erstmals mit den überlebensgroßen Schwellköpfen probiert, die sie aus dem Teaterfundus geborgen hatten. Mit puppenhaften Bewegungen sollten die fünf mächtigen Amerikaner, Präsident, Außenminister, Generalstabschef, Wirtschaftsboss und Parlamentssprecher ihre Strategie für das südostasiatische Kriegsteater vorführen, so das Unpersönliche, Repräsentative der sachbezogen poesielosen Reden darstellend.

> Angesichts der alarmierenden Lage
> in Indochina
> wünscht der Präsident Vollmachten
> des Kongresses
> für die notwendigen Aktionen
> unsrer Luft und Seestreitkräfte
> zur Entlastung der eingeschlossenen
> französischen Truppen
> in Dien Bien Phu
> Das französische Oberkommando
> hat die Stärke des Gegners
> unterschätzt

Anstelle der geplanten Offensive muss jetzt
ein Verteidigungskampf geführt werden
Meine Herren
Frankreichs Bedrängnis liefert uns
einen zwingenden Grund zum Eingreifen
Die Übertragung des kommunistischen
    Systems
auf die Länder Indochinas
ist eine ernste Bedrohung
der Freien Welt

Durch riesige im Hintergrund der Szene gezeigte Fotos
hatte Peter Weiss sich die Chargen zwar personifiziert
gedacht, aber ihre Auswechselbarkeit im politischen
Geschäft der herrschenden Klasse doch zugleich als die
neue Erkenntnis der Linken bewusst und sinnlich be-
greifbar halten wollen. Geschichtliche Treibkräfte waren die Klassen, an deren Spitze austauschbare Führer
geschoben wurden, um den Willen der hinter ihnen stehenden Kräfte zu verkörpern. Der General im Präsiden-
tenamt Eisenhower war durch den strahlenden, zu-
kunftsoffenen Jüngling Kennedy ersetzt worden und
der durch den hausbackenen Johnson, ohne dass die
Außenpolitik der Vereinigten Staaten sich um mehr als
Nuancen verändert hätte. Obwohl doch, hatte Bliss in
der Diskussion zu bedenken gegeben, der Personenkult
auf den Straßen des Landes für die APO eine unüber-
sehbare Rolle spielte; Vorbilder, Helden, Märtyrer wie
King und Guevara, wie Rosa und Ho wurden der Polizei entgegengereckt und als Sinnbilder der eignen Hoffnungen, der revolutionären Gefühle ausgestellt.
    Wo die wirklichen Kämpfe stattfinden Viktor, be-
hauptete da Schwiedrzik, dort wird nicht demonstriert
sondern geschossen. Das ist eine andre Ebene der Auseinandersetzung. Wer fysisch unterdrückt wird, kennt

seine Unterdrücker persönlich und braucht keine Symbole um seinen Widerstandswillen zu schärfen.

Es herrscht eine Dialektik des Kampfes, wusste Stein, zwischen den Metropolen des Kapitalismus und den kolonisierten Randgebieten, die sich gegen die dort noch völlig unversteckte Ausbeutung wehren. In unserm Land ist die Gewalt verinnerlicht. Es existiert kein Teaterstück, das diese Dialektik erkennen lässt. Wir müssen mit dem SpielMaterial demonstrieren das wir haben. Dank Peter Weiss.

Und was ist mit Mao, fragte Kirch und Bruhn: was mit Lenin, den die Marxisten in Moskau in einem Schneewittchensarg anbeten? Ganz zu schweigen von dem enttronten großen Führer und Mörder der Massen Väterchen Stalin? Waren oder sind die nicht bejubelte Idole der Unterdrückten? Und der Gefreite der unsre begeisterten Eltern nach Stalingrad, Tobruk und Narvik geführt hat? Haben da nicht doch Männer die Geschichte versaut?

Als ihnen die widerspruchsvolle Wirklichkeit über die Köpfe wuchs, flüchteten sie sich zurück in die durch ihren Autor vorgegebene WirklichkeitsSimulation. Die Wirkung des Spiels in der grotesken Maskerade war verblüffend, die Betreiber des geschichtlich überholten Auslaufmodells Kapitalismus wurden als Hampelmänner vorgeführt, die sich gegen ihren Untergang wehrten, während zugleich der Text ihrer Reden von menschenverachtender gefährlicher Entschlossenheit zeugte. Das schillernd Ambivalente der Szene, die auch durch die spontan eingeworfenen Kommentare der auf der Bühne zuschauenden VietnamesenDarsteller noch akzentuiert wurde, schien ihnen teatralisch und politisch gelungen, wenn auch noch vieles auszufeilen blieb. Entsprechend euforisch war die Stimmung.

Vor der Mittagspause schlug Stein vor, dass sie nun die von der Fünfergruppe ausgearbeitete Erklärung lesen und wer wollte unterschreiben könnten. In der Kantine müsste man dann weitere Unterschriften bei Schauspielern und vor allem auch Technikern sammeln, um mit entsprechend starker Unterstützung in die Versammlung am nächsten Tag zu gehn.

Das geschah. Das Büro des Intendanten war verlassen. Dienstreise, mehr konnte oder wollte Chefdramaturg Ivan Nagel nicht mitteilen, als er von Stein die Erklärung zur Unterschrift vorgelegt bekam. Aus grundsätzlichen Erwägungen verweigerte er alle derartigen Lippenbekenntnisse. Anders der Schauspieldirektor Paul Verhoeven. Er ließ sich auch durch die Vorstellungen des kaufmännischen Direktors Lehrl nicht von seiner Unterschrift abbringen. Lehrl als Vertreter der städtischen Regierung der Kammerspiele sprach mit Bühnenvorständen und Regisseuren des Hauses, um ihnen klarzumachen, dass der Kulturdezernent keinerlei Arbeitsniederlegung im Teater dulden würde. Trotzdem unterschrieben Schweikart, Peter Lühr und Everdings Stellvertreter Verhoeven das Papier und erklärten sich damit für eine demonstrative Spielunterbrechung. In der Kantine wurden drei betriebsfremde Männer gesehn, keiner kannte sie. Als Schwiedrzik vermutete, sie seien politische Polizei, von Lehrl bestellt, um die Stimmung im Ensemble auszukundschaften, wurde er ausgelacht. Zwar gingen die Nachmittagsproben und die Abendvorstellungen ungestört über die Bühnen, aber das Haus wisperte von Gerüchten. Everding sei geflohen als heimlicher Sympatisant, um den Protestanten freie Hand zu lassen; aus Opportunismus oder Feigheit; um sich nicht mit dem Betriebsdirektor Lehrl zu überwerfen; um alle in Unsicherheit über seine nächsten Schritte zu stürzen. Vor den Abendvorstellungen in der Kammer und im Residenzteater verteilten Studenten an die Zuschauer Flugblätter, in denen sie die Teatermacher aufforderten, sich mit den Protesten der Arbeiter und Studenten zu solidarisieren.

Am Mittwoch lagen in der Kantine auf allen Tischen Handzettel der Münchner Ortsverwaltung der ÖTV, in denen mitgeteilt wurde, dass die Beschlüsse des Geschäftsführenden Hauptvorstands für alle Ortsgruppen verbindlich seien, insbesondere der Beschluss, *daß die Gewerkschaft ÖTV nicht zu Proteststreiks aufrufen wird, und daß örtliche Aktionen gegen die Notstandsgesetze nur im Einvernehmen mit dem Geschäftsführenden Hauptvorstand geplant und durchgeführt werden dürfen. Eine Solidarisierung mit Gruppen außerhalb der Gewerkschaften und Teilnahme an Aktionskomitees mit solchen Gruppen kommt nicht infrage.*

Bei der Betriebsversammlung musste Kirchlechner seine Empörung nicht spielen. Da hatte er sich die halbe Nacht um die Ohren geschlagen, um für das Ensemble eine vernünftige Resolution auf die Beine zu stellen und dann das! Er schwenkte das Papier über den versammelten Köpfen der Angestellten Arbeiter und Schauspieler – so versucht ein armseliges Häuflein hochbezahlter Spitzenfunktionäre den Willen hunderttausender Mitglieder zu gängeln! Eindeutiger können die Gewerkschaftsbosse nicht demonstrieren, wie sehr sie sich diesen Namen auch in Deutschland verdient haben! Kirch forderte die Kollegen von der Technik auf, sich nicht von ihren abgehobenen Vertretern im Nadelstreifenanzug einschüchtern zu lassen, die wahrscheinlich in den Jahren der Konzertierten Aktion vergessen hätten zu wem sie gehören. Sondern solidarisch zu sein im Widerstand, mit der Mehrheit dieses ihres Teaterbetriebs.

Die Bruhn glaubte zu Bliss und Lena, dass Kirch in der Nacht noch den Danton gelesen hatte. Der ÖTV Obmann sprang aber sofort auf, unerschrocken von dem massiven Beifall für Kirchlechner, er ließe sich nicht durch solche Brandreden von seiner gewählten Führung auseinanderdividieren, aus Verantwortung wolle die vermeiden, dass die Kollegen in anarchistische Aktionen getrieben würden, die ihnen wenn nicht den Kopf, dann doch den Arbeitsplatz kosten können. Oder ob sie die zwei Toten von Ostern vergessen hätten? Ob sie Barrikaden und brennende Autos in der Maximilian-straße sehen wollten, nach Pariser Vorbild? Der Kollege Kirchlechner solle sagen, ob er seine Wohnung für einen gefeuerten Bühnenarbeiter großherzig zur Verfügung stellen würde, der dann auch seine Werkswohnung ver-liert?

Bruno Ganz schlug doch etwas mehr Heiterkeit vor, im Musentempel, und bat mit leichtem Grinsen um die Mundwinkel um drei Minuten Konzentration für die erste und hoffentlich vor diesem Gremium einzige Lesung der Erklärung zu den Notstandsgesetzen, die von der am Montag eingesetzten Fünferbande ausgear-beitet worden sei. Also passt gut auf, damit ihr gleich darüber abstimmen könnt! Er reckte sich in seine ganze überdurchschnittliche Länge und las auf die Köpfe herab:

ERKLÄRUNG ZU DEN NOTSTANDSGESETZEN

Abgegeben von Angehörigen des künstleri-schen und technischen Personals der Kam-merspiele München:

Trotz des wachsenden Widerstandes aus allen Teilen der Bevölkerung hat der Bundestag die Notstandsgesetze in 2. Lesung verabschiedet. Die 3. Lesung, und damit die endgültige Ver-abschiedung, steht unmittelbar bevor.
Zwar haben die öffentlichen Proteste der

Gesetzgegner die Parteien der Großen Koalition zu Entschärfungen der ursprünglichen Regierungsvorlage veranlaßt, dennoch bedeuten die Notstandsgesetze auch in ihrer vorliegenden Fassung nicht etwa eine Ergänzung des Grundgesetzes – wie deren Befürworter uns weismachen wollen – sondern eine prinzipielle Änderung und Aushöhlung der Verfassung:

– Obwohl in Artikel 10/Absatz 1 für unverletzlich erklärt, kann das Brief-, Post- und Fernmeldegeheimnis jederzeit durch einfaches Bundesgesetz aufgehoben werden, ohne dass die Betroffenen davon erfahren oder gerichtlich Einspruch erheben können.

– Ohne das Parlament zu befragen, kann die Bundesregierung auf Grund einfacher Gesetze den inneren Notstand feststellen und sich damit das Recht verschaffen, zum Beispiel die Freizügigkeit der Bürger zu beschränken, die Polizeikräfte der Länder ihren Weisungen zu unterstellen und den Bundesgrenzschutz im Inneren einzusetzen.

– Ebenso ohne Zustimmung des Parlaments kann die Bundesregierung auf Grund eines NATO-Beschlusses den sogenannten Spannungsfall erklären und damit den gesamten Katalog der Notstandsmaßnahmen zur Anwendung bringen, also zum Beispiel die Bundeswehr gegen politische Streiks einsetzen.

Ganz blickte in das entstandene Gemurmel: Wenn ihr das nicht glaubt, dann schaut in die Süddeutsche vom Samstag – da steht alles schwarzaufweiß! So. Noch zwei Minuten Leute:

Der DGB-Vorstand hat erklärt, <u>nach</u> der Verabschiedung der Notstandsgesetze gegen jeden Mißbrauch der Gesetze vorgehen zu wollen. Dagegen ist zu sagen, dass nach Verabschiedung der Notstandsgesetze jede politische Kampfmaßnahme der Arbeitnehmer – gemäß Artikel 9/Absatz3 der Notstandsgesetze – mit den Mitteln eben dieser Gesetze niedergeschlagen werden kann.

Daraus wird ersichtlich, dass die Notstandsgesetze nicht nur die Aufhebung wesentlicher bürgerlicher Grundrechte, die Stärkung der exekutiven Gewalt und damit die Selbstentmachtung des Parlaments bedeuten, sondern auch die entscheidende Beschränkung der politischen Rechte der organisierten Arbeiterschaft zum Ziel haben.

Diesen Sachverhalt versuchen die Parteien durch Schönfärberei, unzureichende Information der Bevölkerung und große Hast bei der Verabschiedung der letzten Fassung der Gesetze zu verschleiern. Wir sind der Meinung, dass damit sowohl die Parteien als auch das Parlament ihren verfassungsmäßigen Auftrag, die Interessen der Bevölkerung zu vertreten, nicht erfüllt haben.

Daraus entsteht für uns die Notwendigkeit – und es bleibt unsre letzte Chance – uns überall an unseren Arbeitsplätzen selbst zu organisieren, das heißt uns zu Diskussionen zusammenzufinden, um dort konkrete Formen des Widerstands gegen die Verabschiedung der Notstandsgesetze gemeinsam zu beschließen.

Also das was wir eben grade tun, nicht wahr. Aber das Entscheidende kommt jetzt:

> Wir fordern daher alle Kolleginnen und Kollegen an den Theatern der Bundesrepublik und Westberlins auf, sich unserer Aktion anzuschließen und in der Zeit bis zum oder möglichst am Vorabend der 3. Lesung der Notstandsgesetze in ihren Theatern politische Warnstreiks durchzuführen. Die dabei gegebene Möglichkeit, mit dem Publikum zu diskutieren, sollte unbedingt genutzt werden.
> Wir fordern unser Publikum, wir fordern alle Arbeiter, Angestellten, Studenten und Schüler auf, sich mit den unteren Gewerkschaftsorganen ihrer Bezirke zu Aktions-Komitees zusammenzuschließen, um durch Streiks die Verabschiedung der Notstandsgesetze zu verhindern.

Ich bin einer von den Fünfen, wie ihr wisst, und ich find die Sache unheimlich gut und denk, alle können dem zustimmen und wenn das schnell läuft, haben wir genug Zeit darüber zu reden, was wir außer großen Worten noch gemeinsam aushecken wollen.

Lena und Christiane, das sah Bliss mit einem schnellen Blick rechtslinks, hatten ein leicht amüsiertes Lächeln aufgesetzt, auch die Giehse schaute irgendwie gerührt Richtung Ganz, der herbe Charme des jungen Schauspielers wirkte offenbar bei Frauen stärker als die politische Argumentation des Textes. Sogar Maria Singer schien dem erlegen oder hatte die Sprengkraft der Forderungen nicht erkannt, blickte jedenfalls eher verklärt als empört zu ihrem WahlSohn. So konzentriert wie suggestiv hatte Ganz gelesen und dadurch dem spröden Text Faszinationskraft gegeben. Die Stille war nicht geräuschlos – an manchen Tischen wurde leise geredet, Stuhlbeine kratzten über den Boden, der Kantinenwirt spülte Gläser hinter der Teke, dennoch gab es eine ruhige wache Aufmerksamkeit im Raum. Die anfängliche Aufgeregtheit war durch die Kraft der glaubhaften Fakten in Nachdenklichkeit verwandelt, auch bei den Gegnern einer politischen Aktion des Ensembles. Es gab genügend Mitglieder des Hauses, die in ihrem jahrzehntealten Grundvertrauen in die Beschlüsse der weit entfernten Bonner oder der näheren bayerischen Politiker kaum zu erschüttern waren, die in Verbindung mit ihrer Arbeitsstelle in Begriffen wie Chef, Lohntüte, Kündigungsschutz und vielleicht noch Betriebsrat zu denken sich erlaubten, doch das Gedankengewebe der Resolution war zu dicht und folgerichtig gestrickt, als dass jemand sich mit einer impulsiven Erwiderung hervorgetraut hätte. Einen direkten Streikaufruf hatten die Fünf nicht in das Papier geschrieben, hatten sich knapp unterhalb dieser möglichen Bruchstelle gehalten. Ganz wartete nicht länger, dass sich ein Gegner zu Wort meldete, bat die Kolleginnen und Kollegen durch Handaufheben der Erklärung zuzustimmen und erklärte die gereckten Arme ohne weiteres Zählen zur überwiegenden Mehrheit. Irgendwer protestierte, aber das ging in dem Beifallsjubel unter, der sich anhörte, als seien mit der Zustimmung bereits die Gesetze selbst gekippt. Die Resolution wurde in zwei Exemplaren herumgereicht, damit alle die wollten persönlich unterschreiben konnten. Unterdessen entbrannte der Streit in voller Schärfe über die Frage, ob über die Verlesung vor Publikum hinaus die Kammerspiele den in der Erklärung geforderten Streik auch selbst ausrufen sollten. Für die Befürworter war das eine Selbstverständlichkeit. Betriebsdirektor Lehrl aber gab mit der ruhigüberlegenen Stimme des Stellvertreters der Macht zu wissen, dass die Eigentümerin des Hauses, die Stadt München, vertreten durch ihren Kulturdezernenten, eine politisch motivierte Arbeitsniederlegung als Vertragsbruch ansehen und die Beteiligten für den Schaden regresspflichtig machen würde.

Alle Schauspieler wussten aus ihren SoloVerträgen was das bedeutete, denn jeder lebte mit der außerhalb der Teaterräume fast allgegenwärtigen Furcht, durch irgendein menschliches Versehen, für das keine höhere Gewalt geltend gemacht werden konnte, den Ausfall einer Vorstellung zu verursachen und den Schaden bezahlen zu müssen.

Lehrls Worte hinterließen eine andre Stille. Eine zähneknirschende, trotzige, widerspenstige. Fuhrmann nutzte die Bresche, verkündete im Namen der Bühnengenossenschaft, dass für sie das Gleiche gelte wie für die ÖTV: Demonstrieren gegen die Notstandsgesetze Ja, und mit aller gebotenen Entschiedenheit, wilde Arbeitsniederlegungen jedoch klar und entschieden Nein. Allein der Paragraf 218, der Tendenzschutzparagraf des Betriebsverfassungsgesetzes, verbiete in künstlerischen Betrieben alle Arbeitskämpfe. Alle vier Jahre habe der Souverän, das Volk, die Möglichkeit gehabt, eine Regierung zu wählen, die diese Knebelvorschrift endlich abschafft. Da er darauf verzichtet hat, den Wechsel herbeizuführen, müssten sie sich wohl oder übel an die bestehenden Gesetze halten. Oder bereit sein die Konsequenzen zu tragen, jede und jeder Einzelne.

Da die Zeit drängte, besonders für die Bühnenarbeiter, die für die Abendvorstellungen die Dekorationen aufbauen mussten, schlug Peter Stein eine provisorische Abstimmung vor, für oder gegen Streik. Hans Schweikart, der ruhmüberhäufte Veteran des Hauses, meldete sich zu Wort, konnte nicht übergangen werden. Er wandte sich an die Besserverdienenden unter den Streikbefürwortern und erklärte sich bereit, um den Ernst ihres Anliegens zu unterstreichen und es aber im Rahmen des gesetzlich Erlaubten zu verwirklichen, eine Vorstellung – zu kaufen!

Ein Hammer! Giehse riss die Augen auf wie eine Eule, entsetzt. Einige andre Prominente signalisierten Zustimmung. Sperr, mit sich überkicksender Stimme, lehnte es ab sich mit Geld aus der politischen Verantwortung zu kaufen. Ein Arbeiter drohte, aber mehr Angst als Wut sprach aus seiner Stimme, dass sie bei einem Streik des künstlerischen Personals das Bühnenbild aufbauen und nachts wieder abbauen würden, auch wenn kein einziger Schauspieler die Bretter beträte!

Stein forderte noch einmal Abstimmung, um zum Schluss zu kommen. Drei Vorschläge stünden nunmehr zur Wahl: Streik, Kauf oder Nichtstreik.

Bliss ahnte sofort, von ähnlichen Abstimmungen in der Universität, dass dies der falsche Vorschlag war, aber Lena zog seinen Arm runter, zischte: Nicht du Viktor! Lass doch jetzt abstimmen! und bis er Christiane erklärt hatte, weshalb zwei Wahlgänge nötig seien, erst Streik Ja oder Nein und dann über die Modalitäten des Streiks, war die Katastrofe bereits unterwegs und zeigte sich klar als relative Mehrheit von Gegnern jeden Streiks. Die Befürworter waren durch ihre Spaltung in zwei Gruppen: geschlagen.

Nach der Abstimmungsniederlage saß eine Rotte von Streikfreunden noch in der *Kulisse*, zornig, ratlos, düpiert. Niemand machte Peter Stein einen Vorwurf. Eher als eine Art Schicksalsgemeinheit empfanden sie es, die sie hinterrücks erwischt hatte auf dem brüchigen Gelände politischen Regelspiels, das sie aufrecht und mit ehrlichen blauen Augen betreten hatten. Dass Hans Schweikart dieses Ergebnis mit seinem Vorschlag beabsichtigt hätte, glaubte niemand. Selbst die Teaterleitung und die Gewerkschaftsvertreter mit ihren Drohungen hatten im Grunde nur ihre bekannten Interessen vertreten und die Fronten für diejenigen geklärt, die in naivem demokratischem Optimismus erwartet hatten, auf einer breiten Welle der Empörung leichthin in das Ziel des gemeinsamen Streiks zu segeln. Es war einfach blöd gelaufen, dass ihnen der schon greifbar nahe Sieg durch die Lappen gegangen war.

Stein schwieg seine – vielleicht schuldbewusste – Ratlosigkeit in die Kaffeetasse. Schwiedrzik kaute erbittert auf seiner Unterlippe. Sperr und Bruhn löffelten Sahnetorte. Auch Schnäpse wurden an diesem Nachmittag gekippt. Da war, gänzlich unerwartet, Therese Giehse hereingeschnauft, hatte den jungen Leuten erklärt, dass eine Stückunterbrechung keine Arbeitsniederlegung, sondern eine Unterbrechung sei und dass die auf jeden Fall wie beschlossen stattzufinden hätte und sie werde bei dieser Uraufführung auf deutschen Teatern dabei sein, mit Peter Lühr und Hans Schweikart, und zwar morgen schon. Alles andre später. Verstanden?

Bruno Ganz hatte sein Jungenlachen wiedergefunden und gefordert, jetzt vor allem erstmal dafür zu sorgen, dass ihr Aufruf an die Teatermacher gelange, und das nicht nur in München. Ptok hatte den Einfall: dpa! Und übern Rundfunk. Das ist der schnellste Weg! Bruhn fand das jedoch zu billig und zu unverbindlich. Über die persönliche Schiene müsste das laufen, jeder verschickt den Aufruf an seine Bekannten. Schwiedrzik meinte: doppelgleisig! Auch an die Genossenschaftsobleute! Stehn alle im Bühnenjahrbuch, die Teateradressen. Wenn wir das schaffen, heute Nacht die Briefe raus, morgen Abend die Unterbrechung, dann liest das Freitag früh jeder in den Zeitungen und gleichzeitig ist unser Aufruf an allen Teatern! Da hat Viktor Bliss nicht lange überlegt und ihre Wohnung, fünf Minuten von hier, Adelgundenstraße, für die Verschickung angeboten.

Als er locker zu Hause verkündete, dass die spielfreien Schauspieler zu ihnen kämen, nachher, für die gemeinsame Verschickungsaktion, fühlte Lena sich überfahren: unaufgeräumte Wohnung, kein Bissen zum Anbieten im Haus. Das vage unangenehme Gefühl auch, Viktor habe mit seiner schnellentschlossenen Einladung eine soziale Schranke ignoriert, die zumindest außerhalb des Betriebs zwischen dem künstlerischen Personal und den technischen Gehilfen bestand. Und ob sie gut daran tat, in ihrem Probejahr an den Kammerspielen ihre Wohnung für eine Art Verschwörung herzugeben, das fragte sie sich. Bliss lachte sie aus. Sogar Everding sei stolz auf sein mutiges Ensemble, dürfe es nur nicht zeigen, weil er an der Leine vom Lehrl hängt. Hat die Giehse gesagt.

Nachher war ziemlich bald. Das Klingeln nahm kein Ende. Die Katze Murkel hatte so viele Zweibeiner in ihrem Revier noch nicht erlebt und verzog sich entnervt ins Schlafzimmer. Viktors Arbeitszimmer mit seiner bürotechnischen Infrastruktur wurde das Zentrum der Tätigkeiten. Der Küchentisch bot weitere Arbeitsplätze.

Das unordentliche üppige Stimmengewirr der Versammlung gernredender Menschen, die jeder um wenigstens ein Gehör rangen, klumpte allmählich zu nur noch gedämpft sprechenden Arbeitsgruppen, die sich mit einzelnen Aufgaben befassten. Nachdem geklärt war, dass der Aufruf mit allen Namen der persönlichen Unterzeichner verschickt werden sollte, mussten die sortiert und abgeschrieben werden. Geordnet nach Prominenz? Erst die an allen Teatern bekannten Koryfäen als Zugpferde für die Aufmerksamkeit, dann das Fußvolk? Ausgeschlossen, kein Starrummel. Also nach Alter? Quatsch, die neutralste Ordnung gibt das Alfabet, immer noch. Jeden Namen auf einen Zettel, die alfabetisch sortiert und dann unter die Resolution.

Sperr diktierte Bliss die Namen in seine IBM: Heinz Baumann – Christa Berndl – Lena Bliss – Ulrich Bode – Peter Bollag – Rolf Boysen – Christiane Bruhn – Hans Clarin – Edith Clever – Jovita Dermota – Heide Deutschmann – Jörg van Dyck – H. Ellenhammer – Jürgen Flimm – Peter Fischer – Bruno Ganz – Franz Gattinger – Therese Giehse – Dieter Giesing – Heini Göbel – Ulrich Heising – Ingrid Helbig – K.H. Hoffmann – Jürgen Jung – R. Karasek – Dieter Kirchlechner – Jürgen Kolbe – Rosemarie Kureh – Florian Lerchensperg – Claudia Lobe – Klaus Löwitsch – Peter Lühr – Martin Lüttge – Katja Nick – Maria Nicklisch – Friedhelm Ptok – Alexander v. Rosen – Doris Schade – Paul Schalich – Heinz Schubert – Hans Schweikart – Wolfgang Schwiedrzik – Maria Singer – Martin Sperr – Peter Stein – J. Stöber – Heide v. Strombeck – Paul Verhoeven – H.C. Wohlfahrt

Schwiedrzik mit der Wachsmatritze im BlissKäfer nach Schwabing zum SHB, dreihundert Abzüge mindestens. Fast alle hatten Briefkuvers mitgebracht und Briefmarken, aus den häuslichen Vorräten. Schubi hatte Kirch einen Hunderterbogen Marxköpfe mitgegeben, rot auf schwarz, die stellte er zur Verfügung, möglichst gegen eine Spendenquittung über dreißig Mark. Ganz schrieb sie eigenhändig aus, mit dekorativen Schnörkeln, ließ das Blatt zirkulieren, alle unterschrieben. Schade setzte einen LippenstiftKuss auf das Papier. Die MarxMarken wurden bevorzugt verklebt und lustvoller geleckt als die konkurrierenden Dreißiger mit Heuss und Immanuel Kant. Sperr weigerte sich ausdrücklich, Heuss den Arsch zu küssen.

Das Abschreiben aus Lenas Bühnenjahrbuch und den privaten Adressbüchern nahm die meiste Zeit in Anspruch, Doppelungen ließen sich nicht vermeiden, egal. Bliss schleppte zehn Flaschen Bier aus der Eckkneipe an, Lena kochte Tee und schmierte Schnittchen mit der von der Nachbarin geliehenen Mettwurst, stellte die Teller zum Zugreifen zwischen die Flaschen und Aschenbecher und kippligen Stapel von beschrifteten Kuvers. Alle mit privaten Absendern, außer denen an die Obleute, die mit Erlaubnis der Abstimmung am Nachmittag (hatte Stein befunden) von den Kammerspielen München quasi offiziell geschickt werden sollten.

Schwiedrzik berichtete von den SHB Studenten, dass welche versuchen würden in die Vorstellungen zu kommen, mit Eintrittskarten, Diskussion fordern wollten, toll, das wär hilfreich, aber um Gottes willen nicht vor der Unterbrechung! und während sie die Bogen falteten, einkuvertierten, die Klebefalze ableckten oder mit feuchten Spüllappen bestrichen, holte Bliss die Zweiundzwanzig Uhr Nachrichten ins Radio. Der Misstrauensantrag der Opposition gegen die Regierung Pompidou in der französischen Nationalversammlung war mit elf Stimmen Mehrheit abgelehnt. Jetzt schon sieben Millionen französische Arbeiter landesweit im Streik. Weitere Massendemonstrationen in Paris, Verkehrskaos im Berufsverkehr. Das Théâtre Odéon besetzt. Einreiseverbot für den radikalen StudentenFührer Daniel Cohn-Bendit in Frankreich. Ministerpräsident Kossygin in Karlsbad zur Kur, sowjetische Generäle verhandeln in Prag mit der KP Spitze über Truppenverstärkungen an der Westgrenze der ČSSR. Bundesjustizminister Heinemann hat im Kreßbronner Kreis über die Absicht einer Amnestie für politische Straftäter gesprochen. Darunter könnten alle Studenten und Polizisten fallen, die sich während der Unruhen der letzten Zeit strafbar gemacht haben. Der einundachtzigste Starfighter mit seinem Piloten abgestürzt, ungeklärte Ursache.

Bliss erzählte in den Wetterbericht von seiner Anklage wegen der Osterdemo. Ihr steckt hier mit einem Rädelsführer unter einer Zimmerdecke. Diesen Ritterschlag der APO konnte selbst Schwiedrzik nicht aufweisen. Lena bedankte sich herzlich für die Blumen. Sie fand das nämlich überhaupt nicht komisch. Wenn einer wegen einer Ordnerbinde auf Landfriedensbruch verklagt werden kann, dann würden die uns vielleicht wer weiß das schon wegen dieser Briefverschickung auf Vorbereitung zum Hochverrat beschuldigen. Sie sollten bittesehr alle die Klappe halten über den heutigen Abend. Da mussten doch einige lächeln und Stein versicherte, dieses harmlose Kaffeekränzchen hätte genauso gut bei mir oder Therese stattfinden können, noch leben wir nicht beim Spitzbart. Edith Clever sammelte in ihre Mütze Silberstücke für die Verpflegung der Familie Bliss. Und die drei Figuren in der Kantine die keiner kannte? Zweimal saßen die schon dabei. Kirch war überzeugt: Verfassungsschützer. Oder Kripo. Würden sie noch mal auftauchen bei einer Ensembleversammlung, dann! Dann was? Rausschmeißen! Rigoros rausschmeißen. Wenn sie nicht zum Haus gehören. Rücksichtslos. Schwiedrzik beruhigte Lena: Bei der Staatsanwaltschaft stapeln sich die Anzeigen gegen Prügelpolizisten. Die Rechtspflege ist verstopft. Deshalb wird die Amnestie unweigerlich kommen. Das betreibt der Heinemann nicht aus Liebe zu den Studenten.

Um elf zählten sie weit über zweihundertfünfzig Briefe und überlegten, die auf keinen Fall in nur einen einzigen Briefkasten zu werfen. Das könnte auffallen. Alle die einen Briefkasten mit Nachtleerung in ihrer Nähe wussten nahmen einen Stapel mit. Bliss führte die Karawane die Treppe runter – leise bitte! Der Hauswirt! – schloss die Haustür auf. Noch draußen redeten sie mit unterdrückten Stimmen, neckten Bliss, der vor seinem Hauswirt mehr Angst zu haben schien als vor der Münchner Polizei. Vielleicht wars doch eine catilinarische Verschwörung, was sie hier ausgebrütet hatten, gefährlich für den Bestand der freiheitlich demokratischen Grunzordnung der Schweine? Aber dass ihr Kommandounternehmen ausgerechnet an Himmelfahrt starten sollte – keiner hatte das ominöse Datum bedacht. Die abergläubischen Teaterhelden. Ach Quatsch, gute Nacht, morgen achtzehn Uhr Kantine letzte Einsatzbesprechung.

Als Bliss, zurück vom Briefkasten am Isartorplatz, die knarrende Holztreppe raufstieg, musste er in der dritten Etage pausieren. Wachsweich in den Beinen. Seltsame Erschöpfung plötzlich. Wann fängt eigentlich Alterwerden an? Ihm war klar, dass oben ein Haufen Unordnung und schmutziges Geschirr auf ihn als Verantwortlichen dieser Massenveranstaltung wartete. Aber nicht heute mehr, kein Schlag. Nur noch lang hinhaun, Augen zu, schwamm über den Tag. Hauptsache Lena fängt nicht noch an zu räsonieren, das bringt die

fertig. Obwohl – die Schnittchen – der Tee – die Spiegeleier – ganz ungebeten alles.

Er war verunsichert als er die Wohnung dunkel fand.
Im Bett steckte sie schon. Verknatscht? Die Katze dabei,
schnurrte ihn an. Wie vor Ostern die Nacht, als er von
Barbara durch den Schnee

Schläfst du Lena?

Komm rein, sagte sie mit ganz wacher Stimme, legte
den Arm ihm um den Hals, schmiegte sich warm vertraut an ihn. Hätte nie gedacht, dass der Peter Stein auch
Briefmarken anlecken kann, du?

Da konnte er mit ihr lachen.

Und weißt du was er zu mir gesagt hat, in der Küche?

Na?

Dass sie gut läuft, eure WeissProduktion. Und hat
sich noch mal ausdrücklich bedankt für den Tipp.

Tipp? Welchen Tipp?

Den mit dem Historiker.

Da bist du jetzt zufrieden, wie?

Ich – Vik? Du! Du sollst zufrieden sein.

Bin ich ja auch. Doch. Bestimmt. Macht schon Spaß,
die Arbeit in dem Ensemble.

Aber?

Wichtiger ist im Augenblick denkich dass das klappt,
morgen. Die Spielunterbrechung. Und der Streik.

Bist mir böse weilich dich abgehalten hab vom Reden,
vor der Abstimmung

Die hätte nicht so ausgehn müssen

Hätt mich ohrfeigen können als ich gemerkt hab was
passiert ist. Ich bin so ein Hasenherz manchmal Vik, es
tut mir wirklich leid. Verzeihst du mir?

Bliss küsste sie. Ich lieb dich Lena, als Löwin und als
Häschen.

Was soll uns denn groß geschehn, nicht wahr Vik?
Wo wir jung sind und gesund. Wir können doch was,

beide. Und wenn du eine Bewährungsstrafe kriegst, ich mein, irgendeine Arbeit werden wir immer finden, muss ja nicht München sein, stimmts?

Bliss sagte nichts. Lena richtete sich auf im Bett, Schneidersitz. Er sah ihr Gesicht mit den dunklen Augenhöhlen im Halblicht des Stadthimmels.

Es ist dieser zweite Vater Vik, den sie in Litzmannstadt kennen gelernt hat, meine Mutter. Schon eh mein Vater gefallen ist kam der zu uns, hat uns Essen gebracht. Ich hatte gleich Angst vor dem Mann, die schwarze Uniform und der Totenkopf. Hast ihm ins Gesicht gesehn und da war der silberne Totenkopf an der Mütze. Dagegen hat seine Schokolade nichts geholfen.

Bliss streichelte ihren Arm. Warum hast du mir nie erzählt wie es wirklich war?

Lenas Stimme war tonlos, von weit her. Als wir geflohen sind, vierundvierzig, ins Reich, das war auch furchtbar, war er verschwunden, ein Jahr lang. Aber nicht mein Vater ist zurückgekehrt aus dem Krieg, sondern der. Und meine Mutter hat ihn aufgenommen. Obwohl er ganz verlumpt bei uns angekommen ist in Bremen, ohne Uniform. Hat dann für uns gesorgt, hat wieder so Sachen angebracht die keiner hatte, wie in Litzmannstadt wie das damals hieß, Lodz. Schwarzhändler. Fragen durften wir nicht, ich und mein Bruder. Steckt eure Nasen nicht in alles rein was euch nichts angeht, kümmert euch um eure Schularbeiten. Sie hat den Menschen geheiratet, meine Mutter, unbegreiflich. Als dann mein Stiefbruder geboren war ist es noch schlimmer geworden für uns. Er hatte eine Hundepeitsche, für meinen Bruder. Die musste er holen wenn er was ausgefressen hatte. Ich hab Ohrfeigen bekommen. Und in den Keller gesperrt bis ich geheult hab Ich bereue. Der Keller war das Schlimmste, halbe Tage im Dunkeln. Was du da siehst wenn dein Trotz nachlässt.

Nein furchtbar Lena. Ein Sadist war das! Bliss konnte es schier nicht glauben. Hast du wirklich sagen müssen Ich bereue?

Der Mann ist ein Nazi geblieben Vik. Er hat auch meine Mutter geprügelt, aber die hat zu ihm gehalten gegen uns. Wir hatten niemand. Wahrscheinlich hatte sie Angst vor ihm. Eine Hörigkeit war das. Wie in dem Brechtstück, weißtu, der Shlink und die Frau die die Clever gespielt hat, so was Kaputtes. Immer wenn ich sie sah musste ich an die Frau denken die mich geboren hat. Viel später bin ich durch Zufall drauf gekommen wie ich mich wehren konnte. Da stand was von Judengettos in Polen in der Zeitung und ich wusste schon, was die schwarze Uniform bedeutet hat und hab ihn gefragt, ob er in dem Getto in Litzmannstadt war. Er ist ganz blass geworden, seh ich heute noch vor mir wie sein Gesicht förmlich zerfallen ist und nach Luft geschnappt, ins Schlafzimmer gerannt. Meine Mutter hat uns erklären wollen dass der Vater schreckliche Dinge erlebt hat nach denen ihn kein Mensch fragen darf. Aber ich hab gemerkt: es war Angst bei ihm und von da an war ich nicht mehr wehrlos, verstehst du, ich brauchte ihm nur in die Augen sehn und sagen Wolltest du mir nicht erzählen was du im Getto gemacht hast? da hat er von mir abgelassen. Zwölf war ich da. Von der Zeit an hatte ich Ruhe vor ihm.

Bliss war verstummt, verstört, ratlos.

Aber richtig befreit von ihm hab ich mich glaube ich nie. Falls das überhaupt möglich ist. Oder von diesen Kellerängsten. Szenen!

Ich kann mir das nicht vorstellen Lena.

Nein das kannst du nicht. Sollst du auch nicht. Ich hab es selbst vergessen, weggestopft, nachdem ich fortgelaufen war von zu Haus. So ein Überlebensinstinkt, wahrscheinlich. In die Gegenwart geflohen, kann man das sagen?

Ich habe ihn auch verdrängt, den Tod meiner Mutter. Irgendwann holt es einen ein.

Aber du denkst mit Sehnsucht mit Liebe an deine Mutter. Bei mir sitzt an der gleichen Stelle eine schwarze Kröte. Hass. Ja so heißt das wohl, Vik. Sie hat mich noch verflucht, in einem Brief, dieses bigotte Stück Frau. Im Mittelalter hätte sie ihre eigne Tochter als Hexe angezeigt, wahrscheinlich. Hat nie begriffen oder auch nur darüber nachgedacht, was sie ihren Kindern angetan hat.

Mich hats ziemlich verstört, dass du nicht zu ihrer Beerdigung gefahren bist. Ehrlich gesagt. Aber jetzt begreif ichs.

Mein Bruder ist hin. Ich konnte das nicht. Der Mann lebt noch.

Bliss, nach einem Schweigen: Wie lang es dauert, unser Kennenlernen

Kannst du mich umarmen Vik? Mir ist kalt

Als er sie küsste fand er ihr Gesicht salzig und nass.

Lena und Viktor Bliss treffen sich auf den zwei Seiten einer Rampe

Von den Tulpen der Rabatten riss der nasskalte Wind die verwelkten Blütenblätter, ließ kopflose Stengel zurück. Kein Tag für VäterParties im Grünen. Zweimal aber doch begegnete Bliss im Englischen Garten überdachten Panjewagen mit flaschenschwingenden, gröhlenden Männern. Weltenferne Bierseligkeit. Der Regen immerhin blieb in den bäuchigen Wolken, reiste weiter Richtung Alpen.

In den Kopf in die Nacht hat Lena ihr schwarzes Trauma gesagt, das steckt jetzt dadrin verankert auf immer im Fleisch. Wenig gibt es von der Sorte Wissen das weiß: dies ist fürs Leben, wie lange es währt.

Lena saß in ihrem Zimmer neben der Damenschneiderei, wollte zeichnen, aber fühlte sich ziemlich von der Rolle. Nervös. Fickerig. Ihre Unruhe war deutlicher durch das Sitzen, durch die ungewöhnliche Stille im Haus. Vor dem Fenster Himmelfahrtswetter, Regenschauer, zwei schwerfällig durch den Wind taumelnde Krähen, behendere Stadttauben, keine Aussicht auf Sonne. Vergeblich der Wunsch, Vik käme mal vorbei, nur so zum Anfassen. Wie manchmal seit er bei Stein arbeitet. Wahrscheinlich sitzt er am Schreibtisch, versucht sich an seinem verlassenen Aufsatz. Sie hätte in ihrem Atelier zeichnen können,

Die KellerDunkelAngst hat er als Kind doch auch gelernt, das Kohlenholen durch die von schwachen Glühlampen kaum erhellten Gänge, zwischen undurchschaubaren Seitenhöhlen hindurch aus dem Kellerverschlag, dessen Fensterluken verschmiert mit blauer Luftschutzfarbe, und jedesmal auf der Treppe mit den schweren Eimern das Gefühl: Entkommen! Gerettet!

Aber Lena. Für Stunden! Eingeschlossen. Ausgeliefert. Nicht nur den Gespenstern der eignen Vorstellung. Sondern der Furcht vor dem Mann der ihr nach Gewalt noch roch, leibhaftiger Unhold. Wie geht das weiter mit uns, hängt der jetzt über uns der Alb, aus der Flasche befreit, furchtbares Maskottchen?

Bliss hatte Angst vor den Wucherungen seiner eignen Gedanken, ihrer unkontrollierbaren Selbsttätigkeit, suchte Menschen, Gespräche, fremde Bekannte, quer durch zur aber da war der Haushalt, die Katze, der zweite Mensch. Die TeaterAtmosfäre war geeigneter für Konzentration, sachbezogener. Die Lautlosigkeit heute schien infiziert. Bedrohlich. Störte stärker als sonst die Geräusche und Stimmen im Hintergrund. Auch aus der letzten Nacht her noch. Die Versammlung der Teaterleute, so spukhaft verschwunden wie eingefallen. Das hinterlassne Durcheinander am Morgen Zeuge der Verschwörung, der Veränderung.

Veränderung? Eine Veränderung ist geschehen – wie sonst hätte sie Vik erzählt von dem schwarzen Wesen ihrer Kindheit. Das sie beschädigt hat irgendwo in dem unzugänglichen Bergwerk ihrer Seele. Aus dem Wirkungen hinterhältig unvorhersehbar geschahen.

Sie fühlte sich ihrer selbst sicher genug, konnte den Mann den sie liebte loslassen zu eignen Erfahrungen, ohne dadurch

Universität, Hauptgebäude, Transparente weitleuchtend an der Fassade, im Lichthof die Tische der Gruppen, mehr Transparente, Gasmasken vor den marmornen Fürstengesichtern, hier hat kein Pedell und kein Rektor mehr Hausrecht, trotz Feiertag heftiges Leben, er erzählte von der geplanten Aktion in den Kammerspielen, auch in der Mensa, erfuhr vom Streik bei Rathgeber, die Münchner IG Metall hat an den Hauptvorstand appelliert, den DGB Beschluss gegen Generalstreik zu kippen, wachen die auf endlich, Rückenwind für die Teaterleute, und überall im Land wurden jetzt ihre Kassiber verteilt von pflichttreuen Postangestellten, in Kiel und in Landshut und Bremen und Kassel, zweihundertfünfzig Zündsätze mit Marxmarken auf den Kuvers, es sah aus als hätten die Bonner sich doch verrechnet mit der Kraft des Widerstands.

verletzt zu werden. Frei genug auch zu eignen Abstechern wie die Nacht mit Manfred in heiterer Lust, so gelassen bei sich, so unbefangen. Und aber hinterrücks diese Überfälle von Unsicherheit und Verlustangst. Panik aus dem Unbewussten. Die sich maskiert, fadenscheinige Anlässe.

Veränderung? Welche Veränderung?

Viks Arbeit am Teater hab ich gewollt. Was immer sich daraus ergibt für ihn. Auch für uns, ja. Aber das andre, wo er sich einmischt, auf der Straße, an der Universität, und jetzt an unserm Teater, ist es das? Protest. Widerstand. Streik. Harmlos alles. Aber welche rütteln an der Macht. Wollen eine andre. Umsturz der Gesellschaft. Was sonst bedeutet Revolution?

Vik ist mutig. Doch, das muss man sagen. Nicht von selbst vielleicht, aber verführbar. Wenn er herausgefordert wird. Das ist das Gefähr-

Er hätte Lena anrufen können, zu Hause, berichten von der Erregung hier oder auch nicht, aber eine vage Scheu hielt ihn ab, er wollte nicht wissen jetzt ob sie teilnähme an der zweiten Versammlung und der Unterbrechung, wollte nicht argumentieren müssen und ihre Entscheidung beeinflussen zu was auch immer.

Blieb noch die Möglichkeit, bei Melchinger in der Druckerei vorbeizuschaun. Ob der Himmelfahrt arbeitet? Mal hören was die Kommunisten sagen, kommen die Gesetze oder nicht. Der würde natürlich fragen, ob ich mich inzwischen entschlossen habe. Idee wäre, es den Bundestag entscheiden zu lassen: verabschiedet der die Gesetze, sag ich Ferri Ja; nimmt er Vernunft an, ist eine KP überflüssig.

Bliss schüttelte den Kopf, innerlich. Binich Hamlet? Ferry, der Geist des ermordeten Vaters, ruft Rache! Und ich zöger

liche. Gretchen Dutschke will ich nicht werden, in keiner Form.

Was passiert heut Abend.

Lena wählte ihre Nummer. Legte wieder auf. Nie rief sie Vik an wenn sie arbeiteten. Nicht ohne einen triftigen Grund.

War das kein Grund, der Wunsch seine ruhige bedächtige Stimme zu hören, nichts als das?

Sie wählte erneut, ohne zu wissen was sie sagen wollte. Der Rufton klang laut und nachdrücklich in ihrem Ohr. Er muss das hören. Vielleicht in der Küche, Teekochen. Auf dem Klo. Sie ließ es lange läuten, wollte nicht glauben dass er grade jetzt, wo sie seine Stimme brauchte – wo steckt er denn!

Einen Kaffee trinken. Aber nicht hier in der Einsamkeit.

Die Gänge und Treppen verödet. Von der Bühne dann doch Geräusche, Stimmen. Die bauten schon auf, für Shaffer, das

da rum. Wird einer zum Revolutionär geboren? Oder wächst man rein? Durch die Umstände? Wenn die mich jetzt verknacken krieg ich vielleicht die Wut und tus. Aber Lena! Lena würde das nicht schaffen. Bestimmt nicht. Verknackt und Kommunist. Ah Scheiße. Müsste mal mit Malina darüber reden, die hat sowas Konstruktives. Kann mir Ferry nicht verbieten. Kann mir überhaupt nichts verbieten der Mann.

Er ging in die Mensa, holte sich einen Kaffee, versteckte sich hinter seiner Süddeutschen bis es Zeit war für das Teater.

Tatsächlich: Die Vorstellung von Shaffers *Schwarze Komödie* war nicht ausverkauft. Eine kurze Schlange an der Kasse. Für *Dickicht der Städte* im Werkraum dagegen keine Karte mehr. Bliss traf bekannte Gesichter, Frieder Hitzer sowieso, auch die Hagmanns und die beiden Stotz. Nach dem komplizierte Bühnenbild. Die Arbeiter schraubten an dem Balkongerüst, andre fuhren auf Wagen die ChippendaleMöbel aus der Seite herein. Kurze Rufe vom Beleuchter zu den Einrichtern auf der ScheinwerferBrücke und zurück. Alles wie immer. Kein Hauch von Revolution. Der Zuschauerraum das schwarze Loch, endlos.

Sie begrüßte den Inspizienten. Der kniff ihr ein Auge, ob sie schon mal ausprobieren wollte wie sichs auf der Bühne steht? Der Anschein trog: alle wussten Bescheid.

Die Kantine noch leer, bis auf die vier vom Aktionskomitee an einem Ecktisch, ohne Sperr. Sie holte sich Kaffee von der Teke, setzte sich zu ihnen. Nein, sie hatten ihren Mann heute noch nicht gesehen, waren erst vor zehn Minuten ins Teater. Der sammelt sicher Gäste, für unsre Haupt und Staatsaktion, lachte Ganz und Bruhn ent-

großen Melchinger durchsuchte er die Köpfe vergeblich. Nicht wenige Jüngere, bekannte Gesichter aus der Universität, zwischen den ondulierten und melierten Grauköpfen der AboGemeinde. Zwei Fotoreporter waren an ihren Ausrüstungen zu erkennen. Wer hat die informiert? Die Gesichter der Freunde fand er auffällig gesammelt, eher ernst und irgendwie bedeutungsvoll, nicht in der heiteren Erwartung eines Teaterabends wie bei den meisten die das Foyer füllten. Jacketts und Kleider. Keinen Schmuck zwar, keine Schlipse, aber auch nicht die AlltagsJeans und Pullover, keine Parkas. Außer Hitzer natürlich, der mit Weste und Fliege, seiner Standardausrüstung. Den Button der Kampagne an seinem Revers fand Bliss ziemlich unpassend, besser wärs hier nicht zu demonstrieren sondern incognito aufzutreten, damit man die Schauspieler notfalls aus dem Publikum unterstüt-

schuldigte sich, dass sie gestern in der Aufregung völlig vergessen hatten, ihr beim Aufräumen der Wohnung zu helfen. Lena fand das ganz in Ordnung, die Briefe sollten rechtzeitig zur Nachtleerung in die Kästen verteilt sein.

Sie besprachen die Linie für die Versammlung. Keine große Diskussion mehr, die Resolution war verabschiedet und damit die Unterbrechung ausgemacht, zum Zweck der Verlesung. Etwa um neun auf der Hauptbühne, um halbzehn im Werkraum, damit die spielfreien Schauspieler die StückEnsembles verstärken konnten. Das war mit den Regisseuren verabredet. Dem Publikum sollten Diskussionen nach der Vorstellung angeboten werden, oben Stein als Leiter und für unten schlug Schwiedrzik Kirch vor oder Christiane, aber die hielten Wolfgang für viel geeigneter, mit seinen politischen Kenntnissen, egal

zen könnte als normale Teaterbesucher. Sähe sonst aus wie verabredet. Frieder, überraschend, widersprach nicht, steckte den Button in die Tasche, sprach auch einige andre an dass sie ihre Abzeichen verschwinden ließen.

Kirchlechner tauchte auf als die Schließerinnen die Türen zum Parkett schon geöffnet hatten, ohne das Geschiebe und Gerede im Foyer merklich zu vermindern. Kirch zu Bliss und Hitzer, seine Nerven schienen blank: Um Gottes willen keine Demonstration aus dem Publikum! Alles kann kippen wenn vorher Rabatz gemacht wird. Ganz normale Vorstellung brauchen wir!

Drin alles klar? fragte Bliss und Kirch: Sieht so aus. Jedenfalls für *Dickicht*. Die Truppe steht.

Bliss spuckte ihm über die Schulter: Toi toi toi, ihr schafft das.

Kirchs Grinsen wirkte fatalistisch als er sich vor der Bühnentür noch kurz umdrehte. Der letzte Blick ob er den Leuten bekannt war oder nicht. Schwiedrzyk zierte sich nicht groß, hielt sich offenbar selbst für den Richtigen.

Über die Frage Streik oder nicht sollte heute nicht mehr gestritten werden, erst mal testen die Reaktion des Publikums und das Echo in den Zeitungen, davon würde die Stimmung bei den Mitgliedern des Hauses und der Leitung entscheidend beeinflusst. Eine Abstimmung nächste Woche könnte ganz anders ausfallen als die letzte. Verschiedene Universitäten und Münchner Schulen hatten Vollstreiks für Montag beschlossen, die würden auch den Angsthasen am Teater auf die Sprünge helfen.

In der gefüllten Kantine fand dann doch sofort eine Abstimmung statt, nämlich als die drei Herren der zivilen Forschungsgruppe, die auf Befragen Kirchlechners ihre Hundemarken vorwiesen, nicht mitteilen

eines Verdammten vorm Höllentor.

Vor einem Schaukasten in einer Gruppe Johann und Malina mit den Hagmanns, hatten das Foto von Bruhn und Boysen aus *Biographie* entdeckt. Ob er ihnen sagen könne, was genau sie denn hier erwarte und was dabei ihre Rolle sei, kein Mensch wisse was Genaues.

Diesmal mussten sie ihn fragen, war er nicht das politische Grünhorn, der freischwebende Hiwi, dem sie seinen nächsten Einsatz im AugiasStall zuwiesen. Gutes Gefühl. Er holte sie dicht ran zu einem kleinen Kreis: An alle deutschen Teater haben wir gestern geschrieben, an die dreihundert Briefe, sie sollen mit Spielunterbrechungen gegen die Verabschiedung demonstrieren, die besten Namen der Kammerspiele drunter.

Auch Everding? fragte Elvira ungläubig.

Natürlich nicht, was denkst du. Der hat geknif-

wollten, auf wessen Veranlassung sie hier eingedrungen waren. Die Empörung der Versammlung war so einhellig wie das Votum gegen ihre weitere Anwesenheit. Da kniffen sie die Schwänze ein, zogen ab. Sperr rief ihnen wütend hinterher, noch seien die Notstandsgesetze nicht verabschiedet, dass solche Typen hier rumspionieren könnten. Hans Schweikart, in kaltem Zorn, dankte für den Anschauungsunterricht, was sie erwarte, wenn der Regierung erst die Vollmacht erteilt sei, die Bürger nach eignem Gutdünken zu überwachen. Und im sogenannten Spannungsfall womöglich die Schauspieler, wie gehabt, dienstzuverpflichten, zum Frontteater. Wer wohl darauf Lust verspürte. Er wunderte sich, dass August Everding erneut nur durch seinen Chefdramaturgen vertreten sei.

Nach Entfernung der drei ungeladenen Herren wurde von Verwaltungs-

fen, ist verreist. Die Aufrufe haben wir gemeinsam verschickt bei uns in der Adelgundenstraße. Jetzt kommts drauf an, dass möglichst viele mitmachen, ist eine riesige Mutfrage für die Kollegen. Die Bühnengenossenschaft mauert, die Verwaltung sowieso. Um sechs war noch eine Versammlung der beiden Ensembles, war ich nicht dabei, ich denke, die Stein Truppe steht geschlossen. Problem ist die Hauptbühne, da wackelts noch. Wir müssen einfach das Stück anschaun wie normale Zuschauer und wenns passiert die Kollegen von unten unterstützen.

Fand Johann toll, diese Entwicklung, fast unglaublich. Malina bekannte seit Ewigkeiten kein Teater mehr von innen gesehn zu haben, wozu die Notstandsgesetze gut sind!

Das erste Klingelzeichen.

Bliss dagegen hatte seit Ewigkeiten keine Malina mehr gesehn, der Morgen

direktor Lehrl mitgeteilt, der Kulturdezernent als Dienstherr der Kammerspiele habe sich zu den Vorgängen im Teater in vielsagendes Schweigen gehüllt. Wogegen, brachte Hans Clarin als jüngste Nachricht aus dem Residenztheater, Kultusminister Huber dem Staatsschauspiel jede Art von politischer Manifestation im Haus strikt verboten hatte. Denen die am Tag zuvor auf Abstecher gewesen waren wurden von Kirchlechner kurz die Fakten und Beschlüsse der ersten Versammlung mitgeteilt, die Erklärung konnten sie selber lesen, und er stellte zur Diskussion, wann die Unterbrechung stattfinden und wie man sie ankündigen sollte. Unvorhergesehene Kontroversen platzten auf um die Frage, als was sie die Unterbrechung ankündigen wollten – als Protest? Als Demonstration? Appell? Kurzstreik? Erst nach heftiger Auseinandersetzung mit den

in der Ente unterwegs zu MAN, verziert vom Geruch ihres Haars, Lichtjahre her, wär ich so direkt wie Barbara würdich sagen komm Johann lass uns die Plätze tauschen, kriegst meinen, fünfte gegen letzte Reihe, deine intelligente Frau hat eine verdammt sinnliche Ausstrahlung, ich muss mit ihr reden, merkst du das eigentlich noch, oder seid ihr nur politisch verheiratet, noch nie hast du diese Frau geküsst vor andren Augen ist das verboten bei euch, nichts davon in Ferris Statut und nichts von der freien Liebe der befreiten Menschen wie sie die frühen Kommunisten

Also los Leute, entschied Johann, die Manege ist frei zur großen Nummer, lasst uns reingehn die Lage sondieren.

Bliss vorn zwischen solchen die noch schweres Geld für einen Teaterbesuch ausgeben oder Glück im Abonnement gehabt hatten. Die billige Steuerkarte hat ihm Stein über

Obleuten wurde durch Abstimmung der Terminus Warnstreik beschlossen. Und waren es *Die* Mitglieder oder nur *Mitglieder* der Kammerspiele, die sich so zu Wort meldeten? Eine starke Mehrheit hatte zugestimmt, aber nicht alle. Ganz einfach, fiel Ptok ein, alle die auf die Bühne treten für Warnstreik und Verlesung haben notwendig zugestimmt – also bedeutet *Die* Mitglieder genau die, die sich dann auf der Bühne befinden. Es gab einiges Lachen in diesem Applaus. Schwiedrzik formulierte: Die Mitglieder der Kammerspiele unterbrechen jetzt die Vorstellung zu einem zehnminütigen Warnstreik. Gut – aber wer liest das und die Resolution? Unsre Leuchttürme! wusste gleich Bruhn: Ganz und Baumann! Zustimmung, alle waren erleichtert, dass nicht sie für dieses Ehrenamt vorgeschlagen wurden, sondern die Größten.

die Dramaturgie besorgt. Die andern weit hinten und auf dem Balkon, unauffällige Handzeichen der Verständigung. Rechts neben ihm zwei weißlockig faltige Edeldamen, Perlenketten, Brilliantfinger, Handtäschchen mit Perlmutt und Knipsverschluss, nett vorfreudig erregt. Links ein Typ Angestellter, dunkler Anzug Krawatte ausrasierter Nacken, undefinierbar. Das dritte Klingelzeichen dämpfte das Gemurmel, noch fädelten sich Spätkommer durch die Reihen. Nichts Ungewöhnliches, bis auf die beiden Fotografen mit ihrem Gerät, die rechts und links in den Gängen an den Wänden lehnten. Bliss fragte sich ob Zivilpolizei im Raum war. Höchstwahrscheinlich. Möglicherweise tarnten sich die Fotografen nur als Presse, wie Ostern bei Springer. Das Stück war als kurz im Programmheft angegeben, anderthalb Stunden, ohne Pause. Hieß, die Spieler

Peter Stein gab aber zu bedenken, dass Hans Clarin die Hauptrolle in der Schwarzen Komödie spielte und gerade als der Kleinste – entschuldige Hans – am ehesten die Sympatie des Publikums einkassiere. Und als Gast bei uns und bayerischer Staatsschauspieler könntest du zeigen, dass das ResiEnsemble mit uns solidarisch ist, trotz Verbot. Baumann befürwortete den Vorschlag sofort als höchst einleuchtend.

Clarin hatte keine Ahnung, wie er seine Rolle spielen sollte, mit dieser Provokation im Kopf. Und wann überhaupt und wie sollich damit vor die Meute?

Eickelbaum schlug vor: Wenn ich dir die Ohrfeige gebe, dann trittst du an die Rampe, und wenn wir alle hinter dir stehn sagst du ganz artig das Gedicht auf.

Aber wir haben das überhaupt nicht probiert, spielte Clarin den Ver-

konnten nicht auf die Pause ausweichen, mussten das Stück unterbrechen. *Schwarze Komödie*, Peter Shaffer, nie gehört. Ein Verwirrspiel mit Licht und Dunkelheit. Wenn sie aber warten bis zum Schluss? Wirksam könnte das auch sein, als politische Stellungnahme des Ensembles. Keimfrei sozusagen, ohne Regelverletzung. Erst der Dienst am Gemeinwesen, dann das freie Wort des Bürgers privat. Aber wär das die Provokation, der Paukenschlag durchs Land? Was die Studenten geschafft haben, gegen den Vertrag der Gesellschaft verstoßen, wird das auf diesen Betrieb übergreifen, erstmals über die Hochschulen hinaus in die Arbeitswelt der Menschen, die nie jemand nach ihrer Meinung fragt, weil sie nur die Meinungen andrer produzieren? Spielen. Vorführen.

Während das Saallicht erlosch, der Vorhang fast lautlos zu den Seiten glitt,

zweifelten, können wirs nicht wenigstens einmal probieren?

Viel Gelächter. Und Stein, freundlich: Hans, die Revolution wird nicht probiert, die wird einfach gemacht.

Clarin, resignierend: Dann schreibt mir den Satz den ich sagen soll auf den Zettel, auswendig kann ich den nicht. Aber leserlich, Schwiedrzik!

Fast alle klatschten, viele drückten dem Kollegen die Hand oder spuckten ihm herzlich über die Schulter. Höchste Zeit jetzt für die Schauspieler der beiden Aufführungen für Schminke und Garderobe.

Lena blieb mit Bruhn und Schade in der Kantine, kaffeetrinkend. Sie waren zu aufgeregt, etwas zu essen. Therese Giehse setzte sich zu den jungen Frauen, mit einem Orangensaft, ließ knapp durch die Zähne: Kuragiert, der Hans Clarin. Hätten mir uns net traut, damals.

eine zweistöckige englische Wohnung, üppig mit englischen Stilmöbeln ausstaffiert, freigab, hing Bliss in seinen Gedanken über die Arbeitswelt der Schauspieler mit ihrer schweißtreibenden Erfindung immer neuer Spielwelten, Scheinwelten, die eine Stunde oder zwei für wahr gehalten werden sollten. Paradox: diese Sorte Arbeiter sollten die Qualität ihrer Arbeitskunst gerade dadurch beweisen, dass sie sich nicht mit ihrem Produkt, der Rolle, persönlich identifizieren durften, dilettantisch wäre das, sondern ihre Fähigkeit bewies sich, indem sie einen Schein, einen WahrSchein möglichst perfekt und glaubhaft herstellten. Nur Laienzuschauer konnten manchmal, verführt durch große Darstellungskunst, darauf verfallen, eine Schauspielerin mit der Person gleichzusetzen, die sie auf der Bühne oder im Film gegeben hatte. Nicht erst seit Brecht durften Schauspieler nicht, sich

Damals? fragte Lena, ich bin erst ein Jahr in München.

Vor dreiunddreißig meint Therese, erklärte Schade. Sie hat schon unter Falkenberg an der Kammer gespielt. Mit den beiden da. Sie nickte zu Schweikart und Lühr am andern Tisch.

Bei, brummte die Giehse, nicht unter. So war der nicht. Ein Zauberer. Und ein Kollege. Mutig auch.

Sie meinen, Falkenberg wär nicht verreist wenns heikel wird, wie unser Chef? fragte Bruhn.

Weiß net. Doch. Wahrscheinlich. Aufm Teater hat er alles gewagt. Alles was die Verbrecher nachher verboten und verbrannt haben. Sternheim, Kaiser, Brecht, Döblin, Friedrich Wolf, alle. Da saßen die Braunen unten drin, in Uniform. Sogar der Hitler ein paar Mal.

Konnte man vorher merken, so einunddreißig zweiunddreißig, was kommen würde? War das ähnlich wie heute? Bruhn

einfühlend, *sein* wen sie spielten. Also gerade in der mutigsten Entfremdung von ihrer gewöhnlichen LebensWahrheit zeigte sich das Höchstmaß an Kunst, obwohl sie doch dieses Ziel eben dann erreichten, wenn sie starke Persönlichkeiten selbst waren und aus ihrem Lebensfundus heraus in den Proben die Figur für das Spiel entwickelten und zur Wahrheit brachten. Deshalb auch war das Ansinnen, aus dem Illusionszusammenhang des Spiels herauszutreten, die Person des Schauspielers aus seiner Rolle herauszureißen und ihn nackt, ohne Kostüm, vor das Publikum zu stellen, die viel größere Herausforderung, verglichen mit einer Lesung der Resolution nach dem Ende des Spiels, wenn Applaus und Verbeugungen schon den Übergang in den Alltag herstellen, in dem auch Teaterleute Privatpersonen sein dürfen.

Bliss konnte sich kaum auf den Spielverlauf konzentrieren, eine läppische hatte begriffen, dass Therese Giehse ihren Fundus zu öffnen bereit war, angeregt durch die außergewöhnlichen Vorgänge im Teater und im Land. Ein halbes Jahrhundert Teatergeschichte lag in ihrem Kopf aufbewahrt.

Sechs Millionen Arbeitslose konnte man merken. Die Armut. Auch an unserm Teater. Ich hab kaum rausschaun können vor Arbeit. Die Mutter Wolffen im Biberpelz und danach noch Frau John in den Ratten. Meine letzten Rollen. Wir haben das Kabarett aufgezogen, die Pfeffermühle, mit Erika und Klaus, den MannKindern, wollten politisch wirken. Andre haben mit Arbeitern Teater gemacht, der Wolf und der Weinert. Brecht ja auch in Berlin. Sozialismus. Den Namen haben die Nationalen sich gestohlen und damit die deutschen Hammel gefüttert. War alles zu spät für uns. Im März sind wir weg, Horwitz und ich, über Nacht. In die

435

Kiste, in die Kammerspiele verirrte Bulevardkomödie, überraschend und effekt-trächtig eigentlich nur durch die Idee des Autors, das Licht und die Dunkel-heit der abgebildeten Vor-gänge während des Büh-nenspiels in ihr Gegenteil zu verkehren, ein ange-nommener Stromausfall er-gab den plausiblen Anlass für ein halbes Dutzend Spieler, auf der hell er-leuchteten Szene wie im Dunkeln zu agieren, wie Blinde slapstickartig in hemmungslos ausgereizter Situationskomik herum-zustolpern, zum Teil aber auch dank der beleuchte-ten Nacht als sich unbeob-achtet Wähnende den Zuschauern – nicht den Mitspielern – ihre wahren Motive, Gefühle, Absich-ten vorzuführen, so dass die Zuschauer gottähnlich die ins Haus stehenden AlltagsKatastrofen voraus-sehen konnten. Alles er-kennbar harmlos, das Pub-likum fraß den Spielern die Lachköder aus der Hand, in hemmungsloser Fröh-

Schweiz. Dreiunddreißig. Wie viele.

Der Teaterlautsprecher hatte die Schauspieler zu den Bühnen gerufen, noch fünf Minuten bis Vorstel-lungsbeginn. Kirchlech-ner meldete aus dem Foyer, sie würden Unter-stützung bekommen, trotz Hälfte Theatergemeinde, von Notstandsgegnern. Und im Werkraum nur Studenten! Da wirds ein Heimspiel.

Giehse wollte hinter die Bühne, Clarin und den andern noch bissel den Rücken stärken.

Lena Bliss überlegte ob sie emigriert war aus poli-tischen Gründen oder vielleicht als Jüdin? Sie wagte es nicht zu fragen, das sollte man wohl wis-sen an diesem Haus. Vik sicher. Ob der jetzt in der Vorstellung? So ein schrundiger bayerischer Berg, diese Frau, an Er-fahrung und Schicksal. Mein kleines Leben. Ob-wohls heut Nacht so gewaltig mir schien. So unerträglich der Alb. Je-

lichkeit. Bliss konnte sich der allgemeinen Heiterkeit nicht hingeben, da er nach Anzeichen bei den Kollegen auf der Bühne suchte, ob sie die Unterbrechung vorbereiteten, irgendwelche Indizien, dass das Spiel dort oben unterminiert war von einer spielfremden Erwartung, Drohung, wahrscheinlich auch Angst. Er spähte vergeblich. Eine Stunde schon vergangen. Die Akteure spielten suverän und beflügelt von den ausgelassenen Reaktionen des Publikums. Die Spannung die Bliss den Puls beschleunigt hatte versiegte.

Wie könnte es überhaupt funktionieren? Sollte Verhoeven, als Regissör, als Stellvertreter des Intendanten sogar, plötzlich auf die Bühne, an die Rampe treten, das Spiel anhalten? Oder die Spieler in die Gassen verschwinden und dann, außerhalb des Stücks, mit den übrigen Kollegen zurückkehren? Es könnte auch einer das grelle Bühnenlicht lö-

der hat seins, irgendwie.

Was ein Glück dass diese Frau bei uns ist, sagte Doris Schade. Diese Alten. Siebzig. Der da hat noch drei Jahr mehr im Kreuz als Therese.

Als hätte sie ihn gerufen kam Hans Schweikart zu ihnen an den Tisch. Offenbar nur um ihnen zu erzählen, verschmitzt, aber auch ein bisschen stolz, dass er seinem Sohn einen Brief in die Schule mitgegeben hatte, in dem er ihm ausdrücklich erlaubte, an allen Demonstrationen und Streiks gegen die Notstandsgesetze teilzunehmen. Weil der Direktor den Schülern mit Disziplinarmaßnahmen gedroht hat wenn sie dem Unterricht fernbleiben.

Lena rechnete siebzehn achtzehn Jahre zurück. War der knapp sechzig, der Vater!

Die Luft in der Kantine zum Schneiden, trotz Ventilator. Atmosfäre wie bei einer heiklen Premiere, fand Schade, aber die

schen und plötzlich, beim Wiedereinschalten, stünden alle geschlossen vorm Parkett, eine friedliche Falanx des Protestes.

Es knallte hörbar als Hans Clarin von der Eickelbaum eine Ohrfeige fing. Er reagierte aber nicht auf den Schlag, sondern trat zur Seite, an den englischen Kamin, tastete auf dem Sims nach etwas, einem Zettel, und kam damit langsam nach vorn, zögernd – oder schleppend? – die Schritte, noch wie im Dunkel des Spiels getan. Bliss wusste instinktiv: das war der Moment, die Sekunde des Sprungs! Das Herz sofort oben im Hals, der atavistische Adrenalinstoß im Parkettsessel. Die andern Schauspieler bewegten sich zur Rampe, wie herausgefallen aus dem eben noch quirligen Spiel, in einer Stille, die umso unheimlicher und drohender wurde, je mehr Menschen nun, in der gleichen Lautlosigkeit, von schweren Gewichten gebremst, aus den seitlichen Bühnengassen hervortra-

Bruhn widersprach, da sei die Kantine doch eher leer, alle Schauspieler in ihren Garderoben. Trotzdem, die Spannung. Als ob das Teater den Atem anhält, weil ein paar von uns auf dem Seil tanzen, ohne Netz. Über dem Tigerkäfig.

Kinder macht euch nicht verrückt, draußen läuft alles normal. Mit der Nachricht kam Paul Verhoeven von der Bühne. Verkündete dass der Inspizient fünf Minuten vor dem Start Bescheid sagen würde. Gibts einen richtigen Countdown, flachste Heinz Schubert, jemand fragte ob er sein Testament gemacht habe und Schubi zeigte ihm entrüstet einen Vogel: Nicht vor dem Jahr zweitausend!

Das Gerede an den Tischen und an der Teke setzte wieder ein, hektischer noch als vorher. Als ob hier jeder seine letzten Stories loswerden will, dachte Lena. Bruhn legte ihr unvermittelt die

ten, sich zwischen den herumstehenden Möbeln verteilten und dort allmählich zum Stillstand kamen. Die Gesichter zum Publikum. Tief ernst. Jede und jeder für sich, mit unbenutzt hängenden Händen. Alle dabei – Schweikart, Verhoeven, Baumann, Berndl, Schade und Bruhn, auch der Inspizient im grauen Kittel, Bühnenarbeiter im Arbeitsanzug. Nur die vom *Dickicht*Ensemble fehlten, spielten im Werkraum.

Das Publikum perplex, staunend, geräuschlos, wie zwischen Blitz und Donner, wie nach dem Anzünden der Zündschnur vor der Explosion. Da liest Hans Clarin, der Schmächtige, der Kleinste von allen, der Publikumsliebling und Spaßmacher, mit dem Zettel in seiner sichtbar zitternden Hand, liest den einen klar vernehmbaren Satz: *Die Mitglieder der Kammerspiele unterbrechen jetzt die Vorstellung zu einem zehnminütigen Warnstreik.*

Hand auf den Arm, mit einem fragenden Lächeln: Kommst du mit raus auf die Bühne? Lena wunderte sich, ich hab doch unterschrieben, klar. Christiane dachte weil sie am Abend so sehr besorgt gewirkt hatte, die Anklage gegen Viktor und wahrscheinlich hatte sie nie auf einer Bühne gestanden vor Publikum oder. Erzählte von ihrem dreijährigen Sohn, Benjamin, der allein zu Haus schlief, hoffentlich, da war sie unruhig, weil ihr Mann unbedingt in die Vorstellung musste heute. Sonst konnten sie sich gut aufteilen die Kinderarbeit, weil er meist zu Haus war, Schriftsteller. Lena war überrascht dass sie verheiratet war, ließ sich ein Foto zeigen, Mutter und Sohn bei einer Demonstration mit Friedenstaube, richtiges Pummelkind der kleine Kerl, ach Gott ist der süß! Ja aber – Christiane hatte Sorge, in der Kinderkrippe würden sie ihm zu viel zu essen

Nur Sekunden der Verblüffung, dann bricht Beifall los, laut und eindeutig. Bliss klatscht als einer der ersten. Um ihn herum noch sprachlose Verblüffung. Clarin, mit einem Blick, einer kleinen wie entschuldigenden Geste ins Publikum, beginnt die Erklärung vorzulesen. Das Blatt zittert so, dass er über den ersten Satz nicht hinauskommt, offenbar den Text nicht mehr erkennen kann, gleichzeitig schrillen Pfiffe los, Buhrufe, einige springen auf, flüchten laut schimpfend raus durch die Sitzreihen als würde da oben Gift versprüht, die Blitze der Fotografen im noch dunklen Zuschauerraum, dagegen schwillt der Beifall, und Clarin zur Seite, stützt sich, neben dem todernsten Schubi, sein Zittern einzudämmen, auf die Nähmaschine, versucht erneut zu lesen, vergeblich, kommt nicht durch. Die kostbaren Vogelscheuchen neben Bliss haben sich jetzt berappelt, ereifern sich

geben, regelrecht anfüttern, und Doris Schade wusste: das wächst sich aus, sei froh wenn er was zuzusetzen hat, bei der ersten Kinderkrankheit ist der Babyspeck weg. Lena wollte gern, wenn sie mal jemand brauchten, auf den Jungen aufpassen, abends, er kann bei uns auch schlafen, hat mein Mann garantiert nichts gegen. Und unsere Katze auch nicht, verspielt wie die ist. Christiane freute sich sehr über das Angebot, sie kannten kaum jemand in München, keine Großmutter keine Tante

Die Stimme aus dem Lautsprecher unterbrach sie:

Alle die an der Spielunterbrechung von Komödie teilnehmen wollen bitte jetzt zur Hauptbühne!

Die Gespräche endeten sofort. Nur Heinz Schubert knurrte laut in die Stille: Na denn auf ins

über die unerhörte Störung, wollen das Stück zu Ende sehen, Bliss versucht ihnen zuzureden, laute Rufe gleichzeitig, auch vom Balkon, Anhören! Ausreden lassen! Ruhe! Der Tumult wächst noch, Kirchlechner nimmt dem völlig verstörten Clarin das Blatt aus der Hand, liest selbst, kein Wort ist zu verstehn in dem Lärm, viel zu leise zu schüchtern, keiner hat an ein Megafon gedacht, wo sind denn die geschulten Stimmen der Schauspieler, da tritt Peter Stein einen Schritt vor die andern, hebt die Arme, wie der segnende Christus über Rio, bringt so der Domptör das Tier zum Schweigen, es kuscht vor der sanften Stimme des jungen Prinzen, le beau et la bête, die bittet, beschwört, doch nur anzuhören was die Mitglieder der Kammerspiele ihrem Publikum mitteilen möchten, sofort danach werden sie weiterspielen, aber wieder schießen in den Beifall die Protestrufe Aufhören! Vergnügen! Lena und die beiden Schauspielerinnen schüttelten sich die Hände, lachten sich an. Vor der Tür bildete sich eine Schlange, nur wenige blieben sitzen. Kein Gedrängel, aber auf Tuchfühlung schoben sie sich durch den Gang zur Bühne, schweigend oder flüsternd, deutlich zu hören die Stimmen der Kollegen draußen und das Glucksen und Kichern aus dem Publikum.

Sie verteilten sich an den Seiten, Stein und Verhoeven direkt neben dem Inspizienten am Steuerpult, alle Gesichter durch die Gassen beleuchtet vom hellen Bühnenlicht, nur die Giehse etwas abseits allein im Halbdunkel, ein schwarzer Schatten.

Plötzlich verstummten die Stimmen auf der Bühne, Lena dachte die Ohrfeige wo bleibt die Ohrfeige? als Stein schon vom Gassenrand winkte, sie sah nur seinen langsam sich bewegenden Arm

Weiterspielen! APO raus! Der Lärmkampf entbrennt erneut zwischen den wenigen Brüllaffen und der Mehrheit die jetzt hören möchte, vielleicht hat Lehrl statt zu verbieten seine Beauftragten reingeschickt, die Schauspieler blicken verwirrt, hilflos in das brodelnde Parkett, es sieht aus nach Scheitern, nach Rückzug, Aufgabe, aber Kirchlechner steht, Kirchlechner liest, liest einfach stur für die dreißig Rebellen um ihn die Resolution, selbst in den vorderen Reihen ist er nicht zu verstehn, egal jetzt, wir lassen uns nicht wegschreien, wir stehen das durch, wir haben unsern Arbeitsplatz besetzt, unser Schritt in die Freiheit aus dem stummen Gehorsam, ihr Flachschädel, ihr Engstirnen, ihr Blähhälse ihr schiebt uns nicht weg mit eurem dumpfen Widerstand gegen den Aufbruch.

Bliss sieht Lena, halb verdeckt hinter Sperr zwischen Giehse und Boysen, die Augen eng im Blend-über den Köpfen, die Vorderen setzten sich in Bewegung, zögernd, vorsichtig, sehr allmählich quoll oder tröpfelte oder sickerte die Menschentraube nach draußen in die grell beleuchtete lautlose Öffentlichkeit des Teaters. Jemand griff sanft Lenas Handgelenk, ein leichter Zug, die Giehse, ihr ernstes Gesicht ganz nah, neben ihr trat sie hinaus ohne Angst, selbstverständlich, die Beine bewegten sich genau richtig, Schauer liefen ihr über die Haut, geblendet von den Scheinwerfern zog sie die Augen schmal, atmete kaum, zwischen Giehse und Boysen in der zweiten Reihe, hörte eine zarte Stimme, deutlich, doch, das war er, Hans Clarin, der Satz, in die Atemlosigkeit die gewaltige Atemlosigkeit des stillen Ozeans an dessen Rand sie harrten auf

Es war nur ein Atemzug ZeitRaum zwischen der einsamen Stimme und dem Ausbruch der Woge,

licht, das kleine trotzige Lächeln am Mund, begeistert sieht er den Schritt, den kleinen Riesenschritt aus der Haft in die Mündigkeit der Abhängigen vollzogen. Auch die Universitäten werden sich befreien, werden Werkräume sein der Lernwilligen, Brutstätten der Neugier, Spielhallen forschender Humanisten. Und die Betriebe der materiellen Produktion werden nicht nachstehen wollen im Aufbrechen ihrer Krusten, wenn die Jugend des Landes an die Fabriktore schlägt, die Arbeiter herausfordert ins Offne einer selbstbestimmten, einer profitfreien Herstellung menschennützlicher Güter und ihrer gerechten Verteilung an alle wie es die großen Denker der Menschheit träumten. Das Tabu ist gebrochen, von nun an wird alles anders sein, die Zukunft ist wieder offen und blau.

Die leise, die überschriene Stimme der Vernunft bringt ihren Sermon zu die aus dem Dunkel heraufbrandete und über sie spülte.

Applaus, tatsächlich. Sie klatschen! Und wie!

Die Spannung wandelte sich zu Staunen auf den zur Schau gestellten Gesichtern. Ach wunderbar – die Leute sind einverstanden mit uns!

Zwei drei Sekunden lang dauerte das selige Gefühl, dann der Absturz als die Buhs kamen, die Abwehr, der Gegenschlag der Überrumpelten, Unerhört! Aufhören! Weiterspielen! Wie Hiebe die empörten Rufe aus dem dunklen Grund, wo Lena aufgereiht helle Flecken die Gesichter schemenhaft ausmachte, plötzlich war der Haifisch in ihrem Kopf und der Brecht das schmale Bürschchen, der auf derselben Bühne gestanden hatte und die Zähne in dem aufgerissnen Maul gesehn haben musste, reihenweis die Zähne, Clarin versuchte die Resolution zu lesen, allein an der Rampe, und

Ende mit wehrloser Beharrlichkeit und Schwiedrzik ruft mit seiner Ankündigung der Fortsetzung des Spiels die schon Geflüchteten aus den Gängen dem Foyer zurück. Wie zu Beginn der Vorstellung verdämmert das Saallicht beruhigend, löscht die Wortgefechte im Parkett zum Schweigen, die Rebellen auf der Bühne treten als Schemen im Dunkel ab. Grell dann die Scheinwerfer auf die unterbrochene Szene, Clarin empfängt noch einmal seine Ohrfeige und spielt den folgenden Schmerz.

Bliss muss sich fragen weshalb er sitzen bleibt vor dem läppischen Getu statt im Foyer das Ende des Stücks und die Diskussion zu erwarten, muss seine herzliche Begeisterung abschirmen gegen die fade KleinbürgerFarce auf den Brettern, die offenbar auch den wieder in ihr Recht gesetzten AbonnementsZuschauern nicht mehr schmecken will, obwohl die Kollegen oben das Blatt zitterte, wie angeblasen von den Protesten, niemand konnte ihn hören, was jetzt was passiert jetzt müssen wir abtreten, Kirchlechner versuchte zu lesen, vergeblich auch er gegen diesen Lärmkampf von Beifall und Widerstand, sah sich um zu ihnen ein verängstigtes hilfloses Kind. Da trat Peter Stein aus der Reihe, der konnte noch lächeln, der hatte den Mut, hob nur die Arme, nicht die Alten Schweikart Verhoeven Lühr, der junge Parzival schaffte es schaffte Ruhe, vor ihm kuschte der Sturm und hörte sich an die sanfte Stimme, die bat um Gehör: wenige Minuten für die Sorgen des Ensembles, eine kurze Unterbrechung des Spiels für die Demokratie. Giehse stieß Lena mit dem Ellbogen, nickte, erlaubte ein winziges bewunderndes Lächeln in ihre Augenfalten. Aber warum ließ Stein jetzt Kirchlechner wieder lesen, der hatte

sich mit Verve durch den Text kämpfen, Boxer in der fünfzehnten Runde. Der Schlussapplaus fast Erlösung, nur wenige trotzige Buhs noch gegen die Demonstration auf der Bühne. Das Parkett lichtet sich kaum, als Kirch eine Diskussion vorschlägt und die Schauspieler sich an die Rampe setzen. Frieder Hitzer, drei Reihen hinter Bliss, stehend, seriös, mit sicherer Stimme, erklärt als Sekretär des Münchner Komitees *Notstand der Demokratie* seine Sympatie für den mutigen Schritt des Ensembles der Kammerspiele und bittet auch diejenigen, die in begreiflicher Überraschung zuerst protestiert haben, nunmehr an einer demokratischen Diskussion unter vernünftigen Menschen teilzunehmen.

diese Kraft nicht, gleich loderte der Zorn neu herauf, übertönte die Stimme, im Saal war jetzt halbes Licht, Zuschauer standen auf, schoben sich rücksichtslos durch die Reihen, erhobene Arme, zugeschlagene Türen, irgendwo Vik dazwischen, Lena spähte nach ihm während Kirch las aber entdeckte ihn nicht, endlos las er, standhaft, bis zum letzten Satz. Vor ihnen vorbei schritt er in die Gasse, sehr angestrengt gerade. Langsam folgten sie ihm, räumten das Schlachtfeld. Nicht wie Sieger. Nicht wie Besiegte. Bäume, die das Unwetter aufrecht ungebrochen durchgestanden hatten.

Menschenskind, sagte Christiane in der Kantine, neben Lena am Tisch, kopfschüttelnd: meine Beine. Als wär ich Maraton gelaufen.

Wie Bliss erfolgreich baden geht und Lena den Bach runter

Die Diskussionen nach den Vorstellungen, stundenlang, buchstabierten das Triumfgefühl nach dem gewagten Sprung wieder auseinander in die zähe Anstrengung umwegreicher Argumentationen.

Auf dem Heimweg, nach Mitternacht, untergehakt, wunderte Bliss sich über die Leere. die er nach diesem ereignisreichen, diesem großartigen Tag empfand.

Erschöpfung ist das, vermutete Lena, Überanstrengung. Wahrscheinlich hast du gedacht, wenn das geschafft ist ist alles verändert. Jetzt merkst du wir sind noch dieselben und die Leute auch und München auch. Und bist einfach k.o.

Meinst du was wir tun ist zwecklos?

Lena drückte nur seine Hand, sagte nichts. Erst vor der Haustür fiel ihr ein: Es ist egal Vik, es ist unser Leben.

Aber Bliss wollte ihr doch noch sagen, dass er stolz war als es wirklich passierte und sie dabei zwischen Giehse und Boysen, und von allein, aus eignem Entschluss.

Da gestand Lena, dass sie sich nicht eigentlich entschlossen hatte, nicht bewusst, eher war sie mitgerissen worden durch die Leute, für die sie Hochachtung empfand, Sympatie. Wahrscheinlich hätte sie sich geschämt wenn sie in der Kantine sitzen geblieben wäre. Ja, bestimmt. Du hast keine Brunhild geheiratet Vik, das weißt du.

Dazu fällt mir eine BrechtVariante ein: Wohl dem Mann, der keine Heldin nötig hat. Oder ist das jetzt ein Kalauer?

Lena gab keine Antwort. In der Wohnung nahm sie die vorwurfsvoll maunzende Katze auf den Arm, er streichelte ihr den Bauch. Und über Lenas Tröstlaute weg lachte er: Wenn du heut im Teater gewesen wärst Murkel, würdest du jetzt nicht schimpfen, sondern auch stolz sein auf Lena und die andern.

August Everding konnte am Freitagmorgen in der Süddeutschen auf der zweiten und der Münchner Seite in zwei knappen Berichten lesen, dass in seinem Teater die Vorstellungen des gestrigen Abends von einem Warnstreik unterbrochen und dadurch erhebliche Proteste der Zuschauer erregt worden waren. Am kommenden Dienstag solle die Vorstellung aus Protest gegen die Notstandsgesetze ganz ausfallen. Verwaltungschef Lehrl bestätigte telefonisch das Gemeldete, wusste allerdings nichts von einem Streikbeschluss. Stunden später war auf einer halben Seite der Abendzeitung eine sehr emotional engagierte Reportage zu lesen, aus welcher die Teaterleitung entnehmen musste, dass die Alten, Giehse Lühr, wie die Jungen, Stein Kirchlechner Bruhn Sperr, zu den Anführern gehörten und deshalb äußerste Vorsicht geboten war. Das abgebildete Foto zeigte nicht nur den rauhen Haufen von über dreißig Bühnenbesetzern, sondern im Vordergrund auch ein halbes Dutzend flüchtender Abonnenten. Everding war nicht frei von sympatisierenden Regungen für die politische Kritik der Hitzköpfe, aber als erst in wenigen Spielzeiten erprobter Intendant musste er der Kulturverwaltung seine Führungskraft in dieser heiklen Situation beweisen.

Er rief den Kulturdezernenten an, der sich ebenfalls für die Presse unerreichbar gemacht hatte. Die beiden Herren, im Bewusstsein ihrer kulturpolitischen Verantwortung für die bayerische Metropole, verabredeten ein elastisches Vorgehen. Keiner begehrte grüne Uniformen im Zuschauerraum zu sehen. Die französischen Zustände warnten.

Dr. Hohenemser konzipierte bereits einen Artikel für die Süddeutsche Zeitung, in dem er nachzuweisen gedachte, dass künstlerisch hochstehendes Teater nie vordergründig auf politische Tagesereignisse Bezug nehme, vielmehr langfristig ästetisch auf das Unbewusste des Publikums einwirke. Versage es sich dieser Aufgabe zugunsten von aktueller Agitation, untergrabe es letztendlich sein Fundament: die Subventionen des Steuerzahlers nämlich, da gewisse Parlamentarier nur darauf warteten, sie mit dem Argument zu streichen, das Teater habe sich von seinem Kulturauftrag verabschiedet und unterscheide sich nun nicht mehr von einer iksbeliebigen politischen Einrichtung.

Everding wollte nicht zu offensiv mit dem Arbeitsrecht winken, um den Widerstand nicht weiter anzuheizen, vielleicht ein zwei Exempel zum Spielzeitende, gedachte vielmehr in einer erneuten EnsembleVersammlung am Montag seine Mitarbeiter vor die Wahl zu stellen, entweder die DienstagVorstellung zu kaufen oder aber dem Publikum nach der Vorstellung von *Biographie* eine Diskussion anzubieten.

Der Dezernent signalisierte seine Zustimmung zu diesem Konzept.

Ein KammerspielAutor fiel dem Intendanten in den Rücken. Am Samstag hing ein Telegramm aus Friedrichshafen am Schwarzen Brett des Teaters: AN DAS ENSEMBLE DER MÜNCHNER KAMMERSPIELE HILDEGARDSTR. 1 MUENCHEN = WUENSCHE VIEL ERFOLG BEI

DER ERSCHLIESSUNG DES THEATERS FUER DIE DEMO-
KRATIE = GRUSS MARTIN WALSER

Von Senta Berger über Alexander Kluge Johannes
Schaaf Peter und Ulrich Schamoni bis Volker Vogeler
reichten die dreißig Namen von Münchner Filmschaf-
fenden Produzenten Regisseuren Schauspielern Au-
toren und Komponisten, die sich telegrafisch mit dem
Warnstreik und der Erklärung zu den Notstandsgesetzen solidarisierten. Von Teatern der ganzen Republik
trafen Zustimmung und Berichte über eigne Aktionen
bei den Münchnern ein. Der StreiflichtKolumnist der
Süddeutschen, beeindruckt von dem französischen und
deutschen Aufruhr, sah die Gegenwart zum Zeitteater
entwickelt, einem Happening, bei welchem mit dem
Müll des Establishments auch der unversehen produ-
zierte Phönix selbst verbrennen könnte. Manfred
Anklam rief aus seinem BetriebsratBüro an, ob Lena
und Vik mitgemischt hätten im Auge des Sturms –
Dienstagmittag würden die FordWerker mit den Kölner
Druckern auf dem Alter Markt das Pflaster erschüttern.
De Gaulle stellte sich und seine Regierung einer Volks-
abstimmung. Eigentümer und Redaktion der Abendzeitung verurteilten die überhastete Verabschiedung der
Notstandsgesetze und forderten, den Bundestagswahl-
kampf 1969 zum Volksentscheid über die Gesetze zu
machen. Everding konferierte mit den Bühnenvorständen, beglückwünschte alle zur disziplinierten Durch-
führung der Vorstellungsunterbrechungen der letzten
Woche und erklärte ihnen die Linie für die Vollversammlung am Nachmittag. Im Gegensatz zu Lühr und
Verhoeven unterstützten die technischen Vorstände
ihren Chef und begrüßten seine Absicht, die Ruhe und
gedeihliche Arbeitsatmosfäre im Haus wiederherzustel-
len. Bliss las Lena Hohenemsers Beitrag am Dienstag-
morgen beim Frühstück vor. Lena war empört, wie der

Mann sie entmündigen wollte. Dazu müssten sie Stellung nehmen. Leserbriefe. Das darf so nicht stehen bleiben. Dutzende! Ein fundierter Gegenartikel. Aber wer vom Teater hätte die Zeit und Ruhe dazu, in all der Hektik? Lena hörte auf ihr Müsli zu löffeln, sah ihn erstaunt an: Natürlich! Wer sonst? Du Vik! Du kannst das. Du hast Zeit. Und bist nicht vom Teater.

Bliss wusste ohne Gegenwehr dass sie Recht hatte. Er rief die Feuilletonredaktion an, erwischte Joachim Kaiser, stellte sich vor als Hörspielautor, der mit einer Münchner Schauspielerin liiert ist, stotterte ziemlich. Eine Gegendarstellung wolle er schreiben, sei bei der Unterbrechung im Publikum gesessen. Er kannte Kaiser von seinen respektgebietenden Teaterkritiken, war überrascht wie unkompliziert er sich gab. Ob er drei SchreibmaschinenSeiten, zweizeilig, sechzig Anschläge, bis abends in die Redaktion bringen könne?

Bliss hatte zugesagt ehe ihm klar war was er tat. Hielt den leeren Hörer in der Hand. Er hatte mit einer Festung gerechnet.

Zurück am Küchentisch. Auf dem Stuhl. Lenas FrageAugen: Na?

Das schaffich nicht Lena. Drei Seiten, bis heut Abend. Ich bin kein Journalist. Das ist unmöglich. Noch nie habich sowas gemacht.

Sie streichelte seine Hand, strahlte ihn an.

Hör auf Lena! Das ist unfair!

Versuchs Vik. Deine Chance. Du hilfst uns. Jemand muss dem Hohenemser entgegentreten, muss unsre guten Argumente zeigen. Du kannst unter Pseudonym schreiben.

Als ob das das Problem wär!

Als er an der Schreibmaschine saß, überraschte er sich selbst. Der Aufsatz des Dezernenten (er las ihn noch einmal Satz für Satz) wirkte in seinem Kopf wie Benzin auf glühende Kohlen. Er loderte von Gedanken. Seinen Anfang musste er noch suchen unter dem halben Dutzend durcheinander flickernder Einfälle, aber als er sich zu einem ersten Satz entschlossen hatte, holten sich die weiteren Sätze auf eine fast magische Weise aus dem Hirn in die Tasten, hingen folgsam aneinander, als zöge er oder ES einen Faden aus dem Gedankenknäuel in seinem Kopf auf das Papier, wo er sich zu einem TextTeppich zusammenwirkte.

Nur mit Untergedanken bemerkte er die Heiterkeit, die Helligkeit, die sich in ihm ausbreitete (wie an dem Abend im Schwabinger Bräuhaus bei seinem Vortrag), denn seine Aufmerksamkeit war auf die Argumentation mit dem Gegner gerichtet und er wusste instinktiv dass er diese Konzentration in Gefahr brächte, wenn er über sie nachdächte oder sie auch nur bemerkte. Er vergaß sogar zu rauchen, nippte nur manchmal an dem Kaffee, den Lena ihm noch hingestellt hatte, auf Zehenspitzen.

Bis Mittag hielt der ekstatische Zustand an. Als er die vierte Seite aus der Maschine zog, drei Viertel vollgeschrieben, hatte er mit seinem letzten Satz die Tat der Teaterleute auf den Sockel gestellt der ihr gebührte. Das sollte landesweit in die Sonne kommen.

Lena rief an aus der Stadt, vom Alten Botanischen Garten: Wie weit bist du?

Fertig. Erste Fassung. Jetzt Korrektur lesen, noch mal abtippen. Staunste, was?

Gratuliere Vik! Toll!

Was ist los in der Welt?

Halb München versammelt hier. Eine Stimmung! Hitze auch. Baden schon im NeptunBrunnen, wenigstens die Füße, immer neue Delegationen von irgendwelchen Betrieben, Wahnsinn. Stell dir vor: Wolfgang Schwiedrzik hat auch gesprochen, über das Vorbild der Teatermacher und wie die Intendanz mauert und man müsste ihnen helfen beim Verwirklichen der Demokratie im Teater, was der Walser gesagt hat.

Du redest wien Bach.

Ich? Wieso. Ich glaub viele wolln zu den Kammerspielen, haben das verstanden als Einladung, GoIn, verstehstu?

Ehrlich? Mann. Scheiße dass ich hier festsitze.

Ist wichtig Vik, denk nicht an uns. Wir schaffen das schon.

Als er zur Sendlinger Straße fuhr, das Manuskript dicht am Herzen, strahlten Pflaster und Hauswände noch die Sonnenwärme des Tags. Im Tal musste er schieben, gegen die No-No-Notstand-No! Massen, die zur Kundgebung auf dem Viktualienmarkt zogen. Die DoppelPförtner ließen niemand ohne Dienstausweis ins Pressehaus. Aber das Manuskript, zum Feuilleton! Keine Sorge junger Mann, des hammer glei.

Leicht flog das Rad als der Zentner weg war. Zukunftsblau dieser Bayernhimmel, paar dekorative Bäusche drangepinnt, Abendrosen. Stück Leberkäse, gebraten, aus der Hand, Fettmaul, Kuhzunge raus, köstlich, Scheibe Glück mit Senf.

Der Platz vorm Nationaltheater, die Maximilianstraße, alles hoffnungsvoll verstopft, Demonstranten Opernpublikum Polizei: Münchner Allerlei. Die Karossen und Taxis steckten im zähen Körperverhau.

Das Hindernis Fahrrad an die Laterne.

Unter den Säulen Kette Grüne mit bloßen Knüppeln, belagert, körperumzingelt.

Zwischen Köpfen schwirrende Nachrichten Gerüchte, De Gaulle aus Paris verschwunden, zehn Millionen streiken in Frankreich, Ausstand bei Rockwell, morgen die Münchner Taxifahrer, der DGB wird weich. Die Frauenkirche läutet Salut. Gelächter, Erwartung, Spannung, nichts ist unmöglich.

Über Lautsprecher gab der Generalintendant die Oper zur Diskussion frei, nach der Vorstellung des Kirow Balletts. Mensch! Dat der dat darf! Der Beifall dröhnte zwischen den klassischen Mauern der Residenz. Eigentlich müssten die Sowjets uns reinholen, die Genossen. Die husten uns was – Genossen. Künstler! Die ham doch Schiss mir versaun eahne ihre damische Polka!

Der Leberkäs forderte majestätisch was Feuchtes.

In der Kulisse vielleicht Lena, Teaterleute. Neuigkeiten mit Bier.

Hallo Neuigkeiten! Die Kammerspiele sind friedlich besetzt (wusste einer), einfach rein die Typen mit den Zuschauern wie Hochwasser!

Also ist das noch nicht abgespielt Bliss, dein Film, dein Tagesprogramm, der TeaterSturm braucht deinen Kopf, pfeif auf die durstige Kehle oder nicht oder doch, stieß sich durch zu den jungen Berserkern, Treppen rauf, die Schließerinnen klappern mit den Gebissen, jeder Widerstand gebrochen, der Balkon seufzt unter der Last der geballten Fäuste und Leiber, krümmt windet sich, auf der Bühne tanzt hektisch der Zwerg Intendant mit wem mit Schwiedrzik dem Regisseur handeinig Backe an Backe den Schnaderhupf und Schwiedrzik schreit was in die Manege Genossen! schreit er Der Balkon ist aus Holz! Verlasst den Balkon es besteht dringende Einsturzgefahr für die ganze Gesellschaft! Gut gebrüllt Tiger Brown aber wohin und wodurch, Everding ringt die Hände rauft die Haare streut Asche aufs Haupt – will er auch die Hose verlieren? Der Balkon schwankt besoffen knackt im Gebälk die Myrmidonen erschauern schlagen an ihre Schilde Bliss schnallt den Gürtel fester krallt sich in die Brüstung vergebens die Balken lösen sich aus den Wänden gleiten unhaltbar heraus Panik im Tollhaus die Vordersten lassen sich von der

Brüstung fallen zwischen die Zuschauer die ihren Aufschlag kaum dämpfen umsonst der Balkon gibt auf bricht in der Mitte nach unten in letzter Sekunde springt Bliss an den Kronleuchter pendelt tarzanisch über dem aufwölkenden Staub gerettet – unten brüllt das Kaos der zermalmten klumpenden Leiber der bayerischen Revolutionäre begraben von einem reaktionären Teaterbalkon fünfhundert auf einen Streich die Blüte der Partisanen des Fortschritts hinweggerafft

Was sagt Schwiedrzik – Besuch beim Residenzteater? Spinnt der Kerl? Da hats genug Leute! Der will uns hier rausschaffen, Everding hat ihn eingekauft damit die Vorstellung laufen kann!

Bliss steuert sein tanzendes Schiff in den Hafen, vertäut es erst mal am Kühlschrank. Und an Lena. Die kann was erzählen. Auf dem Balkon, oben ohne, aber mit Sternen hochher. Das kühle Pschorr durchgurgelt den Hals, Münchner Frühlingsnacht, privatissime nach dem Krampf. Über die Rotation in der Sendlinger Straße rollt jetzt das Feuilleton, das heißt ab Mitternacht: Öffnung des Theaters für die Demokratie.

Die Sonne leckte sie aus dem Bett, noch vor der Katze. Bringst du Brötchen mit wenn du die Zeitung holst? Ich koch Kaffee.

Bliss an den Zeitungen im Hausflur vorbei, erst zum Bäcker. Die Hauptüberschrift der Süddeutschen zweizeilig: *Die Große Koalition ist zur Verabschiedung der Notstandsgesetzgebung entschlossen.* Aha. Glaubt ihr. Ich nicht. Zweidrittel ist eine harte Nuss. Nicht alle Sozialdemokraten werden ihre Gewissen totschlagen, geheime Abstimmung. Bliss trug die Zeitung ungeöffnet nach oben. Legte sie auf den Küchentisch: Schau nach, Lena.

Ich soll?

Na ja, Stapellauf.

Und wo ist die Sektflasche? lachte Lena, blätterte sich langsam durch die Politik zum Feuilleton, stutzte, hier ist was, Öffnung des Theaters für die Demokratie – aber von jemand anders Vik! Erasmus Schöfer heißt der -

Bliss rieb sich die Hände, strahlte: Dein Vorschlag war das: ein Pseudonym. Komm, lies mal vor. Ob alles richtig ist.

Komischer Name Vik.

Aus unserm alten Marburger Telefonbuch hab ich den, ein Studienrat. Nu mach schon.

Lena, noch etwas verwirrt, las langsam ÖFFNUNG DES THEATERS FÜR DIE DEMOKRATIE VON ERASMUS SCHÖFER. Nein lies du lieber Vik, ich trau mich das nicht. Ich verles mich, kenn den Text nicht, wirklich.

Bliss, achselzuckend, nahm ihr den FeuilletonTeil aus der Hand, stellte sich an die offne Balkontür in die Sonne, spielte den Doktor Luther: Verehrte bayerische Pfahlbauern und Hinterwäldler, hochgeschätzte Literaturbanausen und Zwergschüler, liebe Lena! Ich verlese euch nun exklusiv, was ein gewisser Schöfer, Erasmus, alias Viktor Bliss gegen die Bulle eures Papstes Hohenemser kund und zu wissen tut! Es geht los:

Das Theater, wird behauptet, sei eine von selbst demonstrierende Einrichtung und in dieser Eigenschaft unbedürftig einer zusätzlichen, außerplanmäßigen Demonstration. Weil seine Demonstration von Literaten veranlaßt sei, ziele sie auf das Unbewußte des Publikums, dieses auf ferne Zukunft hin zu verändern. Die Angestellten des Theaters hätten sich solchem Produktionsziel dienend unterzuordnen. Sie hätten auch, wird gesagt, der Literatur, einer Sache, zu dienen. Stellt man diese Positionen in Frage, kann es sich nicht darum handeln zu beweisen, daß eine aktuelle politische Stellungnahme von Schauspielern in bestimmten Fällen, etwa dem der Machtübernahme Hitlers oder dem der Verabschiedung von Notstandsgesetzen, aus einer unmittelbaren Notlage also, berechtigt sei, sondern es muß das hier dargelegte Verständnis des gegenwärtigen Theaters und der Literatur relativiert werden.

Die Literaten, die Theaterschreiber der sechziger Jahre haben in Arbeit und Manifest keinen Zweifel daran gelassen, daß sie das Theater als Basis für Demonstrationen ohne Tiefsinnigkeit und Ewigkeitswert zu benutzen wünschen. Die Versuche, ihm die bürgerliche Schwarte abzuledern, es zum nackten Forum humanen Fortschritts gedeihen zu lassen, zeugten oft von Trotz, von Verzweiflung, von Resignation, selten von Hoffnung. Der Erfolg ist rar. Zu zäh ist der Widerstand einer Kulturmaschinerie, die alle Literatur konsumgerecht aufbereitet und vermarktet: die avantgardistische Revolte noch der reaktionären Tendenz einzuverleiben versteht. Zu schweigen von der Rückseite dieser Kultur, auf der die mörderische Gewalt herrscht, der Hintersinne spottend und den Verdacht nährend, dies sei ihr eigentliches Gesicht.

Da haben die Schreiber zwei nicht neue, doch verwahrloste Wege beschritten: Literatur für den Tag, die politische Aktualität hergestellt und, noch direkter, als schreibende Bürger von ihrem Arbeitsplatz, sei's

Schreibtisch, sei's Rednerpult, politisch Stellung genommen. Das hat sie nicht zu Banausen gemacht.

Und nun, an jenem 23. Mai 1968, der in der Geschichte zumindest des deutschen Nachkriegstheaters denkwürdig sein wird, hat das künstlerische und technische Personal eines Theaters den Appell seiner Auftraggeber ernst genommen: sich mündig gezeigt! Das hieß hier, daß eine Gruppe von Theaterleuten, müde der Knebelung ihrer politischen Existenz, den Streikvorschlag machten, der als Funke in dürres Gras fiel: ohne Beeinflussung der Intendanz, der Gewerkschaft, der städtischen Aufsicht ergab die Abstimmung eine große Mehrheit für die Spielunterbrechung und die Resolution.

Das Publikum, gewohnt, die Leistungen der Mimen und ihrer Helfer zu kaufen, wurde durch eine Leistungsverweigerung auf die Existenz von mündigen Menschen gestoßen. Der Beifall jener Besucher, die im Theater eben dies: Ethos und Wahrheit suchen, war schnell und begeistert. Ungeteilt bei den Zuschauern Brechts, der so sich freuen könnte, verstanden zu sein.

Das lautstarke Mißfallen der Minderheit der Komödienbesucher am ersten Abend aber entlarvte diese als von der Kaufkraft ihres Geldes Enttäuschte, als im vermeintlich verbrieften Genuß gestörte Besitzer. Wenn Abonnenten tatsächlich am liebsten dauernd gegen das Theater von heute protestierten, wie es heißt, dann kann die Konsequenz eines Kunstfreundes nicht sein, seine Künstler mit Drohungen auf die Forderungen der Gestrigen festzulegen, sondern eine Kulturpolitik zu beklagen, die solche Leute sich im Recht wähnen läßt. Besser allerdings wäre noch, Abhilfe zu schaffen.

Abhilfe wurde geschaffen: dem Mut. Mit Hilfe der Existenzangst der sozial Schwächsten des Ensembles, der Lohnabhängigen, wurde eine zweite Streikdemonstration niedergestimmt, durch den Hinweis auf den fehlenden Streikbeschluß der Gewerkschaft. Auch wenn nun eine neue Demonstration verhindert wurde, hat der vergangene Donnerstag dem deutschen Theater ein Beispiel gegeben, dessen Folgen nur mit den Argumenten der Macht, nicht denen der Überzeugung unterdrückt werden können.

Wie tief ist die Verwirrung jener, die sich durch die Verlesung einer Resolution gegen die Notstandsgesetze vergewaltigt fühlten. Das Theater ist der eine künstlerische Ort, wo Künstler und Kunstfreunde sich persönlich berühren. Daß die Rampe zur Grenze wurde, ist eine Fehlentwicklung, um deren Korrektur sich die Theaterschreiber und Architekten seit längerem bemühen.

Die Tat der Kammerspielmitglieder ist eine Relativierung der selbstgewissen, unausgewiesenen Autoritäten, gleich wen man da als primär einsetzen möchte: Literatur, Publikum, Intendanz oder Kommunalbehörde. Diese Tat ist einer der Schritte zur Demokratisierung unserer Gesellschaft, die wir, den gegenläufigen Tendenzen der staatlichen Gesetzgebung zum Trotz, überall beobachten

können. Aber ihre Tat ist mehr: die Aktualisierung und Entwicklung des Theaters als
Forum.

Na, einverstanden? fragte Bliss als Lena ihm großäugig,
mit einem erstaunt ungläubigen Ausdruck, ins Gesicht
sah.

Sie nickte nicht. Ist das jetzt wirklich von dir?

Einen Ghostwriter kann ich mir nicht leisten, lachte
Bliss. Ein paar Absätze sind scheints gestrichen.

Am Teater sagen sie: Was gestrichen ist kann nicht
durchfallen.

Egal. Feiern wir das?

Da umarmte ihn Lena, küsste ihn, hach Mensch,
weißt du noch, wie du dich gesträubt hast, erst, als ich
Peter Stein gefragt hab ob du beim Vietnam-Diskurs –
und jetzt schreibst du was übers Teater und die Süddeutsche veröffentlicht es sogar!

Was heißt hier Sogar! Ich hab viel größere Aufsätze
publiziert. Nur nicht inner Tageszeitung.

Eben.

Auch das Eben fand Bliss äußerst erklärungsbedürftig
– als wäre für Lena ein kleines aktuelles Feuilleton was
Wichtigeres als ein Essay fürs *Kursbuch* oder das *Argument*.

Wichtiger vielleicht nicht, aber nützlicher für Leute
wie sie, ohne Abitur und Studium, das sind doch die
Meisten – wie soll die Welt sich ändern, wenn wir euch
nicht verstehn?

Mein Gott jetzt wieder ihr AbiturKomplex! Dies
Vorurteil gegen alles was Wissenschaft heißt! Er fragte
sie, warum sie ihn überhaupt geheiratet hätte?

Sie überhörte seinen Vorwurf, sagte: Um von dir zu
lernen Vik, das weißt du. Unter anderem. Und erklärte,

den Artikel noch einmal in Ruhe lesen zu wollen. Dass die Süddeutsche ihn gedruckt habe sei doch der entscheidende QualitätsBeweis.

Bliss wollte aber dass Lena seine Arbeit gut fand, ihr zustimmte, obwohl er diesen Wunsch zugleich töricht und unangemessen fand und deshalb nicht darüber sprechen konnte.

Komm Vik, küss mich. Es ist so toll dass dein Artikel erschienen ist!

Bliss tat es lustlos. Die Freude war verdorben.

Zuversichtlich sagte sie beim Abschied Bin gespannt was die Kolleginnen im Teater denken. Vielleicht bin ich wirklich bisschen begriffsstutzig Vik.

Bliss räumte das Geschirr in die Spüle. Bei meinem Kampftext für den Ostermarsch war sie begeistert. Aber das war eine ganz andre Öffentlichkeit als das Feuilleton der Süddeutschen! Die hat einen viel höheren intellektuellen Anspruch! Kann doch da nicht schreiben wie der Trompeter von Jericho, muss argumentieren. Möchte wissen ob Manfred das auch so wie Lena. Oder Malina. Wolf Abendroth schreibt dauernd aktuelle Artikel, mischt sich ein, ohne Schaden zu nehmen als Wissenschaftler. Muss Lena mal einen von seinen Aufsätzen vorlesen, was sie dazu sagt.

Er kaufte zwei Süddeutsche beim Tabakhändler, schickte den Artikel an Wolfgang Abendroth und Manfred Anklam, als Zeugnis seiner Mitwirkung am öffentlichen Leben der Isarmetropole und mit der Erläuterung, dass er das Pseudonym gewählt habe, um Lenas Position am Teater nicht zu gefährden. Er bat Manfred um eine kritische Beurteilung seiner Arbeit aus der Sicht des lesenden Arbeiters.

Beim Pförtner erfuhr er, dass Stein die Probe abgesagt hatte. In die Schneiderei ging er nicht rauf. Er holte sein Fahrrad von der Laterne. An der Universität hatten die

Studenten das Siegestor mit einem gewaltigen Protest-Tuch verhängt. Vorlesungen fanden nicht mehr statt. Das Wetter war so unwiderstehlich, dass er Lena anrief, ob ihre Arbeit erlaube, am Wochenende ihren Osterausflug nachzuholen, vielleicht mit zwei Tagen Urlaub, Freitag Samstag? Statt bis Pfingsten zu warten wo alle Welt draußen rumkreucht? Lena war dankbar begeistert, wolltes versuchen.

Am Stachus musste er das Rad wieder anschließen, da lief eine Stunde lang nichts mehr, außer mit Füßen. In Straßenbreite stürmten die Menschen Richtung Bahnhof, überfüllten den Vorplatz. Am Funkhaus erneut Schwiedrzik, forderte mit einem PolizeiLautsprecher vom Bayerischen Rundfunk ultimativ Sendezeit für die APO. Eine Delegation durfte mit Intendant Wallenreiter über die Forderung verhandeln, ohne Ergebnis. Als die Polizei vor dem Funkhaus die Knüppel zückte, besetzten sie den Hauptbahnhof, spielten auf den Gleisen eine Stunde Katz und Maus mit den Uniformierten, brachten den Fahrplan zum Einsturz. Der Bundestag, ungerührt, verabschiedete die Einfachen Notstandsgesetze. Und verkündete eine Amnestie für Demonstranten. Die Nacht war kurz.

Wieder heftige Sonne. De Gaulle ließ Truppen um Paris aufmarschieren und machte die Kommunisten für die bürgerkriegsähnliche Lage verantwortlich. Bliss vor der Glotze, mit vielen. Willy Brandt, zerfurcht und patetisch, verkündete unter dem schwarzen Hoheitsvogel, *jeder Missbrauch der Vorsorgegesetze wird auf den leidenschaftlichen Widerstand der Sozialdemokratischen Partei stoßen.* Willy dein eigner Sohn glaubt dir das nicht. Matthöfer, auch SPD, begründete seine Ablehnung der Notstandsgesetze: Bundeswehreinsatz im Inneren, Einschränkung der Freizügigkeit, Verbot des Arbeitsplatzwechsels, der Streikfreiheit, kein Rechtsweg gegen Post und Telefon Kontrolle. Recht hat er, hört auf den Mann.

Am Abend stimmten in namentlicher Abstimmung hundert von vierhundertfünfundachtzig Abgeordneten gegen die Grundgesetzänderungen. Dreihunderteinunddreißig Stimmen sind die Zweidrittelmehrheit, wusste der Sprecher der ARD. Ab heute ist dieses Land ein anderes, folgerte der Kommentator. Ach nee, sagte Bliss zum Fernseher und zu Lena: Sie haben es wahr gemacht, gegen uns alle. Ich hätts nicht geglaubt.

Manfred Anklam lachte ihn telefonisch aus. Verdammter Besserwisser, sagte Bliss bitter. Und der: Geh einen saufen Vik, der Weihnachtsmann ist lange tot. Du musst ihn endlich begraben.

Bliss rief niemand mehr an, ließ das Telefon klingeln. Ein dumpfer Abend. Der Kopf vom Barbiturat betäubt, traumlose Nacht.

Sie frühstückten auf dem Balkon, einsilbig. Aufdringlich das geile Gegurre der Tauber in der Regenrinne. Die Süddeutsche wusste nichts Besseres als die Abendschau. Willst du lieber nicht fahren Vik? Doch, jetzt grade. Viel packten sie nicht ein. Lena zog das luftige Blaue an. Im Auto streichelte er ihr Knie, küsste sie an den Hals. Fahr noch schnell am Teater vorbei, zur Sicherheit, ob der Urlaubsschein da ist. Er hielt am Bühneneingang. Sah ihr nach, die nackten Beine. Die Katze stieg von der Hutablage, legte sich auf seine Schenkel als wolle sie selber fahren. Er streichelte sie. Wo sie bleibt? fragte er das Tier, hat wohl wieder jemand getroffen. Er bekämpfte aufsteigende Ungeduld.

Als sie aus der Tür trat ging ihm ein Stich ins Herz. Der furchtbare Ernst auf ihrem Gesicht. Mein Gott was ist passiert Lena! Sie reichte ihm den Briefbogen der Intendanz.

Sehr geehrte Frau Bliss,
hiermit teilen wir Ihnen fristgerecht mit, daß wir Ihr Anstellungsverhältnis zur Probe nicht in ein festes Arbeitsverhältnis umzuwandeln gedenken. Ihre Arbeit an den Münchner Kammerspielen endet damit zum Ende der Spielzeit 1968. Wir danken Ihnen für Ihre fachlich einwandfreie und einsatzbereite Mitarbeit und wünschen Ihnen alles Gute für Ihren weiteren Lebensweg.
Lehrl, Betriebsdirektor.

Die Vermählten verlieren das richtige Leben im falschen

Siehst du durch den Wasserschleier wie unser Bühnenbild sich dehnt und wölbt unterm Himmel, alles wie gestern und neulich und damals die Wiesen und Wälder die Kühe und Menschen die Dörfer die Schwalben die – ach alle intressiert nur der pfingstliche Frühling. Aber mein Engel ist abgestürzt aus dem Teaterhimmel, fliegt nicht mehr. Ein Königreich für einen schnellen Trost. Wie die Räder rollen die Tränen, kein Sieg weit und breit.

Lenatschka wohin fahren wir uns?

Ins Blaue, in die Berge, mir egal. Ans Wasser.

Alles auf einmal?

Sie nickte, zog hoch.

Darf ich dir mein Taschentuch? Brachtes aus der Hosentasche: Ziemlich sauber. Sie wischte die Tränenspuren ab, schnaubte rein, üppig und über den Motor laut. Aufgestört stieg die Katze vom Rücksitz auf ihre Lehne und Schulter, strich den Kopf an ihre Wange, besorgt schien das. Lena koste gerührt den Fellkopf, ließ neue Tränen rinnen. Ach Murkel, wenn du wüsstest, wie schlecht die Welt ist.

Der Laster zog hart vor ihnen auf die Überholspur, Bliss stieg aufs Pedal, die Katze flog mit Lenas Aufschrei gegen die Scheibe, sprang weg unter den Sitz, Dieser Idiot! Bis auf drei Meter an die graue Rückwand des

Hängers, ein Linzer man müsste die Nummer! Anzeigen! Straßenraudi! Lena atmete tief durch. Total bleich die Frau. Hast toll reagiert Vik. Und du aber! Hättst mit dem Kopf in der Scheibe hängen können. Jetzt rast die Pumpe verdammt, dieser elende Scheißkerl wenn ich den erwische dem tret ich in sein dreckiges Bremslicht! Guck meine Hand die Flatter.

Fahr auf den nächsten Parkplatz, mach ne Pause Vik.

Bliss wollte den Banditen aber überholen, ihn wenigstens mal ausbremsen zur Strafe, Vogel zeigen, das verschüttete Adrenalin abreagieren. Ritter der Landstraße! Raubritter! Dem hat doch das Mittelalter ins Hirn geschissen dem Dreckskerl! Mit dreißig Tonnen im Kreuz schieb ich auch jeden Käfer innen Graben.

Lass den Vik. Überhol ihn nicht. Sie legte die Hand auf seinen Arm. Sei wenigstens du vernünftig. Willst du ne Zigarette?

Dringend!

Lena zeigte die blutigen Krallenspuren unterm Niki. Unsre allerliebste Katze. Die Arme. Kommt wetten so schnell nicht wieder zum Vorschein.

Der ElKaWeFahrer hatte Lena aus ihrer wortlosen Verzweiflung geschreckt. Sie wischte den Steintisch der Autobahnmeisterei Irschenbach mit einem Tempotuch sauber, breitete das Geschirrtuch aus, sortierte Eier, Brote, die Termosflasche, Becher, zwei Apfelsinen aus dem Fresskorb.

Bliss sah wortlos rauchend zu. Ein Picknick vorbereitet von einer erwartungsfrohen reiselustigen Hausfrau, vor dem Blitzschlag. Widersinnig. Ein Hohn wie das junge Blattgrün an den Birken und Buchen, die leuchtenden Butterblumen im üppigen Gras, was wolln wir hier. Diese Natur lügt uns an. Auf der Straße rollt die Wirklichkeit die Wirtschaft die eiserne Verbrennungsgesellschaft, wir sind die dummen Hunde Kläffer am Rand

Komm Vik setz dich her, iss was.

Bisschen wärmer, die Stimme. Dabei hat sie rote Augen wie ne Bulldogge.

Schau mich nicht an.

Er trank einen Schluck Tee, biss in das Wurstbrot, widerwillig.

Und Murkel, kriegt die nix?

Lena kramte die Plastikbox aus dem Korb, öffnete sie: brings ihr ins Auto.

Er lockte die Katze. Vergeblich, obwohl die Tür offen stand. Da holte er sie von der Rückbank, setzte sie auf den Tisch vor das Futter. Sie sicherte nach allen Seiten, rührte das Fleisch nicht an. Na friss schon, Kratzbürste. Hier tut dir keiner was.

Ein Tanklaster steuerte in die Parkbucht, zog donnernd an ihnen vorbei. Die Katze sprang vom Tisch, schnürte geduckt durchs Gras zurück in den Wagen.

Ich sags dir doch, sie hat Angst hier draußen. Sowieso nach dem Schreck.

Mit einem Seufzer trug er ihr das Futter nach.

Unser letztes Picknick war heiterer, am Starnberger See, bei Schubi. Sagte er um was zu sagen.

Wären wir nie dahin gefahren! schnappte Lena zurück, so prompt, dass er wusste: der Gedanke war fertig gedacht in ihrem Kopf.

Er erschrak bis in den Magen. Ein Pfeil, vergiftet: Meine Schuld!

Der Abend, auf der Wiese, der Anfang von allem was am Teater. Da fiel der Funke ins Stroh. Aber Stroh wars, knochentrocken. War ich der Funke? Egal doch, völlig gleichgültig, jeder konnte das sein. Alle, fast alle waren Funken, und jeder war Stroh. Das kann sie mir nicht, hat alles mitgemacht doch, freiwillig, mich zum Stein in die Kammerspiele geschleppt, auf die Bühne ist sie mit Giehse und allen, den Artikel hab ich für sie geschrieben, war sie stolz drauf. Will sie mir das jetzt zurückzahln weil ich manchmal dass ich ihretwegen meine Stellung in Marburg und dreht das um gegen mich dass ich Ursache bin von ihrer Entlassung – Lena, ich versteh was es für dich bedeutet dass du, dass sie dich, die Entlassung, dass sie dir den Vertrag nicht, die Probezeit, aber besteht das Teater denn nur aus den Kammerspielen? Barbara hat das doch auch, als freie Kostümbildnerin, bei der Bavaria, München ist voll von Teatern, ich hab das für ein Jahr sicher das Forschungsstipendium, davon können wir eine Weile auch nach der VietnamProduktion

Lena schob ihm Schnitze der geschälten Apfelsine hin: Da, iss, Vitamine. Begann den Korb zu packen. Zugeschlossen wie ein Schrank das Gesicht. Lass uns fahrn Vik.

Im Wagen, um das dröhnende Schweigen zu vertreiben, schaltete er die Nachrichten ein. Kämpfe in den Vorstädten Saigons. Friedensverhandlungen in Paris. Die Polizei beendete mit mehreren Hundertschaften die Besetzung der Frankfurter Universität durch radikale Studenten. Das Büro des Frankfurter SDS wurde polizeilich

Sie drehte den Wahlknopf auf Musik. Eine Hausfrauensendung mit Schnulzen und Reisetips für den Pfingstausflug. Bliss sagte nichts. Er öffnete sein Fenster spaltbreit, verstärkte die Windgeräusche. Lena drehte den Lautsprecher weiter auf. Vielleicht erzählt er uns wo wir hinfahren solln.

Der Moderator versprühte dümmliche Scherze, fand sich umwerfend, Lachkonserven antworteten ihm. Es wurde sogar gejodelt. Gleich folgt ein Schuhplattler in Lederhosen, sagte Bliss. Nicht die Spur eines Lächelns antwortete. Es kam die Rose vom Wörthersee. Dabei fiel ihr der Chiemsee ein, den wollte sie immer schon mal, Insel Herrenchiemsee vielleicht.

Hervorragend! Da muss es schön sein.

Er hatte keine Ahnung, war erleichtert, dass sie einen weiterführenden Vorschlag machte, wenn auch ihre Stimme kalt blieb, hoffnungslos, ohne Vorfreude. Besser irgendwo in Bayern unter freiem Himmel als weiter eingesperrt auf Hautnähe in dieser Blechdose.

Sie saß angespannt auf ihrem Sitz, den Blick starr auf die feindlichen Fahrzeuge, kein Auge für Landschaft. Die Alpenkette, schimmernde Schneegipfel, staunenswürdig vor ihrem Fenster, unbeachtet.

Wie sie reagieren würde wenn er seine Hand auf ihren Nacken legte? Wäre das tröstlich? Ablenkung von dem eigentlichen Tema das in ihrem Kopf knurrt? Beschwichtigend? Er ließ beide Hände am Rad.

Ahnung dass dies der Ausflug in eine Falle werden könnte. Er versprach sich, taub für Provokationen zu bleiben, sie hat alles Recht auf Schonung und Liebe und Geduld. Nachsicht, klar.

Ausfahrt PRIEN/BERNAU war richtig. Er fand das Seehotel, Grundstück zum Wasser, noch ein Zimmer frei im ersten Stock mit Veranda und Blick auf den See, der Preis, na ja, stattlich, egal, bloß jetzt nicht das Suchen anfangen. Er schleppte das Katzenklo und den Koffer hoch, Lena folgte mit der Katze im Korb. Als die gleich anfing das Zimmer zu erkunden, neugierig rumschnupperte, das Doppelbett von oben und unten, die Duschkabine, den Balkon, hatte Lena eine kleine Freude.

Auf der Veranda legte er den Arm um ihre Hüfte. Wie hingestellt zur Dekoration die Birke mit ihrem durchsichtigen Grün, zum Greifen nah die stäubenden Kätzchen. Fast ein Park der Garten. Da drüben liegt nach Plan Herrenchiemsee. Vielleicht können wir rüberfahren, mit dem Schiff.

Wirklich schön, sagte sie.

Und dann: Viel zu schön.

Wieder mit der erloschenen Stimme.

Kein Eingang in diesen Schmerz.

Er verstand ihn nicht wirklich. Muss ein Schock sein. Als wär ihr Leben mit diesen verdammten Kammerspielen beendet, jede Hoffnung und Aussicht verbaut. Junge Frau. Eben dreißig. Sie hat noch alles vor sich. Gesund. Befähigt. Soll ich dir mal ein Zeugnis schreiben? Jedes andre Teater in Deutschland wird ihr Arbeit geben. Mit mehr Verantwortung als sie hier hatte. Bin auch ohne Stelle in München, hab nicht resigniert deshalb. Plötzlich, pop! war Stein da. Und das Stipendium obendrauf. Irgendwie muss es weitergehn. Muss doch. Viel schlimmer dass sie die Gesetze durchgepeitscht haben. Das ist die wahre Katastrofe. Manfred hat damit gerechnet, ist stolz auf seinen Realismus. Der abgeklärte Betriebsrat, dem keiner was vormacht. Dr. Bliss glaubt an den Weihnachtsmann! Bittesehr, heißt Demokratie eben Weihnachtsmann. Kapitalherrschaft. Was gestern passiert ist in Deutschland wirft uns vierzig Jahre zurück Manfred, jetzt ist alles bereit für den zweiten Adolf, zwölf Prozent NPD in Filbingers Alemannien sind nur der Anfang. Als ob Lena das nicht wüsste. Aber wenn ich sie daran erinner springt sie mir ins Gesicht. Hat ne Neigung zur Hysterie meine Frau, gibt sie selber zu in hellen Momenten. Als die Ladung kam zum Amtsgericht, hat sie auch die Nerven verloren. Ist erblich oder was. Ihre autoritäre Kinderstube, da haben sie ihr die Ohren gestutzt. Die Frage ist: Wie bring ich sie aus dem Loch wieder raus. Oder sie sich. Nach Pfingsten könnte man versuchen, Fürsprecher am Teater zu finden, bei denen die mit ihr gearbeitet haben. So viel Solidarität solltes geben unter den Teaterproduzenten. Aber bis Dienstag schmoren wir hier im Grünen im eignen Saft.

Ich geh ein bisschen spazieren, sagte Lena in seine Gedanken.

Du allein? Wolln wir nicht erst mal dies schöne französische Bett einweihn? Kleinen Nachmittagsschlaf?

Nein Vik. Ich muss meine Verhältnisse ordnen.

Wie du willst Lena. Er versuchte keinen weiteren Widerspruch. Keinen Streit jetzt um Kleinigkeiten womöglich. Er fühlte dass sie sehr weit entfernt war von ihm. Küsste sie aber zum Abschied.

Abschied – blödes Wort in diesem Zusammenhang. Eigentlich sollte das Wochenende der so lange von ihr gewünschte gemeinsame Ausflug werden. Was ganz andres endlich mal wieder. Allein wird sie sich noch mehr in ihre Finsternis verbiestern. Verhältnisse ordnen klingt überhaupt nicht gut.

Er legte der Katze das Halsband an, trug sie in den Garten, ließ sie an der Leine laufen. Sie strebte gleich zu den seitlichen Büschen, versuchte den Kopf durch das Lederband zu ziehen. Das Grundstück war von einem Maschendraht umzäunt. Hunde nicht zu sehen. Da ließ er sie frei. Vielleicht riecht sie Mäuse unter den Büschen, will auch mal ihren Spaß haben. Er folgte ihr wie sie unter den Büschen pirschte, mal sichtbar, mal unsichtbar. Dann tauchte doch der Spaniel eines Gastes auf, schnupperte aufgeregt durch das Gelände, näherte sich. Bliss wollte seine Katze auf den Arm nehmen, Murkel hat keine Erfahrung mit Hunden, er lockte sie – vergeblich. Sie war verschwunden. Wie verschluckt. Blieb verschwunden noch als der Hund sich verzogen hatte. Er hoffte, dass sie sich in den Geräteschuppen geflüchtet hatte, durch die Latten gekrochen, der war aber verschlossen. Am Empfang schilderte er die Situation, die Tochter des Hoteliers begleitete ihn mit dem Schlüssel, doch in dem Gerümpel von Gartengeräten und gestapeltem Kaminholz war kein Schwanz einer Katze zu entdecken. Die junge Frau meinte Katzen in Angst klettern auch über Zäune. Nebenan dichtes Unkraut, massig

Brennesseln. Er war froh, dass Lena noch nicht zurück war, obwohl ihn auch beunruhigte wie lange sie ausblieb. Er suchte die Bäume ab, kroch unter Büsche, Gästekinder halfen ihm suchen, fanden das aufregend, auch auf dem Nachbargrundstück schwärmten sie aus, erfolglos. Er rief und lockte, immer lauter, egal was die Gäste dachten über seine kindischen Locklaute. Der Platz vor dem Hotel war von Unruhe erfüllt, Motorenlärm, Türenknallen, Rufe, die Wagen wurden unordentlich geparkt, unter jeden einzelnen schaute er, hinter die Räder, entwürdigend die Bückerei, als ob er denen unter die Röcke, verdammter kätzischer Eigensinn. In seine Ratlosigkeit, wo er das Tier noch suchen sollte, mischte sich die Angst vor Lenas Reaktion, wenn die Katze verschwunden blieb.

Er traf sie vor dem Hotel, mit luftroten Wangen, verblüfft von der Veränderung auf dem Parkplatz, halb München versammelt! wortkarg aber noch, offenbar unverändert. Als sie Hunger bekannte wollte er sie gleich in den Speisesaal führen, konnte aber nicht verhindern, dass sie sich umziehn und waschen musste, nur kurz.

Schnell kam sie zurück an den Tisch, fragte scharf: Wo ist Murkel?

Unterwegs, sagte er, möglichst gleichgültig. Auch spazieren.

Was? Hast du sie rausgelassen?

Sie muss vom Balkon an die Birke gesprungen sein. Als ich ins Zimmer kam war sie weg.

Ja und?! Hast du sie nicht gesucht?

Seit drei Stunden. Nicht nur ich. Und überall. Sie ist offenbar so frei ihre Freiheit zu genießen -

Viktor – du bist unmöglich! Komm sofort, los!

Kein Essen, erneute Suche. Alle Ecken und Büsche bis zum Seeufer durchforschte Lena in der schon einfallenden Dämmerung. Er suchte eher oberflächlich und widerwillig, war auch wütend über die unerziehbare Katze, die ihn in diese Lage brachte. Dass sie verloren sein könnte, entlaufen, überfahren, totgebissen, ließ er nicht in seinen Kopf. Ob er schon vorn unter den Autos? Vorhin, als du kamst.

Plötzlich rief ein Kind von der Terrasse Hier ist eine Katze – ist das eure? Lena stürzte hin, Bliss gebremst hinterher.

Ja Kind! Das ist sie! Wo hast du sie gefunden?

Sie saß hier unter der Bank.

Na so ein Glück – danke! Nahm die Katze auf den Arm, koste sie, Bliss sagte Ich wusste sie läuft nicht fort. Mensch Murkel hast du uns Angst eingejagt. Verdammtes Biest. Und hast keine Maus mitgebracht!

In ihrem Zimmer schloss Lena die Fenster, die Balkontür, gab dem Tier Futter aus der Dose.

Verschiedene Gäste fragten nach der Katze, die Kellnerin berichtete Lena Ihr Mann war ganz panisch nach dem Tier – dabei sind Katzen Nachttiere, verkriechen sich am Morgen irgendwo und verschlafen faul den Tag, beneidenswerte Geschöpfe.

Sie blieben einsilbig beim Essen, Lena berichtete nichts von ihrem langen Spaziergang. Trank vom Amselfelder mehr als die halbe Flasche, merkte Bliss mit Sorge.

Zurück im Zimmer fragte sie: Warum hast du Murkel das Halsband angelegt?

Aha. Die Inquisition geht los.

Damit man weiß dass sie nicht herrenlos ist. Falls sie aus dem Zimmer abhaut. War doch richtig.

Sie ist nicht vom Balkon auf die Birke gesprungen. Du hast sie mit runter genommen!

Und wenn? Soll sie garnichts haben von unserm Ausflug? Ewig in der Wohnung, ist auch kein Katzenleben.

Reg dich nicht jetzt noch auf, hast gehört was die Kellnerin gesagt hat.

Du wirst es nie begreifen Viktor Bliss!

Nein natürlich, ich versteh überhaupt nichts von Katzen. Deshalb liegt sie tagelang auf meinem Schreibtisch.

Sie stapfte wortlos auf die Veranda in die Nacht. Die Bitterkeit hinderte ihn ihr zu folgen. Viktor Bliss, das hat sie noch nie. Ließ sich in den Sessel fallen, griff seine Süddeutsche vom Tisch, in die er noch keinen Blick geworfen hatte. Notstandsgesetze Notstandsgesetze – ein Scheiß! Lasst mich in Ruh!

Er konnte nicht lesen, starrte vor sich hin.

Lena, plötzlich in der Balkontür, fragte überlaut: Weißtu überhaupt dass du in vier Tagen vor deinem Amtsrichter stehst? Wegen euerm Landfriedensbruch?

Bliss erschrak tief.

Vergessen. Tatsächlich. Vollkommen absolut vergessen und verdrängt. Ist das möglich. Der Aufruhr der letzten Woche. Wo ist die Zeit hin. In vier Tagen. Nicht zu fassen.

Daran siehstu wie unwichtig das ist für mich. Ich habs echt vergessen.

Es ist genauso wichtig oder unwichtig wie meine Entlassung! Ich bin mit einem Traumtänzer verheiratet!

So. Ja. Mit einem Traumtänzer. Der dir grade vorschlagen wollte, gegen deine Entlassung, ganz konkret, eine Solidaritätsaktion am Teater zu organisieren. Du hast nämlich genug einflussreiche Freunde, Therese, Stein, bei Schweikart hast du auch gearbeitet, die muss man informieren dass sie den Lehrl – ich kann Kirchlechner anrufen, Lüthge, morgen schon

Das verbiete ich dir! Ich will nicht dass du dich noch einmal bei mir einmischst! Organisier dir deine eigne Verteidigung. Wahrscheinlich hat dein Anwalt ein dutzendmal angerufen und nie warst du zu Haus.

Und du willst nichts unternehmen gegen deine Entlassung?

Es ist keine Entlassung. Es ist die Nichtumwandlung einer Anstellung zur Probe in ein reguläres Arbeitsverhältnis.

Du meinst, sie haben keinen politischen Grund dass sie dich loswerden wolln? Dass sie mit deiner Arbeit unzufrieden warn?

Natürlich ist es politisch! Was denn sonst! An der Schwächsten wird das Exempel statuiert! Ich hab immer gewusst, dass ich besonders gefährdet bin, in meiner ungeschützten Stellung. Sippenhaftung ist das – sie denken weil ich mit dir liiert bin bring ich das rein ins Teater was du geschrieben hast in deinem Artikel. Ich muss verrückt gewesen sein dass ich dich dazu angestoßen hab.

Wenigstens das weißt du noch, sagte Bliss, etwas ruhiger. Mein Gott was ist plötzlich aus uns geworden Lena.

Nein, nicht plötzlich! Aus uns ist schon lange was geworden! Seit wir in München sind und ich eine gute Arbeit hab bist du kein Wissenschaftler mehr und wuselst rum in der Politik und willst alles auf den Kopf stelln an der Universität und am Teater und deshalb kriegst du keine Arbeit dort und denkst immer noch sie sollten dich dafür bezahlen du Traumtänzer, dafür bezahlen dass du sie beschimpfst! Und ziehst mich rein und ich folg dir, aus Liebe, ja, und verlier meinen Job deshalb, und du, du schläfst mit meiner Freundin inzwischen, wer weiß wie oft, und ich schau auch noch zu und dann willst du mit ihr mal eben verreisen, Frühling in Jugoslawien – wolltest du doch! und die Malina vom Johann – meinst du ich hätt nicht gemerkt wie du sie aufgefressen hast, auf die wärst du auch gehüpft wenn sie dich gelassen hätt oder bist du vielleicht sogar!

Nein! Bin ich nicht! Und du – hast du dich nicht mit meinem Freund amüsiert?!

Ach Manfred – den hast du mir doch ins Bett geschoben! Das war ja meine politische Aufgabe, hastu gedacht, deinen maroden Genossen aufzupäppeln. Und dann wars dir nicht recht dass es uns Spaß gemacht, nicht wahr, und es hat uns Spaß gemacht weiler allerdings ein toller Mann ist, du wolltest doch wissen wies war mit ihm, dreimal hat er mich genommen, jawohl, nicht nur einmal wie

Hör auf Lena! Er packte sie an den Armen, schüttelte sie, Hör um Gottes willen auf! Das ist alles nicht wahr!

Nicht wahr ist das? So! Lass mich los! Ist wohl nicht wahr, dass du am liebsten mit jeder Fotze bumsen würdest die bei uns über die Schwelle flattert! Und die dumme Kuh mit Namen Lena die fickstu wenn grad keine andre auf der Weide ist!

Da schlug er zu, zweimal, mit der flachen Hand, links rechts in ihr Gesicht. Es klatschte laut.

Haha! Großartig! Der neue Mann! Das kannstu! Schlagen! Tus doch nochmal! Du roter Casanova, du Frauenheld! Schlag doch! Schlag mich zusammen! Ich bin ganz wehrlos!

Er stand schluchzend vor ihr, mit hängenden Armen, nur die wilden furchtbaren Augen und das Brennen in den Händen, schluchzte: Lena – Liebste – aber der Albtraum war wirklich, diese flackernden hassvollen Augen – eine Furie – gefangen – das Ende – raus – nur weg

Er stürzte aus dem Zimmer, hörte noch gellend Ja lauf nur weg!

Die Treppe runter, verschwommen die Ausgangstür, stolperte vorwärts durch den fahlen Garten, stolperte ins Gras blieb liegen weinte hemmungslos endlos trostlos

Von Mücken am Ohr aufgescheucht irgendwie zum See, auf den hölzernen Landungssteg, schwarzes Wasser schlappte heimlich an die Pfähle, jenseits Uferlichter, sternlose Nacht: es ist aus es ist aus das Ende das Ende der Liebe vernichtet vorbei allein allein mutterseelenallein – mit dem Wort quoll ein neuer Schwall von Tränen aus seinen Augen und Schluchzer explodierten aus der Brust unhemmbar, ist das ein Nervenzusammenbruch mein Gott werdich verrückt wird man von sowas verrückt

Zwischen den beiden hochragenden Pfählen am Ende des Landungsstegs, er hielt sich an einem, umarmte ihn, boxte den Stamm mit der Stirn, die rissige warme Oberfläche in den Handschalen, biss in das Holz, biss mit aller Kraft seiner Kiefer in das bittere schrundige Holz, du kriegst mich nicht kaputt du nicht, spuckte die Splitter ins Wasser, ich heul nicht mehr keine Träne verdammt für die Frau die

Er erschrack von einem Plätschern im Wasser unter den Bohlen, eine unregelmäßige Bewegung, bückte sich zum Stegrand, matte Lichtreflexe in quirligen Wellen, da ist was Lebendiges! Ein Taucher? Ach Fische! Ziemlich große anscheinend. Er erinnerte sich an die Fische am flachen Havelufer, unter den hängenden Zweigen der Trauerweiden, wie sie umeinander gespielt hatten in dem Frühjahr fünfundvierzig und er sie nicht gegriffen hatte trotz bohrendem Hunger, aus Scheu vor ihrem unbekümmerten traumhaften Tanz, obwohl es ganz einfach gewesen wäre. Paarungsspiel wusste er da noch nicht.

Er schritt den Steg langsam: zögernd, zurück, nachtsichtig jetzt, gelangte auf den kiesigen Gartenweg. Im ersten Stock hinter der Veranda noch Licht durch die geschlossnen Gardinen, was macht sie, egal, heult auch, schreibt ihren Abschiedsbrief, ihr Gesicht, dies Furiengesicht entstellt entgleist die wilden Haare und die Augen die Augen so schrecklich wie nie was ist passiert passiert ist der Bruch die Brücke ist eingestürzt zwischen uns

Auf der Uferstraße, der halbe Mond plötzlich durch ein Wolkenloch, verschilftes Gelände beidseits, Froschquaker einzeln wie verschlafen wie im Traum, das Gerausch der Autobahn Grundton der Nacht. Das gab es nicht als er so fortgerannt war, schon einmal im Leben war das passiert, in Wut in Verzweiflung nein Ekel war das als der betrunkne Pfarrer der Frau an die Brust, erst das Saufen und Küssen ungeniert vor dem Jungen, kaum zu ertragen, auch der Diakon, Horst, mein bewunderter Freund, ein Jahr Sibirien Gefangenschaft, mit dem andern Mädchen, am Morgen die Predigt in der Dorfkirche und dann dieser geile Griff in das Kleid das Quieken der Frau, Ekel war das ein Angriff auf meinen keuschen Glauben, der Anfang vom Ende von was der Kindheit des Glaubens meiner Naivität, an die Kirchtür gespuckt und fort auf der Straße endlose frostklare Nacht irgendwohin ist das jetzt dasselbe es gibt nie dasselbe ich bin ein andrer ich hab was getan was hab ich getan was hab ich meiner Liebe getan dass sie so

Bliss wurde ausgekläfft von einem Dorfbastard als er die ersten Häuser erreichte. Matt die Straßenbeleuchtung, kaum erhellte Fenster. Einsam laut seine Schritte. Die Ampel über der Wirtshaustür lud noch ein. Ein Pärchen am Tresen, Radiomusik, paar Bierschlucker an den Tischen, er setzte sich auf einen Barhocker. Der Keeper schaute ihm ins Gesicht: Doppelten Scotch, wie? Bliss nickte dankbar. Mit Eis? Ohne. Schluckte den Stoff in drei Zügen, ätzte die Gurgel aus, spürte der Wärme nach die vom Magen langsam emporstieg. Ein Wahnsinn, das alles. Nicht zu fassen.

Haben Sie Zigaretten? Rothand?

Im Automaten. Warten Sie, ich hol Ihnen eine. Noch ein Glas, wie? Er hielt den Ballantines schon gekippt in der Hand, schenkte reichlich über den zweiten Strich ins Messglas, schüttete den Saft in seinen Becher. Griff eine

Münze aus der Kasse, verschwand hinter TOILETTEN. Sieht aus wie einer der zur See gefahren ist. Oder Flieger. Er trank auch den zweiten Whisky rasch. Der Keeper hielt ihm die Schachtel über den Tresen, schon eine rausgezogen, gab ihm Feuer.

Kummer, wie?

Bliss sah ihm in die Augen. Graublau. Meine Frau hat gekündigt. Bei mir.

Lächelte der? Wenn es ein Liebhaber ist, wird sie zurückkommen. Wie Sie aussehn. Das heißt: ruhig Blut.

Ist aber Eifersucht.

Begründet?

Eigentlich nicht. Ich liebe sie. Aber es ist viel komplizierter.

Der Keeper zuckte die Achseln. Kompliziert ist das Leben.

Trinken Sie einen mit?

Der griff wortlos einen zweiten Whiskybecher, nahm sich Eiswürfel, schenkte ihnen ein. Sie stießen die Gläser zusammen.

Warn Sie mal Flieger?

Da zog der die Brauen hoch. Woher wissen Sie das?

Ihre Augenfalten. Männer die viel in die Sonne sehn.

Wenn Sie mich fragen – es lohnt nicht um eine Frau zu weinen.

Aber über sich selbst vielleicht?

Müssen Sie wissen. Tschuldigung.

Er wurde an einen Tisch gerufen.

Dass sie sich so hemmungslos mit Manfred hättich nich gedacht. Oder der mit ihr. Der Schuft hat das richtig ausgenutzt. Hättich Skrupel gehabt, in der Situation. Oder auch nicht. Menschlich ist alles.

Angenehm besänftigten sich die Kanten der Welt. Das Elixier der schottischen Druiden. Zu denen passt Lena. When shall we three meet again in thunder ligthening or rain. Ist gefährlich mit einer Hexe verheiratet zu sein. Wenn die Durst haben saugen sie einem das Blut aus dem Hals. Nein das sind Vampire. Meine Frau die Hexe. War das ein Film oder ein Roman? Könntich auch schreiben. Mein Engel die Hexe. Roman einer dialektischen Frau oder so.

Sie Herr Wirt – wenn ich jetzt meine Brieftasche im Seehotel gelassen habe – rufen Sie dann dort an und sagen denen sie sollen Viktor Bliss einen Zwanzigmarkschein aus Zimmer 23 bringen, ohne seine Hexe zu wecken?

Bringen Sie mir den lieber morgen früh Herr Bliss. Aber bitte nicht vor dem Aufstehn

Bliss reichte ihm die Hand rüber: Sie sind ein wahrer Mensch. Ich werde Ihnen das nicht vergessen. Meine Frau ist übrigens ein Engel. Aber ein gefallner.

Der, wohlwollend: Die liebt der Herr am meisten.

Begleitete Bliss vor die Tür, zeigte ihm die Richtung zum Seehotel. Sie gaben sich richtig die Hände, mit männlichem Druck. Er soff die frische Nachtluft durch Nase und Mund. Der Asfalt war weicher jetzt, nachgiebiger als vorhin. Die Beine strebten selbsttätig vorwärts ohne sich auf die Füße zu treten. We are all in a yellow submarine sangs noch aus dem Radio im Ohr, irgendwie stimmig das Lied, alles geflutet. Unvermutete Begegnung mit einem nachtschwarzen Hund. Der schnoperte engagiert an seinen Hosenbeinen. Tatsächlich, nichts wie gefallne Engel und Teufel diese Nacht.

Ein alter Mann im Schlafrock schluffte auf sein Klingeln zum gläsernen Vestibül, schloss ihm auf.

Tschuldigung – ist meine Frau hier? Zimmer Dreiundzwanzig? Dr. Bliss.

Der Alte schaute zum Schlüsselbrett: Sehn Sie – hier müsste er hängen, auf der Dreiundzwanzig. Dann wird sie wohl oben sein. Um die Zeit.

Schlafstille im Haus. Auf den Teppichen kaum der eigne Schritt. Lebt hier überhaupt wer außer mir? Schleicht hier ein verlassner Sünder? Steht Lena mit dem Beil hinter der Tür?

Vor der Dreiundzwanzig reckte er sich aus dem Kreuz, lauschte. Der eigne Herzschlag. Er klopfte kurz.

Nichts.

Vielleicht hat sie offen gelassen für mich? Er drückte vorsichtig die Klinke. Natürlich nicht.

Er klopfte erneut, stärker.

Schlaftrunken die entfernte Stimme: Wer ist da?

Viktor. Ich bins.

Sie bringt es also fertig zu poofen. Hat die bessren Nerven!

Es dauerte bis der Schlüssel gedreht, die Tür einen Spalt geöffnet wurde. Ein schmal gequollenes Auge fragte mit dünner Stimme: Willst du schlafen kommen?

Schlafen? Ja vielleicht auch schlafen. Wenns nichts mehr zu sagen gibt.

Der Türspalt wurde wenig vergrößert, das von wirren Haarsträhnen verhangne Gesicht sagte leise Ich habe Angst Vik. Dass du mir was tust.

Ach so, sagte er. Ja dann – ja das – ja natürlich, stimmt. Geh ich vielleicht in den Schuppen. Wenn du mir eine Decke runterwirfst vom Balkon -

Zeig mir deine Hände -

Mein Gott was denkst du! – Hier – bitte –

Sie nahm seine Rechte ohne hinzuschaun, zog ihn ins Zimmer, stand barfußklein, ärmlich im dünnen Hemd, im matten Licht der Nachttischlampe. Die Katze maunzte ihn an. Hab ne Tablette genommen, sagte sie hilflos.

Er konnte das Elend nicht ansehn, keine Worte dazu, ein Dickicht. Und kein Klo im Zimmer! An ihr vorbei zum Waschbecken, fummelte seinen Schwanz raus, hängte ihn über die Kante, endlos lief das, sein Spiegelbild ein ausdrucksloser Schatten, sie legte sich ins Bett, verschwand unter der Decke, er spülte nach, putzte die Zähne, Hand voll Wasser ins Gesicht, Handtuch. Tauschte die Klamotten gegen den Schlafanzug, der auf dem freien Bett lag. Breitete die Wolldecke auf den Boden, zog sich Kopfkissen und Federbett runter. Das Licht, sagte er. Sie löschte es. Lag ausgestreckt, die Arme am Körper, flacher Atem. Er sah die Nacht, sah das Gesicht in das er geschlagen hatte, fror. Die Katze stieg, unhörbar fast, auf sein Lager, drehte sich zwischen seine Beine, leise schnurrend. Ach, etwas ist doch noch in Ordnung

Als er zu Bewusstsein dämmerte, wollte er die Augen nicht öffnen. Deutlich Vogelgezwitscher. Welche lachten, im Garten. Das Fenster ist offen.

Ein Abgrund zwischen der Nacht und dem Morgen. Wie den überspringen ohne zu zerreißen ohne den Seelengummi zu zerreißen, der Traum wie war der, an der Wand mit dem Rücken vor dem Kommando, Exekutionskommando, alles Frauen, in Uniformen, Israelinnen wohl, schossen auf ihn aus ihren geschminkten Mündern, die Einschläge in seinem Gesicht, er hat die Arme vor den Kopf gezogen aber die Wörter waren durchgedrungen, gefesselt war er nicht, doch zu viele schon eingeschlagen, vergeblich jeder Fluchtversuch wie sie in seinem Körper nisteten aufquollen zu giftigen Blasen im Blut

Er riss die Lider gewaltsam auseinander, richtete sich auf, die saugenden Traumbilder zu vernichten. Im Bett neben ihm lag nicht Lena sondern die Katze. Ahja. Also ist sie fort. Klar. Er streichelte das Felltier, das sofort die Schnurrmaschine anließ, den Kopf in seine Hand schmiegte. Du bist leicht zu befriedigen Murkel. Und manchmal haust du auch zu und keiner versteht warum.

Als er aufstand, warf ihn der beißende Schmerz unterm Schädeldach fast zurück. Langsam, vorsichtig transportierte er seinen Körper in die Duschkabine, jemand, der schottische Druide, meißelte ihm von innen den Kopf auf, er schüttete Kaskaden kalten Wassers über die Baustelle, halber Erfolg.

Auf der Spiegelkonsole Lenas gesammelte Kosmetika. Keine Hinterlassenschaft: Gegenwart. Dasein. Also weiter im Text? Natürlich weiter. Aber wie. Irgendwie. Der Schluss ist der Tod.

Er öffnete der Katze die Verandatür. Im Speisesaal saß Lena vor einem Frühstück, fast allein im Saal, sah zum See hinaus, hob abwesend die Tasse zum Gesicht. Er stellte sich neben ihren Tisch, räusperte sich, deutete eine steife Verbeugung an: Gestatten – dieser Platz noch frei?

Sie holte ihren Blick zurück, sah ihn ernst an, noch verschwollne Lider und Tränenbeutel: Wenn du meinen Anblick ertragen kannst -

Er setzte sich, prüfte die Sicht auf den See, frisch gekräuselte Wellen, einige Segler, sagte: Es ist Wind aufgekommen.

Von der Kellnerin bestellte er eine Aspirin, Wasser und einen Tee. Nein, nichts zu essen.

Lena rührte sinnlos in ihrer Tasse, strich ihre widerspenstige Strähne hinters Ohr, vergeblich.

Dieses Elend. Alles zerstört.

Wer sagt das erste Wort. Und welches.

Noch ein Aufschub die Kellnerin. Er zerbröselte die Tablette, nahm sie mit einem Schluck Wasser, trank das Glas leer, schenkte sich Tee ein.

Er ertrug das Schweigen nicht länger, hustete den Kloß aus der Kehle, hörte sich sagen: Und wer bekommt dann Murkel?

Lena sah ihn groß an, zwei Tränen lösten sich von ihren Lidern. Da lief auch ihm das Wasser wieder über den Augenrand. Sehr klein und gottergeben kam endlich ihre Stimme: Willstu zurück nach Marburg? Und er, ohne Nachdenken: Nur mit dir Lena.

Sie legte ihre Rechte auf seine Finger, versuchte die Andeutung eines Lächelns. Verschwommen sah er: Nur ein schmaler Abdruck dort wo ihr Ehering saß. Hast du den weggeworfen? Leichtes Kopfschütteln. Aber ich weiß nicht weiter. Ich seh keinen Weg vor uns Vik.

Es tut mir so leid dass ich dich

Ich hab mich auch schrecklich benommen Vik. Der Alkohol.

Es hat sehr weh getan, ja. Aber warum bin ich nicht einfach weggegangen als das anfing.

Das mit Manfred habich gelogen, aus Wut. Es war ganz normal mit ihm.

Er streichelte ihre Hand, schüchterne Bewegung.

Können wir nicht versuchen zu vergessen was gestern passiert ist?

Weiß nicht Vik. Irgendwas ist geplatzt. Die Angst.

Er schwieg.

Ich brauch etwas Zeit. Ich hab mich glaubich verloren, irgendwie, muss mich wiederfinden. Die Arbeit an den Kammerspielen, das war meine ganz große Hoffnung, mit diesen Kollegen, die ich nirgends sonst find.

Ich versteh. Obwohls doch überall gute Menschen gibt. Die ihre Arbeit ernst nehmen.

Ja. Vielleicht.

Wenn wir zurückgingen, dahin wo wir sinnvolle Arbeit hatten. Wos überschaubar war.

Lass mir Zeit Vik.

Aber wie? Wie soll ich das machen?

Vielleicht kannst du eine Weile ausziehn. Zu einem Freund. Aufs Land irgendwo. Das Auto brauch ich ja nicht. Damit du zur Arbeit kannst, bis zur Premiere. Bis meine Zeit bei den Kammerspielen rum ist. Nein, keinen Termin. Ich will das in Ruhe entscheiden. Unbeeinflusst.

Und unsre Katze? Was würde aus Murkel?

Vielleicht bei Scheringers, auf dem Hof? Die hätten bestimmt Platz für dich. Dorthin könntest du sie mitnehmen. Da hätt sie die Freiheit die wir ihr nicht geben können in München.

Sisyphos und seine Kinder

... Zweimal gelang es Sisyphos, dem König von Korinth, aus seiner Verbannung in die Unterwelt zu entkommen. Beim dritten Mal wurde er zur Strafe für seine wiederholte Flucht von den Richtern der Toten verurteilt, den Felsen auf den Berg zu schaffen. (1)

Seinen drei Söhnen Glaukos, Ornition und Sinon (2) schilderte er seine Arbeit als zwar schwer, aber zugleich kräftigend und lustvoll. Als unvergleichlich beschrieb er die Augenblicke auf dem Gipfel vor dem Wiederabstieg. Die Aussicht dort zeige die herrliche Zukunft der Sterblichen.

Daraufhin beschlossen die Kinder des Sisyphos, freiwillig an der Arbeit ihres Vaters teilzunehmen. (3)

Einige Quellen berichten, daß Sisyphos nach einer praktischen Einführung seinen Söhnen den täglichen Steintransport ganz überließ, um Persephone, der Gattin des Hades, den Hof zu machen. Die drei Söhne gerieten jedoch in Streit um den richtigen Weg auf den Gipfel und vernachlässigten darüber ihre Arbeit. Doppelt erzürnt über das unbotmäßige Verhalten der Sisyphos-Sippe beklagte Hades sich im Rat der Götter, der daraufhin beschloß, jedem der Söhne einen eignen Berg mit eigner Aussicht und dazugehörendem Stein zuzuweisen. (4)

Es heißt, daß auch Odysseus, der uneheliche Sohn des Sisyphos und der Erikleia (5), sich auf die Suche nach dem Berg seines Vaters machte und dadurch zum Seefahrer und Abenteurer wurde.

1 Servius über Vergils Aeneis VI, 616;
  Scholiast über Statius Thebais II, 380.
2 Apollodoros I, 9,3; Pausanias II, 4,4.
3 Ovid, Metamorphosen XIV, 277.
4 Theognis 888 ff; Eustathios über
  Homers Ilias 499 und 1127
5 Polyaionos VI, 52; Hyginus, Fabel 201;
  Sophokles, Aias 190

Nach: Robert von Ranke-Graves:
    Griechische Mythologie I

Inhalt

KAPITEL III NEU GIER

KAPITEL IV DIE SCHAUSPIELER KOMMEN